suhrkamp taschenbuch 413

Der vierte und letzte Band der Erzählungen Hermann Hesses setzt ein nach dem Ersten Weltkrieg und enthält alle seitdem parallel zu den großen erzählerischen Werken, »Siddhartha«, »Der Steppenwolf«, »Narziß und Goldmund«, »Die Morgenlandfahrt« und »Das Glasperlenspiel« entstandenen kürzeren Erzählungen.

Nach dem Ersten Weltkrieg hatte Hesse mit dem pseudonym veröffentlichten »Demian« sowohl in seinem privaten Leben als auch in seiner schriftstellerischen Produktion alle Brücken hinter sich abgebrochen und nochmals neu begonnen. 1919 übersiedelte er in seine Wahlheimat, das Tessin, wo von nun an fast alle seine Werke – auch die hier zusammengefaßten – entstanden sind. Einem Sammelband, der u. a. die beiden ersten Erzählungen der vorliegenden Edition enthielt, hatte Hesse den programmatischen Titel »Weg nach Innen« gegeben. Denn das Ergebnis seines zuvor nach außen orientierten aktiven Einsatzes während der zurückliegenden Kriegsjahre war die Erfahrung, in der seine anonym erschienene politische Flugschrift »Zarathustras Wiederkehr« gipfelte: »Wir müssen nicht hinten beginnen, bei den Regierungsformen und politischen Methoden, sondern wir müssen vorn anfangen, beim Bau der Persönlichkeit, wenn wir wieder Geister und Männer haben wollen, die uns Zukunft verbürgen.« (1919) »Ich muß die Wurzeln tiefer treiben, nicht an den Ästen rütteln!« Dieser »Weg nach Innen« war keine Flucht aus der Verantwortlichkeit in ein selbstgenügsames Abseits, sondern die verbindlichste Form des Engagements, die der schonungslosen Selbstkritik. Die Faszination des Glaubwürdigen, die von einer solchen Haltung ausgeht, bleibt – wie das Beispiel Hermann Hesse erwiesen hat – alles andere als ein individueller Spezialfall. Nur so läßt sich der humanisierende Ansporn dieses Autors erklären, der sich über alle Grenzen, Parteien und Ideologien hinwegsetzt. Die Gegensätze zwischen »Außen« und »Innen«, zwischen der »vita activa« und der »vita contemplativa«, stellt Hesse in diesen Erzählungen dar, jedoch nicht als Widersprüche, sondern als lebendige Ergänzung. Immer wieder zitiert er in seinen Briefen aus jenen Jahren die Erkenntnis des Hermes Trismegistos: »Nichts ist außen, nichts ist innen, denn was außen ist, ist innen.«

Hermann Hesse
Innen und Außen

Gesammelte Erzählungen

Band 4
1919 – 1955

Suhrkamp

Zusammengestellt von Volker Michels

suhrkamp taschenbuch 413
Erste Auflage 1977

Quellennachweise am Ende des Bandes

Druck: Ebner Ulm · Printed in Germany
Umschlag nach Entwürfen von
Willy Fleckhaus und Rolf Staudt

8 9 10 11 12 – 93 92 91

Inhalt

Klein und Wagner

1

Im Schnellzug, nach den raschen Handlungen und Aufregungen der Flucht und der Grenzüberschreitung, nach einem Wirbel von Spannungen und Ereignissen, Aufregungen und Gefahren, noch tief erstaunt darüber, daß alles gutgegangen war, sank Friedrich Klein ganz und gar in sich zusammen. Der Zug fuhr mit seltsamer Geschäftigkeit – nun wo doch keine Eile mehr war – nach Süden und riß die wenigen Reisenden eilig an Seen, Bergen, Wasserfällen und andern Naturwundern vorüber, durch betäubende Tunnels und über sanft schwankende Brücken, alles fremdartig, schön und etwas sinnlos, Bilder aus Schulbüchern und aus Ansichtskarten, Landschaften, die man sich erinnert, einmal gesehen zu haben, und die einen doch nichts angehen. Dieses war nun die Fremde, und hierher gehörte er nun, nach Hause gab es keine Rückkehr. Das mit dem Geld war in Ordnung, es war da, er hatte es bei sich, alle die Tausenderscheine, und trug es jetzt wieder in der Brusttasche verwahrt.

Den Gedanken, daß ihm jetzt nichts mehr geschehen könne, daß er jenseits der Grenze und durch seinen falschen Paß vorläufig vor aller Verfolgung gesichert sei, diesen angenehmen und beruhigenden Gedanken zog er zwar immer wieder hervor, voll Verlangen, sich an ihm zu wärmen und zu sättigen; aber dieser hübsche Gedanken war wie ein toter Vogel, dem ein Kind in die Flügel bläst. Er lebte nicht, er tat kein Auge auf, er fiel einem wie Blei aus der Hand, er gab keine Lust, keinen Glanz, keine Freude her. Es war seltsam, es war ihm dieser Tage schon mehrmals aufgefallen: er konnte durchaus nicht denken, an was er wollte, er hatte keine Verfügung über seine Gedanken, sie liefen wie sie wollten, und sie verweilten trotz seinem Sträuben mit Vorliebe bei Vorstellungen, die ihn quälten. Es war, als sei sein Gehirn ein Kaleidoskop, in dem der Wechsel der Bilder von einer fremden Hand geleitet wurde. Vielleicht war es nur die lange Schlaflosigkeit und Erregung, er war ja auch schon längere Zeit nervös. Jedenfalls war es häßlich, und wenn es nicht bald gelang, wieder etwas Ruhe und Freude zu finden, war es zum Verzweifeln.

Friedrich Klein tastete nach dem Revolver in seiner Manteltasche. Das war auch so ein Stück, dieser Revolver, das zu seiner neuen Ausrüstung und Rolle und Maske gehörte. Wie war es im Grunde lästig und ekelhaft, all das mit sich zu schleppen und bis in den dünnen, vergifteten Schlaf hinein bei sich zu tragen, ein Verbrechen, gefälschte Papiere, heimlich eingenähtes Geld, den Revolver, den falschen Namen. Es schmeckte so nach Räubergeschichten, nach einer schlechten Romantik, und es paßte alles so gar nicht zu ihm, zu Klein, dem guten Kerl. Es war lästig und ekelhaft, und nichts von Aufatmen und Befreiung dabei, wie er es erhofft hatte.

Mein Gott, warum hatte er eigentlich das alles auf sich genommen, er, ein Mann von fast vierzig Jahren, als braver Beamter und stiller harmloser Bürger mit gelehrten Neigungen bekannt, Vater von lieben Kindern? Warum? Er fühlte: ein Trieb mußte dagewesen sein, ein Zwang und Drang von genügender Stärke, um einen Mann wie ihn zu dem Unmöglichen zu bewegen – und erst wenn er das wußte, wenn er diesen Zwang und Trieb kannte, wenn er wieder Ordnung in sich hatte, erst dann war etwas wie Aufatmen möglich.

Heftig setzte er sich aufrecht, drückte die Schläfen mit den Daumen und gab sich Mühe zu denken. Es ging schlecht, sein Kopf war wie von Glas, und ausgehöhlt von Aufregungen, Ermüdung und Mangel an Schlaf. Aber es half nichts, er mußte nachdenken. Er mußte suchen, und mußte finden, er mußte wieder einen Mittelpunkt in sich wissen und sich selber einigermaßen kennen und verstehen. Sonst war das Leben nicht mehr zu ertragen.

Mühsam suchte er die Erinnerungen dieser Tage zusammen, wie man kleine Porzellanscherben mit einer Pinzette zusammenpickt, um den Bruch an einer alten Dose wieder zu kitten. Es waren lauter kleine Splitter, keiner hatte Zusammenhang mit den andern, keiner deutete durch Struktur und Farbe aufs Ganze. Was für Erinnerungen! Er sah eine kleine blaue Schachtel, aus der er mit zitternder Hand das Amtssiegel seines Chefs herausnahm. Er sah den alten Mann an der Kasse, der ihm seinen Scheck mit braunen und blauen Banknoten ausbezahlte. Er sah eine Telephonzelle, wo er sich, während er ins Rohr sprach, mit der linken Hand gegen die Wand stemmte, um aufrecht zu bleiben. Vielmehr er sah nicht sich, er sah einen Menschen dies alles tun, einen fremden Menschen, der Klein hieß und nicht er war. Er sah diesen Menschen Briefe verbrennen, Briefe schreiben. Er sah ihn in einem Restaurant essen. Er sah ihn – nein, das war kein Fremder, das war er, das war Friedrich Klein selbst! – nachts über das Bett eines schlafenden Kindes gebückt. Nein, das war er selbst gewesen! Wie weh das tat, auch jetzt wieder in der Erinnerung! Wie weh das tat, das Gesicht des schlafenden Kindes zu sehen und seine Atemzüge zu hören und zu wissen: nie mehr würde man diese lieben Augen offen sehen, nie mehr diesen kleinen Mund lachen und essen sehen, nie mehr von ihm geküßt werden. Wie weh das tat! Warum tat jener Mensch Klein sich selber so weh!

Er gab es auf, die kleinen Scherben zusammenzusetzen. Der Zug hielt, ein fremder großer Bahnhof lag da, Türen schlugen, Koffer schwankten am Wagenfenster vorüber, Papierschilder blau und gelb riefen laut: Hotel Milano – Hotel Kontinental! Mußte er darauf achten? War es wichtig? War eine Gefahr? Er schloß die Augen und sank eine Minute lang in Betäubung, schreckte sofort wieder auf, riß die Augen weit auf, spielte den Wachsamen. Wo war er? Der Bahnhof war noch da. Halt – wie heiße ich? Zum tausendstenmal machte er die Probe. Also: Wie heiße ich? Klein. Nein, zum Teufel! Fort mit Klein, Klein existierte nicht mehr. Er tastete nach der Brusttasche, wo der Paß steckte.

Wie war das alles ermüdend! Überhaupt – wenn man wüßte, wie wahnsinnig mühsam es ist, ein Verbrecher zu sein – –! Er ballte die Hände vor Anstrengung. Das alles hier ging ihn ja gar nichts an, Hotel Milano, Bahnhof, Kofferträger, das alles konnte er ruhig weglassen – nein, es handelte sich um anderes, um Wichtiges. Um was?

Im Halbschlummer, der Zug fuhr schon wieder, kam er zu seinen Gedanken zurück. Es war ja so wichtig, es handelte sich ja darum, ob das Leben noch länger zu ertragen sein würde. Oder – war es nicht einfacher, dem ganzen ermüdenden Unsinn ein Ende zu machen? Hatte er denn nicht Gift bei sich? Das Opium? – Ach nein, er erinnerte sich, das Gift hatte er ja nicht bekommen. Aber er hatte den Revolver. Ja richtig. Sehr gut. Ausgezeichnet.

»Sehr gut« und »ausgezeichnet« sagte er laut vor sich hin und fügte mehr solche Worte hinzu. Plötzlich hörte er sich sprechen, erschrak, sah in der Fensterscheibe sein entstelltes Gesicht gespiegelt, fremd, fratzenhaft und traurig. Mein Gott, schrie er in sich hinein, mein Gott! Was tun? Wozu noch leben? Mit der Stirn in dies bleiche Fratzenbild hinein, sich in diese trübe blöde Scheibe stürzen, sich ins Glas verbeißen, sich am Glase den Hals abschneiden. Mit dem Kopf auf die Bahnschwelle schlagen, dumpf und dröhnend, von den Rädern der vielen Wagen aufgewickelt werden, alles zusammen, Därme und Hirn, Knochen und Herz, auch die Augen – und auf den Schienen zerrieben, zu Nichts gemacht, ausradiert. Dies war das einzige, was noch zu wünschen war, was noch Sinn hatte.

Während er verzweifelt in sein Spiegelbild starrte, mit der Nase ans Glas stieß, schlief er wieder ein. Vielleicht Sekunden, vielleicht Stunden. Hin und her schlug sein Kopf, er öffnete die Augen nicht.

Er erwachte aus einem Traum, dessen letztes Stück ihm im Gedächtnis blieb. Er saß, so träumte ihm, vorn auf einem Automobil, das fuhr rasch und ziemlich waghalsig durch eine Stadt, bergauf und -ab. Neben ihm saß jemand, der den Wagen lenkte. Dem gab er im Traum einen Stoß in den Bauch, riß ihm das Steuerrad aus den Händen und steuerte nun selber, wild und beklemmend über Stock und Stein, knapp an Pferden und an Schaufenstern vorbei, an Bäume streifend, daß ihm Funken vor den Augen stoben.

Aus diesem Traum erwachte er. Sein Kopf war freier geworden. Er lächelte über die Traumbilder. Der Stoß in den Bauch war gut, er empfand ihn freudig nach. Nun begann er den Traum zu rekonstruieren und über ihn nachzudenken. Wie das an den Bäumen vorbei gepfiffen hatte! Vielleicht kam es von der Eisenbahnfahrt? Aber das Steuern war, bei aller Gefahr, doch eine Lust gewesen, ein Glück, eine Erlösung! Ja, es war besser, selber zu steuern und dabei in Scherben zu gehen, als immer von einem andern gefahren und gelenkt zu werden.

Aber – wem hatte er eigentlich im Traum diesen Stoß gegeben? Wer war der fremde Chauffeur, wer war neben ihm am Steuer des Automobils gesessen? Er konnte sich an kein Gesicht, an keine Figur erinnern – nur an ein Gefühl, eine vage dunkle Stimmung ... Wer konnte es gewesen sein? Jemand, den er verehrte, dem er Macht über sein Leben einräumte, den er über sich duldete, und den er doch heimlich haßte, dem er doch schließlich den Tritt in den Bauch gab! Vielleicht sein Vater? Oder einer seiner Vorgesetzten? Oder – oder war es am Ende –?

Klein riß die Augen auf. Er hatte ein Ende des verlorenen Fadens gefunden. Er wußte alles wieder. Der Traum war vergessen. Es gab Wichtigeres. Jetzt wußte er! Jetzt begann er zu wissen, zu ahnen, zu schmecken, warum er hier im Schnellzug saß, warum er nicht mehr Klein hieß, warum er Geld unterschlagen und Papiere gefälscht hatte. Endlich, endlich!

Ja, es war so. Es hatte keinen Sinn mehr, es vor sich zu verheimlichen. Es war seiner Frau wegen geschehen, einzig seiner Frau wegen. Wie gut, daß er es endlich wußte!

Vom Turme dieser Erkenntnis aus meinte er plötzlich weite Strecken seines Lebens zu überblicken, das ihm seit langem immer in lauter kleine, wertlose Stücke auseinandergefallen war. Er sah auf eine lange durchlaufene Strecke zurück, auf seine ganze Ehe, und die Strecke erschien ihm wie eine lange, müde, öde Straße, wo ein Mann allein im Staube sich mit schweren Lasten schleppt. Irgendwo hinten, unsichtbar jenseits des Staubes, wußte er leuchtende Höhen und grüne rauschende Wipfel der Jugend verschwunden. Ja, er war einmal jung gewesen, und kein Jüngling wie alle, er hatte große Träume geträumt, er hatte viel vom Leben und von sich verlangt. Seither aber nichts als Staub und Lasten, lange Straße, Hitze und müde Knie, nur im vertrocknenden Herzen ein verschlafenes, alt gewordenes Heimweh lauernd. Das war sein Leben gewesen. Das war sein Leben gewesen.

Er blickte durchs Fenster und zuckte erstaunt zusammen. Ungewohnte Bilder sahen ihn an. Er sah plötzlich aufzuckend, daß er im Süden war. Verwundert richtete er sich auf, lehnte sich hinaus, und wieder fiel ein Schleier, und das Rätsel seines Schicksals ward ein wenig klarer. Er war im Süden! Er sah Reblauben auf grünen Terrassen stehn, goldbraunes Gemäuer halb in Ruinen, wie auf alten Stichen, blühende rosenrote Bäume! Ein kleiner Bahnhof schwand vorbei, mit einem italienischen Namen, irgend etwas auf ogno oder ogna.

Soweit vermochte Klein jetzt die Wetterfahne seines Schicksals zu lesen. Es ging fort von seiner Ehe, seinem Amt, von allem, was bisher sein Leben und seine Heimat gewesen war. Und es ging nach Süden! Nun erst begriff er, warum er, mitten in Hetze und Rausch seiner Flucht, jene Stadt mit dem italienischen Namen zum Ziel gewählt hatte. Er hatte es nach einem Hotelbuch getan, anscheinend wahllos und auf gut Glück, er hätte ebensogut Amsterdam, Zürich oder Malmö sagen können. Erst jetzt war es kein Zufall mehr. Er war im Süden, er war durch die Alpen gefahren. Und damit hatte er den strahlendsten Wunsch seiner Jugendzeit erfüllt, jener Jugend, deren Erinnerungszeichen ihm auf der langen öden Straße eines sinnlosen Lebens erloschen und verlorengegangen waren. Eine unbekannte Macht hatte es so gefügt, daß ihm die beiden brennendsten Wünsche seines Lebens sich erfüllten: die längst vergessene Sehnsucht nach dem Süden, und das heimliche, niemals klar und frei gewordene Verlangen nach Flucht und Freiheit aus dem Frondienst und Staub seiner Ehe. Jener Streit mit seinem Vorgesetzten, jene überraschende Gelegenheit zu der Unterschlagung des Geldes – all das, was ihm so wichtig erschienen war, fiel jetzt zu kleinen Zufällen zusammen. Nicht sie hatten ihn geführt. Jene beiden großen Wünsche in seiner Seele hatten gesiegt, alles andre war nur Weg und Mittel gewesen.

Klein erschrak vor dieser neuen Einsicht tief. Er fühlte sich wie ein Kind, das mit Zündhölzern gespielt und ein Haus dabei angezündet hat. Nun brannte es. Mein Gott! Und was hatte er davon? Und wenn er bis nach Sizilien oder Konstantinopel fuhr, konnte ihn das um zwanzig Jahre jünger machen?

Indessen lief der Zug, und Dorf um Dorf lief ihm entgegen, fremdartig schön, ein heiteres Bilderbuch, mit allen den hübschen Gegenständen, die man vom Süden erwartet und aus Ansichtskarten kennt: steinerne schön gewölbte Brücken über Bach und braunen Felsen, Weinbergmauern von kleinen Farnen überwachsen, hohe schlanke Glockentürme, die Fassaden der Kirchen bunt bemalt oder von gewölbten Hallen mit leichten, edlen Bogen beschattet, Häuser mit rosenrotem Anstrich und dickgemauerte Arkadenhallen mit dem kühlsten Blau gemalt, zahme Kastanien, da und dort schwarze Zypressen, kletternde Ziegen, vor einem Herrschaftshaus im Rasen die ersten

Palmen kurz und dickstämmig. Alles merkwürdig und ziemlich unwahrscheinlich, aber alles zusammen war doch überaus hübsch und verkündete etwas wie Trost. Es gab diesen Süden, er war keine Fabel. Die Brücken und Zypressen waren erfüllte Jugendträume, die Häuser und Palmen sagten: du bist nicht mehr im Alten, es beginnt lauter Neues. Luft und Sonnenschein schienen gewürzt und verstärkt, das Atmen leichter, das Leben möglicher, der Revolver entbehrlicher, das Ausradiertwerden auf den Schienen minder dringlich. Ein Versuch schien möglich, trotz allem. Das Leben konnte vielleicht ertragen werden.

Wieder übernahm ihn die Erschlaffung, leichter gab er sich jetzt hin, und schlief, bis es Abend war und der volltönende Name der kleinen Hotelstadt ihn weckte. Hastig stieg er aus.

Ein Diener mit dem Schild »Hotel Milano« an der Mütze redete ihn deutsch an, er bestellte ein Zimmer und ließ sich die Adresse geben. Schlaftrunken taumelte er aus der Glashalle und dem Rausch in den lauen Abend.

»So habe ich mir etwa Honolulu gedacht«, ging ihm durch den Kopf. Eine phantastisch unruhige Landschaft, schon beinahe nächtlich, schwankte ihm fremd und unbegreiflich entgegen. Vor ihm fiel der Hügel steil hinab, da lag unten tief geschachtelt die Stadt, senkrecht blickte er auf erleuchtete Plätze hinunter. Von allen Seiten stürzten steile spitze Zuckerhutberge jäh herab in einen See, der am Widerschein unzähliger Kailaternen kenntlich wurde. Eine Seilbahn senkte sich wie ein Korb den Schacht hinunter zur Stadt, halb gefährlich, halb spielzeughaft. Auf einigen der hohen Bergkegel glühten erleuchtete Fenster bis zum Gipfel in launischen Reihen, Stufen und Sternbildern geordnet. Von der Stadt wuchsen die Dächer großer Hotels herauf, dazwischen schwarzdunkle Gärten, ein warmer sommerhafter Abendwind voll Staub und Duft flatterte wohlgelaunt unter den grellen Laternen. Aus der wirr durchfunkelten Finsternis am See schwoll taktfest und lächerlich eine Blechmusik heran.

Ob das nun Honolulu, Mexiko oder Italien war, konnte ihm einerlei sein. Es war Fremde, es war neue Welt und neue Luft, und wenn sie ihn auch verwirrte und heimlich in Angst versetzte, sie duftete doch auch nach Rausch und Vergessen und neuen, unerprobten Gefühlen.

Eine Straße schien ins Freie zu führen, dorthin schlenderte er, an Lagerschuppen und leeren Lastfuhrwerken vorüber, dann bei kleinen Vorstadthäusern vorbei, wo laute Stimmen italienisch schrien und im Hof eines Wirtshauses eine Mandoline schrillte. Im letzten Hause klang eine Mädchenstimme auf, ein Duft von Wohllaut beklemmte ihm das Herz, viele Worte konnte er zu seiner Freude verstehen und den Refrain sich merken:

Mama non vuole, papa ne meno,
Come faremo a fare l'amor?

Es klang wie aus Träumen seiner Jugend her. Bewußtlos schritt er die Straße weiter, floß hingerissen in die warme Nacht, in der die Grillen sangen. Ein Weinberg kam, und bezaubert blieb er stehen: Ein Feuerwerk, ein Reigen von kleinen, grün glühenden Lichtern erfüllte die Luft und das duftende, hohe Gras, tausend Sternschnuppen taumelten trunken durcheinander. Es war ein Schwarm von Leuchtkäfern, langsam und lautlos geisterten sie durch die warm aufzuckende Nacht. Die sommerliche Luft und Erde schien sich phantastisch in leuchtenden Figuren und tausend kleinen beweglichen Sternbildern auszuleben.

Lange stand der Fremde dem Zauber hingegeben und vergaß die ängstliche Geschichte dieser Reise und die ängstliche Geschichte seines Lebens über der schönen Seltsamkeit. Gab es noch eine Wirklichkeit? Noch Geschäfte und Polizei? Noch Assessoren und Kursberichte? Stand zehn Minuten von hier ein Bahnhof?

Langsam wandte sich der Flüchtling, der aus seinem Leben heraus in ein Märchen gereist war, gegen die Stadt zurück. Laternen glühten auf. Menschen riefen ihm Worte zu, die er nicht verstand. Unbekannte Riesenbäume standen voll Blüten, eine steinerne Kirche hing mit schwindelnder Terrasse über dem Absturz, helle Straßen, von Treppen unterbrochen, flossen rasch wie Bergbäche in das Städtchen hinab.

Klein fand sein Hotel, und mit dem Eintritt in die überhellen nüchternen Räume, Halle und Treppenhaus schwand sein Rausch dahin, und es kehrte die ängstliche Schüchternheit zurück, sein Fluch und Kainszeichen. Betreten drückte er sich an den wachen, taxierenden Blicken des Concierge, der Kellner, des Liftjungen, der Hotelgäste vorbei in die ödeste Ecke eines Restaurants. Er bat mit schwacher Stimme um die Speisekarte, und las, als wäre er noch arm und müßte sparen, bei allen Speisen sorgfältig die Preise mit, bestellte etwas Wohlfeiles, ermunterte sich künstlich zu einer halben Flasche Bordeaux, der ihm nicht schmeckte, und war froh, als er endlich hinter verschlossener Tür in seinem schäbigen kleinen Zimmer lag. Bald schlief er ein, schlief gierig und tief, aber nur zwei, drei Stunden. Noch mitten in der Nacht wurde er wieder wach.

Er starrte, aus den Abgründen des Unbewußten kommend, in die feindselige Dämmerung, wußte nicht, wo er war, hatte das drückende und schuldhafte Gefühl, Wichtiges vergessen und versäumt zu haben. Wirr umhertastend erfühlte er einen Drücker und drehte Licht an. Das kleine Zimmer sprang ins grelle Licht, fremd, öde, sinnlos. Wo war er? Böse glotzten die Plüschsessel. Alles blickte ihn kalt und fordernd an. Da fand er sich im Spiegel und las das Vergessene aus seinem Gesicht. Ja, er wußte. Dies Gesicht hatte er früher nicht gehabt, nicht diese Augen, nicht diese Falten, nicht diese Farben. Es war ein neues Gesicht, schon einmal war es ihm aufgefallen, im Spiegel einer Glasscheibe, irgendwann im gehetzten Theaterstück dieser wahnsinnigen Tage. Es war nicht sein Gesicht, das gute, stille und etwas duldende Friedrich-Klein-Gesicht. Es war das Gesicht eines Gezeichneten, vom Schicksal mit neuen Zeichen gestempelt, älter und auch jünger als das frühere, maskenhaft und doch wunderlich durchglüht. Niemand liebte solche Gesichter.

Da saß er im Zimmer eines Hotels im Süden mit seinem gezeichneten Gesicht. Daheim schliefen seine Kinder, die er verlassen hatte. Nie mehr würde er sie schlafen, nie mehr sie aufwachen sehen, nie mehr ihre Stimmen hören. Er würde niemals mehr aus dem Wasserglas auf jenem Nachttisch trinken, auf dem bei der Stehlampe die Abendpost und ein Buch lagen, und dahinter an der Wand überm Bett die Bilder seiner Eltern, und alles, und alles. Statt dessen starrte er hier im ausländischen Hotel in den Spiegel, in das traurige und angstvolle Gesicht des Verbrechers Klein, und die Plüschmöbel blickten kalt und schlecht, und alles war anders, nichts war mehr in Ordnung. Wenn sein Vater das noch erlebt hätte!

Niemals seit seiner Jugendzeit war Klein so unmittelbar und so einsam seinen Gefühlen überlassen gewesen, niemals so in der Fremde, niemals so nackt und senkrecht unter der unerbittlichen Sonne des Schicksals. Immer war er mit irgend etwas beschäftigt gewesen, mit etwas anderm als mit sich selbst, immer hatte er zu tun und zu sorgen gehabt, um Geld, um Beförderung im Amt, um Frieden im Hause, um Schulgeschichten und Kinderkrankheiten; immer waren große, heilige Pflichten des Bürgers, des Gatten, des Vaters um ihn her gestanden, in ihrem Schutz und Schatten hatte er gelebt, ihnen hatte er Opfer gebracht, von ihnen her war seinem Leben Rechtfertigung und Sinn gekommen. Jetzt hing er plötzlich nackt im Weltraum, er allein Sonne und Mond gegenüber, und fühlte die Luft um sich dünn und eisig.

Und das Wunderliche war, daß kein Erdbeben ihn in diese bange und lebensgefährliche Lage gebracht hatte, kein Gott und kein Teufel, sondern er allein, er selber! Seine eigene Tat hatte ihn hierher geschleudert, hier allein mitten in die fremde Unendlichkeit gestellt. In ihm selbst war alles gewachsen und entstanden, in seinem eigenen Herzen war das Schicksal groß geworden, Verbrechen und Auflehnung, Wegwerfen heiliger Pflichten, Sprung in den Weltenraum, Haß gegen sein Weib, Flucht, Vereinsamung und vielleicht Selbstmord. Andere mochten wohl auch Schlimmes und Umstürzendes erlebt haben, durch Brand und Krieg, durch Unfall und bösen Willen anderer – er jedoch, der Verbrecher Klein, konnte sich auf nichts dergleichen berufen, auf nichts hinausreden, nichts verantwortlich machen, höchtens vielleicht seine Frau. Ja, sie, sie allerdings konnte und mußte herangezogen und verantwortlich gemacht werden, auf sie konnte er deuten, wenn einmal Rechenschaft von ihm verlangt wurde!

Ein großer Zorn brannte in ihm auf, und mit einemmal fiel ihm etwas ein, brenennd und tödlich, ein Knäuel von Vorstellungen und Erlebnissen. Es erinnerte ihn an den Traum vom Automobil, und an den Stoß, den er seinem Feinde dort in den Bauch gegeben hatte.

Woran er sich nun erinnerte, das war ein Gefühl, oder eine Phantasie, ein seltsamer und krankhafter Seelenzustand, eine Versuchung, ein wahnsinniges Gelüst, oder wie immer man es bezeichnen wollte. Es war die Vorstellung oder Vision einer furchtbaren Bluttat, die er beging, indem er sein Weib, seine Kinder und sich selbst ums Leben brachte. Mehrmals, so besann er sich jetzt, während noch immer der Spiegel ihm sein gestempeltes, irres Verbrechergesicht zeigte, – mehrmals hatte er sich diesen vierfachen Mord vorstellen müssen, vielmehr sich verzweifelt gegen diese häßliche und unsinnige Vision gewehrt, wie sie ihm damals erschienen war. Genau damals hatten die Gedanken, Träume und quälenden Zustände in ihm begonnen, so schien ihm, welche dann mit der Zeit zu der Unterschlagung und zu seiner Flucht geführt hatten. Vielleicht – es war möglich – war es nicht bloß die übergroß gewordene Abneigung gegen seine Frau und sein Eheleben gewesen, die ihn von Hause fortgetrieben hatte, sondern noch mehr die Angst davor, daß er eines Tages doch noch dies viel furchtbarere Verbrechen begehen möchte: sie alle töten, sie schlachten und in ihrem Blut liegen sehen. Und weiter: auch diese Vorstellung noch hatte eine Vorgeschichte. Sie war zuzeiten gekommen, wie etwa ein leichter Schwindelanfall, wo man meint, sich fallenlassen zu müssen. Das Bild aber, die Mordtat, stammte aus einer besonderen Quelle her! Unbegreiflich, daß er das erst jetzt sah!

Damals, als er zum crstenmal die Zwangsvorstellung vom Töten seiner Familie hatte und über diese teuflische Vision zu Tode erschrocken war, da hatte ihn, gleichsam höhnisch, eine kleine Erinnerung heimgesucht. Es war diese: Vor Jahren, als sein Leben noch harmlos, ja beinahe glücklich war, sprach er einmal mit Kollegen über die Schreckenstat eines süddeutschen Schullehrers namens W. (er kam nicht gleich auf den Namen), der seine ganze Familie auf eine furchtbar blutige Weise abgeschlachtet und dann die Hand gegen sich selber erhoben hatte. Es war die Frage gewesen, wie weit bei einer solchen Tat von Zurechnungsfähigkeit die Rede sein könne, und im weiteren darüber, ob und wie man überhaupt eine solche Tat, eine solche grausige Explosion menschlicher Scheußlichkeit verstehen und erklären könne. Er, Klein, war damals sehr erregt gewesen und hatte gegen einen Kollegen, welcher jenen Totschlag psychologisch zu erklären versuchte, überaus heftig geäußert: einem so scheußlichen Verbrechen gegenüber gebe es für einen anständigen Mann keine andere Haltung als Entrüstung und Abscheu, eine solche Bluttat könne nur im Gehirn eines Teufels entstehen, und für einen Verbrecher dieser Art sei überhaupt keine Strafe, kein Gericht, keine Folter streng und schwer genug. Er erinnerte sich noch heut genau des Tisches, an dem sie saßen, und des verwunderten und etwas kritischen Blickes, mit dem jener ältere Kollege ihn nach diesem Ausbruch seiner Entrüstung gestreift hatte.

Damals nun, als er sich selber zum erstenmal in einer häßlichen Phantasie als Mörder der Seinigen sah und vor dieser Vorstellung mit einem Schauder zurückschreckte, da war ihm dies um Jahre zurückliegende Gespräch über den Verwandtenmörder W. sofort wieder eingefallen. Und seltsam, obwohl er hätte schwören können, daß er damals völlig aufrichtig seine wahrste Empfindung ausgesprochen habe, war jetzt in ihm innen eine häßliche Stimme da, die ihn verhöhnte und ihm zurief: schon damals, schon damals vor Jahren bei dem Gespräch über den Schullehrer W. habe sein Innerstes dessen Tat verstanden, verstanden und gebilligt, und seine so heftige Entrüstung und Erregung sei nur daraus entstanden, daß der Philister und Heuchler in ihm die Stimme des Herzens nicht habe gelten lassen wollen. Die furchtbaren Strafen und Foltern, die er dem Gattenmörder wünschte, und die entrüsteten Schimpfworte, mit denen er dessen Tat bezeichnete, die hatte er eigentlich gegen sich selber gerichtet, gegen den Keim zum Verbrechen, der gewiß damals schon in ihm war! Seine große Erregung bei diesem ganzen Gespräch und Anlaß war nur daher gekommen, daß in Wirklichkeit er sich selbst sitzen sah, der Bluttat angeklagt, und daß er sein Gewissen zu retten suchte, indem er auf sich selber jede Anklage und jedes schwere Urteil häufte. Als ob er damit, mit diesem Wüten gegen sich selbst, das heimliche Verbrechertum in seinem Innern bestrafen oder übertäuben könnte.

So weit kam Klein mit seinen Gedanken, und er fühlte, daß es sich da für ihn um Wichtiges, ja um das Leben selber handle. Aber es war unsäglich mühsam, diese Erinnerungen und Gedanken auseinanderzufädeln und zu ordnen. Eine aufzuckende Ahnung letzter, erlösender Erkenntnisse unterlag der Müdigkeit und dem Widerwillen gegen seine ganze Situation. Er stand auf, wusch sich das Gesicht, ging barfuß auf und ab, bis ihn fröstelte, und dachte nun zu schlafen.

Aber es kam kein Schlaf. Er lag unerbittlich seinen Empfindungen ausgeliefert, lauter häßlichen, schmerzenden und demütigenden Gefühlen: dem Haß gegen seine Frau, dem Mitleid mit sich selber, der Ratlosigkeit, dem Bedürfnis nach Erklärungen, Entschuldigungen, Trostgründen. Und da ihm für jetzt keine andern Trostgründe einfielen, und da der Weg zum Verständnis so tief und schonungslos in die heimlichsten und gefährlichsten Dickichte seiner Erinnerungen führte und der Schlaf nicht wiederkommen wollte, lag er den Rest der Nacht in einem Zustande, den er in diesem häßlichen Grad noch nicht gekannt hatte. Alle die widerlichen Gefühle, die in ihm stritten, vereinigten sich zu einer furchtbaren, erstickenden, tödlichen Angst, zu einem teuflischen Alpdruck auf Herz und Lunge, der sich immer von neuem bis an die Grenze des Unerträglichen steigerte. Was Angst war, hatte er ja längst gewußt, seit Jahren schon, und seit den letzten Wochen und Tagen erst! Aber so hatte er sie noch nie an der Kehle gefühlt! Zwanghaft mußte er an die wertlosesten Dinge denken, an einen vergessenen Schlüssel, an die Hotelrechnung, und daraus Berge von Sorgen und peinlichen Erwartungen schaffen. Die Frage, ob dies schäbige Zimmerchen für die Nacht wohl mehr als dreieinhalb Franken kosten würde, und ob er in diesem Fall noch länger im Hause bleiben solle, hielt ihn wohl eine Stunde lang in Atem, Schweiß und Herzklopfen. Dabei wußte er genau, wie dumm diese Gedanken seien, und sprach immer wieder sich selbst vernünftig und begütigend zu, wie einem trotzigen Kind, rechnete sich an den Fingern die völlige Haltlosigkeit seiner Sorgen vor – vergebens, vollkommen vergebens! Vielmehr dämmerte auch hinter diesem Trösten und Zureden etwas wie blutiger Hohn auf, als sei auch das bloß Getue und Theater, geradeso wie damals sein Getue wegen des Mörders W. Daß die Todesangst, daß dies grauenhafte Gefühl einer Umschnürung und eines Verurteiltseins zu qualvollem Ersticken nicht von der Sorge um die paar Franken oder von ähnlichen Ursachen herkomme, war ihm ja klar. Dahinter lauerte Schlimmeres, Ernsteres – aber was? Es mußten Dinge sein, die mit dem blutigen Schullehrer, mit seinen eigenen Mordwünschen und mit allem Kranken und Ungeordneten in ihm zu tun hatten. Aber wie daran rühren? Wie den Grund finden? Da gab es keine Stelle in ihm innen, die nicht blutete, die nicht krank und faul und wahnsinnig schmerzempfindlich war. Er spürte: Lange war das nicht zu ertragen. Wenn es so weiterging, und namentlich wenn noch manche solche Nächte kamen, dann wurde er wahnsinnig oder nahm sich das Leben.

Angespannt setzte er sich im Bett aufrecht und suchte das Gefühl seiner Lage auszuschöpfen, um einmal damit fertig zu werden. Aber es war immer dasselbe: Einsam und hilflos saß er, mit fieberndem Kopf und schmerzlichem Herzdruck, in Todesbangigkeit dem Schicksal gegenüber wie ein Vogel der Schlange, festgebannt und von Furcht verzehrt. Schicksal, das wußte er jetzt, kam nicht von irgendwoher, es wuchs im eigenen Innern. Wenn er kein Mittel dagegen fand, so fraß es ihn auf – dann war ihm beschieden, Schritt für Schritt von der Angst, von dieser grauenhaften Angst verfolgt und aus seiner Vernunft verdrängt zu werden, Schritt für Schritt, bis er am Rande stand, den er schon nahe fühlte.

Verstehen können – das wäre gut, das wäre vielleicht die Rettung! Er war noch lange nicht am Ende mit dem Erkennen seiner Lage und dessen, was mit ihm vorgegangen war. Er stand noch ganz im Anfang, das fühlte er wohl. Wenn er sich jetzt zusammenraffen und alles ganz genau zusammenfassen, ordnen und überlegen könnte, dann würde er vielleicht den Faden finden. Das Ganze würde einen Sinn und ein Gesicht bekommen und würde dann vielleicht zu ertragen sein. Aber diese Anstrengung, dieses letzte Sichaufraffen war ihm zuviel, es ging über seine Kräfte, er konnte einfach nicht. Je angespannter er zu denken versuchte, desto schlechter ging es, er fand statt Erinnerungen und Erklärungen in sich nur leere Löcher, nichts fiel ihm ein, und dabei verfolgte ihn schon wieder die quälende Angst, er möchte gerade das Wichtigste vergessen haben. Er stöberte und suchte in sich herum wie ein nervöser Reisender, der alle Taschen und Koffer nach seiner Fahrkarte durchwühlt, die er vielleicht am Hut oder gar in der Hand hat. Aber was half es, das Vielleicht?

Vorher, vor einer Stunde oder länger – hatte er da nicht eine Erkenntnis gehabt, einen Fund getan? Was war es gewesen, was? Es war fort, er fand es nicht wieder. Verzweifelnd schlug er sich mit der Faust an die Stirn. Gott im Himmel, laß mich den Schlüssel finden! Laß mich nicht so umkommen, so jammervoll, so dumm, so traurig! In Fetzen gelöst wie Wolkentreiben im Sturm floh seine ganze Vergangenheit an ihm vorüber, Millionen Bilder, durcheinander und übereinander, unkenntlich und höhnend, jedes an irgend etwas erinnernd – an was? An was?

Plötzlich fand er den Namen »Wagner« auf seinen Lippen. Wie bewußtlos sprach er ihn aus: »Wagner – Wagner.« Wo kam der Name her? Aus welchem Schacht? Was wollte er? Wer war Wagner? Wagner?

Er biß sich an dem Namen fest. Er hatte eine Aufgabe, ein Problem, das war besser als dies Hangen im Gestaltlosen. Also: Wer ist Wagner? Was geht mich Wagner an? Warum sagen meine Lippen, die verzogenen Lippen in meinem Verbrechergesicht, jetzt in der Nacht den Namen Wagner vor sich hin? Er nahm sich zusammen. Allerlei fiel ihm ein. Er dachte an Lohengrin, und damit an das etwas unklare Verhältnis, das er zu dem Musiker Wagner hatte. Er hatte ihn, als Zwanzigjähriger, rasend geliebt. Später war er mißtrauisch geworden, und mit der Zeit hatte er gegen ihn eine Menge von Einwänden und Bedenken gefunden. An Wagner hatte er viel herumkritisiert, und vielleicht galt diese Kritik weniger dem Richard Wagner selbst als seiner eigenen, einstigen Liebe zu ihm? Haha, hatte er sich wieder erwischt? Hatte er da wieder einen Schwindel aufgedeckt, eine kleine Lüge, einen kleinen Unrat? Ach ja, es kam einer um den andern zum Vorschein – in dem tadellosen Leben des Beamten und Gatten Friedrich Klein war es gar nicht tadellos, gar nicht sauber gewesen, in jeder Ecke lag ein Hund begraben! Ja, richtig, also so war es auch mit Wagner. Der Komponist Richard Wagner wurde von Friedrich Klein scharf beurteilt und gehaßt. Warum? Weil Friedrich Klein es sich selber nicht verzeihen konnte, daß er als junger Mensch für diesen selben Wagner geschwärmt hatte. In Wagner verfolgte er nun seine eigene Jugendschwärmerei, seine eigne Jugend, seine eigne Liebe. Warum? Weil Jugend und Schwärmerei und Wagner und all das ihn peinlich an Verlorenes erinnerten, weil er sich von einer Frau hatte heiraten lassen, die er nicht liebte, oder doch nicht richtig, nicht genug. Ach, und so, wie er gegen Wagner verfuhr, so verfuhr der Beamte Klein noch gegen viele und vieles. Er war ein braver Mann, der Herr Klein, und hinter seiner Bravheit versteckte er nichts als Unflat und Schande! Ja, wenn er ehrlich sein wollte – wieviel heimliche Gedanken hatte er vor sich selber verbergen müssen! Wieviel Blicke nach hübschen Mädchen auf der Gasse, wieviel Neid gegen Liebespaare, die ihm abends begegneten, wenn er vom Amt zu seiner Frau nach Hause ging! Und dann die Mordgedanken. Und hatte er nicht den Haß, der ihm selber hätte gelten sollen, auch gegen jenen Schullehrer – – –

Er schrak plötzlich zusammen. Wieder ein Zusammenhang! Der Schullehrer und Mörder hatte ja – Wagner geheißen! Also da saß der Kern! Wagner – so hieß jener Unheimliche, jener wahnsinnige Verbrecher, der seine ganze Familie umgebracht hatte. War nicht mit diesem Wagner irgendwie sein ganzes Leben seit Jahren verknüpft gewesen? Hatte nicht dieser üble Schatten ihn überall verfolgt?

Nun, Gott sei Dank, der Faden war wieder gefunden. Ja, und üben diesen Wagner hatte er einst, in langvergangener besserer Zeit, sehr zornig und empört gescholten und ihm die grausamsten Strafen gewünscht. Und dennoch hatte er später selber, ohne mehr an Wagner zu denken, denselben Gedanken gehabt und hatte mehrmals in einer Art von Vision sich selber gesehen, wie er seine Frau und seine Kinder ums Leben brachte.

Und war denn das nicht eigentlich sehr verständlich? War es nicht richtig? Konnte man nicht sehr leicht dahin kommen, daß die Verantwortung für das Dasein von Kindern einem unerträglich wurde, ebenso unerträglich wie das eigene Wesen und Dasein, das man nur als Irrtum, nur als Schuld und Qual empfand?

Aufseufzend dachte er diesen Gedanken zu Ende. Es schien ihm jetzt ganz gewiß, daß er schon damals, als er ihn zuerst erfuhr, im Herzen jenen Wagnerschen Totschlag verstanden und gebilligt habe, gebilligt natürlich nur als Möglichkeit. Schon damals, als er noch nicht sich unglücklich und sein Leben verpfuscht fühlte, schon damals vor Jahren, als er noch meinte, seine Frau zu lieben und an ihre Liebe glaubte, schon damals hatte sein Innerstes den Schullehrer Wagner verstanden und seinem entsetzlichen Schlachtopfer heimlich zugestimmt. Was er damals sagte und meinte, war immer nur die Meinung seines Verstandes gewesen, nicht die seines Herzens. Sein Herz – jene innerste Wurzel in ihm, aus der das Schicksal wuchs – hatte schon immer und immer eine andere Meinung gehabt, es hatte Verbrechen begriffen und gebilligt. Es waren immer zwei Friedrich Klein dagewesen, ein sichtbarer und ein heimlicher, ein Beamter und ein Verbrecher, ein Familienvater und ein Mörder.

Damals aber war er im Leben stets auf der Seite des »bessern« Ich gestanden, des Beamten und anständigen Menschen, des Ehemannes und rechtlichen Bürgers. Die heimliche Meinung seines Innersten hatte er nie gebilligt, er hatte sie nicht einmal gekannt. Und doch hatte diese innerste Stimme ihn unvermerkt geleitet und schließlich zum Flüchtling und Verworfenen gemacht!

Dankbar hielt er diesen Gedanken fest. Da war doch ein Stück Folgerichtigkeit, etwas wie Vernunft. Es genügte noch nicht, es blieb alles Wichtige noch so dunkel, aber eine gewisse Helligkeit, eine gewisse Wahrheit war doch gewonnen. Und Wahrheit – das war es, worauf es ankam. Wenn ihm nur das kurze Ende des Fadens nicht wieder verlorenging!

Zwischen Wachen und Schlaf vor Erschöpfung fiebernd, immer an der Grenze zwischen Gedanke und Traum, verlor er hundertmal den Faden wieder, fand ihn hundertmal neu. Bis es Tag war und der Gassenlärm zum Fenster hereinscholl.

2

Den Vormittag lief Klein durch die Stadt. Er kam vor ein Hotel, dessen Garten ihm gefiel, ging hinein, sah Zimmer an und mietete eines. Erst im Weggehen sah er sich nach dem Namen des Hauses um und las: Hotel Kontinental. War ihm dieser Name nicht bekannt? Nicht vorausgesagt worden? Ebenso wie Hotel Milano? Er gab es indessen bald auf, zu suchen und war zufrieden in der Atmosphäre von Fremdheit, Spiel und eigentümlicher Bedeutsamkeit, in die sein Leben geraten schien.

Der Zauber von gestern kam allmählich wieder. Es war sehr gut, daß er im Süden war, dachte er dankbar. Er war gut geführt worden. Wäre dies nicht gewesen, dieser liebenswerte Zauber überall, dies ruhige Schlendern und Sichvergessenkönnen, dann wäre er Stunde um Stunde von dem furchtbaren

Gedankenzwang gestanden und wäre verzweifelt. So aber gelang es ihm, stundenlang in angenehmer Müdigkeit dahinzuvegetieren, ohne Zwang, ohne Angst, ohne Gedanken. Das tat ihm wohl. Es war sehr gut, daß es diesen Süden gab, und daß er ihn sich verordnet hatte. Der Süden erleichterte das Leben. Er tröstete. Er betäubte.

Auch jetzt am hellen Tag sah die Landschaft unwahrscheinlich und phantastisch aus, die Berge waren alle zu nah, zu steil, zu hoch, wie von einem etwas verschrobenen Maler erfunden. Schön aber war alles Nahe und Kleine: ein Baum, ein Stück Ufer, ein Haus in schönen heitern Farben, eine Gartenmauer, ein schmales Weizenfeld unter Reben stehend, klein und gepflegt wie ein Hausgarten. Dies alles war lieb und freundlich, heiter und gesellig, es atmete Gesundheit und Vertrauen. Diese kleine, freundliche, wohnliche Landschaft samt ihren stillheitern Menschen konnte man lieben. Etwas lieben zu können – welche Erlösung!

Mit dem leidenschaftlichen Willen, zu vergessen und sich zu verlieren, schwamm der Leidende, auf der Flucht vor den lauernden Angstgefühlen, hingegeben durch die fremde Welt. Er schlenderte ins Freie, in das anmutige, fleißig bestellte Bauernland hinein. Es erinnerte ihn nicht an das Land und Bauerntum seiner Heimat, sondern mehr an Homer und an die Römer, er fand etwas Uraltes, Kultiviertes und doch Primitives darin, eine Unschuld und Reife, die der Norden nicht hat. Die kleinen Kapellen und Bildstöcke, die farbig und zum Teil zerfallend, fast alle von Kindern mit Feldblumen geschmückt, überall an den Wegen zu Ehren von Heiligen standen, schienen ihm denselben Sinn zu haben und vom selben Geist zu stammen wie die vielen kleinen Tempel und Heiligtümer der Alten, die in jedem Hain, Quell und Berg eine Gottheit verehrten und deren heitere Frömmigkeit nach Brot und Wein und Gesundheit duftete. Er kehrte in die Stadt zurück, lief unter hallenden Arkaden, ermüdete sich auf rauhem Steinpflaster, blickte neugierig in offene Läden und Werkstätten, kaufte italienische Zeitungen, ohne sie zu lesen, und geriet endlich müde in einen herrlichen Park am See. Hier schlenderten Kurgäste und saßen lesend auf Bänken, und alte ungeheure Bäume hingen wie in ihr Spiegelbild verliebt überm schwarzgrünen Wasser, das sie dunkel überwölbten. Unwahrscheinliche Gewächse, Schlangenbäume und Perückenbäume, Korkeichen und andre Seltsamkeiten standen frech oder ängstlich oder trauernd im Rasen, der voll Blumen war, und an den fernen jenseitigen Seeufern schwammen weiß und rosig lichte Dörfer und Landhäuser.

Als er auf einer Bank zusammengesunken saß und nah am Einnicken war, riß ein fester elastischer Schritt ihn wach. Auf hohen rotbraunen Schnürstiefeln, im kurzen Rock über dünnen durchbrochenen Strümpfen lief eine Frau vorbei, ein Mädchen, kräftig und taktfest, sehr aufrecht und herausfordernd, elegant, hochmütig, ein kühles Gesicht mit geschminkter Lippenröte und einem hohen dichten Haarbau von hellem, metallischem Gelb. Ihr Blick traf ihn im Vorbeigehen eine Sekunde, sicher und abschätzend wie die Blicke des Portiers und Boys im Hotel, und lief gleichgültig weiter.

Allerdings, dachte Klein, sie hat recht, ich bin kein Mensch, den man beachtet. Unsereinem schaut so eine nicht nach. Dennoch tat die Kürze und Kühle ihres Blickes ihm heimlich weh, er kam sich abgeschätzt und mißachtet vor von jemand, der nur Oberfläche und Außenseite sah, und aus den Tiefen seiner Vergangenheit wuchsen ihm Stacheln und Waffen empor, um sich gegen sie zu wehren. Schon war vergessen, daß ihr feiner belebter Schuh, ihr so sehr elastischer und sicherer Gang, ihr straffes Bein im dünnen Seidenstrumpf ihn einen Augenblick gefesselt und beglückt hatten. Ausgelöscht war das Rauschen ihres Kleides und der dünne Wohlgeruch, der an ihr Haar und an ihre Haut erinnerte. Weggeworfen und zerstampft war der schöne holde Hauch von Geschlecht und Liebesmöglichkeit, der ihn von ihr gestreift hatte. Statt dessen kamen viele Erinnerungen. Wie oft hatte er solche Wesen gesehn, solche junge, sichere und herausfordernde Personen, seien es nun Dirnen oder eitle Gesellschaftsweiber, wie oft hatte ihre schamlose Herausforderung ihn geärgert, ihre Sicherheit ihn irritiert, ihr kühles, brutales Sichzeigen ihn angewidert! Wie manchmal hatte er, auf Ausflügen und in städtischen Restaurants, die Empörung seiner Frau über solche unweibliche und hetärenhafte Wesen von Herzen geteilt!

Mißmutig streckte er die Beine von sich. Dieses Weib hatte ihm seine gute Stimmung verdorben! Er fühlte sich ärgerlich, gereizt und benachteiligt, er wußte: wenn diese mit dem gelben

Haar nochmals vorüberkommen und ihn nochmals mustern würde, dann würde er rot werden und sich in seinen Kleidern, seinem Hut, seinen Schuhen, seinem Gesicht, Haar und Bart unzulänglich und minderwertig vorkommen! Hole sie der Teufel! Schon dies gelbe Haar! Es war falsch, es gab nirgends in der Welt so gelbe Haare. Geschminkt war sie auch. Wie nur ein Mensch sich dazu hergeben konnte, seine Lippen mit Schminke anzumalen – negerhaft! Und solche Leute liefen herum, als gehörte ihnen die Welt, sie besaßen das Auftreten, die Sicherheit, die Frechheit und verdarben anständigen Leuten die Freude.

Mit den wieder aufwogenden Gefühlen von Unlust, Ärger und Befangenheit kam abermals ein Schwall von Vergangenheit heraufgekocht, und plötzlich dazwischen der Einfall: du berufst dich ja auf deine Frau, du gibst ihr ja recht, du ordnest dich ihr wieder unter! Einen Augenblick lang überfloß ihn ein Gefühl wie: ich bin ein Esel, daß ich noch immer mich unter die »anständigen Menschen« rechne, ich bin ja keiner mehr, ich gehöre geradeso wie diese Gelbe zu einer Welt, die nicht mehr meine frühere und nicht mehr die anständige ist, in eine Welt, wo anständig oder unanständig nichts mehr bedeutet, wo jeder für sich das schwere Leben zu leben sucht. Einen Augenblick lang empfand er, daß seine Verachtung für die Gelbe ebenso oberflächlich und unaufrichtig war wie seine einstige Empörung über den Schullehrer und Mörder Wagner und auch seine Abneigung gegen den andern Wagner, dessen Musik er einst als allzu sinnenschwül empfunden hatte. Eine Sekunde lang tat sein verschütteter Sinn, sein verlorengegangenes Ich die Augen auf und sagte ihm mit seinem alleswissenden Blick, daß alle Empörung, aller Ärger, alle Verachtung ein Irrtum und eine Kinderei sei und auf den armen Kerl von Verächter zurückfalle.

Dieser gute, alleswissende Sinn sagte ihm auch, daß er hier wieder vor einem Geheimnis stehe, dessen Deutung für sein Leben wichtig sei, daß diese Dirne oder Weltdame, daß dieser Duft von Eleganz, Verführung und Geschlecht ihm keineswegs zuwider und beleidigend sei, sondern daß er sich diese Urteile nur eingebildet und eingehämmert habe, aus Angst vor seiner wirklichen Natur, aus Angst vor Wagner, aus Angst vor dem Tier und Teufel, den er in sich entdecken konnte, wenn er einmal die Fesseln und Verkleidungen seiner Sitte und Bürgerlichkeit abwürfe. Blitzhaft zuckte etwas wie Lachen, wie Hohnlachen in ihm auf, das aber alsbald wieder schwieg. Es siegte wieder das Mißgefühl. Es war unheimlich, wie jedes Erwachen, jede Erregung, jeder Gedanke ihm immer wieder unfehlbar dorthin traf, wo er schwach und nur zu Qualen fähig war. Nun saß er wieder mitten darin und hatte mit seinem fehlgeratenen Leben, mit seiner Frau, mit seinem Verbrechen, mit der Hoffnungslosigkeit seiner Zukunft zu tun. Angst kam wieder, das allwissende Ich sank unter wie ein Seufzer, den niemand hörte. O welche Qual! Nein, daran war nicht die Gelbe schuld. Und alles, was er gegen sie empfand, tat ihr ja nicht weh, traf nur ihn selber.

Er stand auf und fing zu laufen an. Früher hatte er oft geglaubt, er führe ein ziemlich einsames Leben, und hatte sich mit einiger Eitelkeit eine gewisse resignierte Philosophie zugeschrieben, galt auch unter seinen Kollegen für einen Gelehrten, Leser und heimlichen Schöngeist. Mein Gott, er war nie einsam gewesen! Er hatte mit den Kollegen, mit seiner Frau, mit den Kindern, mit allen möglichen Leuten geredet, und der Tag war dabei vergangen und die Sorgen erträglich geworden. Und auch wenn er allein gewesen war, war es keine Einsamkeit gewesen. Er hatte die Meinungen, die Ängste, die Freuden, die Tröstungen vieler geteilt, einer ganzen Welt. Stets war um ihn her und bis in ihn hinein Gemeinsamkeit gewesen, und auch noch im Alleinsein, im Leid und in der Resignation hatte er stets einer Schar und Menge angehört, einem schützenden Verband, der Welt der Anständigen, Ordentlichen und Braven. Jetzt aber, jetzt schmeckte er Einsamkeit. Jeder Pfeil fiel auf ihn selber, jeder Trostgrund erwies sich als sinnlos, jede Flucht vor der Angst führte nur in jene Welt hinüber, mit der er gebrochen hatte, die ihm zerbrochen und entglitten war. Alles, was sein Leben lang gut und richtig gewesen war, war es jetzt nicht mehr. Alles mußte er aus sich selber holen, niemand half ihm. Und was fand er denn in sich selbst? Ach, Unordnung und Zerrissenheit!

Ein Automobil, dem er auswich, lenkte seine Gedanken ab, warf ihnen neues Futter zu; er fühlte im unausgeschlafenen Schädel Leere und Schwindel. »Automobil«, dachte er, oder sagte es, und wußte nicht, was es bedeute. Da sah er, einen

Augenblick im Schwächegefühl die Augen schließend, ein Bild wieder, das ihm bekannt schien, das ihn erinnerte und seinen Gedanken neues Blut zuführte. Er sah sich auf einem Auto sitzen und es steuern, das war ein Traum, den er einmal geträumt hatte. In jenem Traumgefühl, da er den Lenker hinabgestoßen und sich selber der Steuerung bemächtigt hatte, war etwas wie Befreiung und Triumph gewesen. Es gab da einen Trost, irgendwo, schwer zu finden. Aber es gab einen. Es gab, und sei es auch nur in der Phantasie oder im Traum, die wohltätige Möglichkeit, sein Fahrzeug ganz allein zu steuern, jeden andern Führer hohnlachend vom Bock zu werfen, und wenn das Fahrzeug dann auch Sprünge machte und über Trottoirs oder in Häuser und Menschen hineinfuhr, so war es doch köstlich und war viel besser, als geschützt unter fremder Führung zu fahren und ewig ein Kind zu bleiben.

Ein Kind! Er mußte lächeln. Es fiel ihm ein, daß er als Kind und Jüngling seinen Namen Klein manchmal verflucht und gehaßt hatte. Jetzt hieß er nicht mehr so. War das nicht von Bedeutung – ein Gleichnis, ein Symbol? Er hatte aufgehört, klein und ein Kind zu sein und sich von andern führen zu lassen.

Im Hotel trank er zu seinem Essen einen guten, sanften Wein, den er auf gut Glück bestellt hatte und dessen Namen er sich merkte. Wenige Dinge gab es, die einem halfen, wenige, die trösteten und das Leben erleichterten; diese wenigen Dinge zu kennen war wichtig. Dieser Wein war so ein Ding, und die südliche Luft und Landschaft war eines. Was noch? Gab es noch andre? Ja, das Denken war auch so ein tröstliches Ding, das einem wohl tat und leben half. Aber nicht jedes Denken! O nein, es gab ein Denken, das war Qual und Wahnsinn. Es gab ein Denken, das wühlte schmerzvoll im Unabänderlichen und führte zu nichts als Ekel, Angst und Lebensüberdruß. Ein anderes Denken war es, das man suchen und lernen mußte. War es überhaupt ein Denken? Es war ein Zustand, eine innere Verfassung, die immer nur Augenblicke dauerte und durch angestrengtes Denkenwollen nur zerstört wurde. In diesem höchst wünschenswerten Zustand hatte man Einfälle, Erinnerungen, Visionen, Phantasien, Einsichten von besonderer Art. Der Gedanke (oder Traum) vom Automobil war von dieser Art, von dieser guten und tröstlichen Art, und die plötzlich gekommene Erinnerung an den Totschläger Wagner und an jenes Gespräch, das er vor Jahren über ihn geführt hatte. Der seltsame Einfall mit dem Namen Klein war auch so. Bei diesen Gedanken, diesen Einfällen wichen für Augenblicke die Angst und das scheußliche Unwohlsein einer rasch aufleuchtenden Sicherheit – es war dann, als sei alles gut, das Alleinsein war stark und stolz, die Vergangenheit überwunden, die kommende Stunde ohne Schrecken.

Er mußte das noch erfassen, es mußte sich begreifen und lernen lassen! Er war gerettet, wenn es ihm gelang, häufig Gedanken von jener Art in sich zu finden, in sich zu pflegen und hervorzurufen. Und er sann und sann. Er wußte nicht, wie er den Nachmittag verbrachte, die Stunden schmolzen ihm weg wie im Schlaf, und vielleicht schlief er auch wirklich, wer wollte das wissen. Immerzu kreisten seine Gedanken um jenes Geheimnis. Er dachte sehr viel und mühsam über seine Begegnung mit der Gelben nach. Was bedeutete sie? Wie kam es, daß in ihm diese flüchtige Begegnung, das sekundenkurze Wechseln eines Blickes mit einem fremden, schönen, aber ihm unsympathischen Weibe für lange Stunden zur Quelle von Gedanken, von Gefühlen, von Erregungen, Erinnerungen, Selbstpeinigungen, Anklagen wurde? Wie kam das? Ging das andern auch so? Warum hatten die Gestalt, der Gang, das Bein, der Schuh und Strumpf der Gelben ihn einen winzigen Moment entzückt? Warum hatte dann ihr kühl abwägender Blick ihn so sehr ernüchtert? Warum hatte dieser fatale Blick ihn nicht bloß ernüchtert und aus der kurzen erotischen Bezauberung geweckt, sondern ihn auch beleidigt, empört und vor sich selbst entwertet? Warum hatte er gegen diesen Blick lauter Worte und Erinnerungen ins Feld geführt, welche seiner einstigen Welt angehörten, Worte, die keinen Sinn mehr hatten, Gründe, an die er nicht mehr glaubte? Er hatte Urteile seiner Frau, Worte seiner Kollegen, Gedanken und Meinungen seines einstigen Ich, des nicht mehr vorhandenen Bürgers und Beamten Klein, gegen jene gelbe Dame und ihren unangenehmen Blick aufgeboten, er hatte das Bedürfnis gehabt, sich gegen diesen Blick mit allen erdenklichen Mitteln zu rechtfertigen, und hatte einsehen müssen, daß seine Mittel lauter alte Münzen waren, welche nicht mehr galten. Und aus allen diesen langen, peinlichen Erwägungen war ihm nichts geworden als Beklemmung, Unruhe und leidvolles Gefühl des eigenen Unrechts! Nur einen einzigen Moment aber hatte er jenen andren, so sehr zu wünschenden Zustand wieder empfunden, einen Moment lang hatte er innerlich zu all jenen peinlichen Erwägungen den Kopf geschüttelt und es besser gewußt. Er hatte gewußt, eine Sekunde lang: Meine Gedanken über die Gelbe sind dumm und unwürdig, Schicksal steht über ihr wie über mir, Gott liebt sie, wie er mich liebt.

Woher war diese holde Stimme gekommen? Wo konnte man sie wiederfinden, wie sie wieder herbeilocken, auf welchem Ast saß dieser seltne, scheue Vogel? Diese Stimme sprach die Wahrheit, und Wahrheit war Wohltat, Heilung, Zuflucht. Diese Stimme entstand, wenn man im Herzen mit dem Schicksal einig war und sich selber liebte; sie war Gottes Stimme, oder war die Stimme des eigenen, wahrsten, innersten Ich, jenseits von allen Lügen, Entschuldigungen und Komödien.

Warum konnte er diese Stimme nicht immer hören? Warum flog die Wahrheit an ihm immer vorbei wie ein Gespenst, das man nur mit halbem Blick im Vorbeihuschen sehen kann und das verschwindet, wenn man den vollen Blick darauf richtet? Warum sah er wieder und wieder diese Glückspforte offenstehen, und wenn er hineinwollte, war sie doch geschlossen!

In seinem Zimmer aus einem Schlummer aufwachend, griff er nach einem Bändchen Schopenhauer, das auf dem Tischchen lag und das ihn meistens auf Reisen begleitete. Er schlug blindlings auf und las einen Satz: »Wenn wir auf unsern zurückgelegten Lebensweg zurücksehn und zumal unsre unglücklichen Schritte, nebst ihren Folgen, ins Auge fassen, so begreifen wir oft nicht, wie wir haben dieses tun, oder jenes unterlassen können; so daß es aussieht, als hätte eine fremde Macht unsre Schritte gelenkt. Goethe sagt im Egmont: Es glaubt der Mensch sein Leben zu leiten, sich selbst zu führen; und sein Innerstes wird unwiderstehlich nach seinem Schicksal gezogen.« – Stand da nicht etwas, was ihn anging? Was mit seinen heutigen Gedanken nah und innig zusammenhing? – Begierig las er weiter, doch es kam nichts mehr, die folgenden Zeilen und Sätze ließen ihn unberührt. Er legte das Buch weg, sah auf die Taschenuhr, fand sie unaufgezogen und abgelaufen, stand auf und blickte durchs Fenster, es schien gegen Abend zu sein.

Er fühlte sich etwas angegriffen wie nach starker geistiger Anstrengung, aber nicht unangenehm und fruchtlos erschöpft, sondern sinnvoll ermüdet wie nach befriedigender Arbeit. Ich habe wohl eine Stunde oder mehr geschlafen, dachte er, und trat vor den Spiegelschrank, um sein Haar zu bürsten. Es war ihm seltsam frei und wohl zumute, und im Spiegel sah er sich lächeln! Sein bleiches überanstrengtes Gesicht, das er seit langem nur noch verzerrt und starr und irr gesehen hatte, stand in einem sanften, freundlichen, guten Lächeln. Verwundert schüttelte er den Kopf und lächelte sich selber zu.

Er ging hinab, im Restaurant wurde an einigen Tischen schon soupiert. Hatte er nicht eben erst gegessen? Einerlei, er hatte große Lust, es sofort wieder zu tun, und er bestellte, mit Eifer den Kellner befragend, eine gute Mahlzeit.

»Will der Herr vielleicht heut abend nach Castiglione fahren?« fragte ihn der Kellner beim Vorlegen. »Es geht ein Motorboot vom Hotel.«

Klein dankte mit Kopfschütteln. Nein, solche Hotelveranstaltungen waren nichts für ihn. – Castiglione? Davon hatte er schon sprechen hören. Es war ein Vergnügungsort mit einer Spielbank, so etwas wie ein kleines Monte Carlo. Lieber Gott, was sollte er dort tun?

Während der Kaffee gebracht wurde, nahm er aus dem Blumenstrauß, der in einer Kristallvase vor ihm stand, eine kleine weiße Rose und steckte sie an. Von einem Nebentische her streifte ihn der Rauch einer frisch angezündeten Zigarre. Richtig, eine gute Zigarre wollte er auch haben.

Unschlüssig stieg er dann vor dem Hause hin und her. Ganz gerne wäre er wieder in jene dörfliche Gegend gegangen, wo er gestern abend beim Gesang der Italienerin und dem magischen Funkentanz der Leuchtkäfer zum erstenmal die süße Wirklichkeit des Südens gespürt hatte. Aber es zog ihn auch zum Park, an das schattig überlaubte stille Wasser, zu den seltsamen Bäumen, und wenn er die Dame mit dem gelben Haar wieder angetroffen hätte, so würde ihr kalter Blick ihn jetzt nicht ärgern noch beschämen. Übrigens – wie unausdenklich lang war es seit gestern! Wie fühlte er sich in diesem Süden schon heimisch! Wieviel hatte er erlebt, gedacht, erfahren!

Er schlenderte eine Straße weit, umflossen von einem guten, sanften Sommerabendwind. Nachtfalter kreisten leidenschaftlich um die eben entzündeten Straßenlaternen, fleißige Leute schlossen spät ihre Geschäfte zu und klappten Eisenstangen vor die Läden, viele Kinder trieben sich noch herum und rannten bei ihren Spielen zwischen den kleinen Tischen der Cafés herum, an denen mitten auf der Straße Kaffee und Limonaden getrunken wurden. Ein Marienbild in einer Wandnische lächelte im Schein brennender Lichter. Auch auf den Bänken am See war noch Leben, wurde gelacht, gestritten, gesungen, und auf dem Wasser schwamm hier und dort noch ein Boot mit hemdärmeligen Ruderern und Mädchen in weißen Blusen.

Klein fand leicht den Weg zum Park wieder, aber das hohe Tor stand geschlossen. Hinter den hohen Eisenstangen stand die schweigende Baumfinsternis fremd und schon voll Nacht und Schlaf. Er blickte lang hinein. Dann lächelte er, und es wurde ihm nun erst der heimliche Wunsch bewußt, der ihn an diese Stelle vor das verschlossene Eisentor getrieben hatte. Nun, es war einerlei, es ging auch ohne Park.

Auf einer Bank am See saß er friedlich und sah dem vorübertreibenden Volk zu. Er entfaltete im hellen Laternenlicht eine italienische Zeitung und versuchte zu lesen. Er verstand nicht alles, aber jeder Satz, den er zu übersetzen vermochte, machte ihm Spaß. Erst allmählich begann er, über die Grammatik weg, auf den Sinn zu achten, und fand mit einem gewissen Erstaunen, daß der Artikel eine heftige, erbitterte Schmähung seines Volkes und Vaterlandes war. Wie seltsam, dachte er, das alles gibt es noch! Die Italiener schrieben über sein Volk, genau so wie die heimischen Zeitungen es immer über Italien getan hatten, genau so richtend, genau so empört, genau so unfehlbar vom eigenen Recht und fremden Unrecht überzeugt! Auch daß diese Zeitung mit ihrem Haß und ihrem grausamen Aburteilen ihn nicht zu empören und zu ärgern vermochte, war ja seltsam. Oder nicht? Nein, wozu sich empören? Das alles war ja die Art und Sprache einer Welt, zu der er nicht mehr gehörte. Sie mochte die gute, die bessere, die richtige Welt sein – es war nicht mehr die seine.

Er ließ die Zeitung auf der Bank liegen und ging weiter. Aus einem Garten strahlten über dicht blühenden Rosenstämmen hinweg hundert bunte Lichter. Menschen gingen hinein, er schloß sich an, eine Kasse, Aufwärter, eine Wand mit Plakaten. Mitten im Garten war ein Saal ohne Wände, nur ein großes Zeltdach, von welchem alle die zahllosen vielfarbigen Lampen niederhingen. Viele halbbesetzte Gartentische füllten den luftigen Saal; im Hintergrunde silbern, grün und rosa in grellen Farben glitzerte überhell eine schmale erhöhte Bühne. Unter der Rampe saßen Musikanten, ein kleines Orchester. Beschwingt und licht atmete die Flöte in die bunte warme Nacht hinaus, die Oboe satt und schwellend, das Cello sang dunkel, bang und warm. Auf der Bühne darüber sang ein alter Mann komische Lieder, sein gemalter Mund lachte starr, in seinem kahlen bekümmerten Schädel spiegelte das üppige Licht.

Klein hatte nichts dergleichen gesucht, einen Augenblick fühlte er etwas wie Enttäuschung und Kritik und die alte Scheu vor dem einsamen Sitzen inmitten einer frohen und eleganten Menge; die künstliche Lustbarkeit schien ihm schlecht in den duftenden Gartenabend zu stimmen. Doch setzte er sich, und das aus so vielen buntfarbigen gedämpften Lampen niederrinnende Licht versöhnte ihn alsbald, es hing wie ein Zauberschleier über dem offenen Saal. Zart und innig glühte die kleine Musik herüber, gemischt mit dem Duft der vielen Rosen. Die Menschen saßen heiter und geschmückt in gedämpfter Fröhlichkeit; über Tassen, Flaschen und Eisbechern schwebten, von dem milden farbigen Licht hold behaucht und bepudert, helle Gesichter und schillernde Frauenhüte, und auch das gelbe und rosige Eis in den Bechern, die Gläser mit roten, grünen, gelben Limonaden klangen in dem Bilde festlich und juwelenhaft mit.

Niemand hörte dem Komiker zu. Der dürftige Alte stand gleichgültig und vereinsamt auf seiner Bühne und sang, was er gelernt hatte, das köstliche Licht floß an seiner armen Gestalt herab. Er endete sein Lied und schien zufrieden, daß er gehen konnte. An den vordersten Tischen klatschten zwei, drei Menschen mit den Händen. Der Sänger trat ab und erschien bald darauf durch den Garten im Saale, an einem der ersten Tische beim Orchester nahm er Platz. Eine junge Dame schenkte ihm Sodawasser in ein Glas, sie erhob sich dabei halb, und Klein blickte hin. Es war die mit den gelben Haaren.

Jetzt tönte von irgendwoher eine schrille Klingel lang und dringlich, es entstand Bewegung in der Halle. Viele gingen ohne Hut und Mantel hinaus. Auch der Tisch beim Orchester leerte sich, die Gelbe lief mit den andern hinaus, ihr Haar glänzte hell noch draußen in der Gartendämmerung. An dem Tisch blieb nur der alte Sänger sitzen.

Klein gab sich einen Stoß und ging hinüber. Er grüßte den Alten höflich, der nickte nur.

»Können Sie mir sagen, was dies Klingeln bedeutet?« fragte Klein.

»Pause«, sagte der Komiker.

»Und wohin sind all die Leute gegangen?«

»Spielen. Jetzt ist eine halbe Stunde Pause, und so lange kann man im Kursaal drüben spielen.«

»Danke. – Ich wußte nicht, daß auch hier eine Spielbank ist.«

»Nicht der Rede wert. Nur für Kinder, höchster Einsatz fünf Franken.«

»Danke sehr.«

Er hatte schon wieder den Hut gezogen und sich umgedreht. Da fiel ihm ein, er könnte den Alten nach der Gelben fragen. Der kannte sie.

Er zögerte, den Hut noch in der Hand. Dann ging er weg. Was wollte er eigentlich? Was ging sie ihn an? Doch spürte er, sie ging ihn trotzdem an. Es war nur Schüchternheit, irgendein Wahn, eine Hemmung. Eine leise Welle von Unmut stieg in ihm auf, eine dünne Wolke. Schwere war wieder im Anzug, jetzt war er wieder befangen, unfrei und über sich selbst ärgerlich. Es war besser, er ging nach Hause. Was tat er hier, unter den vergnügten Leuten? Er gehörte nicht zu ihnen.

Ein Kellner, der Zahlung verlangte, störte ihn. Er war ungehalten.

»Können Sie nicht warten, bis ich rufe?«

»Entschuldigen, ich dachte, der Herr wolle gehen. Mir ersetzt es niemand, wenn einer drausläuft.«

Er gab mehr Trinkgeld, als nötig war.

Als er die Halle verließ, sah er aus dem Garten her die Gelbe zurückkommen. Er wartete und ließ sie an sich vorübergehen. Sie schritt aufrecht, stark und leicht wie auf Federn. Ihr Blick traf ihn, kühl, ohne Erkennen. Er sah ihr Gesicht hell beleuchtet, ein ruhiges und kluges Gesicht, fest und blaß, ein wenig blasiert, der geschminkte Mund blutrot, graue Augen voll Wachsamkeit, ein schönes, reich ausgeformtes Ohr, an dem ein grüner länglicher Stein blitzte. Sie ging in weißer Seide, der schlanke Hals sank in Opalschatten hinab, von einer dünnen Kette mit grünen Steinen umspannt.

Er sah sie an, heimlich erregt, und wieder mit zwiespältigem Eindruck. Etwas an ihr lockte, erzählte von Glück und Innigkeit, duftete nach Fleisch und Haar und gepflegter Schönheit, und etwas anderes stieß ab, schien unecht, ließ Enttäuschung fürchten. Es war die alte, anerzogene und ein Leben lang gepflegte Scheu vor dem, was er als dirnenhaft empfand, vor dem bewußten Sichzeigen des Schönen, vor dem offenen Erinnern an Geschlecht und Liebeskampf. Er spürte wohl, daß der Zwiespalt in ihm selbst lag. Da war wieder Wagner, da war wieder die Welt des Schönen, aber ohne Zucht, des Reizenden, aber ohne Verstecktheit, ohne Scheu, ohne schlechtes Gewissen. Da steckte ein Feind in ihm, der ihm das Paradies verbot.

Die Tische in der Halle wurden jetzt von Dienern umgestellt und ein freier Raum in der Mitte geschaffen. Ein Teil der Gäste war nicht wiedergekommen.

»Dableiben«, rief ein Wunsch in dem einsamen Mann. Er spürte voraus, was für eine Nacht ihm bevorstand, wenn er jetzt fortging. Eine Nacht wie die vorige, wahrscheinlich eine noch schlimmere. Wenig Schlaf, mit bösen Träumen, Hoffnungslosigkeit und Selbstquälerei, dazu das Geheul der Sinne, der Gedanke an die Kette von grünen Steinen auf der weißen und perlfarbigen Frauenbrust. Vielleicht war schon bald, bald der Punkt erreicht, wo das Leben nicht mehr auszuhalten war. Und er hing doch am Leben, sonderbar genug. Ja, tat er das? Wäre er denn sonst hier? Hätte er seine Frau verlassen, hätte er die Schiffe hinter sich verbrannt, hätte er diesen ganzen bösartigen Apparat in Anspruch genommen, alle diese Schnitte ins eigene Fleisch, und wäre er schließlich in diesen Süden hergereist, wenn er nicht am Leben hinge, wenn nicht Wunsch und Zukunft in ihm waren? Hatte er es nicht heut gefühlt, klar und wunderschön, bei dem guten Wein, vor dem geschlossenen Parktor, auf der Bank am Kai?

Er blieb und fand Platz am Tisch neben jenem, wo der Sänger und die Gelbe saßen. Dort waren sechs, sieben Menschen beisammen, welche sichtlich hier zu Hause waren, gewissermaßen ein Teil dieser Veranstaltung und Lustbarkeit waren.

Er blickte beständig zu ihnen hinüber. Zwischen ihnen und den Stammgästen dieses Gartens bestand Vertraulichkeit, auch die Leute vom Orchester kannten sie und gingen an ihrem Tische ab und zu oder riefen Witze herüber, sie nannten die Kellner du und mit den Vornamen. Es wurde deutsch, italienisch und französisch durcheinander gesprochen.

Klein betrachtete die Gelbe. Sie blieb ernst und kühl, er hatte sie noch nicht lächeln sehen, ihr beherrschtes Gesicht schien unveränderlich. Er konnte sehen, daß sie an ihrem Tische etwas galt, Männer und Mädchen hatten gegen sie einen Ton von kameradschaftlicher Achtung. Er hörte nun auch ihren Namen nennen: Teresina. Er besann sich, ob sie schön sei, ob sie ihm eigentlich gefalle. Er konnte es nicht sagen. Schön war ohne Zweifel ihr Wuchs und ihr Gang, sogar ungewöhnlich schön, ihre Haltung beim Sitzen und die Bewegungen ihrer sehr gepflegten Hände. An ihrem Gesicht und Blick aber beschäftigte und irritierte ihn die stille Kühle, die Sicherheit und Ruhe der Mienen, das fast maskenhaft Starre. Sie sah aus wie ein Mensch, der seinen eigenen Himmel und seine eigene Hölle hat, welche niemand mit ihm teilen kann. Auch in dieser Seele, welche durchaus hart, spröde und vielleicht stolz, ja böse schien, auch in dieser Seele mußte Wunsch und Leidenschaft brennen. Welcherlei Gefühle suchte und liebte sie, welche floh sie? Wo waren ihre Schwächen, ihre Ängste, ihr Verborgenes? Wie sah sie aus, wenn sie lachte, wenn sie schlief, wenn sie weinte, wenn sie küßte?

Und wie kam es, daß sie nun seit einem halben Tage seine Gedanken beschäftigte, daß er sie beobachten, sie studieren, sie fürchten, sich über sie ärgern mußte, während er noch nicht einmal wußte, ob sie ihm gefalle oder nicht?

War sie vielleicht ein Ziel und Schicksal für ihn? Zog eine heimliche Macht ihn zu ihr, wie sie ihn nach dem Süden gezogen hatte? Ein angeborener Trieb, eine Schicksalslinie, ein lebenslanger unbewußter Drang? War die Begegnung mit ihr ihm vorbestimmt? Über ihn verhängt?

Er hörte ein Bruchstück ihres Gesprächs mit angestrengtem Lauschen aus dem vielstimmigen Geplauder heraus. Zu einem hübschen, geschmeidigen, eleganten Jüngling mit gewelltem schwarzem Haar und glattem Gesicht hörte er sie sagen: »Ich möchte noch einmal richtig spielen, nicht hier, nicht um Pralinés, drüben in Castiglione oder in Monte Carlo.« Und dann, auf seine Antwort hin, nochmals: »Nein, Sie wissen ja gar nicht, wie das ist! Es ist vielleicht häßlich, es ist vielleicht nicht klug, aber es ist hinreißend.«

Nun wußte er etwas von ihr. Es machte ihm großes Vergnügen, sie beschlichen und belauscht zu haben. Durch ein erleuchtetes kleines Fenster hatte er, der Fremde, von außen her, auf Posten stehend, einen kurzen Späherblick in ihre Seele werfen können. Sie hatte Wünsche. Sie wurde von Verlangen gequält nach etwas, was erregend und gefährlich war, nach etwas, an das man sich verlieren konnte. Es war ihm lieb, das zu wissen. – Und wie war das mit Castiglione? Hatte er davon nicht heut schon einmal reden hören? Wann? Wo?

Einerlei, er konnte jetzt nicht denken. Aber er hatte jetzt wieder, wie schon mehrmals in diesen seltsamen Tagen, die Empfindung, daß alles, was er tat, hörte, sah und dachte, voll von Beziehung und Notwendigkeit war, daß ein Führer ihn leite, daß lange, ferne Ursachenreihen ihre Früchte trugen. Nun, mochten sie ihre Früchte tragen. Es war gut so.

Wieder überflog ihn ein Glücksgefühl, ein Gefühl von Ruhe und Sicherheit des Herzens, wunderbar entzückend für den, der die Angst und das Grauen kennt. Er erinnerte sich eines Wortes aus seiner Knabenzeit. Sie hatten, Schulknaben, miteinander darüber gesprochen, wie es wohl die Seiltänzer machen, daß sie so sicher und angstlos auf dem Seil gehen konnten. Und einer hatte gesagt: »Wenn du auf dem Stubenboden einen Kreidestrich ziehst, ist es gerade so schwer, genau auf diesem Kriedestrich vorwärtszugehen, wie auf dem dünnsten Seil. Und doch tut man es ruhig, weil keine Gefahr dabei ist. Wenn du dir vorstellst, es sei bloß ein Kreidestrich, und die Luft daneben sei Fußboden, dann kannst du auf jedem Seil sicher gehen.« Das fiel ihm ein. Wie schön war das! War es bei ihm nicht vielleicht umgekehrt? Ging es ihm nicht so, daß er auch auf keinem ebenen Boden mehr ruhig und sicher gehen konnte, weil er ihn für ein Seil hielt?

Er war innig froh darüber, daß solche tröstliche Sachen ihm einfallen konnten, daß sie in ihm schlummerten und je und je zum Vorschein kamen. In sich innen trug man alles, worauf es ankam, von außen konnte niemand einem helfen. Mit sich selbst nicht im Krieg liegen, mit sich selbst in Liebe und Vertrauen leben – dann konnte man alles. Dann konnte man nicht nur seiltanzen, dann konnte man fliegen.

Eine Weile hing er, alles um sich her vergessend, diesen Gefühlen auf weichen, schlüpfrigen Pfaden der Seele in sich nachtastend wie ein Jäger und Pfadfinder, mit auf die Hand gestütztem Kopfe wie entrückt über seinem Tisch. In diesem Augenblick sah die Gelbe herüber und sah ihn an. Ihr Blick verweilte nicht lang, aber er las aufmerksam in seinem Gesicht, und als er es fühlte und ihr entgegenblickte, spürte er etwas wie Achtung, etwas wie Teilnahme und auch etwas wie Verwandtschaft. Diesmal tat ihr Blick ihm nicht weh, tat ihm nicht Unrecht. Diesmal, so fühlte er, sah sie ihn, ihn selbst, nicht seine Kleider und Manieren, seine Frisur und seine Hände, sondern das Echte, Unwandelbare, Geheimnisvolle an ihm, das Einmalige, Göttliche, das Schicksal.

Er bat ihr ab, was er heut Bittres und Häßliches über sie gedacht hatte. Aber nein, da war nichts abzubitten. Was er Böses und Törichtes über sie gedacht, gegen sie gefühlt hatte, das waren Schläge gegen ihn selbst gewesen, nicht gegen sie. Nein, es war gut so.

Plötzlich erschreckte ihn der Wiederbeginn der Musik. Das Orchester stimmte einen Tanz an. Aber die Bühne blieb leer und dunkel, statt auf sie waren die Blicke der Gäste nach dem leeren Viereck zwischen den Tischen gerichtet. Er erriet, es würde getanzt werden.

Aufblickend sah er am Nebentisch die Gelbe und den jungen bartlosen Elegant sich erheben. Er lächelte über sich, als er bemerkte, wie er auch gegen diesen Jüngling Widerstände fühlte, wie er nur mit Widerwillen seine Eleganz, seine sehr netten Manieren, sein hübsches Haar und Gesicht anerkannte. Der Jüngling bot ihr die Hand, führte sie in den freien Raum, ein zweites Paar trat an, und nun tanzten die beiden Paare elegant, sicher und hübsch einen Tango. Er verstand nicht viel davon, aber er sah bald, daß Teresina wunderbar tanze. Er sah: sie tat etwas, was sie verstand und bemeisterte, was in ihr lag und natürlich aus ihr herauskam. Auch der Jüngling mit dem gewellten schwarzen Haar tanzte gut, sie paßten zusammen. Ihr Tanz erzählte den Zuschauern lauter angenehme, lichte, einfache und freundliche Dinge. Leicht und zart lagen ihre Hände ineinander, willig und froh taten ihre Knie, ihre

Arme, ihre Füße und Leiber die zartkräftige Arbeit. Ihr Tanz drückte Glück und Freude aus, Schönheit und Luxus, gute Lebensart und Lebenskunst. Er drückte auch Liebe und Geschlechtlichkeit aus, aber nicht wild und glühend, sondern eine Liebe voll Selbstverständlichkeit, Naivität und Anmut. Sie tanzten den reichen Leuten, den Kurgästen das Schöne vor, das in deren Leben lag und das diese selber nicht ausdrücken und ohne eine solche Hilfe nicht einmal empfinden konnten. Diese bezahlten, geschulten Tänzer dienten der guten Gesellschaft zu einem Ersatz. Sie, die selber nicht so gut und geschmeidig tanzten, die angenehme Spielerei ihres Lebens nicht recht genießen konnten, ließen sich von diesen Leuten vortanzen, wie gut sie es hatten. Aber das war es nicht allein. Sie ließen sich nicht nur eine Schwerelosigkeit und heitere Selbstherrlichkeit des Lebens vorspielen, sie wurden auch an Natur und Unschuld der Gefühle und Sinne gemahnt. Aus ihrem überhasteten und überarbeiteten oder auch faulen und übersättigten Leben, das zwischen wilder Arbeit, wildem Vergnügen und erzwungener Sanatoriumspönitenz pendelte, blickten sie lächelnd, dumm und heimlich gerührt auf den Tanz dieser hübschen und gewandten jungen Menschen wie auf einen holden Lebensfrühling hin, wie auf ein fernes Paradies, das man verloren hat und von dem man nur noch an Feiertagen den Kindern erzählt, an das man kaum mehr glaubt, von dem man aber nachts mit brennendem Begehren träumt.

Und nun ging während des Tanzes mit dem Gesicht der Gelbhaarigen eine Veränderung vor, welcher Friedrich Klein mit reinem Entzücken zuschaute. Ganz allmählich und unmerklich, wie das Rosenrot über einen Morgenhimmel, kam über ihr ernstes, kühles Gesicht ein langsam wachsendes, langsam sich erwärmendes Lächeln. Gradaus vor sich hinblickend, lächelte sie wie erwachend, so als sei sie, die Kühle, erst nun durch den Tanz zum vollen Leben erwärmt worden. Auch der Tänzer lächelte, und auch das zweite Paar lächelte, und auf allen vier Gesichtern war es wunderhübsch, obwohl es wie maskenhaft und unpersönlich erschien – aber bei Teresina war es am schönsten und geheimnisvollsten, niemand lächelte so wie sie, so unberührt von außen, so im eigenen Wohlgefühl von innen her aufblühend. Er sah es mit tiefer Rührung, es ergriff ihn wie die Entdeckung eines heimlichen Schatzes.

»Was für wundervolles Haar sie hat!« hörte er in der Nähe jemand leise rufen. Er dachte daran, daß er dies wundervolle blondgelbe Haar geschmäht und bezweifelt hatte.

Der Tango war zu Ende, Klein sah Teresina einen Augenblick neben ihrem Tänzer stehen, der ihre linke Hand mit den Fingern noch in Schulterhöhe hielt, und sah den Zauber auf ihrem Gesicht nachleuchten und langsam schwinden. Es wurde halblaut geklatscht, und jedermann blickte den beiden nach, als sie mit schwebendem Schritt an ihren Tisch zurückkehrten.

Der nächste Tanz, der nach einer kurzen Pause begann, wurde nur von einem einzigen Paar ausgeführt, von Teresina und ihrem hübschen Partner. Es war ein freier Phantasietanz, eine kleine komplizierte Dichtung, beinahe schon eine Pantomime, die jeder Tänzer für sich allein spielte und die nur in einigen aufleuchteden Höhepunkten und im galoppierend raschen Schlußtanz zum Paartanz wurde.

Hier schwebte Teresina, die Augen voll von Glück, so aufgelöst und innig dahin, folgte mit schwerelosen Gliedern so selig den Werbungen der Musik, daß es still in der Halle wurde und alle hingegeben auf sie schauten. Der Tanz endete mit einem heftigen Wirbel, wobei Tänzer und Tänzerin sich nur mit Händen und Fußspitzen berührten und sich, weit hintenüber hängend, bacchantisch im Kreise drehten.

Bei diesem Tanz hatte jedermann das Gefühl, daß die beiden Tanzenden in ihren Gebärden und Schritten, in Trennung und Wiedervereinigung, in immer erneutem Wegwerfen und Wiederergreifen des Gleichgewichtes Empfindungen darstellten, die allen Menschen vertraut und zutiefst erwünscht sind, die aber nur von wenigen Glücklichen so einfach, stark und unverborgen erlebt werden: die Freude des gesunden Menschen an sich selber, die Steigerung dieser Freude in der Liebe zum andern, das gläubige Einverstandensein mit der eigenen Natur, die vertrauensvolle Hingabe an die Wünsche, Träume und Spiele des Herzens. Viele empfanden für einenAugenblick nachdenkliche Trauer darüber, daß zwischen ihrem Leben und ihren Trieben so viel Zwiespalt und Streit bestand, daß ihr Leben kein Tanz, sondern ein mühsames Keuchen unter Lasten war – Lasten, die schließlich nur sie selber sich aufgebürdet hatten.

Friedrich Klein blickte, während er dem Tanz folgte, durch

viele vergangene Jahre seines Lebens hindurch wie durch einen finstern Tunnel, und jenseits lag in Sonne und Wind grün und strahlend das Verlorene, die Jugend, das starke einfache Fühlen, die gläubige Bereitschaft zum Glück – und all dies lag wieder seltsam nah, nur einen Schritt weit, durch Zauber herangezogen und gespiegelt.

Das innige Lächeln des Tanzes noch auf dem Gesicht, kam Teresina jetzt an ihm vorüber. Ihn durchfloß Freude und entzückte Hingabe. Und als habe er sie gerufen, blickte sie ihn plötzlich innig an, noch nicht erwacht, die Seele noch voll Glück, das süße Lächeln noch auf den Lippen. Und auch er lächelte ihr zu, dem nahen Glücksschimmer, durch den finstern Schacht so vieler verlorener Jahre.

Zugleich stand er auf, und gab ihr die Hand, wie ein alter Freund, ohne ein Wort zu sagen. Die Tänzerin nahm sie und hielt sie einen Augenblick fest, ohne stehenzubleiben. Er folgte ihr. Am Tisch der Künstler wurde ihm Platz gemacht, nun saß er neben Teresina und sah die länglichen grünen Steine auf der hellen Haut ihres Halses schimmern.

Er nahm nicht an den Gesprächen teil, von denen er das wenigste verstand. Hinter Teresinas Kopf sah er, im grelleren Licht der Gartenlaternen, die blühenden Rosenstämme, dunkle volle Kugeln, abgezeichnet, hier und da von Leuchtkäfern überflogen. Seine Gedanken ruhten, es gab nichts zu denken. Die Rosenkugeln schaukelten leicht im Nachtwind. Teresina saß neben ihm, an ihrem Ohr hing glitzernd der grüne Stein. Die Welt war in Ordnung.

Jetzt legte Teresina die Hand auf seinen Arm.

»Wir werden miteinander sprechen. Nicht hier. Ich erinnere mich jetzt, Sie im Park gesehen zu haben. Ich bin morgen dort, um die gleiche Zeit. Ich bin jetzt müde und muß bald schlafen. Gehen Sie lieber vorher, sonst pumpen meine Kollegen Sie an.«

Da ein Kellner vorüberlief, hielt sie ihn an:

»Eugenio, der Herr will zahlen.«

Er zahlte, gab ihr die Hand, zog den Hut, und ging davon, dem See nach, er wußte nicht wohin. Unmöglich, jetzt sich in sein Hotelzimmer zu legen. Er lief die Seestraße weiter, zum Städtchen und den Vororten hinaus, bis die Bänke am Ufer und die Anlagen ein Ende nahmen. Da setzte er sich auf die

Ufermauer und sang vor sich hin, ohne Stimme, verschollene Liederbruchstücke aus Jugendjahren. Bis es kalt wurde und die steilen Berge eine feindselige Fremdheit annahmen. Da ging er zurück, den Hut in der Hand.

Ein verschlafener Nachtportier öffnete ihm die Tür.

»Ja, ich bin etwas spät«, sagte Klein und gab ihm einen Franken.

»Oh, wir sind das gewohnt. Sie sind noch nicht der letzte. Das Motorboot von Castiglione ist auch noch nicht zurück.«

3

Die Tänzerin war schon da, als Klein sich im Park einfand. Sie ging mit ihrem federnden Schritt im Innern des Gartens um die Rasenstücke und stand plötzlich am schattigen Eingang eines Gehölzes vor ihm.

Teresina musterte ihn aufmerksam mit den hellgrauen Augen, ihr Gesicht war ernst und etwas ungeduldig. Sofort im Gehen fing sie zu sprechen an.

»Können Sie mir sagen, was das gestern war? Wie kommt das, daß wir uns so in den Weg liefen? Ich habe darüber nachgedacht. Ich sah Sie gestern im Kursaalgarten zweimal. Das erste Mal standen Sie am Ausgang und sahen mich an, Sie sahen gelangweilt oder geärgert aus, und als ich Sie sah, fiel mir ein: dem bin ich schon einmal im Park begegnet. Es war kein guter Eindruck, und ich gab mir Mühe, Sie gleich wieder zu vergessen. Dann sah ich Sie wieder, kaum eine Viertelstunde später. Sie saßen am Nebentisch und sahen plötzlich ganz anders aus, ich merkte nicht gleich, daß Sie derselbe seien, der mir vorher begegnet war. Und dann, nach meinem Tanz, standen Sie auf einmal vor mir und hielten mich an der Hand, oder ich Sie, ich weiß nicht recht. Wie ging das zu? Sie müssen doch etwas wissen. Aber ich hoffe, Sie sind nicht etwa gekommen, um mir Liebeserklärungen zu machen?«

Sie sah ihn befehlend an.

»Ich weiß nicht«, sagte Klein. »Ich bin nicht mit bestimmten Absichten gekommen. Ich liebe Sie, seit gestern, aber wir brauchen ja nicht davon zu sprechen.«

»Ja, sprechen wir von anderm. Es war gestern einen Augenblick etwas zwischen uns da, was mich beschäftigt und auch erschreckt hat, als hätten wir irgend etwas Ähnliches oder Gemeinsames. Was ist das? Und, die Hauptsache: Was war das für eine Verwandlung mit Ihnen? Wie war es möglich, daß Sie innerhalb einer Stunde zwei so ganz verschiedene Gesichter haben konnten? Sie sahen aus wie ein Mensch, der sehr Wichtiges erlebt hat.«

»Wie sah ich aus?« fragte er kindlich.

»Oh, zuerst sahen Sie aus wie ein älterer, etwas vergrämter, unangenehmer Herr. Sie sahen aus wie ein Philister, wie ein Mann, der gewohnt ist, den Zorn über seine eigene Unfähigkeit an andern auszulassen.«

Er hörte mit gespannter Teilnahme zu und nickte lebhaft. Sie fuhr fort:

»Und dann, nachher, das läßt sich nicht gut beschreiben. Sie saßen etwas vorgebückt; als Sie mir zufällig in die Augen fielen, dachte ich in der ersten Sekunde noch: Herrgott, haben diese Philister traurige Haltungen! Sie hatten den Kopf auf die Hand gestützt, und das sah nun plötzlich so seltsam aus: es sah aus, als wären Sie der einzige Mensch in der Welt, und als sei es Ihnen ganz und gar einerlei, was mit Ihnen und mit der ganzen Welt geschähe. Ihr Gesicht war wie eine Maske, schauderhaft traurig oder auch schauderhaft gleichgültig –«

Sie brach ab, schien nach Worten zu suchen, sagte aber nichts.

»Sie haben recht«, sagte Klein bescheiden. »Sie haben so richtig gesehen, daß ich erstaunt sein müßte. Sie haben mich gelesen wie einen Brief. Aber eigentlich ist es ja nur natürlich und richtig, daß Sie das alles sahen.«

»Warum natürlich?«

»Weil Sie, auf eine etwas andere Art, beim Tanzen ganz das gleiche ausdrücken. Wenn Sie tanzen, Teresina, und auch sonst in manchen Augenblicken, sind Sie wie ein Baum oder ein Berg oder Tier, oder ein Stern, ganz für sich, ganz allein, Sie wollen nichts anderes sein, als was Sie sind, einerlei ob gut oder böse. Ist es nicht das gleiche, was Sie bei mir sahen?«

Sie betrachtete ihn prüfend, ohne Antwort zu geben.

»Sie sind ein wunderlicher Mensch«, sagte sie dann zögernd. »Und wie ist das nun: sind Sie wirklich so, wie Sie da aussahen? Ist Ihnen wirklich alles einerlei, was mit Ihnen geschieht?«

»Ja. Nur nicht immer. Ich habe oft auch Angst. Aber dann kommt es wieder, und die Angst ist fort, und dann ist alles einerlei. Dann ist man stark. Oder vielmehr: einerlei ist nicht das Richtige: alles ist köstlich und willkommen, es sei, was es sei.«

»Einen Augenblick hielt ich es sogar für möglich, daß Sie ein Verbrecher wären.«

»Auch das ist möglich. Es ist sogar wahrscheinlich. Sehen Sie, ein ›Verbrecher‹, das sagt man so, und man meint damit, daß einer etwas tut, was andre ihm verboten haben. Er selber aber, der Verbrecher, tut ja nur, was in ihm ist. – Sehen Sie, das ist die Ähnlichkeit, die wir beide haben: wir beide tun hier und da, in seltnen Augenblicken, das, was in uns ist. Nichts ist seltener, die meisten Menschen kennen das überhaupt nicht. Auch ich kannte es nicht, ich sagte, dachte, tat, lebte nur Fremdes, nur Gelerntes, nur Gutes und Richtiges, bis es eines Tages damit zu Ende war. Ich konnte nicht mehr, ich mußte fort, das Gute war nicht mehr gut, das Richtige war nicht mehr richtig, das Leben war nicht mehr zu ertragen. Aber ich möchte es dennoch ertragen, ich liebe es sogar, obwohl es soviel Qualen bringt.«

»Wollen Sie mir sagen, wie Sie heißen und wer Sie sind?«

»Ich bin der, den Sie vor sich sehen, sonst nichts. Ich habe keinen Namen und keinen Titel und auch keinen Beruf. Ich mußte das alles aufgeben. Mit mir steht es so, daß ich nach einem langen braven und fleißigen Leben eines Tages aus dem Nest gefallen bin, es ist noch nicht lange her, und jetzt muß ich untergehen oder fliegen lernen. Die Welt geht mich nichts mehr an, ich bin jetzt ganz allein.«

Etwas verlegen fragte sie: »Waren Sie in einer Anstalt?«

»Verrückt, meinen Sie? Nein. Obwohl auch das ja möglich wäre.« Er wurde zerstreut, Gedanken packten ihn von innen. Mit beginnender Unruhe sprach er fort: »Wenn man darüber redet, wird auch das Einfachste gleich kompliziert und unverständlich. Wir sollten gar nicht davon sprechen! – Man tut das ja auch nur, man spricht nur dann darüber, wenn man es nicht verstehen will.«

»Wie meinen Sie das? Ich will wirklich verstehen. Glauben Sie mir! Es interessiert mich sehr.«

Er lächelte lebhaft.

»Ja, ja. Sie wollen sich darüber unterhalten. Sie haben etwas erlebt und wollen jetzt darüber reden. Ach, es hilft nichts. Reden ist der sichere Weg dazu, alles mißzuverstehen, alles seicht und öde zu machen. – Sie wollen mich ja nicht verstehen und auch sich selber nicht! Sie wollen bloß Ruhe haben vor der Mahnung, die Sie gespürt haben. Sie wollen mich und die Mahnung damit abtun, daß Sie die Etikette finden, unter der Sie mich einreihen können. Sie versuchen es mit dem Verbrecher und mit dem Geisteskranken, Sie wollen meinen Stand und Namen wissen. Das alles führt aber nur weg vom Verstehen, das alles ist Schwindel, liebes Fräulein, ist schlechter Ersatz für Verstehen, ist vielmehr Flucht vor dem Verstehenwollen, vor dem Verstehenmüssen.«

Er unterbrach sich, strich gequält mit der Hand über die Augen, dann schien ihm etwas Freundliches einzufallen, er lächelte wieder. »Ach, sehen Sie, als Sie und ich gestern einen Augenblick lang genau das gleiche fühlten, da sagten wir nichts und fragten nichts und dachten auch nichts – auf einmal gaben wir einander die Hand, und es war gut. Jetzt aber – jetzt reden wir und denken und erklären – und alles ist seltsam und unverständlich geworden, was so einfach war. Und doch wäre es ganz leicht für Sie, mich ebenso gut zu verstehen wie ich Sie.«

»Sie glauben mich so gut zu verstehen?«

»Ja, natürlich. Wie Sie leben, weiß ich nicht. Aber Sie leben, wie ich es auch getan habe und wie alle es tun, meistens im Dunkeln und an sich selber vorbei, irgendeinem Zweck, einer Pflicht, einer Absicht nach. Das tun fast alle Menschen, daran ist die ganze Welt krank, daran wird sie auch untergehen. Manchmal aber, beim Tanzen zum Beispiel, geht die Absicht oder Pflicht Ihnen verloren, und Sie leben auf einmal ganz anders. Sie fühlen auf einmal so, als wären Sie allein auf der Welt, oder als könnten Sie morgen tot sein, und da kommt alles heraus, was Sie wirklich sind. Wenn Sie tanzen, stecken Sie damit sogar andere an. Das ist Ihr Geheimnis.«

Sie ging eine Strecke weit rascher. Zu äußerst auf einem Vorsprung überm See blieb sie stehen.

»Sie sind sonderbar«, sagte sie. »Manches kann ich verstehen. Aber – was wollten Sie eigentlich von mir?«

Er senkte den Kopf und sah einen Augenblick traurig aus.

»Sie sind es so gewohnt, daß man immer etwas von Ihnen haben will. Teresina, ich will von Ihnen nichts, was nicht Sie selber wollen und gerne tun. Daß ich Sie liebe, kann Ihnen gleichgültig sein. Es ist kein Glück, geliebt zu werden. Jeder Mensch liebt sich selber, und doch quälen sich Tausende ihr Leben lang. Nein, geliebt werden ist kein Glück. Aber lieben, das ist Glück!«

»Ich würde Ihnen gern irgendeine Freude machen, wenn ich könnte«, sagte Teresina langsam, wie mitleidig.

»Das können Sie, wenn Sie mir erlauben, Ihnen irgendeinen Wunsch zu erfüllen.«

»Ach, was wissen Sie von meinen Wünschen!«

»Allerdings, Sie sollten keine haben. Sie haben ja den Schlüssel zum Paradies, das ist Ihr Tanz. Aber ich weiß, daß Sie doch Wünsche haben, und das ist mir lieb. Und nun wissen Sie: da ist einer, dem macht es Spaß, Ihnen jeden Wunsch zu erfüllen.«

Teresina besann sich. Ihre wachsamen Augen wurden wieder scharf und kühl. Was konnte er von ihr wissen? Da sie nichts fand, begann sie vorsichtig:

»Meine erste Bitte an Sie wäre, daß Sie aufrichtig sind. Sagen Sie mir, wer Ihnen etwas von mir erzählt hat.«

»Niemand. Ich habe niemals mit einem Menschen über Sie gesprochen. Was ich weiß – es ist sehr wenig – weiß ich von Ihnen selbst. Ich hörte Sie gestern sagen, daß Sie sich wünschen, einmal in Castiglione zu spielen.«

Ihr Gesicht zuckte.

»Ach so, Sie haben mich belauscht.«

»Ja, natürlich. Ich habe Ihren Wunsch verstanden. Weil Sie nicht immer einig mit sich sind, suchen Sie nach Erregung und Betäubung.«

»O nein, ich bin nicht so romantisch, wie Sie meinen. Ich suche beim Spiel nicht Betäubung, sondern einfach Geld. Ich möchte einmal reich sein oder doch sorgenfrei, ohne mich dafür verkaufen zu müssen. Das ist alles.«

»Das klingt so richtig, und doch glaube ich es nicht. Aber wie Sie wollen! Sie wissen ja im Grunde ganz gut, daß Sie sich nie zu verkaufen brauchen. Reden wir nicht davon! Aber wenn Sie Geld haben wollen, sei es nun zum Spielen oder sonst, so nehmen Sie es doch von mir! Ich habe mehr, als ich brauche, glaube ich, und lege keinen Wert darauf.«

Teresina zog sich wieder zurück.

»Ich kenne Sie ja kaum. Wie soll ich Geld von Ihnen nehmen?«

Er zog plötzlich den Hut, wie von einem Schmerz befallen, und brach ab.

»Was haben Sie?« rief Teresina.

»Nichts, nichts. – Erlauben Sie, daß ich gehe! Wir haben zuviel gesprochen, viel zuviel. Man sollte nie so viel sprechen.«

Und da lief er schon, ohne Abschied genommen zu haben, rasch und wie von Verzweiflung hingeweht durch den Baumgang fort. Die Tänzerin sah ihm mit gestauten, uneinigen Empfindungen nach, aufrichtig verwundert über ihn und über sich.

Er aber lief nicht aus Verzweiflung, sondern nur aus unerträglicher Spannung und Gefülltheit. Es war ihm plötzlich unmöglich geworden, noch ein Wort zu sagen, noch ein Wort zu hören, er mußte allein sein, mußte notwendig allein sein, denken, horchen, sich selber zuhören. Das ganze Gespräch mit Teresina hatte ihn selbst in Erstaunen gesetzt und überrascht, die Worte waren ohne seinen Willen so gekommen, es hatte ihn wie ein Würgen das heftige Bedürfnis befallen, seine Erlebnisse und Gedanken mitzuteilen, zu formen, auszusprechen, sie sich selber zuzurufen. Er war erstaunt über jedes Wort, das er sich sagen hörte, aber mehr und mehr fühlte er, wie er sich in etwas hineinredete, was nicht mehr einfach und richtig war, wie er unnützerweise das Unbegreifliche zu erklären versuchte – und mit einemmal war es ihm unerträglich geworden, er hatte abbrechen müssen.

Jetzt aber, wo er sich der vergangenen Viertelstunde wieder zu erinnern suchte, empfand er dies Erlebnis freudig und dankbar. Es war ein Fortschritt, eine Erlösung, eine Bestätigung.

Die Zweifelhaftigkeit, in welche die ganze gewohnte Welt für ihn gefallen war, hatte ihn furchtbar ermüdet und gepeinigt. Er hatte das Wunder erlebt, daß das Leben am sinnvollsten wird in den Augenblicken, wo alle Sinne und Bedeutungen uns verlorengehen. Immer wieder aber war ihm der peinliche Zweifel gekommen, ob diese Erlebnisse wirklich wesentlich seien, ob sie mehr seien als kleine zufällige Kräuselungen an der Oberfläche eines ermüdeten und erkrankten Gemütes, Launen im Grunde, kleine Nervenschwankungen. Jetzt hatte er gesehen, gestern abend und heute, daß sein Erlebnis wirklich war. Es hatte aus ihm gestrahlt und ihn verändert, es hatte einen andern Menschen zu ihm hergezogen. Seine Vereinsamung war durchbrochen, er liebte wieder, es gab jemand, dem er dienen und Freude machen wollte, er konnte wieder lächeln, wieder lachen!

Die Welle ging durch ihn hin wie Schmerz und wie Wollust, er zuckte vor Gefühl, Leben klang in ihm auf wie eine Brandung, unbegreiflich war alles. Er riß die Augen auf und sah: Bäume an einer Straße, Silberflocken im See, ein rennender Hund, Radfahrer – und alles war sonderbar, märchenhaft und beinahe allzu schön, alles wie nagelneu aus Gottes Spielzeugschachtel genommen, alles nur für ihn da, für Friedrich Klein, und er selbst nur dazu da, diesen Strom von Wunder und Schmerz und Freude durch sich hinzucken zu fühlen. Überall war Schönheit, in jedem Dreckhaufen am Weg, überall war tiefes Leiden, überall war Gott. Ja, das war Gott, und so hatte er ihn, vor unausdenklichen Zeiten, als Knabe einst empfunden und mit dem Herzen gesucht, wenn er »Gott« und »Allgegenwart« dachte. Herz, brich nicht vor Fülle!

Wieder schossen aus allen vergessenen Schächten seines Lebens frei gewordene Erinnerungen zu ihm empor, unzählbare: an Gespräche, an seine Verlobungszeit, an Kleider, die er als Kind getragen, an Ferienmorgen der Studentenzeit, und ordneten sich in Kreisen um einige feste Mittelpunkte: um die Gestalt einer Frau, um seine Mutter, um den Mörder Wagner, um Teresina. Stellen aus klassischen Schriftstellern fielen ihm ein und lateinische Sprichwörter, die ihn als Schüler einst ergriffen hatten, und törichte sentimentale Verse aus Volksliedern. Der Schatten seines Vaters stand hinter ihm, er erlebte wieder den Tod seiner Schwiegermutter. Alles, was je durch Auge und Ohr, durch Menschen und Bücher, mit Wonne oder Leid in ihn eingegangen und in ihm untergesunken war, alles schien wieder da zu sein, alles zugleich, aufgerührt und durcheinander gewirbelt, ohne Ordnung, doch voller Sinn, alles wichtig, alles bedeutungsvoll, alles unverloren.

Der Andrang wurde zur Qual, zu einer Qual, die von höchster Wollust nicht zu unterscheiden war. Sein Herz schlug rasch, Tränen standen ihm in den Augen. Er begriff, daß er nahe am Wahnsinn stehe, und wußte doch, daß er nicht wahnsinnig werden würde, und blickte zugleich in dies neue Seelenland des Irrsinns mit demselben Erstaunen und Entzücken wie in die Vergangenheit, wie in den See, wie in den Himmel: auch hier war alles zauberhaft, wohllaut und voll Bedeutung. Er begriff, warum im Glauben edler Völker der Wahnsinn für heilig galt. Er begriff alles, alles sprach zu ihm, alles war ihm erschlossen. Es gab keine Worte dafür, es war falsch und hoffnungslos, irgend etwas in Worten ausdenken und verstehen zu wollen! Man mußte nur offenstehen, nur bereit sein: dann konnte jedes Ding, dann konnte in unendlichem Zug wie in eine Arche Noahs die ganze Welt in einen hineingehen, und man besaß sie, verstand sie und war eins mit ihr.

Trauer ergriff ihn. Oh, wenn alle Menschen dies wüßten, dies erlebten! Wie wurde drauflos gelebt, drauflos gesündigt, wie blind und maßlos wurde gelitten! Hatte er nicht gestern noch sich über Teresina geärgert? Hatte er nicht gestern noch seine Frau gehaßt, sie angeklagt und für alles Leid seines Lebens verantwortlich machen wollen? Wie traurig, wie dumm, wie hoffnungslos! Alles war doch so einfach, so gut, so sinnvoll, sobald man es von innen sah, sobald man hinter jedem Ding das Wesen stehen sah, ihn, Gott.

Hier bog ein Weg zu neuen Vorstellungsgärten und Bilderwäldern ein. Wendete er sein heutiges Gefühl der Zukunft zu, sprühten hundert Glücksträume auf, für ihn und für alle. Sein vergangenes, dumpfes, verdorbenes Leben sollte nicht beklagt, nicht angeklagt, nicht gerichtet werden, sondern erneut und ins Gegenteil verwandelt, voll Sinn, voll Freude, voll Güte, voll Liebe. Die Gnade, die er erlebt, mußte widerstrahlen und weiter wirken. Bibelsprüche kamen ihm in den Sinn, und alles, was er von begnadeten Frommen und Heiligen wußte. So hatte es immer begonnen, bei allen. Sie waren denselben harten und finstern Weg geführt worden wie er, feig und voll Angst, bis zur Stunde der Umkehr und Erleuchtung. »In der Welt habt ihr Angst«, hatte Jesus zu seinen Jüngern gesagt. Wer aber die Angst überwunden hatte, der lebte nicht mehr in der Welt, sondern in Gott, in der Ewigkeit.

So hatten alle gelehrt, alle Weisen der ganzen Welt, Buddha

und Schopenhauer, Jesus, die Griechen. Es gab nur eine Weisheit, nur einen Glauben, nur ein Denken: das Wissen von Gott in uns. Wie wurde das in den Schulen, Kirchen, Büchern und Wissenschaften verdreht und falsch gelehrt!

Mit weiten Flügelschlägen flog Kleins Geist durch die Bezirke seiner innern Welt, seines Wissens, seiner Bildung. Auch hier, wie in seinem äußern Leben, lag Gut um Gut, Schatz um Schatz, Quelle um Quelle, aber jedes für sich, abgesondert, tot und wertlos. Nun aber, mit dem Strahl des Wissens, mit der Erleuchtung, zuckte auch hier plötzlich Ordnung, Sinn und Formung durch das Chaos, Schöpfung begann, Leben und Beziehung sprang von Pol zu Pol. Sprüche entlegenster Kontemplation wurden selbstverständlich, Dunkles wurde hell, und das Einmaleins wurde zum mystischen Bekenntnis. Beseelt und liebeglühend ward auch diese Welt. Die Kunstwerke, die er in jüngeren Jahren geliebt hatte, klangen mit neuem Zauber herauf. Er sah: die rätselhafte Magie der Kunst öffnete sich demselben Schlüssel. Kunst war nichts andres als Betrachtung der Welt im Zustand der Gnade, der Erleuchtung. Kunst war: hinter jedem Ding Gott zeigen.

Flammend schritt der Beseligte durch die Welt, jeder Zweig an jedem Baume hatte teil an einer Ekstase, strebte edler empor, hing inniger herab, war Sinnbild und Offenbarung. Dünne violette Wolkenschatten liefen über den Seespiegel, schaudernd in zärtlicher Süße. Jeder Stein lag bedeutungsvoll neben seinem Schatten. So schön, so tief und heilig liebenswert war die Welt noch nie gewesen, oder nie mehr seit den geheimnisvollen, sagenhaften Jahren der ersten Kindheit. »So ihr nicht werdet wie die Kinder«, fiel ihm ein, und er fühlte: ich bin wieder Kind geworden, ich bin ins Himmelreich eingegangen.

Als er Müdigkeit und Hunger zu spüren begann, fand er sich weit von der Stadt. Nun erinnerte er sich, woher er kam, was gewesen war, und daß er ohne Abschied von Teresina weggelaufen war. Im nächsten Dorf suchte er ein Wirtshaus. Ein kleiner ländlicher Weinschank, mit einem eingepflockten Holztisch im Gärtchen unterm Kirschlorbeer, zog ihn an. Er verlangte Essen, man hatte aber nichts als Wein und Brot. Eine Suppe, bat er, oder Eier, oder Schinken. Nein, es gab solche Sachen hier nicht. Niemand aß hier dergleichen bei der teuren Zeit. Er hatte erst mit der Wirtin, dann mit einer Großmutter verhandelt, die auf der Steinschwelle der Haustür saß und Wäsche flickte. Nun setzte er sich in den Garten unterm tiefschattenden Baum, mit Brot und herbem Rotwein. Im Nachbargarten, unsichtbar hinter Reblaub und aufgehängter Wäsche, hörte er zwei Mädchenstimmen singen. Plötzlich fuhr ein Wort des Liedes ihm ins Herz, ohne daß er es doch festhalten konnte. Es kam im nächsten Vers wieder, es war der Name Teresina. Das Lied, ein Couplet von halb komischer Art, handelte von einer Teresina. Er verstand:

La sua mama alla finestra
Con una voce serpentina:
Vieni a casa, o Teresina,
Lasc' andare quel traditor!

Teresina! Wie liebte er sie! Wie herrlich war es, zu lieben!

Er legte den Kopf auf den Tisch und dämmerte, schlummerte ein und erwachte wieder, mehrmals, oftmals. Es war Abend. Die Wirtin kam und stellte sich vor den Tisch, über den Gast verwundert. Er legte Geld hin, erbat noch ein Glas Wein, fragte sie nach jenem Liede. Sie wurde freundlich, brachte den Wein und blieb bei ihm stehen. Er ließ sich das ganze Teresina-Lied vorsagen und hatte große Freude an dem Vers:

Io non sono traditore
E ne meno lusinghero,
Io son' figlio d'un ricco signore,
Son' venuto per fare l'amor.

Die Wirtin meinte, jetzt könnte er eine Suppe haben, sie koche ohnehin für ihren Mann, den sie erwarte.

Er aß Gemüsesuppe und Brot, der Wirt kam heim, an den grauen Steindächern des Dorfes verglühte die späte Sonne. Er fragte nach einem Zimmer, es wurde ihm eines angeboten, eine Kammer mit dicken nackten Steinwänden. Er nahm es. Noch nie hatte er in einer solchen Kammer geschlafen, sie kam ihm vor wie das Gelaß aus einem Räuberdrama. Nun ging er durch das abendliche Dorf, fand einen kleinen Kramladen noch offen, bekam Schokolade zu kaufen und verteilte sie an Kinder, die in Mengen durch die Gasse schwärmten. Sie liefen ihm nach, Eltern grüßten ihn, jedermann wünschte ihm gute Nacht, und er gab es zurück, nickte allen den alten und jungen Menschen zu, die auf den Schwellen und Vortreppen der Häuser saßen.

Mit Freude dachte er an seine Kammer im Wirtshaus, an diese primitive, höhlenhafte Unterkunft, wo der alte Kalk von den grauen Mauern blätterte und nichts Unnützes an den nackten Wänden hing, nicht Bild noch Spiegel, nicht Tapete noch Vorhang. Er lief durch das abendliche Dorf wie durch ein Abenteuer, alles war beglänzt, alles voll geheimer Versprechung.

In die Osteria zurückkehrend, sah er vom leeren und dunkeln Gastzimmer aus Licht in einem Türspalt, ging ihm nach und kam in die Küche. Der Raum erschien ihm wie eine Märchenhöhle, das wenige dünne Licht floß über einen roten steinernen Boden und verlief sich, ehe es die Wände und Decke erreichte, in dichte warme Dämmerung, und von dem ungeheuer und tiefschwarz herabhängenden Rauchfang schien eine unerschöpfliche Quelle von Finsternis auszufließen.

Die Frau saß da mit der Großmutter, sie saßen beide gebückt, klein und schwach auf niederen demütigen Schemeln, die Hände auf den Kien ausruhend. Die Wirtsfrau weinte, niemand kümmerte sich um den Eintretenden. Er setzte sich auf den Rand eines Tisches neben Gemüseresten, ein stumpfes Messer blinkte bleiern auf, im Lichtschein glühte blankes Kupfergeschirr rot an den Wänden. Die Frau weinte, die alte Graue stand ihr bei und murmelte mit ihr in der Mundart, er verstand allmählich, daß Hader im Hause und der Mann nach einem Streit wieder fortgegangen war. Er fragte, ob er sie geschlagen habe, bekam aber keine Antwort. Allmählich fing er an zu trösten. Er sagte, der Mann werde gewiß schon bald wiederkommen. Die Frau sagte scharf: »Heut nicht und vielleicht auch morgen nicht.« Er gab es auf, die Frau setzte sich aufrechter, man saß schweigend, das Weinen war verstummt. Die Einfachheit des Vorgangs, zu dem keine Worte gemacht wurden, schien ihm wundervoll. Man hatte Streit gehabt, man hatte Schmerz empfangen, man hatte geweint. Jetzt war es vorbei, jetzt saß man still und wartete. Das Leben würde schon weitergehen. Wie bei Kindern. Wie bei Tieren. Nur nicht reden, nur nicht das Einfache kompliziert machen, nur nicht die Seele nach außen drehen.

Klein lud die Großmutter ein, Kaffee zu kochen, für sie alle drei. Die Frauen leuchteten auf, die Alte legte sofort Reisig in den Kamin, es knisterte von brechenden Zweigen, von Papier, von aufprasselnder Flamme. Im jäh aufflammenden Feuerschein sah er das Gesicht der Wirtin, von unten her beleuchtet, etwas vergrämt und doch beruhigt. Sie schaute ins Feuer, zwischenein lächelte sie, plötzlich stand sie auf, ging langsam zum Wasserhahn und wusch sich die Hände.

Dann saßen sie alle drei am Küchentisch und tranken den heißen schwarzen Kaffee, und einen alten Wacholderlikör dazu. Die Weiber wurden lebendiger, sie erzählten und fragten, lachten über Kleins mühsame und fehlerhafte Sprache. Ihm schien, er sei schon sehr lange hier. Wunderlich, was in diesen Tagen alles Platz hatte! Ganze Zeiträume und Lebensabschnitte fanden Raum in einem Nachmittag, jede Stunde schien mit Lebensfracht überladen. Sekundenlang zuckte Furcht in ihm wetterleuchtend auf, es könnte plötzlich Müdigkeit und Verbrauch der Lebenskraft ihn verhundertfacht überfallen und ihn aussaugen, wie Sonne einen Tropfen vom Felsen leckt. In diesen sehr flüchtigen, doch zuweilen wiederkehrenden Augenblicken, in diesem fremden Wetterleuchten sah er sich selbst leben, fühlte und sah in sein Gehirn und sah dort in beschleunigten Schwingungen einen unsäglich komplizierten, zarten, kostbaren Apparat vor tausendfacher Arbeit vibrieren, wie hinter Glas ein höchst sensibles Uhrwerk, das zu stören ein Stäubchen genügt.

Es wurde ihm erzählt, daß der Wirt sein Geld in unsichere Geschäfte stecke, viel außer Hause sei und da und dort Verhältnisse mit Frauen unterhalte. Kinder waren nicht da. Während Klein sich Mühe gab, die italienischen Worte für einfache Fragen und Auskünfte zu finden, arbeitete hinterm Glas das zarte Uhrwerk rastlos in feinem Fieber fort, jeden gelebten Moment sofort in seine Abrechnungen und Abwägungen einbeziehend.

Zeitig erhob er sich, um schlafen zu gehen. Er gab den beiden Frauen die Hand, der alten und der jungen, die ihn durchdringend ansah, während die Großmutter mit dem Gähnen kämpfte. Dann tastete er sich die dunkle Steintreppe hinauf, erstaunlich hohe Riesenstufen, in seine Kammer. Dort fand er Wasser in einem Tonkrug bereit, wusch sich das Gesicht, vermißte einen Augenblick Seife, Hausschuhe, Nachthemd, lag noch eine Viertelstunde im Fenster, auf das granitne Gesimse gestützt, zog sich dann vollends aus und legte sich in das harte Bett, dessen grobe Leinwand ihn entzückte und einen Schwall von holden ländlichen Vorstellungen weckte. War es nicht das einzig Richtige, stets so zu leben, in einem Raum aus vier Steinwänden, ohne den lächerlichen Kram der Tapeten, des Schmucks, der vielen Möbel, ohne all das übertriebene und im Grund barbarische Zubehör? Ein Dach überm Kopf, gegen den Regen, eine einfache Decke um sich, gegen die Kälte, etwas Brot und Wein oder Milch, gegen den Hunger, morgens die Sonne zum Wecken, abends die Dämmerung zum Einschlafen – brauchte der Mensch mehr?

Aber kaum hatte er das Licht gelöscht, so waren Haus und Kammer und Dorf in ihm versunken. Er stand wieder am See bei Teresina und sprach mit ihr, konnte sich des heutigen Gespräches nur mit Mühe erinnern und wurde zweifelhaft, was er ihr eigentlich gesagt habe, ja ob nicht das ganze Gespräch nur ein Traum und Phantom von ihm gewesen sei. Die Dunkelheit tat ihm wohl – weiß Gott, wo er morgen aufwachen würde?

Ein Geräusch an der Tür weckte ihn. Leise wurde die Klinke gedreht, ein Faden dünnen Lichtes sank herein und zögerte im Spalt. Verwundert und doch im Augenblick wissend, blickte er hinüber, noch nicht in der Gegenwart. Da ging die Türe auf, mit einem Licht in der Hand stand die Wirtsfrau, barfuß, lautlos. Sie blickte zu ihm her, durchdringend, und er lächelte und streckte die Arme aus, tief erstaunt, gedankenlos. Da war sie schon bei ihm, und ihr dunkles Haar lag neben ihm auf dem rauhen Kissen.

Sie sprachen kein Wort. Von ihrem Kuß entzündet, zog er sie an sich. Die plötzliche Nähe und Wärme eines Menschen an seiner Brust, der fremde starke Arm um seinen Nacken erschütterte ihn seltsam – wie war diese Wärme ihm unbekannt, wie fremd, wie schmerzlich neu war ihm diese Wärme und Nähe – wie war er allein gewesen, wie sehr allein, wie lang allein! Abgründe und Flammenhöllen hatten zwischen ihm und aller Welt geklafft – und nun war da ein fremder Mensch gekommen, in wortlosem Vertrauen und Trostbedürfnis, eine arme, vernachlässigte Frau, so wie er selbst jahrelang ein vernachlässigter und verschüchterter Mann gewesen war, und hing an seinem Hals und gab und nahm und sog mit Gier den Tropfen Wonne aus dem kargen Leben, suchte trunken und doch schüchtern seinen Mund, spielte mit traurig zärtlichen Fingern in den seinen, rieb ihre Wange an seiner. Er richtete sich über ihrem blassen Gesichte auf und küßte sie auf beide geschlossene Augen und dachte: sie glaubt zu nehmen und weiß nicht, daß sie gibt, sie flüchtet ihre Vereinsamung zu mir und ahnt die meine nicht! Erst jetzt sah er sie, neben der er den ganzen Abend blind gegessen hatte, sah, daß sie lange, schlanke Hände und Finger hatte, hübsche Schultern und ein Gesicht voll von Schicksalsangst und blindem Kinderdurst, und ein halb ängstliches Wissen um kleine, holde Wege und Übungen der Zärtlichkeit.

Er sah auch und wurde traurig darüber, daß er selbst in der Liebe ein Knabe und Anfänger geblieben war, in langer, lauer Ehe resigniert, schüchtern und doch ohne Unschuld, begehrlich und doch voll von schlechtem Gewissen. Noch während er mit durstigen Küssen an Mund und Brust des Weibes hing, noch während er ihre Hand zärtlich und fast mütterlich auf seinen Haaren fühlte, empfand er im voraus Enttäuschung und Druck im Herzen, er fühlte das Schlimme wiederkommen: die Angst, und es durchfloß ihn schneidend kalt die Ahnung und Furcht, daß er tief in seinem Wesen nicht zur Liebe fähig sei, daß Liebe ihm nur Qual und bösen Zauber bringen könne. Noch ehe der kurze Sturm der Wollust vertobt war, schlug in seiner Seele Bangigkeit und Mißtrauen das böse Auge auf, Widerwille dagegen, daß er genommen worden sei statt selbst zu nehmen und zu erobern, und Vorgefühl von Ekel.

Lautlos war die Frau wieder davongeschlüpft, samt ihrem Kerzenlicht. Im Dunkeln lag Klein, und es kam mitten in der Sättigung der Augenblick, den er schon vorher, schon vor Stunden in so viel ahnenden wetterleuchtenden Sekunden gefürchtet, der schlimme Augenblick, wo die überreiche Musik seines neuen Lebens in ihm nur noch müde und verstimmte Saiten fand und tausend Lustgefühle plötzlich mit Müdigkeit und Angst bezahlt werden mußten. Mit Herzklopfen fühlte er alle Feinde auf der Lauer liegen, Schlaflosigkeit, Depression und Alpdruck. Das rauhe Linnen brannte an seiner Haut, bleich sah die Nacht durchs Fenster. Unmöglich, hierzubleiben und wehrlos den kommenden Qualen standzuhalten! Ach, es kam wieder, die Schuld und Angst kam wieder und die Traurigkeit und die Verzweiflung! Alles Überwundene, alles Vergangene kam wieder. Es gab keine Erlösung.

Hastig kleidete er sich an, ohne Licht, suchte vor der Tür seine staubigen Stiefel, schlich hinab und aus dem Hause und lief, auf müden, einsinkenden Beinen, verzweifelt durch Dorf und Nacht davon, von sich selbst verhöhnt, von sich selbst verfolgt, von sich selbst gehaßt.

4

Ringend und verzweifelnd schlug sich Klein mit seinem Dämon. Was ihm seine Schicksalstage an Neuem, an Erkenntnis und Erlösung gebracht hatten, war in der trunkenen Gedankenhast und Hellsichtigkeit des vergangenen Tages zu einer Welle gestiegen, deren Höhe ihm unverlierbar erschienen war, während er schon wieder aus ihr zu sinken begann. Jetzt lag er wieder im Tal und Schatten, noch kämpfend, noch heimlich hoffend, aber tief verwundet. Einen Tag lang, einen kurzen, glänzenden Tag lang war es ihm gelungen, die einfache Kunst zu üben, die jeder Grashalm kann. Einen armen Tag lang hatte er sich selbst geliebt, sich selbst als Eines und Ganzes gefühlt, nicht in feindliche Teile zerspalten, er hatte sich geliebt, und in sich die Welt und Gott, und nichts als Liebe, Bestätigung und Freude war ihm von überall her entgegengekommen. Hätte gestern ein Räuber ihn überfallen, ein Polizist ihn verhaftet, es wäre Bestätigung, Lächeln, Harmonie gewesen! Und nun, mitten im Glück war er wieder umgefallen und klein geworden. Er ging mit sich ins Gericht, während sein Innerstes wußte, daß jedes Gericht falsch und töricht sei. Die Welt, welche einen herrlichen Tag lang durchsichtig und ganz von Gott erfüllt gewesen war, lag wieder hart und schwer, und jedes Ding hatte seinen eigenen Sinn, und jeder Sinn widersprach jedem andern. Die Begeisterung dieses Tages hatte wieder weichen, hatte sterben können! Sie, die heilige, war eine

Laune gewesen, und die Sache mit Teresina eine Einbildung, und das Abenteuer im Wirtshaus eine zweifelhafte und anrüchige Geschichte.

Er wußte bereits, daß das würgende Angstgefühl nur dann verging, wenn er nicht an sich schulmeisterte und Kritik übte, nicht in den Wunden stocherte, in den alten Wunden. Er wußte: alles Schmerzende, alles Dumme, alles Böse wurde zum Gegenteil, wenn man es als Gott erkennen konnte, wenn man ihm in seine tiefsten Wurzeln nachging, die weit über das Weh und Wohl und Gut und Böse hinauf reichten. Er wußte es. Aber es war nichts dagegen zu tun, der böse Geist war in ihm, Gott war wieder ein Wort, schön und fern. Er haßte und verachtete sich, und dieser Haß kam, wenn es Zeit war, ebenso ungewollt und unabwendbar über ihn wie zu andern Zeiten die Liebe und das Vertrauen. Und so mußte es immer wieder gehen! Immer und immer wieder würde er die Gnade und das Selige erleben, und immer wieder das verfluchte Gegenteil, und nie würde sein Leben die Straße gehen, die sein eigener Wille ihm vorschrieb. Spielball und schwimmender Kork, würde er ewig hin und wider geschlagen werden. Bis es zu Ende war, bis einmal eine Welle sich überschlug und Tod oder Wahnsinn ihn aufnahm. Oh, möchte es bald sein!

Zwangsweise kehrten die ihm längst so bitter vertrauten Gedanken wieder, unnütze Sorgen, unnütze Ängste, unnütze Selbstanklagen, deren Unsinn einzusehen nur eine Qual mehr war. Eine Vorstellung kehrte wieder, die er kürzlich (ihm schien, es seien Monate dazwischen) auf der Reise gehabt hatte: Wie gut es wäre, sich auf die Schienen unter einen Bahnzug zu stürzen, den Kopf voran! Diesem Bilde ging er begierig nach, atmete es wie Äther ein: den Kopf voran, alles in Splitter und Fetzen gehauen und gemahlen, alles auf die Räder gewickelt und auf den Schienen zu nichts zerrieben! Tief fraß sein Leid sich in diese Visionen ein, mit Beifall und Wollust hörte, sah und schmeckte er die gründliche Zerstörung des Friedrich Klein, fühlte sein Herz und Gehirn zerrissen, verspritzt, zerstampft, den schmerzenden Kopf zerkracht, die schmerzenden Augen ausgelaufen, die Leber zerknetet, die Nieren zerrieben, das Haar wegrasiert, die Knochen, Knie und Kinn zerpulvert. Das war es, was der Totschläger Wagner hatte fühlen wollen, als er seine Frau, seine Kinder und sich selbst im Blut ersäufte. Genau dies war es. Oh, er verstand ihn so gut! Er selbst war Wagner, war ein Mensch von guten Gaben, fähig, das Göttliche zu fühlen, fähig zu lieben, aber allzu beladen, allzu nachdenklich, allzu leicht zu ermüden, allzu wohl unterrichtet über seine Mängel und Krankheiten. Was in aller Welt hatte solch ein Mensch, solch ein Wagner, solch ein Klein denn zu tun? Immer die Kluft vor Augen, die ihn von Gott trennte, immer den Riß der Welt durch sein eignes Herz gehen fühlend, ermüdet, aufgerieben vom ewigen Aufschwung zu Gott, der ewig mit Rückfall endete – was sollte solch ein Wagner, solch ein Klein anderes tun als sich auslöschen, sich und alles, was an ihn erinnern konnte, und sich zurückwerfen in den dunkeln Schoß, aus dem der Unausdenkliche immer und ewig wieder die vergängliche Welt der Gestaltungen ausstieß? Nein, es war nichts anderes möglich! Wagner mußte gehen, Wagner mußte sterben, Wagner mußte sich aus dem Buch des Lebens ausstreichen. Es mochte vielleicht nutzlos sein, sich umzubringen, es mochte vielleicht lächerlich sein. Vielleicht war alles das ganz richtig, was die Bürger, in jener anderen Welt drüben, über den Selbstmord sagten. Aber gab es irgend etwas für den Menschen in diesem Zustande, das nicht nutzlos, das nicht lächerlich war? Nein, nichts. Immer noch besser, den Schädel unter den Eisenrädern zu haben, ihn krachen zu fühlen und mit Willen in den Abgrund zu tauchen.

Auf schwankenden Knien hielt er sich Stunde um Stunde rastlos unterwegs. Auf den Schienen einer Bahnlinie, an die der Weg ihn geführt hatte, lag er einige Zeit, schlummerte sogar ein, den Kopf auf dem Eisen, erwachte wieder und hatte vergessen, was er wollte, stand auf, wehte taumelnd weiter, Schmerzen an den Sohlen, Qualen im Kopf, zuweilen fallend, von einem Dorn verletzt, zuweilen leicht und wie schwebend, zuweilen Schritt um Schritt mühsam bezwingend.

»Jetzt reitet mich der Teufel reif!« sang er heiser vor sich hin. Reif werden! Unter Qualen fertig gebraten, zu Ende geröstet werden, wie der Kern im Pfirsich, um reif zu sein, um sterben zu können!

Ein Funke schwamm hier in seiner Finsternis, an den hing er alsbald alle Inbrunst seiner zerrissenen Seele. Ein Gedanke: es war nutzlos, sich zu töten, sich jetzt zu töten, es hatte keinen

Wert, sich Glied für Glied auszurotten und zu zerschlagen, es war nutzlos! Gut aber und erlösend war es, zu leiden, unter Qualen und Tränen reif gegoren, unter Schlägen und Schmerzen fertig geschmiedet zu werden. Dann durfte man sterben, und dann war es ein gutes Sterben, schön und sinnvoll, das Seligste der Welt, seliger als jede Liebesnacht: ausgeglüht und völlig hingegeben in den Schoß zurückzufallen, zum Erlöschen, zum Erlösen, zur Neugeburt. Solch ein Tod, solch ein reifer und guter, edler Tod allein hatte Sinn, nur er war Erlösung, nur er war Heimkehr. Sehnsucht weinte in seinem Herzen auf. Oh, wo war der schmale, schwere Weg, wo war die Pforte? Er war bereit, er sehnte sich mit jeder Zuckung seines von Ermattung zitternden Leibes, seiner von Todespein geschüttelten Seele.

Als der Morgen am Himmel aufgraute und der bleierne See im ersten kühlen Silberblitz erwachte, stand der Gejagte in einem kleinen Kastanienwalde, hoch über See und Stadt, zwischen Farnkraut und hohen, blühenden Spiräen, feucht vom Tau. Mit erloschenen Augen, doch lächelnd, starrte er in die wunderliche Welt. Er hatte den Zweck seiner triebhaften Irrfahrt erreicht: er war so todmüde, daß die geängstigte Seele schwieg. Und, vor allem, die Nacht war vorbei! Der Kampf war gekämpft, eine Gefahr war überstanden. Von der Erschöpfung gefällt, sank er wie ein Toter zwischen Farn und Wurzeln auf den Waldboden, den Kopf ins Heidelbeerkraut, vor seinen versagenden Sinnen schmolz die Welt hinweg. Die Hände ins Gekräut geballt, Brust und Gesicht an der Erde, gab er sich hungernd dem Schlafe hin, als sei es der ersehnte letzte.

In einem Traume, von dem nur wenige Bruchstücke ihm nachher erinnerlich waren, sah er folgendes: An einem Tor, das wie der Eingang zu einem Theater aussah, hing ein großes Schild mit einer riesigen Aufschrift: sie hieß (das war unentschieden) entweder »Lohengrin« oder »Wagner«. Zu diesem Tore ging er hinein. Drinnen war eine Frau, die glich der Wirtsfrau von heute nacht, aber auch seiner eigenen Frau. Ihr Kopf war entstellt, er war zu groß, und das Gesicht zu einer fratzenhaften Maske verändert. Widerwille gegen diese Frau ergriff ihn mächtig, er stieß ihr ein Messer in den Leib. Aber eine andere Frau, wie ein Spiegelbild der ersten, kam von hinten über ihn, rächend, schlug ihm scharfe, starke Krallen in den Hals und wollte ihn erwürgen.

Beim Aufwachen aus diesem tiefen Schlaf sah er verwundert Wald über sich und war steif vom harten Liegen, doch erfrischt. Mit leiser Beängstigung klang der Traum in ihm nach. Was für seltsame, naive und negerhafte Spiele der Phantasie! dachte er, einen Augenblick lächelnd, als ihm die Pforte mit der Aufforderung zum Eintritt in das Theater »Wagner« wieder einfiel. Welche Idee, sein Verhältnis zu Wagner so darzustellen! Dieser Traumgeist war roh, aber genial. Er traf den Nagel auf den Kopf. Und er schien alles zu wissen! Das Theater mit der Aufschrift »Wagner«, war das nicht er selbst, war es nicht die Aufforderung, in sich selbst einzutreten, in das fremde Land seines wahren Innern? Denn Wagner war er selber – Wagner war der Mörder und Gejagte in ihm, aber Wagner war auch der Komponist, der Künstler, das Genie, der Verführer, die Neigung zu Lebenslust, Sinnenlust, Luxus – Wagner war der Sammelname für alles Unterdrückte, Untergesunkene, zu kurz Gekommene in dem ehemaligen Beamten Friedrich Klein. Und »Lohengrin« – war nicht auch das er selbst, Lohengrin, der irrende Ritter mit dem geheimnisvollen Ziel, den man nicht nach seinem Namen fragen darf? Das weitere war unklar, die Frau mit dem furchtbaren Maskenkopf und die andere mit den Krallen – der Messerstoß in ihren Bauch erinnerte ihn auch noch an irgend etwas, er hoffte es noch zu finden – die Stimmung von Mord und Todesgefahr war seltsam und grell vermischt mit der von Theater, Masken und Spiel.

Beim Gedanken an die Frau und das Messer sah er einen Augenblick deutlich sein eheliches Schlafzimmer vor sich. Da mußte er an die Kinder denken – wie hatte er die vergessen können! Er dachte an sie, wie sie morgens in ihren Nachthemdchen aus den kleinen Betten kletterten. Er mußte an ihre Namen denken, besonders an Elly. Oh, die Kinder! Langsam liefen ihm Tränen aus den Augen über das übernächtige Gesicht. Er schüttelte den Kopf, erhob sich mit einiger Mühe und begann Laub und Erdkrumen von seinen zerdrückten Kleidern zu lesen. Nun erst erinnerte er sich klar dieser Nacht, der kahlen Steinkammer in der Dorfschenke, der fremden Frau an seiner Brust, seiner Flucht, seiner gehetzten Wanderung. Er sah dies kleine, entstellte Stück Leben an wie ein Kranker die abgezehrte Hand, den Ausschlag an seinem Bein anschaut.

In gefaßter Trauer, noch mit Tränen in den Augen, sagte er leise vor sich hin: »Gott, was hast du noch mit mir im Sinn?« Aus den Gedanken der Nacht klang nur die eine Stimme voll Sehnsucht in ihm fort: nach Reifsein, nach Heimkehr, nach Sterbendürfen. War denn sein Weg noch weit? War die Heimat noch fern? War noch viel, viel Schweres, war noch Unausdenkliches zu leiden? Er war bereit dazu, er bot sich hin, sein Herz stand offen: Schicksal, stoß zu!

Langsam kam er durch Bergwiesen und Weinberge gegen die Stadt hinabgeschritten. Er suchte sein Zimmer auf, wusch und kämmte sich, wechselte die Kleider. Er ging speisen, trank etwas von dem guten Wein und spürte die Ermüdung in den steifen Gliedern sich lösen und wohlig werden. Er erkundigte sich, wann im Kursaal getanzt werde, und ging zur Teestunde hin.

Teresina tanzte eben, als er eintrat. Er sah das eigentümlich glänzende Tanzlächeln auf ihrem Gesicht wieder und freute sich. Er begrüßte sie, als sie zu ihrem Tisch zurückging, und nahm dort Platz.

»Ich möchte Sie einladen, heute abend mit mir nach Castiglione zu fahren«, sagte er leise.

Sie besann sich.

»Gleich heut?« fragte sie. »Eilt es so sehr?«

»Ich kann auch warten. Aber es wäre hübsch. Wo darf ich Sie erwarten?«

Sie widerstand der Einladung nicht und nicht dem kindlichen Lachen, das für Augenblicke seltsam hübsch in seinem zerfurchten, einsamen Gesicht hing, wie an der letzten Wand eines abgebrannten und eingerissenen Hauses noch eine frohe bunte Tapete hängt.

»Wo waren Sie denn?« fragte sie neugierig. »Sie waren gestern so plötzlich verschwunden. Und jedesmal haben Sie ein anderes Gesicht, auch heute wieder. – Sie sind doch nicht Morphinist?«

Er lachte nur, mit einem seltsam hübschen und etwas fremdartigen Lachen, bei dem sein Mund und Kinn ganz knabenhaft aussahen, während über Stirn und Augen unverändert der Dornenreif lag.

»Bitte, holen Sie mich gegen neun Uhr ab, im Restaurant des Hotel Esplanade. Ich glaube, um neun geht ein Boot. Aber sagen Sie, was haben Sie seit gestern gemacht?«

»Ich glaube, ich war spazieren, den ganzen Tag, und auch die ganze Nacht. Ich habe eine Frau in einem Dorf trösten müssen, weil ihr Mann fortgelaufen war. Und dann habe ich mir viel Mühe mit einem italienischen Lied gegeben, das ich lernen wollte, weil es von einer Teresina handelt.«

»Was ist das für ein Lied?«

»Es fängt an: Su in cima di quel boschetto.«

»Um Gottes willen, diesen Gassenhauer kennen Sie auch schon? Ja, der ist jetzt in Mode bei den Ladenmädchen.«

»Oh, ich finde das Lied sehr hübsch.«

»Und eine Frau haben Sie getröstet?«

»Ja, sie war traurig, ihr Mann war weggelaufen und war ihr untreu.«

»So? Und wie haben Sie sie getröstet?«

»Sie kam zu mir, um nicht mehr allein zu sein. Ich habe sie geküßt und bei mir liegen gehabt.«

»War sie denn hübsch?«

»Ich weiß nicht, ich sah sie nicht genau. – Nein, lachen Sie nicht, nicht hierüber! Es war so traurig.«

Sie lachte dennoch. »Wie sind Sie komisch! Nun, und geschlafen haben Sie überhaupt nicht? Sie sehen danach aus.«

»Doch, ich habe mehrere Stunden geschlafen, in einem Wald dort oben.«

Sie blickte seinem Finger nach, der in die Saaldecke deutete, und lachte laut.

»In einem Wirtshaus?«

»Nein, im Wald. In den Heidelbeeren. Sie sind schon beinahe reif.«

»Sie sind ein Phantast. – Aber ich muß tanzen, der Direktor klopft schon. – Wo sind Sie, Claudio?«

Der schöne, dunkle Tänzer stand schon hinter ihrem Stuhl, die Musik begann. Am Schluß des Tanzes ging er.

Abends holte er sie pünktlich ab und war froh, den Smoking angezogen zu haben, denn Teresina hatte sich überaus festlich gekleidet, violett mit vielen Spitzen, und sah wie eine Fürstin aus.

Am Strande führte er Teresina nicht zum Kursschiff, sondern in ein hübsches Motorboot, das er für den Abend gemietet hatte. Sie stiegen ein, in der halboffenen Kajüte lagen Decken für Teresina bereit und Blumen. Mit scharfer Kurve schnob das rasche Boot zum Hafen hinaus in den See.

Draußen in der Nacht und Stille sagte Klein: »Teresina, ist es nicht eigentlich schade, jetzt dort hinüber unter die vielen Menschen zu gehen? Wenn Sie Lust haben, fahren wir weiter, ohne Ziel, solang es uns gefällt, oder wir fahren in irgendein hübsches stilles Dorf, trinken einen Landwein und hören zu, wie die Mädchen singen. Was meinen Sie?«

Sie schwieg, und er sah alsbald Enttäuschung auf ihrem Gesicht. Er lachte.

»Nun, es war ein Einfall von mir, verzeihen Sie. Sie sollen vergnügt sein und haben, was Ihnen Spaß macht, ein andres Programm haben wir nicht. In zehn Minuten sind wir drüben.«

»Interessiert Sie denn das Spiel gar nicht?« fragte sie.

»Ich werde ja sehen, ich muß es erst probieren. Der Sinn davon ist mir noch etwas dunkel. Man kann Geld gewinnen und Geld verlieren. Ich glaube, es gibt stärkere Sensationen.«

»Das Geld, um das gespielt wird, braucht ja nicht bloß Geld zu sein. Es ist für jeden ein Sinnbild, jeder gewinnt oder verliert nicht Geld, sondern all die Wünsche und Träume, die es für ihn bedeutet. Für mich bedeutet es Freiheit. Wenn ich Geld habe, kann niemand mir mehr befehlen. Ich lebe, wie ich will. Ich tanze, wann und wo und für wen ich will. Ich reise, wohin ich will.«

Er unterbrach sie.

»Was sind Sie für ein Kind, liebes Fräulein! Es gibt keine solche Freiheit, außer in Ihren Wünschen. Werden Sie morgen reich und frei und unabhängig – übermorgen verlieben Sie sich in einen Kerl, der Ihnen das Geld wieder abnimmt oder der Ihnen bei Nacht den Hals abschneidet.«

»Reden Sie nicht so scheußlich! Also: wenn ich reich wäre, würde ich vielleicht einfacher leben als jetzt, aber ich täte es, weil es mir Spaß machte, freiwillig und nicht aus Zwang. Ich hasse Zwang! Und sehen Sie, wenn ich nun mein Geld im

Spiel einsetze, dann sind bei jedem Verlust und Gewinn alle meine Wünsche beteiligt, es geht um alles, was mir wertvoll und begehrenswert ist, und das gibt ein Gefühl, das man sonst nicht leicht findet.«

Klein sah sie an, während sie sprach, ohne sehr auf ihre Worte zu achten. Ohne es zu wissen, verglich er Teresinas Gesicht mit dem Gesicht jener Frau, von der er im Walde geträumt hatte.

Erst als das Boot in die Bucht von Castiglione einfuhr, wurde es ihm bewußt, denn jetzt erinnerte ihn der Anblick des beleuchteten Blechschildes mit dem Stationsnamen heftig an das Schild im Traum, auf welchem »Lohengrin« oder »Wagner« gestanden hatte. Genau so hatte jenes Schild ausgesehen, genau so groß, so grau und weiß, so grell beleuchtet. War dies hier die Bühne, die auf ihn wartete? Kam er hier zu Wagner? Nun fand er auch, daß Teresina der Traumfrau glich, vielmehr den beiden Traumfrauen, deren eine er mit dem Messer totgestochen, deren andre ihn tödlich mit den Krallen gewürgt hatte. Ein Schrecken lief ihm über die Haut. Hing denn das alles zusammen? Wurde er wieder von unbekannten Geistern geführt? Und wohin? Zu Wagner? Zu Mord? Zu Tod?

Beim Aussteigen nahm Teresina seinen Arm, und so Arm in Arm gingen sie durch den kleinen bunten Lärm der Schifflände, durchs Dorf und in das Kasino. Hier gewann alles jenen halb reizenden, halb ermüdenden Schimmer von Unwahrscheinlichkeit, den die Veranstaltungen gieriger Menschen stets da bekommen, wo sie fern den Städten in stille Landschaften verirrt stehen. Die Häuser waren zu groß und zu neu, das Licht zu reichlich, die Säle zu prächtig, die Menschen zu lebhaft. Zwischen den großen, finsteren Bergzügen und dem weiten, sanften See hing der kleine dichte Bienenschwarm begehrlicher und übersättigter Menschen so ängstlich gedrängt, als sei er keine Stunde seiner Dauer gewiß, als könne jeden Augenblick etwas geschehen, das ihn wegwischte. Aus Sälen, wo gespeist und Champagner getrunken wurde, quoll süße überhitzte Geigenmusik heraus, auf Treppen zwischen Palmen und laufenden Brunnen glühten Blumengruppen und Frauenkleider durcheinander, bleiche Männergesichter über offnen Abendröcken, blaue Diener mit Goldknöpfen geschäftig, dienstbar und vielwissend, duftende Weiber mit südlichen

Gesichtern bleich und glühend, schön und krank, und nordische derbe Frauen drall, befehlend und selbstbewußt, alte Herren wie aus Illustrationen zu Turgenjew und Fontane.

Klein fühlte sich unwohl und müde, sobald sie die Säle betraten. Im großen Spielsaal zog er zwei Tausenderscheine aus der Tasche.

»Wie nun?« fragte er. »Wollen wir gemeinsam spielen?«

»Nein, nein, das ist nichts. Jeder für sich.«

Er gab ihr einen Schein und bat sie, ihn zu führen. Sie standen bald an einem Spieltisch. Klein legte seine Banknote auf eine Nummer, das Rad wurde gedreht, er verstand nichts davon, sah nur seinen Einsatz weggewischt und verschwunden. Das geht schnell, dachte er befriedigt, und wollte Teresina zulachen. Sie war nicht mehr neben ihm. Er sah sie bei einem andern Tisch stehen und ihr Geld wechseln. Er ging hinüber. Sie sah nachdenklich, besorgt und sehr beschäftigt aus wie eine Hausfrau.

Er folgte ihr an einen Spieltisch und sah ihr zu. Sie kannte das Spiel und folgte ihm mit scharfer Aufmerksamkeit. Sie setzte kleine Summen, nie mehr als fünfzig Franken, bald hier, bald dort, gewann einige Male, steckte Scheine in ihre perlengestickte Handtasche, zog wieder Scheine heraus.

»Wie geht's?« fragte er zwischenein.

Sie war empfindlich über die Störung.

»Oh, lassen Sie mich spielen! Ich werde es schon gut machen.« Bald wechselte sie den Tisch, er folgte ihr, ohne daß sie ihn sah. Da sie so sehr beschäftigt war und seine Dienste nie in Anspruch nahm, zog er sich auf eine Lederbank an der Wand zurück. Einsamkeit schlug über ihm zusammen. Er versank wieder in Nachdenken über seinen Traum. Es war sehr wichtig, ihn zu verstehen. Vielleicht würde er nicht oft mehr solche Träume haben, vielleicht waren sie wie im Märchen die Winke der guten Geister: zweimal, auch dreimal wurde man gelockt, oder wurde gewarnt, war man dann immer noch blind, so nahm das Schicksal seinen Lauf, und keine befreundete Macht griff mehr ins Rad. Von Zeit zu Zeit blickte er nach Teresina aus, sah sie an einem Tische bald sitzen, bald stehen, hell schimmerte ihr gelbes Haar zwischen den Fräken.

Wie lang sie mit den tausend Franken ausreicht! dachte er gelangweilt, bei mir ging das schneller.

Einmal nickte sie ihm zu. Einmal, nach einer Stunde, kam sie herüber, fand ihn in sich versunken und legte ihm die Hand auf den Arm.

»Was machen Sie? Spielen Sie denn nicht?«

»Ich habe schon gespielt.«

»Verloren?«

»Ja. Oh, es war nicht viel.«

»Ich habe etwas gewonnen. Nehmen Sie von meinem Geld.«

»Danke, heut nicht mehr. – Sind Sie zufrieden?«

»Ja, es ist schön. Nun, ich gehe wieder. Oder wollen Sie schon nach Hause?«

Sie spielte weiter, da und dort sah er ihr Haar zwischen den Schultern der Spieler aufglänzen. Er brachte ihr ein Glas Champagner hinüber und trank selbst ein Glas. Dann setzte er sich wieder auf die Lederbank an der Wand.

Wie war das mit den beiden Frauen im Traum? Sie hatten seiner eigenen Frau geglichen und auch der Frau im Dorfwirtshaus und auch Teresina. Von andern Frauen wußte er nicht, seit Jahren nicht. Die eine Frau hatte er erstochen, voll Abscheu über ihr verzerrtes geschwollenes Gesicht. Die andre hatte ihn überfallen, von hinten, und erwürgen wollen. Was war nun richtig? Was war bedeutsam? Hatte er seine Frau verwundet, oder sie ihn? Würde er an Teresina zugrunde gehen, oder sie an ihm? Konnte er eine Frau nicht lieben, ohne ihr Wunden zu schlagen, und ohne von ihr verwundet zu werden? War das sein Fluch? Oder war das allgemein? Ging es allen so? War alle Liebe so?

Und was verband ihn mit dieser Tänzerin? Daß er sie liebte? Er hatte viele Frauen geliebt, die nie davon erfahren hatten. Was band ihn an sie, die drüben stand und Glücksspiel wie ein ernstes Geschäft betrieb? Wie war sie kindlich in ihrem Eifer, in ihrer Hoffnung, wie war sie gesund, naiv und lebenshungrig! Was würde sie davon verstehen, wenn sie seine tiefste Sehnsucht kannte, das Verlangen nach Tod, das Heimweh nach Erlöschen, nach Rückkehr in Gottes Schoß! Vielleicht würde sie ihn lieben, schon bald, vielleicht würde sie mit ihm leben – aber würde es anders sein, als es mit seiner Frau gewesen war? Würde er nicht, immer und immer, mit seinen innigsten Gefühlen allein sein?

Teresina unterbrach ihn. Sie blieb bei ihm stehen und gab ihm ein Bündel Banknoten in die Hand.

»Bewahren Sie mir das auf, bis nachher.«

Nach einer Zeit, er wußte nicht, war es lang oder kurz, kam sie wieder und erbat das Geld zurück.

Sie verliert, dachte er, Gott sei Dank! Hoffentlich ist sie bald fertig.

Kurz nach Mitternacht kam sie, vergnügt und etwas erhitzt. »So, ich höre auf. Sie Armer sind gewiß müde. Wollen wir nicht noch einen Bissen essen, eh wir heimfahren?«

In einem Speisesaal aßen sie Schinkeneier und Früchte und tranken Champagner. Klein erwachte und wurde munter. Die Tänzerin war verändert, froh und in einem leichten süßen Rausch. Sie sah und wußte wieder, daß sie schön war und schöne Kleider trug, sie spürte die Blicke der Männer, die von benachbarten Tischen herüber warben, und auch Klein fühlte die Verwandlung, sah sie wieder von Reiz und holder Verlockung umgeben, hörte wieder den Klang von Herausforderung und Geschlecht in ihrer Stimme, sah wieder ihre Hände weiß und ihren Hals perlfarben aus den Spitzen steigen.

»Haben Sie auch tüchtig gewonnen?« fragte er lachend.

»Es geht, noch nicht das große Los. Es sind etwa fünftausend.«

»Nun, das ist ein hübscher Anfang.«

»Ja, ich werde natürlich fortfahren, das nächstemal. Aber das richtige ist es noch nicht. Es muß auf einmal kommen, nicht tropfenweise.«

Er wollte sagen: »Dann müßten Sie auch nicht tropfenweise setzen, sondern alles auf einmal« – aber er stieß statt dessen mit ihr an, auf das große Glück, und lachte und plauderte weiter.

Wie war das Mädchen hübsch, gesund und einfach in seiner Freude! Vor einer Stunde noch hatte sie an den Spieltischen gestanden, streng, besorgt, faltig, böse, rechnend. Jetzt sah sie aus, als habe nie eine Sorge sie berührt, als wisse sie nichts von Geld, Spiel, Geschäften, als kenne sie nur Freude, Luxus und müheloses Schwimmen an der schillernden Oberfläche des Lebens. War das alles wahr, alles echt? Er selbst lachte ja auch, war ja auch vergnügt, warb ja auch um Freude und Liebe aus heitern Augen – und doch saß zugleich einer in ihm, der an das alles nicht glaubte, der dem allem mit Mißtrauen und mit Hohn zusah. War das bei andern Menschen anders? Ach, man wußte so wenig, so verzweifelt wenig von den Menschen! Hundert Jahreszahlen von lächerlichen Schlachten und Namen von lächerlichen alten Königen hatte man in den Schulen gelernt, und man las täglich Artikel über Steuern oder über den Balkan, aber vom Menschen wußte man nichts! Wenn eine Glocke nicht schellte, wenn ein Ofen rauchte, wenn ein Rad in einer Maschine stockte, so wußte man sogleich, wo zu suchen sei, und tat es mit Eifer, und fand den Schaden und wußte, wie er zu heilen war. Aber das Ding in uns, die geheime Feder, die allein dem Leben den Sinn gibt, das Ding in uns, das allein lebt, das allein fähig ist, Lust und Weh zu fühlen, Glück zu begehren, Glück zu erleben – das war unbekannt, von dem wußte man nichts, gar nichts, und wenn es krank wurde, so gab es keine Heilung. War es nicht wahnsinnig?

Während er mit Teresina trank und lachte, stiegen in andern Bezirken seiner Seele solche Fragen auf und nieder, dem Bewußtsein bald näher, bald ferner. Alles war zweifelhaft, alles schwamm im Ungewissen. Wenn er nur das Eine gewußt hätte: ob diese Unsicherheit, diese Not, diese Verzweiflung mitten in der Freude, dieses Denkenmüssen und Fragenmüssen auch in andern Menschen so war, oder nur in ihm allein, in dem Sonderling Klein?

Eines fand er, darin unterschied er sich von Teresina, darin war sie anders als er, war kindlich und primitiv gesund. Dies Mädchen rechnete, wie alle Menschen, und wie auch er selbst es früher getan hatte, immerzu instinktiv mit Zukunft, mit Morgen und Übermorgen, mit Fortdauer. Hätte sie sonst spielen und das Geld so ernst nehmen können? Und da, das fühlte er tief, da stand es bei ihm anders. Für ihn stand hinter jedem Gefühl und Gedanken das Tor offen, das ins Nichts führte. Wohl litt er an Angst, an Angst vor sehr vielem, vor dem Wahnsinn, vor der Polizei, der Schlaflosigkeit, auch an Angst vor dem Tod. Aber alles, wovor er Angst empfand, das begehrte und ersehnte er dennoch zugleich – er war voll brennender Sehnsucht und Neugierde nach Leid, nach Untergang, nach Verfolgung, nach Wahnsinn und Tod.

»Komische Welt«, sagte er vor sich hin, und meinte damit nicht die Welt um ihn her, sondern dies innere Wesen. Plaudernd verließen sie den Saal und das Haus, kamen im blassen Laternenlicht an das schlafende Seeufer, wo sie ihren Bootsmann wecken mußten. Es dauerte eine Weile, bis das Boot abfahren konnte, und die beiden standen nebeneinander, plötzlich aus der Lichtfülle und farbigen Geselligkeit des Kasinos in die dunkle Stille des verlassenen nächtlichen Ufers verzaubert, das Lachen von drüben noch auf erhitzten Lippen und schon kühl berührt von Nacht, Schlafnähe und Furcht vor Einsamkeit. Sie fühlten beide dasselbe. Unversehens hielten sie sich bei den Händen, lächelten irr und verlegen in die Dunkelheit, spielten mit zuckenden Fingern einer auf Hand und Arm des andern. Der Bootsmann rief, sie stiegen ein, setzten sich in die Kabine, und mit heftigem Griff zog er den blonden schweren Kopf zu sich her und in die ausbrechende Glut seiner Küsse.

Zwischenein sich erwehrend, setzte sie sich aufrecht und fragte:

»Werden wir wohl bald wieder hier herüber fahren?«

Mitten in der Liebeserregung mußte er heimlich lachen. Sie dachte bei allem noch ans Spiel, sie wollte wiederkommen und ihr Geschäft fortsetzen.

»Wann du willst«, sagte er werbend, »morgen und übermorgen und jeden Tag, den du willst.«

Als er ihre Finger in seinem Nacken spielen fühlte, durchzuckte ihn Erinnerung an das furchtbare Gefühl im Traum, als das rächende Weib ihm die Nägel in den Hals krallte.

»Jetzt sollte sie mich plötzlich töten, das wäre das richtige«, dachte er glühend – »oder ich sie.«

Ihre Brust mit tastender Hand umspannend lachte er leise vor sich hin. Unmöglich wäre es ihm gewesen, noch Lust und Weh zu unterscheiden. Auch seine Lust, seine hungrige Sehnsucht nach der Umarmung mit diesem schönen starken Weibe, war von Angst kaum zu unterscheiden, er ersehnte sie wie der Verurteilte das Beil. Beides war da, flammende Lust und trostlose Trauer, beides brannte, beides zuckte in fiebernden Sternen auf, beides wärmte, beides tötete.

Teresina entzog sich geschmeidig einer zu kühnen Liebkosung, hielt seine beiden Hände fest, brachte ihre Augen nah an seine und flüsterte wie abwesend: »Was bist du für ein Mensch, du? Warum liebe ich dich? Warum zieht mich etwas zu dir? Du bist schon alt und bist nicht schön – wie ist das? Höre, ich glaube doch, daß du ein Verbrecher bist. Bist du nicht einer? Ist dein Geld nicht gestohlen?«

Er suchte sich loszumachen: »Rede nicht, Teresina! Alles Geld ist gestohlen, alle Habe ist ungerecht. Ist denn das wichtig? Wir sind alle Sünder, wir sind alle Verbrecher, nur schon weil wir leben. Ist denn das wichtig?«

»Ach, was ist wichtig?« zuckte sie auf.

»Wichtig ist, daß wir diesen Becher austrinken«, sagte Klein langsam, »nichts anderes ist wichtig. Vielleicht kommt er nicht wieder. Willst du mit mir schlafen kommen, oder darf ich mit zu dir gehen?

»Komm zu mir«, sagte sie leise. »Ich habe Angst vor dir, und doch muß ich bei dir sein. Sage mir dein Geheimnis nicht! Ich will nichts wissen!«

Das Abklingen des Motors weckte sie, sie riß sich los, strich sich klärend über Haar und Kleider. Das Boot lief leise an den Steg, Laternenlichter spiegelten splitternd im schwarzen Wasser. Sie stiegen aus.

»Halt, meine Tasche!« rief Teresina nach zehn Schritten. Sie lief zum Steg zurück, sprang ins Boot, fand auf dem Polster die Tasche mit ihrem Geld liegen, warf dem mißtrauisch blickenden Fährmann einen der Scheine hin und lief Klein in die Arme, der sie am Kai erwartete.

5

Der Sommer hatte plötzlich begonnen, in zwei heißen Tagen hatte er die Welt verändert, die Wälder vertieft, die Nächte verzaubert. Heiß drängte sich Stunde an Stunde, schnell lief die Sonne ihren glühenden Halbkreis ab, schnell und hastig folgten ihr die Sterne, Lebensfieber glühte hoch, eine lautlose gierige Eile jagte die Welt.

Ein Abend kam, da wurde Teresinas Tanz im Kursaal durch ein rasend hertobendes Gewitter unterbrochen. Lampen erloschen, irre Gesichter grinsten sich im weißen Flackern der

Blitze an, Weiber schrien, Kellner brüllten, Fenster zerklirrten im Sturm.

Klein hatte Teresina sofort zu sich an den Tisch gezogen, wo er neben dem alten Komiker saß.

»Herrlich!« sagte er. »Wir gehen. Du hast doch keine Angst?«

»Nein, nicht Angst. Aber du darfst heute nicht mit mir kommen. Du hast drei Nächte nicht geschlafen, und du siehst scheußlich aus. Bring mich nach Haus, und dann geh schlafen in dein Hotel! Nimm Veronal, wenn du es brauchst. Du lebst wie ein Selbstmörder.«

Sie gingen, Teresina im geborgten Mantel eines Kellners, mitten durch Sturm und Blitze und aufheulende Staubwirbel durch die leergefegten Straßen, hell und frohlockend knallten die prallen Donnerschläge durch die aufgewühlte Nacht, plötzlich brauste Regen los, auf dem Pflaster zerspritzend, voll und voller mit dem erlösenden Schluchzen wilder Güsse im dicken Sommerlaub.

Naß und durchschüttelt kamen sie in die Wohnung der Tänzerin, Klein ging nicht nach Hause, es wurde nicht mehr davon gesprochen. Aufatmend traten sie ins Schlafzimmer, taten lachend die durchnäßten Kleider ab, durchs Fenster schrillte grell das Licht der Blitze, in den Akazien wühlte Sturm und Regen sich müde.

»Wir waren noch nicht wieder in Castiglione«, spottete Klein. »Wann gehen wir?«

»Wir werden wieder gehen, verlaß dich drauf. Hast du Langeweile?«

Er zog sie an sich, beide fieberten, und Nachglanz des Gewitters loderte in ihrer Liebkosung. In Stößen kam durchs Fenster die gekühlte Luft, mit bittrem Geruch von Laub und stumpfem Geruch von Erde. Aus dem Liebeskampf fielen sie beide schnell in Schlummer. Auf dem Kissen lag sein ausgehöhltes Gesicht neben ihrem frischen, sein dünnes trockenes Haar neben ihrem vollen blühenden. Vor dem Fenster glühte das Nachtgewitter in letzten Flammen auf, wurde müde und erlosch, der Sturm schlief ein, beruhigt rann ein stiller Regen in die Bäume.

Bald nach ein Uhr erwachte Klein, der keinen längern Schlaf mehr kannte, aus einem schweren schwülen Traumgewirre, mit wüstem Kopf und schmerzenden Augen. Regungslos lag er eine Weile, die Augen aufgerissen, sich besinnend, wo er sei. Es war Nacht, jemand atmete neben ihm, er war bei Teresina.

Langsam richtete er sich auf. Nun kamen die Qualen wieder, nun war ihm wieder beschieden, Stunde um Stunde zu liegen, Weh und Angst im Herzen, allein, nutzlose Leiden leiden, nutzlose Gedanken denken, nutzlose Sorgen sorgen. Aus dem Alpdrücken, das ihn geweckt hatte, krochen schwere fette Gefühle ihm nach, Ekel und Grauen, Übersättigung, Selbstverachtung.

Er tastete nach dem Licht und drehte an. Die kühle Helligkeit floß übers weiße Kissen, über die Stühle voll Kleider, schwarz hing das Fensterloch in der schmalen Wand. Über Teresinas abgewandtes Gesicht fiel Schatten, ihr Nacken und Haar glänzten hell.

So hatte er einst auch seine Frau zuweilen liegen sehen, auch neben ihr war er zuzeiten schlaflos gelegen, ihren Schlummer beneidend, von ihrem satten zufriedenen Atemholen wie verhöhnt. Nie, niemals war man von seinem Nächsten so ganz und gar, so vollkommen verlassen, als wenn er schlief! Und wieder, wie schon oft, fiel ihm das Bild des leidenden Jesus ein, im Garten Gethsemane, wo die Todesangst ihn ersticken will, seine Jünger aber schlafen, schlafen.

Leise zog er das Kissen mehr zu sich herüber, samt dem schlafenden Kopf Teresinas. Nun sah er ihr Gesicht, im Schlaf so fremd, so ganz bei sich selbst, so ganz von ihm abgewandt. Eine Schulter und Brust lagen bloß, unter dem Leintuch wölbte sich sanft ihr Leib bei jedem Atemzug. Komisch, fiel ihm ein, wie man in Liebesworten, in Gedichten, in Liebesbriefen immer und immer von den süßen Lippen und Wangen sprach, und nie von Bauch und Bein! Schwindel! Schwindel! Er betrachtete Teresina lang. Mit diesem schönen Leib, mit dieser Brust und diesen weißen, gesunden, starken, gepflegten Armen und Beinen würde sie ihn noch oft verlocken und ihn umschlingen und Lust von ihm nehmen und dann ruhen und schlafen, satt und tief, ohne Schmerzen, ohne Angst, ohne Ahnung, schön und stumpf und dumm wie ein gesundes schlafendes Tier. Und er würde neben ihr liegen, schlaflos, mit flackernden Nerven, das Herz voll Pein. Noch oft? Noch oft?

Ach nein, nicht oft mehr, nicht viele Male mehr, vielleicht keinmal mehr! Er zuckte zusammen. Nein, er wußte es: keinmal mehr!

Stöhnend bohrte er den Daumen in seine Augenhöhle, wo zwischen Auge und Stirn diese teuflischen Schmerzen saßen. Gewiß hatte auch Wagner diese Schmerzen gehabt, der Lehrer Wagner. Er hatte sie gehabt, diese wahnsinnigen Schmerzen, gewiß jahrelang, und hatte sie getragen und erlitten, und sich dabei reifen und Gott näher kommen gemeint in seinen Qualen, seinen nutzlosen Qualen. Bis er eines Tages es nicht mehr ertragen konnte – so wie auch er, Klein, es nicht mehr ertragen konnte. Die Schmerzen waren ja das wenigste, aber die Gedanken, die Träume, das Alpdrücken! Da war Wagner eines Nachts aufgestanden und hatte gesehen, daß es keinen Sinn habe, noch mehr, noch viele solche Nächte voll Qual aneinander zu reihen, daß man dadurch nicht zu Gott komme, und hatte das Messer geholt. Es war vielleicht unnütz, es war vielleicht töricht und lächerlich von Wagner, daß er gemordet hatte. Wer seine Qualen nicht kannte, wer seine Pein nicht gelitten hatte, der konnte es ja nicht verstehen.

Er selbst hatte vor kurzem, in einem Traum, eine Frau mit dem Messer erstochen, weil ihr entstelltes Gesicht ihm unerträglich gewesen war. Entstellt war freilich jedes Gesicht, das man liebte, entstellt und grausam aufreizend, wenn es nicht mehr log, wenn es schwieg, wenn es schlief. Da sah man ihm auf den Grund und sah nichts von Liebe darin, wie man auch im eigenen Herzen nichts von Liebe fand, wenn man auf den Grund sah. Da war nur Lebensgier und Angst, und aus Angst, aus dummer Kinderangst vor der Kälte, vor dem Alleinsein, vor dem Tode floh man zueinander, küßte sich, umarmte sich, rieb Wange an Wange, legte Bein zu Bein, warf neue Menschen in die Welt. So war es. So war er einst zu seiner Frau gekommen. So war die Frau des Wirtes in einem Dorf zu ihm gekommen, einst, am Anfang seines jetzigen Weges, in einer kahlen steinernen Kammer, barfuß und schweigend, getrieben von Angst, von Lebensgier, von Trostbedürfnis. So war auch er zu Teresina gekommen, und sie zu ihm. Es war stets derselbe Trieb, dasselbe Begehren, dasselbe Mißverständnis. Es war auch stets dieselbe Enttäuschung, dasselbe grimme Leid. Man glaubte, Gott nah zu sein, und hielt ein Weib in den Armen. Man glaubte, Harmonie erreicht zu haben, und hatte nur seine Schuld und seinen Jammer weggewälzt, auf ein fernes zukünftiges Wesen! Ein Weib hielt man in den Armen, küßte ihren Mund, streichelte ihre Brust und zeugte mit ihr ein Kind, und einst würde das Kind, vom selben Schicksal ereilt, in einer Nacht ebenso neben einem Weibe liegen und ebenso aus dem Rausch erwachen und mit schmerzenden Augen in den Abgrund sehen, und das Ganze verfluchen. Unerträglich, das zu Ende zu denken!

Sehr aufmerksam betrachtete er das Gesicht der Schlafenden, die Schulter und Brust, das gelbe Haar. Das alles hatte ihn entzückt, hatte ihn getäuscht, hatte ihn verlockt, das alles hatte ihm Lust und Glück vorgelogen. Nun war es aus, nun wurde abgerechnet. Er war in das Theater Wagner eingetreten, er hatte erkannt, warum jedes Gesicht, sobald die Täuschung dahinfiel, so entstellt und unausstehlich war.

Klein stand vom Bett auf und ging auf die Suche nach einem Messer. Im Vorbeischleichen streifte er Teresinas lange hellbraune Strümpfe vom Stuhl – dabei fiel ihm blitzschnell ein, wie er sie das erste Mal gesehen, im Park, und wie von ihrem Gang und von ihrem Schuh und straffen Strumpf der erste Reiz ihm zugeflogen war. Er lachte leise, wie schadenfroh, und nahm Teresinas Kleider, Stück um Stück, in die Hand, befühlte sie und ließ sie zu Boden fallen. Dann suchte er weiter, dazwischen für Momente alles vergessend. Sein Hut lag auf dem Tisch, er nahm ihn gedankenlos in die Hände, drehte ihn, fühlte, daß er naß war, und setzte ihn auf. Beim Fenster blieb er stehen, sah in die Schwärze hinaus, hörte Regen singen, es klang wie aus verschollenen anderen Zeiten her. Was wollte das alles von ihm, Fenster, Nacht, Regen – was ging es ihn an, das alte Bilderbuch aus der Kinderzeit.

Plötzlich blieb er stehen. Er hatte ein Ding in die Hand genommen, das auf einem Tische lag, und sah es an. Es war ein silberner ovaler Handspiegel, und aus dem Spiegel schien ihm sein Gesicht entgegen, das Gesicht Wagners, ein irres verzogenes Gesicht mit tiefen schattigen Höhlen und zerstörten, zersprungenen Zügen. Das geschah ihm jetzt so merkwürdig oft, daß er sich unversehens in einem Spiegel sah, ihm schien, er habe früher jahrzehntelang nie in einen geblickt. Auch das, schien es, gehörte zum Theater Wagner.

Er blieb stehen und blickte lang in das Glas. Dies Gesicht des ehemaligen Friedrich Klein war fertig und verbraucht, es hatte ausgedient, Untergang schrie aus jeder Falte. Dies Gesicht mußte verschwinden, es mußte ausgelöscht werden. Es war sehr alt, dies Gesicht, viel hatte sich in ihm gespiegelt, allzu viel, viel Lug und Trug, viel Staub und Regen war darüber gegangen. Es war einmal glatt und hübsch gewesen, er hatte es einst geliebt und gepflegt und Freude daran gehabt, und hatte es oft auch gehaßt. Warum? Beides war nicht mehr zu begreifen.

Und warum stand er jetzt da, nachts in diesem kleinen fremden Zimmer, mit einem Glas in der Hand und einem nassen Hut auf den Kopf, ein seltsamer Hanswurst – was war mit ihm? Was wollte er? Er setzte sich auf den Tischrand. Was hatte er gewollt? Was suchte er? Er hatte doch etwas gesucht, etwas sehr Wichtiges gesucht?

Ja, ein Messer.

Plötzlich ungeheuer erschüttert sprang er empor und lief zum Bett. Er beugte sich über das Kissen, sah das schlafende Mädchen im gelben Haare liegen. Sie lebte noch! Er hatte es noch nicht getan! Grauen überfloß ihn eisig. Mein Gott, nun war es da! Nun war es soweit, und es geschah, was er schon immer und immer in seinen furchtbarsten Stunden hatte kommen sehen. Nun war es da. Nun stand er, Wagner, am Bett einer Schlafenden, und suchte das Messer! – Nein, er wollte nicht. Nein, er war nicht wahnsinnig! Gott sei Dank, er war nicht wahnsinnig! Nun war es gut.

Es kam Friede über ihn. Langsam zog er seine Kleider an, die Hosen, den Rock, die Schuhe. Nun war es gut.

Als er nochmals zum Bett treten wollte, fühlte er Weiches unter seinem Fuß. Da lagen Teresinas Kleider am Boden, die Strümpfe, das hellgraue Kleid. Sorgfältig hob er sie auf und legte sie über den Stuhl.

Er löschte das Licht und ging aus dem Zimmer. Vor dem Hause troff Regen still und kühl, nirgends Licht, nirgends ein Mensch, nirgends ein Laut, nur der Regen. Er wandte das Gesicht nach oben und ließ sich den Regen über Stirn und Wangen laufen. Kein Himmel zu finden. Wie dunkel es war! Gern, gern hätte er einen Stern gesehen.

Ruhig ging er durch die Straßen, vom Regen durchweicht.

Kein Mensch, kein Hund begegnete ihm, die Welt war ausgestorben. Am Seeufer ging er von Boot zu Boot, sie waren alle hoch ans Land gezogen und stramm mit Ketten befestigt. Erst ganz in der Vorstadt außen fand er eins, das locker am Strick hing und sich lösen ließ. Das machte er los und hängte die Ruder ein. Schnell war das Ufer vergangen, es floß ins Grau hinweg wie nie gewesen, nur Grau und Schwarz und Regen war noch auf der Welt, grauer See, nasser See, grauer See, nasser Himmel, alles ohne Ende.

Draußen, weit im See, zog er die Ruder ein. Es war nun soweit, und er war zufrieden. Früher hatte er, in den Augenblicken, wo Sterben ihm unvermeidlich schien, doch immer gern noch ein wenig gezögert, die Sache auf morgen verschoben, es erst noch einmal mit dem Weiterleben probiert. Davon war nichts mehr da. Sein kleines Boot, das war er, das war sein kleines, umgrenztes, künstlich versichertes Leben – rundum aber das weite Grau, das war die Welt, das war All und Gott, dahinein sich fallen zu lassen war nicht schwer, das war leicht, das war froh.

Er setzte sich auf den Rand des Bootes nach außen, die Füße hingen ins Wasser. Er neigte sich langsam vor, neigte sich vor, bis hinter ihm das Boot elastisch entglitt. Er war im All.

In die kleine Zahl von Augenblicken, welche er von da an noch lebte, war viel mehr Erlebnis gedrängt als in die vierzig Jahre, die er zuvor bis zu diesem Ziel unterwegs gewesen war.

Es begann damit: Im Moment, wo er fiel, wo er einen Blitz lang zwischen Bootsrand und Wasser schwebte, stellte sich ihm dar, daß er einen Selbstmord begehe, eine Kinderei, etwas zwar nicht Schlimmes, aber Komisches und ziemlich Törichtes. Das Pathos des Sterbenwollens und das Pathos des Sterbens selbst fiel in sich zuammen, es war nichts damit. Sein Sterben war nicht mehr notwendig, jetzt nicht mehr. Es war erwünscht, es war schön und willkommen, aber notwendig war es nicht mehr. Seit dem Moment, seit dem aufblitzenden Sekundenteil, wo er sich mit ganzem Wollen, mit ganzem Verzicht auf jedes Wollen, mit ganzer Hingabe hatte vom Bootsrand fallen lassen, in den Schoß der Mutter, in den Arm Gottes – seit diesem Augenblick hatte das Sterben keine Bedeutung mehr. Es war ja alles so einfach, es war ja alles so wunderbar leicht, es gab ja keine Abgründe, keine Schwierigkeiten mehr. Die ganze Kunst war: sich fallen lassen! Das leuchtete als Ergebnis seines Lebens hell durch sein ganzes Wesen: sich fallen lassen! Hatte man das einmal getan, hatte man einmal sich dahingegeben, sich anheimgestellt, sich ergeben, hatte man einmal auf alle Stützen und jeden festen Boden unter sich verzichtet, hörte man ganz und gar nur noch auf den Führer im eigenen Herzen, dann war alles gewonnen, dann war alles gut, keine Angst mehr, keine Gefahr mehr.

Dies war erreicht, dies Große, Einzige: er hatte sich fallen lassen! Daß er sich ins Wasser und in den Tod fallen ließ, wäre nicht notwendig gewesen, ebensogut hätte er sich ins Leben fallen lassen können. Aber daran lag nicht viel, wichtig war dies nicht. Er würde leben, er würde wiederkommen. Dann aber würde er keinen Selbstmord mehr brauchen und keinen von all diesen seltsamen Umwegen, keine von all diesen mühsamen und schmerzlichen Torheiten mehr, denn er würde die Angst überwunden haben.

Wunderbarer Gedanke: ein Leben ohne Angst! Die Angst überwinden, das war die Seligkeit, das war die Erlösung. Wie hatte er sein Leben lang Angst gelitten, und nun, wo der Tod ihn schon am Halse würgte, fühlte er nichts mehr davon, keine Angst, kein Grauen, nur Lächeln, nur Erlösung, nur Einverstandensein. Er wußte nun plötzlich, was Angst ist, und daß sie nur von dem überwunden werden kann, der sie erkannt hat. Man hatte vor tausend Dingen Angst, vor Schmerzen, vor Richtern, vor dem eigenen Herzen, man hatte Angst vor dem Schlaf, Angst vor dem Erwachen, vor dem Alleinsein, vor der Kälte, vor dem Wahnsinn, vor dem Tode – namentlich vor ihm, vor dem Tode. Aber all das waren nur Masken und Verkleidungen. In Wirklichkeit gab es nur eines, vor dem man Angst hatte: das Sichfallenlassen, den Schritt in das Ungewisse hinaus, den kleinen Schrit hinweg über all die Versicherungen, die es gab. Und wer sich einmal, ein einziges Mal hingegeben hatte, wer einmal das große Vertrauen geübt und sich dem Schicksal anvertraut hatte, der war befreit. Er gehorchte nicht mehr den Erdgesetzen, er war in den Weltraum gefallen und schwang im Reigen der Gestirne mit. So war das. Es war so einfach, jedes Kind konnte das verstehen, konnte das wissen.

Er dachte dies nicht, wie man Gedanken denkt, er lebte,

fühlte, tastete, roch und schmeckte es. Er schmeckte, roch, sah und verstand, was Leben war. Er sah die Erschaffung der Welt, er sah den Untergang der Welt, beide wie zwei Heerzüge beständig gegeneinander in Bewegung, nie vollendet, ewig unterwegs. Die Welt wurde immerfort geboren, sie starb immerfort. Jedes Leben war ein Atemzug, von Gott ausgestoßen. Jedes Sterben war ein Atemzug, von Gott eingesogen. Wer gelernt hatte, nicht zu widerstreben, sich fallen zu lassen, der starb leicht, der wurde leicht geboren. Wer widerstrebte, der litt Angst, der starb schwer, der wurde ungern geboren.

Im grauen Regendunkel über dem Nachtsee sah der Untersinkende das Spiel der Welt gespiegelt und dargestellt: Sonnen und Sterne rollten herauf, rollten hinab, Chöre von Menschen und Tieren, Geistern und Engeln standen gegeneinander, sangen, schwiegen, schrien, Züge von Wesen zogen gegeneinander, jedes sich selbst mißkennend, sich selbst hassend, und sich in jedem andern Wesen hassend und verfolgend. Ihrer aller Sehnsucht war nach Tod, war nach Ruhe, ihr Ziel war Gott, war die Wiederkehr zu Gott und das Bleiben in Gott. Dies Ziel schuf Angst, denn es war ein Irrtum. Es gab kein Bleiben in Gott! Es gab keine Ruhe! Es gab nur das ewige, ewige, herrliche, heilige Ausgeatmetwerden und Eingeatmetwerden, Gestaltung und Auflösung, Geburt und Tod, Auszug und Wiederkehr, ohne Pause, ohne Ende. Und darum gab es nur Eine Kunst, nur Eine Lehre, nur Ein Geheimnis: sich fallen lassen, sich nicht gegen Gottes Willen sträuben, sich an nichts klammern, nicht an Gut noch Böse. Dann war man erlöst, dann war man frei von Leid, frei von Angst, nur dann.

Sein Leben lag vor ihm wie ein Land mit Wäldern, Talschaften und Dörfern, das man vom Kamm eines hohen Gebirges übersieht. Alles war gut gewesen, einfach und gut gewesen, und alles war durch seine Angst, durch sein Sträuben zu Qual und Verwicklung, zu schauerlichen Knäueln und Krämpfen von Jammer und Elend geworden! Es gab keine Frau, ohne die man nicht leben konnte – und es gab auch keine Frau, mit der man nicht hätte leben können. Es gab kein Ding in der Welt, das nicht ebenso schön, ebenso begehrenswert, ebenso beglückend war wie sein Gegenteil! Es war selig zu leben, es war selig zu sterben, sobald man allein im Weltraum hing. Ruhe von außen gab es nicht, keine Ruhe im Friedhof, keine Ruhe in Gott, kein Zauber unterbrach je die ewige Kette der Geburten, die unendliche Reihe der Atemzüge Gottes. Aber es gab eine andere Ruhe, im eigenen Innern zu finden. Sie hieß: Laß dich fallen! Wehre dich nicht! Stirb gern! Lebe gern!

Alle Gestalten seines Lebens waren bei ihm, alle Gesichter seiner Liebe, alle Wechsel seines Leidens. Seine Frau war rein und ohne Schuld wie er selbst, Teresina lächelte kindlich her. Der Mörder Wagner, dessen Schatten so breit über Kleins Leben gefallen war, lächelte ihm ernst ins Gesicht, und sein Lächeln erzählte, daß auch Wagners Tat ein Weg zur Erlösung gewesen war, auch sie ein Atemzug, auch sie ein Symbol, und daß auch Mord und Blut und Scheußlichkeit nicht Dinge sind, welche wahrhaft existieren, sondern nur Wertungen unsrer eigenen, selbstquälerischen Seele. Mit dem Morde Wagners hatte er, Klein, Jahre seines Lebens hingebracht, in Verwerfen und Billigen, Verurteilen und Bewundern, Verabscheuen und Nachahmen hatte er sich aus diesem Morde unendliche Ketten von Qualen, von Ängsten, von Elend geschaffen. Er hatte hundertmal voll Angst seinem eigenen Tode beigewohnt, er hatte sich auf dem Schafott sterben sehen, er hatte den Schnitt des Rasiermessers durch seinen Hals gefühlt und die Kugel in seiner Schläfe – und nun, da er den gefürchteten Tod wirklich starb, war es so leicht, war es so einfach, war es Freude und Triumph! Nichts in der Welt war zu fürchten, nichts war schrecklich – nur im Wahn machten wir uns all diese Furcht, all dies Leid, nur in unsrer eignen, geängsteten Seele entstand Gut und Böse, Wert und Unwert, Begehren und Furcht.

Die Gestalt Wagners versank weit in der Ferne. Er war nicht Wagner, nicht mehr, es gab keinen Wagner, das alles war Täuschung gewesen. Nun, mochte Wagner sterben! Er, Klein, würde leben.

Wasser floß ihm in den Mund, und er trank. Von allen Seiten, durch alle Sinne floß Wasser herein, alles löste sich auf. Er wurde angesogen, er wurde eingeatmet. Neben ihm, an ihn gedrängt, so eng beisammen wie die Tropfen im Wasser, schwammen andere Menschen, schwamm Teresina, schwamm der alte Sänger, schwammen seine einstige Frau, sein Vater, seine Mutter und Schwester, und tausend, tausend, tausend andre Menschen, und auch Bilder und Häuser, Tizians Venus und das Münster von Straßburg, alles schwamm, eng aneinander, in einem ungeheuren Strom dahin, von Notwendigkeit getrieben, rasch und rascher, rasend – und diesem ungeheuern, rasenden Riesenstrom der Gestaltungen kam ein anderer Strom entgegen, ungeheuer, rasend, ein Strom von Gesichtern, Beinen, Bäuchen, von Tieren, Blumen, Gedanken, Morden, Selbstmorden, geschriebenen Büchern, geweinten Tränen, dicht, dicht, voll, voll, Kinderaugen und schwarze Locken und Fischköpfe, ein Weib mit langem starrem Messer im blutigen Bauch, ein junger Mensch, ihm selbst ähnlich, das Gesicht voll heiliger Leidenschaft, das war er selbst, zwanzigjährig, jener verschollene Klein von damals! Wie gut, daß auch diese Erkenntnis nun zu ihm kam: daß es keine Zeit gab! Das einzige, was zwischen Alter und Jugend, zwischen Babylon und Berlin, zwischen Gut und Böse, Geben und Nehmen stand, das einzige, was die Welt mit Unterschieden, Wertungen, Leid, Streit, Krieg erfüllte, war der Menschengeist, der junge ungestüme und grausame Menschengeist im Zustand der tobenden Jugend, noch fern vom Wissen, noch weit von Gott. Er erfand Gegensätze, er erfand Namen. Dinge nannte er schön, Dinge häßlich, diese gut, diese schlecht. Ein Stück Leben wurde Liebe genannt, ein andres Mord. So war dieser Geist, jung, töricht, komisch. Eine seiner Erfindungen war die Zeit. Eine feine Erfindung, ein raffiniertes Instrument, sich noch inniger zu quälen und die Welt vielfach und schwierig zu machen! Von allem, was der Mensch begehrte, war er immer nur durch Zeit getrennt, nur durch diese Zeit, diese tolle Erfindung! Sie war eine der Stützen, eine der Krücken, die man vor allem fahren lassen mußte, wenn man frei werden wollte.

Weiter quoll der Weltstrom der Gestaltungen, der von Gott eingesogene, und der andere, ihm entgegen, der ausgeatmete. Klein sah Wesen, die sich dem Strom widersetzten, die sich unter furchtbaren Krämpfen aufbäumten und sich grauenhafte Qualen schufen: Helden, Verbrecher, Wahnsinnige, Denker, Liebende, Religiöse. Andre sah er, gleich ihm selbst, rasch und leicht in inniger Wollust der Hingabe, des Einverstandenseins dahingetrieben, Selige wie er. Aus dem Gesang der Seligen und aus dem endlosen Qualschrei der Unseligen baute sich über den beiden Weltströmen eine durchsichtige

Kugel oder Kuppel aus Tönen, ein Dom von Musik, in dessen Mitte saß Gott, saß ein heller, vor Helle unsichtbarer Glanzstern, ein Inbegriff von Licht, umbraust von der Musik der Weltchöre, in ewiger Brandung.

Helden und Denker traten aus dem Weltstrom, Propheten, Verkünder. »Siehe, das ist Gott der Herr, und sein Weg führt zum Frieden«, rief einer, und viele folgten ihm. Ein andrer verkündete, daß Gottes Bahn zum Kampf und Kriege führe. Einer nannte ihn Licht, einer nannte ihn Nacht, einer Vater, einer Mutter. Einer pries ihn als Ruhe, einer als Bewegung, als Feuer, als Kühle, als Richter, als Tröster, als Schöpfer, als Vernichter, als Verzeiher, als Rächer. Gott selbst nannte sich nicht. Er wollte genannt, er wollte geliebt, er wollte gepriesen, verflucht, gehaßt, angebetet sein, denn die Musik der Weltchöre war sein Gotteshaus und war sein Leben – aber es galt ihm gleich, mit welchem Namen man ihn pries, ob man ihn liebte oder haßte, ob man bei ihm Ruhe und Schlaf, oder Tanz und Raserei suchte. Jeder konnte suchen. Jeder konnte finden.

Jetzt vernahm Klein seine eigene Stimme. Er sang. Mit einer neuen, gewaltigen, hellen, hallenden Stimme sang er laut, sang er laut und hallend Gottes Lob, Gottes Preis. Er sang im rasenden Dahinschwimmen, inmitten der Millionen Geschöpfe, ein Prophet und Verkünder. Laut schallte sein Lied, hoch stieg das Gewölbe der Töne auf, strahlend saß Gott im Innern. Ungeheuer brausten die Ströme hin.

(1919)

Klingsors letzter Sommer

Vorbemerkung

Den letzten Sommer seines Lebens brachte der Maler Klingsor, im Alter von zweiundvierzig Jahren, in jenen südlichen Gegenden in der Nähe von Pampambio, Kareno und Laguno hin, die er schon in früheren Jahren geliebt und oft besucht hatte. Dort entstanden seine letzten Bilder, jene freien Paraphrasen zu den Formen der Erscheinungswelt, jene seltsamen, leuchtenden und doch stillen, traumstillen Bilder mit den gebogenen Bäumen und pflanzenhaften Häusern, welche von den Kennern denen seiner »klassischen« Zeit vorgezogen werden. Seine Palette zeigte damals nur noch wenige, sehr leuchtende Farben: Kadmium gelb und rot, Veronesergrün, Emerald, Kobalt, Kobaltviolett, französischen Zinnober und Geraniumlack.

Die Nachricht von Klingsors Tode erschreckte seine Freunde im Spätherbst. Manche seiner Briefe hatten Vorahnungen oder Todeswünsche enthalten. Hieraus mag das Gerücht entstanden sein, er habe sich selbst das Leben genommen. Andre Gerüchte, wie sie eben einem umstrittenen Namen anfliegen, sind kaum weniger haltlos als jenes. Viele behaupten, Klingsor sei schon seit Monaten geisteskrank gewesen, und ein wenig einsichtiger Kunstschriftsteller hat versucht, das Verblüffende und Ekstatische in seinen letzten Bildern aus diesem angeblichen Wahnsinn zu erklären! Mehr Grund als diese Redereien hat die anekdotenreiche Sage von Klingsors Neigung zum Trunk. Diese Neigung war bei ihm vorhanden, und niemand nannte sie offenherziger mit Namen als er selbst. Er hat zu gewissen Zeiten, und so auch in den letzten Monaten seines Lebens, nicht nur Freude am häufigen Pokulieren gehabt, sondern auch den Weinrausch bewußt als Betäubung seiner Schmerzen und einer oft schwer erträglichen Schwermut gesucht. Li Tai Po, der Dichter der tiefsten Trinklieder, war sein Liebling, und im Rausche nannte er oft sich selbst Li Tai Po und einen seiner Freunde Thu Fu.

Seine Werke leben fort, und nicht minder lebt, im kleinen

Kreis seiner Nächsten, die Legende seines Lebens und jenes letzten Sommers weiter.

Klingsor

Ein leidenschaftlicher und raschlebiger Sommer war angebrochen. Die heißen Tage, so lang sie waren, loderten weg wie brennende Fahnen, den kurzen schwülen Mondnächten folgten kurze schwüle Regennächte, wie Träume schnell und mit Bildern überfüllt fieberten die glänzenden Wochen dahin.

Klingsor stand nach Mitternacht, von einem Nachtgang heimgekehrt, auf dem schmalen Steinbalkon seines Arbeitszimmers. Unter ihm sank tief und schwindelnd der alte Terrassengarten hinab, ein tief durchschattetes Gewühl dichter Baumwipfel, Palmen, Zedern, Kastanien, Judasbaum, Blutbuche, Eukalyptus, durchklettert von Schlingpflanzen, Lianen, Glyzinien. Über der Baumschwärze schimmerten blaßspiegelnd die großen blechernen Blätter der Sommermagnolien, riesige schneeweiße Blüten dazwischen halbgeschlossen, groß wie Menschenköpfe, bleich wie Mond und Elfenbein, von denen durchdringend und beschwingt ein inniger Zitronengeruch herüberkam. Aus unbestimmter Ferne her mit müden Schwingen kam Musik geflogen, vielleicht eine Gitarre, vielleicht ein Klavier, nicht zu unterscheiden. In den Geflügelhöfen schrie plötzlich ein Pfau auf, zwei- und dreimal, und durchriß die waldige Nacht mit dem kurzen, bösen und hölzernen Ton seiner gepeinigten Stimme, wie wenn das Leid aller Tierwelt ungeschlacht und schrill aus der Tiefe schellte. Sternlicht floß durch das Waldtal, hoch und verlassen blickte eine weiße Kapelle aus dem endlosen Walde, verzaubert und alt. See, Berge und Himmel flossen in der Ferne ineinander.

Klingsor stand auf dem Balkon, im Hemde, die nackten Arme auf die Eisenbrüstung gestützt, und las halb unmutig, mit heißen Augen, die Schrift der Sterne auf dem bleichen Himmel und der milden Lichter auf dem schwarzen klumpigen Gewölk der Bäume. Der Pfau erinnerte ihn. Ja, es war wieder Nacht, spät, und man hätte nun schlafen sollen, unbedingt und um jeden Preis. Vielleicht, wenn man eine Reihe von Nächten wirklich schlafen würde, sechs oder acht Stunden richtig schlafen, so würde man sich erholen können, so würden die Augen wieder gehorsam und geduldig sein, und das Herz ruhiger, und die Schläfen ohne Schmerzen. Aber dann war dieser Sommer vorüber, dieser tolle flackernde Sommertraum, und mit ihm tausend ungetrunkene Becher verschüttet, tausend ungesehene Liebesblicke gebrochen, tausend unwiederbringliche Bilder ungesehen erloschen!

Er legte die Stirn und die schmerzenden Augen auf die kühle Eisenbrüstung, das erfrischte für einen Augenblick. In einem Jahr vielleicht, oder früher, waren diese Augen blind, und das Feuer in seinem Herzen gelöscht. Nein, kein Mensch konnte dies flammende Leben lang ertragen, auch nicht er, auch nicht Klingsor, der zehn Leben hatte. Niemand konnte eine lange Zeit hindurch Tag und Nacht alle seine Lichter, alle seine Vulkane brennen haben, niemand konnte mehr als eine kurze Zeit lang Tag und Nacht in Flammen stehen, jeden Tag viele Stunden glühender Arbeit, jede Nacht viele Stunden glühender Gedanken, immerzu genießend, immerzu schaffend, immerzu in allen Sinnen und Nerven hell und überwach wie ein Schloß, hinter dessen sämtlichen Fenstern Tag für Tag Musik erschallt, Nacht für Nacht tausend Kerzen funkeln. Es wird zu Ende gehen, schon ist viel Kraft vertan, viel Augenlicht verbrannt, viel Leben hingeblutet.

Plötzlich lachte er und reckte sich auf. Ihm fiel ein: oft schon hatte er so empfunden, oft schon so gedacht, so gefürchtet. In allen guten, fruchtbaren, glühenden Zeiten seines Lebens, auch in der Jugend schon, hatte er so gelebt, hatte seine Kerze an beiden Enden brennen gehabt, mit einem bald jubelnden, bald schluchzenden Gefühl von rasender Verschwendung, von Verbrennen, mit einer verzweifelten Gier, den Becher ganz zu leeren, und mit einer tiefen, verheimlichten Angst vor dem Ende. Oft schon hatte er so gelebt, oft schon den Becher geleert, oft schon lichterloh gebrannt. Zuweilen war das Ende sanft gewesen, wie ein tiefer bewußtloser Winterschlaf. Zuweilen auch war es schrecklich gewesen, unsinnige Verwüstung, unleidliche Schmerzen, Ärzte, trauriger Verzicht, Triumph der Schwäche. Und allerdings war von Mal zu Mal das Ende einer Glutzeit schlimmer geworden, trauriger, vernichtender. Aber immer war auch das überlebt worden, und nach Wochen oder Monaten, nach Qual oder Betäubung war die Auferstehung gekommen, neuer Brand, neuer Ausbruch der unterirdischen Feuer, neue glühendere Werke, neuer glänzender Lebensrausch. So war es gewesen, und die Zeiten der Qual und des Versagens, die elenden Zwischenzeiten, waren vergessen worden und untergesunken. Es war gut so. Es würde gehen, wie es oft gegangen war.

Lächelnd dachte er an Gina, die er heut abend gesehen hatte, mit der auf dem ganzen nächtlichen Heimweg seine zärtlichen Gedanken gespielt hatten. Wie war dies Mädchen schön und warm in seiner noch unerfahrenen und ängstlichen Glut! Spielend und zärtlich sagte er vor sich hin, als flüstere er ihr wieder ins Ohr: »Gina! Gina! Cara Gina! Carina Gina! Bella Gina!«

Er trat ins Zimmer zurück und drehte das Licht wieder an. Aus einem kleinen wirren Bücherhaufen zog er einen roten Band Gedichte; ein Vers war ihm eingefallen, ein Stück eines Verses, der ihm unsäglich schön und liebevoll schien. Er suchte lange, bis er ihn fand:

Laß mich nicht so der Nacht, dem Schmerze,
Du Allerliebstes, du mein Mondgesicht!
Oh, du mein Phosphor, meine Kerze,
Du meine Sonne, du mein Licht!

Tief genießend schlürfte er den dunklen Wein dieser Worte. Wie schön, wie innig und zauberhaft war das: Oh, du mein Phosphor! Und: Du mein Mondgesicht!

Lächelnd ging er vor den hohen Fenstern auf und ab, sprach die Verse, rief sie der fernen Gina zu: »Oh, du mein Mondgesicht!« und seine Stimme wurde dunkel vor Zärtlichkeit.

Dann schloß er die Mappe auf, die er nach dem langen Arbeitstage noch den ganzen Abend mit sich getragen hatte. Er öffnete das Skizzenbuch, das kleine, sein liebstes, und suchte die letzten Blätter, die von gestern und heut, auf. Da war der Bergkegel mit den tiefen Felsenschatten; er hatte ihn ganz nahe an ein Fratzengesicht heran modelliert, er schien zu schreien, der Berg, vor Schmerz zu klaffen. Da war der kleine Steinbrunnen, halbrund im Berghang, der gemauerte

Bogen schwarz mit Schatten gefüllt, ein blühender Granatbaum drüber blutig glühend. Alles nur für ihn zu lesen, nur Geheimschrift für ihn selbst, eilige gierige Notiz des Augenblicks, rasch herangerissene Erinnerung an jeden Augenblick, in dem Natur und Herz neu und laut zusammenklangen. Und jetzt die größern Farbskizzen, weiße Blätter mit leuchtenden Farbflächen in Wasserfarben: die rote Villa im Gehölz, feurig glühend wie ein Rubin auf grünem Sammet, und die eiserne Brücke bei Castiglia, rot auf blaugrünem Berg, der violette Damm daneben, die rosige Straße. Weiter: der Schlot der Ziegelei, rote Rakete vor kühlhellem Baumgrün, blauer Wegweiser, hellvioletter Himmel mit der dicken wie gewalzten Wolke. Dies Blatt war gut, das konnte bleiben. Um die Stalleinfahrt war es schade, das Rotbraun vor dem stählernen Himmel war richtig, das sprach und klang; aber es war nur halb fertig, die Sonne hatte ihm aufs Blatt geschienen und wahnsinnige Augenschmerzen gemacht. Er hatte nachher lange das Gesicht in einem Bach gebadet. Nun, das Braunrot vor dem bösen metallenen Blau war da, das war gut, das war um keine kleine Tönung, um keine kleinste Schwingung gefälscht oder mißglückt. Ohne caput mortuum hätte man das nicht herausbekommen. Hier, auf diesem Gebiet, lagen die Geheimnisse. Die Formen der Natur, ihr Oben und Unten, ihr Dick und Dünn konnte verschoben werden, man konnte auf alle die biederen Mittel verzichten, mit denen die Natur nachgeahmt wird. Auch die Farben konnte man fälschen, gewiß, man konnte sie steigern, dämpfen, übersetzen, auf hundert Arten. Aber wenn man mit Farbe ein Stück Natur umdichten wollte, so kam es darauf an, daß die paar Farben genau, haargenau im gleichen Verhältnis, in der gleichen Spannung zueinander standen wie in der Natur. Hier blieb man abhängig, hier blieb man Naturalist, einstweilen, auch wenn man statt Grau Orange und statt Schwarz Krapplack nahm.

Also, ein Tag war wieder vertan, und der Ertrag spärlich. Das Blatt mit dem Fabrikschlot und der rotblaue Klang auf dem andern Blatt und vielleicht die Skizze mit dem Brunnen. Wenn morgen bedeckter Himmel war, ging er nach Carabbina; dort war die Halle mit den Wäscherinnen. Vielleicht regnete es auch wieder einmal, dann blieb er zu Haus und fing das Bachbild in Öl an. Und jetzt zu Bett! Es war wieder ein Uhr vorbei.

Im Schlafzimmer riß er das Hemd ab, goß sich Wasser über die Schultern, daß es auf dem roten Steinboden klatschte, sprang ins hohe Bett und löschte das Licht. Durchs Fenster sah der blasse Monte Salute herein, tausendmal hatte Klingsor vom Bett aus seine Formen abgelesen. Ein Eulenruf aus der Waldschlucht tief und hohl, wie Schlaf, wie Vergessen.

Er schloß die Augen und dachte an Gina, und an die Halle mit den Wäscherinnen. Gott im Himmel, so viel tausend Dinge warteten, so viel tausend Becher standen eingeschenkt! Kein Ding auf der Erde, das man nicht hätte malen müssen! Keine Frau in der Welt, die man nicht hätte lieben müssen! Warum gab es Zeit? Warum immer nur dies idiotische Nacheinander, und kein brausendes, sättigendes Zugleich? Warum lag er jetzt wieder allein im Bett, wie ein Witwer, wie ein Greis? Das ganze kurze Leben hindurch konnte man genießen, konnte man schaffen, aber man sang immer nur Lied um Lied, nie klang die ganze volle Symphonie mit allen hundert Stimmen und Instrumenten zugleich.

Vor langer Zeit, im Alter von zwölf Jahren, war er Klingsor mit den zehn Leben gewesen. Es gab da bei den Knaben ein Räuberspiel, und jeder von den Räubern hatte zehn Leben, von denen er jedesmal eines verlor, wenn er vom Verfolger mit der Hand oder mit dem Wurfspeer berührt wurde. Mit sechs, mit drei, mit einem einzigen Leben konnte man noch davonkommen und sich befreien, erst mit dem zehnten war alles verloren. Er aber, Klingsor, hatte seinen Stolz darein gesetzt, sich mit allen, allen seinen zehn Leben durchzuschlagen, und es für eine Schande erklärt, wenn er mit neun, mit sieben davonkam. So war er als Knabe gewesen, in jener unglaublichen Zeit, wo nichts auf der Welt unmöglich, nichts auf der Welt schwierig war, wo alle Klingsor liebten, wo Klingsor allen befahl, wo alles Klingsor gehörte. Und so hatte er es weiter getrieben und immer mit zehn Leben gelebt. Und wenn auch nie die Sättigung, niemals die volle brausende Symphonie zu erreichen war – einstimmig und arm war sein Lied doch nicht gewesen, immer doch hatte er ein paar Saiten mehr auf seinem Spiel gehabt als andere, ein paar Eisen mehr im Feuer, ein paar Taler mehr im Sack, ein paar Rosse mehr am Wagen! Gott sei Dank!

Wie klang die dunkle Gartenstille voll und durchpulst herein, wie Atem einer schlafenden Frau! Wie schrie der Pfau! Wie brannte das Feuer in der Brust, wie schlug das Herz und schrie und litt und jubelte und blutete. Es war doch ein guter Sommer hier oben in Castagnetta, herrlich wohnte er in seiner alten noblen Ruine, herrlich blickte er auf die raupigen Rücken der hundert Kastanienwälder hinab, schön war es, je und je aus dieser edlen alten Wald- und Schloßwelt gierig hinabzusteigen und das farbige frohe Spielzeug drunten anzuschauen und in seiner guten frohen Grellheit zu malen: die Fabrik, die Eisenbahn, den blauen Tramwagen, die Plakatsäule am Kai, die stolzierenden Pfauen, Weiber, Priester, Automobile. Und wie schön und peinigend und unbegreiflich war dies Gefühl in seiner Brust, diese Liebe und flackernde Gier nach jedem bunten Band und Fetzen des Lebens, dieser süße wilde Zwang zu schauen und zu gestalten, und doch zugleich heimlich, unter dünnen Decken, das innige Wissen von der Kindlichkeit und Vergeblichkeit all seines Tuns!

Fiebernd schmolz die kurze Sommernacht hinweg, Dampf stieg aus der grünen Taltiefe, in hunderttausend Bäumen kochte der Saft, hunderttausend Träume quollen in Klingsors leichtem Schlummer auf, seine Seele schritt durch den Spiegelsaal seines Lebens, wo alle Bilder vervielfacht und jedesmal mit neuem Gesicht und neuer Bedeutung sich begegneten und neue Verbindungen eingingen, als würde ein Sternhimmel im Würfelbecher durcheinander geschüttelt.

Ein Traumbild unter den vielen entzückte und erschütterte ihn: Er lag in einem Walde und hatte ein Weib mit rotem Haar auf seinem Schoß, und eine Schwarze lag an seiner Schulter, und eine andere kniete neben ihm, hielt seine Hand und küßte seine Finger, und überall und rundum waren Frauen und Mädchen, manche noch Kinder, mit dünnen hohen Beinen, manche in voller Blüte, manche reif und mit den Zeichen des Wissens und der Ermüdung in den zuckenden Gesichtern, und alle liebten ihn, und alle wollten von ihm geliebt sein. Da brach Krieg und Flamme zwischen den Weibern aus, da griff die Rote mit rasender Hand in das Haar der Schwarzen und riß sie daran zu Boden und ward selber hinabgerissen, und alle stürzten sich aufeinander, jede schrie, jede riß, jede biß, jede tat weh, jede litt Weh, Gelächter, Wutschrei und Schmerzgeheul klangen ineinander verwickelt und verknotet, Blut floß überall, Krallen schlugen blutig in feistes Fleisch.

Mit einem Gefühl von Wehmut und Beklemmung erwachte Klingsor für Minuten, weit offen starrten seine Augen nach dem lichten Loch in der Wand. Noch standen die Gesichter der rasenden Weiber vor seinem Blick, und viele von ihnen kannte und nannte er mit Namen: Nina, Hermine, Elisabeth, Gina, Edith, Berta und sagte mit heiserer Stimme noch aus dem Traum heraus: »Kinder, hört auf! Ihr lügt ja, ihr lügt mich ja an; nicht euch müßt ihr zerreißen, sondern mich, mich!«

Louis

Louis der Grausame war vom Himmel gefallen, plötzlich war er da, Klingsors alter Freund, der Reisende, der Unberechenbare, der in der Eisenbahn wohnte und dessen Atelier sein Rucksack war. Gute Stunden tropften vom Himmel dieser Tage, gute Winde wehten. Sie malten gemeinsam, auf dem Ölberg und in Cartago.

»Ob diese ganze Malerei eigentlich einen Wert hat?« sagte Louis auf dem Ölberg, nackt im Grase liegend, den Rücken rot von der Sonne. »Man malt doch bloß faute de mieux, mein Lieber. Hättest du immer das Mädchen auf dem Schoß, das dir gerade gefällt, und die Suppe im Teller, nach der heute dein Sinn steht, du würdest dich nicht mit dem wahnsinnigen Kinderspiel plagen. Die Natur hat zehntausend Farben, und wir haben uns in den Kopf gesetzt, die Skala auf zwanzig zu reduzieren. Das ist die Malerei. Zufrieden ist man nie, und muß noch die Kritiker ernähren helfen. Hingegen eine gute Marseiller Fischsuppe, caro mio, und ein kleiner lauer Burgunder dazu, und nachher ein Mailänder Schnitzel, zum Dessert Birnen und einen Gorgonzola, und ein türkischer Kaffee – das sind Realitäten, mein Herr, das sind Werte! Wie ißt man schlecht in eurem Palästina hier!

Ach Gott, ich wollte, ich wär in einem Kirschbaum, und die Kirschen wüchsen mir ins Maul, und grade über mir auf der Leiter stünde das braune heftige Mädchen, dem wir heut früh begegnet sind. Klingsor, gib das Malen auf! Ich lade dich zu einem guten Essen in Laguno ein, es wird bald Zeit.«

»Gilt es?« fragte Klingsor blinzelnd.

»Es gilt. Ich muß nur vorher noch schnell an den Bahnhof. Nämlich, offen gestanden, ich habe einer Freundin telegraphiert, daß ich am Sterben sei, sie kann um elf Uhr da sein.«

Lachend riß Klingsor die begonnene Studie vom Brett.

»Recht hast du, Junge. Gehen wir nach Laguno! Zieh dein Hemd an, Luigi. Die Sitten hier sind von großer Unschuld, aber nackt kannst du leider nicht in die Stadt gehen.«

Sie gingen ins Städtchen, sie gingen zum Bahnhof, eine schöne Frau kam an, sie aßen schön und gut in einem Restaurant, und Klingsor, der dies in seinen ländlichen Monaten ganz vergessen hatte, war erstaunt, daß es alle diese Dinge noch gab, diese lieben heiteren Dinge: Forellen, Lachsschinken, Spargeln, Chablis, Walliser Dôle, Benediktiner.

Nach dem Essen fuhren sie, alle drei, in der Seilbahn durch die steile Stadt hinauf, quer durch die Häuser, an Fenstern und hängenden Gärten vorüber, es war sehr hübsch, sie blieben sitzen und fuhren wieder hinab, und noch einmal hinauf und hinab. Sonderbar schön und seltsam war die Welt, sehr farbig, etwas fragwürdig, etwas unwahrscheinlich, jedoch wunderschön. Klingsor nur war ein wenig befangen, er trug Kaltblütigkeit zur Schau, wollte sich nicht in Luigis schöne Freundin verlieben. Sie gingen nochmals in ein Café, sie gingen in den leeren mittäglichen Park, legten sich am Wasser unter die Riesenbäume. Vieles sahen sie, was hätte gemalt werden müssen: rote edelsteinerne Häuser in tiefem Grün, Schlangenbäume und Perückenbäume, blau und braun berostet.

»Du hast sehr liebe und lustige Sachen gemalt, Luigi«, sagte Klingsor, »die ich alle sehr liebe: Fahnenstangen, Clowns, Zirkusse. Aber das Liebste von allem ist mir ein Fleck auf deinem nächtlichen Karussellbild. Weißt du, da weht über dem violetten Gezelt und fern von all den Lichtern hoch oben in der Nacht eine kühle kleine Fahne, hellrosa, so schön, so kühl, so einsam, so scheußlich einsam! Das ist wie ein Gedicht von Li Tai Pe oder von Paul Verlaine. In dieser kleinen, dummen Rosafahne ist alles Weh und alle Resignation der Welt, und auch noch alles gute Lachen über Weh und Resignation. Daß du dieses Fähnchen gemalt hast, damit ist dein Leben gerechtfertigt, ich rechne es dir hoch an, das Fähnchen.«

»Ja, ich weiß, daß du es gern hast.«

»Du selber hast es auch gern. Schau, wenn du nicht einige solche Sachen gemalt hättest, dann würden alle guten Essen und Weine und Weiber und Kaffees dir nichts helfen, du wärest ein armer Teufel. So aber bist du ein reicher Teufel, und bist ein Kerl, den man liebhat. Sieh, Luigi, ich denke oft wie du: unsere ganze Kunst ist bloß ein Ersatz, ein mühsamer und zehnmal zu teuer bezahlter Ersatz für versäumtes Leben, versäumte Tierheit, versäumte Liebe. Aber es ist doch nicht so. Es ist ganz anders. Man überschätzt das Sinnliche, wenn man das Geistige nur als einen Notersatz für fehlendes Sinnliches ansieht. Das Sinnliche ist um kein Haar mehr wert als der Geist, so wenig wie umgekehrt. Es ist alles eins, es ist alles gleich gut. Ob du ein Weib umarmst oder ein Gedicht machst, ist dasselbe. Wenn nur die Hauptsache da ist, die Liebe, das Brennen, das Ergriffensein, dann ist es einerlei, ob du Mönch auf dem Berg Athos bist oder Lebemann in Paris.«

Louis blickte langsam aus den spöttischen Augen herüber. »Junge, brich dir man keene Verzierungen ab!«

Mit der schönen Frau durchstreiften sie die Gegend. Im Sehen waren sie beide stark, das konnten sie. Im Umkreis der paar Städtchen und Dörfer sahen sie Rom, sahen Japan, sahen die Südsee, und zerstörten die Illusionen wieder mit spielendem Finger; ihre Laune zündete Sterne am Himmel an und löschte sie wieder aus. Durch die üppigen Nächte ließen sie ihre Leuchtkugeln steigen: die Welt war Seifenblase, war Oper, war froher Unsinn.

Louis, der Vogel, schwebte auf seinem Fahrrad durch die Hügelgegend, war da und dort, während Klingsor malte. Manche Tage opferte Klingsor, dann saß er wieder verbissen draußen und arbeitete. Louis wollte nicht arbeiten. Louis war plötzlich abgereist, samt der Freundin, schrieb eine Karte aus weiter Ferne. Plötzlich war er wieder da, als Klingsor ihn schon verlorengegeben hatte, stand im Strohhut und offnen Hemde vor der Tür, als wäre er nie weggewesen. Noch einmal sog Klingsor aus dem süßesten Becher seiner Jugendzeit den Trank der Freundschaft. Viele Freunde hatte er, viele liebten ihn, vielen hatte er gegeben, vielen sein rasches Herz geöffnet, aber nur zwei von den Freunden hörten auch in diesem Sommer noch den alten Herzensruf von seinen Lippen: Louis der Maler und der Dichter Hermann, genannt Thu Fu.

An manchen Tagen saß Louis im Feld auf seinem Malstuhl, im Birnbaumschatten, im Pflaumenbaumschatten, und malte nicht. Er saß und dachte und hielt Papier auf das Malbrett geheftet und schrieb, schrieb viel, schrieb viele Briefe. Sind Menschen glücklich, die so viele Briefe schreiben? Er schrieb angestrengt, Louis, der Sorglose, sein Blick hing eine Stunde lang peinlich am Papier. Viel Verschwiegenes trieb ihn um. Klingsor liebte ihn dafür.

Anders tat Klingsor. Er konnte nicht schweigen. Er konnte sein Herz nicht verbergen. Von den heimlichen Leiden seines Lebens, von denen wenige wußten, ließ er doch die Nächsten wissen. Oft litt er an Angst, an Schwermut, oft lag er im Schacht der Finsternis gefangen, Schatten aus seinem frühern Leben fielen zuzeiten übergroß in seine Tage und machten sie schwarz. Dann tat es ihm wohl, Luigis Gesicht zu sehen. Dann klagte er ihm zuweilen.

Louis aber sah diese Schwächen nicht gerne. Sie quälten ihn, sie forderten Mitleid. Klingsor gewöhnte sich daran, dem Freund sein Herz zu zeigen, und begriff zu spät, daß er ihn damit verliere.

Wieder begann Louis von Abreise zu sprechen. Klingsor wußte, nun würde er ihn noch für Tage halten können, für drei, für fünf; plötzlich aber würde er ihm den gepackten Koffer zeigen und abreisen, um lange Zeit nicht wiederzukommen. Wie war das Leben kurz, wie unwiederbringlich war alles! Den einzigen seiner Freunde, der seine Kunst ganz verstand, dessen eigene Kunst der seinen nah und ebenbürtig war, diesen einzigen hatte er nun erschreckt und belästigt, ihn verstimmt und abgekühlt, bloß aus dummer Schwäche und Bequemlichkeit, bloß aus dem kindlichen und unanständigen Bedürfnis, einem Freund gegenüber sich keine Mühe geben zu müssen, keine Geheimnisse vor ihm zu hüten, keine Haltung vor ihm zu bewahren. Wie dumm, wie knabenhaft war das gewesen! So strafte sich Klingsor, zu spät.

Den letzten Tag wanderten sie zusammen durch die goldenen Täler, Louis war sehr guter Laune, Abreise war Lebenslust für sein Vogelherz. Klingsor machte mit, sie hatten wieder den alten, leichten, spielenden und spöttischen Ton gefunden, und ließen ihn nicht mehr los. Abends saßen sie im Garten des Wirtshauses. Fische ließen sie sich backen, Reis mit Pilzen kochen und gossen Maraschino über Pfirsiche.

»Wohin reist du morgen?« fragte Klingsor.

»Ich weiß nicht.«

»Fährst du zu der schönen Frau?«

»Ja. Vielleicht. Wer kann das wissen? Frage nicht soviel. Wir wollen jetzt, zum Schluß, noch einen guten Weißwein trinken. Ich bin für Neuenburger.«

Sie tranken; plötzlich rief Louis: »Es ist schon gut, daß ich abreise, alter Seehund. Manchmal, wenn ich so neben dir sitze, zum Beispiel jetzt, fällt mir plötzlich etwas Dummes ein. Es fällt mir ein, daß jetzt da die zwei Maler sitzen, die unser gutes Vaterland hat, und dann habe ich ein scheußliches Gefühl in den Knien, wie wenn wir beide aus Bronze wären und Hand in Hand auf einem Denkmal stehen müßten, weißt du, so wie der Goethe und der Schiller. Die können schließlich auch nichts dafür, daß sie ewig dastehen und einander an der Bronzehand halten müssen, und daß sie uns allmählich so fatal und verhaßt geworden sind. Vielleicht waren sie ganz feine Kerle und reizende Burschen, vom Schiller habe ich früher einmal ein Stück gelesen, das war direkt hübsch. Und doch ist jetzt das aus ihm geworden, daß er ein berühmtes Vieh ist und neben seinem siamesischen Zwilling stehen muß, Gipskopf neben Gipskopf, und daß man ihre gesammelten Werke herumstehen sieht und sie in den Schulen erklärt. Es ist schauderhaft. Denke dir, ein Professor in hundert Jahren, wie er den Gymnasiasten predigt: Klingsor, geboren 1877, und sein Zeitgenosse Louis, genannt der Vielfraß, Erneuerer der Malerei, Befreiung vom Naturalismus der Farbe, bei näherer Betrachtung zerfällt dies Künstlerpaar in drei deutlich unterscheidbare Perioden! Lieber komme ich noch heut unter eine Lokomotive.«

»Gescheiter wäre es, es kämen die Professoren darunter.«

»So große Lokomotiven gibt es nicht. Du weißt, wie kleinlich unsre Technik ist.«

Schon kamen Sterne herauf. Plötzlich stieß Louis sein Glas an das des Freundes.

»So, wir wollen anstoßen und austrinken. Dann setze ich mich auf mein Rad und adieu. Nur keinen langen Abschied! Der Wirt ist bezahlt. Prosit, Klingsor!«

Sie stießen an, sie tranken aus, im Garten stieg Louis aufs Zweirad, schwang den Hut, war fort. Nacht, Sterne. Louis war in China. Louis war eine Legende.

Klingsor lächelte traurig. Wie liebte er diesen Zugvogel! Lange stand er im Kies des Wirtsgartens, sah die leere Straße hinab.

Der Kareno-Tag

Zusammen mit den Freunden aus Barengo und mit Agosto und Ersilia unternahm Klingsor die Fußreise nach Kareno. Sie sanken in der Morgenstunde, zwischen den stark duftenden Spiräen und umzittert von den noch betauten Spinngeweben der Waldränder, durch den steilen warmen Wald hinab in das Tal von Pampambio, wo vom Sommertag betäubt an der gelben Straße grelle gelbe Häuser schliefen, vornübergeneigt und halbtot, und am versiegten Bach die weißen metallenen Weiden hingen mit schweren Flügeln über den goldenen Wiesen. Farbig schwamm die Karawane der Freunde auf der rosigen Straße durch das dampfende Talgrün: die Männer weiß und gelb in Leinen und Seide, die Frauen weiß und rosa, der herrliche veronesergrüne Sonnenschirm Ersilias funkelte wie ein Kleinod im Zauberring.

Melancholisch klagte der Doktor mit der menschenfreundlichen Stimme: »Es ist ein Jammer, Klingsor, Ihre wunderbaren Aquarelle werden in zehn Jahren alle weiß sein; diese Farben, die Sie bevorzugen, halten alle nicht.«

Klingsor: »Ja, und was noch schlimmer ist: Ihre schönen braunen Haare, Doktor, werden in zehn Jahren alle grau sein, und eine kleine Weile später liegen unsere hübschen frohen Knochen irgendwo in einem Loch in der Erde, leider auch Ihre so schönen und gesunden Knochen, Ersilia. Kinder, wir wollen nicht so spät im Leben noch anfangen, vernünftig zu werden. Hermann, wie spricht Li Tai Pe?«

Hermann der Dichter blieb stehen und sprach:

»Das Leben vergeht wie ein Blitzstrahl,
Dessen Glanz kaum so lange währt, daß man ihn sehen kann.
Wenn die Erde und der Himmel ewig unbeweglich stehen,
Wie rasch fliegt die wechselnde Zeit über das Antlitz der Menschen.
O du, der du beim vollen Becher sitzest und nicht trinkst,
O sage mir, auf wen wartest du noch?«

»Nein«, sagte Klingsor, »ich meine den andern Vers, mit Reimen, von den Haaren, die am Morgen noch dunkel waren –«

Hermann sagte alsbald den Vers:

»Noch am Morgen glänzten deine Haare wie schwarze Seide,
Abend hat schon Schnee auf sie getan,
Wer nicht will, daß er lebendigen Leibes sterbend leide,
Schwinge den Becher und fordre den Mond als Kumpan!«

Klingsor lachte laut, mit seiner etwas heiseren Stimme.

»Braver Li Tai Pe! Er hatte Ahnungen, er wußte allerlei. Auch wir wissen allerlei, er ist unser alter kluger Bruder. Dieser trunkene Tag würde ihm gefallen, es ist gerade so ein Tag, an dessen Abend es schön wäre, den Tod Li Tai Pes zu sterben, im Boot auf dem stillen Fluß. Ihr werdet sehen, alles wird heut wunderbar sein.«

»Was war das für ein Tod, den Li Tai Pe auf dem Fluß gestorben ist?« fragte die Malerin.

Aber Ersilia unterbrach, mit ihrer guten tiefen Stimme: »Nein, jetzt hört auf! Wer noch ein Wort von Tod und Sterben sagt, den habe ich nicht mehr lieb. Finisca adesso, brutto Klingsor!«

Klingsor kam lachend zu ihr herüber: »Wie haben Sie recht, bambina! Wenn ich noch ein Wort vom Sterben sage, dürfen Sie mir mit dem Sonnenschirm in beide Augen stoßen. Aber im Ernst, es ist heut wunderbar, liebe Menschen! Ein Vogel singt heut, der ist ein Märchenvogel, ich hab ihn schon am Morgen gehört. Ein Wind geht heut, der ist ein Märchenwind, das himmlische Kind, der weckt die schlafenden Prinzessinnen auf und schüttelt den Verstand aus den Köpfen. Heut blüht eine Blume, die ist eine Märchenblume, die ist blau und blüht nur einmal im Leben, und wer sie pflückt, der hat die Seligkeit.«

»Meint er etwas damit?« fragte Ersilia den Doktor. Klingsor hörte es.

»Ich meine damit: dieser Tag kommt niemals wieder, und wer ihn nicht ißt und trinkt und schmeckt und riecht, dem wird er in aller Ewigkeit kein zweites Mal angeboten. Niemals wird die Sonne so scheinen wie heut, sie hat eine Konstellation am Himmel, eine Verbindung mit Jupiter, mit mir, mit Agosto und Ersilia und uns allen, die kommt nie, niemals wieder, nicht in tausend Jahren. Darum möchte ich jetzt, weil das Glück bringt, ein wenig an Ihrer linken Seite gehen und Ihren smaragdenen Sonnenschirm tragen, in seinem Licht wird mein Schädel aussehen wie ein Opal. Sie aber müssen auch mittun und müssen ein Lied singen, eines von Ihren schönsten.«

Er nahm Ersilias Arm, sein scharfes Gesicht tauchte weich in den blaugrünen Schatten des Schirmes, in den er verliebt war und dessen grellsüße Farbe ihn entzückte.

Ersilia fing an zu singen:

»Il mio papa non vuole,
Ch' io spos' un bersaglier –«

Stimmen schlossen sich an, man schritt singend bis zum Walde und in den Wald hinein, bis die Steigung zu groß wurde, der Weg führte wie eine Leiter steil bergan durch die Farnkräuter den großen Berg empor.

»Wie wundervoll gradlinig ist dieses Lied!« lobte Klingsor. »Der Papa ist gegen die Liebenden, wie er es immer ist. Sie nehmen ein Messer, das gut schneidet, und machen den Papa tot. Weg ist er. Sie machen es in der Nacht, niemand sieht sie als der Mond, der verrät sie nicht, und die Sterne, die sind stumm, und der liebe Gott, der wird ihnen schon verzeihen. Wie schön und aufrichtig ist das! Ein heutiger Dichter würde dafür gesteinigt werden.«

Man klomm im durchsonnten spielenden Kastanienschatten den engen Bergweg hinan. Wenn Klingsor aufblickte, sah er vor seinem Gesicht die dünnen Waden der Malerin rosig aus durchsichtigen Strümpfen scheinen. Sah er zurück, so wölbte sich über dem schwarzen Negerkopf Ersilias der Türkis des Sonnenschirmes. Darunter war sie violett in Seide, die einzige Dunkle unter allen Figuren.

Bei einem Bauernhaus, blau und orange, lagen gefallene grüne Sommeräpfel in der Wiese, kühl und sauer, von denen probierten sie. Die Malerin erzählte schwärmend von einem Ausflug auf der Seine, in Paris, einst, vor dem Kriege. Ja, Paris, und das selige Damals!

»Das kommt nicht wieder. Nie mehr.«

»Es soll auch nicht«, rief der Maler heftig und schüttelte grimmig den scharfen Sperberkopf. »Nichts soll wiederkommen! Wozu denn? Was sind das für Kinderwünsche! Der Krieg hat alles, was vorher war, zu einem Paradies umgemalt, auch das Dümmste, auch das Entbehrlichste. Gut so, es war schön in Paris und schön in Rom und schön in Arles. Aber ist es heut und hier weniger schön? Das Paradies ist nicht Paris und nicht die Friedenszeit, das Paradies ist hier, da oben liegt es auf dem Berg, und in einer Stunde sind wir mitten drin und sind die Schächer, zu denen gesagt wird: Heut wirst du mit mir im Paradiese sein.«

Sie brachen aus dem durchsprenkelten Schatten des Waldpfades auf die offene breite Fahrstraße hinaus, die führte licht und heiß in großen Spiralen zur Höhe. Klingsor, die Augen mit der dunkelgrünen Brille geschützt, ging als letzter und blieb oft zurück, um die Figuren sich bewegen und ihre farbigen Konstellationen zu sehen. Er hatte nichts zum Arbeiten mitgenommen, absichtlich, nicht einmal das kleine Notizbuch, und stand doch hundertmal still, bewegt von Bildern. Einsam stand seine hagere Gestalt, weiß auf der rötlichen Straße, am Rand des Akaziengehölzes. Sommer hauchte heiß über den Berg, Licht floß senkrecht herab, Farbe dampfte hundertfältig aus der Tiefe herauf. Über die nächsten Berge, die grün und rot mit weißen Dörfern aufklangen, schauten bläuliche Bergzüge und lichter und blauer dahinter neue und neue Züge und ganz fern und unwirklich die kristallenen Spitzen von Schneebergen. Über dem Wald von Akazien und Kastanien trat freier und mächtiger der Felsrücken und höckrige Gipfel des Salute hervor, rötlich und hellviolett. Schöner als alles waren die Menschen, wie Blumen standen sie im Licht unterm Grün, wie ein riesiger Skarabäus leuchtete der smaragdne Sonnenschirm, Ersilias schwarzes Haar darunter, die weiße schlanke Malerin, mit rosigem Gesicht, und alle andern. Klingsor trank sie mit durstigem Auge, seine Gedanken aber waren bei Gina. Erst in einer Woche konnte er sie wiedersehen, sie saß in einem Büro in der Stadt und schrieb auf der Maschine, selten nur glückte es, daß er sie sah, und nie allein. Und sie liebte er, gerade sie, die nichts von ihm wußte, die ihn nicht kannte, nicht verstand, für die er nur ein seltner seltsamer Vogel, ein fremder berühmter Maler war. Wie seltsam war das, daß gerade an ihr sein Verlangen hängenblieb, daß kein anderer Liebesbecher ihm genügte. Er war es nicht gewohnt, lange Wege um eine Frau zu gehen. Um Gina ging er sie, um eine Stunde neben ihr zu sein, ihre schlanken kleinen Finger zu halten, seinen Schuh unter ihren zu schieben, einen schnellen Kuß auf ihren Nacken zu drücken. Er sann darüber nach, sich selbst ein drolliges Rätsel. War dies schon die Wende? Schon das Alter? War es nur das, nur der Johannistrieb des Vierzigjährigen zur Zwanzigjährigen?

Der Bergrücken war erreicht, und jenseits brach eine neue Welt dem Blick entgegen: hoch und unwirklich der Monte Gennaro, aufgebaut aus lauter steilen spitzen Pyramiden und Kegeln, die Sonne schräg dahinter, jedes Plateau emailglänzend auf tief violetten Schatten schwimmend. Zwischen dort und hier die flimmernde Luft, und unendlich tief verloren der schmale blaue Seearm, kühl hinter grünen Waldflammen ruhend.

Ein winziges Dorf auf dem Berggrat: ein Herrschaftsgut mit kleinem Wohnhaus, vier, fünf andere Häuser, steinern, blau und rosig bemalt, eine Kapelle, ein Brunnen, Kirschbäume. Die Gesellschaft hielt in der Sonne am Brunnen, Klingsor ging weiter, durch einen Torbogen in ein schattiges Gehöft, drei bläuliche Häuser standen hoch, mit wenig kleinen Fenstern, Gras und Geröll dazwischen, eine Ziege, Brennnesseln. Ein Kind lief vor ihm fort, er lockte es, zog Schokolade aus der Tasche. Es hielt, er fing es ein, streichelte und fütterte es, es war scheu und schön, ein kleines schwarzes Mädchen, erschrockene schwarze Tieraugen, schlanke nackte Beine braun und glänzend. »Wo wohnt ihr?« fragte er, sie lief zur nächsten Tür, die in dem Häusergeklüft sich öffnete. Aus einem finstern Steinraum wie aus Höhlen der Urzeit trat ein Weib, die Mutter, auch sie nahm Schokolade. Aus schmutzigen Kleidern stieg der braune Hals, ein festes breites Gesicht, sonnverbrannt und schön, breiter voller Mund, großes Auge, roher süßer Liebreiz, Geschlecht und Mutterschaft sprach breit und still aus großen asiatischen Zügen. Er neigte sich verführend zu ihr, sie wich lächelnd aus, schob das Kind zwischen sich und ihn. Er ging weiter, zu einer Wiederkehr entschlossen. Diese Frau wollte er malen, oder ihr Geliebter sein, sei es nur eine Stunde lang. Sie war alles: Mutter, Kind, Geliebte, Tier, Madonna.

Langsam kehrte er zur Gesellschaft zurück, das Herz voll von Träumen. Auf der Mauer des Gutes, dessen Wohnhaus leer und geschlossen schien, waren alte rauhe Kanonenkugeln befestigt, eine launische Treppe führte durch Gebüsch zu einem Hain und Hügel, zu oberst ein Denkmal, da stand barock und einsam eine Büste, Kostüm Wallenstein, Locken, gewellter Spitzbart. Spuk und Phantastik umglühte den Berg im gleißenden Mittagslicht, Wunderliches lag auf der Lauer, auf eine andere, ferne Tonart war die Welt gestimmt. Klingsor trank am Brunnen, ein Segelfalter flog her und sog an den verspritzten Tropfen auf dem kalksteinernen Brunnenrand.

Dem Grat nach führte die Bergstraße weiter, unter Kastanien, unter Nußbäumen, sonnig, schattig. An einer Biegung eine Wegkapelle, alt und gelb, in der Nische verblichene alte Bilder, ein Heiligenkopf engelsüß und kindlich, ein Stück Gewand rot und braun, der Rest verbröckelt. Klingsor liebte alte Bilder sehr, wenn sie ihm ungesucht entgegenkamen, er liebte solche Fresken, er liebte die Wiederkehr dieser schönen Werke zum Staub und zur Erde.

Wieder Bäume, Reben, heiße Straße blendend, wieder eine Biegung: da war das Ziel, plötzlich, unverhofft: ein dunkler Torgang, eine große hohe Kirche aus rotem Stein, froh und selbstbewußt in den Himmel hinan geschmettert, ein Platz voll Sonne, Staub und Frieden, rot verbrannter Rasen, der unterm Fuße brach, Mittagslicht von grellen Wänden zurückgeworfen, eine Säule, eine Figur darauf, unsichtbar vor Sonnenschwall, eine Steinbrüstung um weiten Platz über blauer Unendlichkeit. Dahinter das Dorf, Kareno, uralt, eng, finster, sarazenisch, düstere Steinhöhlen unter verblichen braunem Ziegelstein, Gassen bedrückend traumschmal und voll Finsternis, kleine Plätze plötzlich in weißer Sonne aufschreiend, Afrika und Nagasaki, darüber der Wald, darunter der blaue Absturz, weiße, fette, satte Wolken oben.

»Es ist komisch«, sagte Klingsor, »wie lange man braucht, bis man sich in der Welt ein bißchen auskennt! Als ich einmal nach Asien fuhr, vor Jahren, kam ich im Schnellzug in der Nacht sechs Kilometer von hier vorbeigefahren, oder zehn, und wußte nichts. Ich fuhr nach Asien, und es war damals sehr notwendig, daß ich es tat. Aber alles, was ich dort fand, das finde ich heut auch hier: Urwald, Hitze, schöne fremde Menschen ohne Nerven, Sonne, Heiligtümer. Man braucht so lang, bis man lernt, an einem einzigen Tage drei Erdteile zu besuchen. Hier sind sie. Willkommen, Indien! Willkommen, Afrika! Willkommen, Japan!«

Die Freunde kannten eine junge Dame, die hier oben hauste, und Klingsor freute sich auf den Besuch bei der Unbekannten sehr. Er nannte sie die Königin der Gebirge, so hatte eine geheimnisvolle morgenländische Erzählung in den Büchern seiner Knabenjahre geheißen.

Erwartungsvoll brach die Karawane durch die blaue Schattenschlucht der Gassen, kein Mensch, kein Laut, kein Huhn, kein Hund. Aber im Halbschatten eines Fensterbogens sah Klingsor lautlos eine Gestalt stehen, ein schönes Mädchen, schwarzäugig, rotes Kopftuch um schwarzes Haar. Ihr Blick, still nach den Fremden lauernd, traf den seinen, einen langen Atemzug lang schauten sie, Mann und Mädchen, sich in die Augen, voll und ernst, zwei fremde Welten einen Augenblick lang einander nah. Dann lächelten sich beide kurz und innig den ewigen Gruß der Geschlechter zu, die alte, süße, gierige Feindschaft, und mit einem Schritt um die Kante des Hauses war der fremde Mann hinweggeflossen und lag in des Mädchens Truhe, Bild bei vielen Bildern, Traum bei vielen Träumen. In Klingsors nie ersättigtem Herzen stach der kleine Stachel, einen Augenblick zögerte er und dachte umzukehren, Agosto rief ihn, Ersilia fing zu singen an, eine Schattenmauer schwand hinweg, und ein kleiner greller Platz mit zwei gelben Palästen lag still und blendend im verzauberten Mittag, schmale steinerne Balkone, geschlossene Läden, herrliche Bühne für den ersten Akt einer Oper.

»Ankunft in Damaskus«, rief der Doktor. »Wo wohnt Fatme, die Perle unter den Frauen?«

Antwort kam überraschend aus dem kleineren Palast. Aus der kühlen Schwärze hinter der halbgeschlossenen Balkontür sprang ein seltsamer Ton, noch einer und zehnmal der gleiche, dann die Oktave dazu, zehnmal – ein Flügel, der gestimmt wurde, ein singender Flügel voller Töne mitten in Damaskus.

Hier mußte es sein, hier wohnte sie. Das Haus schien aber ohne Tor zu sein, nur rosig gelbe Mauer mit zwei Balkonen, darüber am Verputz des Giebels eine alte Malerei: Blumen blau und rot und ein Papagei. Eine gemalte Tür hätte hier sein müssen, und wenn man dreimal an sie pochte und den Schlüssel Salomonis dazu sprach, ging die gemalte Pforte auf, und den Wanderer empfing der Duft von persischen Ölen, hinter Schleiern thronte hoch die Königin der Gebirge. Sklavinnen kauerten auf den Stufen zu ihren Füßen, der gemalte Papagei flog kreischend auf die Schulter der Herrin.

Sie fanden eine winzige Tür in einer Nebengasse, eine heftige Glocke, teuflischer Mechanismus, schrillte böse auf, eng wie eine Leiter führte eine steile Treppe empor. Unausdenklich, wie der Flügel in dies Haus gekommen war. Durchs Fenster? Durchs Dach?

Ein großer schwarzer Hund kam gestürzt, ein kleiner blonder Löwe ihm nach, großer Lärm, die Stiege klapperte, hinten sang der Flügel elfmal den gleichen Ton. Aus einem rosig getünchten Raum quoll sanftsüßes Licht, Türen schlugen. War da ein Papagei?

Plötzlich stand die Königin der Gebirge da, schlanke elastische Blüte, straff und federnd, ganz in Rot, brennende Flamme, Bildnis der Jugend. Vor Klingsors Auge stoben hundert geliebte Bilder hinweg, und das neue sprang strahlend auf. Er wußte sofort, daß er sie malen würde, nicht nach der Natur, sondern den Strahl in ihr, den er empfangen hatte, das Gedicht, den holden herben Klang: Jugend, Rot, Blond, Amazone. Er würde sie ansehen, eine Stunde lang, vielleicht mehrere Stunden lang. Er würde sie gehen sehen, sitzen sehen, lachen sehen, vielleicht tanzen sehen, vielleicht singen hören. Der Tag war gekrönt, der Tag hatte seinen Sinn gefunden. Was weiter dazu kommen mochte, war Geschenk, war Überfluß. Immer war es so: das Erlebnis kam nie allein, immer flogen ihm Vögel voraus, immer gingen ihm Boten und Vorzeichen voran, der mütterlich asiatische Tierblick unter jener Tür, die schwarze Dorfschöne im Fenster, dies und das.

Eine Sekunde lang empfand er aufzuckend: »Wäre ich zehn Jahre jünger, zehn kurze Jahre, so könnte diese mich haben, mich fangen, mich um den Finger wickeln! Nein, du bist zu jung, du kleine rote Königin, du bist zu jung für den alten Zauberer Klingsor! Er wird dich bewundern, er wird dich auswendig lernen, er wird dich malen, er wird das Lied deiner Jugend für immer aufzeichnen; aber er wird keine Wallfahrt um dich tun, keine Leiter nach dir steigen, keinen Mord um dich begehen und kein Ständchen vor deinem hübschen Balkon bringen. Nein, leider wird er dies alles nicht tun, der alte Maler Klingsor, das alte Schaf. Er wird dich nicht lieben, er wird nicht den Blick nach dir werfen, den er nach der Asiatin, den er nach der Schwarzen im Fenster warf, die vielleicht keinen Tag jünger ist als du. Für sie ist er nicht zu alt, nur für dich, Königin der Gebirge, rote Blume am Berg. Für dich, Steinnelke, ist er zu alt. Für dich genügt die Liebe nicht, die Klingsor zwischen einem Tag voll Arbeit und einem Abend voll Rotwein zu verschenken hat. Desto besser wird mein Auge dich trinken, schlanke Rakete, und von dir wissen, wenn du mir lang erloschen bist.«

Durch Räume mit Steinböden und offenen Bogen kam man in einen Saal, wo barocke wilde Stuckfiguren über hohen Türen emporflackerten und rundum auf dunklem Fries gemalte Delphine, weiße Rosse und rosenrote Amoretten durch ein dicht bevölkertes Sagenmeer schwammen. Ein paar Stühle und am Boden die Teile des zerlegten Flügels, sonst war nichts in dem großen Raum, aber zwei verlockende Türen führten auf die zwei kleinen Balkone über dem strahlenden

Opernplatz hinaus, und gegenüber über Eck brüsteten sich die Balkone des Nachbarpalastes, auch sie mit Bildern bemalt, dort schwamm ein roter feister Kardinal wie ein Goldfisch in der Sonne.

Man ging nicht wieder fort. Im Saale wurden Vorräte ausgepackt und ein Tisch gedeckt, Wein kam, seltener Weißwein aus dem Norden, Schlüssel für Heere von Erinnerungen. Der Klavierstimmer hatte die Flucht ergriffen, der zerstückte Flügel schwieg. Nachdenklich starrte Klingsor in das entblößte Saitengedärme, dann tat er leise den Deckel zu. Seine Augen schmerzten, aber in seinem Herzen sang der Sommertag, sang die sarazenische Mutter, sang blau und schwellend der Traum von Kareno. Er aß und stieß mit seinem Glase an Gläser, er sprach hell und froh, und hinter all dem arbeitete der Apparat in seiner Werkstatt, sein Blick war um die Steinnelke, um die Feuerblume ringsum wie das Wasser um den Fisch, ein fleißiger Chronist saß in seinem Gehirn und schrieb Formen, Rhythmen, Bewegungen genau wie in ehernen Zahlensäulen auf.

Gespräch und Gelächter füllten den leeren Saal. Klug und gütig lachte der Doktor, tief und freundlich Ersilia, stark und unterirdisch Agosto, vogelleicht die Malerin, klug sprach der Dichter, spaßhaft sprach Klingsor, beobachtend und ein wenig scheu ging die rote Königin unter ihren Gästen, Delphinen und Rossen umher, war hier und dort, stand am Flügel, kauerte auf einem Kissen, schnitt Brot, schenkte Wein mit unerfahrener Mädchenhand. Freude scholl im kühlen Saal, Augen glänzten schwarz und blau, vor den lichten hohen Balkontüren lag starr der blendende Mittag auf Wache.

Hell floß der edle Wein in die Gläser, holder Gegensatz zum einfachen kalten Mahl. Hell floß der rote Schein vom Kleid der Königin durch den hohen Saal, hell und wachsam folgten ihm die Blicke aller Männer. Sie verschwand, kam wieder und hatte ein grünes Brusttuch umgebunden. Sie verschwand, kam wieder und hatte ein blaues Kopftuch umgebunden.

Nach Tische, ermüdet und gesättigt, brach man fröhlich auf, in den Wald, legte sich in Gras und Moos, Sonnenschirme leuchteten, unter Strohhüten glühten Gesichter, gleißend brannte der Sonnenhimmel. Die Königin der Gebirge lag rot im grünen Gras, hell stieg ihr feiner Hals aus der Flamme, satt und belebt saß ihr hoher Schuh am schlanken Fuß. Klingsor, ihr nahe, las sie, studierte sie, füllte sich mit ihr, wie er als Knabe die Zaubergeschichte von der Königin der Gebirge gelesen und sich mit ihr gefüllt hatte. Man ruhte, man schlummerte, man plauderte, man kämpfte mit Ameisen, glaubte Schlangen zu hören, stachliche Kastanienschalen blieben in Frauenhaaren hängen. Man dachte an abwesende Freunde, die in diese Stunde gepaßt hätten, es waren nicht viele, Louis der Grausame wurde herbeigesehnt, Klingsors Freund, der Maler der Karusselle und Zirkusse, sein phantastischer Geist schwebte nah über der Runde.

Der Nachmittag ging hin wie ein Jahr im Paradiese. Beim Abschied wurde viel gelacht, Klingsor nahm alles in seinem Herzen mit: die Königin, den Wald, den Palast und Delphinensaal, die beiden Hunde, den Papagei.

Im Bergabwandern zwischen den Freunden überkam ihn allmählich die frohe und hingerissene Laune, die er nur an den seltenen Tagen kannte, in denen er freiwillig die Arbeit hatte ruhen lassen. Hand in Hand mit Ersilia, mit Hermann, mit der Malerin tanzte er die besonnte Straße hinab, stimmte Lieder an, ergötzte sich kindlich an Witzen und Wortspielen, lachte hingegeben. Er rannte den andern voraus und versteckte sich in einen Hinterhalt, um sie zu erschrecken.

So rasch man ging, die Sonne ging rascher, schon bei Palazzetto sank sie hinter den Berg, und unten im Tale war es schon Abend. Sie hatten den Weg verfehlt und waren zu tief gestiegen, man war hungrig und müde und mußte die Pläne aufgeben, die man für den Abend gesponnen hatte: Spaziergang durchs Korn nach Barengo, Fischessen im Wirtshaus des Seedorfes.

»Liebe Leute«, sagte Klingsor, der sich auf eine Mauer am Wege gesetzt hatte, »unsre Pläne waren ja sehr schön, und ein gutes Abendessen bei den Fischern oder im Monte d'oro würde gewiß mich dankbar finden. Aber wir kommen nicht mehr so weit, ich wenigstens nicht. Ich bin müde, und ich habe Hunger. Ich gehe von hier aus keinen Schritt mehr weiter als bis zum nächsten Grotto, der gewiß nicht weit ist. Dort gibt es Wein und Brot, das genügt. Wer kommt mit?«

Sie kamen alle. Der Grotto wurde gefunden, im steilen Bergwald auf schmaler Terrasse standen Steinbänke und Tische im Baumdunkel, aus dem Felsenkeller brachte der Wirt den kühlen Wein, Brot war da. Nun saß man schweigend und essend, froh, endlich zu sitzen. Hinter den hohen Baumstämmen erlosch der Tag, der blaue Berg wurde schwarz, die rote Straße wurde weiß, man hörte unten auf der nächtlichen Straße einen Wagen fahren und einen Hund bellen, da und dort gingen am Himmel Sterne und an der Erde Lichter auf, nicht voneinander zu unterscheiden.

Glücklich saß Klingsor, ruhte, sah in die Nacht, füllte sich langsam mit Schwarzbrot, leerte still die bläulichen Tassen mit Wein. Gesättigt fing er wieder zu plaudern und zu singen an, schaukelte sich im Takt der Lieder, spielte mit den Frauen, witterte im Duft ihrer Haare. Der Wein schien ihm gut. Alter Verführer, redete er leicht die Vorschläge zum Weitergehen nieder, trank Wein, schenkte Wein ein, stieß zärtlich an, ließ neuen Wein kommen. Langsam stiegen aus den irdenen bläulichen Tassen, Sinnbild der Vergänglichkeit, die bunten Zauber, wandelten die Welt, färbten Stern und Licht.

Hoch saßen sie in schwebender Schaukel überm Abgrund der Welt und Nacht, Vögel in goldenem Käfig, ohne Heimat, ohne Schwere, den Sternen gegenüber. Sie sangen, die Vögel, sangen exotische Lieder, sie phantasierten aus berauschten Herzen in die Nacht, in den Himmel, in den Wald, in das fragwürdige, bezauberte Weltall hinein. Antwort kam von Stern und Mond, von Baum und Gebirg, Goethe saß da und Hafis, heiß duftete Ägypten und innig Griechenland herauf, Mozart lächelte, Hugo Wolf spielte den Flügel in der irren Nacht.

Lärm krachte erschreckend auf, Licht blitzte knallend: unter ihnen mitten durch das Herz der Erde flog mit hundert blendenden Lichtfenstern ein Eisenbahnzug in den Berg und in die Nacht hinein, oben vom Himmel her läuteten Glocken einer unsichtbaren Kirche. Lauernd stieg der halbe Mond über den Tisch, blickte spiegelnd in den dunkeln Wein, riß Mund und Auge einer Frau aus der Finsternis, lächelte, stieg weiter, sang den Sternen zu. Der Geist Louis' des Grausamen hockte auf einer Bank, einsam, schrieb Briefe.

Klingsor, König der Nacht, hohe Krone im Haar, rückgelehnt auf steinernem Sitz, dirigierte den Tanz der Welt, gab den Takt an, rief den Mond hervor, ließ die Eisenbahn verschwinden. Fort war sie, wie ein Sternbild übern Rand des Himmels fällt. Wo war die Königin der Gebirge? Klang nicht ein Flügel im Wald, bellte nicht fern der kleine mißtrauische Löwe? Hatte sie nicht eben noch ein blaues Kopftuch getragen? Hallo, alte Welt, trage Sorge, daß du nicht zusammenfällst! Hierher, Wald! Dorthin, schwarzes Gebirg! Im Takt bleiben! Sterne, wie seid ihr blau und rot, wie im Volkslied: »Deine roten Augen und dein blauer Mund!«

Malen war schön, Malen war ein schönes, ein liebes Spiel für brave Kinder. Anders war es, größer und wuchtiger, die Sterne zu dirigieren, Takt des eigenen Blutes, Farbenkreise der eigenen Netzhaut in die Welt hinein fortzusetzen, Schwebungen der eigenen Seele ausschwingen zu lassen im Wind der Nacht. Weg mit dir, schwarzer Berg! Sei Wolke, fliege nach Persien, regne über Uganda! Her mit dir, Geist Shakespeares, sing uns dein besoffenes Narrenlied vom Regen, der regnet jeglichen Tag!

Klingsor küßte eine kleine Frauenhand, er lehnte sich an eine wohlig atmende Frauenbrust. Ein Fuß unterm Tisch spielte mit seinem. Er wußte nicht, wessen Hand oder wessen Fuß, er spürte Zärtlichkeit um sich, fühlte alten Zauber neu und dankbar: er war noch jung, es war noch weit vom Ende, noch ging Strahlung und Verlockung von ihm aus, noch liebten sie ihn, die guten ängstlichen Weibchen, noch zählten sie auf ihn.

Er blühte höher auf. Mit leiser, singender Stimme begann er zu erzählen, ein ungeheures Epos, die Geschichte einer Liebe, oder eigentlich einer Reise nach der Südsee, wo er in Begleitung von Gauguin und Robinson die Papageieninsel entdeckt und den Freistaat der glückseligen Inseln begründet hatte. Wie hatten die tausend Papageien im Abendlicht gefunkelt, wie hatten ihre blauen Schwänze sich in der grünen Bucht gespiegelt! Ihr Geschrei und das hundertstimmige Geschrei der großen Affen hat ihn wie ein Donner begrüßt, ihn, Klingsor, als er seinen Freistaat ausrief. Dem weißen Kakadu hatte er die Bildung eines Kabinetts aufgetragen, und mit dem mürrischen Nashornvogel hatte er Palmwein aus schweren Kokosbechern getrunken. Oh, Mond von damals, Mond der seligen Nächte, Mond über der Pfahlhütte im Schilf! Sie hieß Kül Kalüa, die braune scheue Prinzessin, schlank und langgliedrig schritt sie im Pisanggehölz, honigglänzend unterm saftigen Dach der Riesenblätter, Rehauge im sanften Gesicht, Katzenglut im starken biegsamen Rücken, Katzensprung im federnden Knöchel und sehnigen Bein. Kül Kalüa, Kind, Urglut und Kinderunschuld des heiligen Südostens, tausend Nächte lagst du an Klingsors Brust, und jede war neu, jede war inniger, war holder als alle gewesenen. Oh, Fest des Erdgeistes, wo die Jungfern der Papageieninsel vor dem Gotte tanzten!

Über Insel, Robinson und Klingsor, über Geschichte und Zuhörer wölbte sich die weißgestirnte Nacht, zärtlich schwoll der Berg wie ein sanfter atmender Bauch und Busen unter den Bäumen und Häusern und Füßen der Menschen, im Eilschritt tanzte fiebernd der feuchte Mond über die Himmelshalbkugel, von den Sternen im wilden schweigenden Tanz verfolgt. Ketten von Sternen waren aufgereiht, gleißende Schnur der Drahtseilbahn zum Paradiese. Urwald dunkelte mütterlich, Schlamm der Urwelt duftete Verfall und Zeugung, Schlange kroch und Krokodil, ohne Ufer ergoß sich der Strom der Gestaltungen.

»Ich werde doch wieder malen«, sagte Klingsor, »schon morgen. Aber nicht mehr diese Häuser und Leute und Bäume. Ich male Krokodile und Seesterne, Drachen und Purpurschlangen, und alles im Werden, alles in der Wandlung, voll Sehnsucht, Mensch zu werden, voll Sehnsucht, Stern zu werden, voll Geburt, voll Verwesung, voll Gott und Tod.«

Mitten durch seine leisen Worte und durch die aufgewühlte trunkne Stunde klang tief und klar Ersilias Stimme, still sang sie das Lied vom bel mazzo di fiori vor sich hin, Friede strömte von ihrem Liede aus, Klingsor hörte es wie von einer fernen schwimmenden Insel über Meere von Zeit und Einsamkeit herüber. Er drehte seine leere Weintasse um, er schenkte nicht mehr ein. Er hörte zu. Ein Kind sang. Eine Mutter sang. War man nun ein verirrter und verruchter Kerl, im Schlamm der Welt gebadet, ein Strolch und Luder, oder war man ein kleines dummes Kind?

»Ersilia«, sagte er mit Ehrerbietung, »du bist unser guter Stern.«

Durch steilen finstern Wald bergan, an Zweig und Wurzel geklammert, quoll man hinweg, den Heimweg suchend. Lichter Waldrand ward erreicht, Feld geentert, schmaler Weg im Maisfeld atmete Nacht und Heimkehr, Mondblick im spiegelnden Blatt des Maises, Rebenreihen schräg entfliehend. Nun sang Klingsor, leise, mit der etwas heiseren Stimme, sang leise und viel, deutsch und malaiisch, mit Worten und ohne Worte. Im leisen Gesang strömte er gestaute Fülle aus, wie eine braune Mauer am Abend gesammeltes Tageslicht ausstrahlt.

Hier nahm einer der Freunde Abschied, und dort einer, schwand im Rebenschatten auf kleinem Pfad dahin. Jeder ging, jeder war für sich, suchte Heimkehr, war allein unterm Himmel. Eine Frau küßte Klingsor zur guten Nacht, brennend sog ihr Mund an seinem. Weg rollten sie, weg schmolzen sie, alle. Als Klingsor allein die Treppe zu seiner Wohnung erstieg, sang er noch immer. Er besang und lobte Gott und sich selbst, er pries Li Tai Pe und pries den guten Wein von Pampambio. Wie ein Götze ruhte er auf Wolken der Bejahung.

»Inwendig«, sang er, »bin ich wie eine Kugel von Gold, wie die Kuppel eines Domes, man kniet darin, man betet, Gold strahlt von der Wand, auf altem Bilde blutet der Heiland, blutet das Herz der Maria. Wir bluten auch, wir Anderen, wir Irrgegangenen, wir Sterne und Kometen, sieben und vierzehn Schwerter gehn durch unsre selige Brust. Ich liebe dich, blonde und schwarze Frau, ich liebe alle, auch die Philister; ihr seid arme Teufel wie ich, ihr seid arme Kinder und fehlgeratene Halbgötter wie der betrunkne Klingsor. Sei mir gegrüßt, geliebtes Leben! Sei mir gegrüßt, geliebter Tod!«

Klingsor an Edith

Lieber Stern am Sommerhimmel!

Wie hast Du mir gut und wahr geschrieben, und wie ruft Deine Liebe mir schmerzlich zu, wie ewiges Leid, wie ewiger Vorwurf. Aber Du bist auf gutem Wege, wenn Du mir, wenn Du Dir selbst jede Empfindung des Herzens eingestehst. Nur nenne keine Empfindung klein, keine Empfindung unwürdig! Gut, sehr gut ist jede, auch der Haß, auch der Neid, auch die Eifersucht, auch die Grausamkeit. Von nichts andrem leben wir als von unsern armen, schönen, herrlichen Gefühlen, und jedes, dem wir unrecht tun, ist ein Stern, den wir auslöschen.

Ob ich Gina liebe, weiß ich nicht. Ich zweifle sehr daran. Ich würde kein Opfer für sie bringen. Ich weiß nicht, ob ich überhaupt lieben kann. Ich kann begehren und kann mich in andern Menschen suchen, nach Echo aushorchen, nach einem Spiegel verlangen, kann Lust suchen, und alles das kann wie Liebe aussehen.

Wir gehen beide, Du und ich, im selben Irrgarten, im Garten unsrer Gefühle, die in dieser üblen Welt zu kurz gekommen sind, und wir nehmen dafür, jeder nach seiner Art, Rache an dieser bösen Welt. Wir wollen aber einer des andern Träume bestehen lassen, weil wir wissen, wie rot und süß der Wein der Träume schmeckt.

Klarheit über ihre Gefühle und über die »Tragweite« und Folgen ihrer Handlungen haben nur die guten, gesicherten Menschen, die an das Leben glauben und keinen Schritt tun, den sie nicht auch morgen und übermorgen werden billigen können. Ich habe nicht das Glück, zu ihnen zu zählen, und ich fühle und handle so, wie einer, der nicht an morgen glaubt und jeden Tag für den letzten ansieht.

Liebe schlanke Frau, ich versuche ohne Glück meine Gedanken auszudrücken. Ausgedrückte Gedanken sind immer so tot! Lassen wir sie leben! Ich fühle tief und dankbar, wie Du mich verstehst, wie etwas in Dir mir verwandt ist. Wie das im Buch des Lebens zu buchen sei, ob unsre Gefühle Liebe, Wollust, Dankbarkeit, Mitleid, ob sie mütterlich oder kindlich sind, das weiß ich nicht. Oft sehe ich jede Frau an wie ein alter gewiegter Wüstling und oft wie ein kleiner Knabe. Oft hat die keuscheste Frau für mich die größte Verlockung, oft die üppigste. Alles ist schön, alles ist heilig, alles ist unendlich gut, was ich lieben darf. Warum, wie lange, in welchem Grad, das ist nicht zu messen.

Ich lieb nicht Dich allein, das weißt Du, ich liebe auch

nicht Gina allein, ich werde morgen und übermorgen andre Bilder lieben, andere Bilder malen. Bereuen aber werde ich keine Liebe, die ich je gefühlt, und keine Weisheit oder Dummheit, die ich ihretwegen begangen. Dich liebe ich vielleicht, weil Du mir ähnlich bist. Andre liebe ich, weil sie so anders sind als ich.

Es ist spät in der Nacht, der Mond steht überm Salute. Wie lacht das Leben, wie lacht der Tod!

Wirf den dummen Brief ins Feuer, und wirf ins Feuer

Deinen Klingsor

Die Musik des Untergangs

Der letzte Tag des Juli war gekommen, Klingsors Lieblingsmonat, die hohe Festzeit Li Tai Pes, war verblüht, kam nimmer wieder, Sonnenblumen schrien im Garten golden ins Blau empor. Zusammen mit dem treuen Thu Fu pilgerte Klingsor an diesem Tage durch eine Gegend, die er liebte: verbrannte Vorstädte, staubige Straßen unter hoher Allee, rot und orange bemalte Hütten am sandigen Ufer, Lastwagen und Ladeplätze der Schiffe, lange violette Mauern, farbiges armes Volk. Am Abend dieses Tages saß er am Rand einer Vorstadt im Staube und malte die farbigen Zelte und Wagen eines Karussells, am Straßenbord auf kahlem, versengtem Anger saß er hingekauert, angesogen von den starken Farben der Zelte. Tief biß er sich fest im verschossenen Lila einer Zeltborte, im freudigen Grün und Rot der schwerfälligen Wohnwagen, in den blau-weiß gestrichnen Gerüststangen. Grimmig wühlte er im Kadmium, wild im süßkühlen Kobalt, zog die verfließenden Striche Krapplack durch den gelb und grünen Himmel. Noch eine Stunde, oh, weniger, dann war Schluß, die Nacht kam, und morgen begann schon der August, der brennende Fiebermonat, der so viel Todesfurcht und Bangnis in seine glühenden Becher mischt. Die Sense war geschärft, die Tage neigten sich, der Tod lachte versteckt im bräunenden Laub. Klinge hell und schmettre, Kadmium! Prahle laut, üppiger Krapplack! Lache grell, Zitronengelb! Her mit dir, tiefblauer Berg der Ferne! An mein Herz ihr, staubgrüne matte Bäume! Wie seid ihr müd, wie laßt ihr ergebene fromme Äste sinken! Ich trinke euch, holde Erscheinungen! Ich täusche euch Dauer und Unsterblichkeit vor, ich, der Vergänglichste, der Ungläubigste, der Traurigste, der mehr als ihr alle an der Angst vor dem Tode leidet. Juli ist verbrannt, August wird schnell verbrannt sein, plötzlich fröstelt uns aus gelbem Laub am betauten Morgen das große Gespenst entgegen. Plötzlich fegt November über den Wald. Plötzlich lacht das große Gespenst, plötzlich friert uns das Herz, plötzlich fällt uns das liebe rosige Fleisch von den Knochen, in der Wüste heult der Schakal, heiser singt sein verfluchtes Lied der Aasgeier. Ein verfluchtes Blatt der Großstadt bringt mein Bild, und darunter steht: »Vortrefflicher Maler, Expressionist, großer Kolorist, starb am sechzehnten dieses Monats.«

Voll Haß riß er eine Furche Pariserblau unter den grünen Zigeunerwagen. Voll Erbitterung schlug er die Kante Chromgelb auf die Prellsteine. Voll tiefer Verzweiflung setzte er Zinnober in einen ausgesparten Fleck, vertilgte das fordernde Weiß, kämpfte blutend um Fortdauer, schrie hellgrün und neapelgelb zum unerbittlichen Gott. Stöhnend warf er mehr Blau in das fade Staubgrün, flehend zündete er innigere Lichter im Abendhimmel an. Die kleine Palette voll reiner, unvermischter Farben von hellster Leuchtkraft, sie war sein Trost, sein Turm, sein Arsenal, sein Gebetbuch, seine Kanone, aus der er nach dem bösen Tode schoß. Purpur war Leugnung des Todes, Zinnober war Verhöhnen der Verwesung. Gut war sein Arsenal, glänzend stand seine kleine tapfere Truppe, strahlend läuteten die raschen Schüsse seiner Kanonen auf. Es half nichts, alles Schießen war ja vergebens, aber Schießen war doch gut, war Glück und Trost, war noch Leben, war noch Triumphieren.

Thu Fu war gegangen, einen Freund zu besuchen, der dort zwischen Fabrik und Ladeplatz seine Zauberburg bewohnte. Nun kam er und brachte ihn mit, den armenischen Sterndeuter.

Klingsor, mit dem Bilde fertig, atmete tief auf, als er die beiden Gesichter bei sich sah, das blonde gute Haar Thu Fus, den schwarzen Bart und den mit weißen Zähnen lächelnden Mund des Magiers. Und da kam mit ihnen auch der Schatten, der lange, dunkle, mit den weit zurückgeflohenen Augen in den tiefen Höhlen. Willkommen auch du, Schatten, lieber Kerl!

»Weißt du, was für ein Tag heut ist?« fragte Klingsor seinen Freund.

»Der letzte Juli, ich weiß.«

»Ich stellte heut ein Horoskop«, sagte der Armenier, »und da sah ich, daß dieser Abend mir etwas bringen wird. Saturn steht unheimlich, Mars neutral, Jupiter dominiert. Li Tai Pe, sind Sie nicht ein Julikind?«

»Ich bin am zweiten Juli geboren.«

»Ich dachte es. Ihre Sterne stehen verwirrt, Freund, nur Sie selbst können sie deuten. Fruchtbarkeit umgibt Sie wie eine Wolke, die nahe am Bersten ist. Seltsam stehen Ihre Sterne, Klingsor, Sie müssen es fühlen.«

Li packte sein Gerät zusammen. Erloschen war die Welt, die er gemalt hatte, erloschen der gelb und grüne Himmel, ertrunken die blaue helle Fahne, ermordet und verwelkt das schöne Gelb. Er war hungrig und durstig, die Kehle hing ihm voll Staub.

»Freunde«, sagte er herzlich, »wir wollen diesen Abend beisammen bleiben. Wir werden nicht mehr zusammen sein, wir alle vier, ich lese das nicht aus den Sternen, es steht mir im Herzen geschrieben. Mein Julimond ist vorüber, dunkel glühn seine letzten Stunden, in der Tiefe ruft die große Mutter. Nie war die Welt so schön, nie war ein Bild von mir so schön, Wetterleuchten zuckt, Musik des Untergangs ist angestimmt. Wir wollen sie mitsingen, die süße bange Musik, wir wollen hier beisammen bleiben und Wein trinken und Brot essen.«

Neben dem Karussell, dessen Zelt eben abgedeckt und für den Abend gerüstet wurde, standen einige Tische unter Bäumen, eine hinkende Magd ging ab und zu, ein kleines Wirtshaus lag im Schatten. Hier blieben sie und saßen am Brettertisch, Brot wurde gebracht und Wein in die irdenen Schalen geschenkt, unter den Bäumen glommen Lichter auf, drüben begann die Orgel des Karussells zu erdröhnen, heftig warf sie ihre bröckelnde gelle Musik in den Abend.

»Dreihundert Becher will ich heute leeren«, rief Li Tai Pe und stieß mit dem Schatten an. »Sei gegrüßt, Schatten, standhafter Zinnsoldat! Seid gegrüßt, Freunde! Seid gegrüßt, elektrische Lichter, Bogenlampen und funkelnde Pailletten am Karussell! Oh, daß Louis da wäre, der flüchtige Vogel! Vielleicht ist er uns schon vorausgeflogen in den Himmel. Vielleicht auch kommt er morgen wieder, der alte Schakal, und findet uns nicht mehr und lacht und pflanzt Bogenlampen und Fahnenstangen auf unser Grab.«

Still ging der Magier und holte neuen Wein, froh lächelten seine weißen Zähne aus dem roten Mund.

»Schwermut«, sagte er mit einem Blick zu Klingsor hinüber, »ist eine Sache, die man nicht mit sich tragen sollte. Es ist so leicht – es ist das Werk einer Stunde, einer kurzen intensiven Stunde mit zusammengebissenen Zähnen, dann ist man mit der Schwermut für immer fertig.«

Klingsor sah aufmerksam auf seinen Mund, auf die hellen klaren Zähne, welche einst in einer glühenden Stunde die Schwermut erwürgt und totgebissen hatten. War auch ihm möglich, was dem Sterndeuter möglich gewesen war? Oh, kurzer süßer Blick in ferne Gärten: Leben ohne Angst, Leben ohne Schwermut! Er wußte, diese Gärten waren ihm unerreichbar. Er wußte, ihm war andres bestimmt, anders blickte zu ihm Saturn herüber, andre Lieder wollte Gott auf seinen Saiten spielen.

»Jeder hat seine Sterne«, sagte Klingsor langsam, »jeder hat seinen Glauben. Ich glaube nur an eines: an den Untergang. Wir fahren in einem Wagen überm Abgrund, und die Pferde sind scheu geworden. Wir stehen im Untergang, wir alle, wir müssen sterben, wir müssen wieder geboren werden, die große Wende ist für uns gekommen. Es ist überall das gleiche: der große Krieg, die große Wandlung in der Kunst, der große Zusammenbruch der Staaten des Westens. Bei uns im alten Europa ist alles das gestorben, was bei uns gut und unser eigen war; unsre schöne Vernunft ist Irrsinn geworden, unser Geld ist Papier, unsre Maschinen können bloß noch schießen und explodieren, unsre Kunst ist Selbstmord. Wir gehen unter, Freunde, so ist es uns bestimmt, die Tonart Tsing Tse ist angestimmt.«

Der Armenier schenkte Wein ein.

»Wie Sie wollen«, sagte er. »Man kann ja sagen, und man kann nein sagen, das ist nur Kinderspiel. Untergang ist etwas, das nicht existiert. Damit Untergang oder Aufgang wäre, müßte es unten und oben geben. Unten und oben aber gibt es nicht, das lebt nur im Gehirn des Menschen, in der Heimat der Täuschungen. Alle Gegensätze sind Täuschungen: weiß und schwarz ist Täuschung, Tod und Leben ist Täuschung, gut und böse ist Täuschung. Es ist das Werk einer Stunde, einer glühenden Stunde mit zusammengebissenen Zähnen, dann hat man das Reich der Täuschungen überwunden.«

Klingsor hörte seiner guten Stimme zu.

»Ich spreche von uns«, gab er Antwort, »ich spreche von Europa, von unsrem alten Europa, das zweitausend Jahre lang das Gehirn der Welt zu sein glaubte. Dies geht unter. Meinst du, Magier, ich kenne dich nicht? Du bist ein Bote aus dem Osten, ein Bote auch an mich, vielleicht ein Spion, vielleicht ein verkleideter Feldherr. Du bist hier, weil hier das Ende beginnt, weil du hier Untergang witterst. Aber wir gehen gerne unter, du, wir sterben gerne, wir wehren uns nicht.«

»Du kannst auch sagen: gerne werden wir geboren«, lachte der Asiate. »Dir scheint es Untergang, mir scheint es vielleicht Geburt. Beides ist Täuschung. Der Mensch, der an die Erde glaubt als an die feststehende Scheibe unterm Himmel, der sieht und glaubt Aufgang und Untergang – und alle, fast alle Menschen glauben an die feste Scheibe! Die Sterne selbst wissen kein Auf und Unter.«

»Sind nicht Sterne untergegangen?« rief Thu Fu.

»Für uns, für unsre Augen.«

Er schenkte die Tassen voll, immer machte er den Schenken, immer war er dienstfertig und lächelte dazu. Er ging mit dem leeren Kruge weg, neuen Wein zu holen. Schmetternd schrie die Karussellmusik.

»Gehen wir hinüber, es ist so schön«, bat Thu Fu, und sie gingen hin, standen an der bemalten Barriere, sahen im stechenden Glanz der Pailletten und Spiegel das Karussell im Kreise wüten, hundert Kinder mit den Augen gierig am Glanze hängen. Einen Augenblick fühlte Klingsor tief und lachend das Urtümliche und Negerhafte dieser kreiselnden Maschine, dieser mechanischen Musik, dieser grellen wilden Bilder und Farben, Spiegel und irrsinnigen Schmucksäulen, alles trug Züge von Medizinmann und Schamane, von Zauber und uralter Rattenfängerei, und der ganze wilde wüste Glanz war im Grund nichts andres als der zuckende Glanz des Blechlöffels, den der Hecht für ein Fischlein hält und an dem man ihn herauszieht.

Alle Kinder mußten Karussell fahren. Allen Kindern gab Thu Fu Geld, alle Kinder lud der Schatten ein. In Knäueln umgaben sie die Schenkenden, hingen sich an, flehten, dankten. Ein schönes blondes Mädchen, zwölfjährig, dem gaben sie alle, sie fuhr jede Runde. Im Lichterglanz wehte hold der kurze Rock um ihre schönen Knabenbeine. Ein Knabe weinte. Knaben schlugen sich. Peitschend knallten zur Orgel die Tschinellen, gossen Feuer in den Takt, Opium in den Wein. Lange standen die vier im Getümmel.

Wieder saßen sie dann unterm Baume, in die Tassen goß der Armenier den Wein, schürte Untergang, lächelte hell.

»Dreihundert Becher wollen wir heute leeren«, sang Klingsor; sein verbrannter Schädel glühte gelb, laut schallte sein Gelächter hin; Schwermut kniete, ein Riese, auf seinem zuckenden Herzen. Er stieß an, er pries den Untergang, das Sterbenwollen, die Tonart Tsing Tse. Brausend erscholl die Karussellmusik. Aber innen im Herzen saß Angst, das Herz wollte nicht sterben, das Herz haßte den Tod.

Plötzlich klirrte eine zweite Musik wütend in die Nacht, schrill, hitzig, aus dem Hause her. Im Erdgeschoß, neben dem Kamin, dessen Gesimse voll schön geordneter Weinflaschen stand, knallte ein Maschinenklavier los, Maschinengewehr, wild, scheltend, überstürzt. Leid schrie aus verstimmten Tönen, Rhythmus bog mit schwerer Dampfwalze stöhnende Dissonanzen nieder. Volk war da, Licht, Lärm, Burschen tanzten und Mädchen, auch die hinkende Magd, auch Thu Fu. Er tanzte mit dem blonden kleinen Mädchen, Klingsor sah zu, leicht und hold wehte ihr kurzes Sommerkleid um die dünnen schönen Beine, freundlich lächelte Thu Fus Gesicht, voll Liebe. An der Kaminecke saßen die andern, vom Garten hereingekommen, nah bei der Musik, mitten im Lärm. Klingsor sah Töne, hörte Farben. Der Magier nahm Flaschen vom Kamin, öffnete, schenkte ein. Hell stand sein Lächeln auf dem braunen klugen Gesicht. Furchtbar donnerte die Musik im niedern Saal. In die Reihe der alten Flaschen überm Kamin brach der Armenier langsam eine

Bresche, wie ein Tempelräuber Kelch um Kelch die Geräte eines Altars wegnimmt.

»Du bist ein großer Künstler«, flüsterte der Sterndeuter Klingsor zu, indem er seine Tasse füllte. »Du bist einer der größten Künstler dieser Zeit. Du hast das Recht, dich Li Tai Pe zu nennen. Aber du bist, Li Tai, du bist ein gehetzter, armer, ein gepeinigter und angstvoller Mensch. Du hast die Musik des Untergangs angestimmt, du sitzest singend in deinem brennenden Haus, das du selber angezündet hast, und es ist dir nicht wohl dabei, Li Tai Pe, auch wenn du jeden Tag dreihundert Becher leerst und mit dem Monde anstößt. Es ist dir nicht wohl dabei, es ist dir sehr weh dabei, Sänger des Untergangs, willst du nicht innehalten? Willst du nicht leben? Willst du nicht fortdauern?«

Klingsor trank und flüsterte mit seiner etwas heisern Stimme zurück: »Kann man denn Schicksal wenden? Gibt es denn Freiheit des Wollens? Kannst denn du, Sterndeuter, meine Sterne anders lenken?«

»Nicht lenken, nur deuten kann ich sie. Lenken kannst nur du dich selbst. Es gibt Freiheit des Wollens. Sie heißt Magie.«

»Warum soll ich Magie treiben, wenn ich Kunst treiben kann? Ist Kunst nicht ebenso gut?«

»Alles ist gut. Nichts ist gut. Magie hebt Täuschungen auf. Magie hebt jene schlimmste Täuschung auf, die wir ›Zeit‹ heißen.«

»Tut das Kunst nicht auch?«

»Sie versucht es. Ist dein gemalter Juli, den du in deinen Mappen hast, dir genug? Hast du Zeit aufgehoben? Bist du ohne Angst vor dem Herbst, vor dem Winter?«

Klingsor seufzte und schwieg, schweigend trank er, schweigend füllte der Magier seine Tasse. Irrsinnig tobte die entfesselte Klaviermaschine, zwischen den Tanzenden schwebte engelhaft Thu Fus Gesicht. Der Juli war zu Ende.

Klingsor spielte mit den leeren Flaschen auf dem Tische, ordnete sie im Kreise.

»Dies sind unsre Kanonen«, rief er, »mit diesen Kanonen schießen wir die Zeit kaputt, den Tod kaputt, das Elend kaputt. Auch mit Farben habe ich auf den Tod geschossen, mit dem feurigen Grün, mit dem knallenden Zinnober, mit dem süßen Geraniumlack. Oft habe ich ihn auf den Schädel getroffen, Weiß und Blau habe ich ihm ins Auge gejagt. Oft habe ich ihn in die Flucht geschlagen. Noch oft werde ich ihn treffen, ihn besiegen, ihn überlisten. Seht den Armenier, wieder öffnet er eine alte Flasche, und die eingeschlossene Sonne vergangener Sommer schießt uns ins Blut. Auch der Armenier hilft uns, auf den Tod zu schießen, auch der Armenier weiß keine andere Waffe gegen den Tod.«

Der Magier brach Brot und aß.

»Gegen den Tod brauche ich keine Waffe, weil es keinen Tod gibt. Es gibt aber eines: Angst vor dem Tode. Die kann man heilen, gegen die gibt es eine Waffe. Es ist die Sache einer Stunde, die Angst zu überwinden. Aber Li Tai Pe will nicht. Li liebt ja den Tod, er liebt ja seine Angst vor dem Tode, seine Schwermut, sein Elend, nur die Angst hat ihn ja all das gelehrt, was er kann und wofür wir ihn lieben.«

Spöttisch stieß er an, seine Zähne blitzten, immer heiterer ward sein Gesicht, Leid schien ihm fremd. Niemand gab Antwort. Klingsor schoß mit der Weinkanone gegen den Tod. Groß stand der Tod vor den offenen Türen des Saales, der von Menschen, Wein und Tanzmusik geschwollen war. Groß stand der Tod vor den Türen, leise rüttelte er am schwarzen Akazienbaum, finster stand er im Garten auf der Lauer. Alles war draußen voll Tod, voll von Tod, nur hier im engen schallenden Saal ward noch gekämpft, ward noch herrlich und tapfer gekämpft gegen den schwarzen Belagerer, der nah durch die Fenster greinte.

Spöttisch blickte der Magier über den Tisch, spöttisch schenkte er die Schalen voll. Viele Schalen schon hatte Klingsor zerbrochen, neue hatte er ihm gegeben. Viel hatte auch der Armenier getrunken, aber aufrecht saß er wie Klingsor.

»Laß uns trinken, Li«, höhnte er leise. »Du liebst ja den Tod, gerne willst du ja untergehen, gerne den Tod sterben. Sagtest du nicht so, oder habe ich mich getäuscht – oder hast du mich und dich selber am Ende getäuscht? Laß uns trinken, Li, laß uns untergehen!«

Zorn quoll in Klingsor empor. Auf stand er, stand aufrecht und hoch, der alte Sperber mit dem scharfen Kopf, spie in den Wein, zerschmiß seine volle Tasse am Boden. Weithin spritzte der rote Wein in den Saal, die Freunde wurden bleich, fremde Menschen lachten.

Aber schweigend und lächelnd holte der Magier eine neue Tasse, schenkte sie lächelnd voll, bot sie lächelnd Li Tai an. Da lächelte Li, da lächelte auch er. Über sein verzerrtes Gesicht lief das Lächeln wie Mondlicht.

»Kinder«, rief er, »laßt diesen Fremdling reden! Er weiß viel, der alte Fuchs, er kommt aus einem versteckten und tiefen Bau. Er weiß viel, aber er versteht uns nicht. Er ist zu alt, um Kinder zu verstehen. Er ist zu weise, um Narren zu verstehen. Wir, wir Sterbenden, wissen mehr vom Tode als er. Wir sind Menschen, nicht Sterne. Seht da meine Hand, die eine kleine blaue Schale voll Wein hält! Sie kann viel, diese Hand, diese braune Hand. Sie hat mit vielen Pinseln gemalt, sie hat neue Stücke der Welt aus dem Finstern gerissen und vor die Augen der Menschen gestellt. Diese braune Hand hat viele Frauen unterm Kinn gestreichelt, und hat viele Mädchen verführt, viel ist sie geküßt worden, Tränen sind auf sie gefallen, ein Gedicht hat Thu Fu auf sie gedichtet. Diese liebe Hand, Freunde, wird bald voll Erde und voll Maden sein, keiner von euch würde sie mehr anrühren. Wohl, eben darum liebe ich sie. Ich liebe meine Hand, ich liebe meine Augen, ich liebe meinen weißen, zärtlichen Bauch, ich liebe sie mit Bedauern und mit Spott und mit großer Zärtlichkeit, weil sie alle so bald verwelken und verfaulen müssen. Schatten, du dunkler Freund, alter Zinnsoldat auf dem Grabe Andersens, auch dir ergeht es so, lieber Kerl! Stoß mit mir an, unsre lieben Glieder und Eingeweide sollen leben!«

Sie stießen an, dunkel lächelte der Schatten aus seinen tiefen Höhlenaugen – und plötzlich ging etwas durch den Saal, wie ein Wind, wie ein Geist. Verstummt war unversehens die Musik, plötzlich, wie erloschen, weggeflossen waren die Tänzer, von der Nacht verschlungen, und die Hälfte der Lichter war verlöscht. Klingsor blickte nach den schwarzen Türen. Draußen stand der Tod. Er sah ihn stehen. Er roch ihn. Wie Regentropfen in Landstraßenlaub, so roch der Tod.

Da rückte Li die Schale von sich weg, stieß den Stuhl von sich und ging langsam aus dem Saal, in den dunklen Garten hinaus und fort, im Finstern, Wetterleuchten überm Haupt, allein. Schwer lag ihm das Herz in der Brust, wie der Stein auf einem Grab.

Abend im August

Im sinkenden Abend kam Klingsor – er hatte den Nachmittag in Sonne und Wind bei Manuzzo und Veglia gemalt – sehr müde im Wald über Veglia zu einem kleinen, schlafenden Canvetto. Es gelang ihm, eine greise Wirtsfrau herbeizurufen, sie brachte ihm eine irdene Tasse voll Wein, er setzte sich auf einen Nußbaumstumpf vor der Tür und packte den Rucksack aus, fand noch ein Stück Käse und einige Pflaumen darin, und hielt sein Nachtmahl. Die alte Frau saß dabei, weiß, gebückt und zahnlos, und erzählte mit faltig arbeitendem Halse und stillgewordenen alten Augen vom Leben ihres Weilers und ihrer Familie, vom Krieg und der Teuerung und vom Stand der Felder, von Wein und Milch und was sie kosten, von gestorbenen Enkeln und ausgewanderten Söhnen; alle Lebenszeiten und Sternbilder dieses kleinen Bauernlebens lagen klar und freundlich ausgebreitet, rauh in dürftiger Schönheit, voll Freude und Sorge, voll Angst und Leben. Klingsor aß, trank, ruhte, hörte zu, fragte nach Kindern und Vieh, Pfarrer und Bischof, lobte freundlich den ärmlichen Wein, bot eine letzte Pflaume an, gab die Hand, wünschte eine glückliche Nacht und stieg, am Stock und mit dem Sack beschwert, langsam in den lichten Wald bergaufwärts, dem Nachtlager entgegen.

Es war die spätgoldene Stunde, noch glühte Licht des Tages überall, doch gewann der Mond schon Schimmer, und erste Fledermäuse schwammen in der grünen Flimmerluft. Ein Waldrand stand sanft im letzten Licht, helle Kastanienstämme vor schwarzen Schatten, eine gelbe Hütte strahlte leise das eingesogene Tageslicht von sich, sanftglühend wie ein gelber Topas, rosenrot und violett führten die kleinen Wege durch Wiesen, Reben und Wald, da und dort schon ein gelber Akazienzweig, der Westhimmel golden und grün über sammetblauen Bergen.

Oh, jetzt noch arbeiten zu können, in der letzten, verzauberten Viertelstunde des reifen Sommertages, der nie wieder kam! Wie namenlos schön war alles jetzt, wie ruhig, gut und spendend, wie voll von Gott!

Klingsor setzte sich ins kühle Gras, griff mechanisch nach dem Bleistift und ließ die Hand lächelnd wieder sinken. Er war todmüde. Seine Finger betasteten das trockene Gras, die trockene mürbe Erde. Wie lange noch, dann war dies liebe erregende Spiel vorbei! Wie lange noch, dann hatte man Hand und Mund und Augen voll Erde! Thu Fu hatte ihm dieser Tage ein Gedicht gesandt, dessen erinnerte er sich und sagte es langsam vor sich hin:

»Vom Baum des Lebens fällt
Mir Blatt um Blatt.
O taumelbunte Welt,
Wie machst du satt,
Wie machst du satt und müd,
Wie machst du trunken!
Was heut noch glüht,
Ist bald versunken.
Bald klirrt der Wind
Über mein braunes Grab,
Über das kleine Kind
Beugt sich die Mutter herab.
Ihre Augen will ich wiedersehn,
Ihr Blick ist mein Stern,
Alles andre mag gehn und verwehn,
Alles stirbt, alles stirbt gern.
Nur die ewige Mutter bleibt,
Von der wir kamen,
Ihr spielender Finger schreibt
In die flüchtige Luft unsre Namen.«

Nun, es war gut so. Wie viele hatte Klingsor noch von seinen zehn Leben? Drei? Zwei? Mehr als eines war es immer noch, immer noch mehr als ein braves, gewöhnliches Allerwelts- und Bürgerleben. Und viel hatte er getan, viel gesehen, viel Papier und Leinwand bemalt, viele Herzen in Liebe und Haß erregt, in Kunst und Leben viel Ärgernis und frischen Wind in die Welt gebracht. Viel Frauen hatte er geliebt, viele Traditionen und Heiligtümer zerstört, viel neue Dinge gewagt.

Viele volle Becher hatte er leergesogen, viel Tage und Sternennächte geatmet, unter vielen Sonnen gebrannt, in vielen Wassern geschwommen. Nun saß er hier, in Italien oder Indien oder China, der Sommerwind stieß launisch in die Kastanienkronen, gut und vollkommen war die Welt. Es war gleichgültig, ob er noch hundert Bilder malte oder zehn, ob er noch zwanzig Sommer lebte oder einen. Müde war er geworden, müde. Alles stirbt, alles stirbt gern. Braver Thu Fu!

Es war Zeit, nach Hause zu kommen. Er würde ins Zimmer wanken, vom Wind durch die Balkontür empfangen. Er würde Licht machen und seine Skizzen auspacken. Das Waldinnere mit dem vielen Chromgelb und Chinesischblau war vielleicht gut, es würde einmal ein Bild geben. Auf denn, es war Zeit.

Er blieb dennoch sitzen, den Wind im Haar, in der wehenden, beschmierten Leinenjacke, Lächeln und Weh im abendlichen Herzen. Weich und schlaff wehte der Wind, weich und lautlos taumelten die Fledermäuse im erlöschenden Himmel. Alles stirbt, alles stirbt gern. Nur die ewige Mutter bleibt.

Er konnte auch hier schlafen, wenigstens eine Stunde, es war ja warm. Er legte den Kopf auf den Rucksack und sah in den Himmel. Wie ist die Welt schön, wie macht sie satt und müd!

Schritte kamen den Berg herab, kräftig auf losen hölzernen Sohlen. Zwischen den Farnen und Ginstern erschien eine Gestalt, eine Frau, schon waren die Farben ihrer Kleider nicht mehr zu erkennen. Sie kam näher, in gesundem, gleichmäßigem Tritt. Klingsor sprang auf und rief guten Abend. Sie erschrak ein wenig und blieb einen Augenblick stehen. Er sah ihr ins Gesicht. Er kannte sie, er wußte nicht, woher. Sie war hübsch und dunkel, hell blitzten ihre schönen, festen Zähne.

»Sieh da!« rief er und gab ihr die Hand. Er spürte, daß ihn etwas mit dieser Frau verband, irgendeine kleine Erinnerung. »Kennt man sich noch?«

»Madonna! Ihr seid ja der Maler von Castagnetta! Habt Ihr mich noch gekannt?«

Ja, jetzt wußte er. Sie war eine Bauernfrau vom Tavernetal, bei ihrem Hause hatte er einst, in der schon so schattentiefen und verwirrten Vergangenheit dieses Sommers, einige Stunden gemalt, hatte Wasser an ihrem Brunnen geschöpft, eine Stunde im Schatten des Feigenbaumes geschlummert, und zum Schluß einen Becher Wein und einen Kuß von ihr bekommen.

»Ihr seid nie mehr wiedergekommen«, klagte sie. »Ihr hattet es mir doch so sehr versprochen.«

Mutwille und Herausforderung klangen in ihrer tiefen Stimme. Klingsor wurde lebendig.

»Ecco, desto besser, daß du nun zu mir gekommen bist! Was für ein Glück ich habe, grade jetzt, wo ich so allein und traurig war!«

»Traurig? Macht mir nichts vor, Herr, Ihr seid ein Spaßmacher, kein Wort darf man Euch glauben. Na, ich muß aber weiter.«

»Oh, dann begleite ich dich.«

»Es ist nicht Euer Weg und ist auch nicht nötig. Was soll mir passieren?«

»Dir nichts, aber mir. Wie leicht könnte einer kommen und dir gefallen und ginge mit dir und küßte deinen lieben Mund und deinen Hals und deine schöne Brust, ein andrer statt meiner. Nein, das darf nicht sein.«

Er hatte die Hand um ihren Nacken gelegt und ließ sie nicht mehr los.

»Stern, mein kleiner! Schatz! Meine kleine süße Pflaume! Beiß mich, sonst esse ich dich.«

Er küßte sie, die sich lachend zurückbog, auf den offnen, starken Mund, zwischen Sträuben und Widerreden gab sie nach, küßte wieder, schüttelte den Kopf, lachte, suchte sich freizumachen. Er hielt sie an sich gezogen, seinen Mund auf ihrem, seine Hand auf ihrer Brust, ihr Haar roch wie Sommer, nach Heu, Ginster, Farnkraut, Brombeeren. Einen Augenblick tief Atem schöpfend, bog er den Kopf zurück, da sah er am verglühten Himmel klein und weiß den ersten Stern aufgegangen. Die Frau schwieg, ihr Gesicht war ernst geworden, sie seufzte, sie legte ihre Hand auf seine und drückte sie fester um ihre Brust. Er bückte sich sanft, drückte ihr den Arm in die Kniekehlen, die nicht widerstrebten, und bettete sie ins Gras.

»Hast du mich lieb?« fragte sie wie ein kleines Mädchen. »Povera me!«

Sie tranken den Becher, Wind strich über ihr Haar und nahm ihren Atem mit.

Ehe sie Abschied nahmen, suchte er im Rucksack, in seinen Rocktaschen, ob er ihr nichts zu schenken habe, fand eine kleine silberne Taschendose, noch halb voll von Zigarettentabak, die leerte er aus und gab sie ihr.

»Nein, kein Geschenk, gewiß nicht!« versicherte er. »Nur ein Andenken, daß du mich nicht vergißt.«

»Ich vergesse dich nicht«, sagte sie. Und: »Kommst du wieder?«

Er wurde traurig. Langsam küßte er sie auf beide Augen.

»Ich komme wieder«, sagte er.

Noch eine Weile hörte er, regungslos stehend, ihre Schritte auf den Holzsohlen bergabwärts klingen, über den Wiesengrund, durch den Wald, auf Erde, auf Fels, auf Laub, auf Wurzeln. Nun war sie fort. Schwarz stand der Wald in der Nacht, lau strich der Wind über die erloschene Erde. Irgend etwas, vielleicht ein Pilz, vielleicht ein welkes Farnkraut, roch scharf und bitter nach Herbst.

Klingsor konnte sich nicht zur Heimkehr entschließen. Wozu jetzt den Berg hinaufsteigen, wozu in seine Zimmer zu all den Bildern gehen? Er streckte sich ins Gras und lag und sah die Sterne an, schlief endlich ein und schlief, bis spät in der Nacht ein Tierschrei oder ein Windstoß oder die Kühle des Taus ihn erweckte. Dann stieg er nach Castagnetta hinauf, fand sein Haus, seine Tür, seine Zimmer. Briefe lagen da und Blumen, es war Freundesbesuch dagewesen.

So müde er war, er packte doch, nach der alten, zähen Gewöhnung, in aller Nacht noch seine Sachen aus und sah beim Lampenlicht die Skizzenblätter des Tages an. Das Waldinnere war schön, Gekräut und Gestein im lichtdurchzuckten Schatten glänzte kühl und köstlich wie eine Schatzkammer. Es war richtig gewesen, daß er nur mit Chromgelb, Orange und Blau gearbeitet und das Zinnobergrün weggelassen hatte. Lange sah er das Blatt an.

Aber wozu? Wozu alle die Blätter voll Farbe? Wozu all die Mühe, all der Schweiß, all die kurze, trunkene Schaffenslust? Gab es Erlösung? Gab es Ruhe? Gab es Frieden?

Erschöpft sank er, kaum entkleidet, ins Bett, löschte das Licht, suchte nach Schlaf und summte leise die Verse Thu Fus vor sich hin:

»Bald klirrt der Wind
Über mein braunes Grab.«

Klingsor schreibt an Louis den Grausamen

Caro Luigi! Lange hat man Deine Stimme nicht mehr gehört. Lebst Du noch am Lichte? Nagt schon der Geier Dein Gebein?

Hast Du einmal mit einer Stricknadel in einer stehengebliebenen Wanduhr gestochert? Ich tat es einmal, und habe es erlebt, daß plötzlich der Teufel in das Werk fuhr und die ganze vorhandene Zeit abrasselte, die Zeiger machten Wettrennen ums Zifferblatt, mit einem unheimlichen Geräusch drehten sie sich wahnsinnig fort, prestissimo, bis ebenso plötzlich alles abschnappte und die Uhr den Geist aufgab. Genau so ist es zur Zeit hier bei uns: Sonne und Mond rennen gehetzt wie Amokläufer über den Himmel, die Tage jagen sich, die Zeit läuft einem davon, wie durch ein Loch im Sack. Hoffentlich wird auch das Ende dann ein plötzliches sein und diese betrunkene Welt untergehen, statt wieder in ein bürgerliches Tempo zu fallen.

Die Tage über bin ich zu sehr beschäftigt, als daß ich etwas denken könnte (wie komisch das übrigens klingt, wenn man einen solchen sogenannten »Satz« einmal laut vor sich hinsagt: »als daß ich etwas denken könnte«)! Aber am Abend fehlst Du mir oft. Ich sitze dann meistens irgendwo im Wald in einem der vielen Keller und trinke den beliebten Rotwein, der zwar meistens nicht gut ist, aber doch auch das Leben tragen hilft und den Schlaf befördert. Einige Male bin ich sogar am Tisch im Grotto eingeschlafen und habe unter dem Grinsen der Eingeborenen bewiesen, daß es mit meiner Neurasthenie doch nicht so schlimm stehen kann. Manchmal sind Freunde und Mädchen dabei, und man übt seine Finger am Plastizin weiblicher Glieder und spricht über Hüte und Absätze und die Kunst. Manchmal glückt es, daß eine gute

Temperatur erreicht wird, dann schreien und lachen wir die ganze Nacht, und die Leute freuen sich, daß Klingsor so ein lustiger Bruder ist. Es gibt hier eine sehr hübsche Frau, die jedesmal, wenn ich sie sehe, heftig nach Dir fragt.

Die Kunst, die wir beide treiben, hängt, wie ein Professor sagen würde, noch immer zu eng am Gegenstand (wäre fein als Bilderrätsel darzustellen). Wir malen immer noch, wenn auch mit etwas freier Handschrift und für den Bourgeois aufregend genug, die Dinge der »Wirklichkeit«: Menschen, Bäume, Jahrmärkte, Eisenbahnen, Landschaften. Darin fügen wir uns noch einer Konvention. »Wirklich« nennt ja der Bürger die Dinge, die von allen oder doch vielen ähnlich wahrgenommen und beschrieben werden. Ich habe im Sinn, sobald dieser Sommer herum ist, eine Zeitlang nur noch Phantasien zu malen, namentlich Träume. Es wird darin zum Teil auch nach Deinem Sinn zugehen, nämlich wahnsinnig lustig und überraschend, etwa so wie in den Geschichten Collofinos des Hasenjägers vom Kölner Dom. Wenn ich auch fühle, daß der Boden unter mir etwas dünn geworden ist, und wenn ich auch im ganzen mich wenig nach weitern Jahren und Taten sehne, ich möchte doch immerhin noch einige heftige Raketen dieser Welt in den Rachen jagen. Ein Bilderkäufer schrieb mir kürzlich, er sehe mit Bewunderung, wie ich in meinen neuesten Arbeiten eine zweite Jugend erlebe. Etwas daran ist ja richtig. Zu malen habe ich eigentlich erst dies Jahr recht angefangen, scheint mir. Aber es ist weniger ein Frühling, was ich da erlebe, als eine Explosion. Erstaunlich, wie viel Dynamit in mir noch steckt; aber Dynamit läßt sich schlecht im Sparherd brennen.

Lieber Louis, schon oft habe ich mich im stillen darüber gefreut, daß wir zwei alten Wüstlinge im Grunde so rührend schamhaft sind und einander lieber die Gläser an den Kopf schmeißen, als etwas von unsern Gefühlen gegeneinander merken zu lassen. Möge es so bleiben, alter Igel!

Wir haben dieser Tage in jenem Grotto bei Barengo ein Fest mit Brot und Wein gefeiert, herrlich klang unser Gesang im hohen Wald in der Mitternacht, die alten römischen Lieder. Man braucht so wenig zum Glück, wenn man älter wird und an den Füßen zu frieren beginnt: acht bis zehn Stunden Arbeit am Tag, einen Liter Piemonteser, ein halbes

Pfund Brot, eine Virginia, ein paar Freundinnen, und allerdings Wärme und gutes Wetter. Die haben wir, die Sonne funktioniert prachtvoll, mein Schädel ist verbrannt wie der einer Mumie.

An manchen Tagen habe ich das Gefühl, mein Leben und Arbeiten beginne eben erst, manchmal aber kommt es mir vor, ich habe achtzig Jahre schwer gearbeitet und habe bald einen Anspruch auf Ruhe und Feierabend. Jeder kommt einmal an ein Ende, mein Louis, auch ich, auch Du. Weiß Gott, was ich Dir da schreibe, man sieht, daß ich etwas unwohl bin. Es sind wohl Hypochondrien, ich habe viel Augenschmerzen, und manchmal verfolgt mich die Erinnerung an eine Abhandlung über Netzhautablösung, die ich vor Jahren gelesen habe.

Wenn ich durch meine Balkontür hinuntersehe, die Du kennst, dann wird mir klar, daß wir noch eine gute Weile fleißig sein müssen. Die Welt ist unsäglich schön und mannigfaltig, durch diese grüne hohe Tür läutet sie Tag und Nacht zu mir herauf und schreit und fordert, und immer wieder renne ich hinaus und reiße ein Stück davon an mich, ein winziges Stück. Die grüne Gegend hier ist durch den trocknen Sommer jetzt wunderbar licht und rötlich geworden, ich hätte nie gedacht, daß ich wieder zu Englischrot und Siena greifen würde. Dann steht der ganze Herbst bevor, Stoppelfelder, Weinlese, Maisernte, rote Wälder. Ich werde das alles noch einmal mitmachen, Tag für Tag, und noch einige hundert Studien malen. Dann aber, das fühle ich, werde ich den Weg nach innen gehen und noch einmal, wie ich es als junger Kerl eine Weile tat, ganz aus der Erinnerung und Phantasie malen, Gedichte machen und Träume spinnen. Auch das muß sein.

Ein großer Pariser Maler, den ein junger Künstler um Ratschläge bat, hat ihm gesagt: »Junger Mann, wenn Sie ein Maler werden wollen, so vergessen Sie nicht, daß man vor allem gut essen muß. Zweitens ist die Verdauung wichtig, sorgen Sie für einen regelmäßigen Stuhlgang! Und drittens: halten Sie sich stets eine hübsche kleine Freundin!« Ja, man sollte meinen, diese Anfänge der Kunst habe ich gelernt, und es könne mir hierin eigentlich kaum fehlen. Aber dies Jahr, es ist verflucht, stimmt es bei mir auch in diesen einfachen

Dingen nicht mehr recht. Ich esse wenig und schlecht, oft ganze Tage nur Brot, ich habe zuzeiten mit dem Magen zu tun (ich sage Dir: das Unnützeste, was man zu tun haben kann!), und ich habe auch keine richtige kleine Freundin, sondern habe mit vier, fünf Frauen zu tun und bin ebensooft erschöpft wie hungrig. Es fehlt etwas am Uhrwerk, und seit ich mit der Nadel hineingestochen habe, läuft es zwar wieder, aber rasch wie der Satan, und rasselt so unvertraut dabei. Wie einfach ist das Leben, wenn man gesund ist! Du hast noch nie einen so langen Brief von mir bekommen, außer vielleicht damals in der Zeit, wo wir über die Palette disputierten. Ich will aufhören, es geht gegen fünf Uhr, das schöne Licht fängt an. Sei gegrüßt von Deinem

Klingsor.

Nachschrift:

Ich erinnere mich, daß Du ein kleines Bild von mir gern hattest, das am meisten chinesische, das ich gemacht habe, mit der Hütte, dem roten Weg, den veronesergrünen Zackenbäumen und der fernen Spielzeugstadt im Hintergrund. Ich kann es jetzt nicht schicken, weiß auch nicht, wo Du bist. Aber es gehört Dir, das möchte ich Dir für alle Fälle sagen.

Klingsor schickt seinem Freunde Thu Fu
ein Gedicht
(Aus den Tagen, in welchen er an seinem Selbstbildnis malte)

Trunken sitz ich des Nachts im durchwehten Gehölz,
An den singenden Zweigen hat Herbst genagt;
Murmelnd läuft in den Keller,
Meine leere Flasche zu füllen, der Wirt.

Morgen, morgen haut mir der bleiche Tod
Seine klirrende Sense ins rote Fleisch,
Lange schon auf der Lauer
Weiß ich ihn liegen, den grimmen Feind.

Ihn zu höhnen, sing ich die halbe Nacht,
Lalle mein trunkenes Lied in den müden Wald;
Seiner Drohung zu lachen
Ist meines Liedes und meines Trinkens Sinn.

Vieles tat und erlitt ich, Wandrer auf langem Weg,
Nun am Abend sitz ich, trinke und warte bang,
Bis die blitzende Sichel
Mir das Haupt vom zuckenden Herzen trennt.

Das Selbstbildnis

In den ersten Septembertagen, nach vielen Wochen einer ungewöhnlichen trocknen Sonnenglut, gab es einige Regentage. In diesen Tagen malte Klingsor, in dem hochfenstrigen Saal seines Palazzos in Castagnetta, sein Selbstporträt, das jetzt in Frankfurt hängt.

Dies furchtbare und doch so zauberhaft schöne Bild, sein letztes ganz zu Ende geführtes Werk, steht am Ende der Arbeit jenes Sommers, am Ende einer unerhört glühenden, rasenden Arbeitszeit, als deren Gipfel und Krönung. Vielen ist es aufgefallen, daß jeder, der Klingsor kannte, ihn auf diesem Bilde sofort und unfehlbar wiedererkannte, obwohl niemals ein Bildnis sich so weit von jeder naturalistischen Ähnlichkeit entfernte.

Wie alle späteren Werke Klingsors, so kann man auch dies Selbstbildnis aus den verschiedensten Standpunkten betrachten. Für manche, zumal solche, die den Maler nicht kannten, ist das Bild vor allem ein Farbenkonzert, ein wunderbar gestimmter, trotz aller Buntheit still und edel wirkender Teppich. Andre sehen darin einen letzten kühnen, ja verzweifelten Versuch zur Befreiung vom Gegenständlichen: ein Antlitz wie eine Landschaft gemalt, Haare an Laub und Baumrinde erinnernd, Augenhöhlen wie Felsspalten – sie sagen, dies Bild erinnere an die Natur nur so wie mancher Bergrücken an ein Menschengesicht, mancher Baumast an Hände und Beine erinnert, nur von ferne her, nur gleichnishaft. Viele aber sehen im Gegenteil gerade in diesem Werk nur den Gegenstand, das Gesicht Klingsors, von ihm selbst mit unerbittlicher Psychologie zerlegt und gedeutet, eine riesige Konfession, ein rücksichtsloses, schreiendes, rührendes, erschreckendes Bekenntnis. Noch andere, und darunter einige seiner erbittertsten Gegner, sehen in diesem Bildnis lediglich ein Produkt und Zeichen von Klingsors angeblichem Wahnsinn. Sie vergleichen den Kopf des Bildes mit dem naturalistisch gesehenen Original, mit Photographien, und finden in den Deformationen und Übertreibungen der Formen negerhafte, entartete, atavistische, tierische Züge. Manche von diesen halten sich auch über das Götzenhafte und Phantastische dieses Bildes auf, sehen eine Art von monomanischer Selbstanbetung darin, eine Blasphemie und Selbstverherrlichung, eine Art von religiösem Größenwahn. Alle diese Arten der Betrachtung sind möglich und noch viele andere.

Während der Tage, die er an diesem Bilde malte, ging Klingsor nicht aus, außer des Nachts zum Wein, aß nur Brot und Obst, das ihm die Hauswirtin brachte, blieb unrasiert und sah mit den unter der verbrannten Stirn tief eingesunkenen Augen in dieser Verwahrlosung in der Tat erschrekkend aus. Er malte sitzend und auswendig, nur von Zeit zu Zeit, fast nur in den Arbeitspausen, ging er zu dem großen, altmodischen, mit Rosenranken bemalten Spiegel an der Nordwand, streckte den Kopf vor, riß die Augen auf, schnitt Gesichter.

Viele, viele Gesichter sah er hinter dem Klingsor-Gesicht im großen Spiegel zwischen den dummen Rosenranken, viele Gesichter malte er in sein Gesicht hinein: Kindergesichter süß und erstaunt, Jünglingsschläfen voll Traum und Glut, spöttische Trinkeraugen, Lippen eines Dürstenden, eines Verfolgten, eines Leidenden, eines Suchenden, eines Wüstlings, eines enfant perdu. Den Kopf aber baute er majestätisch und brutal, einen Urwaldgötzen, einen in sich verliebten, eifersüchtigen Jehova, einen Popanz, vor dem man Erstlinge und Jungfrauen opfert. Dies waren einige seiner Gesichter. Ein andres war das des Verfallenden, des Untergehenden, des mit seinem Untergang Einverstandenen: Moos wuchs auf seinem Schädel, schief standen die alten Zähne, Risse durchzogen die welke Haut, und in den Rissen stand Schorf und Schimmel. Das ist es, was einige Freunde an dem Bilde besonders lieben. Sie sagen: es ist der Mensch, ecce homo, der müde, gierige, wilde, kindliche und raffinierte Mensch unsrer späten Zeit, der sterbende, sterbenwollende Europamensch: von jeder Sehnsucht verfeinert, von jedem Laster krank, vom Wissen um seinen Untergang enthusiastisch beseelt, zu jedem Fortschritt bereit, zu jedem Rückschritt reif, ganz Glut und auch ganz Müdigkeit, dem Schicksal und dem Schmerz ergeben wie der Morphinist dem Gift, vereinsamt, ausgehöhlt, uralt, Faust zugleich und Karamasow, Tier und Weiser, ganz entblößt, ganz ohne Ehrgeiz, ganz nackt, voll von Kinderangst vor dem Tode und voll von müder Bereitschaft, ihn zu sterben.

Und noch weiter, noch tiefer hinter all diesen Gesichtern schliefen fernere, tiefere, ältere Gesichter, vormenschliche, tierische, pflanzliche, steinerne, so als erinnere sich der letzte Mensch auf Erden im Augenblick vor dem Tode nochmals traumschnell an alle Gestaltungen seiner Vorzeit und Weltenjugend.

In diesen rasend gespannten Tagen lebte Klingsor wie ein Ekstatiker. Nachts füllte er sich schwer mit Wein und stand dann, die Kerze in der Hand, vor dem alten Spiegel, betrachtete das Gesicht im Glas, das schwermütig grinsende Gesicht des Säufers. Den einen Abend hatte er eine Geliebte bei sich, auf dem Diwan im Studio, und während er sie nackt an sich gedrückt hielt, starrte er über ihre Schulter weg in den Spiegel, sah neben ihrem aufgelösten Haar sein verzerrtes Gesicht, voll Wollust und voll Ekel vor der Wollust, mit geröteten Augen. Er hieß sie morgen wiederkommen, aber Grauen hatte sie gefaßt, sie kam nicht wieder.

Nachts schlief er wenig. Oft erwachte er aus angstvollen Träumen, Schweiß im Gesicht, wild und lebensmüde, und sprang doch alsbald auf, starrte in den Schrankspiegel, las die wüste Landschaft dieser verstörten Züge ab, düster, haßvoll, oder lächelnd, wie schadenfroh. Er hatte einen Traum, in dem sah er sich selbst, wie er gefoltert wurde, in die Augen wurden Nägel geschlagen, die Nase mit Haken aufgerissen; und er zeichnete dies gefolterte Gesicht, mit den Nägeln in den Augen, mit Kohle auf einen Buchdeckel, der ihm zur Hand lag; wir fanden das seltsame Blatt nach seinem Tode. Von einem Anfall von Gesichtsneuralgien befallen, hing er krumm über die Lehne eines Stuhles, lachte und schrie vor Pein und hielt sein entstelltes Gesicht vor das Glas des Spiegels, betrachtete die Zuckungen, verhöhnte die Tränen.

Und nicht sein Gesicht allein, oder seine tausend Gesichter, malte er auf dies Bild, nicht bloß seine Augen und Lippen, die leidvolle Talschlucht des Mundes, den gespaltenen Felsen der Stirn, die wurzelhaften Hände, die zuckenden Finger, den Hohn des Verstandes, den Tod im Auge. Er malte, in seiner eigenwilligen, überfüllten, gedrängten und zuckenden Pinselschrift sein Leben dazu, seine Liebe, seinen Glauben, seine Verzweiflung. Scharen nackter Frauen malte er mit, im Sturm vorbeigetrieben wie Vögel, Schlachtopfer vor dem Götzen Klingsor, und einen Jüngling mit dem Gesicht des Selbstmörders, ferne Tempel und Wälder, einen alten bärtigen Gott, mächtig und dumm, eine Frauenbrust, vom Dolch gespalten, Schmetterlinge mit Gesichtern auf den Flügeln, und zuhinterst im Bilde, am Rande des Chaos den Tod, ein graues Gespenst, der mit einem Speer, klein wie eine Nadel, in das Gehirn des gemalten Klingsor stach.

Wenn er stundenlang gemalt hatte, trieb Unruhe ihn auf, rastlos lief er und flackernd durch sein Zimmer, die Türen wehten hinter ihm, riß Flaschen aus dem Schrank, riß Bücher aus den Schäften, Teppiche von den Tischen, lag lesend am Boden, lehnte sich tief atmend aus den Fenstern, suchte alte Zeichnungen und Photographien und füllte Böden und Tische und Betten und Stühle aller Zimmer mit Papieren, Bildern, Büchern, Briefen an. Alles wehte wirr und traurig durcheinander, wenn der Regenwind durch die Fenster kam. Er fand sein Kinderbildnis unter alten Sachen, Lichtbild aus seinem vierten Jahr, in einem weißen Sommeranzug, unterm weißlich hellblonden Haar ein süßtrotziges Knabengesicht. Er fand die Bilder seiner Eltern, Photographien von Jugendgeliebten. Alles beschäftigte, reizte, spannte, quälte ihn, riß ihn hin und her, alles riß er an sich, warf es wieder hin, bis er wieder davon zuckte, über seiner Holztafel hing und weitermalte. Tiefer zog er die Furchen durch das Geklüft seines Bildnisses, breiter baute er den Tempel seines Lebens auf, mächtiger sprach er die Ewigkeit jedes Daseins aus, schluchzender seine Vergänglichkeit, holder sein lächelndes Gleichnis, höhnischer seine Verurteilung zur Verwesung. Dann sprang er wieder auf, gejagter Hirsch, und lief den Trab des Gefangenen durch seine Zimmer. Freude durchzuckte ihn und tiefe Schöpfungswonne wie ein feuchtes frohlockendes Gewitter, bis Schmerz ihn wieder zu Boden warf und ihm die Scherben seines Lebens und seiner Kunst ins Gesicht schmiß. Er betete vor seinem Bild, und er spie es an.

Er war irrsinnig, wie jeder Schöpfer irrsinnig ist. Aber er tat im Irrsinn des Schaffens unfehlbar klug wie ein Nachtwandler alles, was sein Werk förderte. Er fühlte gläubig, daß in diesem grausamen Kampf um sein Bildnis nicht nur Geschick und Rechenschaft eines Einzelnen sich vollziehe, sondern Menschliches, sondern Allgemeines, Notwendiges. Er fühlte, nun stand er wieder vor einer Aufgabe, vor einem Schicksal, und alle vorhergegangene Angst und Flucht und aller Rausch und Taumel waren nur Angst und Flucht vor dieser seiner Aufgabe gewesen. Nun gab es nicht Angst noch Flucht mehr, nur noch Vorwärts, nur noch Hieb und Stich, Sieg und Untergang. Er siegte, und er ging unter, und litt und lachte und biß sich durch, tötete und starb, gebar und wurde geboren.

Ein französischer Maler wollte ihn besuchen, die Wirtin führte ihn ins Vorzimmer, Unordnung und Schmutz grinsten im überfüllten Raum. Klingsor kam, Farbe an den Ärmeln, Farbe im Gesicht, grau, unrasiert, mit langen Schritten rannte er durch den Raum. Der Fremde brachte Grüße aus Paris und Genf, sprach seine Verehrung aus. Klingsor ging auf und ab, schien nicht zu hören. Verlegen schwieg der Gast und begann sich zurückzuziehen, da trat Klingsor zu ihm, legte ihm die farbenbedeckte Hand auf die Schulter, sah ihm nah ins Auge. »Danke«, sagte er langsam, mühsam, »danke, lieber Freund. Ich arbeite, ich kann nicht sprechen. Man spricht zu viel, immer. Seien Sie mir nicht böse, und grüßen Sie mir meine Freunde, sagen Sie ihnen, daß ich sie liebe.« Und verschwand wieder ins andere Zimmer.

Das fertige Bild stellte er, am Ende dieser gepeitschten Tage, in die unbenützte leere Küche und schloß ab. Er hat es nie gezeigt. Dann nahm er Veronal und schlief einen Tag und eine Nacht hindurch. Dann wusch er sich, rasierte sich, legte neue Wäsche und Kleider an, fuhr zur Stadt und kaufte Obst und Zigaretten, um sie Gina zu schenken.

(1919)

Innen und Außen

Es war ein Mann mit Namen Friedrich, der beschäftigte sich mit geistigen Dingen und besaß vielerlei Kenntnisse. Doch war ihm nicht eine Kenntnis wie die andere und ein Gedanke wie der andere, sondern er liebte eine gewisse Art des Denkens, und die anderen verachtete und verabscheute er. Was er liebte und verehrte, das war die Logik, jene so vortreffliche Methode, und weiterhin überhaupt das, was er »Wissenschaft« nannte.

»Zweimal zwei ist vier«, pflegte er zu sagen, »daran glaube ich, und von dieser Wahrheit aus muß der Mensch das Denken betreiben.«

Daß es auch andere Arten des Denkens und der Erkenntnis gab, war ihm zwar nicht unbekannt, aber »Wissenschaft« war das nicht, und er hielt nichts davon. Er war, obwohl Freidenker, nicht unduldsam gegen die Religion. Dies beruhte auf einer schweigenden Übereinstimmung der Wissenschaftlichen. Ihre Wissenschaft hatte sich seit manchen Jahrhunderten nahezu mit allem befaßt, was auf der Erde vorhanden und wissenswert ist, mit Ausschluß eines einzigen Gegenstandes, der menschlichen Seele. Diese der Religion zu überlassen, und deren Spekulationen über die Seele zwar nicht ernst zu nehmen, doch aber gewähren zu lassen, war mit der Zeit so Sitte geworden. Gegen die Religion also verhielt auch Friedrich sich duldsam, tief verhaßt und zuwider aber war ihm alles, was er als Aberglaube erkannte. Mochten fremde, ungebildete und zurückgebliebene Völker sich damit befassen, mochte im fernen Altertum ein mystisches oder magisches Denken vorhanden gewesen sein – seit es eine Wissenschaft und Logik gab, hatte es keinen Sinn mehr, diese veralteten und zweifelhaften Werkzeuge zu gebrauchen.

So sagte er und so dachte er, und wenn ihm in seinem Umkreise Spuren von Aberglauben zu Gesicht kamen, wurde er ärgerlich und fühlte sich wie von etwas Feindseligem berührt.

Am meisten aber erboste es ihn, wenn er solche Spuren unter seinesgleichen antreffen mußte, unter gebildeten Männern, welchen die Grundsätze des wissenschaftlichen Denkens vertraut waren. Und nichts war ihm schmerzlicher und unerträglicher als jener lästerliche Gedanke, welchen er neuerdings zuweilen auch unter Männern von hoher Bildung mußte aussprechen und erörtern hören, jener absurde Gedanke: daß das »wissenschaftliche Denken« möglicherweise keine höchste, keine zeitlose, ewige, vorbestimmte und unerschütterliche Denkart sei, sondern nur eine von vielen, eine zeitliche, vor Veränderung und vor Untergang nicht geschützte Art des Denkens. Dieser unehrerbietige, vernichtende, vergiftende Gedanke war da, das konnte auch Friedrich nicht leugnen, er war da und dort, angesichts der durch Krieg, Umsturz und Hunger in aller Welt entstandenen Not, wie eine Mahnung aufgetaucht, wie ein Geisterspruch, von weißer Hand an weiße Wand geschrieben.

Je mehr Friedrich darunter litt, daß dieser Gedanke vorhanden war und ihn so tief beunruhigen konnte, desto leidenschaftlicher befeindete er ihn und jene, welche er im Verdacht hatte, heimlich an ihn zu glauben. Denn offen und gerade heraus hatten bis zur Zeit sich aus dem Kreise der wahrhaft Gebildeten nur ganz wenige zu dieser neuen Lehre bekannt, einer Lehre, welche, wenn sie sich verbreitete und Macht gewann, bestimmt schien, jede geistige Kultur auf Erden zu vernichten und das Chaos heraufzuführen. Nun, so weit war es noch nicht gekommen, und jene Vereinzelten, die sich offen zu jenem Gedanken bekannten, waren noch so wenige, daß man sie als Sonderlinge und schrullige Originale auffassen konnte. Ein Tropfen von dem Gift aber, eine Ausstrahlung jenes Gedankens, war bald da, bald dort wahrzunehmen. Unter den Leuten vom Volk und den Halbgebildeten war ohnehin eine Unzahl von neuen Lehren, Geheimlehren, Sekten und Jüngerschaften zu bemerken, davon war die Welt voll, überall waren Aberglaube, Mystik, Geisterkult und andre dunkle Mächte spürbar, welche zu bekämpfen not getan hätte, welche aber die Wissenschaft, wie aus einem Gefühl heimlicher Schwäche, einstweilen mit Schweigen gewähren ließ.

Eines Tages kam Friedrich in das Haus eines seiner Freunde, mit welchem er schon manche gemeinsamen Studien betrieben hatte. Jetzt hatte er diesen Freund eine längere

Zeit nicht mehr gesehen, wie sich das ja so fügen kann. Während er die Treppe jenes Hauses emporstieg, suchte er sich zu erinnern, wann und wo er das letztemal mit diesem Freund zusammengewesen sei. Sosehr er sich aber sonst seines Gedächtnisses rühmen durfte, er konnte sich nicht mehr darauf besinnen. Unmerklich geriet er darüber in eine gewisse Verstimmung und Ärgerlichkeit, aus der er sich, vor der Tür des Freundes stehend, gewaltsam emporreißen mußte.

Kaum aber hatte er Erwin, seinen Freund, begrüßt, so fiel ihm in dessen freundlichem Gesicht ein gewisses, wie schonendes Lächeln auf, das er früher nicht an ihm gekannt zu haben meinte. Und kaum hatte er dies Lächeln gesehen, das er trotz seiner Freundlichkeit sofort als irgendwie spöttisch oder feindlich empfand, so erinnerte er sich augenblicklich auch an das, wo er soeben noch so ganz vergeblich in seinem Gedächtnis gesucht hatte, an sein letztes Zusammensein mit Erwin, vor längerer Zeit, und daß sie sich damals zwar ohne Streit, doch in innerer Uneinigkeit und Mißstimmung getrennt hatten, weil Erwin, wie ihm schien, seine damaligen Angriffe auf das Reich des Aberglaubens allzu wenig unterstützt hatte.

Es war seltsam. Wie hatte er das ganz vergessen können! Und nun wußte er auch, daß er nur darum so lange Zeit seinen Freund nicht mehr aufgesucht hatte, nur jener Verstimmung wegen, und daß er das selbst die ganze Zeit wohl gewußt habe, obwohl er vor sich selbst eine Menge anderer Gründe für das immer neue Verschieben dieses Besuches aufgezählt hatte.

Nun standen sie sich gegenüber, und es schien Friedrich, als habe die kleine Kluft und Spaltung von damals sich inzwischen unheimlich vergrößert. Zwischen ihm und Erwin fehlte, so schien ihm gefühlhaft, in diesem Augenblick irgend etwas, was sonst immer dagewesen war, eine Luft der Gemeinsamkeit, des unmittelbaren Verstehens, ja selbst der Zuneigung. Statt ihrer war Leere da, eine Kluft, eine Fremde. Sie begrüßten sich, sprachen von der Jahreszeit, von Bekannten, von ihrem Befinden – und, Gott weiß wie es kam, bei jedem Wort hatte Friedrich das beängstigende Gefühl, den andern nicht ganz zu verstehen, von ihm nicht richtig gekannt zu sein, seine Worte an ihm abgleiten zu sehen, keinen gemeinsamen Boden für ein richtiges Gespräch finden zu können. Auch trug Erwin immerzu jenes freundliche Lächeln im Gesicht, das Friedrich schon beinahe zu hassen begann.

In einer Pause des mühsamen Gesprächs blickte sich Friedrich in dem wohlbekannten Studierzimmer um und sah an der Wand, mit einer Stecknadel lose angeheftet, ein Blatt Papier hängen. Der Anblick berührte ihn seltsam und weckte alte Erinnerungen, denn alsbald fiel ihm ein, daß dies einst in den Studentenjahren, vor langer Zeit, eine Gewohnheit Erwins gewesen war, von Zeit zu Zeit den Ausspruch eines Denkers oder den Vers eines Dichters in dieser Weise sich vor Augen und in Erinnerung zu halten. Er stand auf und trat an die Wand, um das Blatt zu lesen.

Da standen in Erwins hübscher Schrift die Worte: »Nichts ist außen, nichts ist innen, denn was außen ist, ist innen.«

Erbleichend blieb er einen Augenblick stehen. Da war es! Da stand er vor dem Gefürchteten! Zu einer andern Zeit hätte er dies Blatt gelten lassen, hätte es nachsichtig geduldet, als eine Laune, als eine harmlose und schließlich jedem erlaubte Liebhaberei, vielleicht als eine kleine, der Schonung bedürftige Sentimentalität. Jetzt aber war das anders. Er fühlte, diese Worte waren nicht um einer flüchtigen poetischen Stimmung willen aufgeschrieben, nicht einer Laune wegen war Erwin nach so vielen Jahren zu einer Gewohnheit der Jugend zurückgekehrt. – Was hier stand, als Bekenntnis dessen, was seinen Freund zur Zeit beschäftigte, war Mystik! Erwin war abtrünnig.

Langsam wendete er sich ihm zu, dessen Lächeln wieder hell aufleuchtete.

»Erkläre mir dies!« forderte er ihn auf.

Erwin nickte voll Freundlichkeit.

»Hast du diesen Spruch nie gelesen?«

»Doch«, rief Friedrich, »natürlich kenne ich ihn. Es ist Mystik, es ist Gnostizismus. Vielleicht poetisch, aber – –. Nun, ich bitte dich, erkläre mir den Spruch, und warum er an deiner Wand hängt.«

»Gerne«, sagte Erwin. »Der Spruch ist eine erste Einführung in eine Erkenntnislehre, mit der ich zur Zeit beschäftigt bin und der ich schon viel Beglückung verdanke.«

Friedrich bezwang seinen Unmut. Er fragte: »Eine neue Erkenntnislehre? Gibt es das? Und wie nennt sie sich?«

»Oh«, sagte Erwin, »neu ist sie nur für mich. Sie ist schon sehr alt und ehrwürdig. Sie heißt Magie.«

Das Wort war gesprochen. Friedrich, von einem so offenen Bekenntnis nun doch tief überrascht und erschreckt, fühlte sich mit furchtbarem Schauder dem Urfeind in der Person seines Freundes gegenübergestellt, Auge in Auge. Er schwieg. Er wußte nicht, ob ihm der Zorn oder das Weinen näher stehe, das Gefühl unausfüllbaren Verlustes erfüllte ihn bitter. Lange schwieg er.

Dann begann er, mit künstlichem Spott in der Stimme: »Du willst jetzt also ein Magier werden?«

»Ja«, sagte Erwin ohne Zögern.

»Eine Art Zauberlehrling, nicht?«

»Gewiß.«

Wieder schwieg Friedrich. Man hörte eine Uhr vom Nebenzimmer herüber ticken, so still war es.

Dann sagte er: »Du weißt, daß du damit jede Gemeinschaft mit der ernsten Wissenschaft preisgibst – und damit auch jede Gemeinschaft mit mir?«

»Ich hoffe das nicht«, gab Erwin Antwort. »Doch wenn es durchaus so sein müßte – was bliebe mir da zu tun?«

Friedrich schrie, ausbrechend: »Was dir zu tun bleibt? Mit dieser Spielerei, mit diesem traurigen und unwürdigen Zauberglauben zu brechen, ganz und für immer brechen! Das bleibt dir zu tun, wenn du meine Achtung behalten willst.«

Erwin lächelte ein wenig, obwohl auch er nun nicht mehr heiter schien.

»Du sprichst so«, sagte er so leise, daß Friedrichs zornige Stimme noch während seiner stillen Worte im Zimmer nachzutönen schien – »du sprichst so, als ob das in meinem Wollen läge, als ob mir Wahl zustünde, Friedrich. Es ist nicht so. Mir steht keine Wahl zu. Nicht ich bin es, der Magie gewählt hat. Sie wählte mich.«

Friedrich seufzte tief auf: »Dann lebe wohl«, sagte er mühsam, und erhob sich, ohne dem andern die Hand zu bieten.

»Nicht so!« rief nun Erwin laut. »Nein, nicht so sollst du von mir fortgehen. Nimm an, einer von uns sei ein Sterbender – und so ist es! – und wir müßten Abschied nehmen.«

»Aber wer von uns, Erwin, ist dann der Sterbende?«

»Heute bin ich es wohl, Freund. Wer Neugeburt will, muß zum Sterben bereit sein.«

Nochmals trat Friedrich vor das Blatt und las den Spruch vom Innen und Außen.

»Gut denn«, sagte er schließlich. »Du hast recht, es nützt ja nichts, sich im Zorn zu trennen. Ich will tun, wie du sagst, und will annehmen, daß einer von uns ein Sterbender sei. Auch ich könnte ja der Sterbende sein. Ich will, ehe ich dich verlasse, eine letzte Bitte an dich tun.«

»Das ist mir lieb«, sagte Erwin. »Sprich, was kann ich dir zum Abschied Liebes erweisen?«

»Ich wiederhole meine erste Frage, das ist zugleich meine Bitte: erkläre mir diesen Spruch, so gut du kannst!«

Erwin besann sich kurze Zeit und sprach dann:

»Nichts ist außen, nichts ist innen. Der religiöse Sinn davon ist dir bekannt: Gott ist überall. Er ist im Geist, und ist auch in der Natur. Alles ist göttlich, weil Gott das All ist. Wir nannten das früher Pantheismus. Dann der philosophische Sinn: die Scheidung von außen und innen ist unserm Denken gewohnt, ist ihm aber nicht notwendig. Es gibt die Möglichkeit für unsern Geist, sich hinter die Grenze zurückzuziehen, die wir ihm gezogen haben, ins Jenseits. Jenseits der Gegensatzpaare, aus denen unsre Welt besteht, fangen neue, andere Erkenntnisse an. – Aber, lieber Freund, ich muß dir bekennen: seit mein Denken sich geändert hat, gibt es keine eindeutigen Worte und Sprüche mehr für mich, sondern jedes Wort hat zehnerlei, hunderterlei Sinn. Hier eben beginnt, was du fürchtest: Magie.«

Friedrich runzelte die Stirn und wollte ihn unterbrechen, aber Erwin sah ihn begütigend an und fuhr mit hellerer Stimme fort: »Erlaube mir, daß ich dir ein Beispiel mitgebe! Nimm etwas von mir mit, irgendeinen Gegenstand, und beobachte ihn je und je ein wenig, so wird dir der Satz von Innen und Außen bald einen seiner vielen Sinne zeigen.«

Er blickte um sich, griff von einem Wandgesimse eine kleine Figur aus Ton mit glasiger Oberfläche und gab sie Friedrich. Dazu sagte er:

»Nimm dies hier mit als meine Abschiedsgabe. Wenn dies Ding, das ich dir da in die Hand lege, aufhören wird, außer dir zu sein, und in dir sein wird, dann komme wieder zu mir! Bleibt es aber außer dir, immer so wie jetzt, dann soll auch der Abschied für immer gelten, den du von mir nimmst!«

Friedrich wollte noch vieles sagen, aber Erwin bot ihm die Hand, drückte sie und sagte Lebewohl mit einer Miene, welche kein Wort mehr zuließ.

Friedrich ging fort, die Treppe hinab (– wie ungeheuer lange war das her, seit er diese Treppe hinaufgestiegen war!), er ging über die Straßen und nach Hause, die kleine tönerne Figur in der Hand, ratlos und im Herzen unglücklich. Vor seinem Hause blieb er stehen, schüttelte einen Augenblick ingrimmig die Faust, in welcher er das Figürchen hielt, und fühlte große Lust, das lächerliche Ding auf dem Boden zu zerschmettern. Er tat es nicht, biß sich auf die Lippen und ging in seine Wohnung. Nie war er so erregt, so von widerstreitenden Gefühlen gepeinigt gewesen.

Er suchte nach einem Platz für das Geschenk seines Freundes und stellte die Figur auf den oberen Schaft eines Bücherbretts. Da blieb sie zunächst stehen.

Manchmal sah er sie im Lauf der Tage an, über sie und ihre Herkunft grübelnd, und grübelnd über den Sinn, den dies törichte Ding für ihn haben sollte. Es war eine kleine Menschen- oder Götter- oder Götzenfigur, mit zwei Gesichtern, wie sie der römische Gott Janus hatte, aus Ton ziemlich roh geformt und mit einer gebrannten, etwas rissig gewordenen Glasur bedeckt. Das kleine Bildnis sah grob und gering aus, es war ganz gewiß keine Arbeit aus Römer- oder Griechenhand, eher die eines zurückgebliebenen Naturvolkes in Afrika oder auf den Inseln der Südsee. Auf den beiden Gesichtern, die einander völlig gleich waren, lag ein dumpfes, träges, ein wenig grinsendes Lächeln – es war geradezu häßlich, wie der kleine Kobold immerzu sein albernes Lächeln vergeudete.

Friedrich konnte sich an diese Figur nicht gewöhnen. Sie war ihm durchaus zuwider und unangenehm, sie war ihm im Wege, sie störte ihn. Er nahm sie schon am nächsten Tage herab und stellte sie auf den Ofen, und eines anderen

Tages stellte er sie auf einen Schrank. Immer wieder kam sie ihm vor Augen, als drängte sie sich vor, lächelte ihn kalt und stumpfsinnig an, machte sich wichtig, verlangte Beachtung. Nach zwei oder drei Wochen nahm er sie und stellte sie ins Vorzimmer, zwischen die Photographien aus Italien und die kleinen spielerischen Andenken, welche dort herumstanden und welche nie jemand betrachtete. Jetzt sah er den Götzen wenigstens nur noch in den Augenblicken, wenn er ausging oder heimkehrte, und ging dann rasch an ihm vorüber, ohne ihn jemals mehr näher anzusehen. Aber auch hier störte ihn das Ding noch, ohne daß er es sich eingestand. Mit diesem Scherben, mit dieser zweigesichtigen Mißgeburt war Verdruß und Qual in sein Leben gekommen.

Eines Tages, nach Monaten, kehrte er von einer kurzen Reise heim – er unternahm jetzt von Zeit zu Zeit solche Ausflüge, als triebe etwas ihn rastlos um –, trat in sein Haus, ging durchs Vorzimmer, ward von der Magd empfangen, las Briefe, die auf ihn gewartet hatten. Aber er war unruhig und zerstreut, als habe er Wichtiges vergessen; kein Buch lockte ihn, in keinem Stuhle fand er sich bequem. Er begann, sich zu untersuchen, bemühte sich zu erinnern – wie war das plötzlich entstanden? Hatte er etwas Wichtiges versäumt? Einen Ärger gehabt? Etwas Schädliches gegessen? Er riet und suchte, es fiel ihm ein, daß dies störende Gefühl ihn beim Eintritt in die Wohnung, im Vorzimmer, ergriffen hatte. Er lief hinüber, und unwillkürlich suchte sein erster Blick die Tonfigur.

Ein sonderbarer Schreck fuhr ihm über die Haut, als er den Götzen nicht mehr sah. Er war verschwunden. Er fehlte. War er auf seinen kleinen irdenen Beinen fortgegangen? Weggeflogen? Hatte ein Zauber ihn dorthin zurückgerufen, woher er gekommen war?

Friedrich raffte sich zusammen, lächelte, schüttelte verweisend den Kopf über seine Ängstlichkeit. Dann begann er ruhig zu suchen, durchs ganze Zimmer. Als er nichts fand, rief er die Magd. Sie kam, war verlegen und gestand sogleich, das Ding sei ihr beim Aufräumen aus der Hand gefallen.

»Wo ist es?«

Es war nicht mehr da. Es schien so fest, dies kleine Ding,

sie hatte es ja oft in Händen gehabt, und doch war es in lauter kleine Stücke und Splitter zerbrochen, nicht mehr zu heilen; sie hatte die Trümmer dem Glaser gezeigt, der sie auslachte, und sie dann weggeworfen.

Friedrich entließ die Magd. Er lächelte. Er hatte nichts dagegen. Es war bei Gott nicht schade um den Götzen. Und nun war das Scheusal fort, nun würde er Ruhe haben. Hätte er das Ding damals gleich, am ersten Tage, in Stücke gehauen! Was hatte er in all dieser Zeit gelitten! Wie hatte dieser Götze ihn so träge, so fremdartig, so verschlagen, so böse, so teuflisch angelächelt! Nun, da er fort war, konnte er es sich ja gestehen: er hatte ihn gefürchtet, richtig und aufrichtig gefürchtet, diesen Tongott! War er nicht Sinnbild und Zeichen für alles, was ihm, Friedrich, zuwider und unerträglich war, was er als schädlich, feindlich und bekämpfenswert von jeher erkannt hatte, für allen Aberglauben, alle Finsternis, allen Gewissens- und Geisteszwang? Stellte er nicht jene unheimliche Macht dar, welche man unterirdisch zuweilen wühlen fühlte, jenes ferne Erdbeben, jenen nahenden Untergang der Kultur, jenes heraufdrohende Chaos? Hatte ihm diese schnöde Figur nicht den besten Freund geraubt – nein, nicht bloß geraubt – zum Feind gemacht! – Nun, jetzt war das Ding weg. Fort. Zerschmissen. Erledigt. Es war gut so, es war viel besser, als wenn er selbst ihn zerschlagen hätte.

So dachte er, oder sagte, und ging wie sonst seinen Beschäftigungen nach.

Es war aber wie ein Fluch. Jetzt, wo er sich gerade einigermaßen an die lächerliche Figur gewöhnt hatte, wo ihr Anblick am gewohnten Platz auf dem Vorzimmertisch ihm so allmählich ein wenig vertraut und gleichgültig geworden war – jetzt begann ihr Fehlen ihn zu peinigen! Ja, sie fehlte ihm, so oft er durch jenen Raum ging, er sah dort nichts mehr als die leere Stelle, wo sie sonst gestanden hatte, und von dieser Stelle ging Leere aus und füllte das ganze Zimmer mit Fremdheit und Starre.

Schlimme, schlimme Tage und schlimmere Nächte begannen für Friedrich. Durch das Vorzimmer konnte er nicht mehr gehen, ohne an den Götzen mit den zwei Gesichtern zu denken, ohne ihn zu vermissen, ohne seine Gedanken an ihn gebunden zu fühlen. Das wurde ihm zu einem quälenden Zwang. Und längst nicht nur in den Augenblicken, wo er durch jenes Zimmer ging, war er von diesem Zwang besessen, ach nein, so wie von jener Stelle auf dem leer gewordenen Tische Leere und Öde ausstrahlte, so strahlte dieser Gedankenzwang in seinem Innern aus, verdrängte langsam alles andere, fraß um sich und füllte auch hier alles mit Leere und Fremdheit.

Immer wieder stellte er sich jene Figur mit aller Deutlichkeit vor, schon um sich klarzumachen, wie unsinnig es sei, sich um ihren Verlust zu grämen. Er stellte sie sich vor in ihrer ganzen dummen Häßlichkeit und Barbarei, mit ihrem leeren oder auch listigen Lächeln, mit den beiden Gesichtern – ja, es geschah, daß er, wie im Zwang, mit verzerrtem Munde haßvoll jenes Lächeln nachzubilden suchte. Es verfolgte ihn die Frage, ob wirklich beide Gesichter vollkommen einander gleich gewesen seien. Hatte nicht das eine, vielleicht nur durch eine kleine Rauhigkeit oder einen Sprung in der Glasur, einen etwas anderen Ausdruck gehabt? Etwas Fragendes? Etwas von der Sphinx? Und wie unheimlich oder doch seltsam war die Farbe jener Glasur gewesen! Grün, auch Blau, auch Grau, aber auch Rot war darin, eine Glasur, die er nun oft in anderen Gegenständen wiederfand, im Aufglänzen eines Fensters in der Sonne, im Spiegel eines feuchten Straßenpflasters.

An dieser Glasur sann er viel herum, auch des Nachts. Es fiel ihm auch auf, was für ein sonderbares, fremd und ungut klingendes, unvertrautes, fast böses Wort das war: »Glasur!« Er zerlegte das Wort, er spaltete es haßvoll auseinander, und einmal drehte er es auch um. Da hieß es »Rusalg«. Weiß der Teufel, woher dies Wort nun wieder seinen Klang nahm? Er kannte dies Wort »Rusalg«, ganz bestimmt, er kannte es, und zwar war es ein feindliches, ein ungutes, ein Wort mit häßlichen und störenden Nebenbedeutungen. Lange quälte er sich damit, endlich kam er darauf, daß Rusalg ihn an ein Buch erinnerte, das er vor Jahren auf einer Reise gekauft und gelesen hatte, und das ihn entsetzt, gequält und doch heimlich fasziniert, und das »Fürstin Russalka« geheißen hatte. Es war schon wie ein Fluch – alles, was mit der Figur, mit der Glasur, mit dem Blau, mit dem Grün, dem

Lächeln zusammenhing, bedeutete Feindliches, stach, quälte, enthielt Gift! Und wie höchst eigentümlich hatte er damals gelächelt, Erwin, sein einstiger Freund, als er ihm den Götzen in die Hand gegeben hatte! Wie höchst eigentümlich, wie höchst bedeutsam, wie höchst feindlich!

Friedrich wehrte sich mannhaft und an vielen Tagen nicht ohne Erfolg gegen diese Zwangsläufigkeit seiner Gedanken. Er fühlte deutlich die Gefahr – er wollte nicht wahnsinnig werden! Nein, lieber sterben. Vernunft tat not. Leben tat nicht not. Und es fiel ihm ein, daß vielleicht eben dies Magie sei, daß Erwin ihn mit Hilfe dieser Figur irgendwie verzaubert habe, und daß er als Opfer, als Verteidiger der Vernunft und Wissenschaft gegen diese dunklen Mächte, falle. Aber – wenn dies so war, wenn er das auch nur als möglich denken konnte –, dann gab es ja Magie, dann gab es ja Zauber! Nein, lieber sterben!

Ein Arzt empfahl ihm Spaziergänge und Waschungen, auch suchte er zuweilen am Abend Zerstreuung in einem Wirtshause. Es half jedoch wenig. Er fluchte Erwin, er fluchte sich selbst.

Eines Nachts lag er, wie es ihm zu jener Zeit oft geschah, vorzeitig und ängstlich erwacht im Bett, ohne den Schlaf wiederfinden zu können. Er fühlte sich überaus unwohl und beängstigt. Er wollte nachdenken, er wollte Trost suchen, wollte sich selber irgendwelche Sätze zusprechen, gute Sätze, beruhigende, tröstliche, etwas von der aufrichtenden Ruhe und Klarheit wie der Satz »Zweimal zwei ist vier«. Es fiel ihm nichts ein, doch stammelte er, halb irr in seinem Zustande, Töne und Silben vor sich hin, allmählich bildeten sich Worte auf seinen Lippen, und mehrmals sagte er, ohne einen Sinn dabei zu empfinden, denselben kleinen Satz vor sich hin, der da irgendwie in ihm entstanden war. Er lallte ihn vor sich hin, wie um sich an ihm zu betäuben, um sich an ihm wie an einer Brüstung wieder zum verlorenen Schlaf hinüberzutasten, auf dem schmalen, schmalen Weg, neben dem der Abgrund lag.

Aber plötzlich, indem er etwas lauter sprach, drangen die gelallten Worte in sein Bewußtsein. Er kannte sie. Sie lauteten: »Ja, jetzt bist du in mir drin!« Und blitzschnell wußte er. Er wußte, was das bedeutete, daß es dem tönernen Götzen gelte, und daß er nun, in dieser grauen Nachtstunde, genau und pünktlich das erfüllt habe, was Erwin ihm an jenem unheimlichen Tage vorausgesagt hatte: daß jetzt diese Figur, die er damals verächtlich in den Fingern gehalten hatte, nicht mehr außer ihm, sondern in ihm innen war! »Denn was außen ist, ist innen.«

Mit einem Satze aufspringend, fühlte er sich von Eis und Feuer durchströmt. Die Welt drehte sich rund um ihn, wahnsinnig starrten die Planeten ihn an. Er riß Kleider an sich, machte Licht, verließ Bett und Haus und lief mitten in aller Nacht zum Hause Erwins. Da sah er Licht brennen hinterm wohlbekannten Studierzimmerfenster, die Haustür unverschlossen, alles schien ihn zu erwarten. Er stürzte die Treppe hinan. Er trat flackernd in Erwins Studierzimmer, stützte zitternde Hände auf seinen Tisch. Erwin saß bei der Lampe im milden Licht, nachdenkend, lächelnd.

Freundlich erhob sich Erwin. »Du bist gekommen. Das ist gut.«

»Hast du mich erwartet?« flüsterte Friedrich.

»Ich habe dich erwartet, wie du ja weißt, seit jener Stunde, wo du von hier fortgingst und meine kleine Gabe mit dir nahmst. Ist das geschehen, was ich damals sagte?«

Friedrich sagte mit leiser Stimme: »Es ist geschehen. Das Götzenbild ist jetzt in mir innen. Ich ertrage es nicht länger.«

»Kann ich dir helfen?« fragte Erwin.

»Ich weiß nicht. Tu, wie du willst. Sage mir mehr von deiner Magie! Sage mir, du, wie der Götze wieder aus mir herauskommen kann.«

Erwin legte seinem Freunde die Hand auf die Schulter. Er führte ihn zu einem Lehnstuhl, in den er ihn drückte.

Dann sprach er herzlich zu Friedrich, mit Lächeln und mit einer beinahe mütterlichen Stimme:

»Der Götze wird wieder aus dir herauskommen. Vertraue mir. Vertraue dir selbst. Du hast an ihn glauben gelernt. Jetzt lerne: ihn lieben! Er ist in dir innen, aber er ist noch tot, er ist noch ein Gespenst für dich. Erwecke ihn, sprich mit ihm, frage ihn! Er ist ja du selbst! Hasse ihn nicht mehr, fürchte ihn nicht, quäle ihn nicht – wie hast du diesen armen Götzen gequält, der doch du selber warst! Wie hast du dich selber gequält!«

»Ist dies der Weg zur Magie?« fragte Friedrich. Er saß tief in den Sessel versunken, wie gealtert, seine Stimme war sanft.

Erwin sprach: »Dies ist der Weg, und den schwersten Schritt hast du vielleicht schon getan. Du hast erlebt: Außen kann zu Innen werden. Du bist jenseits der Gegensatzpaare gewesen. Es schien dir eine Hölle: lerne, Freund, daß sie Himmel ist! Denn es ist der Himmel, was dir bevorsteht. Siehe, das ist Magie: Außen und Innen vertauschen, nicht aus Zwang, nicht leidend, wie du es getan hast, sondern frei, wollend. Rufe Vergangenheit, rufe Zukunft herbei: beide sind in dir! Du bist bis heute der Sklave deines Innern gewesen. Lerne sein Herr sein. Dies ist Magie.«

(1919)

Das schreibende Glas

Mit Balmelli und Emmy stieg ich durch den steilen Wald nach dem Bergdorf, wo meine Freunde wohnen. Am glühenden Hang pflückten wir warme glänzende Brombeeren, aßen Brot, saßen im spärlichen dürren Gras unterm Waldschatten, tranken Wasser am kleinen steinernen Brunnen, stiegen weiter durch verwachsene Fußwege und leergetrocknete Bachläufe. Müde kamen wir auf der kühlern Höhe an, es ging Wind, und Regentropfen wehten schräg. Im Haus der Freunde waren nur die Frauen da, der Vater verreist. Wir ruhten und wurden gespeist, es gab Wein, Kaffee, Zigaretten.

So hatte ich nun Balmellis mit Frau Lisa zusammengebracht, wie sie es sich gewünscht hatte. Stets ein wunderlicher Augenblick, wenn zwei uns nahestehende, unter sich fremde Lebenskreise und Freundesgruppen sich berühren. Selten werden Erwartungen erfüllt, noch seltener wird uns der holde Trost, unsere »Persönlichkeit« bestätigt und aufs neue als Einheit sehen zu dürfen: meistens erscheint in diesen Lagen das Ich lediglich als leichtes Zelt, als vergänglicher Schnittpunkt vieler Beziehungen, ohne Dauer, ohne An-Sich, ohne Eigenwert. Heut und hier indessen war es hübsch, Frau Lisa befreundete sich sichtlich mit Emmy, die ihr so nahe verwandt und doch ihr Gegenpol im Leben ist. Balmelli, wie immer aufgeschlossen, rücksichtsvoll, ritterlich, vortrefflicher Zuhörer, war bald mit Rebekka und Maria im Gespräch. Es ging gut. Es war geglückt. Und ich wunderte mich wieder, wieviel Glück ich seit Jahren, seit dem Beginn meiner Schicksalsjahre habe, wie wenig kleines Malheur mir passiert, wie viel freundliche kleine Erfüllungen und Erleichterungen es für mich gibt, während das Ganze so dunkel und tödlich ist.

Wir hatten geruht und gegessen, nun wollten wir »eigentlich« in den Garten gehen. Man tut ja aber niemals das, was man eigentlich wollte, und so taten auch wir es nicht, sondern sprachen nur davon, blieben aber im Hause, tippten am Klavier, betrachteten den alten Kamin und die Barockportale, sprachen dies und das, sahen unten auf der Schattenseite der Piazza schöne Mädchen und viele kleine Kinder stehen und wandeln, fremd und ernsthaft. Wo, dachte ich, wo war nun Leben, wo war Wirklichkeit? War sie bei jenen schönen stillen Puppen drüben, die ihren Gang gingen und in eine Folge immer gleicher, gesicherter Tage hineinlebten? War sie bei Balmellis, in der glühenden Stille geistiger Arbeit und geistlicher Weihe? War sie bei mir, in dem fernen, unterirdischen Schicksalsdonner, der mich nun schon so lange umtönte, in dem bangen heißen Warten vor dem Vorhange, der noch immer nicht aufging? Sie war nirgends, auch nicht bei Frau Lisa, auch nicht bei der schönen Rebekka. Wirklichkeit ist ein Blitz, der in jedem Steine gefangen zuckt. Weckst du ihn nicht, so bleibt der Stein ein Stein, die Stadt eine Stadt, die Schönheit schön, die Langeweile langweilig, und alles schläft den Traum der Dinge, bis du, aus deinen hochgespannten Strömen her, sie mit dem Gewitter »Wirklichkeit« überflutest.

Man sprach auch von spiritistischen Techniken, von Kristallsehen, von Psychographie. Frau Lisa erzählte von einer sehr einfachen Methode magnetischen Schreibens, dem Tischrükken ähnlich. Wir wurden lebhafter, wir beschlossen, diese Methode zu versuchen. Sie wurde, ebenso wie das Tischrücken, als eine Art Gesellschaftsspiel geübt, man konnte sich Fragen beantworten lassen, konnte Urteile über Personen verlangen, auch Aufsätze oder Gedichte machen. Dies wollten wir also nun versuchen.

Es wurde ein großes Blatt Papier auf den Tisch gelegt, ein weiter Kreis darauf gezeichnet, rund um den Kreis die Buchstaben des Alphabets geschrieben. Um Raum zu gewinnen, ließen wir zwei oder drei entbehrlich scheinende Buchstaben weg, darunter das Ypsilon. In den Kreis wurde ein Wasserglas gesetzt, umgedreht, den Boden nach oben. Auf den Boden dieses Glases mußten die Mitspieler je einen oder zwei Finger lose auflegen. Vom Vibrieren der Fingerspitzen sollte dann das Glas sich in Bewegung setzen. Jeder Buchstabe, den es berührte, sollte notiert werden.

Wir begannen, Neulinge und ungeschickt, indem wir alle unsre Finger an das Glas legten. Eine Weile blieb es regungslos stehen, dann begann es sich zu rühren, zuckte taumelnd dahin und dorthin, stockte, stand, sprang aufs neue.

Die Buchstaben aber, die das Glas bezeichnete, gaben keinen Sinn. Das einzige erkennbare Wort, das herauskam, war »Rhythmus«, aber statt des Ypsilon standen ein *I* und ein *E*, als wolle das Glas uns wegen der weggelassenen Zeichen höhnen oder mahnen.

Ich habe alle solche Spielereien stets gemieden und mich oft über sie lustig gemacht. Die heutige war mir willkommen. Sie schien mir geeignet, um sechs Menschen, die sich zum Teil noch kaum kannten, in einer gemeinsamen Stimmung zu einigen. Auch war ich, weil unter diesen mir befreundeten Menschen alle ernst zu nehmen und weder Betrug noch Leichtfertigkeit zu befürchten waren, neugierig auf die Ergebnisse. Auch war ich sehr schweren Herzens, Schicksal lauerte auf mich, schwül lag mein Lebenssommer über verbrannten Fluren, hinter jeder Nähe grollte der stille wartende Donner. In der Beklemmnis und tiefen Bangigkeit einer schicksalvollen Zeit war ich durchaus geneigt, auf jede magische Stimme zu hören. Daß ich keine andere Geistesstimme zu hören bekommen würde als zurückkehrende Klänge meines eigenen Innern, wußte ich natürlich wohl.

Von uns Sechsen nahmen nur fünf an dem Spiele teil; Frau Maria war müde und lag nebenan auf dem Diwan. Von uns fünf Mitspielenden, drei Frauen und zwei Männern, machten drei (Balmelli, Emmy und ich) das Spiel zum erstenmal, nur Frau Lisa und Rebekka kannten es schon. Am besten gelangen die Versuche, wenn die drei Frauen allein sie machten, doch ging es kaum weniger leicht, wenn auch nur zwei von ihnen spielten. Wir Männer hemmten; es brauchte nur einer von uns mitzutun, so blieb das Glas entweder stehen oder zuckte ängstlich und sinnlos hin und wider. Emmy, entsprechend meinen Erwartungen, zeigte sich als ein höchst sensibles Medium; das Glas kaum berührend, fühlte sie jede Schwingung, Bewegung und Hemmung heftig mit und war glücklich und begeistert. Rebekka war die einzige, welche ich zu Zeiten in Verdacht hatte, das Glas unbewußt zu schieben, jedoch nur in Augenblicken, wo allen der Buchstabe bekannt war, der jetzt kommen mußte. Daß Frau Lisa die stärkste Kraft besitze und daß ihre Sinnesart auch die Antworten des Orakels färbe, schien uns allen gewiß. Doch saß sie nicht immer mit am Glas; ihre Seele schwang mit, auch wenn ihre Finger das Glas nicht berührten.

Im Anfang also kam nichts zustande, außer jenem »Rietmus«. Aber schon nach wenigen Versuchen lief das Glas, oft so rasch, daß das Nachschreiben Mühe machte. Nach den ersten Mißerfolgen schlug ich vor, dem Glas die Frage zu stellen, warum es nicht spreche. Jetzt kamen die ersten deutlichen und fehlerlosen Worte »Keine Frage.« Ich deutete es so, daß das Glas nicht sprechen könne, wenn man ihm nicht Fragen vorlege.

Heimlich für mich dachte ich nun, daß ich die Frage wohl wüßte, die ich dem Orakel am liebsten stellen möchte, äußerte aber nichts davon. Gleichzeitig spielten die andern weiter, und das Glas schrieb das Wort: »Lebensfrage.«

Wieder kamen schlechte Resultate, teils sinnlose Buchstabenreihen, teils banal ausgedrückte Allgemeinheiten, wie: »Männer sind schwer verständlich.«

Ich hatte jedoch gespürt, daß das Glas meinen stillen Fragen nicht verschlossen war. Oft schien es mir Antworten zu schreiben, die mein eigenes Ahnungsvermögen diktierte, obwohl es stets andere Worte wählte, als ich getan hätte. Über mich und die Personen, die mir am nächsten standen, sagte das Glas stets in einem Sinne aus, der mir bedeutsam, ermunternd, warnend, stets aber wohlwollend schien. Ich selbst spielte nur ganz wenige Male am Glase mit, und immer gab es dann Störungen.

Ich bekam, während ich heimlich mein schon vorgeschrittenes Alter mit dem der beiden jungen Frauen verglich, vom Orakel den Spruch: »Jung sein und alt sein ist gut, schön sein ist gut, gut sein ist das beste.«

Balmelli, welcher zurzeit mit einer großen wissenschaftlichen Arbeit kämpft, stellte die Frage, wann diese fertig werden würde. Er war erstaunt und betroffen, als das Glas die Antwort gab: »Wenn du weißt, was du willst.« Auf die Frage, welches die schlechteste Tat seines Lebens gewesen sei, erhielt er die Antwort: »Rückwärts gegangen.«

Bei dieser selben Frage, die wir für uns alle stellten, war mir bange. Ich dachte an eine Tat, vielmehr an ein Versäumnis, das mich aus der Vergangenheit her zuweilen quälend ansieht, und ich erwartete, diese Wunde berührt zu sehen. Im Augenblick, wo die Antwort bevorstand, war ich bereit, mit der Faust nach dem Glase zu schlagen, falls es mich verraten würde. Aber es war mir nicht gegeben, Gläser zu zerschlagen und Wirklichkeit zu schaffen, der Bann ging weiter, unter dem ich lebte. Und das Orakel gab mir eine ausweichende und schonende Antwort mit dem Spruch: »Verstehst du Wahrheit, so verstehst du dich, traust du dir, so traust du andern.« Die Schlußworte konnte ich wieder auf meine »Lebensfrage« beziehen.

Eigentümlich schelmisch-hübsch beantwortete das Glas die Frage nach dem getanen Bösen für Rebekka, die Jüngste von uns, das hübsche Kind. Sie bekam den Trost: »Zwergengleich ist deine Sünde.« Ausdrücke wie dies »zwergengleich« waren mir besonders merkwürdig, da keiner von uns sie im bewußten Reden und Schreiben gebraucht hätte.

Schön waren die Antworten auf unsere Frage: »Welches ist meine beste Tugend?« Sie waren alle schlagend deutlich und wahr, nur ich bekam die vertröstende Auskunft: »Noch in der Knospe.« Dagegen hieß die Antwort für Rebekka »Schicksalsglaube«, für Emmy »Begeisterung«, für Balmelli »Rücksicht« und für Frau Maria »Dienen andren«.

Balmelli stellte noch eine verschwiegene Frage und bekam die Antwort: »Dein Weg war falsch.« Auch Frau Maria tat noch eine Frage, und ihr wurde der Bescheid: »Du warst nicht du, du warst niemand.« Und sie sagte still: »Das ist es, damit ist alles gesagt«, und mir schien, als sei auch ihr Irrsal und Schatten über alle Wirklichkeit gefallen.

Es war schon nahezu Nacht geworden, als wir nun doch noch in den Garten gingen. Bald kamen schon die ersten Sterne aus der Dämmerung, und bald war es dunkel geworden, wir saßen in einer Laube hoch überm nächtigen Seetal, alle etwas nachdenklich, alle etwas ermüdet. Eine Weile war alles still, niemand sagte ein Wort. Da fing Rebekka mit hoher Stimme zu singen an.

(1922)

Tragisch

Als dem Chefredakteur gemeldet wurde, der Setzer Johannes warte seit einer Stunde im Vorzimmer und lasse sich durchaus nicht abweisen oder auf ein anderes Mal vertrösten, nickte er mit einem etwas melancholischen und ergebenen Lächeln und drehte sich auf seinem runden Bureaustuhl dem leise Eintretenden entgegen. Er wußte im voraus, welcherlei Anliegen den treuen weißbärtigen Schriftsetzer zu ihm führte, wußte, daß dies Anliegen eine hoffnungslose, ebenso sentimentale wie langweilige Sache sei, daß er dieses Mannes Wünsche nicht erfüllen und ihm keinen andern Gefallen erweisen könne als den, ihn mit artiger Miene anzuhören, und da der Bittsteller, ein seit vielen Jahren bei der Zeitung arbeitender Schriftsetzer, nicht nur ein sympathischer und achtungswerter Mensch, sondern auch ein Mann von Bildung war, nämlich ein in der vormodernen Periode sehr geschätzter, beinahe berühmter Schriftsteller, empfand der Redakteur bei seinen Besuchen, welche erfahrungsgemäß ein- bis zweimal im Jahre erfolgten und stets dieselbe Ansicht und denselben Erfolg, vielmehr Mißerfolg hatten, ein Gefühl, aus Mitleid und Verlegenheit gemischt, das sich bis zu starkem Unbehagen steigerte, als nun der Gemeldete leise eintrat und mit behutsamer Höflichkeit völlig geräuschlos die Türe hinter sich schloß.

»Setzen Sie sich, Johannes«, sagte der Chefredakteur in ermunterndem Tone (beinahe demselben Ton, den er vor Zeiten als Feuilletonredakteur gegen die jungen Literaten angewandt hatte und heut jungen Politikern gegenüber verwendete). »Wie geht es denn? Haben Sie etwas zu klagen?«

Johannes blickte ihn aus den von ungeheuer vielen winzigen Hautfalten umgebenen Augen, Kinderaugen im Gesichte eines Greises, schüchtern und traurig an.

»Es ist stets dasselbe«, sagte er mit einer trauernd sanften Stimme. »Und es wird immer schlimmer, es geht rasch dem völligen Untergang entgegen. Ich habe neuerdings furchtbare Symptome festgestellt. Was vor zehn Jahren noch selbst dem Durchschnittsleser die Haare gesträubt hätte, das wird heute nicht bloß vom Leser willig hingenommen, in den vermischten Nachrichten und im Sportbericht, vom Inserat gar nicht zu reden – nein, selbst im Feuilleton, selbst im Leitartikel ist es eingerissen, auch bei guten, geschätzten Literaten sind heute diese Fehler, diese Ungeheuerlichkeiten und Entartungserscheinungen etwas Selbstverständliches, sind die Regel geworden. Auch bei Ihnen, Herr Chefredakteur, verzeihen Sie, auch bei Ihnen! Ich will ja längst nichts mehr darüber sagen, daß unsere Schriftsprache nur noch ein Bettlerjargon ist, verarmt und verlaust, daß alle schönen, reichen, seltenen, hochkultivierten Formen verschwunden sind, daß ich seit Jahren in keinem Leitartikel mehr ein Futurum exaktum, geschweige denn einen reichen, vollatmigen, edel gebauten, elastisch schreitenden Satz, eine gediegene, ihrer Struktur bewußte, schön ansteigende, anmutig abklingende Periode mehr angetroffen habe. Ich weiß, dies ist dahin. Wie sie auf Borneo und all jenen Inseln den Paradiesvogel, den Elefanten, den Königstiger ausgerottet haben, so haben sie all die holden Sätze, all die Inversionen, all die zarten Spiele und Schattierungen unserer lieben Sprache vernichtet und ausgerissen. Ich weiß, da ist nichts mehr zu retten. Aber die direkten Fehler, die stehengebliebenen krassen Flüchtigkeiten, die völlige Gleichgültigkeit auch den Grundregeln der grammatischen Logik gegenüber! Ach, Herr Doktor, da fängt man einen Satz, aus alter Gewohnheit, mit ›Obschon‹ oder mit ›Einerseits‹ an, und vergißt, nach kaum zwei Zeilen, die doch gewiß nicht komplizierten Verpflichtungen, die man sich mit diesem Satzanfang auferlegt hat, man unterschlägt den Nachsatz, biegt in eine andre Konstruktion ein, und es sind noch die Besten, die den Skandal wenigstens hinter einen Gedankenstrich zu verbergen, ihn durch die Kulisse einer kleinen Punktreihe abzudämpfen suchen. Sie wissen, Herr Chefredakteur, auch zu Ihrem Rüstzeug gehört dieser Gedankenstrich. Er war mir einst, vor Jahren, fatal, er war mir verhaßt, aber es ist dahin gekommen, daß ich ihn heute mit Rührung begrüße, wenn er sich einmal zeigt, daß ich Ihnen für jeden solchen Gedankenstrich tief dankbar bin, denn er ist immerhin ein Rest des Ehemals, er ist ein Zeichen von Kultur, von schlechtem Gewissen, er ist ein abgekürztes, chiffriertes Bekenntnis des Schreibenden, daß er sich einer gewissen Verpflichtung gegen die Gesetze der Sprache bewußt ist, daß er es gewissermaßen bereut und bedauert, wenn er, von beklagenswerten Notwendigkeiten gezwungen, allzuoft sich am heiligen Geist der Sprache versündigen muß.«

Der Redakteur, welcher während dieser Rede mit geschlossenen Augen an den Kalkulationen weitergerechnet hatte, in denen ihn der Besuch unterbrach, öffnete langsam seine Augen, ließ sie heiter auf Johannes ruhen, lächelte mit Wohlwollen und sagte langsam, begütigend, dem Alten zuliebe um anständige Formulierung sichtlich bemüht:

»Sehen Sie, Johannes, Sie haben vollkommen recht, ich habe Ihnen dies schon früher stets gerne zugegeben. Sie haben recht: jene Sprache der älteren Zeit, jene kultivierte, schön gepflegte Sprache, die vor zwei, drei Jahrzehnten noch von zahlreichen Autoren wenigstens annähernd gekannt war und gekonnt wurde, diese Sprache ist untergegangen. Sie ging unter, wie die Bauten der Ägypter und die Systeme der Gnostiker untergegangen sind, wie Athen und Byzanz untergehen mußten. Das ist traurig, lieber Freund, es ist tragisch – (bei diesem Wort zuckte der Setzer zusammen und öffnete die Lippen wie zu einem Ausruf, bezwang sich jedoch und sank ergeben in seine vorherige Haltung zurück) –, aber es ist unsre Bestimmung und muß unser Streben sein, nicht wahr, das Notwendige, das schicksalhaft sich Vollziehende hinzunehmen, sei es noch so traurig. Wie ich Ihnen ja auch früher schon sagte: es ist schön, dem Gewesenen eine gewisse Treue zu bewahren, und in Ihrem Falle kann ich diese Treue nicht nur verstehen, sondern muß sie bewundern. Aber das Festhalten an Dingen und Zuständen, welche nun einmal dem Untergang geweiht sind, muß seine Grenzen haben; das Leben selbst steckt uns diese Grenzen, und wenn wir darüber hinausgehen, wenn wir allzu zäh am Alten hängen, geraten wir eben in Widerspruch mit dem Leben, das stärker ist als wir. Ich verstehe Sie sehr gut, glauben Sie mir das. Sie, der als ein ausgezeichneter Beherrscher jener Sprache, jener ererbten schönen Tradition bekannt sind, Sie, der einstige Dichter, müssen natürlich mehr als andre unter dem Verfalls- oder Übergangszustande leiden, in dem unsere Sprache, unsere ganze ehemalige Kultur sich befindet. Daß Sie als Setzer diesen Verfall täglich mitansehen, ja an ihm teilnehmen und gewissermaßen mitarbeiten müssen, hat etwas Bitteres, etwas von Trag ... – (bei diesen Worten zuckte Johannes wieder zusammen, so daß der Redakteur unwillkürlich ein andres Wort suchte) – hat etwas von Schicksalsironie. Aber so wenig wie Sie selbst, so wenig kann ich oder irgendein andrer da helfen. Wir müssen die Dinge gehen lassen und uns fügen.«

Der Redakteur betrachtete das ebenso kindliche wie sorgenvolle Gesicht des alten Setzers mit Sympathie. Es war zuzugeben, diese allmählich aussterbenden Vertreter der alten Welt, der vormodernen, sogenannten »sentimentalen« Epoche hatten etwas für sich, sie waren angenehme Menschen, trotz ihren Wehleidigkeiten. Mit gütigem Tone fuhr er fort:

»Sie wissen, vor etwa zwanzig Jahren, lieber Freund, wurden in unserem Lande die letzten Dichtungen gedruckt, teils noch in Form von Büchern, was freilich damals schon sehr selten geworden war, teils in den Feuilletons der Zeitungen. Dann kam, eigentlich ganz plötzlich, über uns alle die Einsicht, daß mit diesen Dichtungen etwas nicht stimme, daß sie entbehrlich, daß sie eigentlich töricht seien. Wir merkten damals etwas, es wurde uns etwas bewußt, was im stillen sich längst vollzogen hatte und nun plötzlich als erkannte Tatsache vor uns stand: daß die Zeit der Kunst vorüber, daß Kunst und Dichtung in unsrer Welt abgestorben waren, und daß es besser sei, sie ganz zu verabschieden, als sie, tot wie sie doch waren, weiter mit uns zu schleppen. Für uns alle, auch für mich, war dies damals eine recht bittere Erkenntnis. Und doch haben wir recht daran getan, ihr nachzuleben. Wer Goethe oder so etwas lesen will, kann es tun wie zuvor, ihm geht nichts dadurch verloren, daß nicht mehr Tag für Tag ein Berg von neuer, schwächlicher, entnervter Dichtungen nachwächst. Wir haben uns alle damit abgefunden. Auch Sie taten es, Johannes, als Sie damals Ihren poetischen Beruf niederlegten und sich eine schlichte Brotarbeit suchten. Und wenn Sie nun heute in Ihrem Alter allzusehr darunter leiden, daß Sie als Setzer so oft in Konflikt mit der Ihnen heilig gebliebenen Tradition und Kultur der Sprache geraten, dann, lieber Freund, mache ich Ihnen den Vorschlag: Geben Sie diese mühsame und wenig dankbare Arbeit auf! – Warten Sie noch, lassen Sie mich reden! Sie fürchten, Ihr Brot zu verlieren? Aber nein, da müßten wir ja Barbaren sein!

Nein, von Hunger keine Rede. Sie sind altersversichert, und darüber hinaus wird unsere Firma – ich gebe Ihnen mein Wort – Ihnen lebenslang eine Pension gewähren, so daß Sie stets desselben Einkommens sicher sein können, das Sie zur Zeit haben.« Er war mit sich zufrieden. Diese Lösung, mit der Pensionierung, war ihm erst während des Sprechens eingefallen.

»Nun, was sagen Sie dazu?« fragte er lächelnd.

Johannes konnte nicht sogleich antworten. Bei den letzten Worten des gütigen Herrn hatte sein altes Kindergesicht den Ausdruck furchtbarer Angst angenommen, die welken Lippen waren ganz erbleicht, die Augen schauten starr und ratlos. Nur langsam fand er die Fassung wieder. Enttäuscht betrachtete ihn der Chef. Und so fing der Alte an zu reden, redete sehr leise, aber mit ungeheurer angstvoller Dringlichkeit, leidenschaftlich bemüht, seine Sache zum richtigen, überzeugenden, unwiderstehlichen Ausdruck zu bringen. Kleine rote Flecken kamen und vergingen auf Stirn und Wangen, flehentlich bat Auge und schräge Kopfhaltung um Gehör, um Gnade, der faltige dürre Hals wand sich lang, bittstellend, sehnlich aus dem weiten Hemdkragen. Johannes sprach:

»Herr Chefredakteur, verzeihen Sie doch bitte, daß ich Sie belästigt habe! Ich will es nicht wieder tun, nie wieder. Es geschah ja um einer guten Sache willen, aber ich begreife, daß ich Ihnen damit lästig werde. Ich begreife auch, daß Sie mir nicht helfen können, daß das Rad über uns alle weggeht. Aber um Gottes willen, nehmen Sie mir meine Arbeit nicht! Sie beruhigen mich darüber, daß ich nicht zu hungern brauche – aber das habe ich nie gefürchtet! Ich will auch gerne für geringeren Lohn arbeiten, meine Arbeitskraft ist ja wohl nicht mehr groß. Aber lassen Sie mir meine Arbeit, lassen Sie mir meinen Dienst, sonst töten Sie mich!« Und ganz leise, mit glühenden Augen, heiser und angespannt fuhr er fort: »Ich habe ja nichts als diesen Dienst, er ist ja das einzige, wofür ich gerne lebe! Ach, Herr Doktor, wie konnten Sie mir diesen furchtbaren Vorschlag machen, Sie, der einzige, der mich noch kennt, der noch weiß, wer ich einst war!«

Der Redakteur suchte die beängstigende Erregung des Mannes zu beruhigen, indem er ihm mehrmals unter wohlwollendem Brummen auf die Schultern klopfte. Nicht beruhigt, jedoch das Wohlwollen des andern und seine Teilnahme spürend, begann Johannes nach kurzer Pause wieder zu sprechen:

»Herr Chefredakteur, ich weiß, daß Sie einst, in Ihrer ersten Jugendzeit, Bücher von Nietzsche gelesen haben. Nun, auch ich habe ihn gelesen. Mit siebzehn Jahren, eines Abends in meiner lieben Schülerdachstube, kam ich beim Lesen des Zarathustra an jene Seiten, auf denen das Nachtlied steht. Nie, in diesen fast sechzig Jahren, habe ich jene Stunde vergessen, da ich zum ersten Male die Worte las: Nacht ist es, nun reden lauter alle springenden Brunnen –! Denn in jener Stunde war es, wo mein Leben seinen Sinn bekam, wo ich den Dienst begann, in dem ich noch heute stehe, in jener Stunde ging mir wie in einem Blitzstrahl das Wunder der Sprache auf, der unsägliche Zauber des Wortes; geblendet sah ich in ein unsterbliches Auge, fühlte eine göttliche Gegenwart, und ergab mich in sie als in mein Schicksal, meine Liebe, mein Glück und Verhängnis. Andere Dichter las ich dann, fand noch edlere, noch heiligere Worte als jenes Nachtlied, fand, vom Magnet gezogen, unsere großen Dichter, die niemand mehr kennt, fand den traumsüßen, traumschweren Novalis, dessen magische Worte alle wie nach Wein und wie nach Blut schmecken, und den feurigen jungen Goethe, und den alten mit dem geheimnisvollen Lächeln, ich fand den dunkelhastigen, schwer atmenden Kleist, den trunkenen Brentano, den raschen, zuckenden Hoffmann, den holden Mörike, den langsamen sorgfältigen Stifter, und alle, alle die Herrlichen: Jean Paul! Arnim! Büchner! Eichendorff! Heine! An sie hielt ich mich, ihr kleinerer Bruder zu sein wurde mein Verlangen, ihre Sprache zu schlürfen mein Sakrament, der hohe heilige Wald dieser Dichtung ward mein Tempel. In ihrer Welt habe ich gelebt, hielt mich eine Zeitlang beinahe für ihresgleichen, kannte tief die wunderbare Wollust, im geschmeidigen Stoff der Worte zu wühlen wie Wind im zärtlichen Sommerlaub, die Worte klingen zu machen, tanzen zu machen, sie knistern, schauern, knallen, singen, schreien, frieren, zittern, zucken, erstarren zu machen. Es fanden sich Menschen, die in mir einen Dichter erkannten, in deren Herzen meine Melodien wie in Harfen wohnten. Nun, genug davon, genug. Es kam jene Zeit, von der auch Sie vorher zu sprechen beliebten, jene Zeit, wo sich unser ganzes Geschlecht von der Dichtung abwandte, wo wir alle wie in einem herbstlichen Schauder spürten: Nun sind die Tempeltüren zugeschlagen, nun ist es Abend, und die heiligen Wälder der Dichtung sind verdunkelt, kein Heutiger mehr findet die Zauberpfade ins göttliche Innere. Still wurde es, still verloren wir Dichter uns in das ernüchterte Land, dem der große Pan gestorben war.«

Der Redakteur reckte seine Schultern in einem Gefühl tiefen Unbehagens, in einem zwiespältigen, quälenden Gefühl. Wohin verlor sich dieser arme alte Mann?! Er warf ihm einen heimlichen Blick zu, in dem geschrieben stand: »Nun ja, laß schon gut sein, wir wissen ja!« Aber Johannes war noch nicht am Ende.

»Damals«, fuhr er fort, leise und angestrengt zu reden, »damals nahm auch ich Abschied von der Dichtung, deren Herz nicht mehr schlug. Eine Weile lebte ich gelähmt und gedankenlos dahin, bis mich die Verringerung und endlich das Ausbleiben der gewohnten Einkünfte aus meinen Schriften zwang, mir ein anderes Brot zu suchen. Ich wurde Setzer, weil ich zufällig diese Arbeit einst als Volontär bei einem Verleger gelernt hatte. Und ich habe es nicht bereut, wenn auch das Handwerk mir in den ersten Jahren recht bitter schmeckte. Aber ich fand in ihm das, was ich brauchte, was jeder Mensch braucht, um leben zu können: eine Aufgabe, einen Sinn meines Daseins. Verehrter Herr, auch ein Setzer dient im Tempel der Sprache, auch sein Handwerk gehört zum Dienst am Worte. Ich darf es Ihnen heute, wo ich ein alter Mann bin, gestehen: ich habe in Leitartikeln, in Feuilletons, in Parlamentsberichten, im Gerichtssaal, im Lokalen und in den Inseraten durch alle die Jahre viele Tausende und Zehntausende von Sprachsünden stillschweigend verbessert, viele Tausende von schlechtgebauten Sätzen eingerenkt und auf die Füße gestellt. O welche Freude mir das machte! Wie schön war es, wenn aus dem hingeschleuderten Diktat eines überanstrengten Redakteurs, aus dem verstümmelten Zitat eines halbgebildeten Parlamentsredners, aus der deformierten, paralytischen Syntax eines Reporters mich, nach wenigen magischen Strichen und Eingriffen, die holde Sprache wieder mit unverstellten, gesunden Zügen ansah! Aber mit der Zeit wurde dies immer schwieriger, der Unterschied zwischen meiner und der modischen Schriftsprache immer größer, die Risse im Bau immer breiter. Ein Leitartikel, den ich vor zwanzig Jahren durch zehn, zwölf kleine Liebesdienste leidlich heilen konnte, würde heute hundert und tausend Korrekturen erfordern, um in meinem Sinne leserlich zu werden. Es ging nicht mehr, immer häufiger mußte ich resignieren. Nun ja, Sie sehen, auch ich bin nicht völlig starr und reaktionär, auch ich lernte, leider, Konzessionen zu machen, dem großen Übel nicht mehr zu widerstehen.

Aber nun ist noch das andere da, das, was ich früher meinen ›kleinen‹ Dienst nannte und was längst mein einziger geworden ist. Vergleichen Sie, Herr Doktor, einmal eine von mir gesetzte Spalte mit einer beliebigen andern Zeitung, so wird Ihnen der Unterschied in die Augen springen. Die heutigen Setzer, alle ohne Ausnahme, haben sich längst der Sprachverderbnis angepaßt, ja unterstützen und beschleunigen sie geradezu. Kaum einer weiß mehr, daß es ein zartes und inniges Gesetz gibt, ein ungeschriebenes künstlerisches Gesetz, nach welchem hier ein Komma, hier ein Doppelpunkt, hier ein Semikolon stehen muß. Und wie scheußlich, wie geradezu mörderisch werden, schon in den maschinengeschriebenen Manuskripten, und dann von den Setzern, jene Wörter behandelt, welche am Schluß einer Zeile stehen und das unverschuldete Unglück haben, zu lang zu sein, und in zwei Teile zerlegt werden müssen! Es ist grauenvoll. In unserer eigenen Zeitung habe ich, mit den Jahren stets zunehmend, Hunderttausende von solchen armen Wörtern, erwürgten, falsch geteilten, zerfetzten und geschändeten Wörtern antreffen müssen: Umst-ände – Betra-chtungen, ja einmal gab es einen Schlup-fwinkel! Hier nun ist mein Feld, hier kann ich auch heute noch den täglichen Kampf kämpfen, im Kleinen das Gute tun. Und Sie wissen nicht, Sie ahnen nicht, Herr, wie schön das ist, wie gut, wie dankbar ein von der Folterbank erlöstes Wort, ein durch richtige Interpunktion geklärter Satz den Setzer anblickt! Nein, bitte verlangen Sie nie wieder von mir, daß ich dies alles wegwerfe und im Stich lasse!«

Der Redakteur, obwohl er Johannes seit Jahrzehnten kannte, hatte ihn doch noch niemals so lebhaft und persönlich sprechen hören, und während er sich innerlich gegen das Närrische und Übertriebene dieser Rede wehrte und kalt machte, empfand er doch auch einen kleinen, geheimen Wert in diesem Bekenntnis. Auch entging ihm nicht, wie hoch immerhin bei einem Setzer eine so zarte Gewissenhaftigkeit und Arbeitsfreude zu schätzen sei. Von neuem füllte er sein kluges Gesicht ganz mit Freundlichkeit und sagte:

»Nun ja, Johannes, Sie haben mich ja längst überzeugt. Unter diesen Umständen nehme ich meinen Vorschlag – er war ja gut gemeint – natürlich zurück. Setzen Sie weiter, bleiben Sie in Ihrem Dienst! Und wenn ich Ihnen etwa sonst irgendeinen kleinen Gefallen erweisen kann, so sagen Sie es mir.« – Er erhob sich und streckte dem Setzer die Hand hin, überzeugt, daß dieser nun endlich gehen werde.

Aber Johannes, die dargebotene Hand mit Innigkeit ergreifend, schloß sein Herz aufs neue auf, indem er sagte: »Danke von Herzen, Herr Chefredakteur, wie gütig sind Sie! Ach, allerdings hätte ich eine Bitte, eine kleine Bitte. Wenn Sie mir da ein wenig helfen möchten!«

Ohne wieder Platz zu nehmen, forderte der Redakteur ihn durch einen etwas ungeduldigen Blick zu Sprechen auf.

»Es handelt sich«, sagte Johannes, »es handelt sich wieder um ›tragisch‹, Herr Doktor, Sie wissen ja, wir sprachen früher mehrmals darüber. Sie kennen ja die Unsitte der Berichterstatter, jeden Unglücksfall tragisch zu nennen, während doch tragisch – nun, ich muß mich kurz fassen, genug hiervon. Also jeder gestürzte Radfahrer, jedes am Herd verbrannte Kind, jeder Sturz eines Kirschenpflückers von der Leiter wird mit dem entweihten Worte ›tragisch‹ bezeichnet. Unserm früheren Reporter hatte ich es beinahe abgewöhnt, ich ließ ihm keine Ruhe, jede Woche war ich einmal bei ihm, und er war ein guter Mann, er lachte und gab häufig nach, möglicherweise verstand er sogar, wenigstens teilweise, um was es mir zu tun war. Aber nun der neue Herr Redakteur für die kleinen Nachrichten – ich will sonst nicht über ihn urteilen, aber ich übertreibe kaum, wenn ich sage: jedes überfahrene Huhn wird ihm zum willkommenen Anlaß, jenes heilige Wort zu mißbrauchen. Wenn Sie mir die Möglichkeit verschaffen könnten, mit ihm einmal ernstlich zu reden, ihn bitten, daß er mich wenigstens ein einziges Mal richtig anhört –.« Der Redakteur trat zum Schaltbrett, drückte eine Taste nieder und sprach einige Worte in die Sprechmuschel.

»Herr Stettiner wird um zwei Uhr da sein und einige Minuten für Sie übrig haben. Ich werde ihn noch informieren. Aber fassen Sie sich kurz, wenn Sie bei ihm sind!«

Dankbar verabschiedete sich der alte Setzer. Der Redakteur sah ihn durch die Tür hinausschleichen, sah über den alten, drolligen Tuchrock das weiße dünne Haar hinabstechen, sah den gekrümmten Rücken des treuen Dieners, und hatte nichts mehr dagegen, daß es ihm mißglückt war, den Alten in den Ruhestand zu verlocken. Mochte er bleiben! Mochte er weiterhin einmal, zweimal im Jahre diese Audienzen wiederholen! Er war ihm nicht böse. Er konnte sich recht wohl in ihn hineinfühlen. Eben dieses konnte jedoch Herr Stettiner nicht, bei welchem Johannes sich um zwei Uhr einfand, und den zu informieren allerdings der Chef im Drang der Geschäfte vergessen hatte.

Herr Stettiner, ein äußerst brauchbarer jüngerer Mitarbeiter der Zeitung, der sich rasch vom Lokalberichterstatter zum Mitglied der Redaktion emporgeschwungen hatte, war kein Unmensch, und als Reporter hatte er gelernt, mit Menschen jeder Art umzugehen. Allein dem Phänomen Johannes stand dieser Kundige vollkommen fremd und ratlos gegenüber, er hatte in der Tat nicht gewußt, nie geahnt, daß es eine solche Art von Menschen gibt, oder gab. Auch fühlte er sich als Redakteur, begreiflich genug, keineswegs verpflichtet, von einem Setzer Ratschläge und Belehrungen anzunehmen, sei dieser auch hundert Jahre alt und sei er auch früher, im sentimentalen Zeitalter, eine Berühmtheit, ja sei er Aristoteles selber gewesen. So geschah denn das Unabänderliche, daß Johannes nach wenigen Minuten, von dem rot und zornig gewordenen Herrn hastig zur Türe gebracht, dessen Bureau verlassen mußte. Es geschah ferner, daß eine halbe Stunde später der alte Johannes im Setzersaal, nachdem er eine Viertelspalte voll unerhörter Fehler zusammengesetzt, über seinem Manuskripte mit einem wimmernden Klagelaut zusammensank und eine Stunde später tot war.

Die Leute im Setzersaal, so plötzlich ihres Seniors beraubt, wurden nach kurzem Flüstern einig, ihm gemeinsam einen

Kranz auf den Sarg zu stiften. Herrn Stettiner aber fiel die Aufgabe zu, in einer kleinen Notiz über den Todesfall zu berichten, denn immerhin war Johannes einst, vor dreißig oder vierzig Jahren, eine Art von Berühmtheit gewesen.

Er schrieb »Tragisches Ende eines Dichters« – dann fiel ihm ein, daß Johannes eine Idiosynkrasie gegen das Wort »tragisch« gehabt habe, und immerhin hatte die seltsame Gestalt des Greises und sein plötzlicher Tod kurz nach ihrer Unterredung ihm so viel Eindruck gemacht, daß er sich verpflichtet fand, den Toten ein wenig zu ehren. In diesem Gefühl also strich er die Überschrift seiner Notiz wieder durch, ersetzte sie durch die Worte »Bedauerlicher Todesfall«, fand plötzlich auch dies ungenügend und schal, wurde ärgerlich, nahm sich zusammen, und schrieb nun über seine Notiz endgültig die Worte »Einer von der alten Garde«.

(1923)

Die Fremdenstadt im Süden

Diese Stadt ist eine der witzigsten und einträglichsten Unternehmungen modernen Geistes. Ihre Entstehung und Einrichtung beruht auf einer genialen Synthese, wie sie nur von sehr tiefen Kennern der Psychologie des Großstädters ausgedacht werden konnte, wenn man sie nicht geradezu als eine direkte Ausstrahlung der Großstadtseele, als deren verwirklichten Traum bezeichnen will. Denn diese Gründung realisiert in idealer Vollkommenheit alle Ferien- und Naturwünsche jeder durchschnittlichen Großstädterseele. Bekanntlich schwärmt der Großstädter für nichts so sehr wie für Natur, für Idylle, Friede und Schönheit. Bekanntlich aber sind alle diese schönen Dinge, die er so sehr begehrt und von welchen bis vor kurzem die Erde noch übervoll war, ihm völlig unbekömmlich, er kann sie nicht vertragen. Und da er sie nun dennoch haben will, da er sich die Natur nun einmal in den Kopf gesetzt hat, so hat man ihm hier, wie es koffeinfreien Kaffee und nikotinfreie Zigarren gibt, eine naturfreie, eine gefahrlose, hygienische, denaturierte Natur aufgebaut. Und bei alledem war jener oberste Grundsatz des modernen Kunstgewerbes maßgebend, die Forderung nach absoluter »Echtheit«. Mit Recht betont ja das moderne Gewerbe diese Forderung, welche in früheren Zeiten nicht bekannt war, weil damals jedes Schaf in der Tat ein echtes Schaf war und echte Wolle gab, jede Kuh echt war und echte Milch gab und künstliche Schafe und Kühe noch nicht erfunden waren. Nachdem sie aber erfunden waren und die echten nahezu verdrängt hatten, wurde in Bälde auch das Ideal der Echtheit erfunden. Die Zeiten sind vorüber, wo naive Fürsten sich in irgendeinem deutschen Tälchen künstliche Ruinen, eine nachgemachte Einsiedelei, eine kleine unechte Schweiz, einen imitierten Posilipo bauen ließen. Fern liegt heutigen Unternehmern der absurde Gedanke, dem großstädtischen Kenner etwa ein Italien in der Nähe Londons, eine Schweiz bei Chemnitz, ein Sizilien am Bodensee vortäuschen zu wollen. Der Naturersatz, den der heutige Städter verlangt, muß unbedingt echt sein, echt wie das Silber, mit dem er tafelt, echt wie die Perlen, die seine Frau trägt, und echt wie die Liebe zu Volk und Republik, die er im Busen hegt.

Dies alles zu verwirklichen, war nicht leicht. Der wohlhabende Großstädter verlangt für den Frühling und Herbst einen Süden, der seinen Vorstellungen und Bedürfnissen entspricht, einen echten Süden mit Palmen und Zitronen, blaue Seen, malerische Städtchen, und dies alles war ja leicht zu haben. Er verlangt aber auch außerdem Gesellschaft, verlangt Hygiene und Sauberkeit, verlangt Stadtatmosphäre, verlangt Musik, Technik, Eleganz, er erwartet eine dem Menschen restlos unterworfene und von ihm umgestaltete Natur, eine Natur, die ihm zwar Reize und Illusionen gewährt, aber lenkbar ist und nichts von ihm verlangt, in die er sich mit allen seinen großstädtischen Gewohnheiten, Sitten und Ansprüchen bequem hineinsetzen kann. Da nun die Natur das Unerbittlichste ist, was wir kennen, scheint das Erfüllen solcher Ansprüche nahezu unmöglich; aber menschlicher Tatkraft ist bekanntlich nichts unmöglich. Der Traum ist erfüllt.

Die Fremdenstadt im Süden konnte natürlich nicht in einem einzigen Exemplar hergestellt werden. Es wurden dreißig oder vierzig solche Idealstädte gemacht, an jedem irgend geeigneten Ort sieht man eine stehen, und wenn ich eine dieser Städte zu schildern versuche, ist es natürlich nicht diese oder jene, sie trägt keinen Eigennamen, so wenig wie ein Ford-Automobil, sie ist ein Exemplar, ist eine von vielen.

Zwischen langhin gedehnten, sanft geschwungenen Kaimauern liegt mit kleinen, kurzen Wellchen ein See aus blauem Wasser, an dessen Rand findet der Naturgenuß statt. Am Ufer schwimmen unzählige kleine Ruderboote mit farbig gestreiften Sonnendächern und bunten Fähnchen, elegante hübsche Boote mit kleinen netten Kissen und sauber wie Operationstische. Ihre Besitzer gehen auf dem Kai auf und nieder und bieten allen Vorübergehenden unaufhörlich ihre Schiffchen zum Mieten an. Diese Männer gehen in matrosenähnlichen Anzügen mit bloßer Brust und bloßen braunen Armen, sie sprechen echtes Italienisch, sind jedoch imstande, auch in jeder anderen Sprache Auskunft zu geben, sie haben leuchtende Südländeraugen, rauchen lange, dünne Zigarren und wirken malerisch.

Längs dem Ufer schwimmen die Boote, längs dem Seerand

läuft die Seepromenade, eine doppelte Straße, der seewärts gekehrte Teil unter sauber geschnittenen Bäumen ist den Fußgängern reserviert, der innere Teil ist eine blendende und heiße Verkehrsstraße, voll von Hotelomnibussen, Autos, Trambahnen und Fuhrwerken. An dieser Straße steht die Fremdenstadt, welche eine Dimension weniger hat als andere Städte, sie erstreckt sich nur in die Länge und Höhe, nicht in die Tiefe. Sie besteht aus einem dichten, stolzen Gürtel von Hotelgebäuden. Hinter diesem Gürtel aber, eine nicht zu übersehende Attraktion, findet der echte Süden statt, dort nämlich steht tatsächlich ein altes italienisches Städtchen, wo auf engem, stark riechendem Markt Gemüse, Hühner und Fische verkauft werden, wo barfüßige Kinder mit Konservenbüchsen Fußball spielen und Mütter mit fliegenden Haaren und heftigen Stimmen die wohllautenden klassischen Namen ihrer Kinder ausbrüllen. Hier riecht es nach Salami, nach Wein, nach Abtritt, nach Tabak und Handwerken, hier stehen in Hemdsärmeln joviale Männer unter offenen Ladentüren, sitzen Schuhmacher auf offener Straße, das Leder klopfend, alles echt und sehr bunt und originell, es könnte auf dieser Szene jederzeit der erste Akt einer Oper beginnen. Hier sieht man die Fremden mit großer Neugierde Entdeckungen machen und hört häufig von Gebildeten verständnisvolle Äußerungen über die fremde Volksseele. Eishändler fahren mit kleinen rasselnden Karren durch die engen Gassen und brüllen ihre Näschereien aus, da und dort beginnt in einem Hofe oder auf einem Plätzchen ein Drehklavier zu spielen. Täglich bringt der Fremde in dieser kleinen, schmutzigen und interessanten Stadt eine Stunde oder zwei zu, kauft Strohflechtereien und Ansichtskarten, versucht Italienisch zu sprechen und sammelt südliche Eindrücke. Hier wird auch sehr viel photographiert.

Noch weiter entfernt, hinter dem alten Städtchen, liegt das Land, da liegen Dörfer und Wiesen, Weinberge und Wälder, die Natur ist dort noch wie sie immer war, wild und ungeschliffen, doch bekommen die Fremden davon wenig zu sehen, denn wenn sie je und je in Automobilen durch diese Natur fahren, sehen sie die Wiesen und Dörfer genau so verstaubt und feindselig am Rand der Autostraße liegen wie überall.

Bald kehrt daher der Fremde von solchen Exkursionen wieder in die Idealstadt zurück. Dort stehen die großen, vielstöckigen Hotels, von intelligenten Direktoren geleitet, mit wohlerzogenem, aufmerksamem Personal. Dort fahren niedliche Dampfer über den See und elegante Wagen auf der Straße, überall tritt der Fuß auf Asphalt und Zement, überall ist frisch gefegt und gespritzt, überall werden Galanteriewaren und Erfrischungen angeboten. Im Hotel Bristol wohnt der frühere Präsident von Frankreich und im Parkhotel der deutsche Reichskanzler, man geht in elegante Cafés und trifft da die Bekannten aus Berlin, Frankfurt und München an, man liest die heimatlichen Zeitungen und ist aus dem Operetten-Italien der Altstadt wieder in die gute, solide Luft der Heimat getreten, der Großstadt, man drückt frischgewaschene Hände, lädt einander zu Erfrischungen ein, ruft zwischenein am Telephon die heimatliche Firma an, bewegt sich nett und angeregt zwischen netten, gutgekleideten, vergnügten Menschen. Auf Hotelterrassen hinter Säulenbalustraden und Oleanderbäumen sitzen berühmte Dichter und starren mit sinnendem Auge auf den Spiegel des Sees, zuweilen empfangen sie Vertreter der Presse, und bald erfährt man, an welchem Werk dieser und jener Meister nun arbeitet. In einem feinen, kleinen Restaurant sieht man die beliebteste Schauspielerin der heimatlichen Großstadt sitzen, sie trägt ein Kostüm, das ist wie ein Traum, und füttert einen Pekinghund mit Dessert. Auch ist sie entzückt von der Natur und oft bis zur Andacht gerührt, wenn sie abends in Nr. 178 des Palace-Hotels ihr Fenster öffnet und die endlose Reihe der schimmernden Lichter sieht, die sich dem Ufer entlang zieht und träumerisch jenseits der Bucht verliert.

Sanft und befriedigt wandelt man auf der Promenade, Müllers aus Darmstadt sind auch da, und man hört, daß morgen ein italienischer Tenor im Kursaale auftreten wird, der einzige, der sich nach Caruso wirklich hören lassen kann. Man sieht gegen Abend die Dampferchen heimkehren, mustert die Aussteigenden, trifft wieder Bekannte, bleibt eine Weile vor einem Schaufenster voll alter Möbel und Stickereien stehen, dann wird es kühl, und nun kehrt man ins Hotel zurück, hinter die Wände von Beton und Glas, wo der Speisesaal schon von Porzellan, Glas und Silber funkelt und wo nachher ein kleiner Ball stattfinden wird. Musik ist ohnehin schon da, kaum hat man Abendtoilette gemacht, so wird man schon vom süßen, wiegenden Klang empfangen.

Vor dem Hotel erlischt langsam im Abend die Blumenpracht. Da stehen in Beeten, zwischen Betonmauern dicht und bunt die blühendsten Gewächse, Kamelien und Rhododendren, hohe Palmen dazwischen, alles echt, und voll dicker kühlblauer Kugeln die fetten Hortensien. Morgen findet eine große Gesellschaftsfahrt nach -aggio statt, auf die man sich freut. Und sollte man morgen aus Versehen statt nach -aggio an irgendeinen anderen Ort gelangen, nach -iggio oder -ino, so schadet das nichts, denn man wird dort ganz genau die gleiche Idealstadt antreffen, denselben See, denselben Kai, dieselbe malerisch-drollige Altstadt und dieselben guten Hotels mit den hohen Glaswänden, hinter welchen uns die Palmen beim Essen zuschauen, und dieselbe gute weiche Musik und all das, was so zum Leben des Städters gehört, wenn er es gut haben will.

(1925)

[Jenseits der Mauer][1]

Gegen Abend war ich auf meiner Reise in einem alten Städtchen angekommen und in einem alten stillen Gasthof abgestiegen. Ich hatte mir ein stilles Zimmer ausgesucht, dessen Fenster auf eine verschlafene Gasse und jenseits der Gasse in einen alten vergrasten Baumgarten hinab blickten. Dann hatte ich alsbald meinen Koffer geöffnet, das Schreibzeug und mein angefangenes Manuskript herausgekramt und auf den runden, wackligen Tisch gelegt, und mich daran gesetzt. Mit diesem herrlichen, verfluchten Manuskript wollte ich jetzt einmal vorwärts kommen, monatelang schleppte ich es nun schon auf allen meinen Reisen mit durch die Welt, und der Plan war so schön, und es begann so gut, und doch ging es nicht weiter, seit Langem hatte ich keine Seite mehr geschrieben, die ich nicht bald wieder zerrissen hätte. Hundertmal hatte die Idee dieser Dichtung mich entzückt, hundertmal hatte ich sie und diese Reise und dies Manuskript und die ganze leidige Schriftstellerei verflucht und zur Hölle gewünscht.

Jetzt ging es also wieder los. Wieder las ich mich in meine kleine Dichtung hinein, wieder stand ihr Gedanke vor mir auf, wieder fand ich den fertigen ersten Teil ganz wundervoll, und wieder stand ich vor dem unseligen Loch, wo es nicht weiter ging, starrte hinein, stützte den Kopf in die Hände, und fühlte verzweifelt die Lähmung wieder! Nein, auf diese Art war es eine Folter, ein Dichter zu sein! Man sollte keine Ideen haben, man sollte keine neuen, schwierigen und vermutlich unmöglichen Sachen probieren! Man sollte lieber seine Bücher herunter schreiben wie ein braver, anständiger Handwerker, solid und bescheiden, ohne Probleme, den Lesern zur Freude, sich selbst zum Nutzen, ohne Krampf, ohne Kampf, ohne Gehirnverlust!

Finster erhob ich mich und trat ans Fenster. Kleinstadtfriede duftete mir entgegen. Mensch, dachte ich, wenn Du kein Narr wärest, schmissest Du Dein Manuskript in den Ofen, ließest Dich in einer solchen Stadt nieder, suchtest

1 Im Manuskript trägt dieser Text keinen Titel.

Aufnahme in den Kegelklub und bewürbest Dich um die Tochter des Apothekers.

Auf der Gasse war nichts zu sehen, der alte Garten aber zog mich an. Hinter einer rissigen Mauer lag da eine wundervolle grüne Wildnis in der Abenddämmerung, hohe ehrwürdige Bäume, moosige Wege, alles verwahrlost und verwachsen, und überall doch noch den Geist eines edlen Planes atmend, schöne Gesträuchgruppen, symmetrische Laubengänge. Ach, solche alte Gärten machen traurig, sie sind so schön, sie reden so eindringlich, sie richten so unerbittlich über uns und unsre Welt von heute.

Der Kellner kam und meldete, das Abendessen sei serviert. Er führte mich in einen leeren Speisesaal mit grünen alten Spiegeln und schwarzgewordenen Bildern an den Wänden, und in der Mitte hing ein Kronleuchter von der Stuckdecke herab, darunter stand ein Tisch, an dem saß ein alter Herr und speiste, und ihm gegenüber am selben Tische war für mich gedeckt.

»Wie dumm«, dachte ich, »warum kann ich nicht einen Tisch für mich allein haben!«

Der alte Herr, den ich schweigend grüßte, nickte mit dem Sperberkopf.

»Man sollte sich alle Wünsche erfüllen«, sagte er mit scharfem Lächeln, »warum tun Sie's nicht?«

»Alter Herr«, sagte ich, »glauben Sie wirklich, daß ich in diese Stadt und in dies Haus bloß gekommen bin, um Ihre Belehrungen zu empfangen? Sehe ich so aus?«

Ich schöpfte mir Suppe, brach Brot und schenkte Wein ins Glas, den ich versuchte und der mir nicht mundete.

»Sie sehen so aus«, sprach der alte Herr, »wie ein Mensch, der seinen Wünschen nachhängt, statt sie sich zu erfüllen. Die meisten Menschen sehen so aus. Ist es Ihnen nie aufgefallen?«

Ich wischte mir den Mund und sagte: »Mir fällt nichts auf als Ihre Geschwätzigkeit. Da Sie mir aber den Rat geben, mir meine Wünsche zu erfüllen – ich habe den Wunsch, diesen Weißwein zu probieren, den Sie trinken.«

Ich nahm seine Flasche, goß mir einen Schluck in ein Glas und probierte ihn.

»Sie sind gelehrig«, sagte der alte Mann. »Das trifft man

selten. Machen Sie so weiter, Sie werden es nicht bereuen.«

»Nein, da haben Sie recht. Der Wein ist sehr schön. Kellner, geben Sie auch mir eine Flasche von diesem Weißwein, und nehmen Sie den Tischwein wieder weg.«

Ich aß nun, hungrig von der Reise, umständlich und schweigend meine Mahlzeit, bis zum Käse, bis zu Nuß und Trauben, und der Gast ließ mich unbehelligt. Inzwischen war ich besserer Laune geworden, der Wein war ebenso gut wie das zart und liebevoll bereitete Essen. Eben, beim Anzünden der Zigarre, spürte ich Lust, das Gespräch mit meinem Tischnachbarn wieder anzuknüpfen, da stand er auf, der Kellner brachte ihm Stock und Hut, und der Alte nickte mir abschiednehmend mit dem scharfen Sperbergesicht zu.

»O, Sie gehen schon?« sagte ich bedauernd. »Ich habe inzwischen über Ihre Worte nachgedacht, und hätte gern noch darüber mit Ihnen gesprochen.«

Der alte Herr, der sich schon abgewandt hatte, drehte mir nochmals das Gesicht zu und sagte: »Da ist nichts mehr zu sprechen. Ich sagte: Wünsche sollte man sich stets erfüllen. Denn sehen Sie: damit sind sie erledigt. Und was erledigt ist, das plagt uns nicht mehr. Wünsche guten Abend.«

Weg ging er, der Sperber. Ich dachte: schnurriger Kerl. Und saß allein und sah mich in all den grünen Wandspiegeln abgebildet: selbst Sperberkopf, dem Alten ähnlich. Noch zehn, fünfzehn Jahre, dann sah ich aus wie er.

Die Spiegel verdarben mir die Stimmung, ich stieg in mein Zimmer hinauf, stellte mich ans Fenster und sah in den verzauberten Garten hinüber. Der Kellner kam, ich hatte ihn gebeten, mir den Wein herauf zu tragen. Ich fragte: »Gehört der Garten zu Ihrem Haus? Nein? – Kann man nicht hineingehen? – Nicht? Schade.« Er wußte nicht, wem er gehöre, nie sei jemand darin zu sehen.

Langsam trank ich meinen Wein, rauchte, sah den Mond herauf kommen, machte Gedankenreisen durch viele übereinander geschichtete Vergangenheiten. Waren andre Menschen auch so wie ich? Spielten sie auch im Leben bald die, bald diese Rollle, verloren, vergaßen sie wieder, fingen Neues an, kannten sich selbst nicht mehr? Waren alle so: bestand jeder Mensch aus einem ganzen Bündel von Persönlichkeiten, und war die Sage vom Charakter, vom Ich bloß ein frommer

Schwindel? Oder war ich eine Ausnahme? Ein krankes Exemplar? Eine Seifenblase? Ein Naturspiel? Ach nein, sie waren alle so. Aber die meisten hatten eben jene Illusion der Einheit, jenen Wahn. Ja, ich hatte ihn ja selber auch gehabt, früher.

O wie schön war die nächtliche Gartenwildnis drüben! Wie konnte man sich in so etwas so schnell verlieben, genau so wie in eine Frau! Ich war in den Garten verliebt, ich wünschte ihn mir, sehnte mich in ihn hinüber. Wie lang hatte ich keinen Garten mehr gehabt! Wie lang hatte ich in Eisenbahnwagen und Hotelzimmern gelebt!

Es war noch früh, vielleicht neun Uhr, aber das Städtchen schien schon zu schlafen. Ich mochte nicht länger so stehen, ich lief weg, die Treppe hinab und aus dem Hause, über einen kleinen Platz, wo ein Brunen floß, durch eine Gasse, durch andere Gassen, alle still und tot, und nun hatte ich in die Gasse gefunden, auf die ich vorher hinunter gewollt, wo der Garten lag. Vielleicht hatte die Mauer ein Tor, ich wollte suchen.

Sie hatte kein Tor, nichts, nicht einmal ein Loch zum Hindurchsehen. Und jetzt war mein Verlangen nach dem Garten erst recht erwacht.

Eine Erinnerung zuckte in mir auf: Wie hatte der drollige alte Herr gesagt? Man soll seine Wünsche dadurch erledigen, daß man sie erfüllt. Ja, er hatte unheimlich recht – nie tat man eigentlich, was man am liebsten wollte, immer ging man im Bogen um seine Wünsche herum, man hätschelte und feierte sie, verbog und verlog sie zu Idealen und Religionen, statt ihnen rasch und tapfer den Hals zu brechen.

Ich packte meinen Wunsch also beim Schopf. Ich suchte eine rauhe Stelle an der Mauer, wo ich den Fuß einsetzen konnte, gab mir einen Schwung und saß alsbald rittlings oben, von da ließ ich mich in den Garten hinunter gleiten.

Ich fiel mit den Händen voran in weiches Gras, und streifte an ein Gesträuch, das duftete seltsam, das roch nach uralten Dingen und irgendwo in meinem fernsten Leben, in meiner frühsten Kindheit hatte es so gerochen. O wie schön und erregend war dieser Duft, er roch nach Urzeit, er sang von Mutter und Großmutter. Er verwandelte mich und die Welt, ich war nicht mehr hier oder dort, in dieser Stadt und in jenem Garten, ich war mitten im Urwald des Vergangenen, nie Gestorbenen, der Gefühle und Erinnerungen. Ich roch Erde, das sprach von Blumenbeeten der Kindheit, ich war ein kleines Kind und pflanzte eine Primelpflanze in einen Topf, drückte die duftende Erde an, goß Wasser dazu, hatte zum erstenmal etwas gepflanzt, etwas Lebendes, das mir gehörte und das wachsen konnte, das mit Wurzeln in der schwarzen Erde trank und aß. Ich selber senkte Wurzeln hinab, trank Erde, aß Urwelt, keimte in feierlichem Zeugungsdunkel, Zeit und Gestalt war versunken, alles war Anfang, alles keimte, es gab noch nicht Mensch noch Pflanze.

Wieder aus diesem Chaos weckte mich ein Anruf: eine Kröte, unsichtbar, flüchtete im Dunkeln vor meinem Schritt hinweg, auf leise klatschenden Sohlen. Schon war sie weg, aber ein neuer Schlund in mir war aufgerissen, ein neuer Abgrund, seit Kinderzeit gesucht und geflohen, unheimlich und lockend, Welt des Kühlen, schleimig Glatten, Fremden, Kröte und Schlange, Gefühl des Grauens, der tiefen Neugierde, der Angst vor Gefahr und Verbotenem. Auch diese Welt dunkler Gefühle, mit Vorstellungen meiner Kindheit beginnend, führte zurück bis zum Chaos, in Vorpersönliches und Vormenschliches, in Abgründe eines furchtbaren Urgrauens, ebenso heilig wie furchtbar, ebenso schöpferisch wie tödlich.

Der Baum, dem ich auswich, das Gras, das mich hoch bis zu den Knien streifte, der verwachsene Weg, das verwilderte Rondell, der Nachtfalter, die Grille – alles, und jedes Blatt am Strauch und jede Schwingung der Luft, war so voll Beziehung, war so weckend, erinnernd, erregend, führte mich in's eigne Innere und darin zurück bis ins Gestaltlose – für Augenblicke begriff ich, daß Worte des Mythos wie Chaos und Schöpfung, Worte der Vernunft wie Vorzeit und Entwicklung im Grunde nicht ein Nacheinander meinten, sondern ein Zugleich und Ineinander. Urwelt war nicht älter als Heute, war nicht gewesen: – Urwelt und Heute waren zugleich.

Anders hatte ich diesen Garten mir vorgestellt. Jetzt war er nicht ein schönes und rührendes Gebilde großväterlicher Kultur, jetzt war er magischer Schauplatz, Urwald, Geisterbühne. Jeder beliebige Ort der Welt kann dazu werden,

Wald und Tempel, Gasse und Zimmer, Wiese und Bahnhof, jeden Augenblick können wir eintreten in Urwelt, Mythos, Zeitlosigkeit – aber selten geschieht es, selten weht der Zauber uns an. Ich flog mit dem Nachtfalter durch einen indischen Wald, ich atmete im Laubgeruch Märchen meiner Kindheit, saß auf Pferden, saß auf Schulbänken, wiegte mich in Baumwipfeln und auf Schiffsmasten, jagte Paradiesvögeln nach, floh vor Ungeheuern, war alt und jung, war Zwerg und Riese. Vom Garten sah ich nichts, er war zu voll, zuviel Länder und Erdteile waren in ihm, zuviel Zeitalter, zuviel Städte und Blumen, Sterne und Schneeberge.

Wie hatte ich so lange nach einem Garten Heimweh haben können?! Der Garten war ja nichts, und all das Hübsche, Gepflegte und Angenehme, was ich hier gesucht hatte, war mir jetzt unendlich fern und gleichgültig, selbst wenn ich es in der Dunkelheit hätte sehen können. Wo war ich denn? Ich war im Märchen, ich war in der Urwelt, wo jedes Ding sich in jedes andre verwandeln kann, wo jedes Ding wesenlos und gleichgültig ist an sich, aber heilig und ewig als Gleichnis, als Bild, als flüchtiger Wohnsitz des Göttlichen. Ich war in meiner eigenen Seele, denn sie, die wir so wenig kennen, ist unsre Ur- und Zauberwelt. Wie war es möglich, daß wir so wenig von ihr wußten, daß wir so selten in ihr einkehrten!

Ein paar verlorene Töne von einem in der Ferne gespielten Klavier erreichten mein Ohr – mir war, es sei meine Schwester oder meine ferne Geliebte, welche spiele. Und alsbald erlebte und fühlte ich alles, was Musik je für mich gewesen war, gedrängt und wunderbar kristallhell in Sekunden durch, Mozart, Schubert, Bach, Orchester und Orgel, Quartett, Oper, Oratorium – für Augenblicke empfand ich die ganze Welt im Bild der Töne. Jeder Ton war Gott, jede Oktave seine Bestätigung, jede Terz seine Verbindung mit dem Zeitlichen und Wandelbaren, jeder Akkord sein flüchtig aufglänzendes Kleid.

(Fragment aus dem Nachlaß, 1925)

Bei den Massageten

So sehr auch ohne Zweifel mein Vaterland, falls ich wirklich ein solches hätte, alle übrigen Länder der Erde an Annehmlichkeiten und herrlichen Einrichtungen überträfe, spürte ich vor kurzem doch wieder einmal Wanderlust und tat eine Reise in das ferne Land der Massageten, wo ich seit der Erfindung des Schießpulvers nie mehr gewesen war. Es gelüstete mich, zu sehen, inwieweit dieses so berühmte und tapfere Volk, dessen Krieger einst den großen Cyrus überwunden haben, sich inzwischen verändert und den Sitten der jetzigen Zeit möchte angepaßt haben.

Und in der Tat, ich hatte in meinen Erwartungen die wackeren Massageten keineswegs überschätzt. Gleich allen Ländern, welche zu den vorgeschrittenern zu zählen den Ehrgeiz haben, sendet auch das Land der Massageten neuerdings jedem Fremdling, der sich seiner Grenze nähert, einen Reporter entgegen – abgesehen natürlich von jenen Fällen, in denen es bedeutende, ehrwürdige und distinguierte Fremde sind, denn ihnen wird, je nach Rang, selbstverständlich weit mehr Ehre erwiesen. Sie werden, wenn sie Boxer oder Fußballmeister sind, vom Hygieneminister, wenn sie Wettschwimmer sind, vom Kultusminister, und wenn sie Inhaber eines Weltrekords sind, vom Reichspräsidenten oder von dessen Stellvertreter empfangen. Nun, mir blieb es erspart, solche Aufmerksamkeiten auf mich gehäuft zu sehen, ich war Literat, und so kam mir denn ein einfacher Journalist an der Grenze entgegen, ein angenehmer junger Mann von hübscher Gestalt, und ersuchte mich, vor dem Betreten des Landes ihn einer kurzen Darlegung meiner Weltanschauung und speziell meiner Ansichten über die Massageten zu würdigen. Dieser hübsche Brauch war also auch hier inzwischen eingeführt worden.

»Mein Herr«, sagte ich, »lassen Sie mich, der ich Ihre herrliche Sprache nur unvollkommen beherrsche, mich auf das Unerläßlichste beschränken. Meine Weltanschauung ist diejenige des Landes, in welchem ich jeweils reise, dies versteht sich ja wohl von selbst. Was nun meine Kenntnisse über Ihr hochberühmtes Land und Volk betrifft, so stammen sie aus der denkbar besten und ehrwürdigsten Quelle, nämlich aus dem Buch »Klio« des großen Herodot. Erfüllt von tiefer Bewunderung für die Tapferkeit Ihres gewaltigen Heeres und für das ruhmreiche Andenken Ihrer Heldenkönigin Tomyris, habe ich schon in früheren Zeiten Ihr Land zu besuchen die Ehre gehabt, und habe diesen Besuch nun endlich erneuern wollen.«

»Sehr verbunden«, sprach etwas düster der Massagete. »Ihr Name ist uns nicht unbekannt. Unser Propagandaministerium verfolgt alle Äußerungen des Auslandes über uns mit größter Sorgfalt, und so ist uns nicht entgangen, daß Sie der Verfasser von dreißig Zeilen über massagetische Sitten und Bräuche sind, die Sie in einer Zeitung veröffentlicht haben. Es wird mir eine Ehre sein, Sie auf Ihrer diesmaligen Reise durch unser Land zu begleiten und dafür zu sorgen, daß Sie bemerken können, wie sehr manche unsrer Sitten sich seither verändert haben.«

Sein etwas finsterer Ton zeigte mir an, daß meine früheren Äußerungen über die Massageten, die ich doch so sehr liebte und bewunderte, hier im Lande keineswegs vollen Beifall gefunden hatten. Einen Augenblick dachte ich an Umkehr, ich erinnerte mich an jene Königin Tomyris, die den Kopf des großen Cyrus in einen mit Blut gefüllten Schlauch gesteckt hatte, und an andere rassige Äußerungen dieses lebhaften Volksgeistes. Aber schließlich hatte ich meinen Paß und das Visum, und die Zeiten der Tomyris waren vorüber.

»Entschuldigen Sie«, sagte mein Führer nun etwas freundlicher, »wenn ich darauf bestehen muß, Sie erst im Glaubensbekenntnis zu prüfen. Nicht daß etwa das Geringste gegen Sie vorläge, obwohl Sie unser Land schon früher einmal besucht haben. Nein, nur der Formalität wegen, und weil Sie sich etwas einseitig auf Herodot berufen haben. Wie Sie wissen, gab es zur Zeit jenes gewiß hochbegabten Joniers noch keinerlei offiziellen Propaganda- und Kulturdienst, so mögen ihm seine immerhin etwas fahrlässigen Äußerungen über unser Land hingehen. Daß hingegen ein heutiger Autor sich auf Herodot berufe, und gar ausschließlich auf ihn, können wir nicht zugeben. – Also bitte, Herr Kollege, sagen Sie mir in Kürze, wie Sie über die Massageten denken und was Sie für sie fühlen.«

Ich seufzte ein wenig. Nun ja, dieser junge Mann war nicht gesonnen, es mir leicht zu machen, er bestand auf den Förmlichkeiten. Hervor also mit den Förmlichkeiten! Ich begann:

»Selbstverständlich bin ich darüber genau unterrichtet, daß die Massageten nicht nur das älteste, frömmste, kultivierteste und zugleich tapferste Volk der Erde sind, daß ihre unbesieglichen Heere die zahlreichsten, ihre Flotte die größte, ihr Charakter der unbeugsamste und zugleich liebenswürdigste, ihre Frauen die schönsten, ihre Schulen und öffentlichen Einrichtungen die vorbildlichsten der Welt sind, sondern daß sie auch jene in der ganzen Welt so hochgeschätzte und manchen anderen großen Völkern so sehr mangelnde Tugend in höchstem Maße besitzen, nämlich gegen Fremde im Gefühl ihrer eigenen Überlegenheit gütig und nachsichtig zu sein und nicht von jedem armen Fremdling zu erwarten, daß er, einem geringeren Lande entstammend, sich selbst auf der Höhe der massagetischen Vollkommenheit befinde. Auch hierüber werde ich nicht ermangeln, in meiner Heimat wahrheitsgetreu zu berichten.«

»Sehr gut«, sprach mein Begleiter gütig, »Sie haben in der Tat bei der Aufzählung unserer Tugenden den Nagel, oder vielmehr die Nägel auf den Kopf getroffen. Ich sehe, daß Sie über uns besser unterrichtet sind, als es anfangs den Anschein hatte, und heiße Sie aus treuem massagetischem Herzen aufrichtig in unserem schönen Lande willkommen. Einige Einzelheiten in Ihrer Kenntnis bedürfen ja wohl noch der Ergänzung. Namentlich ist es mir aufgefallen, daß Sie unsre hohen Leistungen auf zwei wichtigen Gebieten nicht erwähnt haben: im Sport und im Christentum. Ein Massagete, mein Herr, war es, der im internationalen Hüpfen nach rückwärts mit verbundenen Augen den Weltrekord mit 11,098 erzielt hat.«

»In der Tat«, log ich höflich, »wie konnte ich daran nicht denken! Aber Sie erwähnten auch noch das Christentum als ein Gebiet, auf dem Ihr Volk Rekorde aufgestellt habe. Darf ich darüber um Belehrung bitten?«

»Nun ja«, sagte der junge Mann. »Ich wollte ja nur andeuten, daß es uns willkommen wäre, wenn Sie über diesen Punkt Ihrem Reisebericht den einen oder andern freundlichen Superlativ beifügen könnten. Wir haben zum Beispiel in einer kleinen Stadt am Araxes einen alten Priester, der in seinem Leben nicht weniger als 63 000 Messen gelesen hat, und in einer andern Stadt gibt es eine berühmte moderne Kirche, in welcher alles aus Zement ist, und zwar aus einheimischem Zement: Wände, Turm, Böden, Säulen, Altäre, Dach, Taufstein, Kanzel usw., alles bis auf den letzten Leuchter, bis auf die Opferbüchsen.«

Na, dachte ich, da habt ihr wohl auch einen zementierten Pfarrer auf der Zementkanzel stehen. Aber ich schwieg.

»Sehen Sie«, fuhr mein Führer fort, »ich will offen gegen Sie sein. Wir haben ein Interesse daran, unseren Ruf als Christen möglichst zu propagieren. Obgleich nämlich unser Land ja seit Jahrhunderten die christliche Religion angenommen hat und von den einstigen massagetischen Göttern und Kulten keine Spur mehr vorhanden ist, gibt es doch eine kleine, allzu hitzige Partei im Lande, welche darauf ausgeht, die alten Götter aus der Zeit des Perserkönigs Cyrus und der Königin Tomyris wieder einzuführen. Es ist dies lediglich die Schrulle einiger Phantasten, wissen Sie, aber natürlich hat sich die Presse der Nachbarländer dieser lächerlichen Sache bemächtigt und bringt sie mit der Reorganisation unseres Heerwesens in Verbindung. Wir werden verdächtigt, das Christentum abschaffen zu wollen, um im nächsten Krieg auch noch die paar letzten Hemmungen im Anwenden aller Vernichtungsmittel leichter fallenlassen zu können. Dies der Grund, warum eine Betonung der Christlichkeit unseres Landes uns willkommen wäre. Es liegt uns natürlich fern, Ihre objektiven Berichte im geringsten beeinflussen zu wollen, doch kann ich Ihnen immerhin unter vier Augen anvertrauen, daß Ihre Bereitschaft, etwas Weniges über unsere Christlichkeit zu schreiben, eine persönliche Einladung bei unserm Reichskanzler zur Folge haben könnte. Dies nebenbei.«

»Ich will es mir überlegen«, sagte ich. »Eigentlich ist Christentum nicht mein Spezialfach. – Und nun freue ich mich sehr darauf, das herrliche Denkmal wiederzusehen, das Ihre Vorväter dem heldenhaften Spargapises errichtet haben.«

»Spargapises?« murmelte mein Kollege. »Wer soll das denn sein?«

»Nun, der große Sohn der Tomyris, der die Schmach, von

Cyrus überlistet worden zu sein, nicht ertragen konnte und sich in der Gefangenschaft das Leben nahm.«

»Ach ja, natürlich«, rief mein Begleiter, »ich sehe, Sie landen immer wieder bei Herodot. Ja, dies Denkmal soll in der Tat sehr schön gewesen sein. Es ist auf sonderbare Weise vom Erdboden verschwunden. Hören Sie! Wir haben, wie Ihnen bekannt ist, ein ganz ungeheures Interesse für Wissenschaft, speziell für Altertumsforschung, und was die Zahl der zu Forschungszwecken aufgegrabenen oder unterhöhlten Quadratmeter Landes betrifft, steht unser Land in der Weltstatistik an dritter oder vierter Stelle. Diese gewaltigen Ausgrabungen, welche vorwiegend prähistorischen Funden galten, führten auch in die Nähe jenes Denkmals aus der Tomyris-Zeit, und da gerade jenes Terrain große Ausbeute, namentlich an massagetischen Mammutknochen, versprach, versuchte man in gewisser Tiefe das Denkmal zu untergraben. Und dabei ist es eingestürzt! Reste davon sollen aber im Museum Massageticum noch zu sehen sein.«

Er führte mich zum bereitstehenden Wagen, und in lebhafter Unterhaltung fuhren wir dem Innern des Landes entgegen.

(1927)

Vom Steppenwolf

Dem rührigen Besitzer einer kleinen Menagerie war es gelungen, für kurze Zeit den bekannten Steppenwolf Harry zu engagieren. Er kündigte dies in der ganzen Stadt durch Plakate an und versprach sich davon einen vermehrten Besuch seiner Schaubude, und in dieser Hoffnung wurde er auch nicht enttäuscht. Überall hatten die Leute vom Steppenwolf sprechen hören, die Sage von dieser Bestie war ein beliebter Gesprächsstoff in den gebildeten Kreisen geworden, jeder wollte dies oder jenes über dies Tier wissen, und die Meinungen darüber waren sehr geteilt. Einige waren der Ansicht, ein Vieh wie der Steppenwolf sei unter allen Umständen eine bedenkliche, gefährliche und ungesunde Erscheinung, es treibe seinen Hohn mit der Bürgerschaft, reiße die Ritterbilder von den Wänden der Bildungstempel, mache sich sogar über Johann Wolfgang von Goethe lustig, und da diesem Steppenvieh nichts heilig sei und es auf einen Teil der Jugend ansteckend und aufreizend wirke, sollte man sich endlich zusammentun und diesen Steppenwolf zur Strecke bringen; ehe er totgeschlagen und verscharrt sei, werde man keine Ruhe vor ihm haben. Diese einfache, biedere und wahrscheinlich richtige Ansicht wurde aber keineswegs von allen geteilt. Es gab eine zweite Partei, welche einer ganz anderen Auffassung huldigte; diese Partei war der Ansicht, daß der Steppenwolf zwar kein ungefährliches Tier sei, daß er aber nicht nur seine Daseinsberechtigung, sondern sogar eine moralische und soziale Mission habe. Jeder von uns, so behaupteten die meist hochgebildeten Anhänger dieser Partei, jeder von uns trage ja heimlich und uneingestanden so einen Steppenwolf im Busen. Die Busen, auf welche bei diesen Worten die Sprecher zu deuten pflegten, waren die hochachtbaren Busen von Damen der Gesellschaft, von Rechtsanwälten und Industriellen, und diese Busen waren von seidenen Hemden und modern geschnittenen Gilets bedeckt. Jedem von uns, so sagten diese liberal denkenden Leute, seien im Innersten die Gefühle, Triebe und Leiden des Steppenwolfs recht wohl bekannt, jeder von uns habe mit ihnen zu kämpfen und jeder von uns sei eigentlich im Grunde auch so ein armer, heulender, hungriger Steppenwolf. So sagten sie, wenn sie sich, von den seidenen Hemden bedeckt, über den Steppenwolf unterhielten, und auch viele öffentliche Kritiker sagten so, und dann setzten sie ihre schönen Filzhüte auf, zogen ihre schönen Pelzmäntel an, stiegen in ihre schönen Automobile und fuhren zurück an ihre Arbeit, in ihre Bureaus und Redaktionen, Sprechzimmer und Fabriken. Einer von ihnen machte sogar eines Abends beim Whisky den Vorschlag, einen Verein der Steppenwölfe zu gründen.

Am Tage, an dem die Menagerie ihr neues Programm eröffnete, kamen denn auch viele Neugierige, um das berüchtigte Tier zu sehen, dessen Käfig nur gegen einen Extragroschen gezeigt wurde. Einen kleinen Käfig, den vormals ein leider früh verstorbener Panther bewohnt hatte, hatte der Unternehmer nach Möglichkeit dem Anlaß entsprechend ausgestattet. Der rührige Mann war dabei ein wenig in Verlegenheit gewesen, denn immerhin war dieser Steppenwolf ein etwas ungewohntes Tier. So wie jene Herren Anwälte und Fabrikanten hinter Hemd und Frack angeblich einen Wolf in der Brust verborgen trugen, so trug angeblich dieser Wolf hier in seiner festen haarigen Brust heimlich einen Menschen verborgen, differenzierte Gefühle, Mozartmelodien und dergleichen. Um den ungewöhnlichen Umständen und den Erwartungen des Publikums möglichst Rechnung zu tragen, hatte der kluge Unternehmer (welcher seit Jahren wußte, daß auch die wildesten Tiere nicht so launisch, gefährlich und unberechenbar sind wie das Publikum) dem Käfig eine etwas sonderbare Ausstattung gegeben, indem er einige Embleme des Wolfsmenschen darin anbrachte. Es war ein Käfig wie alle anderen, Eisengitter und etwas Stroh am Boden, aber an einer der Wände hing ein hübscher Empirespiegel, und mitten im Käfig war ein kleines Klavier aufgestellt, ein Pianino, mit offener Tastatur, und oben auf dem etwas wackligen Möbel stand eine Gipsbüste des Dichterfürsten Goethe.

An dem Tier selbst, das so viel Neugierde erregte, war durchaus nichts Auffallendes wahrzunehmen. Es sah genau so aus wie eben der Steppenwolf, lupus campestris, aussehen muß. Er lag meistens regungslos in einer Ecke, möglichst weit von den Zuschauern entfernt, kaute an seinen Vorderpfoten und starrte vor sich hin, als wäre da statt der Gitterstäbe die ganze unendliche Steppe. Zuweilen stand er auf und ging einige Male im Käfig auf und ab, dann wackelte auf dem unebenen Boden das Pianino, und oben wackelte der gipserne Dichterfürst bedenklich mit. Um die Besucher kümmerte sich das Tier wenig, und die meisten waren eigentlich von seinem Anblick eher enttäuscht. Aber auch über diesen Anblick gab es verschiedene Meinungen. Viele sagten, das Tier sei eine ganz gewöhnliche Bestie, ohne Ausdruck, ein stumpfsinniger ordinärer Wolf und damit basta, und »Steppenwolf« sei überhaupt kein zoologischer Begriff. Dagegen behaupteten andere, das Tier habe schöne Augen und sein ganzes Wesen drücke eine ergreifende Beseeltheit aus, daß es einem vor Mitgefühl das Herz umdrehe. Den paar Klugen blieb indessen nicht verborgen, daß diese Äußerungen über den Anblick des Steppenwolfes ebensogut auf jedes andere Tier der Menagerie gepaßt hätten.

Gegen Nachmittag wurde der abgesonderte Raum der Schaubude, der den Wolfskäfig enthielt, von einer kleinen Gruppe besucht, die sich lange bei seinem Anblick aufhielt. Es waren drei Menschen, zwei Kinder und deren Erzieherin. Von den Kindern war das eine ein hübsches, ziemlich schweigsames Mädchen von acht Jahren, das andre ein etwa zwölfjähriger kräftiger Knabe. Beide gefielen dem Steppenwolf gut, ihre Haut roch jung und gesund, nach den schönen straffen Beinen des Mädchens äugte er häufig hinüber. Die Gouvernante, nun ja, das war etwas anderes, es schien ihm besser, sie möglichst wenig zu beachten.

Um der hübschen Kleinen näher zu sein und sie besser zu riechen, hatte der Wolf Harry sich dicht an das Gitter der Schauseite gelagert. Während er mit Vergnügen die Witterung der beiden Kinder einsog, hörte er etwas gelangweilt den Äußerungen der drei zu, die sich sehr für Harry zu interessieren schienen und sich höchst lebhaft über ihn unterhielten. Ihr Verhalten war dabei sehr verschieden. Der Knabe, ein schneidiger und gesunder Kerl, teilte durchaus die Ansicht, welche er zu Hause seinen Vater hatte äußern hören. Solch ein Wolfsvieh, meinte er, sei hinterm Gitter einer Menagerie gerade am richtigen Ort, ihn dagegen frei herumlaufen zu lassen, wäre eine unverantwortliche Torheit.

Eventuell könne man ja den Versuch machen, ob das Tier sich dressieren lasse, etwa zum Schlittenziehen wie ein Polarhund, aber es werde schwerlich gelingen. Nein, er, der Knabe Gustav, würde diesen Wolf, wo immer er ihm begegnen würde, ohne weiteres niederknallen.

Der Steppenwolf hörte zu und leckte sich freundlich das Maul. Der Knabe gefiel ihm. »Hoffentlich«, dachte er, »wirst du, falls wir uns einmal plötzlich begegnen, auch eine Flinte zur Hand haben. Und hoffentlich begegne ich dir draußen in der Steppe und trete dir nicht etwa einmal unvermutet aus deinem eigenen Spiegel entgegen.« Der Junge war ihm sympathisch. Er würde ein schneidiger Kerl werden, ein tüchtiger und erfolgreicher Ingenieur oder Fabrikant oder Offizier, und Harry würde nichts dagegen haben, sich gelegentlich mit ihm zu messen und nötigenfalls von ihm niedergeschossen zu werden.

Wie das hübsche kleine Mädchen sich zum Steppenwolf stelle, war nicht so leicht zu erkennen. Es schaute ihn sich zunächst einmal an und tat das viel neugieriger und gründlicher, als die beiden andern es taten, welche alles über ihn schon zu wissen glaubten. Das kleine Mädchen stellte fest, daß Harrys Zunge und Gebiß ihr gefielen, und auch seine Augen sagten ihr zu, während sie den etwas ungepflegten Pelz mit Mißtrauen betrachtete und den scharfen Raubtiergeruch mit einer Erregung und Befremdung wahrnahm, in welcher Ablehnung und Ekel mit neugieriger Lüsternheit vermischt waren. Nein, im ganzen gefiel er ihr, und es entging ihr keineswegs, daß Harry ihr sehr zugetan war und sie mit bewundernder Begierde ansah; sie sog seine Bewunderung mit sichtlichem Behagen ein. Hier und da stellte sie eine Frage.

»Bitte, Fräulein, warum muß denn dieser Wolf ein Klavier im Käfig haben?« fragte sie. »Ich glaube, es wäre ihm lieber, wenn er etwas zu fressen drin hätte.«

»Es ist kein gewöhnlicher Wolf«, sagte das Fräulein, »es ist ein musikalischer Wolf. Aber das kannst du noch nicht verstehen, Kind.«

Die Kleine verzog den hübschen Mund ein wenig und sagte: »Es scheint wirklich so, als ob ich vieles noch nicht verstehen könnte. Wenn der Wolf musikalisch ist, so soll er natürlich ein Klavier haben, meinetwegen zwei. Aber daß auf dem Klavier auch noch so eine Figur stehen muß, finde ich schon komisch. Was soll er mit ihr anfangen, bitte?«

»Es ist ein Symbol«, wollte die Erzieherin zu erklären beginnen. Aber der Wolf kam der Kleinen zu Hilfe. Er blinzelte sie aus verliebten Augen höchst offenherzig an, dann sprang er auf, daß alle drei einen Augenblick erschraken, reckte sich lang und hoch und begab sich zum wackligen Klavier, an dessen Kante er sich zu reiben und zu scheuern begann, und dies tat er mit zunehmender Kraft und Heftigkeit, bis die wacklige Büste das Gleichgewicht verlor und herunterstürzte. Der Boden dröhnte, und der Goethe zerfiel, gleich dem Goethe mancher Philologen, in drei Teile. An jedem dieser drei Teile roch der Wolf einen Augenblick, wandte ihnen dann gleichgültig den Rücken und kehrte in die Nähe des Mädchens zurück.

Jetzt trat die Erzieherin in den Vordergrund der Ereignisse. Sie gehörte zu denen, welche trotz Sportkleid und Bubikopf in ihrem eigenen Busen einen Wolf entdeckt zu haben meinten, sie gehörte zu den Leserinnen und Verehrerinnen Harrys, für dessen Seelenschwester sie sich hielt; denn auch sie hatte allerlei verkniffene Gefühle und Lebensprobleme in ihrer Brust. Eine schwache Ahnung sagte ihr zwar, daß ihr wohlgehütetes, geselliges und gutbürgerliches Leben doch eigentlich keine Steppe und keine Einsamkeit sei, daß sie niemals den Mut oder die Verzweiflung aufbringen würde, dies wohlbehütete Leben zu durchbrechen und gleich Harry den Todessprung ins Chaos zu wagen. O nein, das würde sie natürlich niemals tun. Aber stets würde sie dem Steppenwolfe Sympathie und Verständnis entgegenbringen, und sehr gerne hätte sie ihm das auch gezeigt. Sie hatte große Lust, diesen Harry, sobald er wieder Menschengestalt annähme und einen Smoking trüge, etwa zu einem Tee einzuladen oder vierhändig mit ihm Mozart zu spielen. Und sie beschloß, nach dieser Richtung einen Versuch zu wagen.

Die kleine Achtjährige hatte inzwischen dem Wolf ihre ungeteilte Zuneigung geschenkt. Sie war entzückt darüber, daß das kluge Tier die Büste umgeworfen hatte, und begriff sehr genau, daß dies ihr galt, daß er ihre Worte verstanden und für sie gegen die Erzieherin deutlich Partei ergriffen hatte.

Würde er wohl auch noch das dumme Klavier demolieren? Ach, er war großartig, sie hatte ihn einfach gern.

Harry hatte indessen das Interesse fürs Klavier verloren, er hatte sich dicht vor dem Kinde, ans Gitter gepreßt, niedergekauert, hatte die Schnauze ganz am Boden wie ein schmeichelnder Hund zwischen den Stäben dem Mädchen zugekehrt und sah sie werbend aus entzückten Augen an. Da konnte das Kind nicht widerstehen. Es streckte gebannt und vertrauensvoll sein Händchen aus und streichelte die dunkle Tiernase. Harry aber äugelte ihr aufmunternd zu und begann ganz sachte die kleine Hand mit seiner warmen Zunge zu lecken.

Als dies die Gouvernante sah, war ihr Entschluß gefaßt. Auch sie wollte sich dem Harry als verständnisvolle Schwester zu erkennen geben, auch sie wollte sich mit ihm verbrüdern. Eilig nestelte sie ein kleines elegantes Päckchen aus Seidenpapier und Goldfaden auf, enthülste aus Stanniol einen hübschen Leckerbissen, ein Herz aus feiner Schokolade, und streckte es mit bedeutungsvollem Blick dem Wolfe hin.

Harry blinzelte und leckte still an der Kinderhand; gleichzeitig achtete er haarscharf auf jede Bewegung der Gouvernante. Und genau in dem Augenblick, wo deren Hand mit dem Schokoladeherzen nahe genug war, schnappte er blitzschnell zu und hatte Herz und Hand zwischen den blanken Zähnen. Die drei Menschen schrien alle gleichzeitig auf und sprangen zurück, aber die Erzieherin konnte nicht, sie war von ihrem Bruder Wolf gefangen, und es dauerte noch bange Augenblicke, bis sie ihre blutende Hand loszerren und entsetzt betrachten konnte. Sie war durch und durch gebissen.

Nochmals schrie das arme Fräulein gellend auf. Von ihrem Seelenkonflikt aber war sie in diesem Augenblick vollständig geheilt. Nein, sie war keine Wölfin, sie hatte nichts mit diesem rüden Scheusal gemein, das jetzt interessiert an dem blutigen Schokoladeherzen schnupperte. Und sie setzte sich sogleich zur Wehr.

Inmitten der fassungslosen Gruppe, die sich alsbald um sie gebildet hatte und in welcher der schreckensbleiche Menageriebesitzer ihr Gegenspieler war, stand das Fräulein hochaufgerichtet, hielt die blutende Hand von sich ab, um das Kleid zu schonen, und beteuerte mit blendender Rednergabe, daß sie nicht ruhen werde, bis dies rohe Attentat gerächt sei, und man werde sich wundern, welche Summe an Schadenersatz sie für die Entstellung ihrer schönen und des Klavierspielens kundigen Hand verlangen werde. Und der Wolf müsse getötet werden, darunter tue sie es nicht, man werde schon sehen.

Schnell gefaßt, machte der Unternehmer sie auf die Schokolade aufmerksam, die noch vor Harry lag. Das Füttern der Raubtiere sei durch Plakat aufs strengste verboten, er sei jeder Verantwortung enthoben. Sie möge ihn nur ruhig verklagen, kein Gericht der Welt würde ihr recht geben. Übrigens sei er haftpflichtversichert. Die Dame möge doch lieber jetzt zu einem Arzt gehen.

Das tat sie auch; aber vom Arzt fuhr sie, kaum war die Hand verbunden, zu einem Advokaten. Harrys Käfig wurde an den folgenden Tagen von Hunderten besucht.

Der Prozeß aber zwischen der Dame und dem Steppenwolf beschäftigt seither Tag für Tag die Öffentlichkeit. Die klagende Partei nämlich macht den Versuch, den Wolf Harry selbst, und erst an zweiter Stelle den Unternehmer, haftbar zu machen. Denn, so führt die Klageschrift weitläufig aus, dieser Harry sei keineswegs als verantwortungsloses Tier zu betrachten; es führe einen richtigen, bürgerlichen Eigennamen, sei nur zeitweise als Raubtier in Stellung und habe seine eigenen Memoiren als Buch herausgegeben. Mag das zuständige Gericht nun so oder so entscheiden, der Prozeß wird ohne Zweifel durch alle Instanzen bis vor das Reichsgericht gelangen.

Wir können also in absehbarer Zeit von der maßgebendsten amtlichen Stelle eine endgültige Entscheidung über die Frage erwarten, ob der Steppenwolf nun eigentlich ein Tier sei oder ein Mensch.

(1927)

Floßfahrt

Vermutlich laufen auch heute noch da und dort auf Erden Bäche und Ströme durch Gras und Wald, stehen frühmorgens an Waldrändern im betauten Laubwerk sanftblickende Rehe, vielleicht auch kommt den Kindern von heute ihr Bach mit seinen Zementufern und ihre Wiese mit dem Sportplatz und den Fahrradgestellen ebenso schön und ehrwürdig vor, wie uns Unzeitgemäßen einst, vor einem halben Jahrhundert, ein wirklicher Bach und eine wirkliche Wiese vorkam. Es hat keinen Sinn, darüber zu streiten, vielleicht ist tatsächlich die Welt inzwischen vollkommener geworden. Sei dem, wie ihm wolle, wir Ältern sind dennoch der Meinung, wir hätten vor vierzig bis fünfzig Jahren noch etwas eingeatmet, etwas gekostet und miterlebt, was seither vollends aus der vervollkommneten Welt entschwunden ist: den Rest einer Unschuld, den Rest einer Harmlosigkeit und Ländlichkeit, welche damals noch da und dort mitten in Deutschland anzutreffen war, während sie heute auch in Polynesien vergebens gesucht wird. Darum erinnern wir uns gern der Kindheit und genießen froh, dumm und egoistisch das Recht unseres Alters, die vergangenen Zeiten auf Kosten der heutigen zu loben. Eine Erinnerung an die sagenhaft gewordene Kindheit kam mir dieser Tage. Sei willkommen, schöne Erinnerung!

Durch meine Vaterstadt im Schwarzwald floß ein Fluß, ein Fluß, an dem damals nur erst ganz wenige Fabriken standen, wo es viele alte Mühlen und Brücken, Schilfufer und Erlengehölze, wo es viele Fische und im Sommer Millionen von dunkelblauen Wasserjungfern gab. Es ist mir unbekannt, wie sich die Fische und die Wasserjungfern zwischen dem zunehmenden Zementgemäuer der Ufer und den zunehmenden Fabriken gehalten haben, vielleicht sind sie noch immer da. Vermutlich längst verschwunden aber ist etwas, was es damals auf dem Flusse gab, etwas Schönes und Geheimnisvolles, etwas Märchenhaftes, etwas vom Allerschönsten, was dieser schöne sagenhafte Fluß besaß: die Flößerei. Damals, zu unseren Zeiten, wurden die Schwarzwälder Tannenstämme den Sommer über in gewaltigen Flößen alle die kleinen

Flüsse bis nach Mannheim und zuweilen noch bis nach Holland hinunter auf dem Wasser befördert, die Flößerei war ein eigenes Gewerbe, und für jedes Städtchen war im Frühjahr das Erscheinen des ersten Floßes noch wichtiger und merkwürdiger als das der ersten Schwalben.

Ein solches Floß (das aber auf Schwäbisch nicht »das Floß« hieß, sondern »der Flooz«) bestand aus lauter langen Tannen- und Fichtenstämmen, sie waren entrindet, aber nicht weiter zugehauen, und das Floß bestand aus einer größeren Anzahl von Gliedern. Jedes Glied umfaßte etwa acht bis zwölf Stämme, die an den Enden verbunden waren, und an jedem Glied hing das nächste Glied elastisch, mit Weiden gebunden, so daß das Floß, war es auch noch so lang, mit seinen beweglichen Gliedern sich den Krümmungen des Flusses anschmiegen konnte. Dennoch passierte es nicht selten, daß ein Floß stecken blieb, eine aufregende Sache für die ganze Stadt und ein hohes Fest für die Jugend. Die Flößer, wegen ihres Mißgeschicks von den Brücken herab und aus den Fenstern der Häuser vielfach verhöhnt, waren wütend und hatten fieberhaft zu arbeiten, wateten schimpfend bis zum Bauch im Wasser, schrien und zeigten die ganze berühmte Wildheit und Rauhigkeit ihres Standes; noch ärgerlicher und böser waren die Müller und Fischer, und alles, was am Ufer sein Leben und seine Arbeit hatte, namentlich die vielen Gerber, rief den Flößern Scherzworte oder Schimpfworte zu. War das Floß unter einem offenen Schleusentor steckengeblieben, dann trabten und schimpften die Müller ganz besonders, und es gab dann zuweilen für uns Knaben ein besonderes Glück: das Flußbett rann eine Strecke weit beinahe leer, und unterhalb der Wehre konnten wir dann die Fische mit der Hand fangen, die breiten, glänzenden Rotaugen, die schnellen, stachligen Barsche und etwa auch ein Neunauge.

Die Flößer gehörten offensichtlich zu den Unseßhaften, Wilden, Wanderern, Nomaden, und Floß und Flößer waren bei den Hütern der Sitte und Ordnung nicht wohlgelitten. Umgekehrt war für uns Knaben, sooft ein Floß erschien, Gelegenheit zu Abenteuern, Aufregungen und Konflikten mit jenen Ordnungsmächten. So wie zwischen Müllern und Flößern ein ewiger Krieg bestand, in dem ich stets zur Partei der Flößer hielt, so bestand bei unseren Lehrern, Eltern, Tanten eine Abneigung gegen das Flößerwesen, und ein Bestreben, uns mit ihm möglichst wenig in Berührung kommen zu lassen. Wenn einer von uns zu Hause mit einem recht unflätigen Wort, einem meterlangen Fluch aufwartete, dann hieß es bei den Tanten, das habe man natürlich wieder bei den Flößern gelernt. Und an manchem Tage, der durch die Durchreise eines Floßes uns zum Fest geworden war, gab es väterliche Prügel, Tränen der Mutter, Schimpfen des Polizisten. Eine schöne Sage, die wir Knaben über alles liebten, war die von einem kleinen Buben, der einst wider alle Verbote ein Floß bestiegen und damit bis nach Holland und ans Meer gekommen sei und erst nach Monaten sich wieder bei seinen trauernden Eltern eingefunden habe. Es diesem Märchenknaben gleichzutun, war jahrelang mein innigster Wunsch.

Weit öfter, als mein guter Vater ahnte, bin ich als kleiner Bub für kurze Strecken blinder Passagier auf einem Floß gewesen. Es war streng verboten, man hatte nicht nur die Erzieher und die Polizei gegen sich, sondern leider meistens auch die Flößer. Schöneres und Spannenderes gibt es für einen Knaben nicht auf der Welt, als eine Floßfahrt. Denke ich daran, so kommt mit hundert zauberhaften Düften die ganze Heimat und Vergangenheit herauf. Ein vorüberfahrendes Floß besteigen konnte man entweder vom Laufsteg eines Schleusentors, einer sogenannten »Stellfalle« aus – das galt für schneidig und forderte einigen Mut, oder aber vom Ufer aus, was oft gar nicht schwierig war, aber doch jedesmal mit einem halben oder ganzen Bad bezahlt werden mußte. Am besten noch ging es an ganz warmen Sommertagen, wenn man ohnehin sehr wenig Kleider und weder Schuhe noch Strümpfe anhatte. Dann kam man leicht aufs Floß, und wenn man Glück hatte und sich vor den Flößern verbergen konnte, war es wunderbar, ein paar Meilen weit zwischen den grünen stillen Ufern den Fluß hinunterzufahren, unter den Brücken und Stellfallen hindurch.

Während des Fahrens aber, wenn nicht gerade ein Flößer freundlich war und einen auf einen Bretterstoß setzte, bekam man sehr bald auch die Unbilden des beneideten Flößerhandwerks zu kosten. Man stand unsicher auf den glitschigen Stämmen, zwischen denen das Wasser ununterbrochen heraufspritzte, man war naß bis auf die Knochen, und wenn es nicht sehr sommerlich war, fing man stets bald an zu frieren. Und dann kam der Augenblick näher, wo man das rasch fahrende Floß wieder verlassen mußte, es ging gegen den Abend, man schlotterte vor nasser Kühle, und man war bis in eine Gegend mitgefahren, wo man die Ufer nicht mehr so genau kannte wie zu Hause. Nun galt es eine Stelle zu erspähen und unverweilt mit raschem Entschluß zu benützen, wo ein Absprung ans Land möglich schien – meistens gab es in diesem letzten Augenblick nochmals ein Bad, auch war es oft gefährlich, und hie und da passierte ein Unglück; auch mir ist bei diesem Anlaß einst der Schauder der Todesgefahr bekannt geworden.

Und wenn man dann glücklich wieder an Land war, Erde und Gras unter den Füßen hatte, dann war es weit, zuweilen sehr weit nach Hause zurück, man stand in nassen Schuhen, nassen Kleidern, man hatte die Mütze verloren, und nun spürte man nach dem langen glitschigen Stehen auf den nassen Baumstämmen eine Schwäche in den Waden und Knien und mußte doch noch eine Stunde oder zwei oder mehr zu Fuß laufen, und alles nur, um dann von schluchzenden Müttern, entsetzten Tanten und einem todernsten Vater empfangen zu werden, welche dem Herrn dafür dankten, daß er wider Verdienst den entarteten Knaben hatte heil entrinnen lassen.

Schon in der Kindheit war es so: man bekam nichts geschenkt, man mußte jedes Glück bezahlen. Und wenn ich heute nachrechne, in was das Glück einer solchen Floßfahrt eigentlich bestand, wenn ich alle die Beschwerden, Anstrengungen, Unbilden abziehe, so bleibt wenig übrig. Aber dieses wenige ist wunderbar; ein stilles, rasch und erregend ziehendes Fahren auf dem kühlen, laut rauschenden Fluß, zwischen lauter spritzendem Wasser, ein traumhaftes Hinwegfahren unter den Brücken, durch dicke, lange Gehänge von Spinnweben, träumerische Augenblicke des Versinkens in ein unsäglich seliges Gefühl von Wanderung, von Unterwegssein, von Entronnensein und Indiewelthineinfahren, mit der Perspektive zum Neckar und zum Rhein und nach Holland hinunter – und dies wenige, diese mit Nässe, Frieren, mit Schimpfworten der Flößer, Predigten der Eltern bezahlte

Seligkeit wog doch alles auf, war doch alles wert, was man dafür geben mußte. Man war ein Flößer, man war ein Wanderer, ein Nomade, man schwamm an den Städten und Menschen vorbei, still, nirgends hingehörig, und fühlte im Herzen die Weite der Welt und ein sonderbares Heimweh brennen. O nein, es war gewiß nicht zu teuer bezahlt.

(1928)

Ein Abend bei Doktor Faust

Zusammen mit seinem Freunde Doktor Eisenbart (dem Urgroßvater übrigens des nachmals so berühmten Mediziners) saß Doktor Johann Faustus in seinem Speisezimmer. Das üppige Abendessen war abgetragen, in den schweren, vergoldeten Pokalen duftete alter Rheinwein, eben waren die beiden Musikanten verschwunden, die zum Essen aufgespielt hatten, ein Flötenbläser und ein Lautenschläger. »Also jetzt will ich dir die versprochene Probe geben«, sagte Doktor Faust und goß einen Schluck von dem alten Wein in seine etwas fett gewordene Kehle. Er war kein junger Mann mehr, es war zwei oder drei Jahre vor seinem schrecklichen Ende.

»Ich sagte dir ja schon, daß mein Famulus zuweilen so drollige Apparate herstellt, mit denen man dies und jenes sehen und hören kann, was weit von uns entfernt, oder längst vergangen, oder noch Zukunft ist. Wir wollen es heute mit der Zukunft versuchen. Der Bursche hat da etwas sehr Amüsantes und Kurioses erfunden, weißt du. So, wie er uns öfter in magischen Spiegeln die Helden und Schönen der Vergangenheit gezeigt hat, so hat er jetzt etwas für die Ohren erfunden, einen Schalltrichter, der gibt uns die Geräusche zu hören, welche in ferner Zukunft an ebendem Ort einmal erklingen werden, an dem der Schallapparat aufgestellt ist.«

»Sollte dein dienender Geist, lieber Freund, dich da nicht vielleicht etwas beschwindeln?«

»Ich glaube es nicht«, sagte Faust. »Für die schwarze Magie ist ja die Zukunft keineswegs unerreichbar. Du weißt, wir sind immer von der Voraussetzung ausgegangen, daß die Geschehnisse auf Erden ohne Ausnahme dem Gesetz von Ursache und Wirkung unterliegen. Es kann also an der Zukunft ebensowenig etwas geändert werden, wie an der Vergangenheit: auch die Zukunft ist durch das Kausalgesetz festgelegt, sie ist also schon da, nur sehen und schmecken wir sie noch nicht. Ebenso wie der Mathematiker und Astronom genau den Eintritt einer Sonnenfinsternis weit vorausberechnen kann, ebenso könnte, wenn wir eine Methode dafür erfunden hätten, jeder beliebige andere Teil der Zukunft uns sichtbar und hörbar gemacht werden. Mephistopheles hat nun eine Art Wünschelrute für das Ohr erfunden, er hat eine Falle gebaut, in welcher die Töne eingefangen werden, welche in einigen hundert Jahren hier in diesem Raum ertönen werden. Wir haben es wiederholt probiert. Manchmal freilich ertönt gar nichts, dann sind wir eben in der Zukunft auf eine Leere gestoßen, auf einen Zeitpunkt, in dem nichts Hörbares sich in unserem Raume abspielt. Andere Male haben wir allerlei gehört, zum Beispiel hörten wir einmal einige Menschen, die in ferner Zukunft leben werden, von einem Gedicht sprechen, in dem die Taten des Doktor Faust, also die meinen, besungen werden. Aber genug, wir wollen es probieren.«

Auf seinen Ruf erschien in der gewohnten grauen Mönchskutte der Hausgeist, er setzte eine kleine Maschine mit einem Schalltrichter auf die Tafel, schärfte den Herren dringlichst ein, daß sie ja während des ganzen Vorganges sich jeder Bemerkung enthalten sollten, dann drehte er an der Maschine, die mit einem leisen, zarten Sausen zu arbeiten begann.

Längere Zeit hörte man nichts als dieses spannende Sausen, dem die beiden Doktoren erwartungsvoll lauschten. Dann schrillte plötzlich ein nie gehörter Ton auf: ein böses, wildes, teuflisches Geheule, von dem nicht zu sagen war, ob es von einem Lindwurm oder etwa von einem wütenden Dämon stamme; ungeduldig, warnend, zornig, befehlend schrie der böse Ton, in kurzen, heftigen Stößen sich wiederholend, als pfeife ein verfolgter Drache durch den Raum. Doktor Eisenbart wurde blaß und atmete auf, als der scheußliche Schrei sich, in immer größerer Entfernung noch oftmals wiederholt, in der Ferne verlor.

Es folgte Stille, dann aber erklang ein neuer Laut: eine Männerstimme, wie aus großer Ferne kommend, in eindringlich predigendem Ton. Die Hörer konnten Bruchstücke der Rede verstehen und sich auf die bereitgelegten Schreibtafeln notieren, zum Beispiel die Sätze:

»– und so schreitet nach dem leuchtenden Vorbild Amerikas das Ideal wirtschaftlichen Betriebes unaufhaltsam seiner siegreichen Vollendung und Verwirklichung entgegen. – – Während einerseits der Komfort im Leben des Arbeiters eine nie erlebte Höhe erreicht hat, – – und können wir ohne

Überheblichkeit sagen, daß die kindlichen Träume früherer Zeitalter von einem Paradiese durch die heutige Produktionstechnik mehr als – –«

Wieder Stille. Dann kam eine neue Stimme, eine tiefe, ernste Stimme, die sprach: »Meine Herrschaften, ich bitte um Gehör für ein Gedicht, eine Schöpfung des großen Nikolaus Unterschwang, von dem man ja wohl sagen darf, daß er wie kein anderer das Innerste unserer Zeit hinausgestülpt, den Sinn und Un-Sinn unseres Daseins am weisesten erschaut hat.

Den Schornstein hält er in der Hand,
An beiden Backen trägt er Flossen,
Und nach dem Barometerstand
Steigt er auf Leitern ohne Sprossen.

So steigt er lange Leitern lang
Mit Wolken in dem Mantelfutter,
Nach einem Leben wird ihm bang,
Ihn überkommt die Wankelmutter.«

Doktor Faust konnte den größeren Teil dieses Gedichtes niederschreiben. Auch Eisenbart notierte fleißig.

Eine schläfrige Stimme, ohne Zweifel die Stimme einer älteren Frau oder Jungfer, wurde hörbar, sie sagte: »Langweiliges Programm! Als ob man nur dazu das Radio erfunden hätte! Na, jetzt kommt wenigstens Musik.«

In der Tat brach jetzt eine Musik los, eine wilde, geile, sehr taktfeste Musik, schmetternd bald, bald schmachtend, eine ganz und gar unbekannte, fremdartige unanständige, bösartige Musik, von heulenden, quäkenden und gaksenden Blasinstrumenten, durchschüttert von Gongschlägen, überklettert zuweilen von einer singenden, heulenden Sängerstimme, welche Worte oder Verse in unbekannter Sprache von sich gab.

Zwischenein ertönte in regelmäßigen Abständen der geheimnisvolle Vers:

Bewunderung dein Haar erregt,
Wird stets mit Gögö es gepflegt!

Auch jener erste, bösartige, wütende, warnende Ton, jenes

Drachengeheul voll Qual und Zorn wurde zwischenein immer je und je wieder laut.

Als der Hausgeist lächelnd seine Maschine zum Stillstand brachte, blickten die beiden Gelehrten einander merkwürdig an, in einem peinlichen Gefühl von Verlegenheit und Scham, als seien sie ungewollt Zeugen eines unanständigen, verbotenen Vorganges geworden. Beide überlasen ihre Notizen und zeigten sie einander.

»Was hältst du davon?« sagte Faust endlich.

Doktor Eisenbart trank einen langen Schluck aus seinem Becher, er blickte zu Boden und blieb lange nachdenklich und schweigsam. Endlich sagte er, mehr zu sich selbst als zu seinem Freunde: »Es ist schauderhaft! Es kann gar kein Zweifel darüber herrschen, daß die Menschheit, von deren Leben wir da ein Probestück gehört haben, irrsinnig ist. Es sind unsere Nachkommen, die Söhne unserer Söhne, die Urenkel unserer Urenkel, die wir da so bedenkliche, traurige, verwirrte Dinge sprechen hören, die so Entsetzen erregende Schreie ausstoßen, so unverständliche Idiotenverse singen. Unsere Nachkommen, Freund Faust, werden im Wahnsinn enden.«

»Das möchte ich nicht so bestimmt behaupten«, meinte Faust. »Deine Ansicht hat ja nichts Unwahrscheinliches, aber sie ist doch pessimistischer als nötig. Wenn hier, an einem einzigen beschränkten Ort der Erde, solche wilde, verzweifelte, unanständige und zweifellos verrückte Töne erklingen, so braucht das noch nicht zu bedeuten, daß die ganze Menschheit geisteskrank geworden sei. Es kann ja sein, daß an dem Ort, an dem wir uns befinden, in einigen hundert Jahren ein Irrenhaus stehen wird und daß wir Bruchstücke davon zu hören bekommen haben. Es kann auch sein, daß eine Gesellschaft von schwer Betrunkenen da ihre Einfälle zum besten gegeben hat. Denke an das Gebrüll einer vergnügten Volksmenge, etwa an einem Karnevalsfest! Das klingt ganz ähnlich. Aber was mich stutzig macht, das sind jene anderen Töne, jene Schreie, die weder von Menschenstimmen noch von Musikinstrumenten erzeugt sein können. Sie klingen, so scheint mir, absolut teuflisch. Es können nur Dämonen sein, die solche Töne ausstoßen.«

Er wandte sich an Mephistopheles: »Weißt du vielleicht

etwas darüber? Kannst du uns sagen, was für Töne wir da gehört haben?«

»Wir haben«, sagte der Hausgeist und lächelte, »in der Tat dämonische Töne gehört. Die Erde, meine Herren, welche ja schon heute zur guten Hälfte Eigentum des Teufels ist, wird bis in einer gewissen Zeit ihm ganz gehören, und wird einen Teil, eine Provinz der Hölle bilden. Sie haben sich über die Ton- und Wortsprache dieser Erdhölle etwas hart und ablehnend geäußert, meine Herren. Es scheint mir aber immerhin bemerkenswert und hübsch, daß es auch in der Hölle Musik und Dichtung geben wird. Es ist Belial, dem diese Abteilung untersteht. Ich finde, er macht seine Sache recht hübsch.«

(1928)

Schwäbische Parodie

Im schönen Schwabenlande gibt es eine Menge von schönen und merkwürdigen Städten und Dörfern voll denkwürdiger Erinnerungen, und viele davon haben denn auch ausgezeichnete, ja klassische Schilderungen gefunden. Ich erinnere nur an Megerles dreibändige Geschichte von Bopfingen und an Mörikes tiefschürfende Forschungen über die Familie Wispel. Als erste Anregung und Grundlage für eine spätere heimatkundliche Darstellung von berufener Hand möchten nachstehende historische Notizen über Knörzelfingen, die Perle des Knörzeltales, angesehen werden. Denn wahrlich, es dürfte an der Zeit sein, endlich einmal eine Lanze für Knörzelfingen zu brechen und diese Perle eines unserer schönsten Heimattäler aus ihrem jahrhundertlangen Dornröschenschlaf zu wecken.

Jedem schwäbischen Schulknaben aus der Heimatkunde wohlbekannt, entspringt in diesem großenteils mit Laubwald bestandenen, von Kalkschichten romantisch durchzogenen Tale ein munterer kleiner Fluß oder Bach, die Knörzel. Es ist eine bekannte Anekdote aus Württembergs glorreicher Geistesgeschichte, wie Ludwig Uhland am Ende seiner Schuljahre bei der Reifeprüfung vor seinem verehrten Professor Hosiander stand und von diesem nach dem einundzwanzigsten linken Nebenfluß des Neckars befragt wurde und zum tiefen Bedauern des verdienstvollen Lehrers die Antwort schuldig blieb. Heute mag es uns bedeutsam erscheinen, daß gerade unser großer Uhland, der so manche Flur- und Dorfnamen Schwabens in seinen Dichtungen für die Ewigkeit aufbewahrt hat, diese merkwürdige Lücke in seinem sonst so reichen Wissen aufwies. So wie der große Dichter die Knörzel vergessen hatte, so wurde sie seit langem von der Literatur sowohl wie vom öffentlichen Interesse vernachlässigt. Und doch rauschte einst auch hier der große Strom der Geschichte, und heute noch weiß der Volksmund zahlreiche Merkwürdigkeiten und Sagen über diese Gegend zu berichten, deren Sammlung tunlichst in Angriff genommen werden sollte, noch ehe die alles nivellierende Flut der gewaltigen

Neuzeit auch diese Zeugen der Vorzeit vernichtend überspült hat.

Ursprünglich, das heißt bis zum verhängnisvollen Jahr 1231, gehörte das Tal zu den gewaltigen Besitzungen der Grafen von Calw, während die Burg Knörzelfingen nicht von diesen, sondern schon in grauer Vorzeit von Knorz dem Ersten errichtet worden sein soll. Ihre wohlgelungene Abbildung finden wir noch in den Kupferstichen Merians, heute indessen ist sie vom Erdboden verschwunden, und es kündet nur noch der sogenannte Brennesselberg, eine von Unkraut überwucherte, für den Botaniker beachtenswerte Schutthalde, von dem ehrwürdigen Bauwerk. Die Frage, ob Knorz der Erste, der Erbauer der Burg, identisch sei mit Knorz dem Wunderlichen, der Lieblingsfigur so mancher Volkserzählungen, ist von der Wissenschaft nicht nur nicht gelöst, sondern sogar mit einer gewissen Ängstlichkeit umgangen worden. Ritter Knorz, der Held so vieler gemütvoller Volkssagen, ist indessen von der neueren Forschung als eine lediglich mythische Persönlichkeit erkannt worden, und so lassen wir die zahlreichen Spuren, welche diese ehrwürdige Figur in Sitte und Sage, in Sprache und Brauch der Knörzelfinger hinterlassen hat, besser auf sich beruhen. Erwähnt sei nur, daß die wunderlichen Ausdrücke »knorzen« und »Knorzer« nach den genialen Forschungen Fischers und Bohnenbergers zweifellos jenem Sagenkreise entstammen; sie haben sich inzwischen das gesamte schwäbische Sprachgebiet erobert. Unter den heimatkundlichen Volkserzählungen, welche unser geschätzter Erzähler Martin Kurtz zwar nachweislich geplant, aber beklagenswerterweise nicht geschrieben hat, soll auch ein Roman über Knorz den Wunderlichen gewesen sein.

Ebenfalls noch dem Gebiete sagenhafter Volksüberlieferung entstammt die Erzählung vom Bade Herzog Eugens des Langhaarigen in der Knörzel, wie denn überhaupt die Knörzel vor Zeiten als Heilbad sich eines hohen Ansehens erfreute, worauf wir noch zurückkommen werden. Bekanntlich soll bei diesem Bade Herzog Eugen die hübsche Bauerntochter Barbara Klemm, die sogenannte »Klemmin«, auf seinem Rücken durch die schäumenden Wellen der Knörzel getragen haben, und wir möchten es immerhin als voreilig bezeichnen, wenn Hammelehle in seiner sonst verdienstvollen

Dissertation »Herzog Eugen der Langhaarige in seinen Beziehungen zum Humanismus« in diesem Bericht lediglich eine humanistisch-klassizistische Nachdichtung des Abenteuers zwischen Zeus und der Europa glaubt erkennen zu dürfen. Ist doch wahrlich diese Barbara Klemmin als Geliebte des prachtliebenden und verblendeten Fürsten historisch genugsam bezeugt, zum Beispiel in dem anonymen Spottgedicht »Des Herzogs Beklemmung« von 1523. Damals war es ja Achilles Zwilling, der Archidiakon von Stuttgart und Eugens tapferer Hofprediger, der des Herzogs zornigen Befehl, die Klemmin alsbald in öffentlicher Predigt zu rehabilitieren, mit den echt schwäbischen Manneswörten zurückwies: »Ob sie Sie geklemmt hat, Durchlaucht, oder von Ihnen geklemmt worden ist, dies zu untersuchen wird jeder schwäbische Theologe als seiner unwürdig zurückweisen.«

Im achtzehnten Jahrhundert war es ein Knörzelfinger, der Taglöhnerssohn Adam Wulle, der als beliebter Laienprediger und Wortführer einer von ihm begründeten pietistischen Sekte eines großen Rufes im Lande genoß und namentlich allgemeines Staunen erregte durch seine improvisierte anderthalbstündige Predigt voll Zündkraft über das Bibelwort: »Und Joram zeugete den Usia.« Es ist ebenderselbe Adam Wulle, von welchem die drollige Geschichte überliefert worden ist, daß einst ein Kamerad ihn über das Zeichen belehrt habe, an welchem unfehlbar erkannt werden könne, ob eine Frau eine Hexe sei oder nicht. Eine Hexe, so wurde ihm gesagt, sei sofort an den schneeweißen Knien zu erkennen. Einem Verdachte folgend, betrachtete am Abend Wulle die Knie seiner Ehefrau und sprach sie des Verdachtes ledig mit den Worten: »E Hex bisch net, aber e dreckats Säule.«

Überhaupt scheinen die Bürger von Knörzelfingen, nach gut schwäbischem Brauch, sich einer glücklichen Gabe im Prägen kurzer und eindrucksvoller Kernworte erfreut zu haben. Der Schultheiß von Knörzelfingen war es, der die treuherzige Meinung des Volkes über den Pfarrer und Dichter Eduard Mörike zu klassischem Ausdruck gebracht hat. Mörike war einige Zeit in einem Dorfe jener Gegend Pfarrvikar, und als der Schultheiß einst gefragt wurde, ob er denn auch wisse, daß sein Nachbar, der Vikar Mörike, so schöne Gedichte mache, da nickte der brave Mann und sagte: »Der Kerle könnt' au ebbes G'scheiters tun.«

Eine eigene, ausführliche Darstellung verdiente die Geschichte Knörzelfingens als Heilbad. In alten Zeiten soll ein Graf von Württemberg sich auf der Jagd in das Knörzeltal verirrt haben, und, obwohl er und seine Mannen ringsum Hasen, Hirsche, Fasanen und anderes Wild in Menge erlegten, wurden sie doch dieser erlegten Beute nur selten habhaft und entdeckten, als sie der Sache nachgingen, daß die verwundeten Tiere sich zur murmelnden Knörzel schleppten, aus ihr tranken oder sich in ihr wuschen und alsbald gesund wieder in die prächtigen Wälder liefen, die noch heute der Schmuck der Gegend sind. So entstand der Ruf des Knörzelwassers und seiner Heilkraft, und das Tal wurde jahrhundertelang, ähnlich wie so manches andere begnadete Tal unserer Heimat, von Kranken aller Art besucht, namentlich aber von Leuten, welche an Gicht und Rheumatismen litten. Sei es nun, daß der Charakter des Wassers sich im Laufe der Zeiten verändert hat oder daß es auf Menschen nicht dieselbe Wirkung übte wie auf die Tiere des Waldes – kurz, es wurden in diesem Bad ebensowenig wie in andern Bädern Heilungen erzielt, sehr zum Vorteil der Badewirte, denn die Kranken wurden nicht gesund und blieben weg, sondern sie blieben krank und heilungsbegierig und kamen Jahr für Jahr zur Badekur wieder, wie es ja auch in andern Bädern die Sitte ist. Wirte und Kranke waren mit diesem Zustande zufrieden; die Wirte verdienten, und die Kranken konnten Jahr für Jahr wiederkommen, einander ihre Schmerzen klagen und einige Sommerwochen teils in Liegestühlen, teils an den mit den Rebhühnern und Forellen der Gegend wohlbesetzten Wirtstafeln sitzen.

Daß dies angenehme Badeleben ein Ende fand, daran war der Schwabenstreich eines Knörzelfingers schuld, der als Arzt in seinem Städtchen lebte. Er war ein Zeitgenosse und Gesinnungsgenosse des Justinus Kerner, des Dr. Passavant und anderer romantischer Schwarmgeister, und er hätte als Badearzt sein gutes Auskommen haben können, wenn er nicht ein Heißsporn, Idealist und rüder Wahrheitsfanatiker gewesen wäre. Dieser merkwürdige Arzt (sein Name darf bis zum heutigen Tage in Knörzelfingen nicht ausgesprochen werden) hat innerhalb weniger Jahre das beliebte Heilbad vollkommen stillgelegt und ruiniert. Er lachte die Kranken aus, die ihn befragten, wieviel und wie lange Bäder sie nehmen sollten und ob die Bade- oder die Trinkkur wirksamer sei. Er setzte den Badegästen, gestützt auf unleugbare große Kenntnisse und eine zündende Beredsamkeit, auseinander, daß alle diese Gicht- und Gliederschmerzen keineswegs von leiblicher, sondern von seelischer Herkunft seien, und daß weder das Schlucken von Arzneien noch das Baden in irgendwelchen Wässern da irgend nützen könne, denn diese lästigen Krankheiten entstünden nicht aus dem Stoffwechsel und vermittels der Harnsäure, wie eine materialistische Wissenschaft vorgebe, sondern seien eine Folge von Charakterfehlern und daher nur mit seelischen Mitteln heilbar, insofern nämlich überhaupt von »heilbaren« Krankheiten gesprochen werden könne. Und die werten Herrschaften möchten daher sich von den Bädern nichts versprechen, sondern ihre Charakterschwächen bereuen oder sich mit ihnen abfinden. Es gelang diesem Arzt, in wenigen Jahren den Ruf des uralten Heilbades zu vernichten. Eine spätere Generation hat sich zwar energisch um die Wiedereröffnung dieser Geldquelle bemüht. Aber inzwischen hatte die allgemeine Bildung große Fortschritte gemacht, und kein Arzt schickte mehr einen Kranken in ein Bad, bloß um dessen guten Rufes willen, sondern es wurden genaue chemische Analysen des Wassers verlangt. Diese Analysen ergaben beim Knörzelwasser zwar dessen lobenswerte Beschaffenheit als Trinkwasser, weitere Lockmittel für die Ärzte und Patienten aber fanden sich in dem Wasser nicht. Darum reisen die Gichtkranken Jahr um Jahr in andere Bäder, unterhalten sich dort über ihre Leiden und legen Wert auf gute Verpflegung und Kurmusik, nach Knörzelfingen aber geht keiner mehr.

Vieles wäre noch zu berichten, aber angesichts des ungeheuren Stoffes begnüge ich mich mit dem Bewußtsein, den Gegenstand zwar keineswegs erschöpft, aber doch die Anregung zu dessen weiterer Behandlung gegeben zu haben. Meine kleine Schrift über Knörzelfingen gedenke ich der hochverehrten, angeblich von Knorz dem Ersten gestifteten

Universität zum Zweck der Erlangung der Rektorswürde vorzulegen, doch bleibt die Wahl der Fakultät noch weiterer Überlegung vorbehalten.

(1928)

Abstecher in den Schwimmsport

Wenn ein Dichter so seine zwanzig, dreißig Jahre lang sich Mühe gegeben und sich eine Anzahl von Freunden und Feinden erworben hat, dann wird er nicht nur mit allerlei Ehren überhäuft und erlebt es, daß die selben Redaktionen, die ihm seine Gedichte immer wieder mit höflichem Bedauern zurücksenden, Studienräte beschäftigen, um lange Artikel über ihn zu schreiben, nein, er bekommt die Stimme des Volkes auch unmittelbar zu hören. Jeden Morgen bringt ihm die Post ein Häufchen Briefe und Päckchen, aus denen er ersehen kann, daß er nicht vergebens sich Mühe gegeben hat. Er wird gewürdigt, die Manuskripte und ersten Bücher zahlreicher junger Kollegen zu lesen, er wird von denselben Redaktionen, die beständig seine Mitarbeit erbitten und ihm seine Gedichte dann beständig wieder zurücksenden, dringend und oft sogar telegraphisch um seine feuilletonistische Meinung über den Völkerbund oder über die Zukunft des Segelflugsports befragt, er wird von jungen Leserinnen um seine Photographie gebeten und von älteren Leserinnen in die Geheimnisse ihres Lebens und die Gründe ihres Beitrittes zur Theosophie oder zur Christian Science eingeweiht, und er wird aufgefordert, auf Konversationslexika zu abonnieren, da in ihnen auch sein geschätzter Name sich finde. Kurz, es beweist einem solchen Dichter jeden morgen die Post, daß sein Leben und Tun nicht vergeblich gewesen sei. Jedem Dichter geht es so.

Manchmal ist man nun aber nicht gestimmt, schon gleich beim ersten Schluck Kaffee und Brot sich respektvoll dieser Gemeinde gegenüberzustellen und ihre Grüße, ihre Wünsche und Ratschläge zur Abfassung künftiger Bücher entgegenzunehmen. So ging es gestern auch mir, und ich schob die Post, die diesmal ganz unerwartet reichlich eingetroffen war, beiseite, setzte den Hut auf und ging erst ein wenig spazieren.

Ich ging die Treppe hinab, an der Zimmertür meines Nachbarn H. vorüber, der jetzt wohl in seiner Bank saß und Zahlen schrieb. Denn er war Bankangestellter, aber sein Ehrgeiz ging nach anderen Sphären; im Herzen war er Sportsmann und hatte dieser Tage, wie ich aus der Zeitung und aus den

Gesprächen der Nachbarn wußte, mit einer von ihm erfundenen Spezialität den ersten großen Erfolg gehabt. Herr H. war nämlich Sportschwimmer und hatte mir mehrmals geklagt, wie beschränkt auf diesem Gebiete die Möglichkeiten seien. Er hatte den Zürichsee in etwa zehn Minuten durchschwommen, ich weiß nicht mehr, ob der Breite oder der Länge nach, es war unglaublich fix gegangen, und ich hatte ihn sehr bewundert, aber er hatte mit düsterem Blick gesagt, im Schwimmen sei nicht mehr viel zu machen. Man sei jetzt in diesem Sport so weit trainiert, daß binnen kurzem der äußerste Punkt erreicht sein werde: man werde dann den Kilometer in einer Minute zurücklegen, und selbst wenn dieser Rekord noch überboten werden sollte, so würde man es nach Ansicht der Fachleute doch niemals weiter bringen, als daß der Schwimmer bestenfalls zur gleichen Zeit am jenseitigen Ufer ankomme, in der er das diesseitige verlassen habe.

Aber mein Nachbar H. war kein gewöhnlicher Schwimmer, er war ein Genie. Er erfand von einem Tag auf den andern einfach eine neue Schwimmkunst. Es sei, so sagte er, bisher ja recht gut und brav geschwommen worden, und das letzte Kleinkinderwettschwimmen von Gibraltar nach Afrika habe ja gezeigt, daß man in der Tat im Schwimmsport eigentlich keine Hindernisse und Grenzen mehr kenne. Aber naiverweise war man eben bisher immer der Luftlinie nach und an der Oberfläche des Wassers geschwommen. Freund H., der schon immer ein guter Taucher gewesen war, brachte nun den neuen Sport auf, bei dem der Schwimmer am Grunde der See wie ein Gratwanderer den Erhebungen und Vertiefungen des Geländes folgt. Er hatte den Bodensee vor wenigen Tagen auf diese Weise durchschwommen, immer zwanzig Zentimeter über dem Seeboden, und alle Welt war über die Leistung außer sich.

Dennoch, so dachte ich bei mir, haben wir Dichter es besser. Es wird der Tag kommen, da wird jeder gut trainierte Schwimmer das leisten, was H. neulich geleistet hat, und sein Ruhm wird erblassen, und wieder wird der Schwimmsport sich um neue Aufgaben bemühen müssen. Bei uns Dichtern dagegen, wie war da alles noch offen, wie weit und noch kaum betreten lag die ganze Welt vor uns! Zugegeben, daß in den 2500 Jahren seit Homer wirklich ein Fortschritt erzielt worden war – und selbst darüber konnte man streiten, – wie klein war dieser Fortschritt! Der Gedanke erfrischte mich, in guter Laune kehrte ich nach Hause zurück und wollte eigentlich sofort an meine Arbeit gehen. Aber da lag noch diese Morgenpost, und bei Gott, sie war heute drei- oder viermal so umfangreich als gewöhnlich! Etwas verdrießlich schnitt ich zunächst einmal ein Dutzend Briefe auf und begann zu lesen. Aber das war heute wirklich ein Glückstag. Brief für Brief, alle waren sie erfreulich. Jeder begann mit der Anrede ›Hochverehrter Meister‹ und enthielt nur Angenehmes und Schmeichelhaftes. Die Universität meines Landes, obwohl ich doch weder Fabrikant noch Tenorsänger war, hatte beschlossen, mich zum Ehrendoktor zu ernennen. Die berühmte ›Schweinfurter Zeitung‹, die mir immer meine eingesandten Gedichte wieder zurückgesandt hatte, forderte mich flehentlich zur Mitarbeit auf, sei es in welcher Form und auf welchem Gebiete auch immer, jede Zeile von mir werde der Redaktion und den Lesern hoch willkommen sein. Und so ging es weiter, Schlag auf Schlag. Die Sängerin Ida vom Stadttheater, diese süße braune Hexe, lud mich zu einer Autofahrt ein. Ein Photograph in Dortmund und einer in Karlsruhe baten mich flehentlich, sich zum Zweck einer Aufnahme hieher verfügen zu dürfen. Man bot mir kostenlos für ein Vierteljahr einen neuen Wagen zum Versuch an. Weder von Theosophinnen noch von Anhängerinnen des Mazdaznan waren Briefe da, weder römische Tragödien von Quintanern noch Revolutionsdramen von Sekundanern waren dabei. Es war erstaunlich, es war ein großer Tag. Weder mein fünfzigster noch mein sechzigster Geburtstag hatte mir auch nur annähernd solche Triumphe gebracht.

Es war mir beinahe zu viel. Ich beschloß, den Rest der Briefe erst später nach Tisch zu lesen. Aber ein hübsches, flaches Päckchen lag noch da, das machte mich neugierig. Man sah es ihm an, daß weder ein Buch noch ein Manuskript darin verborgen sein konnte, sein Inhalt konnte nur ein erfreulicher sein. Ich schnitt also die Schnur auf und faltete die Umhüllung auseinander. Rosa Seidenpapiere kamen zum Vorschein, und ein zarter Duft verbreitete sich, weich und zart fühlte der Inhalt sich an. Ich enthüllte ihn sorgfältig und feierlich wie ein Denkmal und fand eine Handarbeit aus feinem, trikotartigem Stoff. Verwundert legte ich das Ding auseinander und breitete es über einem Stuhl aus. Es war ein schwarzer Badeanzug, aus seidig schimmerndem Trikot, und auf der Brust des Anzuges war ein großes hellrotes Herz aufgenäht und mit Kreuzstich eingefaßt, und in dem roten Herzen stand mit schwarzen Buchstaben gestickt: ›Dem großen Heinrich, dem unvergleichlichen Unterwasserschwimmer‹.

Teufel, und jetzt begriff ich endlich und sah, daß diese ganze ausgiebige Morgenpost gar nicht mir gehört hatte, sondern meinem Nachbarn H., dem Schwimmer, der jetzt auf seiner Bank saß und Bleistifte spitzte, der aber morgen seine Stelle kündigen und einem der zahllosen ehrenvollen Rufe nach Berlin, nach Amerika, nach Paris oder London folgen würde, die ihn jetzt täglich erreichten.

Ärgerlich und ein wenig betrübt ging ich nochmals aus, und schlenderte an den Quai hinaus. Da lag der Zürichsee, und ich sah ihn mir an und überlegte sehr, ob ich nicht wohl daran täte, zum Schwimmsport überzugehen. Konnte ich auch nicht auf Weltrekorde zählen, so war ich doch noch leidlich rüstig, und einst als Knabe hatte ich sehr gut schwimmen können. Zu schönen Achtungserfolgen bei kantonalen Seniorenwettschwimmen würde es mir vielleicht doch noch reichen. Aber dann sah der See so widerlich kalt und naß aus, und ich dachte daran, daß Meister H. die unabsehbare Strekke von hier bis zum andern Ufer in zehn Minuten durchschwommen hatte, und es fiel mir auch wieder ein, wieviel dankbare und nie auszuschöpfende Ziele und Aufgaben meiner in der Dichtkunst noch warteten.

Nein, ich würde meinem Nachbarn H. seine Post mit höflichen Entschuldigungen überschicken, würde ihn um eine Eintrittskarte zu seinem nächsten Schauschwimmen bitten und ihn gelegentlich ersuchen, bei ein paar Redaktionen großer Blätter ein Wort für mich einzulegen behufs Abdruck meiner Gedichte. Im übrigen aber wollte ich den Schwimmsport den Karpfen und Hechten überlassen und es weiter mit dem Dichten probieren. Es beschäftigte mich da seit einigen Tagen ein Gedicht über den Frühling, oder vielmehr über den merkwürdigen Geruch von jungen harzigen Baumknospen und seine Wirkung auf junge und alte Menschen, eine außerordentlich verschiedene Wirkung, und wenn es auch schwer und nahezu unmöglich schien, diese Sache mit den Knospen den Herzen der Menschen jemals einigermaßen befriedigend zu formulieren, so wollte ich doch nicht derjenige sein, der sein Handwerk vernachlässigte und sich um seine Lebensaufgabe drückte.

(1929)

Edmund

Edmund, ein begabter Jüngling aus gutem Hause, war während mehrerer Studienjahre zum Lieblingsschüler des damals wohlbekannten Professors Zerkel geworden.

Es war zu jener Epoche, wo die sogenannte Nachkriegszeit sich ihrem Ende zuneigte, wo die großen Kriege, die große Übervölkerung und das vollkommene Verschwinden von Sitte und Religion Europa jenes verzweifelte Gesicht gegeben hatten, welches uns aus beinahe allen Bildnissen der Repräsentanten jener Zeit entgegenblickt. Noch hatte jene Epoche nicht eigentlich begonnen, welche unter dem Namen »Wiedergeburt des Mittelalters« bekannt ist, aber es war immerhin alles das, was seit mehr als hundert Jahren allgemeine Verehrung und Geltung genossen hatte, schon tief erschüttert, und es war in den weitesten Kreisen eine rasch wachsende Müdigkeit und Unlust gegenüber jenen Zweigen des Wissens und Könnens zu spüren, die man seit der Mitte des neunzehnten Jahrhunderts bevorzugt hatte. Man hatte genug und übergenug von den analytischen Methoden, von der Technik als Selbstzweck, von den rationalistischen Erklärungskünsten, von der dünnen Vernünftigkeit jenes Weltbildes, das einige Jahrzehnte vorher die Höhe europäischer Bildung bezeichnet hatte und unter dessen Vätern einst die Namen Darwin, Marx und Haeckel hervorragten. In fortgeschrittenen Kreisen wie denen, welchen Edmund angehörte, herrschte sogar eine gewisse allgemeine Geistesmüdigkeit, eine skeptische, von Eitelkeit übrigens nicht freie Lust an illusionsloser Selbstkritik, an einer kultivierten Selbstverachtung der Intelligenz und ihrer herrschenden Methoden. Zugleich wandte sich in diesen Kreisen ein fanatisches Interesse den damals hoch entwickelten Religionsforschungen zu. Man betrachtete die Zeugnisse der gewesenen Religionen nicht mehr wie bisher vor allem historisch, soziologisch oder weltanschaulich, sondern suchte ihre unmittelbaren Lebenskräfte, die psychologische und magische Wirkung ihrer Formen, Bilder und Gebräuche kennenzulernen. Immerhin herrschte bei den Älteren und Lehrern noch mehr die etwas blasierte Neugierde reiner Wissenschaftlichkeit, eine gewisse

Freude am Sammeln, Vergleichen, Erklären, Einordnen und Besserwissen; die Jüngeren und Schüler hingegen betrieben diese Studien in einem neuen Geist, nämlich voll Hochachtung, ja voll Neid gegen die Erscheinungen religiösen Lebens, voll Hunger nach den Inhalten jener Kulte und Formeln, die uns die Geschichte überliefert hat, und voll heimlicher, halb lebensmüder, halb zum Glauben bereiter Begierde nach dem Kern aller jener Erscheinungen, nach einem Glauben und einer Seelenhaltung, die es ihnen vielleicht ermöglichen würde, gleich ihren fernen Vorfahren aus starken und hohen Antrieben heraus und mit jener verlorengegangenen Frische und Intensität zu leben, wie sie aus den religiösen Kulten und aus den Kunstwerken der Vorzeit strahlt.

Berühmt wurde zum Beispiel der Fall jenes jungen Privatdozenten in Marburg, der sich vorgenommen hatte, das Leben und Sterben des frommen Dichters Novalis zu beschreiben. Bekanntlich hat dieser Novalis nach dem Tode seiner Braut den Beschluß gefaßt, ihr nachzusterben, und hat dazu als echter Frommer und Dichter nicht mechanische Mittel wie Gift oder Schußwaffen benutzt, sondern hat sich langsam durch rein seelische und magische Mittel dem Tode entgegengeführt und ist ganz früh gestorben. Der Privatdozent nun geriet in den Bann dieses merkwürdigen Lebens und Sterbens, und es ergriff ihn darüber der Wunsch, es diesem Dichter nachzutun und ihm nachzusterben, einfach durch seelische Nachahmung und Gleichrichtung. Der Antrieb dazu war nicht eigentlich Lebensüberdruß, vielmehr das Verlangen nach dem Wunder, das heißt nach Beeinflussung und Beherrschung des körperlichen Lebens durch die Kräfte der Seele. Und richtig lebte und starb er dem Dichter nach, noch nicht dreißigjährig. Der Fall erregte damals Aufsehen und wurde von allen konservativen Kreisen ebenso heftig verurteilt wie von jenem Teile der Jugend, welcher in Sport und materiellem Lebensgenuß seine Genüge fand. Aber genug davon; wir wollen hier nicht jene Zeit analysieren, sondern nur die Seelenhaltung und Stimmung der Kreise andeuten, zu welchen der Kandidat Edmund gehörte.

Dieser also studierte unter Professor Zerkel Religionswissenschaft, und sein Interesse galt beinahe ausschließlich jenen teils religiösen, teils magischen Übungen, durch welche andere Zeiten und Völker versucht hatten, sich des Lebens geistig zu bemächtigen und die Menschenseele gegen Natur und Schicksal stark zu machen. Es handelte sich ihm nicht, wie seinem Lehrer, um die denkerische und literarische Schauseite der Religionen, um ihre sogenannten Weltanschauungen, sondern was er zu erkennen und zu ergründen suchte, waren die echten, direkt ins Leben wirkenden Praktiken, Übungen und Formeln: das Geheimnis von der Gewalt der Symbole und Sakramente, die Techniken der seelischen Konzentration, die Mittel zur Erzeugung schöpferischer Seelenzustände. Die oberflächliche Art, mit der man ein Jahrhundert lang diese Phänomene wie Askese, Exorzismen, Mönchtum und Eremitentum erklärt hatte, war längst einem ernsten Studium gewichen. Zur Zeit war Edmund bei Zerkel in einem exklusiven Seminar, an welchem außer ihm nur noch ein einziger vorgeschrittener Schüler teilnahm, mit dem Eindringen in gewisse magische Formeln und Tantras beschäftigt, die man neuerdings im nördlichen Indien gefunden hatte. Sein Professor hatte für diese Studien ein rein forscherisches Interesse, er sammelte und ordnete diese Erscheinungen, wie ein anderer Insekten sammeln mag. Dagegen spürte er recht wohl, daß seinen Schüler Edmund eine ganz andere Art von Begierde zu diesen Zaubersprüchen und Gebetsformeln treibe, und er hatte auch längst bemerkt, daß der Schüler in manches Geheimnis, das dem Lehrer verschlossen geblieben war, durch die frömmere Art seines Studiums eingedrungen war; er hoffte, diesen guten Schüler noch lange zu behalten und sich seiner Mitarbeit zu bedienen.

Zur Zeit entzifferten, übersetzten und deuteten sie die Texte jener indischen Tantras, und soeben hatte Edmund einen dieser Sprüche aus der Ursprache folgendermaßen zu übertragen versucht:

»Wenn du in eine Lage kommst, wo deine Seele krank wird und dessen vergißt, was sie zum Leben bedarf, und du willst erkennen, was es ist, dessen sie bedarf und das du ihr geben mußt: dann mache dein Herz leer, beschränke deine Atmung auf das Mindestmaß, stelle dir das Zentrum deines Hauptes als eine leere Höhle vor, richte auf diese Höhle deinen Blick und sammle dich zu ihrer Betrachtung, so wird die Höhle plötzlich aufhören, leer zu sein, und wird dir das Bild dessen zeigen, wessen deine Seele bedarf, um weiterleben zu können.«

»Gut«, sagte der Professor und nickte. »Wo Sie ›Vergessen‹ sagen, müßte es wohl noch etwas genauer ›Verlieren‹ heißen. Und haben Sie bemerkt, daß das Wort für ›Höhle‹ dasselbe ist, das diese gerissenen Priester oder Zauberdoktoren auch für den Mutterschoß gebrauchen. Diese Burschen haben es wahrhaftig fertiggebracht, aus einer ziemlich nüchternen Gebrauchsanweisung zur Heilung von Melancholikern einen verzwickten Zauberspruch zu machen. Dieses mar pegil trafu gnoki mit seinen Anklängen an die Formel des großen Schlangenzaubers mag für den armen Bengalen, den sie damit geprellt haben, unheimlich und grausig genug geklungen haben! Die Anweisung selbst mit dem Leermachen des Herzens, der Atembeschränkung und dem Nach-Innen-Richten des Blickes bietet uns ja freilich nichts Neues, sie ist zum Beispiel im Spruch Nummer 83 entschieden präziser formuliert. Nun, Edmund, Sie sind natürlich wieder ganz anderer Ansicht? Was meinen Sie dazu?«

»Herr Professor«, sagte Edmund leise, »ich meine, daß Sie auch in diesem Fall den Wert der Formel selbst unterschätzen; es kommt hier nicht auf die wohlfeilen Ausdeutungen an, die wir den Worten geben, sondern es kommt auf die Worte selbst an, es muß zum nackten Sinn des Spruches noch etwas dazukommen, sein Klang, die Wahl seltener und altertümlicher Worte, das Assoziationen weckende Anklingen an den Schlangenzauber – erst all dieses zusammen gab dem Spruch seine magische Gewalt.«

»Falls er sie wirklich hatte!« lachte der Professor. »Es ist eigentlich schade, daß Sie nicht damals gelebt haben, als diese Sprüche noch lebendig waren. Sie wären ein höchst dankbares Objekt für die Zauberkünste dieser Spruchdichter gewesen. Aber Sie sind nun leider einige tausend Jahre zu spät gekommen, und ich möchte mit Ihnen wetten: Sie mögen sich noch so sehr bemühen, die Vorschriften dieses Spruches auszuführen, es wird nicht das mindeste Ergebnis herauskommen.«

Er wandte sich dem andern Schüler zu und sprach interessant und in guter Laune weiter.

Inzwischen überlas Edmund seinen Spruch nochmals, er

hatte ihm besonderen Eindruck gemacht durch seine Eingangsworte, die ihm auf ihn selbst und seine Lage zu passen schienen. Wort für Wort sprach er sich die Formel im Innern vor, und versuchte zugleich, ihre Vorschriften genau zu erfüllen:

»Wenn du in eine Lage kommst, wo deine Seele krank wird und dessen vergißt, was sie zum Leben bedarf, und du willst erkennen, was es ist, dessen sie bedarf und das du ihr geben mußt: dann mache dein Herz leer, beschränke deine Atmung . . .« und so weiter.

Es gelang ihm besser als bei früheren Versuchen, sich zu konzentrieren. Er befolgte die Anweisungen, und ein Gefühl sagte ihm, es sei dafür wirklich der Augenblick gekommen, seine Seele sei in Gefahr und habe das Wichtigste vergessen. Schon kurz nach Beginn des einfachen Atem-Yoga, das er oft geübt hatte, fühlte er etwas in seinem Innern geschehen, fühlte dann in der Mitte seines Kopfes eine kleine Höhlung entstehen, sah sie klein und dunkel gähnen, richtete mit zunehmender Glut seine Aufmerksamkeit auf die nußgroße Höhle, oder den »Mutterschoß«. Und die Höhle begann sich zögernd von innen her zu erhellen, und die Helligkeit nahm allmählich zu, und klar und klarer enthüllten sich seinem Blick in der Höhle das Bild dessen, was zu tun ihm nötig war, damit er das Leben weiterleben könne. Er erschrak nicht über das Bild, er zweifelte keinen Augenblick an seiner Echtheit; er spürte im Innersten, daß das Bild recht habe, daß es ihm nichts zeige als das »vergessene« tiefste Bedürfnis seiner Seele.

So folgte er denn, von dem Bilde mit nie gekannten Kräften gespeist, freudig und sicher dem Befehl des Bildes und führte die Tat aus, deren Vorbild er in der Höhle erblickt hatte. Er schlug die während der Übung gesenkten Lider wieder auf, er erhob sich von der Bank, trat einen Schritt vor, streckte die Hände aus, legte sie beide um den Hals des Professors und drückte ihn so lange zusammen, bis er fühlte, daß es genug sei. Er ließ den Erdrosselten zu Boden sinken, wendete sich weg, und wurde erst jetzt daran erinnert, daß er nicht allein sei: sein Mitschüler saß totenbleich in der Bank, Schweißtropfen auf der Stirn, und starrte ihn mit Entsetzen an.

»Es hat sich alles wörtlich und buchstäblich erfüllt!« rief Edmund begeistert. »Ich machte mein Herz leer, ich atmete flach, ich dachte an die Höhle im Kopf, ich richtete meinen Blick nach ihr, bis er wirklich nach innen ging, und gleich kam auch schon das Bild; ich sah den Lehrer und sah mich selbst, und sah meine Hände um seinen Hals und alles. Ganz von selber gehorchte ich dem Bilde, es brauchte keine Kraft, es bedurfte keines Entschlusses. Und jetzt ist mir so wunderbar wohl wie noch nie in meinem ganzen Leben!«

»Mensch«, rief der andere, »komm doch zu dir und besinne dich! Du hast getötet! Du bist ein Mörder! Sie werden dich dafür hinrichten!«

Edmund hörte nicht zu. Vorerst drangen diese Worte nicht bis zu ihm. Er sagte leise die Worte der Formel vor sich hin: »mar pegil trafu gnoki« und sah vor sich weder tote noch lebende Lehrer, sondern die unbeschränkte Weite der Welt und des Lebens, die ihm offenstand.

(1930)

Herr Claassen

In unsrer Schwarzwaldstadt Calw, in welche mein Vater im Jahr 1886 übersiedelt war, tauchte bald darauf eine Gestalt auf, ein ungewöhnlicher, ja höchst merkwürdiger, obwohl sehr stiller Fremdling. Er hieß Herr Claassen, und da er nicht nur zeitweise ein Mitarbeiter des von meinem Vater geleiteten christlichen Verlages war, sondern auch ein häufiger Gast in unsrem Hause, ist mir von ihm eine deutliche und wirksame Erinnerung geblieben, obwohl ich Knabe von dem eigentlichen Wesen, Tun und Leben dieses eigentümlichen Mannes unmöglich mehr als eine äußerliche und gewiß zum Teil mißverstehende Kenntnis gewinnen konnte. Das erste, was mir und uns allen an ihm auffiel und Eindruck machte, und was sich nie veränderte und verlor, war seine vollkommene Abgesondertheit und Fremdheit. Es kamen sehr viele Menschen in unser Haus, fremdenscheu waren wir Kinder nicht, und unter den Gästen des Großvaters und der Eltern waren nicht selten auch recht eigentümliche, fremdländische und auffallende Erscheinungen; aber wer eine Weile dablieb und zu unsrem Kreis gehörte, der reihte sich ein, verlor mit der Zeit die Fremdheit, nahm etwas von der Luft und vom Ton unsres Hauses an, sang unsre Lieder, spielte unsre Spiele mit, eignete sich etwas von unsrer Sprache und unsrer Lebensart an. Mit Herrn Claassen war das anders, auch als wir ihn schon jahrelang kannten. Er reihte sich nicht ein, ahmte uns nicht nach, nahm nichts von unsern Arten und Unarten an, er blieb stets und unwandelbar derselbe, stets ein vollkommen einsamer Fremdling, von uns und unsrer Welt aufgenommen, aber nicht beeinflußt und nicht verändert. Es umgab ihn eine andre Atmosphäre als uns, er brachte seine eigene Atemluft mit, er blieb ein Fremder, von den Eltern teils geachtet, teils ertragen, von den Kindern teils belächelt, teils gefürchtet, ein andres Wesen als wir. So hat er denn auch bei uns stets korrekt und fremd »Herr Claassen« geheißen, nie wurde das »Herr« weggelassen, wenn man von ihm sprach, nie avancierte er zum Freund oder Onkel, nie erhielt er einen Spitznamen. Er war damals Mitarbeiter an einem großen theologischen Werk, das der Verlag vorbereitete. Und wie er von unsrer Art zu leben, zu sprechen, zu lachen, zu grüßen nichts annahm, so nahm er geistig von meinem Vater und selbst von meinem verehrten Großvater, dem ehrwürdigen Gelehrten, nichts an; er lernte wohl, das lehnte er nie ab, und tat es nicht umsonst, sondern hatte auch zu geben, aber er war in seiner Richtung, seinem Willen, seiner Denkart, seinen Urteilen vollkommen unbeeinflußbar. Vielleicht war dieser Einsiedler ein Narr, vielleicht ein Weiser, jedenfalls war er umpanzert und gehürnt und nicht zu wandeln noch zu biegen, und bei allem Ungewohnten, das er an sich hatte und das wir Kinder zum Teil als lächerlich empfanden, ging von dieser Unbeirrbarkeit eine kühle Ausstrahlung aus, die ihm Achtung verschaffte, ja gelegentlich Ehrfurcht forderte. Ich habe den Grund seines Geheimnisses erst spät, als er seit Jahrzehnten begraben war und ich selbst ein alter Mann wurde, begriffen.

Herr Claassen war ein großer, hagerer Mann von still würdiger Haltung, stets dunkel gekleidet mit einem schwarzen Mantel und einem schwarzen steifen Hute von besonderer Form, einer Art Halbzylinder, das hagere strenge Gesicht bartlos, mit halblangem Haar, die Stirn edel, hoch und schön durchformt, der Mund etwas gekniffen, mit zwei festgewordenen Falten des Grams in den Wangen, die Augen blau, still, oft wie erloschen oder erstorben, aber eines ungemein ernsten und eindringenden Blickes fähig, wenn er sie langsam einem zuwendete. Die obere Hälfte des Gesichts war größer, schöner, entwickelter als die untere, es war ein typisches Stirngesicht, und es saß auf einem ganz dünnen, sehnigen Hals. Langsam waren alle seine Bewegungen, der Grund dieser Langsamkeit war aber nicht Trägheit, sondern ein Wille, sich still zu halten und mit einem Minimum an Bewegung auszukommen; wenn er bei uns zu Tische saß, regte sich außer den langsam wandernden Augen nichts an dem ganzen Manne, und im Gehen trug er den Oberkörper steif und würdig, nur seine Beine gingen, alles andre blieb unbewegt. Es war an seiner Gestalt etwas hölzern Trockenes, und ebenso war seine Stimme wie leblos, trocken setzte sie ein wohlüberlegtes und gewissenhaft genau gewähltes Wort hinter das andre. Sah man ihn durch das Städtchen gehen, die hohe hagere Figur im langen dunklen Rocke, einen Stock in der Rechten, tadellos aufrecht, aber völlig in sich gekehrt, so schien er nicht ein Einwohner und Nachbar, schien ohne Beziehung zu Häusern, Gassen und Menschen, schien nur zufällig für eine Stunde, vom Jupiter nach dem Saturn unterwegs, sich im Städtchen aufzuhalten, dergleichen er schon viele gesehen. Er hatte ein Zimmer bei einer frommen Familie in der »Insel« gemietet, einem ärmlichen und etwas finstern Fabrikviertel. Dort lebte er, von alten Büchern umgeben, und studierte und schrieb, holte zuzeiten meinen Vater zu Spaziergängen ab, kam manchmal zu einer Mahlzeit und für einen Abend als Gast, uns Kindern schien er unausdenklich alt zu sein, war aber wohl nicht älter als mein Vater. In seiner Stube, die wir übrigens kaum je einmal zu sehen bekamen, besaß er einen Schatz: eine Truhe voll kleiner, auf dicken Karton geklebter und schon etwas gilbender Photographien, unzähliger, aber wohlgeordneter Photographien, welche er im Lauf seines Lebens gesammelt hatte, und auf welchen Gebäude, Skulpturen und Werke der Maler abgebildet waren. Er konnte auch Harmonium spielen, aber auch dabei gab und verhielt er sich nicht so wie wir, wenn wir musizierten, sondern er spielte in einer geisterhaften, beinah bewegungslosen und automatenhaften Art. Er lebte ganz als Einsiedler, und man konnte sich nicht vorstellen, daß auch er einmal jung oder gar ein Kind gewesen sei, daß er Eltern, Geschwister und Verwandte gehabt habe. Und er lebte, von dem Besitz an Büchern und der Bildertruhe abgesehen, vollkommen bedürfnislos, mit einem Teller Suppe, einem Schluck Milch zufrieden.

Und doch war auch dieser entrückte Einsiedler einst jung und nicht gleichgültig gegen die Speisen gewesen, die man ihm vorsetzte. Es gab einen Spruch von ihm, von uns Kindern hundertmal zitiert, gemimt und parodiert, einen Spruch, den er einst bei einem Mittagessen von sich gab, als eines von uns Kindern sich dagegen sträubte, seinen Teller leer zu essen. Da hob Herr Claassen langsam den langen, hölzernen Zeigefinger empor, drehte langsam seine blassen, großen Augen dem unartigen Kinde zu und sprach in seinem fremdartigen Tonfall, mit seiner feierlichen Lehrhaftigkeit, mit seiner trocknen, erstorbenen Stimme die Worte: »Ich mochte in meiner Jugend nicht Kohl, aber ich mußte.« Das Wort ging in unsern Sprachschatz ein. Wer es gebrauchte, der sprach es geziert, übergenau artikulierend, mit Grabesernst und hohler Stimme. Als wir den Spruch damals von seinen Lippen vernahmen, schien er uns schlechthin komisch, und komisch war wohl in der Tat der Widerspruch zwischen der Tatsache vom nicht gemochten Kohl, die er uns mitteilte, und dem feierlichen Ton, der mahnenden Gebärde, dem geschraubten Stil seines Ausspruches. Wahrscheinlich ist aber doch keines von uns in Lachen ausgeplatzt, und wir beherrschten uns nicht etwa aus Furcht vor Strafe, denn wir wußten Herrn Claassen gegenüber die Eltern, namentlich die Mutter, durchaus auf unsrer Seite, sondern es war die Würde und Unbeweglichkeit, die erstarrte Stilisiertheit des Mannes, die uns trotz allem im Bann hielt. Und wie alles, was Herrn Claassen angeht, so haftete auch jener Spruch vom Kohl in unsrem Gedächtnis, und später, Jahrzehnte später, begann sogar dieser Spruch, der so lang zu unsrem komischen Repertoire gehört hatte, sich für mich mit einer gewissen Bedeutsamkeit zu umspinnen und schien weit mehr zu sagen, als wir darin gesucht und gefunden hatten. Erstens sagte er das Erstaunliche, daß auch Herr Claassen einst jung gewesen war, und sein Gesicht, seine Gebärde und die Stimme, mit der er das Wort Jugend aussprach, schien Herrn Claassens Jugend noch um beträchtliche Zeitstrecken weiter zurück in die Vergangenheit zu schieben. Und was war es, das wir über diese so unendlich ferne, sagenhafte Jugend erfuhren? Daß er nicht mochte, aber mußte. Viel später erst dachte ich darüber wirklich nach und dachte, es werde gewiß nicht nur der Kohl gewesen sein, den er nicht mochte, zu dem er aber gezwungen wurde. Vielleicht hatte es vieles gegeben, was er mochte und nicht durfte, und vieles, was er nicht mochte, aber mußte. Vielleicht war Herr Claassen einst ganz ähnlich gewesen wie andere Menschen, ganz ähnlich wie wir selbst, ein weicher, lebhafter und bewegter Mensch mit Freuden und Leiden, mit Trieben und Leidenschaften, Gelüsten und Geschmäckern, Launen und Stimmungen. Vielleicht hatte er Lieblingsspiele gehabt, bei denen er wild und unbändig wurde, vielleicht hatte er sich vor Gewittern gefürchtet und sich nach schönen Spielsachen gesehnt, vielleicht hatte er auch rezitiert, geschauspielert und Verse gemacht und jenes herrliche und beklemmende Gefühl im Herzen gekannt, wenn eine Musik so unerträglich schön ist, daß man weinen muß. Vielleicht hatte man ihm in früher Jugend das alles ausgetrieben, verboten, zertreten, ausgescholten, ausgeprügelt, vielleicht war es alles langsam und in Schmerzen untergegangen und abgestorben, bis sein ganzes Leben nicht mehr aus Mögen, nur noch aus Müssen bestand. Vielleicht war der lange dürre Zeigefinger, den er ausstrecken konnte, als wäre er ein Uhrzeiger, einst ein rosiges, feistes Kinderfingerchen gewesen, und die hart gefalteten Wangen glatt, und die trocknen, blassen Augen feucht und strahlend. Vielleicht wäre Herr Claassen glücklicher und ganz anders gewesen, wenn er so geblieben wäre, wenn er Lachen und Weinen, Leidenschaft und Gelüste nicht so vollkommen abgelegt und vergessen hätte; hübscher, umgänglicher und uns Jungen sympathischer wäre er dann ohne Zweifel gewesen. Aber schließlich gab es viele junge, viele glattwangige und vergnügte, sympathische und umgängliche Menschen, während es einen zweiten Herrn Claassen nicht gab. War seine Würde steif und sein Ernst etwas pathetisch, war seine Sprache geziert und seine Stimme erstorben, so war doch alles in allem in diesem langen, hagern, holzgeschnitzten Heiligen eine Stärke und Größe, ein Wille, ein Beharren, ein Aufrechtstehen, eine Unabhängigkeit, eine Tapferkeit, und dann war in seinem Gehaben und in seinem Blick ein solcher Ernst und eine solche fast flehende Reinheit, ein solches Entferntsein von allem Gemeinen, daß man nicht damit auskam, diesen Fremdling einfach nur von der komischen Seite zu nehmen.

Obwohl ich von den Gesprächen zwischen meinen Eltern und Herrn Claassen nur wenige mit anhörte und nichts, gar nichts von ihnen verstand, denn sie waren stets theologisch, und zudem verfügte Herr Claassen noch über die mir vom häufigen Hören her vertraute Sprache frommer Gelehrtheit hinaus über ganz neue, oft erstaunliche Worte – trotzdem hatte ich ein waches Gefühl und Interesse für die Art von Verhältnis, welches zwischen den Eltern und ihm bestand. Unsere Mutter, daran war nicht zu zweifeln, hatte für und gegen den Fremdling ganz ähnliche Empfindungen wie wir

Kinder, nämlich eine immer wieder wache, oft belustigte Neugierde für das Originelle und Fremdartige seiner Erscheinung und seines Gehabens, eine ehrliche, oft prachtvoll und glühend ausbrechende Abneigung gegen das Starre, pedantisch Steife, Beherrschte, Temperamentlose in seinem Auftreten, eine Neigung, ihn nicht so ernst zu nehmen wie er selbst zu tun schien, und doch wieder ein Gefühl von Ehrfurcht für die Unbeugsamkeit und Gradlinigkeit seines Charakters. Außerdem empfand sie als Frau eine gewisse Dankbarkeit für die mehr als ritterliche Reinheit, mit welcher der Einsiedler von den Frauen dachte und sprach, und zugleich fühlte sie als mütterliche Frau häufig ihr Mitleid durch das Einsame, Hilflose, Öde und Unbehütete seiner Junggesellenexistenz angerufen. Was aber die Meinungen und Lehren anging, die er vortrug, so waren sie ihr nur eben insoweit recht und erträglich, als sie fromm und christlich waren, in allem Einzelnen aber lehnte sie sie entschlossen und kampfbereit, ja gelegentlich entrüstet ab. Mir war es, als dem Sohn und Enkel von Theologen, längst bekannt, daß fromme Christen über Glaubensartikel und Lehrmeinungen äußerst verschiedener Meinung sein konnten, in unsrem protestantisch-pietistischen Kreise war dies etwas Selbstverständliches. Herr Claassen nun dachte sowohl über die Kirche und Gemeinschaft wie über die Praxis des christlichen Lebens ganz und gar anders als meine Mutter, und daß er seine Lehren aus einer gründlichen Bibelkenntnis und einer ungewöhnlichen theologischen Belesenheit zu stützen und zu rechtfertigen wußte, schreckte sie gar nicht; wenn er gar über Dinge, von welchen er nach ihrer Meinung unmöglich etwas verstehen konnte, etwa über Kindererziehung, seine scharf formulierten Ansichten kundgab, konnte sie ihm aufs leidenschaftlichste widersprechen. Für Herrn Claassen waren Familie und Hauswesen, und am Ende sogar Kirche und Gemeinde nichts an sich Heiliges, sondern gehörten der Welt der Kreatur und des Zufalls an, für ihn existierte der Mensch im Grunde nur als Einzelner, und hatte sich, mit radikaler Ausrottung alles Privaten, zum Opfer zu bringen und dem Erlöser hinzugeben. Er blickte namentlich mit Mißbilligung, ja Verachtung auf jede Zärtlichkeit zwischen Eltern und Kindern, und daß mein Vater seine Tochter nicht selten am Arm führte, empfand er schon eher als frivol.

Mein Vater nun war den theoretisch-theologischen Gesprächen nicht abgeneigt, er war ein guter Zuhörer und konnte sehr duldsam sein, und für die Belesenheit des Herrn Claassen, namentlich in den Kirchenvätern und den Mystikern Tauler, Seuse und Eckehart, hatte er eine entschiedene Hochachtung, wenn er auch Claassens Verehrung für seinen Privatheiligen und Meister Jakob Böhme immerhin mit Mißtrauen betrachtete. Er war in jenen Unterhaltungen und Disputationen meistens der Vermittelnde, stand aber, alles in allem, doch mehr auf der Mutter Seite; ich merkte es wohl.

Eines Nachts nun, als wir wohl schon fünf oder mehr Jahre in Calw gewohnt hatten, brach in der »Insel« ein Brand aus, der in dem alten engen Häusergewinkel furchtbar wütete. Es brannten außer Fabrikgebäuden auch mehrere Wohnhäuser nieder, und sechs Familien wurden obdachlos. Obdachlos wurde auch unser Fremdling. Der Brand war nicht in unserer Nähe, aber die ganze Stadt war alarmiert. Mein Vater ging, als der Brand größer und größer wurde, spät in der Nacht noch aus, um nach Herrn Claassen zu sehen, er war in Sorge um ihn, und in Sorge war er auch um ein sehr seltenes und wertvolles Buch, das bei Herrn Claassen lag und ihm bei seiner Arbeit diente, es war ein schwerer Foliant aus dem sechzehnten Jahrhundert, in Holz und Schweinsleder gebunden, den Claassen aus einer Universitätsbibliothek entlehnt und für den mein Vater sich mitverbürgt hatte. Siehe, da traf er den Gesuchten unterwegs auf der Gasse. Herr Claassen trug einen schwarzen Mantel und den feierlichen Hut, langsam und aufrecht kam er daher, und vor sich her schob er einen kleinen Schubkarren, den er entlehnt hatte und auf dem das riesige Buch lag – das einzige, was er aus seiner Stube und dem Brande hatte retten können. Es war ihm alles verbrannt. Doch verlor er keine Worte darüber, erst später einmal gestand er, es sei unter seiner verlorenen Habe ein unersetzliches Stück gewesen, dessen Verlust ihm sehr leid getan habe: das Bildnis seiner Mutter. Er war mit seinem Schubkarren zu uns unterwegs, um das kostbare Buch meinem Vater anzuvertrauen. Mein Vater nahm ihn mit, nahm ihm das Buch ab und brachte ihn in einem Gastzimmer unter. Mit dieser Geschichte vom großen Brande, der verlorenen Habe und dem geretteten Buch war Herr Claassen aufs neue ein Held und interessanter Mann für uns geworden. Er zeigte sich übrigens in nichts verändert, und in der nächstfolgenden Zeit bekamen wir des öftern durch unsre Basen merkwürdige Geschichten über ihn erzählt. Man hatte nämlich den abgebrannten und obdachlosen Mann bald nachher bei unsrem Onkel Friedrich einquartiert, der eins der ältesten und schönsten Häuser der Stadt besaß, ein in den Berg gebautes großes Haus aus Klosterzeiten, zu dessen Eingangstür man im Freien eine gewaltige Treppe bis zur Höhe des ersten Stockwerks emporstieg und dessen Zimmer meterdicke Wände und massive Deckengewölbe hatten. Dort wohnte Herr Claassen ein Jahr oder länger, und die vielen Töchter unsres Onkels (er hatte ihrer sieben, doch weiß ich nicht, ob damals schon alle geboren waren) fanden den Gast, der auch die Mahlzeiten der Familie teilte, äußerst lästig, sie fürchteten ihn und fanden häufig ihr friedliches Mittagessen durch ihn erheblich gestört und beeinträchtigt. Herr Claassen nämlich litt darunter, wenn er bei Tische die Kinder mit unverhohlenem Vergnügen ihren Hunger stillen sah, und wenn es etwa vorkam, daß eines etwas rasch und heißhungrig aß oder den geleerten Teller mit allzu naiver Dringlichkeit der Mutter zum Nachfüllen darstreckte, dann hatte er Mühe, einer so schamlosen Darbietung des schnöden Trieblebens gegenüber seine Gelassenheit zu bewahren. Er hatte ja auch lange Jahre als Einsiedler gelebt. Tagsüber konnten die Kinder und der Fremdling in dem gewaltigen Hause mit den Gewölben, den tiefen Nischen und den vielen steinernen Treppen einander nach Belieben ausweichen, bei diesen Mahlzeiten aber stießen die beiden Welten je und je feindselig aneinander. Ich weiß von den Geschichten, welche die Basen uns erzählten, nur noch eine einzige, aber wie alles, was mir an Erinnerungen an diesen Mann übriggeblieben ist, ist auch diese Geschichte merkwürdig geladen mit dem Fluidum des Einsiedlers. Also er sah wieder einmal bei Tische eines der Kinder seinen Teller mit aufregender und unangemessener Eile leer essen, ihn der Mutter hinreichen und mit noch halbvollem Munde um mehr bitten. Da drehte Herr Claassen seine großen, strengen und anklagenden Augen langsam der Kleinen zu, stach mehrmals in der Richtung gegen sie mit dem dünnen hölzernen Zeigefinger in die Luft und sprach, rhythmisch betonend, mit Richterstimme zu dem Kind die Worte:

Das ist die Gier!
Das ist das Tier in dir!

Auch dieser Ausspruch wurde natürlich zu einem geflügelten Wort, aber die Basen schätzten die Bereicherung unsres Spruchschatzes nicht so hoch ein, daß sie sie Herrn Claassen verziehen hätten. Sie fürchteten und haßten ihn.

Ich hatte inzwischen Calw und das väterliche Haus verlassen und war auswärts auf Schulen, ich sah Herrn Claassen selten mehr. Als Maulbronner Seminarist, die hebräische Grammatik und ein eher schlechtes Zeugnis im Köfferchen neben den flickbedürftigen Kleidern kam ich einst wieder in die Ferien nach Hause. In der Vorstellung, die ich damals von mir selbst hatte, war ich eigentlich ein so gut wie erwachsener und schon ziemlich gelehrter junger Mann, doch hinderte dies mich nicht, voll Vergnügen und Leidenschaft in allerlei ziemlich kindliche Spiele und Beschäftigungen zurückzusinken, wobei ich vor mir selbst die Ausrede hatte, es geschehe meinem jüngeren Bruder Hans zuliebe, welcher kaum erst mit dem Lateinlernen begonnen hatte. Zu meinen damaligen Spielereien gehörte das Anfertigen von Feuerwerk nach Hörensagen und nach eigener Erfindung, wobei Salpeter das Hauptmaterial war. Ich hatte eine Anzahl von knallenden teils, teils von leuchtenden und farbigen Präparaten vorbereitet und wollte diese nun, zusammen mit Hans, an einem günstigen Abend auf einem Felsen über der Stadt loslassen. Die Erlaubnis des Vaters dazu zu bekommen, war nicht ganz leicht, er schätzte diese Spiele keineswegs und wollte mir namentlich bei einer so gefährlichen Unternehmung den jüngeren Bruder nicht gerne anvertrauen, sah aber freilich ein, daß mir ohne Hans die Sache nicht die halbe Freude machen konnte. Es wurde beraten und hinausgezögert, Vater bestand darauf, daß ein Erwachsener, eine Autorität mit dabei sein müsse, er selber war bei schlechtem Befinden. Ein junger Basler Missionar brachte damals in Calw einen Erholungsurlaub zu und kam oft zu meinem Vater, an ihn wandten wir uns, und er war jung und gefällig genug, die Leitung der Expedition zu übernehmen; er hatte sich in Afrika schwierigeren Aufgaben gewachsen gezeigt. Nun war alles gut, ich bestand darauf, uns gleich für diesen Abend zu verabreden, und mit Dunkelwerden marschierten Hans und ich ab, mit unsern Feuerwerksstücken beladen, wir holten den Missionar ab, der vergnügt mitkam und sich als guten Kameraden zeigte. Oben auf unserm Felsen machten wir uns mit dem Aufbauen und Auslegen unsrer Sachen viel zu schaffen, es war stockdunkel, kaum konnten wir einander sehen, und jedesmal, wenn eine unsrer Lichtbeschwörungen verpufft war, standen wir blind und mußten eine Weile warten und um uns tasten, um uns wieder zurechtzufinden. Geduldig stand der Hausfreund dabei, leistete etwa auch Beistand, und am Ende war so ziemlich alles abgebrannt und schien uns Brüdern wohlgeglückt. Nur ein flaches längliches Kartongehäuse, ein Produkt meiner Spekulation, war nicht losgegangen, der Zunder mußte erloschen oder abgefallen sein. Ich suchte danach und brauchte lang, bis ich das Ding fand. Als ich es am Boden mit der Hand ertastet hatte, zog ich es an mich und beugte mich im Finstern darüber, um nachzusehen, aus welchem Grunde es versagt habe. Und eben als ich die kleine Teufelsknarre mir dicht vor die Augen hielt, ging der Kobold unbegreiflicherweise doch noch los; für einen schrecklich schönen Augenblick war die Welt, von meiner Hand und dem kleinen Karton in ihr beginnend bis zum Scheitel des Himmels hinauf, ein einziges riesig flammendes Licht, eine ungeheure Woge von Gluthauch wehte mich an und schloß sich saugend um mich zusammen. Es folgte darauf eine tiefe Finsternis, die sich nicht wieder lichten wollte, und ein Augenblick der Leere und Betäubung, dann erwachte ich in glühenden Schmerzen, und mein erster entsetzter Gedanke war, nun sei ich blind. Ich versuchte die Augen zu öffnen, und da es nicht ging, tastete ich mit den Händen nach ihnen, und fand das ganze Gesicht als eine brennende Wunde, die Lider von einem heißen Schleim aus Pulverdampf, verbrannter Haut, verbrannten Haaren und etwas Blut bedeckt und unlöslich zusammengeklebt. Erst eine lange Weile später, als ich unten in der Stadt an einen Brunnen geführt wurde und mir das Gesicht abzuwaschen versuchte, gingen die Augen ein wenig auf, ich hielt meine Hand davor und konnte die Hand sehen, und die Freude darüber, daß ich noch sehe, war für einen Augenblick überwältigend, dann aber schlugen die Schmerzen wie Höllenflammen über mir zusammen.

Ich lag nun viele Tage in meinem Zimmerchen im Bett, den ganzen Kopf in einen dicken Brandverband eingebunden, an welchem – was meinen Geschwistern besondern bemitleidenswert schien – über dem Munde ein kleiner Spalt offengelassen war, durch den ich atmen und etwas flüssige Nahrung einnehmen konnte.

In meiner finstern Gefangenschaft erhielt ich manche Besuche, es kamen fast alle Verwandte und Hausfreunde, und besonders saß in den ersten Tagen der arme Missionar oft lang und geduldig bei meinem Bett, der so freundlich die Führung und Verantwortung auf unsrem Nachtmarsch übernommen hatte. Als diese ersten Tage mit den heftigsten Schmerzen und dem Fieber erduldet waren, begann ich mißmutig und ungeduldig zu werden; das Bettliegen mochte hingehen und die schmale Kost am Ende auch, aber dieses blinde Eingebundensein, ohne Augen, ohne lesen zu können, machte mir die Tage bis zur Unleidlichkeit lang. An einem dieser Tage nun hörte ich, wie im Nebenzimmer meine Mutter einen Besuch empfing, es war Herr Claassen, und bald wurde er zu mir hereingeführt, setzte sich neben meinem Bett nieder und blieb eine halbe Stunde da sitzen. Er redete mich mit Sie an, ich war vor kurzem konfirmiert worden, und er, der Korrekte und Förmliche, war der erste, der mir alsbald die Ehre dieser Anrede erwies und niemals mehr ins Duzen zurückfiel.

Herr Claassen räusperte sich und sagte in seiner genau artikulierenden Sprechweise und mit trockener Stimme etwa das Folgende: »Sie sind, mein junger Freund, von einem Unglück heimgesucht worden und haben große Schmerzen zu erdulden. Ohne Zweifel haben Sie sich in diesen Tagen der Prüfung antiker Vorbilder erinnert und sich die Lebens- und Leidenslehre der Stoa zu eigen zu machen versucht.«

Ich murmelte hinter meinem dicken Verbande etwas nicht Verständliches, widersprach aber nicht, obwohl ich seine mich ehrende Voraussetzung hätte zurückweisen sollen. Denn ich hatte in diesen Leidenstagen zwar auf die Zähne gebissen und die Schmerzen einigermaßen anständig zu ertragen gesucht, hatte dabei aber weder des Zenon noch des Seneca gedacht, sondern eher an jene Vorbilder des tapferen Schmerzertragens, die ich aus den bis vor kurzem von mir geliebten Indianerbüchern, namentlich dem Lederstrumpf, kannte. Und es war mir die Nachfolge auch dieser heroischen Vorbilder immer nur für kurze Fristen gelungen, dazwischen hatte ich oft reichlich gestöhnt. Immerhin, im Kern hatte mein ehrwürdiger Besucher und Tröster das Richtige erraten.

Er fuhr nun fort, indem er die Gedanken der stoischen Lebensführung sorgfältig und mit Hochachtung charakterisierte, und ich bekam damals eine Ahnung davon, daß dieser heroische Einsiedler wahrscheinlich einst selber es mit der Verwirklichung des stoischen Ideals sehr ernst genommen habe. Aber, so kam er nun ans Ziel seiner Ermahnung und Tröstung, so edel und ehrwürdg dies stoische Ideal auch sein möge, es könne nicht mehr das unsre sein, denn wir seien nicht antike Menschen, nicht Griechen noch Römer, sondern es sei inzwischen ein neuer Äon angebrochen und ein neuer Geist in die Welt gekommen, und die Sophia der Alten sei nicht mehr die unsre, denn es sei der Erlöser gekommen, der Sohn, das Lamm, um uns durch sein Liebesopfer zu versöhnen und wieder zu Gotteskindern zu machen. Und aus dieser Versöhnung und der gläubigen Hingabe an das geopferte Lamm komme der Seele ein ganz andres Heil und eine andre Freudigkeit, als jene Weisen der alten Welt sich auszudenken vermocht hätten. Ich möge denn, ich junger Geprüfter und Anhänger des stoischen Ideals der Ataraxie, in meinem Unglück und meinen Schmerzen den Wink von oben, die göttliche Führung erkennen, deren Ziel es sei, mich durch den Sohn zum Vater, und in der Gotteskindschaft zu jener echten Sophia, jener obersten Weisheit zu bringen.

Er sprach nicht ganz so, wie ich es aus den Reden der Pietisten kannte; seine Worte waren zwar auch feierlich und gesalbt, aber sowohl seine leidenschaftslose, vergeistigte Sprechart wie seine Ausdrücke schienen mir anders, schienen mir edler, persönlicher, geistiger als jene erbaulichen Reden, deren ich so viele gehört hatte. Die Worte des Herrn Claassen machten mir Eindruck, ich neigte dazu, sie ernst zu nehmen. Allein im Grunde verlangte und erwartete ja doch auch dieser seltsame Weise dasselbe von mir, was schon mancher Pietist und Missionar, schon mancher frommgesinnte Onkel mir dringend nahgelegt hatte. Ich sollte durch ein Ja, durch ein Bekenntnis oder Gelübde, durch einen Willensakt eine Umkehr und Wandlung in mir bewirken, deren ich mich wohl bedürftig, aber nicht fähig fühlte. Ich sollte gewissermaßen ein Erlebnis bejahen, das ich gar nicht gehabt hatte. Und eben die Häufigkeit solcher Zureden und Ermahnungen, das Insistieren der gesamten frommen Umwelt auf meine Bekehrung rief auch hier am Ende doch nur Kälte und Widerspruch hervor. Übrigens zwang mich Herr Claassen in keiner Weise zu Antworten oder Gelübden, auch ließ ich ihn feigerweise im Glauben, mein Sprechvermögen hinter dem Verbande sei weit geringer als es in Wirklichkeit schon war. Als er sich erhob und meine Hand faßte, dankte ich murmelnd für seinen Besuch.

Als ich wieder genesen war, fragte ich meinen Vater einmal, was eigentlich der Herr Claassen sei. Mein Vater besann sich einen Augenblick, dann sagte er: »Ein Theosoph.« Aber auf seinem Gesicht erkannte ich deutlich einen Ausdruck, der etwa sagte: »Laß es dabei bewenden, Junge, das sind Dinge, die man dir noch nicht erklären kann.« Und ich fragte nicht weiter. Doch fiel mir das Wort, mit dem mein Vater den Herrn Claassen bezeichnet hatte, nach manchen Jahren wieder ein, als ich zum erstenmal wieder das Wort »Theosoph« und »Theosophie« hörte. Aber die Theosophen, von welchen man mir nun erzählte und deren Schriften man mir zeigte, hatten mit Herrn Claassen sehr wenig Ähnlichkeit, sie waren sehr geschickt im Verwenden indischer Ausdrücke wie Karma, Ahimsa, Samsara und sollten von einer geheimnisvollen Frau Blavatsky abstammen, von welcher die einen sagten, sie sei eine Schwindlerin gewesen, die andern aber, sie müsse notwendig von der Welt so verkannt werden, sei aber in Wahrheit eine Prophetin und eine direkte Schülerin der Mahatmas gewesen. Wie dem nun sei, ich habe in einigen recht wenig bedeutenden Schriften jener Theosophen dann in der Tat einiges gefunden, was mir wichtig wurde und mir den Weg nach Osten, den ich schon seit langem ahnte, finden half.

Ich kam nach jenem Krankenbesuch mit Herrn Claassen nicht wieder in so nahe Berührung, und mit den Jahren entschwand er aus meinem Leben. Dagegen versuchte ich es damals, noch ein Knabe, mehrere Male, diesen mir geheimnisvollen Mann aus seinen Schriften zu ergründen. In der gewaltigen Bibliothek meines Großvaters stand ein Buch, dessen Verfasser Herr Claassen war. Ich nahm es einst in die Hand, las die erste Seite des Vorwortes, und darin war irgendein Klang, der mich anzog, so daß ich von Zeit zu Zeit das Buch von neuem heraussuchte und darin zu lesen mir Mühe gab, aber wenn auch da und dort ein Wort oder Satz mir verständlich und interessant war, es blieb das Buch mir doch vollständig verschlossen und versiegelt; überall stieß ich darin auf Sätze und Redewendungen, an denen mein Verstehenwollen erfolglos zurückprallte. Zu den verständlichen Sätzen des Vorwortes gehörte zum Beispiel dieser:

»Zu der unsichtbaren und unbekannten Idea, dem Ideal der Ideale unsres zu Gott geschaffenen Gemütes, als unsrer wahren Geistes- und Seelennatur den Weg aufs neue zu zeigen, und mit dem Wege das Ziel, und mit dem Ziel den Trieb dahin aufs neue zu wecken aus dem ewigen Grunde in denen, die dahin eingehen wollen: darum ist dieses Buch zuhöchst und auch zunächst geschrieben. Zunächst, denn es geschah um des Nächsten willen; zuhöchst, denn den Preis des Allerhöchsten bezielt es in dem so ganz Unwürdigen, der es schrieb.«

Dies konnte ich annähernd verstehen. Aber gleich darauf kamen Sätze wie etwa dieser: »Auf Erden, aber nicht von der Erde und nicht zur Erde geneigt; im Himmel, aber hier noch im verborgenen Himmel des Gemüts, ist und steht, lebt und wirkt die Kirche in den Einzelnen, die zu ihr gehören und des Reiches Kinder sind. In der Menge aber und selbst in der Anstaltlichkeit nach ausgeformter Lehre, ausgebildeter Andachtsübung und gesetzlicher Verfassung ihrer zerteilten Kirchenkörper, nach ihrer ganzen Äußerlichkeit und Gesetzlichkeit, ihrer Zucht und ihrem Mangel an Zucht, nach ihrer unbewußten und bewußten Vermischung mit dem Geist dieser Welt und ihres Fürsten, ist die Jungfrau, welche allein den Drachen und die Schlange in der Göttlichen Kraft des

Sohnes überwinden kann, in Gottes Augen vielfältig zur Hure geworden.«

Ich mußte es aufgeben. Dagegen lernte ich bald darauf ein anderes Buch von ihm kennen, es hieß »Schöpfungsharfe« und war eine christliche Anthologie von Gedichten, aber nicht nur von geistlichen, sondern auch von weltlichen, mir zum Teil schon bekannten Dichtern. Und in diesem Buch machten wir, meine Schwester und ich, eine Entdeckung, die mich verblüffte, ja empörte, und die mir für lange Zeit alle Neugierde auf die Schriften Claassens vertrieb. Ich fand da nämlich Gedichte, die mir wohlbekannt waren und die mich dennoch hier mit wunderlich fremdem und entstelltem Gesicht anblickten: der Herausgeber hatte solche Zeilen, deren Inhalt und Gesinnung ihm mißfiel, zum Teil einfach weggelassen, zum Teil auch durch eigene Zutaten verbessert. Übrigens stand auf den Titelblättern aller seiner Bücher nicht »von Johannes Claassen«, sondern stets »durch Johannes Claassen«, womit zum Ausdruck gebracht wurde, daß der Verfasser sich nicht als den Urheber und Macher dieser Werke ansehe, sondern nur als das Werkzeug, dessen Gott sich bedient hatte, um sie der Welt mitzuteilen.

Meine Erinnerungen an Herrn Claassen sind eigentlich hier zu Ende. Ich sah ihn zwar noch einige Male wieder, aber während der nun folgenden Jahre der Entwicklung, des Kampfes und der Suche nach einem Beruf geriet ich zur ganzen heimatlichen, väterlichen und christlichen Welt in einen immer größeren Konflikt, und jetzt war für meine rabiate Stellungnahme auch Herr Claassen nicht mehr der respektable und interessante Fremdling, sondern eben auch ein Mitglied und Wortführer jener frommen Welt, der ich nicht angehören und mit der ich vorerst keinen Frieden schließen wollte. Und als ich nach Jahren der Entfremdung und des Kampfes um meine Persönlichkeit und meinen Lebensinhalt mich wenigstens mit Vater und Familie wieder versöhnt und in ein herzliches Verhältnis gebracht, als ich geheiratet und meinen Beruf gefunden hatte, da war Herr Claassen beinahe vergessen. Und dann starb er, und mein Vater übersiedelte für seine letzten Jahre nach einem andern Ort, der mir nichts bedeutete, und dann starb auch er, und unversehens war mir die Heimat und das Heimatgefühl, wenn auch nicht das

Heimweh, abhanden gekommen, und die Calwer Jahre wurden zu einer fernen, geliebten, aber unwiederbringlich verlorenen »alten Zeit«.

Aus meines Vaters Nachlaß, von dem nur wenige kleine Erinnerungsstücke in meinen Besitz gelangt sind, nahm ich mir auch eine kleine altmodische Photographie in Visitenkartenformat mit, welche in den achtziger Jahren in Münster in Westfalen hergestellt ist und Herrn Claassen um wenige Jahre jünger, im ganzen aber doch so zeigt, wie ich ihn in meiner Knabenzeit gekannt habe. Auf der Rückseite steht von des Fremdlings Hand in sehr kleiner Schrift die Widmung: »Dem werthen Hause in Calw. 17. Juni 1890. J. Cl.« Aber es kamen Jahre und Jahrzehnte, in denen ich auch dies Bildchen nie mehr in die Hand bekam und schließlich vergaß, daß ich es besessen hatte.

Nun hat es ja aber mit dem Gedenken und Vergessen seine eigene Bewandtnis. Jede Lebensstufe hat ihre Konstellationen und Bilder, und mit dem Beginn des Alterns kommen jene Bilder und Gestalten, die in frühester Jugend für uns bedeutsam waren, unfehlbar und auch wenn sie ganz und gar vergessen schienen, aus dem Dunkel und der Ferne wieder hervor und durchbrechen die später darüber gelagerten Bilderschichten mit einer langsamen, stillen Penetranz. So ging es auch mir, und siehe da, unter den Figuren aus der Kindheit, deren viele mir mehr als halb verlorengegangen, verblaßt oder einander so ähnlich geworden waren, daß sie ineinander überflossen, stand scharf und klar und ganz mit den Mächten und Ansprüchen einer Hauptfigur auch Herr Claassen auf. Ich hatte sehr wenig Gelegenheit, meine Erinnerungen an Calw aufzufrischen, zu vermehren und zu kontrollieren; eigentlich die einzigen Gelegenheiten dieser Art waren die seltenen Besuche meiner Schwester. So kam ich einst mit ihr auch auf Herrn Claassen zu sprechen, und es zeigte sich, daß auch sie sein Bild in jener Deutlichkeit und Wirklichkeit bewahrt hatte, wie sie nur die Hauptfiguren, die Planeten am Sternhimmel der Kindheit behalten. Wir konnten uns, wenn wir jene Bilderwelt beschworen, dieser oder jener Dienstmagd, Waschfrau oder Bettlerin, dieses oder jenes entfernten Verwandten nur noch ungenau erinnern, und wenn eins von uns von einer Liese oder Lene sprach, konnte es vorkommen, daß auch das andre eine Weile mit von ihr sprach, daß aber nach einer Weile des einen Liese nicht mehr die des andern war und sich als unzuverlässige Schattengestalt erwies. Das Bild des Herrn Claassen aber ließ keine solchen Zweifel zu, er war ein Planet, und sein Bild sowohl wie einige seiner Taten und Aussprüche besaßen alle Merkmale der Wirklichkeit und Legitimität, welche so vielen andern Erscheinungen im Urwald der Kindheit in bedauerlichstem Maße fehlten, so daß wir beide wohl etwa über eine Gestalt, nicht aber über ihren Namen einig werden konnten, und dieses oder jenes Diktum zwar gleichlautend aufbewahrt, aber jeder einem anderen Urheber zugeschrieben hatten. Während solcher Unterhaltungen mit meiner Schwester, und namentlich in den Stunden, die auf solche Unterhaltungen folgten, wurde mir unheimlich klar, wie es um alle Geschichte und Chronik beschaffen sei, und mein einstiger Vorsatz oder Wunsch, einmal als alter Mann die Chronik meiner frühen Jugend aufzuschreiben, wurde immer weiter ausgelaugt, aufgedröselt und in hundert brüchige Fäden zerpflückt. Von Herrn Claassen indessen hatten wir beide die gleiche Vorstellung und die gleichen Erinnerungen, dieser Fremdling hatte dem »werthen Hause in Calw« sein Bild unzerstörbar eingezeichnet. Nur freilich wurde meine Neigung, ihm eine besondere Art von Ehrerbietung und Wertschätzung zu widmen, von meiner Schwester nicht geteilt. Sie sah in Herrn Claassen noch immer eine vorwiegend komische und keineswegs sympathische Figur, sie erinnerte sich auch wärmer und genauer als ich an die Feindschaft zwischen ihm und unsrer Mutter, an die Klagen der Basen über ihren Tischgast.

Jenes kleine, vom Photographen Arnemann in Münster gemachte Bildnis konnte ich wieder auffinden; weitere Auskünfte und Zeugnisse über Herrn Claassen aber waren auf keine Weise zu beschaffen. Aber nun war einmal meine Teilnahme für diesen Mann wieder wach geworden, ich stieg in den Brunnen des Gedächtnisses hinab und nährte die Bilder durch Versenkung, es kamen manche Züge seines Gesichtes, vor allem Mund und Augen und über den trockenen Augen die seltsam dreieckig gefalteten Lider, zu vollkommenem Leben zurück; ich konnte Herrn Claassen, den ich vor vielleicht vierzig Jahren zuletzt gesehen, mir wirklicher und getreuer

»einbilden« und vorstellen als manchen meiner Nachbarn, den ich erst gestern zuletzt gesehen hatte. Und es wurde nun auch meine Erinnerung an einige Begegnungen und Gespräche, namentlich an jenen Krankenbesuch und seine Rede über die Stoa, wieder stark belebt. Und plötzlich wurde mir Herr Claassen oder doch die Rolle, die er für mich gespielt, und die Bedeutung, die er für mich gehabt hatte, so klar, daß ich vom Augenblick der Erkenntnis an gar nicht mehr begriff, daß dieser Mann mir so lang hatte ein Rätsel sein können.

Claassen war ein Asket, er war ein echter Yogin, nur freilich kein indischer, sondern ein christlicher und abendländischer, und dies war es, was mich früher gehindert hatte, ihn zu erkennen, denn den indischen Büßer und Yogin kannte ich freilich recht wohl, er hatte mich als einer der reinsten und höchstausgebildeten Typen des nach oben strebenden Menschen schon in meiner Jugend, schon bald nach meiner Abwendung vom Christlichen, immer wieder angezogen und viel beschäftigt, ich kannte den Yogin aus der Literatur und Kunst, aus der Meditation, aus eigenen Yoga-Versuchen, war auch im Leben einigen yogakundigen Hindus begegnet. Soweit in unsrer Zeit und unter abendländischen Christen außerhalb des organisierten Mönchtums ein frommes Asketenleben überhaupt möglich war, soweit hatte Claassen es verwirklicht, und darin vor allem lag auch jene unvergeßliche, wunderbare Ausstrahlung von Fremdheit, Unberührbarkeit und gestirnhafter Einsamkeit, die wir alle um ihn so sehr und oft so lästig gespürt hatten. Dieser Fremdling war darum so fremd, so allein, so stark und unangreifbar, weil er sich von der Mehrzahl der Bedürfnisse befreit hatte, welchen wir anderen unterlagen. Er hatte in sich selbst »die Gier, das Tier in dir« bekämpft und bis zu einem Grade ausgelöscht, den inmitten unsrer Zivilisation wenige erreichen. Und wenn auch der christliche Asket kaum je die Gelöstheit und Heiterkeit, die Unabhängigkeit, ja den göttlichen Humor asiatischer Yogin zu erreichen vermag, wenn ein Zug von Welthaß und Vergrämtheit ihn beinahe immer begleitet und kennzeichnet, und wenn auch dieser Zug bei Claassen ganz deutlich war zutage getreten, so hatte er eben dennoch in seinem ganzen Wesen und Auftreten, Sein und

Tun die Merkmale des Yoga-Kundigen, die Gefaßtheit, Sammlung und Stille, die Unbeirrbarkeit, die Strahlungskraft, welche »nicht von dieser Welt« sind.

Es war nicht die Frömmigkeit noch die Christlichkeit, welche mir und uns allen an Herrn Claassen solchen Eindruck gemacht hatte. Fromme und christliche Menschen kannten wir genug, darunter solche von hohen geistigen Graden wie unsern Großvater oder den Christoph Blumhardt, und solche von lauterem Willen und größter Opferbereitschaft wie unsre Eltern. Auch sie lebten fromm, auch sie frönten keinen Lastern und verlangten auch im täglichen Leben sehr viel von sich, sie hatten sich und ihr Leben in den Dienst Gottes gestellt. Aber trotz aller Frömmigkeit atmeten sie doch ebenso wie alle Menschen, lebten in einer Atmosphäre von Gemeinde, Freundschaft, Familie, kannten die Wärme der Zuneigung und die Empfindungen der Zärtlichkeit, kannten und duldeten sogar ein gewisses sinnliches Lebensbehagen, es gab Geburtstagskuchen und Sonntagsbraten, gemeinsames Musizieren, Ausflüge und Wanderungen, und mochten vielleicht auch die Alten und Frommen dies alles nur Gott zu Ehren treiben und lieben – wir Jungen, Unbekehrten liebten die hübschen und guten Dinge vorerst ganz naiv um ihrer selbst willen. Es gab in unserem Kreise und Hause zwar die Tendenz, auch das Natürliche und Weltliche zu heiligen und auf Gott zu beziehen, aber es gab keinen radikalen Bruch mit Welt und Sinnlichkeit, es gab keine Übung, Technik und Praxis der Entsinnlichung und Vergeistigung. Eben diese Übung, Technik und Praxis aber hatte Johannes Claassen. Woher er sie hatte, weiß ich nicht gewiß, doch ist es mir mehr als wahrscheinlich, daß sie katholisch-mönchischer Herkunft war. Denn er, der Protestant und kirchenfremde Mystiker, zeigte des öftern eine gewisse Sympathie und Verehrung für katholische Geister und Methoden, und eine seiner Schriften (von der ich nur durch meinen Vater weiß, sie war eine Streitschrift gegen den Theologen Ritschl) hat er mit dem Pseudonym Claravallensis bezeichnet. Ob ihm außer den benediktinischen und byzantinischen Klostertraditionen und dem Thomas von Kempen etwa auch die Exerzitien des heiligen Ignatius bekannt und von ihm erprobt worden waren, weiß ich nicht. Ich weiß nur: er hatte aus christlicher, nicht indischer Tradition sich Regeln geholt, nach welchen er systematisch und lebenslang Askese und Versenkung geübt haben muß. Ich habe vor hier aus nachträglich alles verstanden, worauf die seltsame Fremdheit und zugleich die starke Wirkung seiner Erscheinung beruhte.

Im Lauf der Jahre, seit die Gestalt Claravallensis mir wieder aus meinen Jugenderinnerungen nahegetreten war, ist es mir dann auch gelungen, beim Stöbern in Antiquariaten und Katalogen wenigstens zweier von Claassens Schriften habhaft zu werden. Sie sind beide um die Mitte der achtziger Jahre erschienen, ganz kurz vor der Zeit, in der er zum erstenmal in Calw auftauchte und unser Haus betrat. Das eine dieser Bücher handelte von dem »Philosophus teutonicus« Jakob Böhme, das andre von dem katholischen Philosophen Franz von Baader, und eins dieser Bücher war eben dasselbe, in dem ich einst als Jüngling erfolglos zu lesen versucht hatte. Nun, ich habe inzwischen etwas hinzugelernt, vor allem die Kunst, mich auch durch fremdartige Syntax, Melodik und Terminologie eines Buches nicht so rasch einschüchtern, ermüden und abschrecken zu lassen. Und so gelingt mir jetzt die Lektüre dieser theosophischen Bücher ganz wohl, wie ich heute auch jene pietistische Literatur zum Teil lesen kann, welche mich in der Jugend mit einer so heftigen Abneigung erfüllte. Ich kann jetzt den »durch Johannes Claassen« dargestellten Böhme und Baader mit Verständnis lesen; nicht daß ich inzwischen ein so guter Christ geworden wäre, aber ich habe auf dem Umweg über Indien und China allmählich gelernt, fremden Vorstellungswelten und fremden Weisheiten Gehör zu schenken und Raum in mir zu gewähren. Und ich muß sagen: die Bücher von Johannes Claassen, sosehr sie samt ihrem Verfasser der Vergessenheit anheimgefallen scheinen, sind vollkommen reife Früchte eines bedeutenden Geistes und Charakters, und sie beschäftigen mich in allem Ernste. Er, der einst neben meinem Bette saß und mir von Seneca und vom Lamm Gottes sprach, spricht heute wieder zu mir, aus zwei schon ziemlich vergilbten und mitgenommen aussehenden Büchern, welche heute außer mir vermutlich sehr wenige Leser mehr haben. Er wird mich nicht in dem Sinne zu seiner Theosophie bekehren, daß ich eine Glaubens- und Denklehre von ihm übernehmen könnte, so wenig wie seine Vorbilder Böhme und Baader mich in diesem Sinne »bekehren« konnten. Aber ich nehme ihn ernst, höre gern auf ihn und lerne gern von ihm. Und so ist aus unsrem »Herrn Claassen«, der uns damals durch seine Fremdheit bald erschreckte, bald belustigte, für mich der Autor Johannes Claassen geworden, dessen originelle und fromme Bücher mir jetzt nicht mehr so fremd und unverständlich bleiben wie einst.

Spielend denke ich manchmal: Wie, wenn der Theosoph mich damals, als er mir den Krankenbesuch machte, bekehrt und zum Schüler bekommen hätte? Wären mir dann Umwege erspart oder nur eben andre Wege zu gehen auferlegt worden? Hätte ich die Bhagavad Gita, die Upanischaden, die buddhistischen Legenden, den Konfuzius, den Lao Tse und den Dschuang Dsi dann niemals kennengelernt, und welche Dichtungen, Bücher und Systeme hätte ich statt ihrer zu durchwandern gehabt? Wären mir viele Irrtümer, wären mir viele Dummheiten, wären mir viele Plagen erspart geblieben? Wäre ich, von ihm angeleitet und seine Übungen teilend, Herrn Claassen ähnlich geworden?

Es sind müßige Fragen. Ich wäre geblieben, der ich war, und nichts wäre mir erspart geblieben. Es gibt tausend Wege für einen jeden, tausend Möglichkeiten der Geburt, der Wandlung, der Wiederkehr. Vorläufig hat Herr Claassen recht behalten, ich bin nun doch noch sein Schüler geworden und bücke mich heut über das gleiche Buch, das ich als Jüngling so rasch wieder weggelegt habe. Was für mich aus ihm zu lernen ist, wird nicht zu spät kommen.

(1936)

Der Bettler

Vor Jahrzehnten, wenn ich an die »Geschichte mit dem Bettler« dachte, war sie für mich eine Geschichte, und es schien mir nicht unwahrscheinlich und auch nicht besonders schwierig, daß ich sie eines Tages erzählen würde. Aber daß das Erzählen eine Kunst sei, deren Voraussetzungen uns Heutigen, oder doch mir, fehlen und deren Ausübung darum nur noch das Nachahmen überkommener Formen sein kann, ist mir inzwischen immer klarer geworden, wie denn ja unsre ganze Literatur, soweit sie von den Autoren ernst gemeint und wirklich verantwortet wird, immer schwieriger, fragwürdiger und dennoch waghalsiger geworden ist. Denn keiner von uns Literaten weiß heute, wie weit sein Menschentum und Weltbild, seine Sprache, seine Art von Glauben und Verantwortung, seine Art von Gewissen und Problematik den anderen, den Lesern und auch den Kollegen, vertraut und verwandt, erfaßbar und verständlich ist. Wir sprechen zu Menschen, die wir wenig kennen und von denen wir wissen, daß sie unsre Worte und Zeichen schon wie eine Fremdsprache lesen, mit Eifer und Genuß vielleicht, aber mit sehr ungefährem Verständnis, während die Struktur und Begriffswelt einer politischen Zeitung, eines Filmes, eines Sportberichts ihnen weit selbstverständlicher, zuverlässiger und lückenloser zugänglich sind.

So schreibe ich diese Blätter, welche ursprünglich nur die Erzählung einer kleinen Erinnerung aus meiner Kinderzeit sein sollten, nicht für meine Söhne oder Enkel, die wenig mit ihnen anfangen könnten, noch für irgendwelche andere Leser, wenn nicht etwa die paar Menschen, deren Kinderzeit und Kinderwelt ungefähr dieselbe wie die meine gewesen ist, und die zwar nicht den Kern dieser nicht erzählbaren Geschichte (der mein persönliches Erlebnis ist), doch aber wenigstens die Bilder, den Hintergrund, die Kulissen und Kostüme der Szene wiedererkennen werden.

Aber nein, auch an sie wendet meine Aufzeichnung sich nicht, und auch das Vorhandensein dieser einigermaßen Vorbereiteten und Eingeweihten vermag meine Blätter nicht zur Erzählung zu erheben, denn Kulissen und Kostüme machen noch längst keine Geschichte aus. Ich schreibe also meine leeren Blätter mit Buchstaben voll, nicht in der Absicht und Hoffnung, damit jemanden zu erreichen, dem sie Ähnliches wie mir bedeuten könnten, sondern aus dem bekannten, wenn auch nicht erklärbaren Trieb zu einsamer Arbeit, einsamem Spiel, dem der Künstler gehorcht wie einem Naturtrieb, obwohl er gerade den sogenannten Naturtrieben zuwiderläuft, wie sie heute von der Volksmeinung oder der Psychologie oder der Medizin definiert werden. Wir stehen ja an einem Ort, einer Strecke oder Biegung des Menschenweges, zu dessen Kennzeichen auch das gehört, daß wir über den Menschen nichts mehr wissen, weil wir uns zuviel mit ihm beschäftigt haben, weil zuviel Material über ihn vorliegt, weil eine Anthropologie, eine Kunde vom Menschen, einen Mut zur Vereinfachung voraussetzt, den wir nicht aufbringen. So wie die erfolgreichsten und modernsten theologischen Systeme dieser Zeit nichts so sehr betonen als die völlige Unmöglichkeit irgendeines Wissens über Gott, so hütet sich unsere Menschenkunde ängstlich, über das Wesen des Menschen irgend etwas wissen und aussagen zu wollen. Es geht also den modern eingestellten Theologen und Psychologen ganz ebenso wie uns Literaten: die Grundlagen fehlen, es ist alles fragwürdig und zweifelhaft geworden, alles relativiert und durchwühlt, und dennoch besteht jener Trieb zu Arbeit und Spiel ungebrochen fort, und wie wir Künstler, so bemühen sich auch die Männer der Wissenschaft eifrig weiter, ihre Beobachtungswerkzeuge und ihre Sprache zu verfeinern und dem Nichts oder Chaos wenigstens einige sorgfältig beobachtete und beschriebene Aspekte abzugewinnen.

Nun, möge man dies alles als Zeichen des Untergangs oder als Krise und notwendige Durchgangsstation ansehen – da jener Trieb in uns fortbesteht und da wir, indem wir ihm folgen und unsre einsamen Spiele trotz aller Fragwürdigkeit auch unter allen Erschwerungen weitertreiben, ein zwar einsames und melancholisches, aber doch ein Vergnügen empfinden, ein kleines Mehr an Lebensgefühl oder an Rechtfertigung, haben wir uns nicht zu beklagen, obwohl wir jene unsrer Kollegen recht wohl verstehen, welche, des einsamen Treibens müde, der Sehnsucht nach Gemeinschaft, nach Ordnung, Klarheit und Einfügung nachgeben und sich der Zuflucht anvertrauen, welche als Kirche und Religion oder als deren moderner Ersatz sich anbietet. Wir Einzelgänger und störrischen Nichtkonvertiten haben an unserer Vereinsamung nicht nur einen Fluch, eine Strafe zu tragen, sondern haben in ihr auch trotz allem eine Art von Lebensmöglichkeit, und das heißt für den Künstler Schaffensmöglichkeit.

Was mich betrifft, so ist meine Einsamkeit zwar nahezu vollkommen, und was an Kritik oder Anerkennung, an Anfeindung oder Duzbrüderschaft aus dem Kreise der mir durch die Sprache Verbundenen an mich gelangt, trifft zumeist an mir vorbei, so wie einem dem Tode nahen Kranken etwa die Wünsche besuchender Freunde für Genesung und langes Leben am Ohr vorbei tönen mögen. Aber diese Einsamkeit, dies Herausgefallensein aus den Ordnungen und Gemeinschaften und dies Sichnichtanpassenwollen oder -können an eine vereinfachte Daseinsform und Lebenstechnik bedeutet darum noch lange nicht Hölle und Verzweiflung. Meine Einsamkeit ist weder eng noch ist sie leer, sie erlaubt mir zwar das Mitleben in einer der heute gültigen Daseinsformen nicht, erleichtert mir aber zum Beispiel das Mitleben in hundert Daseinsformen der Vergangenheit, vielleicht auch der Zukunft, es hat ein unendlich großes Stück Welt in ihr Raum. Und vor allem ist diese Einsamkeit nicht leer. Sie ist voll von Bildern. Sie ist eine Schatzkammer von angeeigneten Gütern, ichgewordener Vergangenheit, assimilierter Natur. Und wenn der Trieb zum Arbeiten und Spielen noch immer ein wenig Kraft in mir hat, so ist es dieser Bilder wegen. Eines dieser tausend Bilder festzuhalten, auszuführen, aufzuzeichnen, ein Gedenkblatt mehr zu so vielen andern zu fügen, ist zwar mit den Jahren immer schwieriger und mühevoller geworden, aber nicht weniger lockend. Und besonders lockend ist der Versuch des Aufzeichnens und Fixierens bei jenen Bildern, die aus den Anfängen meines Lebens stammen, die, von Millionen späterer Eindrücke und Erlebnisse überdeckt, dennoch Farbe und Licht bewahrt haben. Es wurden ja diese frühen Bilder in einer Zeit empfangen, in der ich noch ein Mensch, ein Sohn, ein Bruder, ein Kind Gottes war und noch nicht ein Bündel von Trieben, Reaktionen und Beziehungen, noch nicht der Mensch des heutigen Weltbildes.

Ich versuche die Zeit, den Schauplatz und die Personen der kleinen Szene festzustellen. Nicht alles ist genau nachweisbar, nicht zum Beispiel das Jahr und die Jahreszeit, auch nicht ganz genau die Zahl der miterlebenden Personen. Es ist ein Nachmittag wahrscheinlich im Frühling oder Sommer, und ich war damals zwischen fünf und sieben, mein Vater zwischen fünfunddreißig und siebenunddreißig Jahre alt. Es war ein Spaziergang des Vaters mit den Kindern, die Personen waren: der Vater, meine Schwester Adele, ich, möglicherweise auch meine jüngere Schwester Marulla, was nicht mehr nachweisbar ist, ferner hatten wir den Kinderwagen mit, in dem wir entweder eben diese jüngere Schwester oder aber, wahrscheinlicher, unsern jüngsten Bruder Hans mitführten, der noch nicht der Sprache und des Gehens mächtig war. Schauplatz des Spaziergangs waren die paar Straßen des äußeren Spalenquartiers im Basel der achtziger Jahre, zwischen denen unsre Wohnung lag, nahe dem Schützenhaus im Spalenringweg, der damals noch nicht seine spätere Breite hatte, denn zwei Drittel von ihr nahm die ins Elsaß führende Eisenbahnlinie ein. Es war eine kleinbürgerliche, heitere und ruhige Stadtgegend, am äußersten Rande des damaligen Basel, ein paar hundert Schritte weiter lag schon die damals endlose Prärie der Schützenmatte, der Steinbruch und erste Bauernhöfe am Wege nach Allschwil, wo wir Kinder manchmal in einem der dunklen warmen Ställe die Milch frisch von der Kuh zu trinken bekamen und von wo wir ein Körbchen Eier mit nach Hause trugen, ängstlich und stolz darauf, daß uns dies anvertraut wurde. Es wohnten harmlose Bürgersleute um uns herum, einige wenige Handwerker, meistens aber Leute, die in die Stadt zu ihrer Arbeit gingen und feierabends in den Fenstern lagen und Pfeifen rauchten oder in den kleinen Gärtchen vor ihren Häusern mit Rasen und Kies sich zu schaffen machten. Einigen Lärm machte die Eisenbahn, und zu fürchten waren die Bahnwärter, die am Bahnübergang zwischen Austraße und Allschwiler Straße in einer Bretterhütte mit winzigem Fensterchen hausten und wie die Teufel herbeigestürzt kamen, wenn wir einen hineingefallenen Ball oder Hut oder Pfeil aus dem Graben retten wollten, der die Bahnlinie von der Straße trennte und den zu betreten niemand das Recht hatte als eben jene Wärter, die wir fürchteten und an denen nichts mir gefiel als das allerdings entzückende, messingene Hörnchen, das sie an einem Bandelier über die Schulter hängen hatten und auf dem sie, obwohl es nur einen einzigen Ton hatte, alle Stufen ihrer jeweiligen Aufregung oder Schläfrigkeit auszudrücken vermochten. Übrigens war dennoch einmal einer dieser Männer, die für mich die ersten Vertreter der Macht, des Staates, des Gesetzes und der Polizeigewalt waren, überraschenderweise sehr menschlich und nett mit mir gewesen; er hatte mich, der ich mit Peitsche und Kreisel auf der sonnigen Straße beschäftigt war, herbeigewinkt, hatte mir ein Geldstück in die Hand gegeben und mich freundlich gebeten, ihm aus dem nächsten Laden einen Limburger Käse zu holen. Ich gehorchte ihm freudig, bekam im Laden den Käse eingewickelt und überreicht, dessen Konsistenz und Geruch mir allerdings unheimlich und verdächtig waren, kehrte mit dem Päckchen und dem Überrest des Geldes zurück und wurde zu meiner großen Genugtuung vom Bahnwärter im Innern seiner Hütte erwartet, das ich zu sehen längst begierig gewesen war und nun betreten durfte. Es enthielt jedoch außer dem schönen gelben Hörnchen, das zur Zeit an einem Wandnagel hing, und dem daneben an die Bretterwand gehefteten, aus einer Zeitung geschnittenen Bildnis eines schnurrbärtigen Mannes in Uniform keine Kostbarkeiten. Leider endete mein Besuch bei Gesetz und Staatsgewalt schließlich doch mit einer Enttäuschung und Verlegenheit, die mir äußerst peinlich gewesen sein muß, da ich sie nicht vergessen konnte. Der heute so gutgelaunte und freundliche Wärter wollte, nachdem er Käse und Geld in Empfang genommen hatte, mich nicht ohne Dank und Lohn entlassen, er holte aus einer schmalen Sitztruhe ein Laibchen Brot heraus, schnitt ein Stück ab, schnitt auch vom Käse ein tüchtiges Stück und legte oder klebte es auf das Brot, das er mir darreichte und das er mir mit Appetit zu essen empfahl. Ich wollte mich samt dem Brote aus dem Staube machen und dachte es wegzuwerfen, sobald ich den Augen des Spenders entronnen sein würde. Aber er witterte, wie es schien, meine Absicht, oder er wollte nun einmal gern bei seinem Imbiß einen Kameraden haben; er machte große und, wie mir scheinen wollte, drohende Augen und bestand darauf, daß ich gleich hier hineinbeiße.

Ich hatte mich artig bedanken und in Sicherheit bringen wollen, denn ich begriff sehr wohl, allzu wohl, daß er mein Verschmähen seiner Gabe und gar meinen Widerwillen gegen die von ihm geliebte Speise als Beleidigung empfinden würde. Und so war es auch. Ich stammelte erschrocken und unglücklich irgend etwas Unbedachtes heraus, legte das Brot auf den Truhenrand, drehte mich um und ging drei, vier Schritte von dem Manne weg, den ich nicht mehr anzusehen wagte, dann schlug ich meinen schnellsten Trab ein und entfloh nach Hause.

Die Begegnungen mit den Wärtern, den Vertretern der Macht, waren in unsrer Nachbarschaft, in der kleinen heiteren Welt, in der ich lebte, das einzige Unvertraute, das einzige Loch und Fenster nach den Dunkelheiten, Abgründen und Gefahren hin, deren Vorhandensein in der Welt mir schon damals nicht mehr unbekannt war. Zum Beispiel hatte ich einmal aus einer Schenke weiter innen in der Stadt das Gegröle betrunkener Zecher vernommen, hatte einmal einen Menschen mit zerrissener Jacke von zwei Polizisten abführen sehen und ein andermal in der abendlichen Spalenvorstadt die teils schrecklich eindeutigen, teils ebenso schrecklich rätselhaften Geräusche einer Schlägerei zwischen Männern mit angehört und mich dabei so gefürchtet, daß unsre Magd Anna, die mich begleitete, mich eine Strecke weit auf den Arm nehmen mußte. Und dann gab es noch etwas, was mir unstreitig böse, scheußlich und durchaus diabolisch vorkam, es war der fatale Geruch im Umkreis einer Fabrik, an der ich mit älteren Kameraden mehrere Male vorbeigekommen war und deren Dunstkreis eine bestimmte Art von Ekel, Beklemmung, Empörung und tiefer Furcht in mir wachrief, welche auf irgendeine wunderliche Weise mit dem Gefühl verwandt war, das Bahnwärter und Polizei mir verursachten, einem Gefühl, an dem außer der bangen Empfindung von Gewalterleiden und Machtlosigkeit auch noch ein Zuschuß oder Unterton von schlechtem Gewissen teilhatte. Denn zwar hatte ich in Wirklichkeit noch nie eine Begegnung mit der Polizei erlebt und ihre Gewalt zu spüren bekommen, aber oft hatte ich von Dienstboten oder Kameraden die geheimnisvolle Drohung gehört: »Wart, ich hole die Polizei«, und ebenso wie bei den Konflikten mit den Bahnwärtern war da jedesmal irgend etwas wie eine Schuld auf meiner Seite, die Übertretung eines mir bekannten oder auch nur geahnten und imaginierten Gesetzes vorgelegen. Aber jene Unheimlichkeiten, jene Eindrücke, Töne und Gerüche hatten mich weit von Hause erreicht, im Innern der Stadt, wo es ohnehin lärmig und aufregend, wenn auch freilich höchst interessant zuging. Unsere stille und saubere Kleinwelt vorstädtischer Wohnstraßen mit ihren Gärtchen an der Front und ihren Wäscheleinen an der Rückseite war arm an Eindrücken und Mahnungen dieser Art, sie begünstigte eher den Glauben an eine wohlgeordnete, freundliche und arglose Menschheit, um so mehr als zwischen diesen Angestellten, Handwerkern und Rentnern da und dort auch Kollegen meines Vaters oder Freundinnen meiner Mutter wohnten, Leute, die mit der Heidenmission zu tun hatten, Missionare im Ruhestand, Missionare auf Urlaub, Missionarswitwen, deren Kinder die Schulen des Missionshauses besuchten, lauter fromme, freundliche, aus Afrika, Indien und China heimgekehrte Leute, die ich zwar keineswegs in meiner Einteilung der Welt an Rang und Würde meinem Vater gleichstellen konnte, die aber ein ähnliches Leben führten wie er und die sich untereinander mit Du und Bruder oder Schwester anredeten.

Damit bin ich denn bei den Personen meiner Geschichte angelangt, deren es drei Hauptpersonen: mein Vater, ein Bettler und ich, und zwei bis drei Nebenpersonen sind, nämlich meine Schwester Adele, möglicherweise auch meine zweite Schwester und der von uns im Wagen geschobene kleine Bruder Hans. Über ihn habe ich ein anderes, früheres Mal schon Erinnerungen aufgeschrieben; bei diesem Basler Spaziergang war er nicht Mitspieler oder Miterlebender, sondern nur eben die kleine, der Rede noch unmächtige, von uns sehr geliebte Kostbarkeit im Kinderwagen, den zu schieben wir alle als ein Vergnügen und eine Auszeichnung betrachteten, den Vater nicht ausgenommen. Auch Schwester Marulla, sofern sie überhaupt an jenem Nachmittag mit an unsrem Spaziergang teilnahm, kommt als Mitspielerin nicht eigentlich in Betracht, auch sie war noch zu klein. Immerhin mußte sie erwähnt werden, wenn auch nur die Möglichkeit bestand, daß sie uns damals begleitete, und mit ihrem Namen Marulla, der noch mehr als der ebenfalls in unsrer Umgebung kaum bekannte Name Adele als fremd und wunderlich auffiel, ist auch etwas von der Atmosphäre und dem Kolorit unsrer Familie gegeben. Denn Marulla war eine aus dem Russischen stammende Koseform von Maria und drückte, neben vielen anderen Kennzeichen, etwas vom Wesen der Fremdheit und Einmaligkeit unsrer Familie und ihrer Nationenmischung aus. Unser Vater war zwar gleich der Mutter, dem Großvater und der Großmutter in Indien gewesen, hatte dort ein wenig Indisch gelernt und im Dienst der Mission seine Gesundheit eingebüßt, aber das war in unsrem Milieu so wenig besonders und auffallend, wie wenn wir eine Familie von Seefahrern in einer Hafenstadt gewesen wären. In Indien, am Äquator, bei fremden dunkeln Völkern und an fernen Palmenküsten waren auch alle die andern »Brüder« und »Schwestern« von der Mission gewesen, auch sie konnten das Vaterunser in einigen fremden Sprachen sprechen, hatten lange Seereisen und lange, von uns Kindern trotz ihrer großen Mühsal höchst beneidete Landreisen auf Eseln oder Ochsenkarren gemacht und konnten zu den wunderbaren Sammlungen des Missionsmuseums genaue und zuweilen abenteuerreiche Erzählungen und Erklärungen geben, wenn wir dies Museum im Erdgeschoß des Missionshauses unter ihrer Führung besuchen durften.

Aber ob Indien oder China, Kamerun oder Bengalen, die andern Missionare und ihre Frauen waren zwar weit herumgekommen, schließlich waren sie aber doch beinahe alle entweder Schwaben oder Schweizer, es fiel schon auf, wenn einmal ein Bayer oder Österreicher sich unter sie verirrt hatte. Unser Vater aber, der seine kleine Tochter Marulla rief, kam aus einer fremderen, unbekannteren Ferne, er kam aus Rußland, er war ein Balte, ein Deutschrusse, und hat bis zu seinem Tode von den Mundarten, die um ihn herum und auch von seiner Frau und seinen Kindern gesprochen wurden, nichts angenommen, sondern sprach in unser Schwäbisch und Schweizerdeutsch hinein sein reines, gepflegtes, schönes Hochdeutsch. Dieses Hochdeutsch, obwohl es für manche Einheimische unser Haus an Vertraulichkeit und Behagen einbüßen ließ, liebten wir sehr und waren stolz darauf, wir liebten es ebenso wie die schlanke, gebrechlich zarte Gestalt, die hohe edle Stirn und den reinen, oft leidenden, aber stets offenen, wahrhaftigen und zu gutem Benehmen und Ritterlichkeit verpflichtenden, an das Bessere im andern appellierenden Blick des Vaters. Es war, das wußten seine wenigen Freunde, und das wußten schon sehr früh wir Kinder, nicht ein Allerweltsmann, sondern ein Fremdling, ein edler und seltener Schmetterling oder Vogel aus anderen Zonen zu uns verflogen, durch seine Zartheit und sein Leiden und nicht minder durch ein verschwiegenes Heimweh ausgezeichnet und isoliert. Wenn wir die Mutter mit einer natürlichen, auf Nähe, Wärme und Gemeinschaft gegründeten Zärtlichkeit liebten, so liebten wir den Vater mit einem leisen Beiklang von Ehrfurcht, von Scheu, von einer Bewunderung, wie sie die Jugend nicht für das Eigene und Heimatliche, sondern nur für das Fremde hat.

Sei das Bemühen um Wahrheit noch so enttäuschend, sei es noch so illusorisch, es ist dies Bemühen ebenso wie das Streben nach Form und Schönheit dennoch unentbehrlich bei Aufzeichnungen dieser Art, welche sonst auf keinerlei Wert Anspruch machen könnten. Es mag recht wohl sein, daß mein Bemühen um Wahrheit mich zwar der Wahrheit nicht näher führt, aber es wird, auf diese oder jene mir selbst vielleicht nicht erkennbare Weise dennoch nicht völlig vergeblich sein. So war ich, als ich die ersten Zeilen dieses Berichtes schrieb, der Meinung, es wäre einfacher und könne nichts schaden, wenn ich Marulla überhaupt nicht erwähnen würde, da es ja höchst zweifelhaft war, ob sie in diese Geschichte hineingehöre. Aber siehe, sie war eben doch nötig, schon ihres Namens wegen. Es hat schon mancher Schreiber oder Künstler sich in einem Werke um dies oder jenes ihm teure Ziel treulich und geduldig bemüht und hat zwar nicht dieses Ziel, wohl aber andere Ziele und Wirkungen erreicht, die ihm gar nicht oder doch weit weniger bewußt und wichtig waren. Man könnte sich etwa recht wohl denken, daß Adalbert Stifter in seinem »Nachsommer« nichts so ernst und heilig genommen, nichts so geduldig und treulich angestrebt habe wie gerade das, was uns an diesem Werke heute langweilig ist. Und dennoch wäre das andere, der neben und trotz der Langeweile vorhandene, der die Langeweile weit überstrahlende hohe Wert dieses Werkes nicht zustande gekommen ohne dies Bemühen, diese Treue und Geduld, diesen Kampf um das dem Schreibenden so Wichtige. So muß auch ich mich bemühen, so viel Wahrheit einzufangen als irgend möglich ist. Dazu gehört unter anderem, daß ich versuchen muß, meinen Vater noch einmal so zu sehen, wie er an jenem Tag unsres Spazierganges wirklich war, denn das Ganze seiner Persönlichkeit war ja meinem Kinderblick längst nicht übersehbar, ist es auch heute kaum, sondern ich muß versuchen, ihn noch einmal so zu sehen, wie ich ihn als Knabe an jenen Tagen sah. Ich sah ihn als etwas nahezu Vollkommenes und Unnachahmliches, als eine Gestalt gewordene Reinheit und Würde der Seele, als einen Kämpfer, Ritter und Dulder, dessen Überlegenheit durch seine Fremdheit, seine Heimatlosigkeit, seine leibliche Zartheit gemildert und der wärmsten Liebe und Zärtlichkeit zugänglich wurde. Irgendeinen Zweifel an ihm, irgendeine Kritik an ihm kannte ich nicht, damals noch nicht, wenn auch Konflikte mit ihm mir leider nichts Unbekanntes waren. Aber bei diesen Konflikten stand er mir zwar als Richter, Warner, Bestrafer oder Verzeihender gegenüber, zu meiner Not und Beschämung, aber stets war er es, der recht hatte, stets fand ich Tadel oder Strafe durch mein eigenes Wissen bestätigt und anerkannt, noch war ich nie in Gegensatz oder Kampf mit ihm und seiner Gerechtigkeit und Tugend geraten, dazu führten erst viel spätere Konflikte. Zu keinem andern Menschen, er möge mir noch so sehr überlegen gewesen sein, habe ich dies Verhältnis einer natürlichen, durch Liebe des Stachels beraubten Unterordnung je wieder gehabt, oder wenn ich, wie etwa bei meinem Göppinger Lehrer, ein ähnliches Verhältnis einmal wiederfand, so war es nicht auf lange Dauer und stellte sich mir später beim Rückblick deutlich als eine Wiederholung, als ein Zurückbegehren in jenes Vater-Sohn-Verhältnis dar.

Was ich von unsrem Vater damals wußte, war großenteils aus seinen eigenen Erzählungen gespeist. Er, der im übrigen keine Künstlernatur und an Phantasie und Temperament weniger reich war als unsre Mutter, fand ein Vergnügen und erwarb eine gewisse Künstlerschaft darin, von Indien oder von seiner Heimat zu erzählen, von den großen Zeiten seines Lebens. Vor allem war es seine Kindheit in Estland, das Leben in seinem Vaterhaus und auf den Landgütern, mit

Reisen im Planwagen und Besuchen an der See, wovon er uns nicht genug erzählen konnte. Eine überaus heitere, bei aller Christlichkeit sehr lebensfrohe Welt tat sich da vor uns auf, nichts wünschten wir sehnlicher, als auch einmal dies Estland und Livland zu sehen, wo das Leben so paradiesisch, so bunt und lustig war. Wir hatten Basel, das Spalenquartier, das Missionshaus, unsern Müllerweg und die Nachbarn und Kameraden recht gern, aber wo wurde man hier auf weit entfernte Güter eingeladen, mit Bergen von Kuchen und Körben voll Obst bewirtet, auf junge Pferdchen gesetzt, in Planwagen weit über Land gefahren? Einiges von jenem baltischen Leben und seinen Gebräuchen hatte der Vater auch hier einführen können, es gab bei uns Worte wie Marulla, es gab einen Samowar, ein Bild des Zaren Alexander, und es gab einige aus des Vaters Heimat stammende Spiele, die er uns gelehrt hatte, vor allem das österliche Eierrollen, zu dem wir etwa auch ein Nachbarkind mitbringen durften, um ihm mit diesen Sitten und Gebräuchen Eindruck zu machen. Aber es war wenig, was Vater hier in der Fremde seiner Jugendheimat anzugleichen vermocht hatte, auch der Samowar stand am Ende mehr wie ein Museumsstück da, als daß er benutzt wurde, und so waren es die Erzählungen vom russischen Vaterhaus, von Weißenstein, Reval und Dorpat, vom heimatlichen Garten, von den Festen und Reisen, in denen der Vater nicht nur sich selber des Geliebten und Entbehrten wieder erinnerte, sondern auch in uns Kindern ein kleines Estland anbaute und die ihm teuren Bilder auch in unsre Seelen senkte.

Damit, mit diesem gewissen Kult, den er seiner Heimat und ersten Jugend widmete, mochte es auch zusammenhängen, daß er ein ganz ausgezeichneter Spieler, Spielkamerad und Spiellehrer geworden war. In keinem Hause, das wir kannten, wurden so zahlreiche Spiele gekannt und gekonnt, wurden ihnen so viele und witzige Variationen ersonnen, wurden so viele neue Spiele erfunden. An dem Geheimnis, daß unser Vater, der Ernste, der Gerechte, der Fromme, uns nicht entschwand und zur Altarfigur wurde, daß er trotz aller Ehrfurcht durchaus ein Mensch und unsrem Kindersinn nah und erreichbar blieb, daran hatte sein Spieltalent großen Anteil, ebenso großen wie seine Schilderungen und Geschichten. Für mich, das Kind, war natürlich all das, was ich heute über die biographische und die psychologische Deutung dieser Spielfreude vermute, nicht vorhanden. Vorhanden und lebendig wirksam war für uns Kinder nur dieser sein Kult der Spiele selbst, und er hat nicht nur in unsrer Erinnerung seinen Platz, er ist auch literarisch dokumentiert: unser Vater hat bald nach der Zeit, von der hier die Rede ist, ein volkstümliches Spielbüchlein mit dem Titel »Das Spiel im häuslichen Kreise« geschrieben, das im Verlag unsres Onkels Gundert in Stuttgart erschienen ist. Bis ins Alter und bis in die Jahre der Blindheit hinein blieb die Begabung zum Spielen ihm treu. Wir Kinder wußten es nicht anders und hielten es für selbstverständlich, zum Charakter und zu den Funktionen eines Vaters gehörig: wären wir mit dem Vater auf eine wilde Insel verschlagen oder in den Kerker geworfen worden oder, in Wäldern verirrt, in der Zuflucht einer Höhle gelandet, so wären zwar vielleicht Not und Hunger, gewiß aber nicht Leere und Langeweile zu fürchten gewesen, Vater hätte Spiel um Spiel für uns erfunden, und dies auch noch, wenn wir in Fesseln oder im Dunkeln hätten weilen müssen, denn gerade die Spiele, zu denen es keines Apparates bedurfte, waren ihm die liebsten, zum Beispiel Rätselraten, Rätselerfinden, mit Worten spielen, Gedächtnisübungen anstellen. Und bei den Spielen, bei welchen Spielzeug und Hilfsmittel nicht entbehrlich waren, hat er stets Freude am Einfachsten und Selbstgefertigten und eine Abneigung gegen das von der Industrie Gemachte und im Laden Gekaufte gehabt. Viele Jahre lang haben wir Brettspiele wie Go Bang oder Halma auf Brettern und mit Figuren gespielt, die er selbst angefertigt und bemalt hatte.

Übrigens ist dieser sein Hang zum Zusammensein, zur Geselligkeit im Schutz und unter dem sanften Zwang von Spielregeln später auch bei einem seiner Kinder, seinem jüngsten, zu einem Kennzeichen und Charakterzug geworden: Bruder Hans war darin dem Vater ähnlich, daß auch er im Umgang und Spiel mit Kindern seine beste Erholung, seine Freude und einen Ersatz für vieles fand, was ihm das Leben vorenthielt. Er, der schüchterne und zuzeiten etwas ängstliche Hans blühte, sobald er mit Kindern allein gelassen, sobald ihm Kinder anvertraut wurden, zu allen Gipfeln seiner Phantasie und Lebensfreude empor, entzückte und bezauberte die Kinder und versetzte sich selbst in einen paradiesischen Zustand von Gelöstheit und Glück, in dem er unwiderstehlich liebenswürdig war und von dem nach seinem Tode selbst nüchterne und kritische Augenzeugen mit einer betonten Wärme sprachen.

Vater also führte uns spazieren. Er war es, der den Kinderwagen die größte Strecke schob, obwohl er keineswegs rüstig war. Im Wagen lag, lächelnd und ins Licht staunend, der kleine Hans, Adele ging an Vaters Seite, während ich mich dem gemessenen Andante des Spazierschrittes weniger anzupassen vermochte und bald voraus lief, bald einer interessanten Entdeckung wegen zurückblieb und darum bettelte, den Wagen schieben zu dürfen, bald mich ohne Rücksicht auf seine Ermüdbarkeit an Vaters Arm oder Rock klammerte und ihn mit Fragen bestürmte. Was auf jenem Spaziergang, einem von tausend ähnlichen, gesprochen wurde, davon ist mir nichts im Gedächtnis geblieben. Geblieben ist mir, und auch Adelen, von diesem Tag und Spaziergang nichts als das Erlebnis mit dem Bettler. Im Bilderbuch meiner frühen Erinnerungen gehört es zu den eindrücklichsten und anregendsten Bildern, anregend zu Gedanken und Grübeleien verschiedenster Art, wie es denn noch heute, wohl fünfundsechzig Jahre später, mich zu diesem Gedanken angeregt und zu der Bemühung mit diesen Aufzeichnungen gezwungen hat.

Wir wandelten gemächlich dahin, die Sonne schien und malte neben jede der in Kugelform geschnittenen Akazien des Weges ihren Schatten, was den Eindruck von Pedanterie, Regelmäßigkeit und Linealästhetik noch verstärkte, den diese Pflanzung mir immer machte. Es geschah nichts als das Gewohnte und Alltägliche: daß ein Briefträger den Vater grüßte und ein vierspänniger Bierbrauerwagen mit schweren, schönen Rossen beim Bahnübergang warten mußte und uns Zeit ließ, die herrlichen Tiere zu bestaunen, die einen ansehen konnten, als wollten sie Gruß und Rede mit uns tauschen, und an denen mir nur das Geheimnis unheimlich war, daß ihre Füße es ertrugen, wie Holz gehobelt und mit diesen klobigen Eisen beschlagen zu werden. Aber als wir schon uns wieder unsrer Straße näherten, geschah doch noch etwas Neues und Besonderes.

Es kam uns ein Mann entgegen, der ein wenig mitleiderregend und ein wenig ungut aussah, ein noch ziemlich junger Mensch mit einem bärtigen, vielmehr seit langer Zeit unrasierten Gesicht, zwischen dem dunklen Haar und Bartwuchs waren Wangen und Lippen von lebhaftem Rot, die Kleidung und Haltung des Mannes hatte etwas Verwahrlostes und Verwildertes, sie machte uns ebenso bange wie neugierig, gern hätte ich mir diesen Mann genauer betrachtet und etwas über ihn erfahren. Er gehörte, das sah ich beim ersten Blick, zu der geheimnisvollen und abgründigen Seite der Welt, er mochte einer von jenen rätselhaften und gefährlichen, aber nicht minder unglücklichen und schwierigen Menschen sein, von denen man gelegentlich als von Herumtreibern, Vaganten, Bettlervolk, Trinkern, Verbrechern sprechen hörte, in Gesprächen der Erwachsenen, welche sofort unterbrochen oder zum Flüstern gedämpft wurden, wenn man bemerkte, daß eins von uns Kindern zuhörte. So klein ich war, so hatte ich doch für eben jene drohende und beklemmende Seite der Welt nicht nur die natürliche, knabenhafte Neugierde, sondern, so glaube ich heute, ich ahnte auch schon etwas davon, daß diese wunderbar zwielichtigen, ebenso armen wie gefährlichen, ebenso Abwehr wie Brudergefühle aufrufenden Erscheinungen, diese Zerlumpten, Verwahrlosten und Entgleisten ebenso »richtig« und gültig, daß ihr Dasein in der Mythologie durchaus notwendig, daß im großen Weltspiel der Bettler so unentbehrlich sei wie der König, der Abgerissene ebensoviel gelte wie der Mächtige und Uniformierte. So sah ich denn mit einem Schauder, an dem Entzücken und Furcht gleichen Anteil hatten, den zottigen Mann uns entgegenkommen und seine Schritte auf uns zulenken, sah ihn die etwas scheuen Augen auf unsern Vater richten und mit halbgezogener Mütze vor ihm stehenbleiben.

Artig erwiderte Vater seinen gemurmelten Gruß, und mit der größten Spannung sah ich, während der Kleine im Wägelchen beim Halten erwachte und langsam die Augen auftat, der Szene zwischen den beiden einander scheinbar so sehr fremden Männern zu. Stärker noch, als es auch sonst schon des öftern geschah, empfand ich die Mundart des einen und die gepflegte, genau akzentuierende Sprache des andern als Ausdruck eines innern Gegensatzes, als Sichtbarwerden einer zwischen dem Vater und seiner Umwelt bestehenden Scheidewand. Andrerseits war es aufregend und hübsch, zu sehen, wie der Angesprochene den Bettler so höflich und ohne Ablehnung oder Zurückzucken empfing und als Menschenbruder anerkannte. Der Unbekannte versuchte nun, nachdem die paar ersten Worte getauscht waren, das Herz des Vaters, in dem er einen gutmütigen und vielleicht leicht zu rührenden Menschen vermuten mochte, mit einer Schilderung seiner Armut, seines Hungers und Elendes zu bestürmen, es kam etwas Singendes und Beschwörendes in seine Redeweise, als klage er dem Himmel seine Not: kein Stückchen Brot habe er, kein Dach überm Kopf, keine ganzen Schuhe mehr, es sei ein Elend, er wisse nicht mehr, wohin sich wenden, und er bitte inständig um ein wenig Geld, es sei schon lang keines mehr in seiner Tasche gewesen. Er sagte nicht Tasche, sondern Sack, während mein Vater in seiner Antwort den Ausdruck Tasche vorzog. Ich verstand übrigens mehr die Musik und Mimik des Auftrittes, von den Worten nur wenige.

Schwester Adele, zwei Jahre älter als ich, war nun in einer Hinsicht über Vater besser unterrichtet als ich. Sie wußte, was mir noch lange Jahre verborgen blieb, schon damals; daß nämlich unser Vater so gut wie niemals Geld bei sich trug und daß er, wenn es doch einmal geschah, ziemlich hilflos und auch leichtsinnig damit umging, Silber statt Nickel und große statt kleine Münzen hingab. Sie zweifelte vermutlich nicht daran, daß er kein Geld bei sich habe. Ich dagegen neigte sehr zu der Erwartung, er werde nun, beim nächsten Ansteigen und Schluchzen der Töne in des Bettlers Klagelied, in die Tasche greifen und dem Mann eine ganze Menge von halben und ganzen Frankenstücken in die Hände drükken oder in die Mütze schütten, genug, um Brot, Limburger Käse, Schuhe und alles andre zu kaufen, dessen der Fremdling bedürftig war. Statt dessen aber hörte ich den Vater auf alle Anrufe mit derselben höflichen und beinah herzlichen Stimme antworten und hörte seine beruhigend und beschwichtigend gemeinten Worte schließlich zu einer kleinen, gut formulierten Rede verdichten. Der Sinn dieser Rede war, wie wir Geschwister uns später zu erinnern meinten, dieser: er sei nicht imstande, Geld zu geben, da er keines bei sich habe, auch sei mit Geld nicht immer geholfen, man könne es leider auf so verschiedene Arten verwenden, zum Beispiel statt zum Essen zum Trinken, und dazu wolle er in keiner Weise behilflich sein; dagegen sei es ihm nicht möglich, einen wirklich Hungernden von sich zu weisen, darum schlage er vor, der Mann möge ihn bis zum nächsten Kaufladen begleiten, dort werde er soviel Brot bekommen, daß er mindestens für diesen Tag nicht zu hungern brauche.

Während dieses Gesprächs standen wir die ganze Zeit am selben Fleck auf der breiten Straße, und ich konnte die beiden Männer mir gut ansehen, sie miteinander vergleichen und mir auf Grund ihres Aussehens, ihres Tonfalls und ihrer Worte meine Gedanken machen. Unangetastet natürlich blieb die Überlegenheit und Autorität des Vaters in diesem Wettstreit, er war ohne Zweifel nicht nur der Anständige, ordentlich Gekleidete, sich gut Benehmende, er war auch der, welcher sein Gegenüber ernster nahm, der besser und genauer auf den Partner einging und seine Worte unumwunden ehrlich meinte. Dafür hatte der andere aber diesen Beiklang von Wildheit und hatte hinter sich und seinen Worten etwas sehr Starkes und Wirkliches stehen, stärker und wirklicher als alle Vernunft und Artigkeit: sein Elend, seine Armut, seine Rolle als Bettler, sein Amt als Sprecher für alles verschuldete und unverschuldete Elend der Welt, und das gab ihm ein Gewicht, das half ihm Töne und Gebärden finden, die dem Vater nicht zur Verfügung standen. Und außerdem und über dies alles hinweg entstand während der so schönen und spannenden Bettelszene Zug um Zug zwischen dem Bettler und dem Angebettelten eine gewisse nicht zu benennende Ähnlichkeit, ja Brüderlichkeit. Sie beruhte zum Teil darauf, daß der Vater, von dem Armen angesprochen, ohne Sträuben und Stirnrunzeln den andern anhörte und gelten ließ, daß er keinen Abstand zwischen ihn und sich legte und sein Recht auf Angehörtwerden und Mitleid als ein selbstverständliches anerkannte. Aber dies war das wenigste. War dieser halbbärtige dunkelhaarige Arme aus der Welt der zufriedenen, arbeitenden und jeden Tag satt werdenden Leute herausgefallen, machte er inmitten dieser reinlichen kleinbürgerlichen Wohnhäuser und Vorgärtchen den Eindruck eines Fremdlings, so war ja Vater längst schon, wenn auch auf so ganz andere Weise, ein Fremdling, ein Mann von anderswoher, der mit Leuten, unter denen er lebte, nur in einer losen, auf Übereinkommen beruhenden, nicht gewachsenen und erdhaften Gemeinschaft stand. Und wie der Bettler hinter seinem eher trotzigen und desperadohaften Aussehen doch etwas Kindliches, Naturhaftes und Unschuldiges zu haben schien, so war ja auch bei Vater hinter der Fassade des Frommen, des Höflichen, des Vernünftigen viel Kindhaftes verborgen. Jedenfalls – denn alle diese klugen Gedanken hatte ich damals natürlich nicht – empfand ich, je länger die beiden miteinander und vielleicht aneinander vorbeiredeten, desto mehr eine wunderliche Art von Zusammengehörigkeit zwischen ihnen. Und Geld hatten sie also beide keines.

Vater stützte sich auf den Rand des Kinderwagens, während er dem Fremden Rede stand. Er machte ihm klar, daß er gesonnen sei, ihm einen Laib Brot zu geben, doch müsse dies Brot in einem Laden geholt werden, wo man ihn kenne, und der Mann sei nun eingeladen, dahin mitzukommen. Damit setzte der Vater den Wagen wieder in Bewegung, drehte um und schlug die Richtung nach der Austraße ein, und der Fremde marschierte ohne Widerrede mit, war aber wieder etwas scheu geworden und fühlte sich sichtlich nicht recht zufrieden, das Ausbleiben der Geldspende hatte ihn enttäuscht. Wir Kinder hielten uns dicht neben dem Vater und dem Wagen, dem Fremden nicht zu nahe, der sein Pathos aufgegeben hatte und jetzt still und eher mürrisch geworden war. Ich betrachtete ihn aber im geheimen und machte mir Gedanken, es war mit diesem Menschen so viel in unsre nächste Nähe getreten, so viel Bedenkliches, im Sinn des zu Bedenkenden sowohl wie in dem des Bangemachenden, und jetzt, wo der Bettler schweigsam und anscheinend schlechter Laune geworden war, gefiel er mir wieder weniger und glitt wieder mehr und mehr aus jener Zusammengehörigkeit mit dem Vater heraus und ins Unvertraute hinüber. Es war ein Stück Leben, dem ich zusah, Leben der Großen, der Erwachsenen, und da dies Leben der Erwachsenen um uns Kinder her äußerst selten so primitive und elementare Formen annahm, war ich tief davon gefesselt, aber die Fröhlichkeit und Zuversicht von vorher war hingeschwunden, wie an einem heitern Tag plötzlich ein Schleier Licht und Wärme dämpfen und hinwegzaubern kann.

Unser guter Vater freilich schien keine solchen Gedanken zu haben, heiter und freundlich blieb sein klares Gesicht, heiter und gleichmäßig sein Schritt. So zogen wir, Vater, Kinder, Wagen und Bettler, eine kleine Karawane, nach der Austraße weiter und in ihr fort bis zu einem Kaufladen, den wir alle kannten und wo es die verschiedensten Dinge zu kaufen gab, vom Wecken und Brot bis zu Schiefertafeln, Schulheften und Spielzeug. Hier hielten wir an, und Vater bat den Fremden, hier eine kleine Weile bei uns Kindern zu warten, bis er aus dem Laden zurückkäme. Adele und ich sahen einander an, es war uns beiden gar nicht wohl zumute, wir hatten etwas Angst, oder vielmehr ziemlich große Angst, und ich glaube, wir fanden es auch vom Vater sonderbar und nicht recht begreiflich, daß er uns da mit dem fremden Manne so allein ließ, als könne uns unmöglich etwas geschehen, als seien noch niemals Kinder von bösen Männern umgebracht oder entführt und verkauft oder zum Betteln und Stehlen gezwungen worden. Und beide hielten wir uns, zum eigenen Schutze wie auch zu dem unsres Kleinsten, dicht zu beiden Seiten an den Wagen geklammert, den wir unter keinen Umständen loszulassen gedachten. Schon war der Vater die paar Steinstufen zur Ladentür hinangestiegen, schon legte er die Hand auf die Klinke, schon war er verschwunden. Wir waren mit dem Bettler allein, in der ganzen langen und geraden Straße war kein Mensch zu sehen. Ich redete mir, in der Form eines Gelübdes, innerlich zu, tapfer und männlich zu sein.

So standen wir alle, eine Minute lang vielleicht, und wohl ums Herz war keinem von uns außer dem Brüderchen, das den Fremden überhaupt nicht wahrgenommen hatte und vergnügt mit seinen winzigen Fingerchen spielte. Ich wagte es, aufzublicken, nach dem Unheimlichen hin, und sah auf seinem roten Gesicht die Unruhe und Unzufriedenheit noch gesteigert, er gefiel mir nicht, er machte mir richtig Angst, deutlich sah man widersprechende Triebe in ihm kämpfen und nach Taten drängen.

Aber da war er auch schon mit seinen Gedanken und Gefühlen zu einem Ende gekommen, ein Entschluß durchzuckte ihn, und man konnte das Aufzucken mit Augen sehen. Aber wozu er sich entschlossen hatte und was er jetzt tat, war von allem, woran ich etwa gedacht oder was ich gehofft oder gefürchtet hatte, das Gegenteil, es war das Unerwartetste von allem, was geschehen konnte, es überrumpelte uns beide, Adele und mich, vollkommen, daß wir starr und sprachlos standen. Der Bettler, nachdem der Zuck in ihn gefahren war, hob einen seiner Füße mit den mitleiderregenden Schuhen, zog das Knie an, erhob beide zu Fäusten geballte Hände bis in Schulterhöhe und lief in einem Schnellauf, den man seiner Figur kaum zugetraut hätte, die lange gerade Straße hinunter, er hatte die Flucht ergriffen und rannte, rannte wie ein Verfolgter, bis er die nächste Querstraße erreicht hatte und für immer unsern Augen entschwand.

Was ich bei diesem Anblick empfand, läßt sich nicht beschreiben, es war ebensosehr Schrecken wie Aufatmen, ebenso Verblüffung wie Dankbarkeit, aber zur selben Sekunde auch Enttäuschung, ja Bedauern. Und nun kehrte heiteren Gesichtes, mit einem langen Laib Weißbrot in der Hand, Vater aus dem Laden zurück, staunte einen Augenblick, ließ sich berichten, was geschehen war, und lachte. Es war am Ende das Beste, was er tun konnte. Mir aber war, als sei meine Seele mit dem Bettler fortgerannt, ins Unbekannte, in die Abgründe der Welt, und es dauerte lange, bis ich zum Nachdenken darüber kam, warum wohl der Mann vor dem Brotlaib davongelaufen war, so wie einst ich vor dem mir dargereichten Bissen des Bahnwärters durchgebrannt war. Tage- und wochenlang behielt das Erlebnis seine Frische und Unausschöpfbarkeit und hat sie, so einleuchtende Begründungen wir später auch dafür ausdenken mochten, bis heute behalten. Die Welt der Abgründe und Geheimnisse, in die der flüchtende Bettler uns entschwunden war, wartete auch auf uns. Sie hat jenes hübsche und harmlose Leben des Vordergrundes überwuchert und ausgelöscht, sie hat unsern Hans verschlungen, und auch wir Geschwister, die wir bis heute und bis ins Alter standzuhalten versucht haben, wissen uns und den Funken in unsern Seelen von ihr umdrängt und umdunkelt.

(1948)

Unterbrochene Schulstunde

Es scheint, als müsse ich in meinen späten Tagen nicht nur, wie alle alten Leute, mich wieder den Erinnerungen aus den Kinderjahren zuwenden, sondern als müsse ich auch, zur Strafe gewissermaßen, die fragwürdige Kunst des Erzählens noch einmal mit umgekehrten Vorzeichen ausüben und abbüßen. Das Erzählen setzt Zuhörer voraus und fordert vom Erzähler eine Courage, welche er nur aufbringt, wenn ihn und seine Zuhörer ein gemeinsamer Raum, eine gemeinsame Gesellschaft, Sitte, Sprache und Denkart umschließt. Die Vorbilder, die ich in meiner Jugend verehrte (und heute noch verehre und liebe), vor allem der Erzähler der Seldwyler Geschichten, haben mich damals lange Zeit in dem frommen Glauben unterstützt, daß auch mir diese Zugehörigkeit und Gemeinsamkeit angeboren und überkommen sei, daß auch ich, wenn ich Geschichten erzählte, mit meinen Lesern eine gemeinsame Heimat bewohne, daß ich für sie auf einem Instrumente und nach einem Notensystem musiziere, das ihnen wie mir vollkommen vertraut und selbstverständlich sei. Da waren Hell und Dunkel, Freude und Trauer, Gut und Böse, Tat und Leiden, Frömmigkeit und Gottlosigkeit zwar nicht ganz so kategorisch und grell voneinander getrennt und abgehoben wie in den moralischen Erzählungen der Schul- und Kinderbücher, es gab Nuancen, es gab Psychologie, es gab namentlich auch Humor, aber es gab nicht den grundsätzlichen Zweifel, weder am Verständnis der Zuhörer noch an der Erzählbarkeit meiner Geschichten, welche denn auch meist ganz artig abliefen mit Vorbereitung, Spannung, Lösung, mit einem festen Gerüste von Handlung, und mir und meinen Lesern beinah ebensoviel Vergnügen machten wie das Erzählen einst dem großen Meister von Seldwyla und das Zuhören seinen Lesern gemacht hatte. Und nur sehr langsam und widerwillig kam ich mit den Jahren zur Einsicht, daß meine Art zu leben und meine Art zu erzählen einander nicht entsprachen, daß ich dem guten Erzählen zuliebe die Mehrzahl meiner Erlebnisse und Erfahrungen mehr oder weniger vergewaltigt hatte, und daß ich entweder auf das Erzählen verzichten oder mich entschließen müsse, statt eines guten ein schlechter Erzähler zu werden. Die Versuche dazu, etwa von Demian bis zur Morgenlandfahrt, führten mich denn auch immer mehr aus der guten und schönen Tradition des Erzählens hinaus. Und wenn ich heute irgendein noch so kleines, noch so gut isoliertes Erlebnis aufzuzeichnen versuche, dann rinnt mir alle Kunst unter den Händen weg, und das Erlebte wird auf eine beinah gespenstische Weise vielstimmig, vieldeutig, kompliziert und undurchsichtig. Ich muß mich darein ergeben, es sind in den letzten Jahrzehnten größere und ältere Werte und Kostbarkeiten als nur die Erzählkunst fragwürdig und zweifelhaft geworden.

In unserm wenig geliebten Klassenzimmer der Calwer Lateinschule saßen wir Schüler eines Vormittags über einer schriftlichen Arbeit. Es war in den ersten Tagen nach längeren Ferien, kürzlich erst hatten wir unsere blauen Zeugnishefte abgeliefert, die unsere Väter hatten unterschreiben müssen, wir waren noch nicht so recht wieder an die Gefangenschaft und Langeweile gewöhnt und empfanden sie darum stärker. Auch der Lehrer, ein Mann von noch längst nicht vierzig Jahren, der uns Elf- und Zwölfjährigen aber uralt erschien, war eher gedrückt als schlechter Laune, wir sahen ihn auf seinem erhöhten Throne sitzen, gelben Gesichtes, über Hefte gebeugt, mit leidenden Zügen. Er lebte, seit ihm seine junge Frau gestorben war, mit einem einzigen Söhnchen allein, einem blassen Knaben mit hoher Stirn und blauwäßrigen Augen. Angestrengt und unglücklich saß der ernste Mann in seiner erhabenen Einsamkeit, geachtet, aber auch gefürchtet; wenn er ärgerlich oder gar zornig war, konnte ein Strahl höllischer Wildheit die klassische Humanistenhaltung durchbrechen und Lügen strafen. Es war still in der nach Tinte, Knaben und Schuhleder riechenden Stube, nur selten gab es ein erlösendes Geräusch: das Klatschen eines fallengelassenen Buches auf dem staubigen Tannenbretterboden, das Flüstern eines heimlichen Zwiegesprächs, das kitzelnde, zum Umschauen nötigende Keuchen eines mühsam gedämmten Lachens, und jedes solche Geräusch wurde vom Thronenden wahrgenommen und sofort zur Ruhe gebracht, meistens nur durch einen Blick, ein Warnen des Gesichtes mit vorgerecktem Kinn oder einen drohend erhobenen Finger, zuweilen durch ein Räuspern oder ein kurzes Wort. Zwischen Klasse und Professor herrschte an jenem Tage, Gott sei Dank, nicht gerade eine Gewitterstimmung, aber doch jene gelinde Spannung der Atmosphäre, aus der dies und jenes Überraschende und vermutlich Unerwünschte entstehen kann. Und ich wußte nicht recht, ob dies mir nicht lieber war als die vollkommenste Harmonie und Ruhe. Es war vielleicht gefährlich, es konnte vielleicht etwas geben, aber am Ende lauerten wir Knaben, namentlich während einer solchen schriftlichen Arbeit, auf nichts so begierig als auf Unterbrechungen und Überraschungen, seien sie wie immer geartet, denn die Langeweile und die unterdrückte Unruhe in den allzu lang und streng zum Stillsitzen und Schweigen gezwungenen Knaben war groß.

Was für eine Arbeit es gewesen sei, mit der unser Lehrer uns beschäftigte, während er hinter der bretternen Verschanzung seines Hochsitzes sich mit Amtsgeschäften befaßte, weiß ich nicht mehr. Auf keinen Fall war es Griechisch, denn es war die ganze Klasse beisammen, während in den Griechischstunden nur wir vier oder fünf »Humanisten« dem Meister gegenübersaßen. Es war das erste Jahr, in dem wir Griechisch lernten, und die Abtrennung von uns »Griechen« oder »Humanisten« von der übrigen Schulklasse hatte dem ganzen Schulleben eine neue Note gegeben. Einerseits fanden wir paar Griechen, wir künftigen Pfarrer, Philologen und anderen Akademiker, uns schon jetzt vom großen Haufen der künftigen Gerber, Tuchmacher, Kaufleute oder Bierbrauer abgehoben und gewissermaßen ausgezeichnet, was eine Ehre und einen Anspruch und Ansporn bedeutete, denn wir waren die Elite, die für Höheres als Handwerk und Geldverdienen Bestimmten, doch hatte diese Ehre wie billig auch ihre bedenkliche und gefährliche Seite. Wir wußten in ferner Zukunft Prüfungen von sagenhafter Schwere und Härte auf uns warten, vor allem das gefürchtete Landexamen, in dem die humanistische Schülerschaft des ganzen Schwabenlandes zum Wettkampf nach Stuttgart einberufen wurde und dort in mehrtägiger Prüfung die engere und wirkliche Elite auszusieben hatte, ein Examen, von dessen Ergebnis für die Mehrzahl der Kandidaten die ganze

Zukunft abhing, denn von jenen, welche diese enge Pforte nicht passierten, waren die meisten damit auch zum Verzicht auf das geplante Studium verurteilt. Und seit ich selber zu den Humanisten, zu den vorläufig für die Elite in Aussicht genommenen und vorgemerkten Schülern gehörte, war mir schon mehrmals, angeregt vermutlich durch Gespräche meiner älteren Brüder, der Gedanke gekommen, daß es für einen Humanisten, einen Berufenen, aber längst noch nicht Auserwählten, recht peinlich und bitter sein müsse, seinen Ehrentitel wieder abzulegen und die letzte und oberste Klasse unserer Schule wieder als Banause zwischen den vielen andern Banausen abzusitzen, herabgesunken und ihresgleichen geworden.

Wir paar Griechen also waren seit dem Beginn des Schuljahres auf diesem schmalen Pfad zum Ruhme und damit in ein neues, viel intimeres und damit auch viel heikleres Verhältnis zum Klassenlehrer gekommen. Denn er gab uns die Griechisch-Stunden, und da saßen nun wir wenigen nicht mehr innerhalb der Klasse und Masse, die als Ganzes der Macht des Lehrers wenigstens ihre Quantität entgegenzusetzen hatte, sondern einzeln, schwach und exponiert dem Manne gegenüber, der nach kurzer Zeit jeden von uns sehr viel genauer kannte als alle übrigen Klassenkameraden. Uns gab er in diesen oft erhebenden und noch öfter schrecklich bangen Stunden sein Bestes an Wissen, an Überwachung und Sorgfalt, an Ehrgeiz und Liebe, aber auch an Laune, Mißtrauen und Empfindlichkeit; wir waren die Berufenen, waren seine künftigen Kollegen, waren die zum Höheren bestimmte kleine Schar der Begabteren oder Ehrgeizigeren, uns galt mehr als der ganzen übrigen Klasse seine Hingabe und seine Sorge, aber von uns erwartete er auch ein Mehrfaches an Aufmerksamkeit, Fleiß und Lernlust, und auch ein Mehrfaches an Verständnis für ihn selbst und seine Aufgabe. Wir Humanisten sollten nicht Allerweltsschüler sein, die sich vom Lehrer in Gottes Namen bis zum vorgeschriebenen Mindestmaß an Schulbildung schleppen und zerren ließen, sondern strebsame und dankbare Mitgänger auf dem steilen Pfade, unsrer auszeichnenden Stellung im Sinne einer hohen Verpflichtung bewußt. Er hätte sich Humanisten gewünscht, die ihm die Aufgabe gestellt hätten, ihren brennenden Ehrgeiz und Wissensdurst beständig zu zügeln und zu bremsen, Schüler, welche jeden kleinsten Bissen der Geistesspeise mit Heißhunger erwarteten und aufnahmen und alsbald in neue geistige Energien verwandelten. Ich weiß nun nicht, wieweit etwa der eine oder andere meiner paar Mitgriechen diesem Ideale zu entsprechen gewillt und veranlagt gewesen ist, doch nehme ich an, es werde den andern nicht viel anders gegangen sein als mir, und sie werden zwar aus ihrem Humanistentum einen gewissen Ehrgeiz ebenso wie einen gewissen Standesdünkel gezogen, sie werden sich als etwas Besseres und Kostbareres empfunden und aus diesem Hochmut in guten Stunden auch eine gewisse Verpflichtung und Verantwortung entwickelt haben; alles in allem aber waren wir eben doch elf- bis zwölfjährige Schulknaben und vorläufig von unseren nichthumanistischen Klassenbrüdern äußerst wenig verschieden, und keiner von uns stolzen Griechen hätte, vor die Wahl zwischen einem freien Nachmittag und einer griechischen Extralektion gestellt, einen Augenblick gezögert, sondern sich entzückt für den freien Nachmittag entschieden. Ja, das hätten wir ohne Zweifel getan – und dennoch war etwas von jenem Andern in unseren jungen Seelen auch vorhanden, etwas von dem, was der Professor von uns so sehnlich und oft so ungeduldig erwartete und forderte. Was mich anging, so war ich nicht klüger als andere und nicht reifer als meine Jahre, und mit weit weniger als dem Paradies eines freien Nachmittags hätte man mich leicht von Kochs griechischer Grammatik und dem Würdegefühl des Humanisten weglocken können – und dennoch war ich zuzeiten und in gewissen Bezirken meines Wesens auch ein Morgenlandfahrer und Kastalier und bereitete mich unbewußt darauf vor, Mitglied und Historiograph aller platonischen Akademien zu werden. Manchmal, beim Klang eines griechischen Wortes oder beim Malen griechischer Buchstaben in meinem von des Professors unwirschen Korrekturen durchpflügten Schreibheft empfand ich den Zauber einer geistigen Heimat und Zugehörigkeit und war ohne alle Vorbehalte und Nebengelüste willig, dem Ruf des Geistes und der Führung des Meisters Folge zu leisten. Und so wohnte unserem dummstolzen Elitegefühl ebenso wie unserer tatsächlichen Herausgehobenheit, wohnte unserer Isolierung und unserem bangen

Ausgeliefertsein an den so oft gefürchteten Scholarchen eben doch ein Strahl echten Lichtes, eine Ahnung echter Berufung, ein Anhauch echter Sublimierung inne.
Augenblicklich freilich, in dieser unfrohen und langweiligen Schulmorgenstunde, da ich über meine längst fertige Schreibarbeit hinweg den kleinen geduckten Geräuschen des Raumes und den fernen, heiteren Tönen der Außenwelt und Freiheit lauschte: dem Flügelknattern eines Taubenfluges, dem Krähen eines Hahnes etwa oder dem Peitschenknall eines Fuhrmanns, sah es nicht so aus, als hätten jemals gute Geister in dieser niederen Stube gewaltet. Eine Spur von Adel, ein Strahl von Geist weilte einzig über dem etwas müden und sorgenvollen Gesicht des Professors, den ich heimlich mit einer Mischung von Teilnahme und schlechtem Gewissen beobachtete, stets bereit, seinem sich etwa erhebenden Blick mit dem meinen rechtzeitig auszuweichen. Ohne mir eigentlich Gedanken dabei zu machen, und ohne Absichten irgendwelcher Art, war ich nur dem Schauen hingegeben, der Aufgabe, dieses unschöne, aber nicht unedle Lehrergesicht meinem Bilderbuche einzuverleiben, und es ist denn auch über sechzig Jahre hinweg darin erhalten geblieben: der dünne strähnige Haarschopf über der fahlen scharfkantigen Stirn, die etwas welken Lider mit spärlichen Wimpern, das gelblich-blasse, hagere Gesicht mit dem höchst ausdrucksvollen Munde, der so klar zu artikulieren und so resigniert-spöttisch zu lächeln verstand, und dem energischen, glattrasierten Kinn. Das Bild blieb mir eingeprägt, eines von vielen, es ruhte Jahre und Jahrzehnte unbenützt in seinem raumlosen Archiv und erwies sich, wenn seine Stunde einmal wieder kam und es angerufen wurde, jedesmal als vollkommen gegenwärtig und frisch, als wäre vor einem Augenblick und Liderblinzeln noch sein Urbild selbst vor mir gestanden. Und indem ich, den Mann auf dem Katheder beobachtend, seine leidenden und von Leidenschaftlichkeit durchzuckten, aber von geistiger Arbeit und Zucht beherrschten Züge in mich aufnahm und in mir zum langdauernden Bilde werden ließ, war die öde Stube doch nicht so öde und die scheinbar leere und langweilige Stunde doch nicht so leer und langweilig. Seit vielen Jahrzehnten ist dieser Lehrer unter der Erde, und wahrscheinlich bin von den Humanisten

jenes Jahrganges ich der einzige noch lebende und der, mit dessen Tode erst dieses Bildnis für immer auslöschen wird. Mit keinem meiner Mitgriechen, deren Kamerad ich damals nur kurze Zeit gewesen bin, hat mich Freundschaft verbunden. Von einem weiß ich nur, daß er längst nicht mehr lebt, von einem andern, daß er im Jahre 1914 im Kriege umgekommen ist. Und von einem dritten, einem, den ich gern mochte und dem einzigen von uns, der unser aller damaliges Ziel wirklich erreicht hat und Theologe und Pfarrer geworden ist, erfuhr ich später Bruchstücke seines merkwürdigen und eigensinnigen Lebenslaufes: er, der die Muße jeder Arbeit vorzog und viel Sinn für die kleinen sinnlichen Genüsse des Lebens hatte, wurde als Student von seinen Verbindungsbrüdern »die Materie« genannt, er blieb unvermählt, brachte es als Theologe bis zu einer Dorfpfarre, war viel auf Reisen, wurde beständiger Versäumnisse in seinem Amte bezichtigt, ließ sich noch bei jungen und gesunden Jahren in den Ruhestand versetzen und lag seiner Pensionsansprüche wegen lange mit der Kirchenbehörde im Prozeß, begann an Langeweile zu leiden (er war schon als Knabe außerordentlich neugierig gewesen) und bekämpfte sie teils durch Reisen, teils durch die Gewohnheit, täglich einige Stunden als Zuhörer in den Gerichtssälen zu sitzen, und hat sich, da er die Leere und Langeweile dennoch immer mehr wachsen sah, als beinahe Sechzigjähriger im Neckar ertränkt.

Ich erschrak und senkte wie ertappt den auf des Lehrers Schädel ruhenden Blick, als dieser sein Gesicht erhob und über die Klasse weg spähte.

»Weller« hörten wir ihn rufen, und gehorsam stand hinten in einer der letzten Bänke Otto Weller auf. Wie eine Maske schwebte sein großes rotes Gesicht über den Köpfen der andern.

Der Professor winkte ihn zu sich an den Katheder, hielt ihm ein blaues kleines Heft vors Gesicht und stellte ihm leise ein paar Fragen. Weller antwortete ebenfalls flüsternd und sichtlich beunruhigt, mir schien, er verdrehe die Augen ein wenig, und das gebe ihm ein bekümmertes und ängstliches Aussehen, woran wir bei ihm nicht gewöhnt waren, er war eine gelassene Natur und stak in einer Haut, an welcher vieles ohne Schaden ablief, was anderen schon wehe tat. Übrigens war es ein eigentümliches und unverwechselbares Gesicht, dem er jetzt diesen sorgenvollen Ausdruck gab, ein ganz unverwechselbares und für mich ebenso unvergeßliches Gesicht wie das meines ersten Griechischlehrers. Es waren damals manche Mitschüler in meiner Klasse, von denen weder Gesicht noch Namen eine Spur in mir hinterlassen haben; ich wurde ja auch schon im nächsten Jahr in eine andere Stadt und Schule geschickt. Das Gesicht Otto Wellers aber kann ich mir in vollkommener Deutlichkeit noch heute vergegenwärtigen. Es fiel, wenigstens zu jener Zeit, vor allem durch seine Größe auf, es war nach den Seiten und nach unten hin vergrößert, denn die Partien unterhalb der Kinnbacken waren stark geschwollen und diese Geschwulst machte das Gesicht um vieles breiter, als es sonst gewesen wäre. Ich erinnere mich, daß ich, von dieser Erscheinung beunruhigt, ihn einmal gefragt habe, was denn eigentlich mit seinem Gesicht los sei, und erinnere mich seiner Antwort: »Das sind die Drüsen, weißt du. Ich habe Drüsen.« Nun, auch von diesen Drüsen abgesehen war Wellers Gesicht recht malerisch, es war voll und kräftig rot, die Haare dunkel, die Augen gutmütig und die Bewegungen der Augäpfel sehr langsam, und dann hatte er einen Mund, der trotz seiner Röte dem einer alten Frau glich. Vermutlich der Drüsen wegen hielt er das Kinn etwas gehoben, so daß man den ganzen Hals sehen konnte; diese Haltung trug dazu bei, die obere Gesichtshälfte zurückzudrängen und beinahe vergessen zu lassen, während die vergrößerte untere trotz des vielen Fleisches zwar vegetativ und ungeistig, aber wohlwollend, behaglich und nicht unliebenswürdig aussah. Mir war er mit seinem breiten Dialekt und gutartigen Wesen sympathisch, doch kam ich nicht sehr viel mit ihm zusammen; wir lebten in verschiedenen Sphären: in der Schule gehörte ich zu den Humanisten und hatte meinen Sitz nahe dem Katheder, während Weller zu den vergnügten Nichtstuern gehörte, die ganz hinten saßen, selten eine Antwort auf Lehrerfragen wußten, häufig Nüsse, gedörrte Birnen und dergleichen aus den Hosentaschen zogen und verzehrten und durch ihre Passivität ebenso wie durch unbeherrschtes Schwatzen und Kichern nicht selten dem Lehrer lästig wurden. Und auch außerhalb der Schule gehörte Otto Weller einer anderen Welt zu als ich, er wohnte draußen in der Nähe des Bahnhofs, weit von meiner Gegend entfernt, und sein Vater war Eisenbahner, ich kannte ihn nicht einmal vom Sehen.

Otto Weller wurde nach kurzem Geflüster wieder an seinen Platz zurückgeschickt, er schien unzufrieden und bedrückt. Der Professor aber war aufgestanden, er hielt jenes kleine dunkelblaue Heft in der Hand und blickte suchend durch die ganze Stube. Auf mir blieb sein Blick haften, er kam auf mich zu, nahm mein Schreibheft, betrachtete es und fragte: »Du bist mit deiner Arbeit fertig?« Und als ich ja gesagt hatte, winkte er mir, ihm zu folgen, ging zur Tür, die er zu meiner Verwunderung öffnete, winkte mich hinaus und schloß die Tür hinter uns wieder.

»Du kannst mir einen Auftrag besorgen«, sagte er und übergab mir das blaue Heft. »Hier ist das Zeugnisheft von Weller, das nimmst du und gehst damit zu seinen Eltern. Dort sagst du, ich lasse fragen, ob die Unterschrift unter Wellers Zeugnis wirklich von der Hand seines Vaters sei.«

Ich schlüpfte hinter ihm nochmals ins Schulzimmer zurück und holte meine Mütze vom hölzernen Rechen, steckte das Heft in die Tasche und machte mich auf den Weg.

Es war also ein Wunder geschehen. Es war, mitten während der langweiligen Stunde, dem Professor eingefallen, mich spazieren zu schicken, in den schönen lichten Vormittag hinaus. Ich war benommen vor Überraschung und Glück, nichts Erwünschteres hätte ich mir denken können. In Sprüngen nahm ich die beiden Treppen mit den tief ausgetretenen fichtenen Stufen, hörte aus einem der anderen Schulräume die eintönige, diktierende Stimme eines Lehrers schallen, sprang durchs Tor und die flachen Sandsteinstufen hinab und schlenderte dankbar und glücklich in den hübschen Morgen hinein, der eben noch so ermüdend lang und leer geschienen hatte. Hier draußen war er es nicht, hier war weder von der Öde noch von den geheimen Spannungen etwas zu spüren, die im Klassenzimmer den Stunden das Leben aussog und sie so erstaunlich in die Länge zog. Hier wehte Wind und flogen eilige Wolkenschatten über das Pflaster des breiten Marktplatzes, Taubenschwärme erschreckten kleine Hunde und brachten sie zum Bellen, Pferde standen vor Bauernwagen gespannt, hatten eine hölzerne Krippe vor sich stehen und fraßen Heu, die Handwerker waren an der Arbeit oder unterhielten sich durch ihre niedrig gelegenen Werkstättenfenster mit der Nachbarschaft. Im kleinen Schaufenster der Eisenhandlung lag immer noch die derbe Pistole mit dem blaustählernen Lauf, die zweieinhalb Mark kosten sollte und mir seit Wochen in die Augen stach. Verlockend und schön war auch die Obstbude der Frau Haas auf dem Markt und der winzige Spielzeugladen des Herrn Jenisch, und nebenan blickte aus dem offenen Werkstattfenster das weißbärtige und rotleuchtende Gesicht des Kupferschmiedes, wetteifernd an Glanz und Röte mit dem blanken Metall des Kessels, an dem er hämmerte. Dieser stets muntere und stets neugierige alte Mann ließ selten jemand an seinem Fenster vorübergehen, ohne ihn anzusprechen oder mindestens einen Gruß mit ihm zu tauschen. Auch mich sprach er an: »Ja, ist denn eure Schule schon aus?« und als ich ihm erzählt hatte, daß ich einen Auftrag meines Lehrers zu besorgen habe, riet er mir verständnisvoll: »Na, dann pressier du nur nicht zuviel, der Vormittag ist noch lang.« Ich folgte seinem Rat und blieb eine gute Weile auf der alten Brücke stehen. Auf die Brüstung gestützt, blickte ich ins still ziehende Wasser hinab und beobachtete ein paar kleine Barsche, die ganz tief, nah am Boden, scheinbar schlafend und regungslos am selben Fleck verweilten, in Wirklichkeit aber unmerklich die Plätze miteinander tauschten. Sie hielt die Mäuler nach unten gekehrt, den Boden absuchend, und wenn sie zuweilen wieder flach und unverkürzt zu erblicken waren, konnte ich auf ihren Rücken das helldunkle Streifenmuster erkennen. Über das nahe Wehr rann mit sanftem helltönigem Rauschen das Wasser, weiter unten auf der Insel lärmten in Scharen die Enten, auf diese Entfernung tönte auch ihr Geschwader und Gequake sanft und eintönig und hatte gleich dem Strömen des Flusses übers Wehr jenen zauberischen Klang von Ewigkeit, in den man versinken und von dem man sich einschläfern und zudecken lassen konnte wie vom nächtlichen Sommerregenrauschen oder vom leisen dichten Sinken des Schneefalles. Ich stand und schaute, stand und lauschte, zum erstenmal an diesem Tage war ich für eine kleine Weile wieder in jener holden Ewigkeit, in der man von Zeit nichts weiß.

Schläge der Kirchenuhr weckten mich. Ich schrak auf, fürchtete, viel Zeit vertan zu haben, erinnerte mich meines Auftrages. Und jetzt erst fing dieser Auftrag und was mit ihm zusammenhing meine Aufmerksamkeit und Teilnahme ein. Indem ich ohne weiteres Säumen der Bahnhofsgegend zustrebte, fiel mir Wellers unglückliches Gesicht wieder ein, wie er mit dem Professor geflüstert hatte, jenes Verdrehen der Augen und der Ausdruck seines Rückens und seines Ganges, wie er so langsam und wie geschlagen in seine Bank zurückgekehrt war.

Daß einer nicht zu allen Stunden derselbe sein, daß er manche Gesichter, mancherlei Ausdruck und Haltung haben könne, nun, das war nichts Neues, das wußte man längst und kannte es, an anderen wie an sich selber. Neu aber war, daß es diese Unterschiede, diesen wunderlichen und bedenklichen Wechsel zwischen Mut und Angst, Freude und Jammer auch bei ihm gab, bei dem guten Weller mit dem Drüsengesicht und den Hosentaschen voll Eßbarem, bei einem von jenen dort hinten in den letzten beiden Bänken, die sich so gar keine Schulsorgen zu machen und von der Schule nichts als ihre Langeweile zu fürchten schienen, einem von jenen im Lernen so gleichgültigen, mit den Büchern so unvertrauten Kameraden, die dafür, sobald es um Obst und Brot, Geschäfte und Geld und andere Angelegenheiten der Erwachsenen ging, uns andern so weit voraus und beinah schon selber wie Erwachsene waren – das beunruhigte mich nun, indem ich meine Gedanken damit beschäftigte, recht sehr.

Ich erinnerte mich einer seiner sachlichen und lakonischen Mitteilungen, mit der er mich noch vor kurzem überrascht und beinah in Verlegenheit gebracht hatte. Es war auf dem Weg zur Bachwiese, wo wir im Schwarm der Kameraden eine kleine Strecke weit nebeneinander gingen. Das Röllchen mit Handtuch und Badehose unter den Arm geklemmt, schritt er in seiner gelassenen Weise neben mir, und plötzlich blieb er eine Sekunde stehen, wandte mir sein großes Gesicht zu und sagte die Worte: »Mein Vater verdient sieben Mark am Tag.«

Ich hatte bisher von niemandem gewußt, wieviel er am Tag verdiene, und wußte auch nicht so recht, wieviel sieben Mark eigentlich seien, es schien mir immerhin eine recht schöne Summe, und er hatte sie auch mit einem Ton von Befriedigung und Stolz genannt. Aber da das Auftrumpfen mit irgendwelchen Zahlen und Größen eine der Spielarten im Unterhaltungston zwischen uns Schülern war, ließ ich, obwohl er vermutlich die Wahrheit gesagt hatte, mir nicht imponieren. Wie man einen Ball zurückschlägt, warf ich ihm meine Entgegnung hin und teilte ihm mit, daß mein Vater am Tag zwölf Mark verdiene. Das war gelogen, war frei erfunden, machte mir aber keine Skrupel, denn es war eine rein rhetorische Übung. Weller dachte einen Augenblick nach, und als er sagte: »Zwölf? Das ist bei Gott nicht schlecht!« ließ sein Blick und Ton es fraglich, ob er meine Auskunft ernst genommen habe oder nicht. Er bestand nicht darauf, mich zu entlarven, er ließ es gut sein, ich hatte da etwas behauptet, woran sich vielleicht zweifeln ließ, er nahm es hin und fand es keiner Auseinandersetzung wert, und damit war er wieder der Überlegene und Erfahrene, der Praktiker und beinah Erwachsene, und ich erkannte das ohne Widerspruch an. Es war, als habe ein Zwanzigjähriger mit einem Elfjährigen gesprochen. Aber waren wir denn nicht beide elfjährig?

Ja, und noch eine andere seiner so erwachsen und sachlich hingesprochenen Mitteilungen fiel mir ein, die mich noch mehr erstaunt und bestürzt hatte. Sie bezog sich auf einen Schlossermeister, dessen Werkstatt nicht weit von meinem großväterlichen Hause entfernt lag. Dieser Mann hatte sich eines Tages, wie ich mit Entsetzen von den Nachbarn erzählen hörte, das Leben genommen, etwas, was in der Stadt seit manchen Jahren nicht vorgekommen und mir, wenigstens in solcher Nähe von uns, mitten zwischen den vertrauten lieben Umgebungen meines Knabenlebens, bisher völlig undenkbar gewesen war. Es hieß, er habe sich erhängt, doch wurde darüber noch gestritten, man wollte ein so seltenes und großes Ereignis nicht gleich registrieren und zu den Akten legen, sondern erst sein Grausen und Schaudern daran haben, und so wurde der arme Tote am ersten Tage nach seinem Ende von den Nachbarsfrauen, Dienstmägden, Briefträgern mit einem Sagenkreis umsponnen, von dem auch mich einige Strähnen erreichten. Andern Tages aber traf Weller mich auf der Straße, wie ich scheu nach dem Schlosserhause mit der verstummten und geschlossenen Werkstatt hinüberblickte, und fragte, ob ich wissen wolle, wie es der Schlosser gemacht habe. Dann gab er mir freundlich und mit einem überzeugenden Anschein von absolutem Wissen Auskunft: »Also, weil er doch Schlosser gewesen ist, hat er keinen Strick nehmen wollen, er hat sich an einem Draht aufgehängt. Er hat den Draht und Nägel und Hammer und Zange mitgenommen, ist in den Teichelweg hinausgegangen, fast ganz bis zur Waldmühle, dort hat er den Draht zwischen zwei Bäumen gut festgemacht und sogar noch die übrigen Enden sorgfältig mit der Zange abgezwickt, und dann hat er sich an dem Draht aufgehängt. Wenn sich aber einer aufhängt, nicht wahr, dann hängt er sich meistens unten am Hals auf, und dann treibt es ihm die Zunge heraus, das sieht scheußlich aus, und das wollte er nicht haben. Also, was hat er getan? Er hat sich nicht unten am Hals aufgehängt, sondern ganz vorn beim Kinn, und darum hat ihm die Zunge nachher nicht herausgehangen. Aber blau im Gesicht ist er doch geworden.«

Und nun hatte dieser Weller, der so gut in der Welt Bescheid wußte und sich um die Schule so wenig kümmerte, offenbar eine schwere Sorge. Es bestand ein Zweifel, ob die Unterschrift seines Vaters unter dem letzten Zeugnis wirklich echt sei. Und da Weller so sehr bedrückt ausgesehen und bei seinem Rückweg durchs Schulzimmer einen so geschlagenen Ausdruck gehabt hatte, konnte man wohl annehmen, es habe mit jenem Zweifel seine Richtigkeit, und wenn dem so war, dann war es ja nicht nur ein Zweifel, sondern ein Verdacht oder eine Anklage, daß nämlich Otto Weller selbst seines Vaters Namenszug nachzuahmen versucht habe. Erst jetzt, wo ich nach dem kurzen Freuden- und Freiheitsrausch wieder wach und zum Denken fähig geworden war, begann ich den gequälten und verdrehten Blick meines Kameraden zu verstehen und zu ahnen, daß da eine fatale und häßliche Geschichte spiele, ja ich begann zu wünschen, ich möchte lieber nicht der glückliche Auserwählte sein, den man während der Schulstunde spazieren geschickt hatte. Der heitere Vormittag mit seinem Wind und seinen jagenden Wolkenschatten und die heitere hübsche Welt, durch die ich spaziert war, hatten sich verändert, meine Freude sank und sank, und statt ihrer füllten die Gedanken an Weller und seine Geschichte mich aus, lauter unangenehme und traurigmachende Gedanken. War ich auch noch ohne Weltkenntnis und ein Kind neben Wellers sachlicher Erfahrenheit, so wußte ich doch, und zwar aus frommen moralischen Erzählungen für die reifere Jugend, daß das Fälschen einer Unterschrift etwas ganz Schlimmes, etwas Kriminelles war, eine jener Etappen auf dem Wege, der die Sünder ins Gefängnis und zum Galgen führte. Und doch war unser Schulkamerad Otto ein Mensch, den ich gern hatte, ein gutartiger und netter Kerl, den ich nicht für einen Verworfenen und zum Galgen Bestimmten halten konnte. Ich hätte dies und jenes dafür gegeben, wenn sich herausstellen würde, daß die Unterschrift echt und der Verdacht ein Irrtum sei. Aber hatte ich nicht sein bekümmert-erschrokkenes Gesicht gesehen, hatte er nicht recht deutlich merken lassen, daß er Angst und also ein schlechtes Gewissen habe?

Ich näherte mich schon, wieder ganz langsam gehend, jenem Hause, in dem lauter Leute von der Eisenbahn wohnten, als mir der Gedanke kam, ob ich nicht vielleicht etwas für Otto tun könne. Wenn ich nun, dachte ich, gar nicht in dieses Haus hineinginge, sondern in die Klasse zurück, und dem Professor melden würde, die Unterschrift sei in Ordnung? Kaum war mir der Einfall gekommen, da spürte ich schwere Beklemmungen: ich hatte mich selber in diese schlimme Geschichte eingeschaltet, ich würde, wenn ich meinem Einfall folgte, nicht mehr zufälliger Bote und Nebenfigur, sondern Mitspieler und Mitschuldiger sein. Ich ging immer langsamer, ging schließlich an dem Hause vorbei und langsam weiter, ich mußte Zeit gewinnen, ich mußte es mir noch überlegen. Und nachdem ich mir die rettende und edle Lüge, zu der ich schon halb entschlossen war, als wirklich ausgesprochen dachte und mich in ihre Folgen verstrickt vorgestellt hatte, sah ich ein, daß das über meine Kräfte gehe. Nicht aus Klugheit, aus Furcht vor den Folgen verzichtete ich auf die Rolle des Helfers und Retters. Ein zweiter, harmloserer Ausweg fiel mir noch ein: ich konnte umkehren und melden, daß bei Wellers niemand zu Hause gewesen sei. Aber siehe, auch zu dieser Lüge reichte mein Mut nicht aus. Der Professor würde mir zwar glauben, aber er würde fragen, warum ich dann so lange ausgeblieben sei. Betrübt und mit schlechtem Gewissen ging ich endlich in das Haus hinein, rief nach Herrn Weller und wurde von einer Frau in den oberen Stock gewiesen, dort wohnt Herr Weller, aber er sei im Dienst und ich werde nur seine Frau antreffen. Ich stieg die Treppe hinan, es war ein kahles und eher unfreundliches Haus, es roch nach Küche und nach einer scharfen Lauge oder Seife. Und oben fand ich richtig Frau Weller; sie kam aus der Küche, war eilig und fragte kurz, was ich wolle. Als ich aber berichtet hatte, daß der Klassenlehrer mich geschickt habe und es sich um Ottos Zeugnis handle, trocknete sie die Hände an ihrer Schürze ab und führte mich in die Stube, bot mir einen Stuhl an und fragte sogar, ob sie mir etwas vorsetzen könne, ein Butterbrot etwa oder einen Apfel. Ich hatte aber schon das Zeugnisheft aus der Tasche gezogen, hielt es ihr hin und sagte ihr, der Professor lasse fragen, ob die Unterschrift wirklich von Ottos Vater sei. Sie verstand nicht gleich, ich mußte es wiederholen, angestrengt hörte sie zu und hielt sich nun das aufgeschlagene Heft vor die Augen. Ich konnte sie mir in Muße ansehen, denn sie saß sehr lange Zeit regungslos, starrte in das Heft und sagte kein Wort. So betrachtete ich sie denn, und ich fand, daß ihr Sohn ihr sehr ähnlich sehe, nur die Drüsen fehlten. Sie war frisch und rot im Gesicht, aber während sie so saß, nichts sagte und das Büchlein in Händen hielt, sah ich dies Gesicht ganz langsam schlaff und müde, welk und alt werden, es dauerte Minuten, und als sie endlich das Ding in ihren Schoß sinken ließ und mich wieder ansah oder ansehen wollte, liefen ihr aus beiden weit offenen Augen still und stetig große Tränen herab. Während sie das Heft noch in Händen gehalten und sich den Anschein gegeben hatte, als studiere sie es, waren, wie ich zu wissen meinte, eben jene Vorstellungen vor ihr aufgetaucht und in traurigem und schrecklichem Zuge vor ihrem innern Blick vorbeigezogen, die auch mich heimgesucht hatten, die Vorstellungen vom Weg des Sünders ins Böse und vors Gericht, ins Gefängnis und zum Galgen.

Tief beklommen saß ich ihr, die für meinen Kinderblick eine alte Frau war, gegenüber, sah die Tränen über ihre roten Backen laufen und wartete, ob sie etwas sagen würde. Das lange Schweigen war so schwer zu ertragen. Sie sagte aber nichts. Sie saß und weinte, und als ich, da ich es nicht mehr aushielt, endlich selbst das Schweigen durchbrach und nochmals fragte, ob Herr Weller seinen Namen selbst in das Heft geschrieben habe, machte sie ein noch mehr bekümmertes und trauriges Gesicht und schüttelte mehreremal den Kopf. Ich stand auf, und auch sie erhob sich, und als ich ihr die Hand hinreichte, nahm sie sie und hielt sie eine Weile in ihren kräftigen warmen Händen. Dann nahm sie das unselige blaue Heft, wischte ein paar Tränen von ihm ab, ging zu einer Truhe, zog eine Zeitung daraus hervor, riß sie in zwei Stücke, legte eines in die Truhe zurück und machte aus dem andern säuberlich einen Umschlag um das Heft, das ich nicht wieder in meine Jackentasche zu stecken wagte, sondern sorgfältig in der Hand davontrug.

Ich kehrte zurück und sah unterwegs weder Wehr noch Fische, weder Schaufenster noch Kupferschmied, stattete meinen Bericht ab, war eigentlich enttäuscht darüber, daß mir mein langes Ausbleiben nicht vorgeworfen wurde, denn das wäre in Ordnung gewesen und hätte mir eine Art von Trost bedeutet, so als würde ich zu einem kleinen Teil mitbestraft, und habe mir in der folgenden Zeit alle Mühe gegeben, diese Geschichte zu vergessen.

Ob und wie mein Mitschüler bestraft wurde, habe ich nie erfahren, wir beide haben über diese Angelegenheit nie ein Wort miteinander gesprochen, und wenn ich je einmal auf der Straße von weitem seiner Mutter gewahr wurde, war mir kein Umweg zu weit, um die Begegnung zu vermeiden.

(1948)

Bericht aus Normalien

Lieber und ergebenst hochgeschätzter Freund,
da Sie in Ihrer Güte mich dazu ermuntern, will ich denn unsern Briefwechsel, der ja stets mehr ein von mir bestrittener Monolog als ein Gespräch und nun während dieser Unglücksjahre unterbrochen war, wieder aufnehmen und Ihnen wieder einmal von meinem Leben und von den hiesigen Zuständen berichten. Ich weiß zwar freilich nicht, ob Sie über uns, unsern Staat und seine Einrichtungen nicht besser unterrichtet sind als ich, der ich, in meiner Subjektivität befangen, mich hier zwar wohl und zuhause fühle, aber doch nicht ohne durch manches Eigentümliche, Widerspruchsvolle oder Befremdende in unsrer Gemeinschaft und unsrem Leben mich gelegentlich bald überrascht oder auch erschreckt, bald auch verhöhnt und überlistet oder an der Nase herumgeführt zu fühlen. Nun, so ist es eben, möglicherweise ist und war es überall und jederzeit auf Erden so, und wie gesagt, fühle ich mich hier wohl und habe nicht die Absicht und das Bedürfnis, Kritik an den Zuständen zu üben oder gar mich über sie zu beklagen. Im Gegenteil, es lebt sich gut in unsrer so gewaltig ausgedehnten Anstalt, und die Rätsel, die unser Leben in Normalien uns aufgibt, sind vielleicht von denen in Ihrem Nordblock, oder wie Ihr Land sich zur Zeit nun nennen mag, nicht allzu sehr verschieden. Uns beschäftigt und beunruhigt zum Beispiel die Frage, wer nun eigentlich unser Direktor – – aber lassen Sie mich über diese Kardinalfrage vorläufig lieber noch schweigen! Sehr wenig unterrichtet sind wir auch über die Frage, wie es bei uns nach dem Sturze der letzten Tyrannis eigentlich zu der »Diktatur der Stände« gekommen sei, als die wir uns offiziell bezeichnen. Aber Sie dürften sich eher für eine andre Frage, vielmehr einen Komplex von Fragen interessieren, für jene Frage nämlich, die sich auf die Legende von der Vorgeschichte unsrer Anstalt – nein, unsres so umfangreichen und dicht bevölkerten Gemeinwesens bezieht. Sie wissen: wir Normalier leben hier als freiwillige und sich autonom regierende Insassen eines Länderkomplexes, der dem westöstlichen, föderativ-diktatorischen Staatenkonglomerat ange-

hört. Hervorgegangen aber ist unser Land und Gemeinwesen aus einer kleinen, kaum eine Quadratmeile umfassenden Parklandschaft im Norden Aquitaniens, und dieser Park mit seinem Dutzend Gebäuden war zur Zeit vor den letzten politischen und kriegerischen Umwälzungen nichts anderes als eine mittelgroße, sehr gut geführte Irrenanstalt. Das Anwachsen dieser Anstalt zu einem ganzen Staat und Lande wird von den offiziellen Historikern daraus erklärt, daß infolge der Angst- und Massenpsychosen seit dem Beginn der Gloriosen Epoche jene weitbekannte Anstalt einen solchen Zustrom an Patienten zu bewältigen hatte, daß aus der Siedlung ein Dorf, ein Komplex von Dörfern, endlich ein Komplex von Landschaften und Städten, kurz unser jetziges Land entstanden sei. Dabei sei den Bedürfnissen der reich abgestuften Kategorien von Patienten entsprechend ein System von Anstalten für schwer und weniger schwer Gestörte, für Süchtige, für Neurotiker, für nur Nervöse etc. etc. entstanden, und während die Heilstätten für ernstlich Kranke nach wie vor von Ärzten nach den Spielregeln der damaligen Psychiatrie geleitet wurden, habe sich um sie herum eine kleine Welt von Siedlungen und Wohngemeinschaften gebildet, in welchen es weder Arzt noch Psychiatrie gab, und welche infolge ihrer eher angenehmen Existenzbedingungen einen gewaltigen Zulauf von Ruhesuchenden aus dem ganzen Abendlande erfuhr. Und so sei es, so glauben wir und so berichtet die Legende, kurz nach der Stabilisierung des W. O. Staatenkonglomerats zur Entstehung unsrer Gemeinschaft auf der Basis der Diktatur der Stände gekommen, eines dreißig Millionen fassenden Instituts für Vernünftige und Vollsinnige, in welches jeder Vernünftige und Vollsinnige, einige Prüfungen und Verpflichtungen vorausgesetzt, einzutreten das Recht hat. Es sind also, im Gegensatz zur ursprünglichen Bestimmung der Anstalt, in unsrem zum Staate erweiterten Institut die Gesunden und Normalen vereinigt, während der übrige und sehr viel größere Teil des von Ost-Westwinden zusammengewehten Konglomerats von den mehr oder weniger Kranken und Gestörten bevölkert und regiert wird. So sagt die Legende, und im Grunde sind wir damit zufrieden und glauben wir an sie wie jedes lebende Wesen an seine eigene Existenz glaubt und glauben muß. Nur hat sich in neuerer Zeit, Hand in Hand mit anderen irritierenden Theorien und Gedanken, auch folgender lästige Gedanke bei uns eingeschlichen: es sei ein uraltes Erkennungszeichen der Verrückten, daß sie sich gern als die Normalen und Gesunden vorkommen oder aufspielen, und so sei es auch bei uns in unserem Staat, wir seien keineswegs vernünftig und vollsinnig, sondern seien Geisteskranke, und unser Aufenthalt in diesem Scheinstaat sei kein freiwilliger und unser Staat kein Staat, sondern wir seien ganz einfach eine große Anstalt voll Verrückter. Wie gesagt, es ist dies eine Frage, mit der sich nur gelegentlich einige von uns ernster befassen, diese gehören aber allerdings zu den feineren und begabteren Köpfen unter uns, und die Frage, ob wir oder die andern die Verrückten seien, bildet den Hauptinhalt für die Philosophien und Spekulationen unsrer Genies. Wir andern, wir Kühleren und Älteren, halten uns allerdings mehr an die allgemeinen Spielregeln und glauben entweder treu und schlicht an die überlieferte Legende, also an unsre Vernünftigkeit und an die Freiwilligkeit unsres Aufenthaltes in Normalien, oder aber wir sind der Meinung, es führe zu nichts, sich über diese unlösbaren Fragen aufzuregen, und es komme nicht so sehr darauf an festzustellen, ob man verrückt oder normal, ob man Affe im Affenkäfig oder durch das Gitter glotzender Abonnent des zoologischen Gartens sei, sondern es sei richtiger und bekömmlicher, sowohl das Dasein wie die Metaphysik als ein zwar nicht problemloses, doch recht sinnvolles und charmantes Spiel aufzufassen und sich des vielen Guten und Schönen zu freuen, das wir innerhalb dieses Spieles erleben können. Nur allerdings, was die Person und die Funktionen unsres Herrn Direktors betrifft, kann auch ich mir allerlei Zweifel und vielleicht vorlaute Deutungsversuche nicht versagen. Doch davon vorerst kein Wort, es muß sich da noch so vieles erst beruhigen und klären, ehe man sich an dies heikelste Problem mit den groben Mitteln der Sprache und Logik heranwagen könnte. Halten wir uns, verehrter Gönner, an das Nahe und scheinbar Gewisse, und suchen wir das Spekulieren möglichst in bekömmlichen Grenzen zu halten.

Ich lebe zur Zeit, nach manchen Ortswechseln, wieder wie vor Jahren im eigentlichen Herzen von Normalien, nämlich auf dem Terrain des ehemaligen Irrenhauses, in einem neueren Nebengebäude nicht weit von der Hecke, die den berühmten alten Park vom großen Nutzgarten trennt. Dieser Wohnort hat, wie jeder andre in unserem Staat, seine Vorzüge und Nachteile, seine besonderen örtlichen Traditionen, Privilegien und Servitute, wie denn in einem relativ noch jungen, aus Landesteilen mit äußerst verschiedener Vorgeschichte zusammengesetzten Föderativstaat auch die mächtigste Verfassung und Ideologie die Fortdauer starken provinzialen Eigenlebens nicht vernichten kann. Zum Beispiel brauchen wir Insassen von Alt- und Urnormalien uns um die staatsbürgerlichen Pflichten nicht sehr viel zu kümmern, das heißt wir haben das Wahlrecht, aber keine Wahlpflicht, und die wichtigste staatsbürgerliche Tätigkeit, das Bezahlen der Steuern, besorgt die Anstaltsleitung für uns, wir brauchen uns darum nicht zu kümmern, die Beträge werden uns auf die Rechnung geschrieben, solange wir noch ein Guthaben stehen haben, und ist dieses erschöpft, nun so sendet uns der Staat, damit wir wieder zu Steuerquellen werden, in eine andre Gegend, in irgendeinen seiner Betriebe, selbstverständlich mit voller Wahrung des Prinzips der Freiwilligkeit und Selbstbestimmung. Vorläufig, soweit ich unterrichtet bin, reicht mein Guthaben noch für manche Quartalsrechnung und manche Steuerzahlung aus, es sei denn, es komme wieder einmal zu einer jener recht ernsten Krisen, bei welchen die Bevölkerung in einmütiger Empörung ihr gesamtes Vermögen auf die Steuerämter trägt und diese unter Bedrohung und eventueller Anwendung von Gewalt zur Annahme zwingt, sehr zum Mißvergnügen der Beamten, denn nach unsrer Verfassung wird jedesmal, wenn der Staat Alleinbesitzer allen Vermögens geworden ist, die gesamte Beamtenschaft entlassen, da nichts mehr zum Einziehen da ist. Doch das sind Einrichtungen, über welche Sie, verehrter Freund, vermutlich besser Bescheid wissen als ich, denn ich bin, innerhalb gewisser Grenzen, auch im heutigen so sehr vervollkommneten Konglomerats-Staatsleben ein Individualist und Träumer, ein Ignorant und uninteressierter Mitläufer geblieben. Lassen Sie mich, nach einer so langen Unterbrechung unsres Austausches, nur erst die Vertraulichkeit wiedergewinnen und zum Schildern und Erzählen gelangen, so werde ich Ihnen Interessanteres mitteilen können, ich meine damit Einzelheiten meines und unseres Lebens, die Ihnen vielleicht neu sind und Spaß machen können. Dazu gehört unter anderm, wie ich schon andeutete, das Vorhandensein so mancher regionaler Eigentümlichkeiten und Eigengesetzlichkeiten in unseren verschiedenen Distrikten, Provinzen und Städten, Eigentümlichkeiten von historischer, zum Teil uralter Bedingtheit, welche ungeachtet der freiwillig-diktatorischen Einigkeit mit großer Zähigkeit fortbestehen. So war ich zum Beispiel vor drei oder vier Jahren einst, von den Amtsorganen zur Betätigung des freiwilligen und spontanen Ortswechsels ermahnt, nach der Stadt Flachsenfingen gezogen, über die ich manches Interessante gelesen hatte. Ich hatte einen Gartenpavillon gemietet und bezogen, einige Spaziergänge gemacht und soeben, auf einer angenehmen Bank im Grünen, mit der Niederschrift einer kleinen Dichtung begonnen, als mit der Schnelligkeit des Sturmwindes ein Polizeimann auf dem Motorrade herangebraust kam und mich fragte, was ich da treibe.

»Ich dichte«, sagte ich, »wenn Sie nichts dagegen haben.«

»Oh«, sagte er mit korrigierendem Ton, »ich wäre meines Amtes recht wenig würdig, wenn ich nichts dagegen hätte. Sie dichten, sagen Sie? Nun, und wo ist der Ausweis Ihrer Berechtigung und Zulassung? Wo ist Ihr Zunftausweis?«

Eingeschüchtert gestand ich, daß ich nichts dergleichen besitze, erlaubte mir aber doch hinzuzufügen, daß meines Wissens nirgends in der Verfassung Normaliens von Zunftzwang und Zunftausweisen die Rede sei.

»Sie wollen mich belehren?« rief er unwillig. »Normalien hin und Normalien her, wir sind hier in Flachsenfingen. Sie haben also keinen Ausweis? Wollen Sie damit etwa sagen, daß Sie überhaupt keiner Zunft angehören?«

So stand es in der Tat mit mir, und ich erfuhr nun, daß in dieser Stadt nichts so absolut verpönt und unmöglich war, als irgendwelche Tätigkeit auszuüben, ohne einer Zunft anzugehören. Ich mußte Papier und Bleistift ausliefern und dem strengen Manne folgen, ich wurde aufs Rathaus und zum Bürgermeister geführt, einem recht sympathischen Manne übrigens, mußte ihm Rede und Antwort stehen und bat, nachdem ich begriffen hatte, um was es gehe, um meine Zuweisung zur Dichter- oder Literatenzunft. Nun war es der Bürgermeister, der etwas in Verlegenheit geriet, denn eine solche Zunft gab es in seiner Stadt nicht. Es wurde denn eine Ratssitzung einberufen, nachdem man mich eidlich verpflichtet hatte, bis zu meiner Einreihung in eine Zunft keinerlei Tätigkeit auszuüben, und in der Sitzung wurde nach umständlichem und lebhaftem Debattieren beschlossen, es sei die Schneiderzunft, in welche ich am ehesten zu passen scheine und welche also ersucht werden solle, mich aufzunehmen. Wieder vergingen einige Tage, bis die Obmänner der Schneiderzunft mich aufsuchten und mir erzählten, sie hätten mich ihren Statuten gemäß eigentlich weder aufnehmen können noch wollen, aber nun sei soeben ihr ältestes Mitglied gestorben und damit ein Platz für mich frei geworden, falls ich vom Plenum genehmigt werde und willig sei, mich für meinen Gehorsam gegen die Zunftgesetze zu verbürgen. Ich versprach natürlich alles, wenn es irgend mit meiner Ehre als Mensch und Dichter vereinbar sei. Und wieder nach einer Sitzung, bei welcher ich der Zunft zur Besichtigung vorgeführt wurde, lud man mich ein, probeweise einem feierlichen Akte der Innung beizuwohnen, nämlich der Beerdigung jenes ältesten Zunftbruders. So schritt ich denn etwas bangen Herzens mit im Leichenzuge hinter der Zunftfahne her; sie soll noch in Flachsenfingens Glanzzeit unter des Legationsrats Richter Auspizien gestiftet worden sein. Nach stattgehabter Feier und Niederlegung unsres Kranzes zogen wir in das Gasthaus zur Linde zu einem Imbiß mit gutem Weißwein, von dem wir ziemlich viel genossen. Ich benützte die eingetretene heitere, gelöste und lebensfrohe Stimmung, um einen der würdigen Männer beiseite zu nehmen und ihn zu fragen, ob ich nun wohl Aussicht habe, als Mitglied aufgenommen zu werden.

»Ach«, sagte er wohlwollend, »warum eigentlich nicht? Sie gefallen uns soweit ganz gut, und daß wir bisher einen Dichter noch nicht unter uns gehabt haben, ist im Grunde auch kein Hindernis. Offen gesagt, was meine Person betrifft, so war ich bisher immer der Meinung, ein Dichter sei jemand, der gesammelte Werke geschrieben hat und schon lange tot ist. Nur sollten Sie freilich Ihrerseits auch etwas tun, was Sie beliebt macht und Ihre gute Gesinnung beweist.«

Ich erklärte, dazu sei ich von Herzen bereit, und bat ihn, mir zu raten, wie ich mich bei den Herren am besten einführen könne.

»Nun«, meinte er, »es braucht nicht gleich die Welt zu kosten. Sie könnten zum Beispiel ans Glas klopfen, sich erheben und den Kameraden erklären, aus Sympathie mit der Zunft und ihrem in Gott ruhenden Senior empfänden Sie Lust, ein Gedicht auf den Entschlafenen anzufertigen und den heutigen Verbrauch an Weißwein zu bezahlen.«

»Die Idee mit dem Wein«, sagte ich dankbar, »gefällt mir sehr. Aber wie soll ich ein Gedicht auf einen verstorbenen alten Herrn machen, den ich nicht gekannt und nie gesehen habe und von dem ich nichts weiß, als daß er Schneider war und die Ehre hatte, Ihrer Zunft anzugehören?«

»Sie sind fremd hier«, sagte mein Gönner, »sonst würden Sie wissen, daß unser Senior kein Schneider war, so wenig wie der Zunftmeister oder ich oder irgendein anderes Mitglied. Sie selbst sind ja auch nicht Schneider und wollen doch unser Mitglied werden.«

»Aber was war denn der Verstorbene von Beruf?«

»Ich weiß es nicht genau, ich glaube, er hat früher eine Likörfabrik geleitet oder besessen, er war ein Mann von Bildung und besten Manieren. Aber wegen Ihres Gedichtes machen Sie sich ganz unnötige Sorgen, es brauchen keine Schneider darin vorzukommen, nur vielleicht die rotseidene Fahne mit der goldenen Schere, und irgend so etwas Schönes vom Tod und vom Menschenleben und Wiedersehen und dergleichen. Das ist es, was man bei einem solchen Anlaß gern hören mag.«

Er begann ungeduldig zu werden, wir standen im Haustor, und drinnen im kleinen Saale klangen die Gläser. Ich hatte nicht den Mut, ihn noch weiter aufzuhalten, ich ließ ihn zurückkehren, folgte ihm nach einer Weile recht kleinlaut, fand aber bei den Brötchen und dem guten Weine allmählich die Courage und gute Laune wieder, erhob mich und rhapsodierte aus dem Stegreif ein Gedicht, von dem es vielleicht schade ist, daß es nie aufgeschrieben wurde. Es hatte viel mehr Kraft, Schwung und Volkstümlichkeit als meine anderen Gedichte, und es gefiel den Herren ganz unbändig, sie wurden richtig tiefsinnig, nickten schwer mit gerührter Zustimmung, riefen Bravo und erhoben sich allesamt, um mit mir anzustoßen, mir Komplimente zu machen und mich als ihren Zunftgenossen willkommen zu heißen. Ich war zu Tränen gerührt und wollte nach all den Händedrücken nun auch noch die Weinspende ankündigen, als mir einer jener lichten Momente, wie sie nach reichlichem Zechen richtig gleich Blitzen aufzucken können, die Einsicht schenkte, daß es dieser Spende, vor der mein schmaler Beutel sich doch etwas fürchtete, ja gar nicht mehr bedürfe So schwieg ich überwältigt und glücklich und hielt mein Glas den vielen mir Zutrinkenden stumm entgegen. Sie nahmen mich mit Ehren in ihre altehrwürdige Zunft auf, ich war geborgen, niemals mehr wurde meine Arbeit überwacht oder verboten, es war der Ordnung und Form Genüge geschehen. Und auch von der Schneiderzunft hörte ich niemals wieder. Dieses einzige Mal war ich ihrer schönen seidenen Fahne gefolgt, hatte, ein Nichtschneider unter Nichtschneidern, Brötchen gegessen und Wein getrunken, hatte den Kameraden Verse aufgetischt und mich mit ihnen verbrüdert. Wohl geschah es zu seltenen Malen, daß ein Gesicht mir wie bekannt erscheinen wollte und ich mich besann, ob es nicht das eines Zunftgenossen sei, doch der Träger des Gesichtes ging an mir vorüber und verschwand, und so blieb von dem ganzen Erlebnis nichts in mir haften als die Erinnerung an jene zwei Stunden im Kreise der trauernden Zecher.

Was aber das Gedicht betrifft, das ich bei jenem Anlaß auf so ungewöhnliche Art hervorbrachte und das so viel Beifall fand, so muß ich bei nüchterner Betrachtung doch sagen: es ist besser und ist ein Glück, daß es nicht aufgeschrieben und aufbewahrt worden ist. Es war das Produkt von Umständen, die zu mir nicht passen, und zu deren Vermeidung und Verhütung ich mein Leben lang viele Opfer gebracht hatte: es war entstanden aus notgedrungener Anpassung an ein mir Fremdes und Ungemäßes, und war entstanden aus einem Zustande der Berauschtheit, und zwar Berauschtheit nicht so sehr durch den vortrefflichen Weißwein, der mir in angenehmster Erinnerung geblieben ist, als vielmehr durch das ungewohnte Klima von Geselligkeit, Zugehörigkeit, Gemeinschaft, Brust an Brust und Schulter an Schulter, ein gutes Klima vielleicht für Politiker, Pastoren und die Löwen der

Vortragssäle, nicht aber für Dichter oder Leute mit ähnlichen Berufen, denen nicht die Gemeinschaft, sondern die Verborgenheit und Einsamkeit förderlich ist. Ich habe das Gedicht, das so schön schien und so viel Erfolg hatte, zwar vergessen, was allein schon beweist, daß die Verse schlecht waren, aber nicht vergessen, sondern mit einiger Reue und Scham im Gedächtnis behalten habe ich den Schlußgedanken jenes gereimten Sermons, den törichten und feigen, fatalen und geschmacklosen Gedanken, daß zwar der Tod auf uns alle warte, daß es aber ein Trost sei, Kameraden zu wissen, welche, wenn uns das Grab verschlugen hat, unter der teuren alten Fahne gemeinsam unser gedenken und unsrem Gedächtnis ein Trankopfer darbringen. Solches Öl, solch salbungsvoller Blödsinn war von meinen Lippen geflossen, zum Entzücken der ehrbaren Tafelrunde, deren Herzen dabei höher schlugen; und so wie mein Gefühl von Zugehörigkeit und Geborgenheit in dieser Runde ein Schwindel war und mich genau so einsam, wach und gegen den Geselligkeitszauber mißtrauisch zurückließ, wie ich immer gewesen war, so war vermutlich auch die Begeisterung, Kameradschaft und Menschenfreundlichkeit der anderen nur eine Seifenblase und hübsche Lüge gewesen. Und wie ich nachher sehr damit einverstanden gewesen war, daß meine Aufnahme in die Zunft der »Schneider« ohne störende Folgen blieb, daß keine neuen Zusammenkünfte, Verbrüderungen und Feste stattfanden, keine Bindungen und Pflichten für mich sich ergaben, so hatten ja auch sie, die teuren Brüder und Mitschneider, die ergriffenen und dankbar begeisterten Zuhörer meiner Verse, die wackeren Schüttler meiner Hände sich nachher den Teufel um mich gekümmert. Dies gerade war ja das Hübsche, das Entzückende an meiner Zunftgeschichte, daß sich da wieder einmal die Gesellschaft, die Allgemeinheit, die offizielle Welt mir mit drohenden Ansprüchen genähert hatte, daß es nach dem Erscheinen des Polizisten auf dem knatternden Rade ausgesehen hatte, als wolle mir die Welt meinen Beruf wieder einmal entweder verbieten, oder mich seine Duldung mit unverhältnismäßigen, mit übergroßen und unerträglichen Opfern bezahlen lassen – und daß dann alles auf eine Zeremonie und auf einen Spaß hinauslief und die Welt nichts weiter von mir verlangte als zwei oder drei Stunden Zecherei mit einer Stube voll harmloser Leute, die mich am nächsten Tage nicht mehr kannten noch von mir verlangten, daß ich sie kenne.

Dies, Verehrter, war mein Flachsenfinger Erlebnis. Ganz anders wieder ging es mir bald darauf im West-Kulturgau, wohin ich, wiederum zur Betätigung des freiwilligen und spontanen Ortswechsels ermahnt, übersiedelt war. Bei der Wahl dieses Bezirkes wirkte mitbestimmend der Ruf besonders eifriger kultureller Interessiertheit und Unternehmungslust, in welchem der Gau steht, und allerdings auch die weitverbreitete, wenn schon unverbürgte Sage, daß hier der mit Scheu und Ehrfurcht genannte Direktor von Normalien sich häufig aufhalte. Offen gesagt, waren es immerhin in erster Linie opportunistische Erwägungen, die mich zu diesem Versuch mit dem Westgau bestimmten. Meine ökonomischen Verhältnisse bedurften einer Neuordnung. Nicht nur hatte ich in Flachsenfingen es zu nennenswerten Einkünften nicht bringen können, ich hatte dort auch Schulden gemacht, und daß ich schon nach einem verhältnismäßig kurzen Aufenthalt die Einladung zu freiwilligem Ortswechsel erhielt, dürfte wohl mehr diesen ökonomischen Unregelmäßigkeiten als anderen Gründen zuzuschreiben sein. Im West-Kulturgau nun waren, wenn meine Informationen nicht alle logen, Künste und Wissenschaften geschätzt und in Blüte, es sollten dort Schule, Universität, Kunstpflege, Museen und Bibliotheken, Verlags- und Zeitschriftenwesen auf hoher Stufe stehen, es sollte daselbst Wettbewerbe, Staatsaufträge, Akademien geben. Gelang es mir dort, sei es durch meine Leistungen, sei es auf Grund meiner früheren geachteten Stellung im literarischen Leben, Fuß zu fassen und meinem einst wohlbekannten Namen wieder Geltung zu verschaffen, so konnte auch der materielle Erfolg nicht ausbleiben. Ob ich dann fernerhin, ein geachteter und wohlgeborgener Mann des Erfolges, im Westgau bleiben und mich eines satten und befriedeten Lebens erfreuen, hohe Steuern zahlen und hohes Ansehen genießen, oder aber mit dem hier Erworbenen in die mir so teure Parklandschaft von Urnormalien zurückkehren und mich dort wieder auf lange, auf Lebenszeit als Pensionär einkaufen würde, darüber machte ich mir vorläufig noch nicht viele Gedanken. Die Lockung zurück zum

Park, zur Urzelle unsres Staates, hatte mich niemals ganz aus ihrem Bann entlassen, und bei allem Respekt vor der geistigen Hochblüte des Kulturgaues schien mir doch das Glück des Mitschwimmens in einer emsigen kulturellen Betriebsamkeit nicht unbedingt der damit verbundenen Anstrengungen wert, es mochte dies »Glück« für jüngere und ehrgeizigere Leute mehr bedeuten als für alte und ruheliebende. Aber anderseits besaß der Gau für mich eine starke Anziehungskraft durch jene schon erwähnten Gerüchte über das besondere Verhältnis, in dem der Herr Direktor zu dieser Provinz seines Reiches stehen sollte. Von ihm, dem großen Unbekannten, mehr zu erfahren, zu ihm oder doch zu seinen höheren Funktionären und Mitarbeitern in Beziehungen zu treten und etwa von den vielen ihn umgebenden Geheimnissen das eine oder andre gedeutet zu bekommen, das hätte mir, wie Sie, verehrter Gönner, sich ja denken können, viel bedeutet. Im Flachsenfinger Sammellager für freiwillige Umsiedler hatte ich nur wenige Tage zu warten, bis ein Transport nach dem West-Kulturgau abging. Der Omnibus mochte dreißig bis vierzig Personen fassen, und alle waren wir Intellektuelle oder Künstler, nur zwei junge Leute mit heiteren und angenehmen Gesichtern und Manieren gehörten, wie ich durch einen mitreisenden Journalisten erfuhr, dem Stand der Barbiere an. Diese beiden gefielen mir besser als die Mehrzahl meiner Kollegen, unter welchen eigentlich nur zwei mir sympathisch waren, zwei greise, langhaarige und langbärtige Männer von jenem verschollenen und heute nur noch sehr selten anzutreffenden Künstlertyp, den, nächst Haar, Bart und Kostüm, eine edle Weltfremdheit und arglose Zerstreutheit kennzeichnet und für den ich, wie ich beschämt gestehe, immer eine gewisse Zuneigung empfunden habe, während allerdings gerade diese beiden edel-weltfremden, schönen Greise ihrer gänzlich unmodischen Frisur und Kleidung wegen von den jungen Barbieren mit Spott und unverhohlener Verachtung angesehen wurden. Es fehlte den munteren Jungen eben das Wissen um die künstlerische Tradition, welche die trefflichen Greise zumindest in ihrer äußeren Erscheinung fortzuführen sich berufen wußten. Übrigens war der eine von diesen Silberhaarigen ein Kollege von mir, ein Dichter. Ich erfuhr es durch jenen mitteilsamen Journalisten, und ich hatte, während wir an einer Rast- und Tankstelle im Saal eines Gasthauses gefüttert wurden, sogar das Glück, einen Blick in eine, wie es schien, von ihm eben erst begonnene Dichtung werfen zu können. Er saß nämlich neben mir an der Tafel und hatte vor sich ein kleines Notizbüchlein liegen, es war noch neu und leer, nur auf der ersten Seite standen ein paar in koketter Schönschrift geschriebene Zeilen, die ich mit von der Neugierde geschärftem Späherauge entzifferte. Sie lauteten:

Papagallo

Vor kurzem wurde, so hörten wir berichten, in der Gegend von Morbio ein Papagei geboren, der übertraf, noch während er die Schule besuchte, schon alle seine Brüder und Kollegen an Alter, Weisheit, Verstand, Tugend und Wohlgefallen vor Gott und den Menschen so gewaltig, daß sein Ruhm die Städte und Länder zu erfüllen begann, ähnlich dem Ruhm Achmed des Weisen oder dem des nur mit höchster Ehrerbietung zu nennenden Scheich Ibrahim.

Ich war voll Bewunderung für den Stil dieser Erzählung, der die Gepflegtheit, Rundung und Glätte einer klassischen Überlieferung mit dem modernen Sinn für das Einfache und Monumentale in glücklicher Weise verband. Ich hätte dem Silberbarte, so gut er mir auch gefiel, diese Leistung nicht zugetraut, und es wäre mir ein Vergnügen gewesen, seine nähere Bekanntschaft zu machen, aber leider muß sein empfindlicher Künstlersinn gespürt haben, daß seine im Entstehen begriffene Dichtung vom Blick eines Neugierigen, vielleicht eines Banausen, vielleicht gar eines neidischen Kollegen belauert werde. Er klappte sein Heftchen plötzlich und mit Heftigkeit zu und strafte mich mit einem Genieblick voll so unsäglicher Verachtung, daß ich beschämt und traurig in mich zurücksank und den Tisch noch vor der Beendigung des Mahles verließ . . .

(Hier bricht das Manuskript ab) (1948)

Weihnacht mit zwei Kindergeschichten

Als unser kleines, stilles Christfest beendet war, noch vor zehn Uhr am Abend des 24. Dezember, war ich müde genug, um mich auf Nacht und Bett und vor allem darauf zu freuen, daß nun zwei ganze Tage ohne Post und ohne Zeitung vor uns lagen. Unsre große Wohnstube, die sogenannte Bibliothek, sah ebenso unordentlich und abgekämpft aus wie unser Inneres, aber viel heiterer, denn obwohl wir nur zu dreien gefeiert hatten: Hausherr, Hausfrau und Köchin, gaben doch das Tannenbäumchen mit den herabgebrannten Kerzen, das Durcheinander von farbigen, goldenen und silbernen Papieren und Bändern und auf den Tischen die Blumen, die übereinander geschichteten neuen Bücher, die teils straff teils müde und halb eingesunkenen an die Vasen gelehnten Malereien, Aquarelle, Steinzeichnungen, Holzschnitte, Kindermalereien und Photographien der Stube eine ungewohnte und festliche Überfülltheit und Bewegtheit, etwas von Jahrmarkt und etwas von Schatzkammer, einen Hauch von Leben und von Unsinn, von Kinderei und Spielerei. Und dazu kam die Luft, die mit Düften ebenso ungeordnet und übermütig beladene Luft mit dem Neben- und Ineinander von Harz, Wachs, Verbranntem, von Backwerk, Wein, Blumen. Des weitern stauten sich im Raume und in der Stunde, wie es alten Leuten zukommt, die Bilder, Klänge und Düfte von vielen, sehr vielen Festen vergangener Jahre, siebzig und mehr Male hatte seit dem ersten großen Erlebnis die Weihnacht mich wieder besucht, und waren es bei meiner Frau manche Jahre und Christfeste weniger, so war bei ihr dafür die Fremde, die Ferne und Erloschenheit und Unwiederbringlichkeit der Heimat und Geborgenheit noch größer als bei mir. War in den letzten angestrengten Tagen das Schenken und Packen, Beschenktwerden und Auspacken, das Sichbesinnen auf echte und unechte Verpflichtungen (die sich für Vernachlässigung oft unerbittlicher rächen als jene) und die ganze etwas überhitzte und überhetzte Betriebsamkeit einer Weihnachtszeit in unsrem ruhelosen Zeitalter schon schwer zu bewältigen gewesen, so war diese Wiederbegegnung mit den Jahren und Festen vieler Jahrzehnte eine noch strengere Aufgabe, doch war es wenigstens eine echte und sinnvolle, und die echten und sinnvollen Aufgaben haben den Segen, nicht nur zu fordern und zu zehren, sondern auch zu helfen und zu stärken. Zumal in einer aufgelösten, am Mangel an Sinn erkrankten und hinsterbenden Zivilisation gibt es ja für den Einzelnen wie für die Gemeinschaften kein anderes Heil- und Nahrungsmittel, keine andere Kraftquelle fürs Weiterleben, als die Begegnung mit dem, was allem zum Trotz unsrem Sein und Tun Sinn gibt und uns rechtfertigt. Und bei der Erinnerung an die Feste und Zusammenhänge eines ganzen Lebens, dem Lauschen auf Klänge und Regungen der Seele bis in die farbige Wildnis der Kindheit zurück, dem Blicken in geliebte längst erloschene Augen erweist sich eben doch das Vorhandensein eines Sinnes, einer Einheit, einer geheimen Mitte, um die wir, bald wissend, bald unwissend, lebenslang gekreist sind. Von den wachs- und honigduftenden frommen Christfesten der Kindheit, in einer, wie es schien, noch heilen, vor Zerstörung sicheren, an ihre Zerstörungsmöglichkeit nicht glaubenden Welt, über alle Wandlungen, Krisen, Erschütterungen und Wiederbesinnungen unsres privaten Lebens wie unsrer Epoche hinweg hat sich in uns ein Kern erhalten, ein Sinn, eine Gnade, nicht an irgendein Dogma der Kirchen oder der Wissenschaften, sondern an das Vorhandensein einer Mitte, um die auch ein gefährdetes und gestörtes Leben sich stets aufs neue ordnen kann, ein Glaube an die Erreichbarkeit Gottes von eben diesem innersten Kern unsres Wesens aus, an die Koinzidenz dieses Zentrums mit der Gegenwart Gottes. Wo er gegenwärtig ist, mag ja auch das Häßliche und scheinbar Sinnlose ertragen werden, denn für ihn ist nirgends Erscheinung und Sinn getrennt, für ihn ist alles Sinn.

Das Bäumchen stand schon lange dunkel und ein wenig dumm auf seinem Tischchen, es brannte seit einer Weile das nüchterne elektrische Licht wie an jedem Abend, da wurden wir vor den Fenstern einer anderen Art von Helligkeit gewahr. Der Tag war wechselnd klar und verhangen gewesen, an den Hängen der Berge jenseits des Seetals standen zuweilen lang hingezogene, schmale weiße Wolken, alle in derselben Höhe, sie hatten fest und unbeweglich geschienen und waren doch, so oft man wieder hinaussah, verschwunden oder umgebaut gewesen, und beim Zunachten hatte es ausgesehen, als würden wir die Nacht über ohne Himmel sein und im Nebel stecken. Aber während wir mit unsrer Feier, unsrem Baum und seinen Kerzen, unseren Geschenken und den immer dichter kommenden Erinnerungen beschäftigt gewesen waren, hatte sich draußen mancherlei zugetragen und abgespielt. Als wir das gespürt und unser Stubenlicht gelöscht hatten, fanden wir draußen in der großen Stille eine überaus schöne, geheimnisvolle Welt liegen. Das schmale Tal zu unsern Füßen war mit Nebel angefüllt, auf dessen Oberfläche ein bleiches, aber starkes Licht spielte. Über diesem Nebelballen stiegen die beschneiten Hügel und Berge hinan, alle im selben gleichmäßigen, verteilten, aber starken Lichte stehend, und auf die weißen Tafeln waren überall die kahlen Bäume und Wälder und die schneefreien Felsgestaltungen wie mit spitzer Feder gekritzelte Buchstaben hingeschrieben, stumme, viel verschweigende Hieroglyphen und Arabesken. Oben aber über alledem wogte mit vom Vollmond durchschienenem Wolkengewimmel weiß und opalglänzend ein gewaltiger Himmel, unruhig wallend und vom Licht des vollen Mondes beherrscht, der zwischen den geisterhaft sich lösenden und wieder dichtenden Schleiern verschwand und erschien, und wenn er ein freies Stück Himmel erkämpfte, sahen wir ihn umgeben von elbisch kühlen, irisierenden Mondregenbogen, deren gleißend gleitende Farbenfolge sich in den Rändern durchschienener Wolken wiederholte. Perlig und milchig rann und rieselte das köstliche Licht durch den Himmel, glänzte schwächer unten im Nebel wider, wogte im Schwellen und Schwinden wie in lebendigen Atemzügen.

Ehe ich zu Bett ging, die Lampe brannte wieder, warf ich noch einen Blick auf meinen Gabentisch, und wie Kinder am Christabend ein paar von ihren Geschenken mit ins Schlafzimmer und womöglich mit ins Bett nehmen, nahm ich mir auch etwas mit, um es vor dem Schlafen noch ein wenig bei mir zu haben und zu betrachten. Es waren die Gaben meiner Enkelkinder: von Sibylle, der Jüngsten, ein Staublappen, von Simeli eine kleine Zeichnung, ein Bauernhaus mit einem Sternhimmel darüber, von Christine zwei farbige Illustrationen zu meiner Erzählung vom Wolf, ein kraftvoll hingehauenes Gemälde von Eva und von ihrem zehnjährigen Bruder Silver ein mit seines Vaters Maschine geschriebener Brief. Ich nahm die Sachen mit ins Atelier hinüber, wo ich Silvers Brief noch einmal las, dann ließ ich sie liegen und stieg, mit schwerer Müdigkeit kämpfend, die Treppe zu meinem Schlafzimmer hinauf. Doch konnte ich noch lange Zeit nicht einschlafen, die Erlebnisse und Bilder des Abends hielten mich wach, und die nicht abzuwehrenden Reihen von Vorstellungen endeten jedesmal mit dem Brief meines Enkels, der so lautete:

Lieber Nonno! Ich will dir jetzt eine kleine Geschichte schreiben. Sie heißt: Für den lieben Gott. Paul war ein frommer Knabe. Er hatte in der Schule schon so viel vom lieben Gott gehört. Er wollte ihm jetzt auch einmal etwas schenken. Paul schaute alle seine Spielsachen an, aber alles gefiel ihm nicht. Da kam Pauls Geburtstag. Er bekam viele Spielsachen, darunter sah er einen Taler. Da rief er: Den schenke ich dem lieben Gott. Paul sagte: Ich gehe hinaus auf das Feld, dort habe ich einen schönen Platz, da wird ihn der liebe Gott sehen, und ihn holen. Paul ging auf das Feld. Als Paul im Feld war, sah er ein altes Mütterlein, das mußte sich stützen. Er wurde traurig, und gab ihr den Taler. Paul sagte: Eigentlich war er für den lieben Gott. Viele Grüße von Silver Hesse.

An jenem Abend gelang es mir nicht mehr, die Erinnerung heraufzubeschwören, an die meines Enkels Erzählung mich mahnte. Erst andern Tages fand sie sich von selber ein. Ich erinnerte mich: in meiner Knabenzeit, im selben Alter, in dem jetzt mein Enkel stand, zehnjährig also, hatte ich auch einmal eine Geschichte geschrieben, um sie meiner jüngeren Schwester zum Geburtstag zu schenken, es war außer einigen Knabenversen die einzige Dichtung, vielmehr der einzige dichterische Versuch aus meiner Kinderzeit, der erhalten geblieben ist. Ich selbst hatte viele Jahrzehnte nichts mehr von ihm gewußt, vor einigen Jahren aber war, ich weiß nicht mehr bei welchem Anlaß, dieser kindliche Versuch wieder zu mir zurückgekehrt, durch die Hand einer meiner Schwestern vermutlich. Und obwohl ich mich seiner nur noch undeutlich erinnern konnte, schien mir doch, er habe irgendeine Ähnlichkeit oder Verwandtschaft mit der Geschichte, die mein Enkel mehr als sechzig Jahre später für mich verfaßt hatte. Aber wenn ich auch bestimmt wußte, daß meine Kindergeschichte in meinem Besitz sei, wie sollte ich sie finden? Überall vollgestopfte Schubladen, gebündelte Mappen und Briefhaufen mit Aufschriften, die nicht mehr stimmten oder nicht mehr leserlich waren, überall beschriebenes und bedrucktes Papier aus Jahren und Jahrzehnten her, aufbewahrt, weil man sich zum Wegwerfen nicht hatte entschließen können, aufbewahrt aus Pietät, aus Gewissenhaftigkeit, aus Mangel an Schneid und Entschlußkraft, aus Überschätzung des Geschriebenen, das einmal »wertvolles Material« für irgendwelche neue Arbeiten abgeben könnte, aufbewahrt und eingesargt, wie einsame alte Damen Kasten und Dachböden voll Schachteln und Schächtelchen mit Briefen, gepreßten Blumen, abgeschnittenen Kinderlöckchen aufbewahren. Unendlich vieles sammelt sich, auch wenn man das Jahr hindurch Zentner von Papier verbrennt, um einen Literaten an, der nur selten den Wohnort gewechselt hat und in die Jahre gekommen ist.

Aber ich hatte mich nun in den Wunsch festgebissen, jene Erzählung wiederzusehen, sei es auch nur, um sie mit der meines gleichaltrigen Kollegen Silver zu vergleichen oder sie vielleicht abzuschreiben und ihm als Gegengabe zu schicken. Ich plagte mich und plagte meine Frau damit einen ganzen Tag, und wirklich fand ich das Ding schließlich am unwahrscheinlichsten Platz. Die Geschichte ist im Jahr 1887 in Calw geschrieben und heißt:

Die beiden Brüder
(für Marulla)

Es war einmal ein Vater, der hatte zwei Söhne. Der eine war schön und stark, der andere klein und verkrüppelt, darum verachtete der Große den Kleinen. Das gefiel dem Jüngeren nun gar nicht, und er beschloß, in die weite, weite Welt zu wandern. Als er eine Strecke weit gegangen war, begegnete ihm ein Fuhrmann, und als er den fragte, wohin er fahre, sagte der Fuhrmann, er müsse den Zwergen ihre Schätze in einen Glasberg führen. Der Kleine fragte ihn, was der Lohn sei. Er bekam die Antwort, er bekomme als Lohn einige Diamanten. Da wollte der Kleine auch gern zu den Zwergen gehen. Darum fragte er den Fuhrmann, ob er glaube, daß die Zwerge ihn aufnehmen wollten. Der Fuhrmann sagte, das wisse er nicht, aber er nahm den Kleinen mit sich. Endlich kamen sie an den Glasberg, und der Aufseher der Zwerge belohnte den Fuhrmann reichlich für seine Mühe und entließ ihn. Da bemerkte er den Kleinen und fragte ihn, was er wolle. Der Kleine sagte ihm alles. Der Zwerg sagte, er solle ihm nur nachgehen. Die Zwerge nahmen ihn gern auf, und er führte ein herrliches Leben.

Nun wollen wir auch nach dem anderen Bruder sehen. Diesem ging es lang daheim sehr gut. Aber als er älter wurde, kam er zum Militär und mußte in den Krieg. Er wurde am rechten Arm verwundet und mußte betteln. So kam der Arme auch einmal an den Glasberg und sah einen Krüppel dastehen, ahnte aber nicht, daß es sein Bruder sei. Der aber erkannte ihn gleich und fragte ihn, was er wolle. »O mein Herr, ich bin an jeder Brotrinde froh, so hungrig bin ich.« »Komm mit mir«, sagte der Kleine, und ging in eine Höhle, deren Wände von lauter Diamanten glitzerten. »Du kannst dir davon eine Handvoll nehmen, wenn du die Steine ohne Hilfe herunterbringst«, sagte der Krüppel. Der Bettler versuchte nun mit seiner einen gesunden Hand etwas von den Diamantenfelsen loszumachen, aber es ging natürlich nicht. Da sagte der Kleine: »Du hast vielleicht einen Bruder, ich erlaube dir, daß er dir hilft.« Da fing der Bettler an zu weinen und sagte: »Wohl hatte ich einst einen Bruder, klein und verwachsen, wie Sie, aber so gutmütig und freundlich, er hätte mir gewiß geholfen, aber ich habe ihn lieblos von mir gestoßen, und ich weiß schon lang nichts mehr von ihm.« Da sagte der Kleine: »Ich bin ja dein Kleiner, du sollst keine Not leiden, bleib bei mir.«

Daß zwischen meiner Märchenerzählung und der meines Enkels und Kollegen eine Ähnlichkeit oder Verwandtschaft bestehe, ist wohl kein Irrtum des Großvaters. Ein Durchschnitts-Psychologe würde die beiden kindlichen Versuche etwa dahin deuten: jeder der beiden Erzähler sei natürlich mit dem Helden seiner Geschichte zu identifizieren, und es erdichte sich sowohl der fromme Knabe Paul wie der kleine

Krüppel eine doppelte Wunscherfüllung, nämlich zunächst ein massives Beschenktwerden, sei es mit Spielzeug und Taler oder mit einem ganzen Berg voll Edelsteinen und einem geborgenen Leben bei Zwergen, bei seinesgleichen also, fern von den Großen, Erwachsenen, Normalen. Darüber hinaus aber erdichtet jeder der Märchenerzähler sich auch noch einen moralischen Ruhm, eine Tugendkrone, denn mitleidig gibt er seinen Schatz dem Armen hin (was in Wirklichkeit weder der zehnjährige Alte noch der zehnjährige Junge getan hätte). Das mag wohl stimmen, ich habe nichts dagegen. Aber es scheint mir auch, daß die Wunscherfüllung sich im Bereich des Imaginären und Spielerischen vollziehe, wenigstens kann ich von mir sagen, daß ich im Alter von zehn Jahren weder Kapitalist noch Juwelenhändler war und bestimmt noch niemals mit Wissen einen Diamanten gesehen hatte. Dagegen waren manche Grimmsche Märchen und war vielleicht auch Aladin mit der Wunderlampe mir schon bekannt, und der Edelsteinberg war für das Kind weniger eine Vorstellung von Reichtum als ein Traum von unerhörter Schönheit und Zaubermacht. Und eigentümlich kam mir auch dies vor, daß in meinem Märchen kein lieber Gott vorkommt, obwohl er für mich vermutlich selbstverständlicher und realer war als für den Enkel, der erst »in der Schule« auf ihn neugierig geworden war.

Schade, daß das Leben so kurz und so sehr mit aktuellen, scheinbar wichtigen und unumgänglichen Pflichten und Aufgaben überstopft ist; manchmal wagt man des Morgens ja kaum das Bett zu verlassen, weil man weiß, daß der große Schreibtisch noch übervoll von Unerledigtem liegt und tagsüber die Post den Haufen noch zweimal erhöhen wird. Sonst wäre mit den beiden Kindermanuskripten noch manches amüsante und nachdenkliche Spiel zu treiben. Mir schiene zum Beispiel nichts spannender als eine vergleichende Untersuchung von Stil und Syntax in den beiden Versuchen. Aber für so hübsche Spiele ist nun einmal unser Leben nicht lang genug. Auch wäre es am Ende nicht angezeigt, den um dreiundsechzig Jahre jüngeren von den beiden Autoren durch Analyse und Kritik, durch Anerkennung oder Tadel vielleicht in seiner Entwicklung zu beeinflussen. Denn aus ihm kann unter Umständen ja noch etwas werden, nicht aber aus dem Alten.

(1950)

Die Dohle

Wenn ich wieder nach Baden zur Kur komme, bin ich längst nicht mehr auf Überraschungen gefaßt. Es wird einmal der Tag kommen, an dem das letzte Stückchen der Goldwand überbaut, der schöne Kurpark Fabrikgebäude geworden sein wird, doch werde ich das nicht mehr erleben. Und nun hat mich diesmal auf der häßlichen schrägen Brücke nach Ennetbaden dennoch eine wunderliche und entzückende Überraschung erwartet. Ich pflege mir auf dieser Brücke, die nur ein paar Schritte von den Badehotels entfernt liegt, jeden Tag ein paar Minuten reinen Vergnügens zu gönnen, indem ich mit ein paar Stückchen Brot die Möwen füttere. Sie sind nicht zu jeder Tageszeit da und sind, auch wenn sie da sind, nicht immer zu sprechen. Es gibt Zeiten, da sitzen sie in langer Reihe auf dem Dach des städtischen Thermalbades, bewachen die Brücke und warten darauf, daß einer der Vorübergehenden stehenbleibe, Brot aus der Tasche ziehe und es ihnen zuwerfe. Die Jugendlichen und Akrobaten unter ihnen haben es dann gern, wenn man ihnen die Brotbrocken in die Höhe wirft, sie halten sich, solang es nur glücken will, über dem Kopf des Brotspenders schwebend, man kann jede einzelne beobachten und dafür sorgen, daß möglichst jede an die Reihe kommt; man ist dann von einem betäubenden Gebrause und Geblitze umbrandet, einem wirbelnden und knatternden Schwarm heftigen Lebens, bestürmt und umworben steht man in der weißgrauen flügelnden Wolke, aus der ohne Pause die kurzen schrillen Schreie schießen. Eine Anzahl bedächtigerer und unsportlicher Möwen jedoch findet sich jedesmal, welche dem Getümmel fernbleiben und gemächlich in der Tiefe überm strömenden Limmatwasser kreuzen, wo es ruhig zugeht und wohin doch immer noch dies und jenes Bröckchen Brot hinabfällt, das den wetteifernden Akrobaten oben entgangen ist. Andre Tageszeiten gibt es, da ist hier keine Möwe zu sehen. Sei es, daß sie einen Ausflug unternommen haben, eine Schul- oder Vereinsreise, sei es, daß weiter limmatabwärts eine besonders reichliche Fütterung stattfinde, sie sind allesamt verschwunden. Und dann gibt es wieder Stunden, da ist das Möwenvolk zwar vorhanden, aber es sitzt weder auf Dächern, noch drängt es sich überm Kopf des Fütternden, sondern es schwärmt und lärmt wichtig und aufgeregt dicht über dem Wasser ein Stück flußabwärts. Da hilft kein Winken noch Brotwerfen, sie pfeifen darauf, sie sind beschäftigt, mit Vogel- und vielleicht auch mit Menschenspielen, mit Volksversammlung, Rauferei, Stimmabgabe, Börse, wer weiß womit, und du könntest sie nicht mit Körben voll Leckerbissen von ihren aufregenden und wichtigen Geschäften und Spielen weglocken.

Als ich diesmal auf die Brücke kam, saß auf dem Geländer ein schwarzer Vogel, eine Dohle von sehr kleiner Statur, und da sie bei meinem Näherkommen nicht aufflog, pirschte ich mich, immer langsamer, Schrittchen um Schrittchen auf sie zu, und sie zeigte weder Furcht noch auch nur Mißtrauen, nur Aufmerksamkeit und Neugierde, sie ließ mich bis auf einen halben Schritt herankommen, musterte mich aus munteren Vogelaugen und legte den graulich überpuderten Kopf auf die Seite, als wollte sie sagen: »Na, alter Herr, da staunst du!« Ich staunte in der Tat. Diese Dohle war an den Umgang mit Menschen gewohnt, man konnte mit ihr sprechen, und schon kamen auch ein paar Leute vorbei, die sie kannten und mit »Salut, Jakob« begrüßten. Ich suchte sie auszufragen und habe seither manche Auskünfte über Jakob bekommen, die aber alle voneinander etwas abwichen. Die Hauptfrage blieb unbeantwortet: wo der Vogel zu Hause und wie er zu dieser Vertrautheit mit uns Menschen gekommen sei. Einer meinte, er sei gezähmt und gehöre einer Frau in Ennetbaden. Andre sagten, er treibe sich frei herum, wo es ihm passe, fliege auch manchmal durch ein offenes Fenster in eine Stube, picke etwas Eßbares oder rupfe ein herumliegendes Strickzeug in Fetzen. Ein Welscher, offenbar ein Vogelkenner, stellte fest, er gehöre zu einer seltenen Dohlenart, die seines Wissens nur in den Fryburger Bergen vorkomme und dort in den Felsen lebe.

Ich habe dann die Dohle Jakob bald allein, bald mit meiner Frau beinahe jeden Tag angetroffen, begrüßt und mich mit ihr unterhalten. Einmal trug meine Frau Schuhe mit einem ins Oberleder geschnittenen Muster, dessen Löcher ein Stückchen Strumpf durchschimmern ließen. Diese Schuhe, und vor allem diese Strumpfinselchen, interessierten Jakob sehr; er ließ sich auf den Boden nieder, zielte mit funkelnden Augen und pickte mit Leidenschaft hinein. Viele Male habe ich ihn auf dem Arm und auf der Schulter sitzen gehabt, er hat mich in den Mantel und Kragen, in die Wange und in den Nacken gepickt und am Rand meines Hutes gezerrt. Brot schätzt er nicht, wird aber doch eifersüchtig und manchmal richtig böse, wenn man es in seiner Gegenwart an die Möwen verteilt. Nüsse oder Erdnüsse nimmt er und pickt sie geschickt aus der Hand des Gebers. Am liebsten aber pickt, rupft, zerkleinert und zerstört er irgend etwas, stellt sich mit einem Fuße drauf und hackt mit dem Schnabel rasch und ungeduldig drauflos, auf ein zerknülltes Papier, einen Brissagorest, ein Stückchen Karton oder Stoff. Und all dies wieder, man spürt es, geschieht nicht allein um seiner selbst willen, es geschieht auch der Zuschauer wegen, deren er stets einige und oft viele um sich versammelt. Er hüpft vor ihnen am Boden oder auf dem Brückengeländer hin und her, freut sich des Zulaufs, flattert einem der Zuschauer auf den Kopf oder auf die Schulter, läßt sich wieder auf die Erde nieder, studiert unsre Schuhe und pickt kräftig in sie hinein. Das Picken und Rupfen, Zerren und Zerstören macht ihm Spaß, er tut es mit spitzbübischem Vergnügen, aber das Publikum gehört auch dazu, es muß bewundern, lachen, aufschreien, sich durch seine Freundschaftsbeweise geschmeichelt fühlen und dann wieder erschrecken, wenn er in Strümpfe, Hüte, Hände pickt.

Die Möwen, die doppelt so groß und vielmal so stark sind wie er, fürchtet er nicht im geringsten; manchmal fliegt er mitten zwischen ihnen hoch empor. Und sie tun ihm nichts. Einmal ist er, der Brot kaum anrührt, kein Konkurrent und Spielverderber für sie, und dann ist er, wie ich vermute, auch für sie ein Phänomen, etwas Seltenes, Rätselhaftes und ein wenig Unheimliches. Er ist allein, er gehört keinem Volk an, gehorcht keiner Sitte, keinem Befehl, keinem Gesetz; er hat das Dohlenvolk verlassen, wo er einer von vielen war, und hat sich dem Menschenvolk zugewandt, das ihn bestaunt und ihm Opfer bringt, dem er als Hanswurst und Seiltänzer Dienste tut, wenn es ihm paßt, über das er sich lustig macht und von dessen Bewunderung er doch nicht genug bekommen kann. Schwarz, frech und einsam sitzt er zwischen den hellen Möwen und den bunten Menschen, der einzige seiner Art, durch Schicksal oder eigenen Willen volklos und heimatlos; keck und scharfäugig sitzt er, bewacht den Verkehr auf der Brücke und hat Freude daran, daß nur wenige achtlos vorbeilaufen, daß die meisten eine Weile, und oft eine lange Weile, seinetwegen stehenbleiben, ihn anstaunen, sich über ihn die Köpfe zerbrechen, ihn Jakob nennen und sich nur zögernd zum Weitergehen entschließen. Er nimmt die Menschen nicht ernster, als es einer Dohle zukommt, und doch scheint er sie nicht entbehren zu können.

Wenn ich, was sehr selten geschah, mit ihm allein war, konnte ich ein wenig mit ihm sprechen, in einer Vogelsprache, die ich als Knabe und Jüngling im jahrelangen vertrauten Umgang mit unserm Papagei teils erlernt, teils erfunden hatte und die aus kurzen melodischen Tonfolgen mit gutturalem Klang bestand. Ich beugte mich dem Vogel Jakob entgegen und besprach ihn in meinem Halbvogeldialekt in brüderlichem Ton, er legte den schönen Kopf zurück, hörte gerne zu und machte sich seine Gedanken dabei, aber unversehens kam der Schelm und Kobold wieder in ihm obenauf, er schwang sich auf meine Schulter, krallte sich fest und hämmerte mit spechtartigem Klopfen seinen Schnabel in meinen Hals oder meine Wange, bis es mir zuviel wurde und ich mich durch eine rasche Bewegung befreite, worauf er sich mir gegenüber aufs Geländer setzte, belustigt und zu neuen Spielen bereit. Zugleich aber bestrich er nach beiden Seiten den Gehsteig mit raschen Blicken, ob nicht neues Menschenvolk im Anmarsch und neue Triumphe für ihn zu ernten seien. Er kannte seine Lage genau, seine Macht über uns große plumpe Tiere, seine Einzigkeit und Auserwähltheit mitten in einem fremden ungeschlachten Volk, und er genoß es sehr, der Seiltänzer und Schauspieler, wenn es um ihn herum dicht und dunkel wurde von bewundernden, gerührten oder lachenden Riesen. Bei mir zum mindesten hatte er erreicht, daß ich ihn gern hatte und daß ich, wenn ich ihn besuchen kam und nicht vorfand, enttäuscht und traurig war. Ich interessierte mich für ihn stärker als für die Mehrzahl meiner Mitmenschen. Und so sehr ich die Möwen schätzte und ihre schönen, wilden, heftigen Lebensäußerungen liebte, wenn ich von ihnen umflattert stand, sie waren keine Personen, sie waren ein Volk, eine Schar, und wenn ich auch bei genauem Hinsehen eine von ihnen als Einzelwesen betrachten und bewundern konnte, so erkannte ich sie doch niemals wieder, wenn sie einmal aus meinem Blickfeld entglitten war.

Nie werde ich erfahren, wo und auf welche Weise Jakob seinem Volk und der Sicherheit seiner Anonymität entfremdet worden ist, ob er sein außerordentliches und ebenso tragisches wie glänzendes Schicksal selbst gewählt oder gewaltsam erlitten hat. Wahrscheinlicher ist das letztere. Vermutlich wurde er ganz jung, verwundet vielleicht oder noch unflügge aus dem Nest gefallen, von Menschen gefunden und mitgenommen, gepflegt und aufgezogen. Doch ist unsre Phantasie nicht immer mit dem Wahrscheinlichen zufrieden und spielt gerne auch mit dem Entlegenen und Sensationellen, und so habe ich mir außer jener wahrscheinlichen auch noch zwei andre Möglichkeiten ausgedacht. Es war denkbar oder doch phantasierbar, daß dieser Jakob ein Genie und von früh an nach einem übernormalen Grade von Individuation und Differenzierung lüstern war, daß ihm von Leistungen, Erfolgen und Ehrungen träumte, welche das Dohlenleben und Dohlenvolk nicht kannte, daß er darüber zum Outsider und Einzelgänger wurde, daß er wie Schillers Jüngling der Brüder wilde Reih'n floh und allein irrte, bis die Welt ihm durch irgendwelchen glücklichen Zufall jene Tür ins Reich des Schönen, der Kunst, des Ruhmes öffnete, von der alle jungen Genies seit jeher träumen.

Die andre von mir erdachte Fabel aber war diese: Jakob war ein Tunichtgut, ein Lausbub und Schlingel gewesen, was das Geniewesen ja keineswegs ausschließt. Er hatte Vater und Mutter, Geschwister und Verwandte, hatte schließlich die Gesamtheit seines Volkes oder doch seiner Siedlung durch seine frechen Einfälle und Streiche erst verblüfft und zuweilen ergötzt, hatte schon früh für einen Tausendsasa und gerissenen Kerl gegolten, war frech und frecher geworden und hatte am Ende Vaterhaus, Nachbarschaft, Volk und Rat so geärgert und gegen sich aufgebracht, daß er feierlich und mit Bannfluch aus der Gemeinschaft ausgestoßen und gleich dem Sündenbock in die Wüste getrieben wurde. Doch waren ihm, ehe er verschmachtete und umkam,

Menschen begegnet, und er hatte, seine natürliche Furcht vor den plumpen Riesen überwindend, sich ihnen genähert und angeschlossen, sie bezaubert durch sein munteres Wesen und seine Singularität, deren er ja längst bewußt war, und hatte so den Weg in die Stadt und Menschenwelt und in ihr seinen Platz als Spaßvogel, Schauspieler, Sehenswürdigkeit und Wunderkind gefunden. Er war geworden, was er heute ist: Liebling eines zahlreichen Publikums, umworbener Charmeur namentlich älterer Damen und Herren, Menschenfreund ebenso wie Menschenverächter, monologisierender Artist auf dem Podium, Sendbote einer fremden, den plumpen Riesen unbekannten Welt, Hanswurst für die einen, dunkle Mahnung für die andern, belacht, beklatscht, geliebt, bewundert, bemitleidet, ein Schauspiel für alle, ein Problem für die Nachdenklichen.

Wir Nachdenklichen – denn es gibt ohne Zweifel außer mir noch viele – richten unsre Gedanken und Vermutungen, unsern Wissens- und Fabuliertrieb aber nicht nur auf die rätselhafte Herkunft und Vergangenheit Jakobs. Seine die Phantasie so sehr anregende Erscheinung zwingt uns, auch seiner Zukunft manche Betrachtung zu widmen. Und wir tun dies zögernd und mit einem Gefühl von Abwehr und Trauer; denn das mutmaßliche und wahrscheinliche Ende unsres Lieblings wird ein gewaltsames sein. Mögen wir noch so sehr versuchen, uns einen natürlichen und friedlichen Tod für ihn auszumalen, etwa in der warmen Stube und Pflege jener sagenhaften Frau in Ennetbaden, der er »gehören« soll, so spricht doch alle Wahrscheinlichkeit dagegen. Ein aus der Freiheit und Wildnis, ein aus der Geborgenheit in einer Gemeinschaft und Sippe unter die Menschen und in die Zivilisation geratenes Tier mag sich noch so begabt der fremden Umwelt anpassen, es mag noch so genial alle Vorteile seiner einzigartigen Lage wahrnehmen, diese Lage birgt dennoch so unzählige Gefahren, daß es ihnen schwerlich entgehen wird. Man schaudert, wenn man beginnt, sich auf das Imaginieren dieser furchtbaren Gefahren einzulassen, vom elektrischen Strom bis zum Eingesperrtsein in einer Stube mit Katze oder Hund oder dem Gefangenwerden und Gequältwerden durch grausame Buben.

Es gibt Berichte von Völkern der Vorzeit, die sich jedes

Jahr einen König wählten oder auslosten. Da wurde ein hübscher, namenloser und armer Jüngling, ein Sklave vielleicht, plötzlich mit Prachtgewändern angetan und zum König erhoben, Palast oder Prunkzelt der Majestät empfingen ihn, dienstbereite Dienerschaft, schöne Mädchen, Küche, Keller, Marstall und Orchester, das ganze Märchen von Königtum, Macht, Reichtum und Pracht wurde dem Erwählten zur Wirklichkeit. So lebte der neue Herrscher festliche Tage, Wochen, Monde, bis ein Jahr um war. Da wurde er gebunden, zur Richtstätte geführt und geschlachtet.

An diese Geschichte, die ich vor Jahrzehnten einmal gelesen habe und deren Glaubwürdigkeit nachzuprüfen ich weder Gelegenheit noch Verlangen habe, an diese glänzende und grausige, märchenschöne und todtrunkene Geschichte mußte ich manchmal denken, wenn ich Jakob betrachtete, wie er Erdnüsse aus Damenhänden pickte, ein zu täppisches Kind mit einem Schnabelhieb zurechtwies, meinem papageiischen Schwatzen interessiert und etwas gönnerhaft zuhörte oder vor einem Parterre von entzückten Zuschauern eine Papierkugel zerpflückte, indem er sie mit den Krallen eines Fußes festhielt, während sein eigensinniger Kopf und sein sich sträubendes graues Kopfgefieder gleichzeitig Zorn und Vergnügen auszudrücken schienen.

(1951)

Kaminfegerchen

Am Karnevals-Dienstagnachmittag mußte meine Frau rasch nach Lugano. Sie redete mir zu, ich möchte mitkommen, dann könnten wir eine kleine Weile dem Flanieren der Masken oder vielleicht einem Umzug zusehen. Mir war es nicht danach zumute, seit Wochen von Schmerzen in allen Gelenken geplagt und halb gelähmt spürte ich Widerwillen schon beim Gedanken, den Mantel anziehen und in den Wagen steigen zu müssen. Aber nach einigem Widerstreben bekam ich doch Courage und sagte zu. Wir fuhren hinunter, ich wurde bei der Schiffländе abgesetzt, dann fuhr meine Frau weiter, einen Parkplatz zu suchen, und ich wartete mit Kato, der Köchin, in einem dünnen und doch spürbaren Sonnenschein, inmitten eines lebhaft, aber gelassen flutenden Verkehrs. Lugano ist schon an gewöhnlichen Tagen eine ausgesprochen fröhliche und freundliche Stadt, heute aber lachte sie einen auf allen Gassen und Plätzen übermütig und lustig an, die bunten Kostüme lachten, die Gesichter lachten, die Häuser an der Piazza mit menschen- und maskenüberfüllten Fenstern lachten, und es lachte heut sogar der Lärm. Er bestand aus Schreien, aus Wogen von Gelächter und Zurufen, aus Fetzen von Musik, aus komischem Gebrüll eines Lautsprechers, aus Gekreische und nicht ernst gemeinten Schrekkensrufen von Mädchen, die von den Burschen mit Fäusten voll Konfetti beworfen wurden, wobei die Hauptabsicht offenbar die war, den Beschossenen möglichst einen Haufen der Papierschnitzel in den Mund zu zwingen. Überall war das Straßenpflaster mit dem vielfarbigen Papierkram bedeckt, unter den Arkaden ging man darauf weich wie auf Sand oder Moos.

Bald war meine Frau zurück, und wir stellten uns an einer Ecke der Piazza Riforma auf. Der Platz schien Mittelpunkt des Festes zu sein. Platz und Trottoirs standen voll Menschen, zwischen deren bunten und lauten Gruppen aber außerdem ein fortwährendes Kommen und Gehen von flanierenden Paaren oder Gesellschaften lief, eine Menge kostümierter Kinder darunter. Und am jenseitigen Rande des Platzes war eine Bühne aufgeschlagen, auf der vor einem

Lautsprecher mehrere Personen lebhaft agierten: Ein Conférencier, ein Volkssänger mit Gitarre, ein feister Clown und andre. Man hörte zu oder nicht, verstand oder verstand nicht, lachte aber auf jeden Fall mit, wenn der Clown wieder einen wohlbekannten Nagel auf den wohlbekannten Kopf getroffen hatte, Akteurs und Volk spielten zusammen, Bühne und Publikum regten einander gegenseitig an, es war ein dauernder Austausch von Wohlwollen, Anfeuerung, Spaßlust und Lachbereitschaft. Auch ein Jüngling wurde vom Conférencier seinen Mitbürgern vorgestellt, ein junger Künstler, Dilettant von bedeutenden Gaben, er entzückte uns durch die virtuose Nachahmung von Tierstimmen und anderen Geräuschen.

Höchstens eine Viertelstunde, hatte ich mir ausbedungen, wollten wir in der Stadt bleiben. Wir blieben aber eine gute halbe Stunde, schauend, hörend, zufrieden. Für mich ist schon der Aufenthalt in einer Stadt, unter Menschen, und gar in einer festlichen Stadt, etwas ganz Ungewohntes und halb Beängstigendes, halb Berauschendes, ich lebe wochen- und monatelang allein in meinem Atelier und meinem Garten, sehr selten noch raffe ich mich auf, den Weg bis in unser Dorf, oder auch nur bis ans Ende unsres Grundstücks, zurückzulegen. Nun auf einmal stand ich, von einer Menge umdrängt, inmitten einer lachenden und spaßenden Stadt, lachte mit und genoß den Anblick der Menschengesichter, der so vielartigen, abwechslungs- und überraschungsreichen, wieder einmal einer unter vielen, dazugehörig, mitschwingend. Es würde natürlich nicht lange dauern, bald würden die kalten schmerzenden Füße, die müden schmerzenden Beine genug haben und heimbegehren, bald auch würde der kleine holde Rausch des Sehens und Hörens, das Betrachten der tausend so merkwürdigen, so schönen, so interessanten und liebenswerten Gesichter und das Horchen auf die vielerlei Stimmen, die sprechenden, lachenden, schreienden, kecken, biederen, hohen, tiefen, warmen oder scharfen Menschenstimmen mich ermüdet und erschöpft haben; der heiteren Hingabe an die üppige Fülle der Augen- und Ohrengenüsse würde die Ermattung und jene dem Schwindel nah verwandte Furcht vor dem Ansturm der nicht mehr zu bewältigenden Eindrücke folgen. »Kenne ich, kenne ich«, würde hier Thomas Mann den Vater Briest zitieren. Nun, es war, wenn man sich die Mühe nahm, ein wenig nachzudenken, nicht allein die Altersschwäche schuld an dieser Furcht vor dem Zuviel, vor der Fülle der Welt, vor dem glänzenden Gaukelspiel der Maja. Es war auch nicht bloß, um mit dem Vokabular der Psychologen zu sprechen, die Scheu des Introvertierten vor dem Sichbewähren der Umwelt gegenüber. Es lagen auch andre, gewissermaßen bessere Gründe für diese leise, dem Schwindel so ähnliche Angst und Ermüdbarkeit vor. Wenn ich meine Nachbarn ansah, die während jener halben Stunde auf der Piazza Riforma neben mir standen, so wollte es mir scheinen, sie weilten wie Fische im Wasser, lässig, müde, zufrieden, zu nichts verpflichtet; es wollte mir scheinen, als nähmen ihre Augen die Bilder und ihre Ohren die Laute so auf, als säße nicht hinter dem Auge ein Film, ein Gehirn, ein Magazin und Archiv und hinterm Ohr eine Platte oder ein Tonband, in jeder Sekunde beschäftigt, sammelnd, raffend, aufzeichnend, verpflichtet nicht nur zum Genuß, sondern weit mehr zum Aufbewahren, zum etwaigen späteren Wiedergeben, verpflichtet zu einem Höchstmaß an Genauigkeit im Aufmerken. Kurz, ich stand hier wieder einmal nicht als Publikum, nicht als verantwortungsloser Zuschauer und Zuhörer, sondern als Maler mit dem Skizzenbuch in der Hand, arbeitend, angespannt. Denn eben dies war ja unsre, der Künstler, Art von Genießen und Festefeiern, sie bestand aus Arbeit, aus Verpflichtung, und war dennoch Genuß – so weit eben die Kraft hinreichte, soweit eben die Augen das fleißige Hin und Her zwischen Szene und Skizzenbuch ertrugen, soweit eben die Archive im Gehirn noch Raum und Dehnbarkeit besaßen. Ich würde das meinen Nachbarn nicht erklären können, wenn es von mir verlangt würde, oder wenn ich es versuchen wollte, so würden sie vermutlich lachen und sagen: »Caro uomo, beklagen Sie sich nicht zu sehr über Ihren Beruf! Er besteht im Anschauen und eventuellen Abschildern lustiger Dinge, wobei Sie sich angestrengt und fleißig vorkommen mögen, während wir andern für Sie Feriengenießer, Gaffer und Faulenzer sind. Wir haben aber tatsächlich Ferien, Herr Nachbar, und sind hier, um sie zu genießen, nicht um unsern Beruf auszuüben wie Sie. Unser

Beruf aber ist nicht so hübsch wie der Ihre, Signore, und wenn Sie ihn gleich uns einen einzigen Tag lang in unseren Werkstätten, Kaufläden, Fabriken und Büros ausüben müßten, wären Sie schnell erledigt.« Er hat recht, mein Nachbar, vollkommen recht; aber es hilft nichts, auch ich glaube recht zu haben. Doch sagen wir einander unsre Wahrheiten ohne Groll, freundlich und mit etwas Spaß; jeder hat nur den Wunsch, sich ein wenig zu rechtfertigen, nicht aber den Wunsch, dem andern weh zu tun.

Immerhin, das Auftauchen solcher Gedanken, das Imaginieren solcher Gespräche und Rechtfertigungen war schon der Beginn des Versagens und Ermüdens; es würde gleich Zeit sein heimzukehren und die versäumte Mittagsruhe nachzuholen. Ach, und wie wenige von den schönen Bildern dieser halben Stunde waren ins Archiv gelangt und gerettet! Wieviel hunderte, vielleicht die schönsten, waren meinen untüchtigen Augen und Ohren schon ebenso spurlos entglitten wie denen, die ich glaubte als Genießer und Gaffer ansehen zu dürfen!

Eins der tausend Bilder ist mir dennoch geblieben und soll für die Freunde ins Skizzenbüchlein gebracht werden.

Beinahe die ganze Zeit meines Aufenthalts auf der festlichen Piazza stand mir nahe eine sehr stille Gestalt, ich hörte sie während jener halben Stunde kein Wort sagen, sah sie kaum einmal sich bewegen, sie stand in einer merkwürdigen Einsamkeit oder Entrücktheit mitten in dem bunten Gedränge und Getriebe, ruhig wie ein Bild, und sehr schön. Es war ein Kind, ein kleiner Knabe, wohl höchstens etwa sieben Jahre alt, ein hübsches kleines Figürchen mit unschuldigem Kindergesicht, für mich dem liebenswertesten Gesicht unter den hunderten. Der Knabe war kostümiert, er steckte in schwarzem Gewand, trug ein schwarzes Zylinderhütchen und hatte den einen seiner Arme durch ein Leiterchen gesteckt, auch eine Kaminfegerbürste fehlte nicht, es war alles sorgfältig und hübsch gearbeitet, und das kleine liebe Gesicht war ein wenig mit Ruß oder andrem Schwarz gefärbt. Davon wußte er aber nichts. Im Gegensatz zu allen den erwachsenen Pierrots, Chinesen, Räubern, Mexikanern und Biedermeiern, und ganz und gar im Gegensatz zu den auf der Bühne agierenden Figuren, hatte er keinerlei Bewußtsein davon, daß er ein Kostüm trage und einen Kaminfeger darstelle, und noch weniger davon, daß das etwas Besonderes und Lustiges sei und ihm so gut stehe. Nein, er stand klein und still auf seinem Platz, auf kleinen Füßen in kleinen braunen Schuhen, das schwarz lackierte Leiterchen über der Schulter, vom Gewoge umdrängt und manchmal ein wenig gestoßen, ohne es zu merken, er stand und staunte mit träumerisch entzückten, hellblauen Augen aus dem glatten Kindergesicht mit den geschwärzten Wangen empor zu einem Fenster des Hauses, vor dem wir standen. Dort im Fenster, eine Mannshöhe über unsern Köpfen, war eine vergnügte Gesellschaft von Kindern beisammen, etwas größer als er, die lachten, schrien und stießen sich, alle in bunten Vermummungen, und von Zeit zu Zeit ging aus ihren Händen und Tüten ein Regen von Konfetti über uns nieder. Gläubig, entrückt, in seliger Bewunderung blickten die Augen des Knaben staunend empor, gefesselt, nicht zu sättigen, nicht loszulösen. Es war kein Verlangen in diesem Blick, keinerlei Begierde, nur staunende Hingabe, dankbares Entzücken. Ich vermochte nicht zu erkennen, was es sei, das diese Knabenseele so staunen und das einsame Glück des Schauens und Bezaubertseins erleben ließ. Es mochte die Farbenpracht der Kostüme sein, oder ein erstmaliges Innewerden der Schönheit von Mädchengesichtern, oder das Lauschen eines Einsamen und Geschwisterlosen auf das gesellige Gezwitscher der hübschen Kinder dort droben, vielleicht auch waren die Knabenaugen nur entzückt und behext von dem sacht rieselnden Farbenregen, der von Zeit zu Zeit aus den Händen jener Bewunderten herabsank, sich dünn auf unsern Köpfen und Kleidern und dichter auf dem Steinboden sammelte, den er schon wie feiner Sand bedeckte.

Und ähnlich wie dem Knaben ging es mir. So wie er weder von sich selbst und den Attributen und Intentionen seiner Verkleidung noch von der Menge, dem Clownstheater und den das Volk wie in Wogengängen durchpulsenden Schwellungen des Gelächters und Beifalls etwas wahrnahm, einzig dem Anblick im Fenster hörig, so war auch mein Blick und mein Herz mitten im werbenden Gedränge so vieler Bilder immer wieder dem einen Bilde zugehörig und hingegeben, dem Kindergesicht zwischen schwarzem Hut und schwarzem Gewand, seiner Unschuld, seiner Empfänglichkeit für das Schöne, seinem unbewußten Glück.

(1953)

Ein Maulbronner Seminarist

Im Kloster Maulbronn, wo seit etwa anderthalb Jahrhunderten schwäbische Knaben als Stipendiaten wohnen und, zu evangelischen Theologen bestimmt, in Latein, Hebräisch, klassischem und neutestamentlichem Griechisch unterrichtet werden, tragen die Arbeitsräume dieser Knaben schöne, vorwiegend humanistische Namen; sie heißen etwa Forum, Athen, Sparta, und einer von ihnen heißt Hellas. In dieser Stube Hellas steht an zwei Wänden mit kleinen Zwischenräumen etwa ein Dutzend Arbeitspulte, an denen die Seminaristen ihre Schulaufgaben besorgen, ihre Aufsätze schreiben, ihre Wörterbücher und Grammatiken stehen haben, aber auch eine Photographie der Eltern oder der Schwester, und unter dem Pultdeckel werden neben den Schulheften auch Freundes- und Elternbriefe, Lieblingsbücher, gesammelte Mineralien und die eßbaren Gaben der Mutter aufbewahrt, die jeweils mit dem Wäschepaket kommen und das trockene Vesperbrot veredeln, ein Topf Konfitüre etwa oder eine haltbare Wurst, ein Glas Honig oder ein Stück Geräuchertes.

Ziemlich in der Mitte der Längswand, unter einer mit Glas gerahmten Zeichnung mit einer allegorisch-klassischen Idealfrauengestalt, dem Wahrzeichen der Stube Hellas, stand oder saß an seinem Pult in der Zeit um 1910 ein Knabe namens Alfred, ein Lehrerssohn aus dem Schwarzwald, ein Fünfzehnjähriger, der heimlich Gedichte machte und öffentlich wegen seiner glänzenden deutschen Aufsätze berühmt war; sie wurden des öfteren vom Repetenten der Klasse als Musterstücke vorgelesen. Im übrigen machte sich Alfred, wie mancher junge Poet, durch allerlei sonderlinghafte Züge und Gewohnheiten teils merkwürdig, teils unbeliebt; beim Aufstehen am Morgen war er meist der letzte seines Schlafsaals, der aus dem Bett zu bringen war; sein einziger Sport war das Lesen, auf Neckereien konnte er bald mit schneidendem Hohn, bald mit beleidigtem Schweigen und Sicheinkapseln antworten.

Unter den Büchern, die er am meisten liebte und beinahe auswendig wußte, war auch der Roman »Unterm Rad«, ein nicht geradezu verbotenes, von den Autoritäten aber wenig geschätztes Buch. Vom Verfasser dieses Buches wußte Alfred, daß er auch einmal, vor etwa zwanzig Jahren, Seminarist in Maulbronn und Bewohner der Stube Hellas gewesen war. Er kannte auch Gedichte dieses Verfassers und war heimlich gesonnen, in dessen Fußtapfen zu treten und ein bekannter und von den Philistern beargwöhnter Schriftsteller und Dichter zu werden. Allerdings war jener Verfasser von »Unterm Rad« einst nicht sehr lang im Kloster und in der Stube Hellas geblieben, er war entsprungen und hatte schwierige Jahre zu überstehen gehabt, ehe er seinen Kopf durchgesetzt hatte und ein sogenannter freier Schriftsteller geworden war. Nun, wenn Alfred bisher auch diesen Sprung ins Ungewisse nicht getan hatte, sei es aus Verzagtheit, sei es aus Rücksicht auf seine Eltern, wenn er Seminarist geblieben war und vielleicht in Gottes Namen auch noch Theologie studieren würde, einmal würde doch der Tag kommen, an dem er die Welt mit Romanen und Gedichten beschenken und an denen, die ihn heute verkannten, edle Rache nehmen würde.

Eines Nachmittags nun, während der Zeit der »stillen Beschäftigung«, hatte der Jüngling den Deckel seines Pultes hochgeschlagen, nach irgend etwas im Innern dieser Schatzkammer suchend, die neben dem Honigtöpfchen von zu Hause auch seine lyrischen und anderen Manuskripte barg. Er war in träumerischer Stimmung und fing an, die vielen mit Tinte oder Bleistift geschriebenen oder mit dem Taschenmesser eingekratzten Namen früherer Nutznießer dieses Pultes zu studieren, lauter Namen, die mit dem Buchstaben H begannen, denn die durch alle Stuben laufende Reihe der Schülerplätze war nach dem Alphabet geordnet, und die mittleren Pulte hatten durch Jahrzehnte immer Seminaristen gedient, deren Name mit H begann. Es war unter ihnen der verdienstvolle Otto Hartmann und auch jener Wilhelm Häkker, der heute im Kloster als Professor für Griechisch und Geschichte amtete. Und im gedankenlosen Starren auf das Durcheinander der alten Inschriften zuckte er plötzlich auf: Da stand in ungefüger Handschrift mit Tinte ins helle Holz des Pultdeckels gekritzelt ein Name, den er kannte und hochhielt, der mit H beginnende Name jenes Dichters, den er zum Liebling und Vorbild erkoren hatte. Also hier, genau an seinem, an Alfreds Pult hatte der merkwürdige Mann einst seine Lieblingsdichter gelesen und seine lyrischen Versuche geschrieben, in diesem Fach hatte er sein lateinisches und griechisches Wörterbuch, den Homer und den Livius stehen gehabt, hier hatte er gehockt und die Pläne für seine Zukunft ausgesponnen, von hier war er eines Tages zu jenem Spaziergang aufgebrochen, von dem er der Legende nach als Gefangener eines Landjägers anderntags zurückgekehrt war! War das nicht wunderbar? Und war es nicht wie ein Vorzeichen, ein Schicksalswink und hieß: Auch du bist ein Dichter und etwas Besonderes, Schwieriges, aber Kostbares, auch du bist berufen, auch du wirst einst der Stern junger Nachfolger und ihr Vorbild sein!

Kaum konnte Alfred das Ende der Schweigestunde erwarten. Die Glocke schlug an, alsbald kam Bewegung und Lärm in die stille Stube, Geschrei, Gelächter, Zuschlagen von Pultdeckeln. Ungeduldig winkte der Jüngling seinen nächsten Nachbarn heran, mit dem er sonst kaum etwas zu teilen pflegte, und als der nicht sofort herüber kam, rief er aufgeregt: »Du, komm, ich muß dir etwas zeigen.« Gelassen näherte sich der andere, und Alfred zeigte ihm begeistert die von ihm entdeckte Inschrift mit dem Namen des Mannes, der vor zwanzig Jahren hier gehaust hatte und im Kloster Maulbronn eine ganz eigene, leidenschaftlich umstrittene Berühmtheit genoß.

Aber der Kamerad war kein Dichter und kein Schwärmer, auch war er bei seinem Pultnachbarn an Phantastereien gewohnt. Ungerührt betrachtete er die Buchstaben, die ihm des anderen Zeigefinger wies, wandte sich ab und sagte mit einer Art spöttischen Mitleids nur: »Ach, den Namen hast ja doch du selber da hingemalt.« Erbleichend wandte Alfred sich ab, wütend über die Abfuhr und wütend über sich selber, daß er seinen Fund nicht hatte für sich behalten können und ihn gerade diesem Theodor hatte zeigen müssen. Man wurde nicht verstanden, man lebte auf einer anderen Ebene, man war allein. Lange fraßen der Groll und die Enttäuschung in ihm fort.

Von Alfreds Maulbronner Taten und Leiden ist uns weiter nichts bekannt, auch seine Aufsätze und Verse haben sich nicht erhalten. Doch wissen wir über den Ablauf seines späteren Lebens in großen Zügen Bescheid. Er durchlief die beiden Seminare, bestand jedoch die Aufnahmeprüfung ins Tübinger Stift nicht. Ohne Begeisterung, der Mutter zuliebe, studierte er Theologie, zog als Freiwilliger in den ersten Weltkrieg, kehrte als Feldwebel zurück, scheint aber nie im Kirchendienst gewesen zu sein, sondern wandte sich einer kaufmännischen Tätigkeit zu. Im Jahr 1933 machte er den großen Rausch nicht mit, setzte sich gegen die Hitlerleute zur Wehr, wurde verhaftet und vermutlich schmachvoll behandelt, denn nach der Entlassung erlitt er einen Nervenzusammenbruch und wurde kurzerhand in eine Irrenanstalt gesteckt, von wo seine Angehörigen keinerlei Nachricht mehr erhielten, außer im Jahre 1939 eine kurze Todesanzeige. Keiner seiner einstigen Mitseminaristen, keiner seiner Tübinger Bundesbrüder stand mehr mit ihm in Verbindung. – Vergessen aber ist er trotzdem nicht.

Durch Zufall erfuhr eben jener Theodor, sein Maulbronner Stubenkamerad und Pultnachbar, die traurige Geschichte seines erfolglosen Lebens und seines elenden Untergangs. Und da Alfreds Lieblingsdichter und Vorbild, der Autor von »Unterm Rad«, noch am Leben und erreichbar war, hatte Theodor das drängende Gefühl, es sei hier etwas gutzumachen und es müsse irgendwie und irgendwo das Gedächtnis dieses begabten Unglücklichen und seiner jünglingshaften Liebe zu jenem Dichter fortleben. Er setzte sich hin und schrieb jenem H. H., der in unvordenklicher Zeit Alfreds Vorgänger an jenem Pult in der Stube Hellas gewesen war, einen langen Brief mit der Geschichte seines armen Maulbronner Mitschülers. Es ist ihm gelungen, den alten Mann für seine Geschichte so zu interessieren, daß er, damit die Kunde vom Seminaristen Alfred noch eine Weile fortlebe, diesen Bericht aufgesetzt hat. Denn das Bewahren und Erhalten und der Protest gegen Vergänglichkeit und Vergessenheit gehören ja, neben andern, zu den Aufgaben des Dichters.

(1954)

Verschiedenes

Auf dem Eise

Damals sah mir die Welt noch anders aus. Ich war zwölfeinhalb Jahre alt und noch mitten in der vielfarbigen, reichen Welt der Knabenfreuden und Knabenschwärmereien befangen. Nun dämmerte schüchtern und lüstern zum ersten Male das weiche Ferneblau der gemilderten, innigeren Jugendlichkeit in meine erstaunte Seele.

Es war ein langer, strenger Winter, und unser schöner Schwarzwaldfluß lag wochenlang hart gefroren. Ich kann das merkwürdige, gruselig-entzückte Gefühl nicht vergessen, mit dem ich am ersten bitterkalten Morgen den Fluß betrat, denn er war tief und das Eis war so klar, daß man wie durch eine dünne Glasscheibe unter sich das grüne Wasser, den Sandboden mit Steinen, die phantastisch verschlungenen Wasserpflanzen und zuweilen den dunklen Rücken eines Fisches sah.

Halbe Tage trieb ich mich mit meinen Kameraden auf dem Eise herum, mit heißen Wangen und blauen Händen, das Herz von der starken rhythmischen Bewegung des Schlittschuhlaufs energisch geschwellt, voll von der wunderbaren gedankenlosen Genußkraft der Knabenzeit. Wir übten Wettlauf, Weitsprung, Hochsprung, Fliehen und Haschen, und diejenigen von uns, die noch die altmodischen beinernen Schlittschuhe mit Bindfaden an den Stiefeln befestigt trugen, waren nicht die schlechtesten Läufer. Aber einer, ein Fabrikantensohn, besaß ein Paar »Halifax«, die waren ohne Schnur oder Riemen befestigt und man konnte sie in zwei Augenblicken anziehen und ablegen. Das Wort Halifax stand von da an jahrelang auf meinem Weihnachtswunschzettel, jedoch erfolglos; und als ich zwölf Jahre später einmal ein Paar recht feine und gute Schlittschuhe kaufen wollte und im Laden Halifax verlangte, da ging mir zu meinem Schmerz ein Ideal und ein Stück Kinderglauben verloren, als man mir lächelnd versicherte, Halifax sei ein veraltetes System und längst nicht mehr das Beste.

Am liebsten lief ich allein, oft bis zum Einbruch der Nacht. Ich sauste dahin, lernte im raschesten Schnellauf an jedem beliebigen Punkte halten oder wenden, schwebte mit Fliegergenuß balancierend in schönen Bogen. Viele von meinen Kameraden benutzten die Zeit auf dem Eise, um den Mädchen nachzulaufen und zu hofieren. Für mich waren die Mädchen nicht vorhanden. Während andere ihnen Ritterdienste leisteten, sie sehnsüchtig und schüchtern umkreisten oder sie kühn und flott in Paaren führten, genoß ich allein die freie Lust des Gleitens. Für die »Mädelesführer« hatte ich nur Mitleid oder Spott. Denn aus den Konfessionen mancher Freunde glaubte ich zu wissen, wie zweifelhaft ihre galanten Genüsse im Grunde waren.

Da, schon gegen Ende des Winters, kam mir eines Tages die Schülerneuigkeit zu Ohren, der Nordkaffer habe neulich abermals die Emma Meier beim Schlittschuhausziehen geküßt. Die Nachricht trieb mir plötzlich das Blut zu Kopfe. Geküßt! Das war freilich schon was anderes als die faden Gespräche und scheuen Händedrücke, die sonst als höchste Wonnen des Mädleführens gepriesen wurden. Geküßt! Das war ein Ton aus einer fremden, verschlossenen, scheu geahnten Welt, das hatte den leckeren Duft der verbotenen Früchte, das hatte etwas Heimliches, Poetisches, Unnennbares, das gehörte in jenes dunkelsüße, schaurig lockende Gebiet, das von uns allen verschwiegen, aber ahnungsvoll gekannt und streifweise durch sagenhafte Liebesabenteuer ehemaliger, von der Schule verwiesener Mädchenhelden beleuchtet war. Der »Nordkaffer« war ein vierzehnjähriger, Gott weiß wie zu uns verschlagener Hamburger Schuljunge, den ich sehr verehrte und dessen fern der Schule blühender Ruhm mich oft nicht schlafen ließ. Und Emma Meier war unbestritten das hübscheste Schulmädchen von Gerbersau, blond, flink, stolz und so alt wie ich.

Von jenem Tage an wälzte ich Pläne und Sorgen in meinem Sinn. Ein Mädchen zu küssen, das übertraf doch alle meine bisherigen Ideale, sowohl an sich selbst, als weil es ohne Zweifel vom Schulgesetz verboten und verpönt war. Es wurde mir schnell klar, daß der solenne Minnedienst der Eisbahn hierzu die einzige gute Gelegenheit sei. Zunächst suchte ich denn mein Äußeres nach Vermögen hoffähiger zu machen. Ich wandte Zeit und Sorgfalt an meine Frisur, wachte peinlich über die Sauberkeit meiner Kleider, trug die Pelzmütze manierlich halb in der Stirn und erbettelte von meinen Schwestern ein rosenrot seidenes Foulard. Zugleich begann ich auf dem Eise die etwa in Frage kommenden Mädchen höflich zu grüßen und glaubte zu sehen, daß diese ungewohnte Huldigung zwar mit Erstaunen, aber nicht ohne Wohlgefallen bemerkt wurde.

Viel schwerer wurde mir die erste Anknüpfung, denn in meinem Leben hatte ich noch kein Mädchen »engagiert«. Ich suchte meine Freunde bei dieser ernsten Zeremonie zu belauschen. Manche machten nur einen Bückling und streckten die Hand aus, andere stotterten etwas Unverständliches hervor, weitaus die meisten aber bedienten sich der eleganten Phrase: »Hab' ich die Ehre?« Diese Formel imponierte mir sehr, und ich übte sie ein, indem ich zu Hause in meiner Kammer mich vor dem Ofen verneigte und die feierlichen Worte dazu sprach.

Der Tag des schweren ersten Schrittes war gekommen. Schon gestern hatte ich Werbegedanken gehabt, war aber mutlos heimgekehrt, ohne etwas gewagt zu haben. Heute hatte ich mir vorgenommen, unweigerlich zu tun, was ich so sehr fürchtete wie ersehnte. Mit Herzklopfen und todbeklommen wie ein Verbrecher ging ich zur Eisbahn, und ich glaube, meine Hände zitterten beim Anlegen der Schlittschuhe. Und dann stürzte ich mich in die Menge, in weitem Bogen ausholend, und bemüht, meinem Gesicht einen Rest der gewohnten Sicherheit und Selbstverständlichkeit zu bewahren. Zweimal durchlief ich die ganze lange Bahn im eiligsten Tempo, die scharfe Luft und die heftige Bewegung taten mir wohl.

Plötzlich, gerade unter der Brücke, rannte ich mit voller Wucht gegen jemanden an und taumelte bestürzt zur Seite. Auf dem Eise aber saß die schöne Emma, offenbar Schmerzen verbeißend, und sah mich vorwurfsvoll an. Vor meinen Blicken ging die Welt im Kreise.

»Helft mir doch auf!« sagte sie zu ihren Freundinnen. Da nahm ich, blutrot im ganzen Gesicht, meine Mütze ab, kniete neben ihr nieder und half ihr aufstehen.

Wir standen nun einander erschrocken und fassungslos gegenüber, und keines sagte ein Wort. Der Pelz, das Gesicht und Haar des schönen Mädchens betäubten mich durch ihre fremde Nähe. Ich besann mich ohne Erfolg auf eine Entschuldigung und hielt noch immer meine Mütze in der Faust. Und plötzlich, während mir die Augen wie verschleiert waren, machte ich mechanisch einen tiefen Bückling und stammelte: »Hab' ich die Ehre?«

Sie antwortete nichts, ergriff aber meine Hände mit ihren feinen Fingern, deren Wärme ich durch den Handschuh hindurch fühlte, und fuhr mit mir dahin. Mir war zumute wie in einem sonderbaren Traum. Ein Gefühl von Glück, Scham, Wärme, Lust und Verlegenheit raubte mir fast den Atem. Wohl eine Viertelstunde liefen wir zusammen. Dann machte sie an einem Halteplatz leise die kleinen Hände frei, sagte »Danke schön« und fuhr allein davon, während ich verspätet die Pelzkappe zog und noch lange an derselben Stelle stehen blieb. Erst später fiel mir ein, daß sie während der ganzen Zeit kein einziges Wort gesprochen hatte.

Das Eis schmolz, und ich konnte meinen Versuch nicht wiederholen. Es war mein erstes Liebesabenteuer. Aber es vergingen noch Jahre, ehe mein Traum sich erfüllte und mein Mund auf einem roten Mädchenmunde lag.

(1900)

Eine Billardgeschichte

Herr Oskar Anton Legager war ein vortrefflicher Billardspieler.

Wenn er im Storchen unter der Tür erschien, lief stets eine vor Eile und Höflichkeit atemlose Kellnerin herzu, um ihm Hut und Stock abzunehmen, während der Marqueur Herrn Legagers Queue aus dem verschlossenen Wandschranke holte und ihm mit tiefem Bückling überreichte. Sodann brachte er aus einer verschlossenen Schublade Herrn Legagers eigene Elfenbeinbälle, bürstete das für Herrn Legager reservierte Billard ab und zündete das Gaslicht an, während Legager seinen Wein oder Kaffee bestellte und seinen grauen Gehrock ablegte, denn er spielte stets in Hemdärmeln.

Sein Queue war ein Kabinettsstück, dick und doch leicht, nur 260 Gramm, aus dreifarbigem amerikanischem Holz gearbeitet, mit geripptem Griffe, ziselierten Ornamenten und weiß auf schwarz eingelegtem Monogramm, in welchem die Buchstaben O. A. L. kunstvoll ineinander verwachsen und von einem weißen Blätterkranz umflochten waren.

Auch seine Bälle waren von erster Qualität. Außerdem führte er eine eigene Sorte von teurer grüner Kreide, in einem praktischen Futteral aus Gummi, ebenfalls mit Monogramm versehen.

Wenn Legager seinen grauen Gehrock abgelegt, die Hände gewaschen und sorgfältig abgetrocknet und die Lederkappe seines Queue peinlich untersucht hatte, pflegte er mit herausfordernden Blicken umherzuschauen, während er die in Gummi gefaßte Kreide aus der Hosentasche zog. Dann kreidete er umständlich und wartete.

Gewöhnlich kam sogleich irgendeiner der Gäste und bot sich als Partner an. Herr Legager gab jedem Spieler fünfzig Punkte auf hundert vor. Außerdem spielte er, wenn sein Gegner schwach war, alle Bälle indirekt und jeden fünften Ball als Vorbänder. Trotzdem gewann er fast immer, pflegte jedoch daraus keinen Vorteil zu ziehen, sondern bezahlte stets die Hälfte des Spielgeldes und wurde äußerst ärgerlich, wenn jemand das nicht annehmen wollte.

»Sie glauben wohl, ich sei Professionsspieler?« sagte er dann mit unendlicher Geringschätzung.

Niemanden auf der Welt verachtete er so tief und leidenschaftlich wie die Billardspieler von Beruf. Er selber tat zwar jahraus jahrein nichts anderes als Billardspielen, aber er war Rentier und trieb das Spiel lediglich zu seinem Vergnügen. Er spielte nachmittags im Kasino, abends im Storchen, schlug jeden Gegner, und machte sich oft ein grimmiges Vergnügen daraus, die prahlerischen Turnierberichte in der Billardzeitung mit bitterem Hohn vorzulesen.

»Kolwanst in Breslau hat eine Serie von zwölfhundert gespielt. Kolwanst! Er soll doch kommen; er kann achthundert auf zweitausend vorhaben. Serien von tausend sind pöbelhaft, macht jeder Gassenbub, wenn er ein bißchen aufpaßt. Wo soll da das feine Spiel bleiben? Nein, jeder dritte Ball muß zwei Banden haben, so halte ich's.«

Und er machte mit dem Marqueur eine Partie Schindluder, wobei jeder dritte Ball Vorband haben muß und Serien unter neun nicht zählen. Er gab auch dem Marqueur fünfzig auf hundert vor.

Vor sieben Jahren war er zu einem Turnier nach Stößelfingen gefahren, vor vier Jahren nach Quedangerfelden, und beide Male war er erster Sieger gewesen und hatte ein Diplom mitgebracht, über das er sich unter Freunden recht lustig machen konnte.

»Ich kenne Leute«, sagte er, »die keine Serie über vierzig machen und doch viel bessere Spieler sind als diese sogenannten Professoren in Wien oder sonstwo.«

Eines Tages kam Herr Legager von seiner kleinen Sommerreise zurück. Er suchte seine bescheidene Zweizimmerwohnung auf, kleidete sich um, steckte seine Kreide in die Tasche und bummelte langsam nach dem Storchen. Es war abends acht Uhr.

Als er lächelnd und mit freundlich herablassendem Willkommnicken die Tür öffnete, stürzte ihm keine Kellnerin und kein Marqueur entgegen. Er blieb erstarrt stehen und blickte fassungslos in das veränderte Lokal. Das beste Billard, sein reserviertes Billard, war nicht frei! Es waren in weitem Abstande zwei Reihen Stühle darum gestellt, die alle von Zuschauern besetzt waren, und am Billard stand ein fremder, etwas korpulenter junger Herr und spielte allein. Dieser Herr hatte ein sehr schönes eigenes Queue, trug eine kleidsame, dünn schwarzseidene, Bluse und benahm sich sehr sicher und ein wenig kokett.

Erst als Herr Legager näher trat, bemerkte ihn der Marqueur und eilte auf ihn zu. Ohne auf das bitterböse Gesicht seines Stammgastes zu achten, zerrte er ihn mit sich und nötigte ihn auf den Stuhl in der ersten Reihe, den er selbst innegehabt hatte.

»Da können Sie was sehen«, flüsterte er; »was Exquisites, Herr Legager. Er spielt gerade seine Fünfhunderterserie in vorgezeichneten Feldern, nie mehr als zwei Bälle im gleichen Felde.«

»Wie heißt denn der Kerl?« fragte Legager scharf.

»Kerkelchen aus Berlin, der berühmte Kerkelchen. Er hat vor acht Tagen Daubenspeck in Zürich glänzend geschlagen. Sie haben es ja gewiß in den Blättern gelesen. Also das ist er. Ein Spiel hat er, ein Spiel! Sehen Sie nur!«

Der Berliner spielte seine Serie ziemlich rasch zu Ende. Legager beobachtete genau. Sein Spiel war tadellos sauber.

Kaum war er fertig, so drängte sich der Marqueur vor.

»Erlauben, Herr Professor, hier ist Herr Legager angekommen, unser erster Spieler. – Herr Legager.«

Herr Legager mußte nun wohl aufstehen und sich zu einer Art von Begrüßung entschließen. Kerkelchen benahm sich gegen den älteren, etwas steifen Herrn sehr nett, wenn auch ein bißchen gönnerhaft. Legager biß sich auf die Lippen.

»Machen wir eine Partie, Herr Legager? Ich gebe zweihundertfünfzig auf fünfhundert vor.«

»Danke schön, ich will nichts vorhaben. Aber ich möchte mit meinen eigenen Bällen spielen.«

»Meinetwegen«, lächelte der Weltmeister. »Sind es elfenbeinerne?«

»Ja, selbstverständlich.«

»O, ich spiele für mich immer mit Benzolinbällen. Sehr empfehlenswert. Das mit dem Elfenbein ist lediglich ein Vorurteil.«

Herr Legager wurde blaß und schwieg. Der Marqueur brachte seine Bälle her, rieb sie mit einem Tüchlein aus weißer Wolle ab und setzte sie aufs Tuch. Kerkelchen nahm einen davon in die Hand.

»Ich dachte mir's«, sagte er ruhig. »Sie sind zu schwer.«

»– zu schwer?«

»Ja, bester Herr. Dieser Ball wiegt mindestens 240 Gramm. 210 oder 200 wäre genug.«

»Mir sind die Bälle bis jetzt recht gewesen«, stieß Legager wütend heraus.

»O, bitte, es liegt ja nicht so viel daran. Wollen Sie beginnen?«

Herr Legager machte ein paar Bälle. Die Zuschauer paßten mit größter Spannung auf. Kerkelchen gewann rasch einen bedeutenden Vorsprung.

Beim dritten Fehlstoß legte Legager sein Queue aus der Hand.

»Wenn Sie erlauben, möchte ich aufhören. Ich bin heute durchaus nicht disponiert, komme eben von einer Reise zurück.«

Kerkelchen war einigermaßen erstaunt.

»Na, wie Sie wollen«, sagte er kühl. »Vielleicht spielen wir morgen miteinander. Ich bin immer disponiert.«

Man verabredete das Match auf acht Uhr abends und Herr Legager ging zornig davon, ohne den etwas bestürzten Marqueur, der ihm die Tür aufsperrte, eines Grußes zu würdigen.

Fast den ganzen folgenden Tag war er im Kasino und übte. Er sah etwas reduziert aus, denn der gestrige Ärger war ihm in den Magen gefahren und hatte ihm den ganzen Appetit verdorben. Diese verdammte Berliner Schnauze! Na, man würde ja sehen.

Abends acht Uhr waren alle Plätze im Storchen schon besetzt. Herr Legager wusch sich die Hände, ließ sein Queue abreiben und behandelte die Lederkappe mit einer Glaspapierfeile. Fünf Minuten nach acht Uhr kam Kerkelchen, grüßte fidel und vertauschte seine elegante Sommerjacke mit der schwarzseidenen Bluse. Er legte ein Stück Kreide auf den Billardrand.

»Wenn Sie gern meine gute Kreide mitbenützen wollen, Herr?«

Legager schüttelte nur den Kopf. Er begann zu spielen.

»Also Sie können die Hälfte vorhaben.«

Legager brauste auf. »Zum Teufel mit Ihrem Vorgebenwollen!«

Er hatte die Bedingung gestellt, daß jeder fünfte Ball indirekt und jeder zehnte als Vorbänder gespielt werden solle. Kerkelchen hatte freundlich dazu genickt.

Nach kurzer Zeit bemerkte Legager, daß er zurückblieb. Er war heillos aufgeregt und fand seinen ruhigen Stoß nicht wieder.

Als Kerkelchen auf dreihundert war, fing er an, Kunststückchen zu riskieren. Er erschwerte sich die Stöße, machte Einhänder, Fiedelstöße, Schlangenstöße.

Als er auf vierhundert war, gestattete er sich einige Witze. Legager rollte die Augen unter der geröteten Stirn und biß sich die Lippen wund. Er wußte, daß er schmählich verlieren müsse.

Bei 465 lächelte sein Gegner: »Na, jetzt werden wir's ja gleich haben.«

»Herrgottsternbomben«, schrie Legager außer sich, »lassen Sie die verdammten Witze, oder –!«

»Regen Sie sich doch nicht auf, Verehrtester. 467, 468, 469. So, jetzt der Vorbänder: links aus der Ecke, verkehrtes *effet*, drei Banden. Schön – 470, 471. Aha, der bleibt aus. Es ist an Ihnen.«

Die letzten zehn Bälle machte der Meister sämtlich als Vorbänder. Offenbar wollte er seinen Gegner verhöhnen. Und er blieb so ruhig! Im Publikum wurde mehrmals lebhaft Bravo gerufen. Jetzt war er fertig.

Er machte einen unerhört tiefen Bückling vor dem Besiegten. »Habe die Ehre, mein Herr. Ein andermal wieder. Die Hälfte Vorgabe, wie gesagt.«

Herr Legager war dunkelrot geworden. Als er sah, wie Kerkelchen die Achseln zuckte und lächelte, verlor er alle Haltung. Von verzweifelter Wut übermannt, nahm er seinen Billardstock verkehrt in die Hände, schwang ihn durch die Luft und wollte ihn auf den Schädel des Berliners niedersausen lassen. Aber da hatte man ihn schon von hinten gefaßt und ihm die Stange aus den Händen gewunden.

Sogleich war der gewandte Marqueur zur Hand. »Aber, Herr Legager, beruhigen Sie sich! Lieber Gott, jeder hat schließlich ’nmal Pech. Kommen Sie, nehmen Sie einen Kaffee.«

Aber Legager hatte sich schon losgemacht. Finster schlüpfte er in seinen Gehrock, während der Marqueur das Publikum beruhigte, und verließ den Saal.

Zitternd trat er auf die nächtige Straße, das Herz von Wut und Scham zerrissen, den Blick am Boden, laut vor sich hintobend und mit Stock und Fäusten agierend.

Ein Schutzmann hielt ihn an. Zornig fuhr er auf: »Was wollen Sie?«

»Schreien Sie gefälligst nicht so. Sie scheinen betrunken zu sein.«

Er riß sich los. Der Schutzmann faßte fester zu. »Wollen Sie wohl –?«

Aber Legager war nicht mehr zu bändigen. Er schlug dem Schutzmann mit der Faust ins Gesicht, dann mit dem Stocke auf den Helm, auf die Hände, auf den Rücken. Leute scharten sich um ihn, Hände erhoben sich, Pfiffe ertönten, und nach zwei Minuten wurde Herr Legager, überwältigt, zerschlagen und mit Handschellen gefesselt, von drei Schutzleuten abgeführt.

(1900)

Grindelwald

Der Schwindsucht zum Trotz hatte mein Freund Petrus Ogilvie fast die ganze Erde bereist, und ich, der ich mein Zigeunerleben auf Europa beschränkte, hatte ihn oftmals auf Reisen angetroffen. Kennen gelernt habe ich ihn, wenn ich nicht irre, in der Bahn zwischen Nürnberg und München, einen hageren Engländer von internationalen Manieren mit einem klugen, etwas bissigen Habichtsprofil und stillen, gutmütig ironischen Augen. Er gehörte zu den Unbefriedigten und trieb sich, da er wohlhabend war, als bescheidener Reisender in der Welt herum, erwarb sich gute Kenntnisse der Länder und Sprachen und hatte Sinn für die schönen, kleinen Abenteuer, die man nicht in Hotels und Bahnhöfen, sondern nur abseits im Volk, in Fischerhütten und Gebirgsherbergen erleben kann. Darin paßte er zu mir, und es traf sich, daß wir uns fast jedes Jahr einmal irgendwo unvermutet wiedersahen. Wir begegneten uns Sommers in Zermatt, wir fuhren einmal zusammen von Venedig nach Fiume, wir haben am Lido und in Rapallo miteinander gebadet und gerudert.

Nun war es über ein Jahr her, daß ich ihn nicht mehr gesehen hatte; ich wußte nicht, ob er noch lebe, und hatte ihn fast vergessen. Da traf mich jenen Winter in Basel ein Briefchen von ihm:

Grindelwald, Hotel Baer.

»Mein Bester! Ich höre, Sie seien in Basel. Wenn das wahr ist, und Sie noch der Alte sind, besuchen Sie mich doch für ein paar Tage oder Wochen! Ich war das ganze letzte Jahr so krank, daß der Arzt mir für diesen Winter nur die Wahl zwischen Davos, Grindelwald und dem Tode lassen wollte. Davos ist schrecklich, der Tod ist bitter; also fuhr ich im November hierher, und jetzt befinde ich mich seit Wochen so wohl wie Gott in Frankreich. Ich mache die tollsten Bergschlittenfahrten und bin eine der besseren Nummern auf dem Eisplatz. Aber es fehlt mir Gesellschaft. Hier sind ausschließlich Engländer, und Sie wissen, wie sehr ich meine Landsleute liebe. Die romanische Rasse fehlt durchaus; seit zwei Monaten habe ich kein Wort Französisch oder Italienisch gehört. Deutsch natürlich auch nicht. Also wollen Sie kommen? Wir werden schlitteln und eislaufen und uns amüsieren wie früher manchmal. Mich verlangt sehnlich nach Ihren philosophischen Gesprächen. Ihr

Petrus Ogilvie.«

Ich besann mich nicht lange. Zwei Tage später saß ich morgens im Zug und fuhr so eilig, als es der behagliche Winterfahrplan erlauben wollte, dem Berner Oberland entgegen. Erst von Interlaken an fand ich die Landschaft beschneit.

An einem bleichen Nachmittag mit starkem Schneefall kam ich in dem tief eingeschneiten Bergnest an. Gerade über der obersten schartigen Schroffe des Eiger hing hinter Schneewehen die Sonne weißlich fahl wie ein trüber Mond. Sonst war nichts zu sehen als ein blendendes Schneetreiben, das die Häuser und Hotels von Grindelwald nur wie hinter schweren Schleiern erkennen ließ, verwaschen und wesenlos wie Schatten ..... Trotz dieses Wetters fand ich Ogilvie nicht im »Bären«. Er sei wohl schlitteln gegangen. Ich nahm ein Zimmer und versuchte vergebens, mich in dem pompösen Riesenhotel heimisch zu fühlen. Auch ein Gang über die nächste Dorfstraße war unbefriedigend und langweilig. Es waren da, gerade wie im Sommer, die wohlbekannten, scheußlichen Holzbudiken, in deren Schaufenstern Gemshörner, Photographien, Bergstöcke, Holzschnitzereien und Bände der Tauchnitz Edition auslagen. Dieser ganze bunte und ärmliche Trödel sah in der weißen Einsamkeit des Gebirgswinters doppelt affektiert und langweilig aus. In einem dieser Läden wurde meine deutsch vorgebrachte Frage nach einer gewissen Zigarrensorte englisch beantwortet.

Als ich gegen Abend ins Hotel zurückkehrte, war mir der berühmte Sport- und Winterkurort gründlich verleidet. Im Bären war großer Ball angesagt, und ich hatte die heitere Aussicht, die halbe Nacht Tanzmusik, Lärm und Treppengepolter als Wiegenlied hören zu müssen. Wie viel lieber hätte ich die Nacht, gleich so vielen früheren, auf Stroh in einem stillen Bauernhause zugebracht.

Ich hatte gebeten, mich beim Diner neben Ogilvie zu setzen. Und kaum hatte ich Platz genommen, da erschien mein

Freund mit seinem gewohnten raschen Schritt neben mir, grunzte mir ein saures »*bon soir*« entgegen und erkannte mich erst, als ich lachend seine Hand ergriff. Ein froher Blick aus seinen schönen, klugen Habichtsaugen dankte mir und goß einen Hauch von Seele und Güte über sein scharf gefaltetes, herbes Abenteurergesicht.

»Sie da, Hesse?« rief er erfreut und vergaß fast zu essen vor Aufregung und Redeeifer, er sah nicht übel aus, entsetzlich mager zwar, aber zufrieden und frisch. Als ich auf meine unerfreulichen grindelwalder Eindrücke zu sprechen kam, lachte er lustig.

»Warten Sie bis morgen, wo wir vermutlich gutes Wetter haben werden! Und Schlitten gefahren sind Sie auch noch nicht. Übrigens, haben Sie Schlittschuhe mitgebracht?«

Nach der Mahlzeit kamen wir bei einer Partie Billard und später bei einer Flasche Bordeaux zu ruhigerer Aussprache. Nach seiner Gesundheit durfte ich, das wußte ich schon, nicht fragen. Dafür erhielt ich Auskunft über seine vorjährige Reise, über Wanderungen und Ritte auf Sizilien und Korsika, über einige Bekannte, über berühmte Frauen und Pferde. Und dann fing er ganz plötzlich an, vom Sterben zu sprechen.

»Wissen Sie, ich lernte hier allmählich ein paar von den Schwerkranken kennen. Mein Gott, die Leute leben und husten so hin, als stünde nichts dahinter. Aber einer davon ist anders. Ein englischer Pfarrer, lungenkrank, aber noch lange nicht im letzten Stadium. Er leidet an einer unglaublichen Todesfurcht, und jetzt, wo es mir selbst wieder so gutgeht, habe ich ordentlich Mitleid mit ihm. Na! Genug von ihm. Aber den Gedanken ans Sterben bin ich diese ganze Zeit her nie völlig losgeworden. Deshalb bat ich Sie auch zu kommen. *Vous comprenez, n'est-ce pas?* Sie haben mich ja früher gekannt – wann habe ich je an den Tod gedacht? *Jamais de la vie!* Es muß von dem friedlichen Leben herkommen. Unter unsicheren Kameltreibern oder bei Seestürmen – Sie sind ja einmal mitgewesen – hab' ich das nie gefühlt, und bei allerhand Revolverchosen war ich doch auch dabei.«

»Ich weiß noch nicht recht«, sagte ich, »wovon Sie reden. Ist es ein Angstgefühl oder –«

»Angst? O nein! Außerdem bin ich meiner Gesundheit wieder sicher, wohl für Jahre hinaus. Wie soll ich es ausdrücken? Etwa so: ich muß mir von Zeit zu Zeit vorstellen, daß eines schönen Tages der Eiger und das Wetterhorn wie sonst heruntersehen werden, ich aber bin nicht mehr da. Das ist es: nicht mehr da! Was heißt das eigentlich? Ich bin ja wohl noch da, im Sarg unterm Boden, aber der ganze Petrus Ogilvie, der ganze lustige Satan, der ich war, – was ist's damit?«

»Herrgott, Ogilvie, machen Sie sich wirklich darüber Gedanken? Soll ich Ihnen wieder einmal die ganze hübsche Leier vom Werden und Vergehen und Wiederwerden vorsingen? Sie sind doch kein Schuljunge mehr!«

»Allerdings nicht, Sie verstehen mich falsch. Übrigens – ist Ihre ganze schöne Naturphilosophie denn etwas anderes als Phrasendrescherei? Der Zellenstaat löst sich auf – oder: die Würmer fressen mich, das ist doch *tout à fait la même chose!* Ihr Philosophen müßt eine rührende Liebe zum Universum haben, dem ihr im Sterben euch so freundlich übergebt. Ich fühle nur: Herr Ogilvie, der ein flotter Mensch war und zu leben verstand, soll eines Tages nicht mehr leben dürfen.«

»Was heißt nicht mehr leben?«

»Ei, was wird das heißen! Ich weiß wohl, daß die in Herrn Ogilvie vorhandene Summe von Leben und Stoff auch nach seiner Auflösung irgendwie dasein und wirken wird – aber wo ist Herr Ogilvie selbst geblieben?«

»Er ist ein Präteritum geworden, wie König Artur oder Julius Cäsar. Einen mehr als subjektiven Todestrost hat übrigens kein Philosoph je gehabt, auch kein moderner!

Aber bester Ogilvie, es lebe das Präsens! Vor dem Schlafengehen wäre vielleicht noch ein letztes Glas Wein am Platz.«

Wir bestellten noch eine Flasche und trennten uns gegen Mitternacht in der besten Stimmung.

Am nächsten Morgen genoß ich einen Anblick, dessen Schönheit selbst mein durch unzählige Wanderfreuden verwöhntes Auge sättigte und beglückte. Der ganze Himmel war klar und von einem tiefen, fast veilchenfarbenen Blau, in welchem die reinen Umrisse der entferntesten Gipfel scharf und leuchtend hervortraten. Von den Wetterhörnern bis zur Schynigen Platte stand Berg an Berg klar und rein in der frischen, kräftigen Schneeluft; zwischen Wetterhorn und Mettenberg stand die Morgensonne, die niederen Schneefelder zur Rechten vergoldend, während die atlasweißen Mulden und Flächen des Männlichen im kühlen Silberglanz lagen. An dem prachtvollen, schwarzen Kegel des Tschuggen glaubte man die Felsritzen zählen zu können. Ich stieg im Dorfe bergauf, den laublosen, schönen Ahornen der Villa Bellary entgegen, denn von dort aus genießt man die morgendliche Bergaussicht schöner als irgend sonst wo.

Bald sah ich denn auch hinter der riesigen Nordwand des Eiger die schlanke, elegante Pyramide des Silberhorns vortreten, die östliche Seite blendend goldig von der Sonne beschienen. Bald darauf sprang der abenteuerliche Tschuggengipfel plötzlich ins Licht, dann folgten die milden, weichen Schneefelder des Männlichen. Diamantlichter blitzten da und dort mit jähem Glanz auf, blasse bläuliche Schatten liefen wie lebendige Adern über den Schnee. Das war der Hochgebirgswinter – Schnee, Felsen, Tannen und Hütten von einem strahlend schönen Himmel überblaut und von intensivem Licht überflutet. Das Licht feierte prahlende Feste auf dem reinen, fleckenlosen, seidig weichen Schnee, es glitt mit flüchtigen Blitzen über geründete Anhöhen, lief mit blankem Lachen über breite Flächen hinweg, schmiegte sich mild in weiche Mulden, drang scheu und spielend in die Tannenhaine und zeichnete lange Reihen von schlanken spitzen Wipfeln als graublaue Schatten auf den weißen Grund. Das ganze Bild war von einem zarten Anhauch reiner Frische überflogen, der mir in die Seele hinein wohl tat. Wer hat in der Stadt oder überhaupt im Tieflande eine Ahnung von diesen weltfernen Winterschönheiten?

Auf dem Rückweg begegnete ich Ogilvie, der auf meine begeisterten Loblieder mit einem zufriedenen Kopfnicken antwortete.

»Ja, da schauen Sie! Und im Januar haben wir es drei Wochen ununterbrochen so blau und klar gehabt wie heute.«

Er brachte mir einen kleinen, leichten Davoser mit. Ich war das Bergschlitteln von der Ostschweiz und vom Schwarzwald her gewohnt. So fuhren wir gleich die beliebteste Sportbahn, deren steiler Abschluß der »Niagara« heißt. Ich beobachtete dabei Ogilvie, der mit gerötetem Gesicht und fliegenden Haaren dahinsauste und um Jahre verjüngt erschien. Er hustete nicht, er spuckte nicht aus, er keuchte kaum, und ich fing selber an, an seine Genesung zu glauben. Später ging ich zum Eisplatz mit, wo mein Freund die Augen der Sportsmen auf sich zog. Ich verstehe nichts vom kunstmäßigen Eislauf, aber er schien mir einer der besten Läufer. Er lief nicht, sondern schwebte wie ein Vogel mit eleganter Balance in schönen, reinen, zuweilen kapriziös gebrochenen Halbbogen, deren Entstehung keine Kraft zu fordern, vielmehr mühelos aus dem straffen, sich wohlig wiegenden Körper zu kommen schien. Es war eine Lust, ihn anzusehen.

Nachmittags besuchten wir den oberen Gletscher, dessen blaugrüne Eiswogen kühl und seltsam unter dem in steifen Bärten über die Klippen hängenden Neuschnee hervorglänzten. Wir fuhren bequem auf unseren Davosern zurück bergabwärts, nahmen den Lunch auf dem Balkon und blieben dort bei einer guten Flasche Wein in der Sonne sitzen, bis uns der kühle, frische Abend ins Zimmer trieb. Petrus sprach diesmal nicht vom Sterben, er machte sogar Witze über unsere gestrige Unterhaltung. Bald aber begann er von Dingen zu sprechen, die mir aus seinem Munde wunderlich fremd und grotesk klangen. Ich hatte ihn über Frauen nie anders sprechen hören wie als über eine Sache, die man gelegentlich kauft, genießt und liegenläßt. Ich wußte von einigen seiner Liebesabenteuer, die zum Teil recht romantisch, aber alle kurz und schneidig waren, und von denen er selten, dann aber mit drastischer Ironie zu reden pflegte. – Und jetzt fand ich ihn verliebt, und zwar in ein Weib, das er schon vor vier Jahren gekannt und genossen hatte.

»Ja, schauen Sie«, sagte er, »das kommt von dem faulen Leben und vom Gesundsein. Es ist mir einfach zu wohl, und da doch der Überschuß irgendwo hinaus mußte, bin ich nun sentimental geworden. – Unterbrechen Sie mich nicht, es ist nicht anders. Seit zwei Monaten denke ich, zumal bei Nacht, an nichts in der Welt so viel, als an eine schöne Frau, in die ich mich vor vier Jahren ums Haar verliebt hätte. Mein Abenteuer mit ihr kennen Sie. Es ist die Florentinerin.«

»Die Mona Lisa?«

»Ja, wie ich sie damals nannte. Sie haben sie ja nicht gekannt. Das ist ein Weib! Weinen könnte man um sie! Seit ich so viel an sie denken muß, hat ihr Wesen für mich etwas so zärtlich Liebes, daß ich oft direkt poetisch werde. Nicht wahr, da lachen Sie?«

»Allerdings, Bester. Daß Sie noch solche Märchen erleben müssen, Petrus? Also, ich kondoliere.«

»Langsam, Verehrtester! Sie wissen ja erst die Hälfte. Es kommt noch viel schlimmer. Das ist so: der Arzt ist ja zwar höchst zufrieden mit mir, hält aber eine erhebliche Einschränkung meiner Reisen für notwendig. Ich müßte also künftig mindestens für die Hälfte des Jahres einen gesunden, ständigen Wohnort haben. Das wäre mir aber auf die Dauer einfach unerträglich, ohne daß, – na, es muß heraus – also, ohne daß ich heirate. Was sagen Sie nun?«

»Ich schweige.«

»Vor Schrecken?«

»Vor Schrecken.«

»Na, so schweigen Sie, Sie Weltmeister!«

Und eine Weile blieben wir still. Ich betrachtete sein kühnes, etwas verwittertes Gesicht, auf dem die Erregung arbeitete, und die hohen, zarten Schläfen, und den schön durchgebildeten, länglichen Schädel.

»So stehen die Dinge«, fuhr er fort. »Sie ist nämlich noch immer Witwe, vermutlich weil längst kein Vermögen mehr da ist. Im Frühjahr reise ich nach Florenz. Sie hat ja damals für mich geschwärmt. Sagte ich Ihnen, daß sie mich gern mit dem englischen Condottiere John Hawkwood verglich?«

Plötzlich brach er ärgerlich lachend ab. Es war indessen Nacht geworden, und er zog mich ans Fenster und wieder hinaus. Über den Fischerhörnern und dem kleineren Gletscher hing der halbe Mond am grünlich lichten Himmel. Es war so hell, daß man auf den Zacken des Wetterhorns zuweilen das gespenstische, silbrige Stäuben der Schneewehen sah. Wir beschlossen, noch einen Gang zu machen, und stiegen ein Stück weiter bergan gegen die Ällfluh. Es war bitter kalt geworden. Scharf und blauschwarz zeichnete das Mondlicht unsere stark verkürzten Schatten auf den Schnee.

Bei unserer Rückkunft ins Hotel fand ich ein Telegramm, das mich eilig nach Bern rief. Ich mußte anderntags in der Frühe nach Bern reisen, versprach aber, in längstens drei Tagen wieder hier zu sein.

In Bern hielt mich ein unerquickliches Geschäft immer wieder für einen Tag auf. Ärgerlich und ohne die Sache zum Abschluß gebracht zu haben, reiste ich am sechsten Tag nach Grindelwald zurück.

Ich fand Ogilvie nicht mehr im Hotel Baer. Er war plötzlich erkrankt und nach einem entlegenen Hause im Dorfe überführt worden. Dort lag er, als ich bei ihm eintrat, still im weißen Bett, von einer Krankenschwester gepflegt. Er hatte sich auf jenem kurzen Nachtspaziergang verdorben. Sein Gruß war kurz und fast grob, ich hatte den Eindruck, er schäme sich seines Krankseins. Nach einiger Zeit bat er plötzlich:

»Hören Sie, mein Schlitten steht noch im Bären, den sollen Sie mir holen. Sie sind so gut, nicht wahr? Ich brauche ihn ja jetzt nicht, aber wenn er nicht geholt wird, stiehlt ihn das Pack, darauf können Sie Gift nehmen. O, das Hotelgeschmeiß!«

Ich ging und holte den Schlitten ab. Es war ein hübscher, solider Davoser, und auf der Rückseite des Sitzes standen, in ungleichmäßigen Buchstaben eingebrannt, die Worte: »Gestohlen dem Herrn Petrus Ogilvie.« Ich mußte lachen, und Petrus lachte mit, als ich ihm die schwarzen Buchstaben zeigte.

»Nun wäre es beinahe schon wahr geworden«, sagte er. »Sie stehlen, diese Leute, sie stehlen alle.«

Er schien müde und lag bis gegen Abend im Halbschlummer. Ich ruhte indessen aus und blieb dann die Nacht bei ihm wach. Eine wunderliche Nacht! Er war so still, lächelte fortwährend und sprach nur zuweilen ein paar Worte – von Florenz. Nur zwei-, dreimal brach durch diese müde Heiterkeit ein Blitz seines früheren Wesens, ein herber Witz oder eine seiner bitter komischen Grimassen. Erst in den letzten Stunden – es war Vormittag geworden – begann er einzusehen, daß er sterben müsse. Der Arzt kam und erbot sich, zu bleiben, obwohl er nichts mehr für den Sterbenden tun könne. Ich bat ihn, zu gehen.

Dann hielt ich noch fast drei Stunden lang seine harte, braune Hand, die ich vor Jahren mehrmals beim Rudern bewundert hatte, einmal bei einem der bösen ligurischen Stürme, wo Ogilvie mitten in der Gefahr ein kleines, drolliges genueser Ulklied gesungen hatte. Wir sprachen wenig mehr. Aber wir sahen einander in die Augen und dachten an die vielen Fahrten und Wanderungen, die wir gemeinsam gemacht hatten, zwei ruhelose, heimatlose Menschen. Und als er zum letzten Male sprach, waren es die Worte:

»Sie sind ein guter Kerl. Wenn Sie gern meinen Schlitten haben wollen und die Schlittschuhe, als Andenken – – –«

Und als ich ihn beruhigen wollte, fuhr er fort: »Lassen Sie, Kamerad. Jetzt bin ich noch Herr Ogilvie und schenke Ihnen meinen Schlitten. Nachher werde ich ein Präteritum sein.«

(1902)

Der lustige Florentiner

Nicht weit vom Palazzo Pitti hatte ich eine jener seltenen kleinen Weinstuben entdeckt, die noch den einfachen, aber behaglichen alten Florentiner Typus haben und in denen der Chianti reiner, besser gekellert und billiger ist als in den modernen Osterien. Es war ein schmaler, niedriger Raum im Erdgeschoß, der von Möbeln nichts enthielt als die üblichen Marmortrinktische und zwei Dutzend dreibeinige Holzstühle. Dennoch sah die Stube durchaus nicht leer und nüchtern aus, denn unter der Decke liefen die ganzen Wände entlang zwei tiefe Regale, in denen eine Menge von Fiaschi, Bottiglien, Bottiglietten sowie Würste, Schinken, Körbchen mit Früchten dekorativ und verlockend ins Auge fielen. Die eine Ecke des Raumes war für leere Flaschen reserviert, die in großer Anzahl, teilweise zerbrochen, herumlagen. An der weißgetünchten Wand hing ein tüchtiger Kupferstich, die Badia vorstellend, neben einem lithographierten Porträt des unvermeidlichen Vittorio Emanuele.

Eines Abends brachte ich zwei Bekannte mit in diese Kneipe, einen Dresdener Maler und einen Heidelberger Studenten, der sich ein unmögliches Thema zu seiner kunstgeschichtlichen Dissertation ausgesucht hatte und nun schon seit zwei Monaten in Toskana bummeln ging, ohne die Belege für seine hinterm Ofen ersonnenen Kombinationen finden zu können. Wir ließen uns einen Fiasko Chianti geben und aßen unsere bescheidenen Salamibrötchen dazu, unser gewöhnliches Abendessen. Nur der Maler, der ein erkleckliches Reisestipendium genoß, leistete sich außerdem ein Gericht *Vermicelli al sugo*. Bei dem ausgezeichneten Wein entspannen sich bald die jugendlichen Gespräche, die seit Jahrzehnten in jedem italienischen Wirtshause alltäglich erklingen – über die Schönheiten der Kunst, über das Elend unserer heutigen Kultur und über die absolute Notwendigkeit, neue Lebensformen im Sinne einer künstlerischen Renaissance zu schaffen. Es wird bei solchen und ähnlichen Gesprächen von jungen Deutschen manche Nacht in Italien verbracht und mancher Fiasko Wein geleert; die klugen und genügsamen Italiener aber sitzen daneben und sehen sich die blonden, meist brillentragenden Reformatoren aus dem Norden mit unverhohlenem Spott und stummer Überlegenheit an.

Während ich zufrieden trank und schwieg und meine Cavour rauchte, und während der Maler, der erst heftig mitgesprochen hatte, die Karikatur einer liegenden Venus auf die blanke marmorne Tischplatte strichelte, redete der Kunsthistoriker allein und eifrig drauf los, schrie uns an, als wären wir an allen Übelständen schuld, und bewies, daß die ganze moderne Kunst einen blauen Teufel wert sei. Dabei richtete er zuweilen den Blick gegen den abseits hantierenden Wirt, der dann jedesmal einen Augenblick stillstand und den Redner mit bekümmerter Miene anstarrte, als hätte er dessen Klagen verstanden.

Ich hatte unterdessen die mit Bleistift und Kohle an die Wand gezeichneten Köpfe und Scherzbilder betrachtet. Unter diesen fiel mir nun plötzlich ein brillant gezeichneter, höchst grotesker Männerkopf auf. Ich trat näher und sah ihn mir genauer an. Eine Mischung von Stumpfsinn und Schlauheit, Gutmütigkeit und Lasterhaftigkeit lag auf den flott hingestrichenen Zügen des Kopfes, die verkniffenen Augen unter der starken Stirn konnten ebensowohl Schelmerei wie Trübsinn ausdrücken, die feste Unterlippe war von einer Holzpfeife links herabgezogen und ließ ein paar robuste Stockzähne sehen, deren auffallendes Hervorgrinsen der ganzen Zeichnung Charakter und Eigenart gab. Ich fragte den Wirt, wer das gezeichnet habe.

»Nicht wahr«, antwortete er, »ein schönes Stück! Wer es gemacht hat? Nun, der Herr Costa, Sie kennen ihn doch? Der berühmte Herr Costa.« Ich erinnerte mich, daß ein Maler dieses Namens allerdings in Florenz große Beliebtheit genoß. »Und schauen Sie, Herr«, fuhr der Wirt fort, »da hinten haben Sie die ganze Figur. Sie stellt einen meiner ältesten Gäste vor.« Die Zeichnung, vor die er mich führte, zeigte wirklich den Inhaber jenes Kopfes in ganzer Figur. Er stand auf kurzen, schinkenartigen Beinchen, in weiter Hose, in deren Taschen die Hände staken. Der Kopf war derselbe, die hölzerne Pfeife sog auch hier die Unterlippe schief, dazu trug er hier einen Hut, der mit grandioser Nonchalance auf dem mächtigen Schädel saß. Der Dresdener war zu mir getreten und lobte die lebendige, offenbar nur leicht karikierende Zeichnung; schließlich kam auch der Kunsthistoriker, dem die sonderbare Figur ein lautes Gelächter entlockte.

In diesem Augenblicke öffnete sich die Tür. Wir beachteten den Eintretenden nicht, der Wirt aber stürzte ihm entgegen und zerrte ihn am Arm zu uns her. »*Ecco, Signori, l'originale!*« rief er mehrmals, während er bald auf die Zeichnung, bald auf den Gast, den er noch immer am Arm festhielt, deutete. Wirklich erkannten wir in ihm sofort das Original des auffallenden Porträts, das uns nun der Wirt mit überschwenglicher Höflichkeit vorstellte. »Herr Ercole Aglietti, mein alter Freund – und hier deutsche Gäste, gelehrte und vornehme Herren.« Während er weiterschwatzte, schüttelten wir einander die Hände und baten den Ankömmling an unsern Tisch. Dort schenkte ich ihm ein Glas Chianti ein. Er dankte und trank langsam und kostend. »Unser Freund Wirt führt keinen schlechten Wein«, sagte er dann schmunzelnd, »aber seinen besten hat er euch nicht vorgesetzt.« Der Wirt beteuerte, ein besserer Wein als der, den wir tränken, sei in ganz Toskana nicht aufzutreiben. Herr Aglietti lachte, kniff die schlauen Äuglein zusammen und flüsterte dem Freund etwas ins Ohr. Darauf verschwand derselbe und kehrte mit einer staubigen Flasche zurück.

»Diesen Jahrgang, meine Herren, verkaufe ich an gewöhnlichen Tagen nicht. Sie müssen Herrn Aglietti dafür danken, daß er mich heute überredet hat, eine Flasche davon herauszugeben. Ich selbst, bei der Madonna, wage es kaum, am Feste des Täufers Giovanni ein Gläschen davon zu trinken.« (In der Folge machte er »mir zuliebe« diese Ausnahme jeden Abend.)

Unsere halbleere Flasche wurde zurückgenommen und wir ließen uns den wirklich vorzüglichen »uralten« Chianti kräftig schmecken. Dabei entlockten wir Aglietti allerlei Geständnisse. Wir erfuhren, daß er sechzig Jahre alt und von Geburt Pistojese sei, daß er früher wie eine Nachtigall gesungen habe und daß er noch heute eine Schwäche für guten Wein und schöne Frauen habe. Er war in allem das Urbild des alten, behäbigen Toskaners, der mit einem gelegentlich recht losen Maul eine rührende Gutmütigkeit und mit einem hochmütigen Lokalpatriotismus die zutraulichste Liebenswürdigkeit gegen Fremde, die ihm schmeicheln, verbindet. Auf unsere

Bitte begann er denn auch bald, aus seinem Leben zu erzählen, eine Geschichte um die andere, fließend und gewandt, wie ein Novellist von Beruf. Eine davon schrieb ich nachher auf – hier ist sie:

»Wie ihr wißt, findet jedes Jahr am Ostersamstag die große Feierlichkeit des *scoppio del carro* statt, wobei auf dem Domplatz und in allen daranstoßenden Straßen sich teils aus Florenz, teils aus Fiesole, Settignano, Prato und der ganzen Umgebung viele Tausende fromme und neugierige Zuschauer versammeln. Ich hatte die Festlichkeit Jahr für Jahr mitgemacht und ging auch diesmal beizeiten zum Dom. Ein deutscher Herr, welcher damals mein Nachbar und mir gut bekannt war, schloß sich mir an, denn er hatte den Scoppio noch nie gesehen. Da die Stufen der Domtreppe schon alle besetzt waren, überredete ich meinen Begleiter zu der kleinen Ausgabe des Eintrittsgeldes und bestieg mit ihm den Glockenturm des Giotto. Es war ein warmer Tag wie heute, darum stiegen wir bis aufs Dach, das trocken und erwärmt war, und setzten uns auf den schiefen Rand desselben, stemmten die Füße gegen die Brustwehr und hatten so einen bequemen Warteplatz. Man sieht von dieser Höhe aus die ganze Stadt, außerdem die Berge, Fiesole, San Domenico, San Miniato und die Talebene des Arno. Während wir den schönen Anblick genossen und das mitgebrachte Brot mit Limonaden verzehrten, erzählte mir der junge Herr eine Liebesangelegenheit, in welcher er mich um Rat und Beistand bat. In Prato drüben hatte er mehrmals ein sehr schönes Mädchen gesehen, hatte auch ihre Wohnung erfragt und ein paar Worte mit ihr gesprochen. Seither hatte er vergeblich sich ihr zu nähern versucht. Ich merkte bald, daß er nicht daran dachte, sie zu heiraten, sondern nur sein Vergnügen im Sinne hatte. Da ich aber an solchen Affären Freude hatte und wußte, daß er dabei gern einige Fünfernoten springen lassen würde, versprach ich, ihm beizustehen.

Indessen begann unten die Prozession und wir sahen zu, bis mit dem Schlag zwölf Uhr alle Glocken einfielen und das am heiligen Wagen reichlich angebrachte Feuerwerk mit großem Lärm und Rauch verbrannte. Vier weiße Stiere mit vergoldeten Hörnern zogen darauf den *carro* hinweg und die ungeheure Volksmenge lief auseinander. Auch wir verließen den Campanile und begaben uns in die Via del Sole, wo damals eine der besten Trattorien war. Nach Tisch beschloß ich, heute noch mir die Sache in Prato anzusehen, da vom Feste her ohne Zweifel viele Besucher dorthin zurückkehren und ich also leicht eine billige Fahrgelegenheit finden würde. So gab mir denn der verliebte Herr einiges Geld, nannte mir genau die Wohnung des Mädchens und ließ mich ziehen. Ich konnte umsonst auf einem stattlichen Wagen mitfahren und war also bald in Prato, ersparte außerdem das erhaltene Fahrgeld und befand mich daher in bester Laune. Deshalb hielt ich, in Prato angekommen, keine besondere Eile für nötig, sondern besuchte erst meinen Freund, welcher nahe beim Rathause wohnte. Ihr wißt, wie berühmt die *biscotti* (Backwerk) von Prato sind! Nun, mein Freund fabrizierte solche *biscotti* und machte damit sein gutes Geschäft. Heute hatte er auch wegen des Feiertages die Arbeit eingestellt und freute sich sehr, einen so fröhlichen Gesellschafter zu bekommen. Wir tranken in seinem Gärtchen Kaffee, plauderten und waren guter Dinge. Bald darauf kam auch seine Braut, ein wohlgewachsenes, sauberes Mädchen, jedoch keine sehr auffallende Schönheit. Ich mußte nun Gitarre spielen, singen und Geschichten erzählen, denn darin war ich damals stark und deshalb überall nicht wenig beliebt. Es gab noch *biscotti* und viele andere gute Dinge, so daß ich vor lauter Vergnügen meinen Herrn und seinen Auftrag völlig vergaß.

Gegen Abend, da das Mädchen nach Hause zum Essen zurückkehren mußte, begleiteten wir beide sie bis zu ihrer Türe. Ihre Mutter war Witwe und führte einen kleinen Kramhandel. Zu meinem Erstaunen kam mir hier alles merkwürdig wohlbekannt vor, bis mir plötzlich einfiel, daß ich just vor dem Hause stand, welches der Deutsche mir beschrieben hatte. Das Mädchen, dem er nachstellte, war also Giulia, die Braut des Bäckers, meines Freundes. Kaum hatte ich dies wahrgenommen und ein wenig überdacht, so nahm ich diesen beiseite und erzählte ihm die ganze Sache. Und obwohl er anfangs sehr dagegen war, überredete ich ihn doch, meinen Plan zu unterstützen.

Vier Wochen lang hat es gedauert. Der Verliebte hieß mich jeden Samstag Geschenke kaufen, so daß das schöne Silber mir froh im Sack erklang. Auch schrieb er zärtliche Briefchen und erhielt darauf freundliche, aber zögernde und vertröstende Antworten, die ich selbst verfaßte und von einer Freundin schreiben ließ. Von der ganzen Angelegenheit wußte das Mädchen in Prato kein Wort. Endlich, als mein Herr gar zu ungeduldig wurde, gestattete ich ihm einen Besuch in Prato, wobei ich dafür sorgte, daß er das Mädchen nicht zu sehen bekam. Er war wütend und ich mußte darauf denken, ein Ende zu machen. Vielerlei Pläne überlegte ich mit dem Bäcker, bis einer uns endlich gut schien. Wir beschlossen nämlich, den Liebhaber nächstens zu einem Ständchen zu veranlassen und dafür zu sorgen, daß er dabei Prügel bekäme, dann würde er sich das ganze Unternehmen leichter aus dem Kopfe schlagen. Der Plan war leicht auszuführen. Weil der gute Deutsche weder einen Ton singen, noch Gitarre spielen konnte, erbot ich mich, den Musikanten zu machen; für die Prügel wurden zwei Bekannte des Bäkkers bestellt. Und so kamen wir denn eines schönen Abends in den Hof der Signora. Ich stellte mich im Schatten auf und sang so schön, daß der Herr mein Tremolo höchlich bewunderte. Ich sang zwei lange Lieder durch und wollte eben das dritte anstimmen, als die Kellertür sich öffnete und zwei Burschen mit starken Rebstöcken hervorstürzten. Ich nahm mein Instrument unter den Arm und war in derselben Sekunde verschwunden, erwartete aber auf dem Domplatze vor dem Café meinen Herrn, der nach einer Viertelstunde keuchend dahin kam. Er war elend durchgeprügelt worden, blutete an einer Hand und sah im Gesichte schneeweiß aus. Doch verbiß er seinen Schmerz und fragte mich sogar mit Teilnahme, ob ich heil davongekommen sei. Ich antwortete, daß ich zwar einige schmerzliche Hiebe auf den Rücken erhalten hätte, doch unverletzt sei und der Madonna für unsere Rettung danke, da mit den Burschen von Prato bekanntlich nicht gut Kirschen essen sei. Übrigens hörte ich nun zu meiner großen Erleichterung, daß mein braver Herr von der Liebe und dem Prügeln genug habe und in seinem Leben diese Stadt des Unglückes nicht wieder zu sehen begehre. Damit schien mir der ganze Handel erledigt, mit dem ich durchaus zufrieden sein konnte. Das Beste folgte aber noch.

Andern Tages nämlich bekam ich den Auftrag, in der Wohnung des Freundes zu erscheinen. Natürlich glaubte ich, er habe nun die Sache durchschaut, würde mich schnöde behandeln und Rechenschaft über das Geld verlangen, das er mir für die Geschenke gegeben hatte. Aber ich hatte mich getäuscht. Er klopfte mir freundlich auf die Achsel, sagte, er sei für meine gestrige Musik und für die Schläge, die mich getroffen hätten, noch in meiner Schuld und drückte mir ein ganz schönes Stück Geld in die Hand. Bei Gott, so sonderbar wie damals ist mir nie mehr zumute gewesen.

Jawohl, die Deutschen sind gute Leute, wie ich immer sage, deshalb allein, ihr Herren, habe ich euch auch heute den vorzüglichen Wein verschafft, den sonst kein Fremder je zu trinken bekommt.«

(1902)

Der Städtebauer

Es war, glaube ich, früher doch schöner als heute – früher, damit meine ich jene Jahre des Wartens und Hungerns, da unser einziger Besitz ein Paket ungedruckter Gedichte, abgewiesener Baupläne oder unleserlicher Artikel war. Jetzt sind wir Freunde von damals, soweit wir noch leben, alle »etwas geworden«, der eine Redakteur, der andere Professor, der dritte Zeichenlehrer und so weiter. Wir haben geheiratet, wir zahlen unsere Steuer und Miete und essen jeden lieben Tag satt und gut, wir genießen sogar das, was wir früher »Anerkennung« nannten und was so anders, so viel saurer und fader schmeckt als wirs uns damals träumten. Ja, wir sind zum Teil geradezu berühmte Herren geworden.

Damals! Damals waren wir noch Lumpen, aufgegebene und von inneren Missionaren aufgesuchte Verlorene, Stammgäste billiger Volksküchen und kleiner, namenloser Weinkneipen, Hungerleider und Schuldenmacher. Da gab es noch den »Klub der Entgleisten«, der obdachlos und von Gläubigern verfolgt von einem Wirtshäuslein ins andere flüchtete, um überall nach rasch erschöpftem Kredit wieder zu verschwinden. Wir waren Lumpen und Zigeuner, aber wir waren keine *»bohémiens«*, wir lagen nicht mit langen Locken und verlogenen Gesichtern in den Kaffeehäusern herum und spielten nicht im Interesse kleiner Anpumpereien die verkannten Genies. Denn so wüst wir zuzeiten auch taten, es war uns doch das Elendsein noch nicht zur Pose geworden, und jeder von uns saß in guten Stunden an seiner heimlichen Arbeit und verlor im stillen nie ganz die Zuversicht, er werde sich doch noch herausbeißen und die Welt zur Anerkennung zwingen.

Damals saß ich eines Abends in meiner kleinen, finsteren Stube und öffnete einen dicken Brief, in welchem mir eine Münchener Zeitschrift zwei Novellen und einige Gedichte mit freundlichstem Dank für die liebenswürdige Einsendung als leider nicht verwendbar zurückschickte. Es lag mir ferne, dem Redakteur darob zu grollen, denn ich war an dergleichen gewöhnt, auch lebte in unserem Kreise die Anschauung, ein Gedicht müsse schon schandbar schlecht sein, um von einer beliebten und honorarzahlenden Zeitschrift aufgenommen zu werden. Mit etwas bitterem Stolz legte ich meine Manuskripte in die Schublade zurück, zu den anderen. Ich hatte an jenem Tage außer einem Teller Kartoffeln keinerlei leibliche Genüsse gehabt, und je länger ich meinen Zustand bedachte, desto notwendiger schien es mir, heute abend noch einen rechtschaffenen Schoppen Wein zu trinken. Im »Helm« stand ich aus üppigeren Zeiten her noch in Ansehen, ich hatte dort nur unbedeutende Zechschulden und beschloß, diese heute um ein kleines zu vermehren. So lief ich in den »Helm« und ahnte nicht, welcher Freude ich damit entgegen ging.

In der engen, altmodischen Elsässer Weinstube fand ich beim Eintreten den von mir bevorzugten Tisch auf seltsame Weise besetzt. Es saß an der Breitseite ein junger, schmaler Mensch und hatte vor sich die ganze Tischfläche mit gewaltigen Papierstücken bedeckt, auf denen er eifrig zeichnete. Die Blätter bestanden aus braunem Packpapier, und kaum hatte ich sie gesehen, so wußte ich woran ich war und klopfte dem Zeichner fröhlich auf die Schulter.

»Städtebauer, was tust du hier?«

Der Städtebauer zog zuerst eine Linie zu Ende, eh er aufblickte. Dann glänzten mich seine guten, großen Kinderaugen freundlich an.

»Ich arbeite da etwas«, sagte er schüchtern.

»Ja, das seh ich. Aber wo kommst du her? Ich dachte, du wärest jetzt ungefähr in Rom.«

»Ach Rom! Nach Rom hat michs nie gezogen, weißt du. Ich bin bis Mailand gekommen, und da waren meine Stiefel kaput. Ein elendes Nest, das Mailand, weißt du, nichts als Kitsch. Ich kam auch mit dem Italienischen nicht recht zuweg.«

»Und da bist du umgekehrt?«

»Nun ja – das heißt, laß mich erst ausreden! Also Mailand war nichts. Aber da ist ja in der Nähe diese sogenannte Certosa, so zwischen Mailand und Pavia, bloß ein paar Stunden weit, mit einer furchtbar berühmten Fassade, soll das Schönste in ganz Oberitalien sein. Das wollte ich doch noch sehen. Ich lief also hin, die staubigste, flachste und langweiligste Landstraße der Welt, verirrte mich auch noch und kam also endlich in das Dorf. Torre heißt es, und die Certosa liegt so zehn Minuten davon. Na, die Fassade – was soll ich sagen? Romanisch oder so, sagt man. Sie ist auch ganz gut, im Ganzen, aber sonst der reine Raritätenkasten, mit lauter solchen klassischen Figuren und Porträtreliefs und Ornamenten. Alles klein, zierlich, miniatürlich, und dahinter kommt dann eine protzige Kirche und das Kloster. Ich dachte, so ein Kloster in Italien, so ein großes, reiches, da muß schon was dran sein. Aber nichts! Ein Geschachtel und Gewinkel, Kreuzgänge wie Kasernenhöfe, groß und flach und tot und langweilig. Und ich hatte noch einen Franken gezahlt fürs Ansehen.«

Er lachte ärgerlich.

»Da bin ich umgekehrt und über den Simplon heim. Es war ein Umweg, aber die Seen und all das malerische Zeug dort in Oberitalien hatte ich über. Im Wallis wars dann schön! Und jetzt bin ich wieder da.«

»Und sonst hast du von Italien nichts gesehen?«

»Nein, eigentlich nicht. Weißt du, die Architektur – das war mir verleidet, das meiste ist ja solche Renaissance. Und zu Fuß kommt man eben nicht recht vorwärts. Eins hätte ich gern gesehen, das Meer! Ich denke mir so eine Felsenküste, gelb und steil, es muß was drin stecken, etwas von Kampf und Versöhnung, Wucht, Stil. Aber es war noch weit, und dort um Genua herum ist doch alles versaut und verbaut mit Hotelnestern, da gab ichs lieber auf.«

»Ja. Und jetzt?«

»Ja so, ich will da Platz machen, daß wir trinken können.«

»Du hast schon wieder Arbeit vor?«

»Natürlich. Jetzt war ich doch zwölf Wochen unterwegs und kam zu nichts.«

»Was machst du denn Neues?«

»Ach, laß nur!«

»Nein, her damit! Wieder eine Stadt?«

»Mach doch keine Scherze, du! Ich kann ja schließlich nicht immer bloß Städte entwerfen.«

»Also was?«

Er lächelte und genierte sich, wie immer. Dann sagte er leise: »Ein Kloster.«

»Herrgott, Mann! Ein Kloster!«

»Ja, warum nicht?«

»Warum nicht! Man baut doch keine Klöster mehr.«

»Nicht? Aber das wäre doch einerlei. Man könnte es ja als Schule oder so verwenden, als Universität oder Institut, nicht?«

»Kann schon sein.«

»Nicht wahr? – Siehst du, das Schönste wäre ja, eine ganze Stadt oder ein Dorf zu machen, aber dazu kommt man doch nie! Ein einzelnes Haus ist ja nichts! Nun wäre so etwas wie ein Kloster die einzige Möglichkeit. Da könnte man etwas Ganzes, Überlegtes und Abgeschlossenes bauen, einen durchdachten Komplex, wuchtig und eins aus dem andern.«

»Wie bist du denn darauf gekommen?«

»Nun, wir sprachen ja davon. Dort bei Mailand.«

»Bei der Certosa?«

»Ja freilich. Man kann so etwas viel schöner machen. Schade, daß du nichts von Grundrissen verstehst. Ich habe da einen, der macht mir eine Riesenfreude.«

»Wir sehen ihn später an. Jetzt könnten wir aber einen Elsässer trinken. Hast du Geld?«

»Geld? Eine Menge. Ich hatte ja dreihundert Mark für die Reise, weißt du!«

»Ist davon noch was übrig?«

»Wo solls denn geblieben sein? Ich habe mindestens noch hundert Mark im Sack.«

»Dann bestell nur einen Liter.«

Die Blätter wurden abgeräumt und weggelegt, der Liter fuhr auf, und wir stießen an. Da stieg mir des Geldes wegen doch ein Argwohn auf. Der Städtebauer hatte von einer Stipendienverwaltung ganz unerwartet dreihundert Mark zu einem Studienausflug bekommen. Aber nun hatte er ja nur eine Fußreise von zwölf Wochen gemacht, nichts studiert und außer der Certosa und Mailand nicht einmal etwas gesehen.

»Du, das gibt aber noch Stänkereien mit der Kommission«, warnte ich. »Du mußt doch Studien vorlegen.«

»Das tu ich auch. Morgen gehts dran.«

»Hast du denn unterwegs gezeichnet?«

»Das nicht. Aber ich weiß doch, wie so ein Renaissancepalast ausschaut! Was anderes wollen die Herren nicht. Da mach ich nun eben in aller Ruhe daheim eine kleine Mappe voll, ein paar malerische Ansichten, ein paar Portale, Gesimse, Ornamente und Fensterbögen, und das wird vorgelegt.«

Ich war beruhigt und wir tranken unsern Liter in Frieden, der Städtebauer ließ mir sogar eine Portion Schinken bringen, und als ich merken ließ, daß ich noch durstig sei, bestellte er, obwohl er selber gar kein Zecher war, ohne Widerrede auch den zweiten Liter. Der solide Elsässer glänzte matt in den fußlosen Gläsern, mein Freund war lebhaft geworden und kam ins Reden. Er packte seine Papierstücke wieder aus, legte sie nebeneinander und zeigte mir den Plan seines Klosters. Seine Kinderaugen glänzten, seine hageren Finger fuhren leidenschaftlich über den Grundriß und ließen in drastischen Gebärden den ganzen Bau vor mir aufwachsen. Zwei aneinander lehnende Kirchen, eine große und eine kleinere, bildeten die Mitte und schlossen von zwei Seiten den nicht sehr großen Kreuzgang ein. Vorhallen, Refektorien, Lehrsäle, Wohnungen, Wirtschaftsgebäude und zwei Brunnen schlossen sich an, zwei gewaltige Türme schützten und zierten den Eingang, und hinten schloß ein ummauerter Park das Ganze ab.

Solange wir über den Plänen saßen, wollte es mir selber unbegreiflich scheinen, daß man heutzutage keine Klöster mehr baue. Mein Freund entwickelte aber nicht nur seine Baupläne. Er sprach von dem Leben, das in einer solchen klosterartigen Kolonie möglich wäre, die er sich von Künstlern und Gelehrten mit ihren Schülern bevölkert dachte. Er träumte von universal gebildeten, reineren Menschen, von edleren Bündnissen und Freundschaften, von schönerer und zarterer Geselligkeit, von lebendigerer Arbeit und bunteren, freudevolleren Festen als man sie heute kennt.

Ich vergesse nie, wie er dabei leuchtete und wie zart und ernst und eifrig seine leise Stimme klang! Das waren die Stunden, in denen er wahrhaft lebte. Wieviel phantastisch ungeheure Pläne hatte er gezeichnet, von Städten, von Dörfern, von künstlichen Inseln und Lagunenbauten! Und alle waren nur aus dem Trieb entstanden, seinen Kulturidealen und Zukunftsträumen eine sichtbare Folie zu geben; sie waren nur Rahmen zu Traumbildern, nur beiläufige Illustrationen zu seinem Lebensgedanken. Und noch nie war ihm eingefallen, dem Weltlauf nachzugeben, sein Ideal zu beschneiden, seine Pläne aufs Mögliche und Nützliche zu reduzieren. Lieber litt er Not, lebte von Zeichnungen für Zeitschriften, von Aushilfstunden und gelegentlichen Beiträgen in Fachblättern, als daß er der Wirklichkeit nachgab und schlechthin Architekt wurde, wie er hätte sein sollen. Was lag ihm daran, »einzelne Häuser« zu bauen!

Wir blieben bis spät in die Nacht beisammen. Er erzählte von seiner Reise, von Fußwanderungen durch Waldtäler und über Hochpässe, von Art und Lebensweise der Leute in fremden Gegenden.

Dann trennten wir uns fröhlich, und als wir uns nach einiger Zeit wiedersahen, war der Rest seines kleinen Reichtums dahin und er lebte wieder in der alten Enge. Ich war zu ihm gekommen, um einen Kaffee zu erlangen, aber er hatte auch keinen mehr und wußte selbst noch nicht, wo er heute würde essen können. Etwas enttäuscht wollte ich weiter gehen, da hielt er mich am Arm zurück und nahm mir den Hut ab.

»Nein, Junge, so ganz leer sollst du doch nicht abziehen. Warte mal!«

Und er holte ein Buch, zwang mich zu sitzen und las mir ein paar schöne Seiten aus Wolfram von Eschenbachs Parzival vor.

Ich möchte wissen, wo alle seine Zeichnungen und Entwürfe hingekommen sind. Er selber starb früh und unter traurigen Umständen, und ich erfuhr es erst, als er schon unterm Boden war. Oft, wenn ich an jene schönen kecken Jahre denke, sehe ich ihn und höre seine eifrige Stimme und habe das Gefühl, er sei uns allen ein guter Geist gewesen. Auch jetzt noch, wenn ich müde und in Gefahr bin nachzugeben und unsere Hoffnungen von damals Träume zu schelten, brauche ich nur an ihn zu denken – dann weiß ich wieder, daß wir doch recht hatten und daß es besser ist, sich treu zu bleiben und Zukunftsstädte zu träumen, als einzelne Häuser zu bauen.

(1905)

Erinnerung an Mwamba

Seit das graue Wetter herrschte und seit der vergnügte, schwindsüchtige Engländer in Port Said ausgestiegen war, wurden uns die Tage lang, die vielen Tage und Wochen an Bord, eine dumme Melancholie und fade Zerstreuungssucht und eine gewisse Globetrotter-Verkommenheit kam auf, ungern denke ich an jene zwei oder drei Wochen.

Eines Tages standen wir wieder etwas fröstelnd auf Deck herum, horchten auf die See und auf das Stampfen der Maschine. Der Himmel war von dicht gedrängten, wolligen, bleigrauen Wolkenschichten bedeckt, das Meer umgab uns von allen Seiten, leise in langen Dünungen wogend, fahl und traurig.

Vor uns auf einer Tonne saß Mwamba, der Neger »aus dem Innern«, dessen Amt an Bord es war, uns in faden Stunden etwas zu unterhalten durch Geschichtenerzählen und durch kleine Frechheiten, die er sagte, und durch sein drolliges Nigger-Englisch, das er absichtlich hie und da noch mit grotesken Fehlern schmückte. Er saß und rauchte Zigarren, wiegte sich im Takt der Maschine, rollte die Augen und erzählte in kleinen, geizigen Portionen. Für jede Geschichte bekam er eine Zigarre, was meistens gut bezahlt war, denn viele von seinen Geschichten taugten gar nichts, und unter anderen Umständen hätte kein Mensch ihm zugehört. So aber umstanden wir ihn zuhörend und ermunternd, alle gelangweilt, alle verdrießlich.

»Erzähle!« rief alle paar Minuten einer von uns und reichte ihm eine Zigarre.

»Danke, Herr. Ich erzähle. Ein Mann war krank und hatte Schmerzen in seinem Bauch, auf beiden Seiten, es tat ihm sehr weh. Er schrie immerfort, weil er Schmerzen hatte, dieser Mann. Da kam ein anderer Mann zu ihm, der brachte ihm zwei Pfund Affenschmalz. Und der kranke Mann aß das Affenschmalz auf. Es wurde ihm übel und er mußte erbrechen. Aber dann war er wieder ganz gesund.«

Er schwieg. Das war seine ganze Geschichte.

»Dummes Zeug erzählst du«, rief einer. »Hier, nimm, und

jetzt erzähl uns was Besseres, etwas von deinen eigenen Streichen, weißt du.«

»Gut. Ich erzähle. Vor langer Zeit, als ich noch ein schlechter Mensch war, habe ich, Mwamba, manche Streiche verübt. Jetzt ist Mwamba gut, und erzählt den weißen Männern viele Geschichten. Als ich noch ein Knabe war, da wollte ich nicht gern Mais mahlen und nicht gern den Sack tragen. Das Arbeiten schien mir keine gute Sache zu sein. Mein Vater war unzufrieden und gab mir nichts zu essen. Da ging ich im Dorf herum und nahm dies und jenes, und die süße Milch trank ich heimlich aus den Gefäßen oder auch von den Ziegen, aus den Gefäßen trank ich sie listig, von ferne, ich saß im Versteck und sog sie durch ein trokkenes Schilfrohr. Als ich elf Jahre alt war, hörte mein Vater von einem Dieb, der in einem anderen Dorf wohnte. Er war ein Meisterdieb, berühmt in seinem Gewerbe, und mein Vater beschloß, daß ich zu diesem Dieb kommen sollte, um sein Gewerbe zu lernen. Er brachte mich zu ihm und versprach ihm ein Lehrgeld zu geben, wenn er mich zu einem guten Dieb mache. Sie wurden einig, spuckten auf die Erde und schlugen einander auf den Rücken, und ich blieb bei dem Manne.«

Mwamba hielt inne, baumelte mit den Beinen und sah uns an.

»Weiter!« rief man ihm zu.

»Weiter, bitte«, sagte nun auch er, und streckte die Hand aus, bis ich eine kleine Münze darauf legte.

»Danke, Herr, Mwamba ist dankbar. Ich erzähle von dem Diebsmeister. Er war ein berühmter Meister, sagten die Leute. Ich blieb bei ihm, und er lehrte mich stehlen; aber ich lernte von ihm nichts Neues. Wir gingen umher und stahlen, aber oft ging es uns schlecht, und wir hatten wenig zu essen. Da liefen wir einmal umher und kamen auf den Weg, der durch den Wald führt. Wir sahen von ferne einen Mann kommen, der eine Ziege am Strick hinter sich führte. Und wir verbargen uns an der Seite des Weges.

Der Meister seufzte sehr und sagte: ›Wenn ich nur die Ziege bekommen könnte! Aber wie sollte ich sie bekommen? Niemals wird die Ziege mein werden!‹ Da lachte ich ihn aus und sagte zu ihm: ›Ich werde machen, daß die Ziege dein wird.‹ Da war er froh und tröstete sich. Und ich sagte zu ihm: ›Gehe hinter diesem Mann auf der Straße, bis du sehen wirst, daß er sein Tier anbindet und stehen läßt. Dann stiehl es und treibe es schnell aus dem Wald.‹ Der Meister gehorchte mir. Ich aber ging in den Wald hinein und versteckte mich, und als der Mann mit der Ziege kam, fing ich so an zu schreien wie ein Ziegenbock schreit. Der Mann hörte es und dachte, es habe sich ein Bock im Walde verlaufen, und um den Bock zu fangen, band er seine Ziege an einen Baum und verließ die Straße. Dann lockte ich ihn solange mit meinem Meckern im Walde, bis mein Meister die angebundene Ziege losgemacht und weggeführt hatte.

An einem entlegenen Orte traf ich den Diebsmeister an. Wir töteten unsere Ziege und zogen ihr das Fell ab, und da tat es mir leid, daß ich sie dem Meister überlassen und nicht für mich selbst gestohlen hatte. Alles ist wahr, was Mwamba sagt. Nun schickte mich der Meister an den Fluß hinüber, damit ich das Fleisch und das Fell wasche. Es war Abend geworden und dunkel. Und ich ging an den Fluß. Dort nahm ich das Ziegenfell und schlug mit einem Stock darauf los, daß es klatschte, und zugleich erhob ich ein lautes Jammergeschrei. Wollt ihr hören, wie Mwamba geschrien hat? Nicht? – Also nicht!

Mein Meister schrie herüber und fragte, was es gebe. Ich antwortete ihm klagend und rief um Hilfe und sagte, der Besitzer der Ziege sei mit noch einem Manne über mich hergefallen und drohe, mich tot zu schlagen, und er möge schnell kommen und mir helfen. Der Meister aber, als er das hörte, lief davon, um sich zu retten. Da brachte ich das Fell und das Fleisch der Ziege nach Hause zu meinem Vater.«

Er schwieg. Wir drängten ihn, weiter zu sprechen.

»Ich habe Durst«, sagte er. Ein Whisky wurde ihm versprochen.

»Ich fahre fort. Ich werde Whisky kriegen. O Herren, am folgenden Tag kam der Diebsmeister in unser Haus, um nach mir zu fragen. Als ich ihn kommen sah, bestrich ich mein Gesicht mit Ziegenblut und legte mich auf das Lager. Dann kam er und fragte, wie es mir ergangen sei, und ich beklagte mich sehr, aber das Fleisch hatten wir versteckt.

Mein Vater sagte, er solle mich wieder mitnehmen. Aber der Meister klagte, er könne mir nichts zu essen geben, und ich habe ohnehin genug gelernt. Aber daß ich ihn auch um die Ziege betrogen hatte, wußte er nicht. Da bezahlte ihm mein Vater etwas Lehrgeld, aber nur die Hälfte von dem Vereinbarten, und wir hatten die Ziege, und der Meister ging in sein Dorf zurück.«

»Ist das deine ganze Geschichte, Mwamba?«

»Es ist alles. Ich habe erzählt. Ich bekomme einen Whisky.«

So erzählte der Schwarze, und wir hörten ihm zu, lachten ein wenig über seine Ziegengeschichte und schenkten ihm einen Whisky. Er sah lustig aus, wie er uns dankbar angrinste, seinen lächerlichen Melonenhut schwang und mit den gelb und braun karierten Beinen an der Tonne trommelte. Seine Schuhe waren von rotem Segeltuch mit lackierten Riemen. Strümpfe trug er nicht. Oft tat er mir leid. Oft schämte ich mich für ihn, und ebenso oft schämte ich mich für uns. Oft machte er sich sichtlich über uns lustig. Ach Mwamba, wie oft habe ich später an dich gedacht! Und wie oft noch trieb mich die Unrast in ferne Länder, und wie oft noch stieß ich auf die selbe Enttäuschung, daß auch Reise, Fremde und neue Bilderfülle nicht heilen kann, was die Heimat krank gemacht hat!

Wir nickten unserem Nigger zu, und jeder von uns meinte es wahrscheinlich im Herzen ein wenig besser, gab sich aber Mühe, dem guten Mwamba gegenüber jenen häßlichen Ton einzuhalten, in welchem Weiße mit Schwarzen in den Kolonien sprechen. Und wir reckten unsere faulen Glieder, schlenderten ein wenig an Deck auf und ab, rieben uns die kühlen Hände und starrten dann wieder lange schweigend und mißmutig in die öde Weite, auf den wollig bewölkten Himmel und das graugläserne, fahl in der Ferne verdämmernde Meer.

(1905)

Aus den Erinnerungen eines Neunzigjährigen

Das nachstehende Kapitel entstammt dem Nachlaß eines im Alter von neunzig Jahren gestorbenen Mannes, eines Sonderlings und Einspänners vielleicht, der aber bis in seine letzten Jahre im Herzen jung geblieben und mir ein verehrter, lieber Freund gewesen ist. Seine umfangreichen Aufzeichnungen sind so rein persönlich und so gar nicht aktuell, daß ich heute diesen typischen Abschnitt dem Druck übergebe. Vielleicht finden Freunde einer stillen, dankbaren und heiteren Lebensbetrachtung sympathische Züge darin, wie denn mir selbst der Umgang mit dem Verfasser nicht nur lieb und wertvoll, sondern in mancher Hinsicht fürs Leben bestimmend gewesen ist. H.H.

Meine Mutter

Neben dem ganz eingesunkenen Hügel, dessen eisernes Kreuz meines Großvaters Namen trägt, liegt das schmale, mit Efeu überwachsene Grab, in das meine Mutter am 11. April des Jahres 1836 gelegt wurde. Sie soll lächelnd und lieblich im Sarg gelegen und ihre letzten Leidenstage soll sie wie einen Triumph der erlösten Seele begangen haben. Ich aber war damals in der Fremde, weit von Hause, und saß am Tag ihrer Beerdigung mit lustigen Kameraden im Wirtshaus; denn ich wußte noch nichts von ihrem Tode, dessen Kunde erst einen Tag später zu mir gelangte und bitteres Weh über mein unerfahrenes junges Gemüt brachte. Damals fühlte ich dunkel, daß mit ihr das beste Stück Heimat und Kindheit mir entrissen und in den tiefen Märchenbrunnen der Erinnerung und Sehnsucht gefallen sei. Ich fühle heute dasselbe, nur daß der Mutter seither noch viele Lieben und meine ganze Jugend nachfolgten, welches alles jetzt in goldenem Glanze fernab und unerreichbar liegt und mir beim Hinüberschauen das Herz mit wunderlich zartem Schmerz berückt.

O meine liebe Mutter! Ich habe von ihr ein kleines goldenes Medaillon mit meinem eigenen Haar darin, dem weichen lichtblonden eines Vierjährigen, dann noch zwei Bücher und ein paar Bilder, sonst nichts mehr als das Gefühl unverminderter Dankbarkeit und die Erinnerung an ihr überaus gütiges und edles Wesen. So will ich denn mir selbst zu einem Abendtrost das Wenige aufschreiben, das ich von ihr und zu ihren Ehren zu sagen weiß.

Als sich meine Mutter Charlotte, vermutlich ihrem Vater zuliebe, im Jahre 1800 zum erstenmal in ihrem Leben malen ließ, ist sie keinem Genie von Maler in die Hände gefallen, und das ist schade. Doch hat auch jener Handwerker oder Dilettant, der das blaßfarbene Aquarell damals anfertigte, die edle Form von Kopf, Hals und Schultern nicht ganz entstellen können. Ja, obwohl er die Fläche des Gesichts nicht zu modellieren verstand, blieb doch von der ungewöhnlichen Anmut und Lebendigkeit desselben ein Schimmer in seiner Arbeit zurück. Mit mehr Sorgfalt und Glück ist die Frisur à la Charlotte Corday, die rosaseidene Taille mit apfelgrünen Schulterschleifen und die schmale krause Rüsche, die den zarten Hals umschließt, zur Darstellung gekommen.

Das Urbild dieser schwächlichen Malerei war damals nicht nur der Stolz des Vaters, sondern auch Augenweide und umworbener Liebling der jungen Männerwelt, ebenso durch Schönheit und Witz wie durch ihren herrlichen Gesang stadtbekannt. Zu jener Zeit drängten sich im Hause des wohlhabenden Vaters bei zahlreichen Mittags- und Abendgesellschaften, musikalischen und literarischen Kränzchen die jungen Herren in farbigen Leibröcken, seidenen Westen und Wadenstrümpfen, mit Flötenetuis und Violinkästen, mit den neuesten Almanachen und Romanen um die schöne Tochter. Neben allen den inzwischen verschollenen Modepiècen wurden die süßen Sonaten Mozarts gespielt und wurde der Wilhelm Meister, der Titan, der Sternbald und der Alamontade gelesen. Man trieb, was eben Mode wurde, Kunstgeschichte nicht weniger als Physik, Theaterspielen so gut wie Schleiermachersche Religion. Bei allem Tändeln hatte die gut bürgerliche Geselligkeit jener Zeit eine seither völlig verschwundene wirkliche Eleganz, die im Vergleich mit heutigen Sitten oder Unsitten etwas fast Aristokratisches an sich hatte. Heute ist es guter Ton, daß reiche Leute sich Häuser in einer Art von Bauernstil bauen lassen, bald mehr englisch, bald mehr norwegisch; damals aber baute man noch Herrenhäuser, mit großem Entree und Lambris. Man legte Wert auf Geschmack in Kleidung, Sprache, Geste und Haltung – eine Sorgfalt, deren die heutige Welt zu ihrem Nachteil entraten zu können glaubt.

Meines Großvaters Haus war zwar nicht neu, aber mit seiner Louis-XV-Fassade und seinen festlich hohen Räumen herrschaftlich genug. Im Innern gab es Zimmer mit schweren polierten und eingelegten Möbeln, Büfetts mit imponierender Silbergalerie, Stuben mit schmalen hohen Spiegeln und schlanken, schweifbeinigen Spieltischen, oval gerahmten Porträts und muschelförmigen Genrestücken, Schlafgemächer mit hohen gewaltigen Bettladen aus Eichenholz, darüber an bronzierten Rahmen blaue Betthimmel hingen, Korridore mit schön geschmiedeten Wandleuchtern, mit Stukkatur am Plafond und Büsten auf den Konsolen. Dort bewegten sich neben perückentragenden und würdevollen Alten junge Herren mit natürlichem Haar, ausschweifend frisierte Damen, sauber livrierte Diener und haubentragende Mägde, über allen der Großvater selbst, den ich wohl bis in mein sechzehntes Jahr gekannt habe und der mir doch nun so alt und sagenhaft erscheint, als hätte ich nur von ihm gelesen oder sein Porträt einmal in einer Galerie des achtzehnten Jahrhunderts gesehen. Er trug einen kurzen gepuderten Zopf, dunkelblaue oder rostbraune Röcke, dunkle oder auch gelblich-weiße Beinkleider, schwarze Wadenstrümpfe und zierliche Schuhe mit großen silbernen Schnallen.

Dem Umstand, daß meine Mutter anno 1803 eine freilich bald wieder aufgelöste Verlobung einging, verdanke ich das Vorhandensein eines zweiten, besseren Bildnisses, welches für den Bräutigam angefertigt wurde und zwar kein Meisterwerk, doch auch kein schlechtes Porträt ist. Der Maler war ein französischer Monsieur Barbéza, der sich als Bildnismaler und Zeichenlehrer im Lande herum ernährte. Das stark nachgedunkelte Ölbild zeigt meine Mutter in halber Figur, in einen leichten weißen Stoff gekleidet und hoch gegürtet, in der sorgfältig gemalten Hand ein paar Nelken lose haltend. Das Gesicht der damals Vierundzwanzigjährigen ist klein, vornehm und schön; namentlich blicken die etwas großen rehbraunen

Augen mit den dunkelblonden, nicht hohen Brauen noch heute seelenvoll und jungendfrisch aus dem etwas trüb gewordenen Bilde heraus. Das Kinn ist jugendlich weich und hat noch nicht den energisch schönen Umriß, wie ich ihn an ihr kannte.

Weshalb jene Verlobung zurückgehen mußte, konnte ich nie erfahren. Der Bräutigam, ein Herr Lukas Silber, war wenig älter als die Braut und aus reichem Hause. Vielleicht zeigte sich schon damals das Vermögen meines Großvaters nicht mehr fest begründet – wenn dieses der Grund zur Trennung war, so ist sie gewiß für beide kein Unglück gewesen. Lukas Silber kam einige Jahre später elend genug ums Leben, indem ihn bei Gelegenheit einer großen Einquartierung ein napoleonischer Dragoner überritt.

Mehr weiß ich von dem Leben im großväterlichen Hause nicht. Im Jahre 1808 brach der Wohlstand des Großvaters plötzlich und unheilbar zusammen. Die schönen Möbel wurden verkauft, das Haus bald darauf auch, und so hatten sowohl musikalische als literarische Abendgesellschaften ein Ende. Großvater nahm seine blauen und braunen Kostüme, seine Puderquaste und seinen silberbeschlagenen Spazierstock mit und blieb nicht nur der Tracht, sondern auch dem würdigen Anstand seiner bessern Jahre bis ans Ende treu. Er bezog ein paar kleine Zimmer bei Freunden und bezwang bis zu seinem Tode durch die Unwandelbarkeit seines zierlich vornehmen Auftretens die öffentliche Meinung, welche sonst verarmten Leuten die Achtung entzieht. Er wurde noch fast zwei Jahrzehnte lang auf der Straße ganz mit dem ehemaligen Respekt gegrüßt und bot dem Bürgermeister seine Dose mit derselben scherzhaften Höflichkeit an wie vormals, da er ihn noch allmonatlich einmal zum Souper bei sich gesehen hatte. In die häuslichen Entbehrungen aber, in den Mangel an Gesellschaft im eigenen Hause, an Bedienung und Equipage, an Raum und Komfort fügte er sich schlicht und ohne viel Murren. Und als er im Sommer 1827 in hohem Alter starb, zeigte sich die Achtung und Anhänglichkeit der Bürgerschaft in dem stattlichen Leichengefolge und in der Menge von schönen Kränzen, die den Sarg bedeckten. Ja, ein alter Freund hatte dem der Familie zugehörigen Ruheplatz auf dem Friedhof einen Raum für zwei Gräber zugekauft und umgittern lassen.

Dort ruht er nun, und neben ihm meine Mutter, und schon an jenem Tage, da ich als Knabe seiner Beerdigung beiwohnte, tat es mir leid, daß nicht auch ich später einmal daneben würde liegen dürfen. Daß ich selber einmal so alt, ja älter als der verehrte Großvater werden sollte, dachte ich damals nicht.

Anno 1810 heiratete Charlotte einen hübschen, tüchtigen Schweizer, der sich seit kurzem als Kunstdrechsler und Elfenbeinschnitzer in der Stadt niedergelassen hatte. Ich war ihr erstes Kind und bin heute wie damals das einzige, da ich alle meine Geschwister überlebte. Trotz der ungünstigsten Zeitläufe brachte sich mein Vater durch seine Kunstfertigkeit und Erfindungsgabe nicht nur durch, sondern legte, als nur erst die schwierigsten Jahre überstanden waren, den Grund zu einem mehr als auskömmlichen Wohlstand. Er war ein feiner und kluger Mann, und meine Mutter nahm von den Traditionen ihrer glänzenden Jugendzeit so viel ins neue Leben mit, als eben tunlich und erfreulich schien, und so ward mir das Glück einer überaus heitern Kindheit zuteil. Durch den Großvater und dessen Erzählungen mit der Heimatstadt verwachsen und mit dem festigenden Gefühl bürgerlicher Zugehörigkeit versehen, war ich doch nicht durch den Besitz unzähliger Verwandter beängstigt, der gut bürgerliche Häuser oft mit einem kleinlichen Familiengeist erfüllt und den Kindern die Freiheit der Entfaltung und des Anschlusses an die Mitwelt verkümmert. Die Mutter hatte keine Geschwister, der Vater alle Verwandten in weiter Ferne, und ich darf sagen, daß der Mangel an Tanten, Onkeln, Cousinen und Cousins unserm Hause und mir zu keinem Nachteil geriet.

Von meinem vierten oder fünften Lebensjahr an kann ich mir das Bild meiner Mutter aus eigener Erinnerung vorstellen, und dieses Bild hat mit jenen zierlichen Mädchenporträts wenig mehr gemein. Weit näher kommt ihm die schöne Kreidezeichnung, die mein Vater anno siebzehn gemacht hat. In kräftigen Linien tritt der Umriß des feinen Kopfes heraus, im Profil, von einer Fülle wolligen Haares überwallt, mit leichtem Lächeln nach vorn gesenkt, wie ich sie unzähligemal gesehen habe, wenn sie erzählend und scherzend über einer Näharbeit saß. Das Bildchen, zu dem mein Vater einen hübschen schmalen Rahmen geschnitzt hat, hängt in meinem Zimmer und ist von mir, ehe ich diese Zeilen schrieb, lang und aufmerksam betrachtet worden. Darüber geschah es, daß ich die Feder weglegte und im Anschauen des mütterlichen Bildnisses verloren Zeit und Arbeit vergaß. Meine Seele flog ins Reich der Heimat und Kinderzeit zurück und badete die bestaubten Flügel in der Flut von Frieden, dessen Glanz auch auf den geliebten Zügen des teuren Bildes liegt. Und nun, da ich erwache, liegt das rote Licht der Abendsonne im Zimmer, auf Wand, Diele und Tisch und auf meinen welken Händen. Wie lang ist das alles her – so lang, daß es mir wie eine ferne beglänzte Höhe erscheint, an welcher ich nichts Einzelnes unterscheiden kann und die mich doch mit dem Zauber einer mächtigen Sehnsucht anzieht, der ich keine Worte weiß ...

Unvergeßlich sind mir die Stunden, in denen ich zuerst den Gesang meiner Mutter hörte. Es wurden zuweilen des Abends einige Freunde ins Haus gebeten, denen ein Glas Wein vorgesetzt ward und mit denen die Eltern plauderten, Bilder besahen und musizierten. Mit den Kränzchen von ehemals hatte das nichts mehr zu tun, auch nahm keine einzige Exzellenz oder sonstige Standesperson daran teil, vielmehr waren es schlicht häusliche Freundschaftsabende und das Gläschen Wein die einzige Bewirtung. Nur ein ältlicher Buchdrucker, den mein Vater sehr hoch schätzte, verlangte jedesmal einen Bissen Brot oder Zwieback dazu, da er »den Wein nicht so trocken hinuntertrinken könne«. Ich kleiner Bursche wurde zu Bett gebracht, ehe die Gäste kamen. Dann ertönte nach einer Weile das kleine Klavier des Vaters, das mich trotz seines mageren Tones mächtig anzog. Und dann plötzlich erhob sich über die verschlungenen Töne des Instruments die Stimme meiner Mutter, klar, mächtig, weich und voll wie ein warmer Strom von Liebe und Schönheit. Ich stiller Lauscher lag in mein Bettlein gekauert, ohne Regung vor atemlosem Entzücken, das mich bei jedem neuen Einsatz wie ein Schauder überrann. Einmal duldete es mich vor Wonne nicht länger in den Kissen; ich stand auf, schlich leise durch die Schlafkammer und schmiegte mich im Hemde an die Stubentür, um keinen Ton zu verlieren. Zufällig ward ich entdeckt, von jenem Buchdrucker zu meiner Beschämung in die Stube gezerrt und von den Eltern ausgescholten. Mama war ungehalten, mich, der sonst ihr Stolz war, so als unartigen Störenfried im

Hemde vor ihren Gästen stehen zu sehen und verbot mir solche Extravaganzen mit Nachdruck. Der Vater sagte nicht viel dazu, war aber vernünftig und gestattete mir in der Folge, diesen Singabenden wohlangekleidet als stummer Teilhaber beizuwohnen. Gewiß hat meine Mutter nie einen begeisterteren Zuhörer gehabt. Ihre Stimme, ein mäßig hoher Sopran, schwebt mir noch jetzt als etwas beglückend Schönes vor – nicht nur weil sie meine geliebte Mutter und weil diese Stimme mir Lehrer, Tröster und Prediger war, sondern ebenso ihrer prächtigen Reinheit und Wärme wegen, die in früher Kindheit mein Ohr verwöhnte und erzog. Meine Mutter sang noch in ihrem fünfzigsten Jahr große und schwierige Stücke fast ohne Ermüdung und traf auch schwierige Intervalle stets mit einer selbstverständlichen Sicherheit und Reinheit, an der die gute Schule das wenigste war.

Während der Vater mir manche realen Kenntnisse beibrachte und namentlich das Verständnis für bildende Kunst in mir erzog – er war selbst ein vortrefflicher Zeichner und Modelleur –, blieb die Pflege meiner kleinen bildsamen Seele fast ganz der Mutter überlassen. Die Gaben der Phantasie, der treuen Erinnerung, des musikalischen Gefühls, der Freude an Dichtwerken verdanke ich ihr und ihr auch das Wenige, was von religiöser Saat in meinem Gemüte Boden fand. Bei großer Weitherzigkeit und Duldung war sie von einem starken, unwandelbaren Gottesglauben erfüllt, der ihrem Wesen eine besondere, vielleicht nicht angeborene Milde gab und nicht nur ihr Leben, sondern mehr und mehr auch ihr Gesicht verklärte und heiligte. In ihren letzten Jahren, als ihr Haar zu ergrauen begann und die Furchen im Gesicht sich vertieften, nahm der gütige Zug um den Mund und der unwiderstehlich liebevolle Blick der braunen großen Augen noch immer zu, als besäße ihre gläubige Seele das Geheimnis der ewigen Jugend. In der monatelangen Krankheit, die ihrem Ende voranging und ihr schwere, ununterbrochene Qualen auferlegte, redete sie nie von sich selbst, klagte selten und nur vor den allernächsten Freunden, fragte regelmäßig nach allen entfernten Lieben und sorgte sich um sie; dabei war sie von einer so lebendigen Zuversicht erfüllt, daß selbst der Arzt und die gemietete Wärterin sie mit einer Art von Ehrfurcht bewunderten. Es war ihr ein Kummer, daß ich ihrem Glauben ferne stand, und heute noch würde sie meine Beichte mit schmerzlichem Lächeln aufnehmen und mich einen Heiden nennen, obwohl ich ihr das wesentlichste Stück meines Glaubens verdanke.

Der Tod meiner Mutter nämlich und meine späteren Erfahrungen haben mir den Glauben an die persönliche Fortdauer geschenkt. Als ich die Todesbotschaft erhielt, drohte mein ganzes Wesen aus dem Gleichgewicht zu kommen. Ich konnte mich in den Verlust durchaus nicht finden und lief verstört und elend umher. Aber da kam, nachdem der erste Jammer sich ausgeweint hatte, ein so durchdringendes Gefühl von der Existenz und Nähe der Verstorbenen über mich, daß ich wunderbar getröstet mein gewohntes Leben wieder aufnehmen konnte. Und seither lebt sie mir, unsichtbar wohl, aber geliebt und liebend, und hat in mancher schweren Stunde ihre Hände über mich gehalten. Ich besitze mehr an ihr als an allen meinen lebenden Freunden, und sie allein hat noch Macht über mein altgewordenes und eigensinniges Herz, daß es zuweilen sich selbst überwindet und Gutes statt Bösem tut.

Dies alles sind keine Theorien und keine Schwärmereien; Verzückung und Aberglaube haben nichts damit zu tun, so wenig als die fröhliche Frömmigkeit meiner Mutter Schwärmerei gewesen ist. Sie war vielmehr das Realste, was es geben kann, nämlich die beglückende Macht eines starken, liebevollen Gemütes, das die Fäden seines Lebens und Mitgefühls über Tag und Nähe hinaus dem Ewigen verbunden wissen will.

Das ist in wenig Strichen ihr Bildnis, wie es mir vor Augen steht. Sie war nicht die leidenschaftlichste, aber die mächtigste und edelste Liebe meines langen Lebens, trotz Freundschaft und Frauendienst, und ihr gebührt das erste Blatt meiner Erinnerungen. Wenn ich aus so vielen Verirrungen und Leidenschaften immer wieder den Weg zu meinem gesunden Selbst zurückfand, so danke ich es ihr. Und wenn ich trotz aller Eigenliebe und Sonderlichkeit ein leidlich gesitteter Mensch geblieben und noch der Liebe zu meinen Mitmenschen fähig bin, ist es auch ihr Verdienst.

Außer jenen schon beschriebenen besitze ich noch ein viertes Bild von der Seligen. Das hängt nicht an der Wand, sondern ruht wohlverwahrt in einer eigenen kleinen Mappe und wird von mir nur selten und in feierlichen Stunden hervorgenommen. Etwa wenn ich stärker als sonst die Leiden des Greisenalters spüre und die stille Erscheinung des Schnitters Tod an mir vorübergeht. Es ist eine kleine Zeichnung von der Hand meines Vaters. Auf einigen nur leicht angedeuteten Kissen liegt die Mutter mit geschlossenen Augen tot, und über den schönen schmalen Zügen ruht Gottes Friede rein und wunderbar. Ich habe dies heilige Bild in Ehren gehalten und nicht durch die Gewohnheit häufiger Betrachtung entweiht. Es ruht still in seiner Mappe und Lade als ein sicherer Schatz, und ich habe es nie jemandem gezeigt. Wenn ich es je und je einmal ansehe, so ist es in feiertäglicher Stimmung. Dann aber ist mir, sie ruhe wirklich vor meinen Augen und warte mit stiller Gewißheit auf mich, der ich noch für Augenblicke diesseits weile . . .

Nun will ich noch ohne Zusammenhang einige Erinnerungen festzuhalten versuchen, die mir meine liebe Mutter in besonders klarem Lichte zeigen, kleine und wenig wichtige Erlebnisse und Szenen, die mir aber teuerer sind als das Gedächtnis mancher größeren, später und ohne sie erlebten Dinge.

Ein Gespräch

Ich war zwanzig Jahre alt, hatte ein wenig Schelling gelesen, freilich noch mehr Romane und Schauspiele, und stritt gelegentlich mit der Mutter über Gegenstände ihres Glaubens. So auch an einem wundervollen Sommerabend im Garten. Der Vater saß lesend auf seiner Bank, indes ich mit allem Stolz eines jungen Philosophen gegen die Mutter meinen Unglauben ins Feld führte. Sie hörte meine Prahlereien geduldig an, bis ich schließlich sagte: »Und wenn es auch diese Art von Unsterblichkeit gäbe, was soll sie mir? Ich verzichte darauf!« Es war mein stärkster Satz, und ich war doch etwas bange, wie ihn die liebe Frau aufnehmen würde . . .

Aber siehe da, sie lachte. »Mein bester junger Herr«, sagte sie mit Zuversicht, »du bist wie einer, der während des Frühstücks aufs Mittagessen verzichten kann. Wenn er aber ein paar Stunden gehungert hat, kommt er still gegangen und ist froh, wenn er noch etwas kalte Küche vorfindet. Und wenn du auch dabei beharren und mit Gewalt verzichten wolltest, es hülfe dir nichts. In diesem deinem Leibe steckt nun einmal etwas, das weiterleben muß – du magst wollen oder nicht!«

Ein Traum

Meine Mutter erzählte: Ich hatte heute nacht einen Traum. Unser Heiland ging mit mir eine lange stille Landstraße entlang, die langsam immer aufwärts führte und schließlich höher als alle Berge hinlief.

»Du willst doch mit mir in den Himmel kommen?« sagte er freundlich.

»O ja«, sagte ich und war froh; denn vor uns stand ein schöner großer Garten mit einem Heckenzaun und einem Gatter dran, und ich wußte, daß das der Himmel war.

»Aber kannst du auch schön singen?« fragte der Heiland. »Ohne das kannst du nicht hereinkommen!«

Da mußte ich ihm ein Lied vorsingen. Und ich sang also auch, aber keinen Choral, sondern eines von den Mozartschen. Er war zufrieden.

»Du singst ganz gut«, sagte er. »Warte jetzt nur ein klein wenig, ich muß vorher noch hineingehen und nach etwas sehen; aber ich komme bald und hole dich ab.«

Er ging durchs Gatter und war fort. Und ich saß nun da mutterseelenallein auf einem Prellstein und wartete. Es ging lang, und als mehr denn eine halbe Stunde verging, wurde ich recht ungeduldig.

Da höre ich jemand auf der Straße laufen. Ich wende mich um, da kommt der Herr Lukas Silber dahergelaufen und bleibt vor mir stehen. Er hatte ganz staubige Stiefel, und ich wunderte mich, daß er da war; denn er war ja doch von dem Dragoner zu Tod geritten worden.

»Hast du mich lieb, Charlotte?« fragte er und gab mir die Hand.

Ich war ganz erschrocken und sagte: »Nein, Lukas, das ist vorbei! Warum bist du mir auch damals untreu geworden? Ich kann dich nie mehr lieb haben!«

Da ging er langsam weg.

Gleich darauf hörte ich in dem Garten, der der Himmel war, Schritte herkommen und dachte: »Nun kommt endlich der

Heiland und holt mich ab.« Indem aber ruft mir, Gott weiß woher, mein Vater, als ob er noch am Leben und ganz in der Nähe wäre: »Lottchen, komm doch schnell herüber; die Westenknöpfe wollen wieder nicht!«

»Ich kann nicht, Papa«, rief ich hastig; »gerade jetzt kommt der Heiland und holt mich ab!«

Da kam er denn auch wirklich wieder aus dem Garten hervor und ging auf mich zu. Nur schien er mir ein bißchen weniger froh als vorher zu sein.

»Komm jetzt nur!« sagte er und klopfte mir auf die Schulter. Aber gerade vor dem Gatter hält er noch einmal an und sagt: »Kannst du denn auch schön singen?«

»Ja«, sagte ich, »du hast mich ja vorhin gehört!«

»Ja, wahrhaftig«, antwortete er. »Nun, du könntest immerhin noch einmal singen; das schadet nichts.«

Ich besann mich nun, was ich singen sollte, und besann mich immer mehr; aber es fiel mir kein einziges Lied ein.

»Es will mir nichts einfallen«, sagte ich da.

»Nun«, meint der Heiland, »vielleicht kannst du das Lied: ›Blühe, liebes Veilchen‹ singen?«

Das kannte ich nun freilich und war froh. Aber wie ich nun frischweg singen will, ist es, als hätte ich einen Brocken im Hals, und ich bringe keinen Ton heraus.

»Wie ist denn das?« sagte nun der Heiland. »Ich dachte doch, du könntest singen?«

Ich wußte keine Antwort und konnte bloß weinen.

»Was ist denn passiert, solang ich fortgegangen war?« fragte er wieder und sah mich merkwürdig an.

»Nichts«, sagte ich. »Nur der Lukas war einen Augenblick da!« Und nun mußte ich alles genau erzählen, auch daß mein Vater mich gerufen habe.

Da wurde der Heiland ganz traurig und sprach: »Nun kann ich dich nicht in den Himmel nehmen, du. Wenn ich dir auch den Lukas verzeihe, so hast du doch deinen Vater nach dir rufen hören und bist nicht gegangen, ihm zu helfen. Wir müssen warten, bis du liebreicher wirst und auch wieder singen kannst!«

Das ist, wenn ich nicht irre, anno einunddreißig gewesen. Ich junger Tunichtgut trug stolz den ersten Schnauzbart und war so lange den hübschen Mädchen nachgelaufen, bis ich hängen blieb und in ein zierliches Dämchen von achtzehn Jahren zum Sterben verliebt war. Sie hieß Käthchen Stoll, war brünett und schwarzhaarig und hatte große, lebhafte Feueraugen. Meine Anbetung kam ihr gelegen; sie duldete mich um sich, ließ gelegentlich merken, daß es später nur einmal auf mich ankäme, um Ernst zu machen, und behandelte mich wie ein Hündlein, das man zum Spaß aufwarten läßt und wieder fortschickt. Diese Sache dauerte schon einige Wochen und fing an, mich unleidlich zu quälen. Ich dichtete viel und schlief wenig; ich war blaß, scheu und empfindlich wie ein bleichsüchtiger Backfisch und ließ sogar meine sonst täglich gebrauchte Angelrute liegen und verstauben.

Eines Tages nun forderte meine Mutter mich auf, mit ihr spazieren zu gehen. Gut, ich ging mit. Zu meiner Verwunderung war sie, sonst durchaus keine eifrige Fußgängerin, heute unermüdlich und marschierte viel weiter, als ihre Gewohnheit war. Wir kamen bis zum Fuß des Siebenberges, eines nahe der Stadt gelegenen Hügels, den man etwa an schönen Sonntagen aufsuchte. Mir schien es nun genug und ich wartete von Augenblick zu Augenblick auf die Umkehr: denn ich war scheußlicher Laune und zu keinerlei Gespräch aufgelegt.

»Ich glaube gar, du willst vollends auf den Siebenberg«, sagte ich schließlich mürrisch.

»Nun«, lachte meine Mutter fröhlich, »warum denn nicht? Es ist heut ein prächtiger Tag!«

In Wirklichkeit war das Wetter windig und zweifelhaft. Wir stiegen langsam und schweigend und brauchten fast eine Stunde, bis wir oben waren. Mama war denn auch ordentlich müde und mußte sich setzen.

»Warum mußten wir eigentlich gerade heute den weiten Weg machen?« fragte ich ruppig.

»Das will ich dir jetzt eben sagen, mein Sohn«, erklärte sie im behaglichsten Ton, als hätte sie mein gereiztes Wesen gar nicht bemerkt.

»Da drunten«, fuhr sie fort und deutete gegen die Stadt hin,

»kann man nicht so recht miteinander reden, wie man wohl möchte, und ich habe Lust, heute einmal ordentlich in Ruhe mit dir zu sprechen.«

»Das klingt ja feierlich«, versuchte ich beklommen zu spotten.

»Feierlich? Ich wüßte nicht«, meinte sie unbeirrt. »Ich dachte nur, du hättest mir vielleicht etwas mitzuteilen, was du drunten vor Papa und den andern nicht sagen mochtest. Nicht?«

»Kein Gedanke!« lachte ich und wich ihrem Blick beharrlich aus.

»Na, sei vernünftig!« schmeichelte Mama. »Sieh mal, mein Sohn, hier ist der Siebenberg, und dort drunten ist die Stadt. Und dort ist dir etwas passiert, das am besten hier in freier Luft besprochen wird. Das wollen wir denn besorgen. Nachher, wenn wir wieder drunten sind, weiß keine Seele und wir selber nicht, was hier auf dem Berg besprochen wurde . . .«

Es entstand eine klägliche Pause.

»Also, was wolltest du mich fragen?« stieß ich endlich heraus.

»O, fragen wollte ich dich gar nichts! Ich weiß schon genug!«

»Wieso? Was denn?«

»Zum Beispiel, daß du heute recht grob bist und es schon seit einiger Zeit warst. Ferner, daß du nicht mehr angelst, sondern selber geangelt worden bist. Sodann, daß du lamentabel aussiehst und keinen Appetit hast. Schließlich und letztens, daß du in Käthchen Stoll verliebt bist und ihr wie ein Pudel nachläufst!«

»Woher weißt du das?«

»Was? Daß du grob warst?«

»Ach laß doch! Ich meine das mit der Stoll!«

»Richtig. Ja, das weiß ich eben!«

»Doch nicht von ihr – von ihr selber?«

Sie lachte.

»Nein, guter Junge; aber nimm an, jemand habe mir gesagt, du seiest in sie verliebt, lassest dich von ihr gängeln und solltest dich dessen schämen. Was sagtest du dazu? Ich möchte die Geschichte nun doch auch in deiner Auffassung hören.«

Da stand ich denn wie ein kleiner Junge, der seinen Napf verschüttet hat. Was tun? Ich bekannte mich freimütig zu meiner

Liebe und sagte, ich fände daran nichts zu tadeln und würde zeitlebens dabei bleiben.

»So, das hoffte ich zu hören«, sagte die merkwürdige Frau zu meinem Erstaunen. »Jetzt mußt du aber auch bei deiner Noblesse bleiben und mir versprechen, daß du mit einem ernsthaften Antrag so lange wartest, bis du auf eigenen Füßen stehst. Das ist nicht mehr, als ich von jedem ehrenhaften Liebhaber erwarte.«

»Gut«, sagte ich, »ich verspreche es. Aber unter der Bedingung, daß ich mit Käthchen wie bisher in Ehren verkehren darf und daß du mit niemand darüber redest . . .«

»Den Papa ausgenommen«, fiel sie ein.

»Den Papa ausgenommen, meinetwegen.«

Ich gab ihr die Hand und kam mir wie ein rechter Mann vor. Wir stiegen den Berg hinab und kamen ganz vergnügt daheim an, wo der Vater uns längst vermißt hatte.

Ich wunderte mich nun, daß die Mutter wirklich nie mehr auf diese Sache zu sprechen kam. Sie aber als eine kluge und scharfäugige Frau wußte von Anfang an, daß auf die Dauer Käthchen und ich gar nicht zusammen paßten und daß ich nur in Leichtsinn und knabenhafter Übereilung mich von den hübschen Augen des Mädchens hatte fangen lassen. Sie ließ ruhig meine eigene gesunde Natur walten und hatte nur den Druck des Geheimnisses, der die Leidenschaft verdoppelte, von mir nehmen und mich namentlich vor einer unüberlegten Verlobung bewahren wollen. Es verging kaum ein Vierteljahr, da war ich jener flüchtigen Verblendung ledig und hatte mich von Käthchen Stoll in allem Frieden getrennt.

Nun aber erlaubte ich mir eine scherzhafte Feier. Ich bestellte vor unser Haus einen hübschen Mietwagen und lud meine Mutter zu einer Spazierfahrt ein, was sie verwundert annahm. Der vorher instruierte Kutscher führte uns auf Umwegen auf den Siebenberg. Die Mutter tadelte anfangs meine Üppigkeit, schloß sich aber meiner ausgelassen fröhlichen Stimmung an und war voll versteckter Neugierde, was dies bedeute. Wir schwatzten darauf los und kamen oben so vergnügt wie zwei entlaufene Schulknaben an.

Droben ward ich plötzlich ernst, schickte den Kutscher beiseite und bat die Mutter, auf der Bank Platz zu nehmen. Sie saß am selben Fleck wie damals.

»Leider«, hob ich an, »muß ich dir eine traurige und für mich beschämende Mitteilung machen. Ich bedaure nun, daß ich unterwegs so lustig schien; es geschah weiß Gott mehr aus Verzweiflung ...«

»Was soll nun das wieder sein?« rief Mama bestürzt.

»Die alte dumme Geschichte«, sagte ich traurig, »die wir schon einmal hier besprochen haben. Ich habe leider damals mehr versprochen, als ich werde halten können!«

»Mein Junge! Und jetzt? Sprich, ich bitte dich!«

»Nun ja, es handelte sich doch um Käthchen Stoll, und ich sollte um sie anhalten, aber erst, wenn ich ein selbständiger Mann wäre?«

»Ja, ja.«

»Mutter«, fuhr ich düster fort, »diesen Antrag ...«

»Sprich, Kind, um Gottes willen! Weiter!«

»Diesen Antrag werde ich nie an sie richten – es sei denn, daß du absolut darauf bestündest ...«

In diesem Augenblick gab mir meine gute Mutter eine Ohrfeige und gleich darauf einen Kuß. Vergnügter als auf der Rückfahrt sind wir beide in unserm Leben nicht gewesen.

Sor Acqua

So viel mich das Leben umhertrieb und so viel Menschliches allmählich seinen Reiz und Wert für mich verloren hat, meine Liebe zur Natur ist noch jetzt so stark wie nur je in meiner Jugendzeit. Sie begann früh in den Knabenjahren mit Schmetterlingsjagd und Käferfang, erweiterte sich dann zur Lust an Wanderung und Landschaft, zum Trieb in die Ferne, wurde zeitweilig von andern Leidenschaften unterdrückt, erstarkte aber, je einsamer und stiller ich wurde.

Wenn ich nun in schönen Mittagsstunden meinen kleinen Gang tue und dann, auf einer Bank Rast haltend, Himmel, Wolken, Berge und lichte Fluren überschaue, ergreift mich oft diese stumme Schönheit mit wunderlicher Rührung. Ich kann keinen Berg, keine Landstraße, keinen Wald sehen, ohne daß zahllose Erinnerungen mich bestürmen, viel zu reich und mannigfaltig, als daß ich sie alle zugleich liebkosen und beherbergen könnte. Was bin ich nicht in meinem Leben gewandert!

Wieviel Gebirge, Ströme, Seen, Meerbusen habe ich gesehen, die ich fast alle des öftern besuchte und deren Andenken mein Gedächtnis zu einem gewaltigen farbigen Bilderbuche macht. Die Schweiz hat wenige Berge, deren Kontur ich nicht treu aus dem Gedächtnis zeichnen könnte, und dann die Umrisse all der Seen und Inseln, die Silhouetten von Städten in Italien, Österreich, im Norden, die Höhenzüge der Vogesen, des Jura, des Harzes, des Odenwaldes, des Apennin, der korsischen Berge! Wenn ich niemals mit Menschen verkehrt und keinerlei Abenteuer in Haß und Liebe erfahren hätte, so würden diese Wanderungen allein mein Leben erfüllt und reich genug gemacht haben. Freilich waren es keine Eisenbahnreisen, sondern Wanderzüge zu Fuß, zu Schiff, zu Maulesel, zuweilen auch im Postwagen, mit vielen unbeabsichtigten längeren und kürzeren Aufenthalten, die auch zum Kennenlernen fremder Leute und zur Teilnahme mit ihnen Zeit und Anlaß gaben. So besitze ich eine Menge schlichter, lieber Freunde in Gasthäusern, Sennhütten, Bauernkaten, in Fischdörfern und Bergnestern und auf einsam gelegenen Höfen. Wir schreiben einander nicht, aber wenn ich heute nach Bozen, nach Sestri, nach Chioggia, nach Sylt, nach Spiez komme, so kennen sie mich, erzählen mir ihre Familiengeschichten, zeigen mir Kinder, Enkel, Bräute, Vieh und Ländereien, bieten mir ihre beste Schlafstube an und fordern keine Fremdenpreise dafür. Auch fände ich bei manchen von ihnen unter Glas oder ohne Glas mein Bild hängen, gezeichnet, daguerrotypiert oder photographiert, das Bild eines Dreißigers, Fünfzigers, Sechzigers – Bilder, die zum Teil mir selbst aus dem Gedächtnis entschwunden sind und auf denen ich noch kräftig, aufrecht und strack aussehe, wie ich es gottlob Jahrzehnte hindurch gewesen bin. An mancher Kalk- und Holzwand fände ich auch eine Zeichnung, eine Karikatur, einen Vers, die ich seinerzeit darauf gekritzelt habe.

Nun, genug davon! Mehr als das Wandern selbst habe ich stets die Aufenthalte geliebt, Aufenthalte da und dort, kurze und lange, und ich gebe mehr darauf, ein kleines Stück Landschaft durch und durch zu kennen, als viele Länder im Flug gesehen zu haben. Dabei habe ich nie etwa das Hochgebirge oder den Wald oder die Ebene oder Heide bevorzugt; nur ohne *sor acqua,* ohne Schwester Wasser, hielt ich nirgends lange aus.

Ein Bach, ein Fluß oder am liebsten ein See oder Meer ist mir immer eine liebe, ja unentbehrliche Nachbarschaft gewesen. Schwimmen, Rudern, Segeln und Angeln war von jeher meine Leidenschaft, und ich hätte eigentlich als Insulaner geboren werden müssen. Daher war ich, als ich zum erstenmal den wunderbaren Lobgesang des heiligen Franziskus las, der alle Elemente und Kreaturen mit geschwisterlicher Liebe umfaßt, entzückt über das zärtliche *sor acqua* und hatte damit den Namen für meine Liebe zu allem Wasser gefunden. Wie eine Schwester liebte ich es, und wie eine Schwester verstand es mich, liebte mich wieder und erschloß mir seine zahllosen geheimen Schönheiten, denen noch nie ein Maler oder Dichter gerecht worden ist.

Wer sollte auch das Wasser nicht lieben! Es ist beweglich, weich, rein, mächtig, es spiegelt den Himmel und die unsichtbaren Farben der Luft, es redet und singt vom süßen Plauderton bis zum unwiderstehlichen Sturmlied, es zieht in köstlichen Schleiern am Himmel hin. Wie oft stand ich bezaubert in den Anblick des mittäglich leuchtenden Meeres versunken oder der Abendspiegelung eines Bergsees, wie viel Ströme und Gewässer haben mich als Schwimmer und Schiffer getragen, gewiegt und liebkost. Und dann ein Meersturm oder eine stille Seenacht! Mit besonderem Reiz zeigt mir die Erinnerung sodann die Nächte, in denen ich zu Fuß unterwegs war und einen Fluß oder Strom zum Begleiter hatte. Dies dunkle Rauschen des Weggenossen, dies ewige gewaltige Ziehen ohne Rast und Ende, woneben alle meine Wanderschaft nur eine kurze Reise war! In solchen Stunden spürt man den Atem der großen Natur und den Herzschlag der Erde.

Und dann die Fischerei, vom Forellenangeln im kleinen Schwarzwaldbach bis zu den Fischzügen auf dem Meere! Der Hechtfang in den lothringischen Seen, das Felchenschnellen in der Schweiz, die Thunfischjagd auf dem Adriatischen Meer und der stille Karpfenzug in Teichen und Wallgräben der Heimat! Mir schlägt das Herz, wenn ich daran denke. Welche Reihe prachtvoller Tage, zugebracht in Wasserstiefeln im Tümpel eines Bachs, verborgen im Uferlaub eines stillen Flüßchens, barfuß im feuchten Rain oder behaglich rauchend in den Barken fremder Fischerdörfer!

Und die langen, traumhaft stillen, heißen Tage, die ich an

sandigen Meerufern einsam verschlief, verträumte, verstaunte, in Sand und Wasser schmorend, die Zigarre im Mund und den Drahtkorb neben mir, der sich langsam mit mühelos gefangener kleiner Seebeute füllte. Da war auf Stunden kein Mensch, kein Lärm, kein Gelächter oder Gespräch, nichts als die Weite von Luft und Meer, die große ruhige Bläue, fern die dunkel dahinfahrenden Schiffe und ich damitten, gebannt und wunschlos einer stillen Gegenwart dahingegeben, in wunderlichen Gesprächen mit *sor acqua*. Da hörte, sah und erlebte ich Märchen, die alle Dichterphantasie überstiegen, belauschte das geheimnisvolle Leben von Fischen, Krabben, Muscheltieren und Seevögeln, horchte auf das Verlaufen der Wellen im Sand, ward plötzlich von großen Möwen erschreckt und erschreckte sie wieder, dachte versunkenen Schiffen und Städten nach, verfolgte den Lauf der lichten Wolken und sog in tiefen Zügen die warme, dampfende Salzluft in mich ein.

Es ist eine alte Wahrheit, daß man geben muß, um zu nehmen. Ich brachte meiner *sor acqua* Liebe, Verehrung, Aufmerksamkeit, Unermüdlichkeit entgegen, ich ließ mir Launen von ihr gefallen, ich sah sie ohne Zorn mehrmals in ausgelassener Grausamkeit mit meinem Leben spielen, aber sie hat mir alles vielfältig bezahlt. Sie verriet mir in guten Stunden köstliche Geheimnisse, ließ mich rare Dinge sehen, unterhielt mich mit Geschwätz, mit Gesang, mit Getöse, warf mir je und je einen auserlesenen Genuß in den Schoß. War ich im Boot unterwegs, so ließ sie mich rechtzeitig aufsteigende Gefahren merken, beim Schwimmen lehrte sie mich manchen kleinen Vorteil, angelte ich, so brachte sie es selten über sich, mich leer ausgehen zu lassen. Sie hat mir zuweilen Streiche gespielt, mich von Kopf zu Fuß durchnäßt, mir das Boot umgeworfen, mir Angelschnüre abgerissen oder allerlei lächerliches Zeug daran gehängt, wie Wasserpflanzen, alte Stiefel und dergleichen, ja einmal hing mir ein ersoffener Hund an der Hechtschnur. Aber wer möchte einer geliebten älteren Schwester solche Scherze nicht gerne verzeihen!

Vielleicht waren es nächst dem Genfer- und Bodensee die Buchten von Neapel und Syrakus, die venezianische Lagune, die Küste der Normandie und die Heimat der Halligen, denen ich die größten Eindrücke verdanke. Aber das wäre ungerecht. Die Frühlingsstürme auf dem Urner See, der Oberrhein, das

Rhônetal gaben mir nicht weniger, und schließlich ward mir mancher an kleinen süddeutschen Erlenbächen oder an grünen, tangüberzogenen Karpfenteichen verfischte und verbummelte Nachmittag so lieb oder lieber als irgendeine Seereise oder südliche Barkenfahrt.

Daß ich, wie fast alle meine Fahrten, so auch alle meine Besuche bei *sor acqua* ohne Gesellschaft machte, versteht sich von selbst. Ich liebe Freiheit der Bewegung und Freiheit auch im Rasten, und nicht weniger als die sommerreisenden Philisterschwärme sind mir die in Trikot gekleideten sportsmen der Schwimm- und Rudervereine verdächtig. Das hindert nicht, daß ich auch unter diesen Leuten gelegentlich einen lieben Einzelnen traf. Im ganzen aber fand ich nur einen einzigen wirklichen Kollegen. Es war ein Engländer, vielmehr Halbirländer, der ganz wie ich sein Leben lang als Junggesell und Wandersmann die Welt durchzog, den Reisepöbel mied, ein Einsiedler und Halbnarr war und sich *procul negotiis* am Herzen der Natur allein ganz wohl fühlte. Nur dehnte er, obwohl er so wenig als ich ein Krösus war, seine Reisen auf Indien und Afrika aus und stak, obwohl er gleich mir ohne wissenschaftliche Zwecke reiste, voll von sprachlichen und Realkenntnissen aus aller Herren Ländern. Ich bin ihm in all den Jahren achtmal begegnet und war dann mehrmals tagelang, einmal wochenlang sein Genosse. Mit ihm frühstückte ich in Cannes, schwamm im Meer bei Korsika, mit ihm pilgerte ich über den Simplon und die Gemmi, ein anderes Mal kreuzte er meinen Weg im Haag, und zuletzt sah ich ihn im Montafon. Das ist nun auch schon bald zwanzig Jahre her, wir scherzten beide über unser klägliches Aussehen und klagten einander die Leiden des beginnenden Alters, welche für gewohnte Fußwanderer und Vagabunden doppelt schmerzlich sind.

Wenn jemand dieses liest, so mag er sich wundern, wie ich zu einer so beweglichen und abseitigen Lebensart gekommen sei. Nun, ich wurde mit achtzehn Jahren Architekt, arbeitete da und dort und blieb fünfzehn Jahre im Beruf, der mich namentlich in die Schweiz und nach Österreich führte. Dann ging ich, des einträglichen, aber nicht gerade künstlerischen Arbeitens überdrüssig, zu ausgedehnteren Studien nach Italien, wo ich ein Jahr lang römische Tempel, Theater und Brücken, Kirchen und Renaissancepaläste betrachtete und abzeichnete.

Darüber gewöhnte ich mich an ein unstetes Leben; meine Eltern waren beide tot, und ich hatte keine Lust, mein teils geerbtes, teils erspartes Vermögen in einem eigenen »Baugeschäft« umzutreiben. So bin ich eine Art von Bummler geworden und mein Leben lang geblieben. Zwischenein las ich wohl auch über Geschichte und dergleichen, zeichnete oder führte für Freunde kleinere Bauten aus, das Wandern aber und *sor acqua* waren mir wichtiger. Kehren wir zu ihr zurück! Sie hat mich nie gefragt, ob denn bei all dem Schwimmen und Seefahren auch etwas Rechtes aus mir werde, sie hat mich liebgehabt und beherbergt wie ihre Seehunde, kalt und warm, lind und rauh, je nach der Jahreszeit. Sie war mir denn auch interessanter als alle gebauten und vollends ungebauten Häuser der Erde, und wir beide haben es nie bereut, daß ich mir den Magen nicht am Reißbrett geknickt habe und kein Palladio oder moderner Bauunternehmer geworden bin. Freilich lag damals, als ich das Bummeln zu meinem Metier und *sor acqua* zu meinem Liebling machte, die erste schöne Jugend auch schon hinter mir, und ich hatte leider Gründe für mein Tun. Ein andermal davon!

Es war nicht anders möglich, daß ich auf meinen Streifzügen häufig mit Menschen aus der Gattung der Maler zusammentraf, namentlich in früheren Jahren, da das Vedutenmalen noch nicht völlig den Handwerkern überlassen worden war. Während meiner Architektenzeit in Italien gehörte ich selber zu diesem leichten Volk, wanderte in Sommerhut, Plüschjacke und Flatterschlips durch die Albaner Berge und sah aus als wäre ich aus einer Eichendorffschen Novelle entsprungen. Später schwand meine Hochachtung vor den Samtjacken mehr und mehr, doch fand ich noch eine Reihe vortrefflicher Leute unter ihnen und behielt zeitlebens eine gewisse Neigung fürs Handwerk bei. Von Kunst allerdings redete ich nie gern mit ihnen, sie waren damals so dogmatisch verbohrt wie heute, und fast jeder glaubte, seine sichere Landstraße zur Seligkeit unter den Sohlen zu haben. Ich lachte darüber und *sor acqua* auch. Wasser malen konnte nämlich kein einziger. Die Neueren sind darin, wie ich zugeben muß, weiter gekommen, aber streng genommen, war der verstorbene Böcklin doch der einzige, der das Meer physikalisch wie poetisch verstanden und dargestellt hat. Wenn auch nur das südliche.

Während nämlich diese Maler keine Katze abbilden wollen, ohne ihre Anatomie zu kennen, sehen sie sämtlich am Wasser nichts als Oberfläche. Ich kannte namhafte Leute unter ihnen, denen die simpelsten Ursachen der Färbung oder Wellenbildung einer Wasserfläche ungelöste Rätsel waren. Die Folge war natürlich, daß ihre Seen und Meere höchstens gute Momentbilder ohne den tieferen, zum Verständnis zwingenden Organismus wurden. Vollends die aus dem Gedächtnis gemalten Meere auf Historienbildern und heroischen Landschaften sind allzumal miserable Traumbilder und haben mit der wahren Natur und Schönheit des Meeres meist keinen Schatten gemeinsam. Daß das weitere und engere Publikum den Schwindel glaubt, kauft und lobpreist, ist mir längst ein Beweis dafür, daß die meisten Kunstkenner der Natur gegenüber blind und Nichtskenner sind.

Im Flur meiner Wohnung steht ein mächtiger Kasten, in dem ich all mein altes Wassergerät verwahre. Da lehnen Angelruten jeder Art, kleine Handhamen und dergleichen, und die Laden sind mit Schnüren, Angeln, künstlichen Fliegen, Fischbüchsen, mit selbstgezeichneten Fluß- und Seekarten, mit Muscheln, getrockneten Seepferdchen und ähnlichem Zeug gefüllt. An den Sachen hängt noch etwas wie Wasserduft, der mich mächtig lockt, und zuweilen ertappe ich mich darüber, wie ich Schnüre drehe und färbe, Darmsaiten öle, Haarfliegen flechte und schadhafte Angelstöcke repariere, die ich vermutlich doch nie mehr brauchen werde. Oder ich nehme die Karten vor, verfolge eine meiner früheren Wasserreisen und zeichne mit leisem Stift eine neue ein, die ich noch ausführen möchte. All das tut mir wohl, und all diese unnütz gewordenen Sachen sind mir doch noch lieb, weil sie ihr Stück eigenen Lebens haben. Heutzutage kauft man Leinen, Korke, Posen, Fliegen, Lote, Karten und alles fertig im Laden. Meine Stücke aber sind eigene Handarbeit, und ihre Herstellung hat mir jeweils fast soviel Freude gemacht wie ihre Verwendung.

Hier ist eine starke hellbraune Leine ohne Rute, mit der ich im Elsaß auf Karpfen zu fischen pflegte. So oft ich sie sehe, fällt mir ein kleines Erlebnis ein. Ich ging damals häufig zum Karpfenfang auf das Gut eines mir befreundeten Landbesitzers. Er hatte einen schönen eigenen Teich und sah es, weil er selbst zu viel beschäftigt oder zu bequem war, gerne, wenn ich die Fische für ihn herauszog.

Dort saß ich denn auch eines Nachmittags im Spätsommer im schadhaften Holzbötchen, die braune Schnur in der Hand. Diese schlichteste Art zu angeln, ohne Stock noch Schwimmer aus freier Hand, ist mir immer lieb gewesen. An jenem Tage war mir das Fischen freilich Nebensache. Es war ein trüber, kühler Tag, der wenig Beute versprach, den ich aber desto lieber an dem schönen, stillen Wasser verträumte. Der nicht große, ovale Weiher war teils von Schilf, teils von Steilufer mit schönem alten Birken- und Erlenbestand umschlossen. In dem tief braungrünen, toten Wasser lagen der bleichgraue Himmel und der Saum von schönen Baumkronen in zartem Licht gespiegelt. Es war still wie in einer Kirche um Mitternacht, nur hin und wieder fiel ein Baumblatt auf den Spiegel oder stieg eine Luftblase auf. Das Schilf stand so unbeweglich als wäre aller Wind für heute verblasen. In behaglicher Träumerei sog ich den intensiven Teichgeruch ein, starrte ins Röhrricht und genoß den tiefen Mittagszauber. Alle meine lieben See- und Wassersagen fielen mir ein, doch wollte keine ganz in meinen Weiher passen. Ich sann nach, wie wohl der Geist und König dieses schweigsamen Gewässers aussehen müßte. Eine Wasserjungfer? Nein. Auch kein Nöck oder Froschkönig. Aber ein ernster, stiller, würdevoller Karpfenfürst mußte es sein. Ich begann mir ihn vorzustellen, vom starren Schwanz bis zur breiten Schnauze, goldig glänzend, mit ernsthaften, schwarzen und gelben Augen, der Leib schön breit und fest, die Bauchflossen groß und rosa, der Schädel schwer, doch wohlgeformt. So mußte er hier wohnen und herrschen, uralt, klug, schweigsam und ernsthaft; so mußte er tief im braunen lauen Wasser zwischen den langstieligen, gewundenen Blattpflanzen hin und wieder schwimmen, zwischenein lang und tiefsinnig am selben Fleck stehen, ohne Regung, mit den runden Augen träumerisch Umschau haltend.

Plötzlich empfand ich einen scharfen Ruck, bei welchem ich fast die Balance verlor. Aha! Ich zog rasch an; der Fisch saß. Nun wand ich ihn, der sich kaum wehrte, still und langsam herauf. Bald sah ich ihn breit und goldig aufglänzen und gleich darauf hielt ich ihn auch schon fest. Es war ein schöner, vollwüchsiger Teichkarpfen, einer der schwersten, die ich je gezogen. Er wehrte sich wenig, lag vielmehr ruhig in meinen Händen, das breite Maul schmerzlich geöffnet, mit stummer Angst aus den runden Augen blickend – der König seines Teichs, wie ich ihn eben noch mir ausgemalt hatte. Die Angel war zu meinem Erstaunen nicht verschluckt, sondern hing in der starken Oberlippe: der schöne Fisch war also nicht ernstlich verwundet.

Ich machte ihn sorgfältig los, wobei er heftig schauderte; dann folgte ich ohne Besinnen einer starken Regung und ließ das prächtige Tier in seinen Teich zurückgleiten.

Im selben Augenblick erklangen Schritte und Hundegebell.

»Mon Dieu! Qu'est-ce que vous faites?!« schrie mein Freund mich an. Der Bann war gebrochen, und im ersten Augenblick begriff ich selber meine für einen alten Fischer unerhörte Tat nicht mehr. Dann aber verteidigte ich mich, erzählte meine Königsgeschichte und wurde, wie ich mir hätte denken können, absolut nicht verstanden.

»Vous voulez m'en imposer! Ce n'était que votre négligence«, hieß es. Ich ließ es gerne dabei bewenden. Aber dieser Karpfen, der einzige, den ich je absichtlich entwischen ließ, macht mir heute noch mehr Vergnügen, als alle gefangenen und behaltenen zusammen.

Meine lange nicht mehr gebrauchte Forellenrute erinnert mich an die Aare und an manchen Jurabach zwischen Biel und Fribourg, namentlich aber an den Schwarzwald, der vor dreißig Jahren noch prächtige Partien hatte, während er heute zu einem hübschen Vergnügungsetablissement herabgesunken ist. Seine Straßen sind glatt, seine Berge niedriger geworden, schwer zugängliche Schluchten gibt es nicht mehr. Nun, früher brachte ich häufig prächtige Wochen dort zu und habe besonders in dem kleinen Badedorf Teinach viel geangelt. Das Forellenangeln, ohnehin eine interessante Jagd, hatte für mich noch einen besonderen Reiz dadurch, daß ich diesen Fisch nicht nur an der Angel, sondern auch auf der Tafel liebte, während mir sonst der Verbleib meiner Fischbeute meistens gleichgültig war.

In Teinach fand ich einen leidenschaftlichen und ausdauernden Sportgenossen an einem vornehmen Engländer namens Sturrock. Er war älter als ich, kränklich und fast untauglich zum Fischen, das ihm denn auch vom Arzt verboten war.

Dennoch entwischte er fast jeden Tag unter allerlei Vorwänden seiner wachsamen Frau und trieb sich mit mir stundenlang am Bach herum, im nassen Gras, in schattig-kalten Gebüschen, im Wasser selbst, pfeifend vor Aufregung und Wonne, um diese Lust dann regelmäßig nachts in bösen Anfällen von Asthma und Gicht zu büßen. Ich glaube kaum, daß er lange mehr gelebt hat, wenigstens sah ich ihn nie wieder, seine hagere Gestalt und sein vornehmes, vom Jagdeifer gerötetes Gesicht mit den klaren, klugen Grauaugen ist mir unvergeßlich geblieben. Einst war ihm sein Vorrat von Angeln und Fliegen ausgegangen, und auf das Flehen seiner Frau schlug ich ihm die Bitte um Aushilfe aus meinem reichlichen Vorrat ab. Er war ganz verzweifelt und vergaß sich schließlich so weit, mir für ein Dutzend meiner Angeln ein Goldstück zu bieten. Als ich ihn darüber kräftig zurechtwies, war er dem Weinen nahe und sah mich so hoffnungslos aus seinen guten Augen an, daß ich ihm eine Angel schenkte unter der Bedingung, es müsse seiner Frau verborgen bleiben. So zogen wir, beide schon Graubärte, nach Tisch auf Umwegen aus und frönten unserer Leidenschaft mit schlechtem Gewissen, aber doppelter Lust bis zum Abend. Bei der Rückkehr ertappte uns aber die Dame, und wir wurden unter der Tür des Gasthauses von ihr abgekanzelt wie zwei unartige Jungen. Dies machte uns vollends zu Freunden, und als Sturrock nach einigen Wochen abreiste, schenkte er mir einen schönen schottischen Plaid, der mir seither schon oft gute Dienste tat, und nahm von mir ein paar selbstgefertigte künstliche Köderfische für den Hechtfang mit. Die Dame aber blieb unversöhnt und sah mich so zürnend und eifersüchtig an wie eine Mutter den Nachbarsjungen, der ihr Schoßkind zu bösen Streichen verleitet hat.

Es ist mit solchen Geschichtchen wie mit dem Sternezählen an einem frühen Abendhimmel. Man entdeckt einen, zwei, drei, dann sieben und zehn, und schließlich sieht das geschärfte Auge plötzlich die unzähligen Mengen wie Goldtropfen hervorperlen, bis es sich verwirrt und geblendet schließt. So brechen nun von allen Seiten Erinnerungen über mich herein, große und kleine, deutliche und dämmernde, frohe und traurige.

Zu den traurigen gehört ein Erlebnis, das ich noch in ganz

jungen Jahren am oberen Rhein, nahe bei Rheinfelden, hatte. Ich arbeitete damals kurze Zeit, nicht ganz ein Jahr, als Baugehilfe in Zürich und besuchte von da aus öfters die prächtigen, gerade für Bauleute ergiebigen und anziehenden Orte am Rhein und Bodensee, obenan Konstanz, Stein und Schaffhausen. Gelegentlich besah ich mir natürlich auch die dortige Fischerei, machte waghalsige Weidlingfahrten mit und freute mich mächtig auf den mir noch ganz unbekannten Lachsfang. Zwar hätte ich diesen, statt mit Zughamen, lieber gleich den Nordländern mit dem Spieß oder sonst auf eine recht aparte Weise betrieben, aber auch so war die Lachswanderung eine abenteuerliche und merkwürdige Sache, deren Anblick ich mir nicht entgehen lassen wollte. So erschien ich denn, wie verabredet, eines Tages in Rheinfelden und wurde von einem Kollegen, dem Sohn eines dortigen Gastwirts, mitgenommen. Wir fuhren abends zu Wagen ziemlich weit rheinabwärts bis zu einer ihm gehörigen Lachsfalle, das heißt einer kleinen Bretterhütte überm Rhein, von der aus an langer Stange über eine höchst schlichte Holzachse die mit Steinen beschwerten Netze eingesenkt und nach kurzen Pausen wieder aufgezogen wurden. Es war ein rauher Abend, und wir zogen lange Zeit nichts als kleine Weißfische. Dann aber kam der erste Lachs, ein starker, schöner Bursche, heraus. Er wurde mit Geschrei begrüßt, sogleich ausgenommen, zerlegt und ans Feuer gesetzt. Wir hatten Wein, Brot, Butter und Zwiebeln mitgebracht, ein Knecht besorgte das Kochen, ein zweiter half uns am Netz. Wir fingen wenig mehr, desto besser schmeckte uns das einfache Nachtmahl am hellen Feuer. Zuletzt waren wir alle des Ziehens müde und saßen rauchend und trinkend beisammen. Das Netz war im Wasser geblieben, und nach einer halben Stunde des Ausruhens lockte es mich doch wieder zum Zug. Ich ging allein hinüber und zog an. Das Netz widerstrebte. Ich vermutete einen glänzenden Fang, dessen alleinige Ehre ich behalten wollte, und zog mit äußerster Anspannung aller Kräfte die Stange hoch. Das Netz war schwer und voll – von was, das konnte ich im Dunkeln nicht erkennen. Nun rief ich den Freund zu Hilfe, wir brachten das Netz mit Mühe ein und fanden darin den Körper eines etwa fünfjährigen Mädchens. Nun hatte unsere Lustbarkeit ein Ende, wir standen alle vier erschrocken und ratlos vor dem dunkeln, entstellten Körper.

Dann fuhren die Knechte eilig heimwärts, um einen zweiten Wagen und Polizeihilfe zu holen, denn ein Arzt, das sahen wir wohl, war hier nicht mehr nötig. Wir zwei jungen Menschen standen und saßen nun die halbe Nacht bei der Toten, versuchten zu sprechen und hörten wieder auf, zündeten immer wieder unsere Pfeifen an und ließen sie immer wieder ausgehen; der Wein stand unberührt, und im Eimer lagen unbesehen die gefangenen Fische. Das Ereignis, das uns sonst vielleicht nur flüchtig berührt hätte, wurde hier in der Einsamkeit und Finsternis, durch das lange, lange Warten und durch den Kontrast zur vorigen Lustigkeit so grausig und traurig, daß ich tagelang darunter litt und es jahrelang niemandem erzählen mochte. Ich habe so viele Menschen gekannt, jahrelang mit ihnen Verkehr gehabt und sie, seit sie tot sind, fast völlig vergessen; und jener junge Leichnam, dessen Herkunft und Schicksale mir so dunkel waren wie der Strom, aus dem ich ihn zog, ist mir unvergeßlich geblieben.

Die rotbraune Schiffermütze, die oben im Kasten hängt, trug ich auf südlichen Meeren, am längsten um Venedig her, wo ich schöne Wochen auf Lagune und Meer verlebte. Dort lernte ich Gondelrudern, Austernfangen und auf venezianisch fluchen, trieb mich mit den Fischern von Chioggia und von der Giudecca herum und erbaute mich am eigentümlichen Gesang ihrer Frauen. Die zwei Sturmfahrten, bei denen ich dem Ertrinken nahe war, sind nichts zum Erzählen; die grellen Stimmungen einer solchen Lage muß man erlebt haben. Eher hätte ich Lust, von einem Abend zu plaudern, den ich mit Matrosen auf der Giudecca vertrank, bis wir Händel bekamen und ich ums Haar erschlagen worden wäre. Zur Ehre Venedigs sei übrigens gesagt, daß die tatkräftigen Burschen nicht Einheimische, sondern Süditaliener waren. Wo mögen sie nun alle sein? Verschollen, gestorben, im Meer ertrunken, oder alt geworden wie ich? Und die Mädchen von Burano und vom Canareggio? Und die flotten, musikalischen Kameraden, mit denen ich damals so oft in den »Tre rose« oder im »Amico Fritz« becherte, sang und um Soldi würfelte? Sie sind tot, und jene fröhlichen, harmlos glücklichen Zeiten sind samt meiner Jugend verschwunden. Nichts hat Bestand gehabt und ist mir treu geblieben als nur *sor acqua,* meine letzte Liebe.

Schau, wer hätte gedacht, daß mich grauen Knaben noch

sentimentale Betrachtungen überkämen! Sie kleiden mich schlecht. Aber das dünne, weiße Haar, die tiefen Falten im Gesicht und der vorsichtig zage Gang kleiden auch nicht gut, wenn man gewohnt war, breitbrüstig und schlankbeinig durch die Welt zu pilgern. Ich beginne mich mit Bangen auf das Wiedersehen mit meiner Mutter zu freuen. Der werde ich ein gut Stück zu erzählen haben.

(1905)

Ein Erfinder

Mein Freund Konstantin Silbernagel stand mit allen Mädchen der Nachbarschaft gut, aber er hatte keinen Schatz. Wo er eine stehen und gehen sah, war er mit einem Gruß, mit einem Witz oder mit einer Freundlichkeit und vertraulichen Neckerei zur Hand, und die Mädchen standen dann, sahen ihm nach und hatten ihr Wohlgefallen an ihm; er hätte jede von ihnen haben können. Aber er wollte nicht. Und so oft in der Werkstatt von Mädeln und Liebesgeschichten die Rede war, zuckte er die Achseln, und wenn ihn einer von uns Mitgesellen fragte, was er davon halte, lachte er und meinte: »Nur drauf los, nur drauf los, ihr Schlecker! Ich erleb's noch, daß ihr alle heiratet.«

»Ja, warum denn nicht«, rief da mancher, »ist denn Heiraten so ein Unglück?«

»Kannst's ja probieren. Aber ich nicht. Ich nicht!«

Wir lachten ihn oft darum aus, namentlich weil er ja kein Weiberfeind war. Einen Schatz hatte er freilich nie, aber wo im Vorübergehen ein kurzes Geschäker, ein leichtes Zugreifen und ein schnell gestohlener Kuß zu haben war, ließ der Silbernagel sich nichts entgehen. Auch glaubten wir nicht fehlzuraten, wenn wir annahmen, er habe irgendwo in der Ferne ein Mädel sitzen und werde wohl der erste von uns sein, dem es zum Heiraten reichte. Denn er verdiente gut und konnte Meister werden, sobald er wollte, auch hieß es, er habe ein fettes Sparkassebuch.

Im übrigen war Konstantin ein Mensch, den alle gern hatten. Er ließ uns nie merken, daß er geschickter war und mehr verstand als wir Kollegen; nur wenn einer ihn um Rat fragte, half er gern und griff mit zu. Sonst war er wie ein Kind, leicht zum Lachen zu bringen und leicht zu rühren, launisch, aber harmlos, und ich habe nie gesehen, daß er etwa einen Lehrbuben geschlagen oder ungerechterweise angeschnauzt hätte.

Damals glaubte ich noch, es in der Maschinenschlosserei zu etwas Rechten bringen zu können, und so schloß ich mich immer mehr an den Silbernagel an, der an Begabung und Erfahrung allen Kameraden weit überlegen war und es wohl auch leicht mit dem Meister aufgenommen hätte. Wenn man ihn arbeiten sah, dann ging einem recht die Lust am Handwerk auf, so leicht und fröhlich und unfehlbar ging ihm alles von der Hand. Er hatte stets nur feine Arbeit zu machen, bei der man nicht schlafen und dösen kann und immer alle Aufmerksamkeit beisammen haben muß, und er hat nie ein Stück verdorben. Die meiste Freude hatte er am Montieren neuer Maschinen; auch solche Konstruktionen, die er noch nie selber gearbeitet hatte, brachte er zusammen und in Gang wie ein Kinderspiel, und dabei sah er so edel und besonders aus, daß ich damals zum erstenmal recht begriff, was das heißt, daß der Geist den Stoff beherrscht und daß der Wille stärker ist als alle tote Masse.

Allmählich entdeckte ich denn auch, daß mein Kamerad Konstantin sich nicht mit der aufgetragenen Handarbeit begnügte. Es fiel mir auf, daß er zuzeiten nach Feierabend verschwunden war und sich nirgends zeigte, und bald kam ich dahinter, daß er dann in seinem gemieteten Stüblein in der Senfgasse saß und zeichnete. Anfangs meinte ich, er wolle sich üben und die Abendschulenkünste nicht einrosten lassen, aber dann ging ich einmal hin, und da sah ich zufällig, daß er am Lösen einer Konstruktionsaufgabe war, und als ich weiter redete und fragte, erfuhr ich bald von ihm, daß er an einer Erfindung arbeite. Seitdem ich das wußte, kam ich in ein vertraulicheres Verhältnis zu ihm, und nach einiger Zeit kannte ich alle seine Geheimnisse. Er hatte zwei Maschinen erfunden, von denen eine erst auf dem Papier, die andere auch schon im Modell fertig war. Es war ein Vergnügen, seine Zeichnungen anzuschauen, so tadellos sauber und scharf waren sie ausgeführt.

Mein abendlicher Verkehr mit Konstantin erlitt eine Unterbrechung, als ich im Herbst die Fränze Brodbeck kennen lernte und ein Verhältnis mit ihr anfing. Damals fing ich wieder stark zu dichten an, was ich seit meiner Lateinschulzeit unterlassen hatte, und das hübsche, leichtsinnige Mädchen hat mich mehr gekostet, als sie vielleicht wert war, obwohl ich noch mit einem blauen Augen davon kam.

Eines Abends, nachdem ich lang weggeblieben war, kam ich wieder einmal zum Silbernagel auf seine Mansardenstube und sagte Grüßgott. Da schaute er mich bedenklich an und wusch mir wegen der Weibergeschichte gründlich den Kopf, so daß ich fast wieder fortgelaufen wäre. Aber ich blieb doch da, denn in seiner zornigen Rede war etwas vorgekommen, das meiner jungen Eitelkeit gewaltig schmeichelte.

»Du bist zu gut für so ein Weib«, hatte er gesagt, »und überhaupt zu gut für die Frauenzimmer. Ein großer Mechaniker wirst du nicht, wenn du das auch nicht gerne hörst. Aber etwas steckt in dir, das wird schon noch herauskommen, wenn du ihm nicht vorher mit Liebesgeschichten und dergleichen selber das Kreuz abdrehst.«

Und nun fragte ich ihn, warum er eigentlich so grimmig auf Liebe und Heiraten zu sprechen sei. Er sah mich eine Weile streng an, dann legte er los:

»Das kann ich dir gleich sagen. Zum Erzählen ist's zwar eigentlich nicht, es ist nur so eine Erfahrung oder eine Episode oder wie man das heißt. Aber du wirst es schon begreifen, wenn du nicht bloß mit den Ohrlappen zuhörst. Nämlich, ich bin einmal ganz nahe am Heiraten vorbeigestreift, und von dem hab' ich auf lang hinaus *multum* viel genug. Heiraten soll wer will, aber ich nicht. Ich nicht! Verstanden?

In Cannstatt bin ich zwei Jahre in Arbeit gestanden. War auch Gießerei dabei, ein schöner Betrieb, und viel zu lernen. Kurz vorher hatte ich ein Maschinelchen erfunden für Holzbearbeitung, Zapfen, Spunden und dergleichen, ganz nett, aber es war nicht praktisch, brauchte zu viel Kraft, und da hatte ich den ganzen Kram wieder kaputt gemacht. Jetzt wollte ich noch etwas Ordentliches lernen, und das tat ich auch, und nach ein paar Monaten fing ich schon wieder was an, die kleine Waschmaschine dort; die wird gut. Da wohnte ich bei einer Heizerswitwe, eine kleine Mansarde, und da bin ich fast jeden Abend gesessen und habe gezeichnet und gerechnet. Das war eine schöne Zeit. Du lieber Gott, was hat man sonst vom Leben, als daß man was schafft und aus seinem Kopf heraus was in die Welt setzen kann?

Aber im gleichen Hause hat eine gewohnt, eine Näherin, und die hieß Lene Kolderfinger und war eine schöne Figur, nicht groß, aber wohlgeschaffen und nett. Die kannte ich natürlich bald, und weil es in der Natur so ist, daß junge Burschen gern mit den Mädlein einen Spaß haben, lachte ich ihr zu und sagte ihr manchmal etwas Lustiges, und sie lachte wieder, und es ging nicht lang, da waren wir gute Bekannte und hatten ein Verhältnis miteinander. Und weil sie ein anständiges Mädchen war und mir nichts Unrechtes erlaubte, hingen wir um so fester aneinander. Am Feierabend sind wir in den Anlagen spazieren gegangen und am Sonntag auf ein Dorf ins Wirtshaus oder zum Tanzen. Einmal beim Regenwetter kam sie auch zu mir in mein Stüblein, und da zeigte ich ihr meine Zeichnungen zu der Waschmaschine und erklärte ihr alles, weil sie natürlich in solchen Sachen kuhdumm war. Und wie ich mitten im Reden und Erklären und ganz im Eifer war, da sah ich auf einmal, wie sie hinter der Hand gähnte und gar nicht aufs Papier hinschaute, sondern unter den Tisch auf ihre Stiefel. Da hörte ich plötzlich auf und tat die Zeichnungen in die Schublade, aber sie merkte gar nichts und fing gleich zu spielen und zu küssen an. Das war das erstemal, daß ich im Sinn drinnen mit ihr uneinig war und mich ärgerte.

Nachher dachte ich mir dann aber, warum soll das Mädchen sich um deine Zeichnerei bekümmern, wo sie doch nichts davon versteht. Nicht wahr? Und da nahm ich mich zusammen, und es war auch wirklich zuviel verlangt. Nun, das war also gut. Sie hatte mich gern, und lang dauerte es nicht, so fingen wir an, vom Heiraten zu reden. Meine Aussichten waren ja nicht schlecht, ich hätte es bald zum Aufseher bringen können, und die Lene hatte eine ordentliche Aussteuer beinander und auch noch ein paar hundert Mark Gespartes. Und seit wir einander das gesagt hatten und immer strenger ans Hochzeitmachen dachten, ist sie immer zärtlicher geworden, und auch ich hatte nichts anderes mehr im Kopf als meine Verliebtheit.

Über all dem Zeug bin ich natürlich nimmer ans Zeichnen gekommen, weil ich die ganze Zeit bei der Lene war und den ganzen Kopf voll hatte von der Heiraterei. Es war auch ganz schön, und ich war recht glücklich, wie es einem Bräutigam ansteht, ließ mir Ausweispapiere aus meiner Heimat kommen und wartete eigentlich nur noch auf meine Aufbesserung im Geschäft; die konnte nimmer lang ausbleiben, vielleicht nur noch vier oder sechs Wochen.

Soweit war alles in Ordnung. Bis die Ausstellung eröffnet wurde. O Sternsakrament, Junge! Es war eine Gewerbeausstellung, nur ziemlich klein, und wurde an einem Sonntag eröffnet. Von der Fabrik hatte ich eine Eintrittskarte gekriegt und für die Lene hatte ich noch eine dazugekauft. Wir hatten Ermäßigung. Da war großer Klimbim, kannst du dir denken.

Musik und Spektakel und eine Masse Leute, ich habe dem Mädchen einen Sonnenschirm gekauft, aus einem Stoff wie Seide, in allen Farben, und da gingen wir herum und waren vergnügt. Im Freien spielte eine Militärkapelle aus Ludwigsburg, es war auch das schönste Wetter und alles voll. Später hab' ich sagen hören, sie hätten Defizit gemacht, aber das kann ich nicht glauben.

Wir liefen überall herum und sahen uns die Sachen an, und die Lene ist jeden Augenblick irgendwo stehengeblieben und ich mit. Da kamen wir auch an die Maschinen, und wie ich die sehe, fällt mir auf einmal ein, daß ich so viel Wochen lang nimmer an meiner Waschmaschine geschafft habe. Und auf einmal plagte es mich so stark, daß ich am liebsten gleich im Augenblick heimgelaufen wäre. Das kann man gar nicht erzählen, wie es mir da zu Mute war.

»Komm, laß die langweiligen Maschinen«, sagte die Lene und wollte mich fortziehen.

Und wie sie da an meinem Arme zieht, kommt mir's auf einmal so vor, als müsse ich mich schämen und als wolle sie mich von allem fortzerren, was mir früher wichtig und lieb gewesen war. Ich spürte ganz deutlich, wie in einem Traum: entweder heiratest du und gehst inwendig kaputt oder du gehst wieder an deine Waschmaschine. Da sagte ich der Lene, ich wolle noch ein Weilchen hier in der Maschinenhalle bleiben, da zankte sie und ging dann allein weg.

Jawohl, Junge, so ist's und so war's. Am Abend saß ich wie ein Wilder am Zeichenbrett, am Montag morgens hab' ich in meiner Fabrik gekündigt, und vierzehn Tage drauf war ich schon weit fort. Und jetzt werden Maschinen gemacht, eine hab' ich schon im Kopf, und für die da krieg ich's Patent, so gewiß ich Silbernagel heiße.«

(1905)

Mittagsspuk

Einmal in meinem Leben habe ich das Mittagsgespenst gesehen und die Sonne als ein furchtbares, dämonisch feindliches Wesen empfunden. Das war weder in Indien noch in Afrika, sondern mitten im friedlichen niederbayrischen Kornland.

Ich war von München aus für ein paar Tage in diese Gegend gefahren und in irgendeinem hübschen Dorfe ausgestiegen. Von dort war ich nun den dritten Tag unterwegs, im behaglichen Schlendertempo von einer Ortschaft zur andern marschierend. Es gab damals noch keine Automobile, wenigstens nicht in jener Gegend. Überall waren Wiesen mit stillen, funkelnden Bewässerungsgräben und Kornfelder, schöner, saftiger Baumwuchs an sanften Wasserläufen entlang und aus dem weiten Meer von Gras und gilbenden Ähren aufstechende weiße Kirchtürme, die einen nadelspitz, die andern zwiebelförmig. Überall waren verschlafene Dörfer, nahrhaft und still und ein wenig eintönig.

Am dritten Tag meiner Wanderung war schon der Morgen ungewöhnlich heiß. Ich ging abseits der Landstraße auf schlechten, aber hübschen Feldwegen, pflückte zuweilen eine mir vom Ackerrand entgegenschaukelnde Kornnelke und zuweilen eine Ähre, deren nahezu reife Körner ich im Gehen kaute.

Gegen zehn Uhr kam ich an ein kleines Dorf. Es hatte keine zwanzig Häuser, und beim Hindurchmarschieren sah ich keinen einzigen Menschen, nicht einmal ein Kind. Alles war im Feld; nur zwei oder drei Hofhunde gaben Laut und heulten mir eine Weile nach. Dennoch machte das Dörfchen keinen leblosen Eindruck: alle Höfe wimmelten von Federvieh. Den scheinbar menschenleeren Ort bevölkerten einige hundert Tauben und unzählige Hühner. Küken und Hennen flohen entsetzt in sinnlosen Zickzackwegen vor meinem Schritt, und die Hähne entwichen etwas langsamer, blieben dann verächtlich, doch lauernd stehen, schlugen sehr mit den Flügeln und krähten hochmütig in den zitternd heißen Sommertag hinein. Dazu gurrten die vielen Tauben in tiefen Tönen. Das von Hühnern und Tauben bevölkerte Dorf, in dem ich sonst weder Mensch noch Vieh zu sehen bekam, erschien mir wie verwunschen und blieb wie ein Märchen hinter mir liegen.

Eine Strecke weit kam nun ein heideähnlicher, unbebauter Boden, bewachsen mit Wegerich, blauroten Wiesendisteln und hohen, blühenden Gräsern, dann wieder Ackerfeld an Ackerfeld, blaßgrün und weißlichgelb, durchsetzt mit loderndem Mohn, grellblauen Kornnelken, weißer Schafgarbe und violetten Kornraden. Mit Sehnsucht sah ich weit in der Ferne einen langen blauschwarzen Waldrücken über die Felder ragen.

Der Himmel, der am Morgen lachend blau gewesen war, hatte alle Farbe verloren. Er war nicht blau, nicht grau, nicht weiß, und die Sonne ging in dem leisen Gedünste blendend ihren Weg und stach sengend herab. Es wurde beängstigend heiß. Mein Weg war pulvertrocken und ohne Schatten; ringsum war jetzt außer jenem fernen, lockenden Waldrücken kein Baum zu sehen.

Nach einer guten Stunde langsamen Gehens kam ich wieder in ein Dorf, vorher aber an einen kleinen Weiher, der brütend in einer sumpfigen Mulde lag und elend roch, und den Schwärme von Enten und ein Volk weißer Gänse lärmend beherrschten. Ein stattlicher Ententeich für ein so kleines Dorf, dachte ich. Aber das Dörfchen, das ich jetzt erreichte, hatte noch drei solche Teiche! Sie waren noch größer als jener erste, und jeder war dicht mit leuchtend grüner Wasslinse bedeckt und stank, und auf jedem trieben sich unzählige Enten und Gänse herum.

Erst ein Hühnerdorf, dann ein Entendorf, dachte ich, und nirgends Menschen, und dazu diese fatale, drückende Hitze! Das Wirtshäuschen sah nicht einladend aus, und da ich zu wissen glaubte, daß das nächste größere Dorf nicht mehr so weit entfernt sein könne, bezwang ich Müdigkeit und Durst und lief weiter. Anfangs seufzte ich noch über den elenden Feldweg und schaute oft mit lechzend gerecktem Hals nach dem noch immer sichtbaren fernen Walde hin. Nach einer Weile tat ich auch das nicht mehr, sondern schritt nur noch dumpf vor mich hin, in mein Los ergeben, mit brennenden Augen. Nur einmal blieb ich stehen und schaute gedankenverloren zwei spielenden Eidechsen zu, minutenlang. Aber das Stehen in der glühenden Luft schien mir bald noch unerträglicher als das Marschieren. Ich ging weiter.

Während meine Sinne ermattet schwiegen und das sommerliche Land ringsum brannte, begann Erinnerung mit mir zu spielen. Deutlich und wirklich, wie etwa in lebhaftem Traum, sah ich früher Erlebtes in sonderbaren Beleuchtungen wieder. Menschen, die ich vor acht Tagen kennen gelernt hatte, gerieten dabei mitten unter die vertrauten Gestalten meiner Kinderzeit. Landschaften und Städte tauschten ihre Plätze, Zürcher Freunde hörte ich bayrisch reden.

Eine tiefe, hartgebrannte Radspur brachte mich zum Straucheln, und aufschreckend wurde ich mir plötzlich meines dumpfen Dahintaumelns bewußt. Mir schien, ich sei seit dem Entendorf schon Stunden unterwegs. Die flimmernde heiße Luft blendete schmerzlich, an den Augenrändern biß der rinnende Schweiß. Ich versuchte zu pfeifen, brachte aber keinen Ton mehr über die vertrockneten Lippen.

Endlich erspähte ich in der Ferne einen Wegzeiger. Den behielt ich fest im Auge und stapfte mechanisch voran. Der Gedanke, hier zwischen zwei Dörfern eines bebauten und bevölkerten Landes auf dem Weg zu verschmachten, wollte mir lächerlich scheinen, und doch fühlte ich, daß ich nahe daran gewesen war.

Zum Glück hatte ich den Wegweiser, auf den ich zusteuern konnte. Das hielt mich wach. Aber er wollte durchaus nicht näherkommen. Ging ich so langsam, oder war die Strecke wirklich so endlos weit? Ich begann mir zu mißtrauen.

Mittlerweile brannte an dem gleichmäßig milchigweiß bedunsteten Himmel die Sonne immerzu, als müsse heute alles schmelzen. Mehr und mehr fiel ich der Vorstellung zur Beute, ich marschiere gegen einen aus dem Verborgenen feuernden Feind, und ich fing an neugierig zu werden, ob ich wohl durchkäme. Fest klammerte sich meine Hoffnung an den Wegzeiger. Den mußte ich erreichen.

Er kam langsam näher, sehr langsam. Ich hatte das Zeitgefühl verloren und glaubte, schon eine Ewigkeit auf ihn loszumarschieren. Aber jetzt näherte er sich, und ich sah ihn, den ich schon beinahe für eine Trugerscheinung gehalten, deutlich und groß dastehen. Erschöpft stand ich vor ihm und wunderte mich nicht einmal darüber, daß hier mitten am Wege, wo nirgends ein Nebenpfad abzweigte, ein Zeiger stehe.

Im ersten Augenblick war ich zu sehr geblendet, um lesen zu können. Ich beschattete die Augen mit den Händen und entzifferte mit Mühe die Inschrift. Ach, es war kein Wegweiser! Es war eine Holztafel, auf einen hohen Balken genagelt, und die Tafel teilte mir mit, daß an dieser Stelle im Juli des Jahres 1887 der Ökonom Alois Leibfinger vom Blitz erschlagen worden sei. Ich wurde aufgefordert, für ihn zu beten.

Da stand ich, und mit der eigentlich doch geringfügigen Enttäuschung verließ mich die letzte Energie. Ich las die Tafel nochmals Wort für Wort, dann lachte ich laut, dann erschreckte mich mein eigenes Lachen, und ich lief weiter.

Ich lief, weil ich mußte, weil ich ja verurteilt war. Ja, man hatte mich verurteilt, wegen Gotteslästerung. Hatte ich nicht Gott gelästert? Ich war dessen nicht gewiß, aber es schien mir wahrscheinlich. Es war mir etwas Grausiges geschehen, ich wußte nicht mehr was, und da konnte es mir ja leicht passiert sein, daß ich Gott lästerte. Das war wohl in Ordnung. Aber war es nicht vielleicht allzu grausam, daß ich dafür nun durchs Feuer laufen mußte, nackt und mit Ketten gefesselt mitten durch die flammende Hölle? Hätte man mich, der ich ohne Vorstrafen war, nicht einfach köpfen können oder hängen oder ertränken? Ertränkt werden in einem kühlen Wasser – o, was wäre das für eine Wonne gewesen!

Mir fiel ein, daß ich wohl doch nicht das begangen hatte, weswegen ich verurteilt worden war. Nein, warum hätte ich Gott lästern sollen, ihn, von dem meine Mutter mir erzählt hatte und von dem ich nur Gutes wußte. Mein Glaube an ihn war vielleicht nicht so ganz in Ordnung, aber ich kannte und liebte ihn doch und hatte ihn gewiß nie verspottet. Es tat kläglich weh, so durchs Feuer zu gehen, ungerecht verurteilt. War es wirklich Gott selber, der mich gestraft hatte, waren es am Ende nicht bloß die Pharisäer?

Vielleicht könnte ich Gott selber um Gnade und Rettung bitten, ganz leise, ohne daß die andern es hörten? Ja, das war ein Gedanke. Leise sagte ich in mich hinein: »Gott, lieber Gott!« Aber es war zu spät, und die Flammen schlugen über mir zusammen.

Nach Stunden der Ohnmacht erwachte ich, schwach und mit heftigen Schmerzen. Es war finster, Regengüsse stürzten; ich lag im Wasser und Kot am Wegrand, es donnerte unaufhörlich. Alle Glieder taten mir weh, am meisten der Kopf, und ich konnte mich nur mit großer Anstrengung aufrichten, erst auf die Knie, endlich ganz. Aber ich lebte noch. *(1905/1906)*

Maler Brahm

Unter den Verehrern der schönen Sängerin Lisa war Reinhard Brahm, der bekannte Maler, jedenfalls der merkwürdigste.

Als er Lisa kennen lernte, war er vierundvierzig Jahre alt und hatte seit mehr als zehn Jahren das Leben eines weltfremden Einsiedlers geführt. Nach einigen Jahren zielloser Bummelei und unruhiger Genußsucht war er in eine asketische Einsamkeit untergetaucht, und im Kampfe um seine Kunst schien ihm jedes Verhältnis zum täglichen Leben verlorengegangen zu sein. Fieberhaft arbeitend vergaß er Geselligkeit und Gespräch, versäumte Mahlzeiten, ließ sein Äußeres verwahrlosen und war bald genug vergessen. Indessen malte er verzweifelt. Er malte fast nichts andres als die Stunde der Dämmerung, das Untergehen der Formen, den Kampf der Umrisse mit der vernichtenden Finsternis.

Er malte eine kaum mehr sichtbare Flußbrücke, auf der eben die erste Laterne aufflammte. Er malte eine Pappel, die im Abenddämmern verschwand und nur noch mit dem äußersten Wipfel in den matten Späthimmel stand. Und schließlich malte er eine Vorstadtstraße bei Einbruch der Herbstnacht, ein ungemein schlichtes Bild von dunkler Gewalt. Damit wurde er bekannt, und von da an galt er für einen Meister, doch schien er sich wenig daraus zu machen.

Immerhin kamen nun öfters Menschen zu ihm, und da er kein Talent zum Grobsein hatte, geriet er langsam und mit Widerstreben allmählich wieder in eine kleine, doch recht auserlesene Geselligkeit, an welcher er meist schweigend teilnahm. Sein Atelier blieb für jedermann verschlossen. Nun war ihm vor einigen Wochen Lisa begegnet, und der schon ein wenig alternde Einsiedler hatte sich in die merkwürdige Schönheit mit später Leidenschaft verliebt. Sie war etwa fünfundzwanzigjährig, schlank und von ausgesprochen keltischer Schönheit.

So kühl und hochmütig die verwöhnte Sängerin war, das Außerordentliche dieser Liebe begriff sie doch und wußte es zu schätzen. Ein Mann mit berühmtem Namen, der für unnahbar und fast apathisch galt, war in sie verliebt.

Sie fragte ihn, ob sie sein Atelier sehen dürfe. Und er lud sie ein. Er empfing sie in dem Raum, den in zehn Jahren außer ihm und dem Diener niemand betreten hatte. Studien und Bilder, die er niemand gezeigt hatte, besah sie mit ihrem klugen, aparten, hochmütigen Gesicht.

»Gefällt Ihnen etwas davon?« fragte Brahm.

»O, alles.«

»Sie verstehen es? Ich meine, Sie begreifen, um was mir zu tun war? Es sind ja schließlich nur Bilder, aber ich habe mich viel damit geplagt . . .«

»Die Bilder sind wundervoll.«

»Nun, die paar Bilder! Dafür, daß ein halbes Leben an sie verbraucht worden ist, sind sie recht wenig. Ein halbes Leben! Aber einerlei –«

»Sie können stolz sein, Herr von Brahm.«

»Stolz? Das ist viel gesagt. Befriedigt sein wäre schon viel. Aber man ist nie befriedigt. Die Kunst befriedigt nie. Doch, wie gesagt, gefällt Ihnen etwas davon? Ich möchte es Ihnen nämlich gern schenken.«

»Was denken Sie? Ich könnte ja nicht –«

»Fräulein Lisa, alle diese Sachen hab' ich doch nur für mich selber gemalt. Es war niemand da, dem ich damit eine Freude hätte machen wollen. Und nun sind Sie da, und gerade Ihnen würde ich gern eine kleine Freude machen, einen kleinen Gruß – verstehen Sie – ein Künstler dem andern. Darf ich das wirklich nicht? Es wäre doch schade.« Verwundert gab sie nach, und noch am gleichen Tage schickte er ihr das Bild mit der Pappel, seinen Liebling.

Von da an verkehrte er bei ihr. Er besuchte sie je und je, und zuweilen bat er sie, ihm etwas zu singen. Dann war er einmal gekommen und in der Hilflosigkeit seiner Leidenschaft zudringlich geworden. Sie hatte die Entrüstete gespielt, er war darauf demütig und traurig geworden und hatte um Verzeihung gebeten, fast unter Tränen, und seither beherrschte und quälte sie ihn mit allen Launen einer Schönheit, die hundert Verehrer hat. Und seither wußte er, daß die, die er liebte, ihm nicht ähnlich war, nicht eine einfache und gute Natur wie er, nicht eine ehrliche und unverbogene Künstlerseele wie er, sondern ein Weib voll launischer Eitelkeit, eine Komödiantin.

Aber er liebte sie, und mit jedem Flecken, den er an ihr wahrnehmen mußte, wuchs sein Schmerz, wuchs aber auch seine Liebe. Er mied sie zuweilen, aber nur um sie zu schonen, und behandelte sie im übrigen mit einer ungewandten, aber rührenden Rücksicht und Zartheit. Und sie ließ ihn warten. Während sie ihn im persönlichen Umgang sich fern hielt und quälte, behandelte sie ihn vor andern doch wie einen begünstigten Verehrer, und er wußte nicht, geschah das aus Eitelkeit oder aus uneingestandener Neigung. Es kam vor, daß sie in irgendeiner Gesellschaft unvermutet »lieber Brahm« zu ihm sagte, seinen Arm nahm und vertraulich mit ihm tat. In ihm stritt dann Dankbarkeit mit Mißtrauen. Ein paarmal tat sie ihm auch schön und sang ihm zu Hause vor. Dann hatte er, wenn er ihr die Hand küßte und Dank sagte, Tränen in den Augen. Das ging ein paar Wochen. Dann wurde es Brahm zuviel. Die unwürdige Rolle eines dekorativen Verehrers wurde ihm zum Ekel, Mißmut machte ihm die Arbeit unmöglich, und leidenschaftliche Erregung raubte ihm den Schlaf. Eines Herbstabends packte er Malgerät und Wäsche in einen Koffer und reiste am folgenden Morgen fort. In einem oberrheinischen Dorfe stieg er im Wirtshaus ab. Tagsüber wanderte er am Rhein entlang und auf den Hügeln umher, abends saß er am Wirtstisch vor einem Glas Landwein und rauchte eine Zigarre um die andre.

Nach acht und nach zehn Tagen hatte er noch immer nicht begonnen zu arbeiten. Dann zwang er sich und spannte eine Leinwand auf. Aber zwei, drei angefangene Studien warf er wieder weg. Es ging nicht. Die einseitige, asketische Hingabe an die Arbeit, das gespannte, einsame Lauern auf verschwimmende Linien, brechende Lichter, aufgelöste Formen, die ganze einsiedlerische Künstlerschaft vieler Jahre war erschüttert, unterbrochen, vielleicht verloren. Es gab nun andres, was ihn beschäftigte, andres, wovon er träumte, andres, wonach er begehrte. Es mochte Menschen geben, die sich teilen konnten, deren Fähigkeiten und Leben vielfältig war; er aber hatte nur eine Seele, nur eine Liebe, nur eine Kraft.

Die Sängerin war zufällig allein zu Hause, als Reinhart Brahm sich melden ließ. Sie erschrak, als er hereinkam und ihr die Hand entgegenstreckte. Er sah alt und vernachlässigt aus, und als sie seinem leidend glühenden Blick begegnete, sah sie ein, daß es gefährlich gewesen war, mit diesem Menschen zu spielen.

»Sie sind zurück, Herr Brahm?«

»Ja, ich bin gekommen, um mit Ihnen zu reden, Fräulein Lisa. Verzeihen Sie, ich hätte es gern vermieden, aber es geht nun doch nicht anders. Ich muß Sie bitten, mich anzuhören.«

»Nun denn, wenn Sie darauf bestehen. Obschon –«

»Danke. Meine Sache ist bald erzählt. Sie wissen, daß ich Sie liebe. Ich habe Ihnen früher einmal gesagt, daß ich nicht mehr ohne Sie leben könnte. Jetzt weiß ich, daß das wahr ist. Ich habe inzwischen den Versuch gemacht, ohne Sie zu leben. Ich kehrte zu meiner Arbeit zurück. Zehn Jahre lang, ehe ich Sie kannte, habe ich gemalt, nichts getan als gemalt. Das wollte ich nun wieder tun, still sein und malen, nichts denken und nichts begehren, als Bilder zu malen. Und es ist nicht gegangen.«

»Nicht gegangen?«

»Nein. Es fehlte am Gleichgewicht, verstehen Sie. Früher war das Malen mein Einziges, meine Sorge und meine Liebe, meine Sehnsucht und meine Befriedigung. Es schien mir, mein Leben wäre schön und reich genug, wenn es mir gelänge, noch eine Anzahl Bilder von der Art zu malen, die kein andrer machen könnte. Darum war meine Arbeit gut. Und jetzt geht mein Verlangen nach anderem. Jetzt weiß ich nichts zu wünschen als Sie, und es gibt nichts, was ich nicht für Sie gern hingäbe. Darum bin ich nochmals gekommen, Lisa. Wenn Sie mir gehören wollten, wäre mir das bißchen Malerei einerlei. – Geben Sie mir also eine Antwort! So wie es war, kann es nicht bleiben. Ich biete mich Ihnen an, wie Sie mich wollen. Wenn Sie nicht heiraten mögen, dann ohne Heirat. Das liegt bei Ihnen.«

»Also ein Heiratsantrag!«

»Wenn Sie wollen, ja. Ich bin nicht mehr jung, aber ich habe nie in meinem Leben geliebt. Was ich von Wärme und Sorge und Treue zu geben habe, gehört Ihnen allein. – Ich bin reich. –«

»O –«

»Verzeihen Sie. Ich meine nur, ich brauche nicht vom Malen zu leben. Lisa, verstehen Sie mich wirklich nicht? Sehen Sie nicht, daß ich mein Leben in Ihre Hand lege? Sagen Sie mir ein Wort!«

Es entstand ein peinliches Schweigen. Sie wagte nicht, ihn

anzusehen, sie hielt ihn für halb krank. Endlich redete sie, schonend und freundlich. Aber er verstand beim ersten Wort. Sie stellte ihm vor, wie sehr er sie überrascht habe, wie wichtig seine Frage auch für ihr ganzes Leben sei, sie redete ihm zu wie einem ungestümen Knaben, dem man einen Herzenswunsch nicht mit einem Wort abschlagen will. Er lächelte.

»Sie sind so gütig«, sagte er. »Nicht wahr, Sie haben Angst für mich, und auch ein wenig Angst vor mir?«

Betroffen sah sie ihn an. Er fuhr fort.

»Ich danke Ihnen, Fräulein Lisa. Sie wollten nicht so geradezu Nein sagen. Aber ich habe schon verstanden. Also danke schön, und leben Sie wohl!«

Sie wollte ihn zurückhalten.

»Nein«, sagte er, »lassen Sie nur! Ich gehe nicht, um Gift zu nehmen. Wirklich nicht. Leben Sie wohl!«

Sie gab ihm die Hand. Er hielt sie fest, führte sie an die Lippen, ohne sich zu bücken, besann sich einen Augenblick, gab sie dann plötzlich frei und ging hinaus. Im Gang gab er sogar dem Mädchen ein Trinkgeld.

Brahm hatte nun eine schwere Zeit. Er wußte genau, daß nur Arbeit ihn ins Leben zurückführen konnte, aber lange Zeit verzweifelte er daran, je wieder die selbstlose Vergessenheit seiner guten Jahre zu gewinnen. In jenem Dorf am Oberrhein hatte er sich eingemietet und strich in der Gegend umher, sah immer wieder in den vom Herbstnebel bis zur Unwirklichkeit verwischten Uferstrichen und Baumgruppen künftige Bilder und konnte doch keine paar Stunden stillsitzen und das vergessen, was er durchaus vergessen wollte. Gesellschaft hatte er nicht, er hätte bei seinen sonderlinghaften Einsiedlergewohnheiten auch nichts mit ihr anzufangen gewußt.

Eines Abends, nachdem er in trostlosem Hinbrüten seine gewohnte Flasche Wein getrunken hatte, fürchtete er das frühe Zubettgehen und ließ sich, ohne viel dabei zu denken, eine zweite Flasche geben. Mit schweren Gliedern legte er sich dann ziemlich berauscht nieder, schlief wie ein Stein und erwachte spät am andern Tage mit einem sonderbar ungewohnten Gefühl müder Willenlosigkeit, das ihn den halben Tag verträumen ließ.

Zwei Tage später, als das alte Leidwesen wieder mächtig

werden wollte, probierte er dasselbe Mittel, und dann mehrmals wieder. Eines Tages spannte er auch trotz der nassen Kühle draußen eine neue Leinwand auf. Eine Reihe Studien entstand. Große Pakete aus Karlsruhe und München kamen an, Sendungen von Kartons, Holztafeln, Farben. Innerhalb sechs Wochen wurde nahe beim Stromufer ein primitives Atelier gebaut. Und bald nach Weihnachten war ein großes Bild fertig. »Erlen im Nebel« und gilt jetzt für eines der besten Werke des Malers.

Auf diese erregte, köstlich fieberische Arbeitszeit folgte ein Rückschlag. Tagelang trieb sich Brahm draußen herum, bei Schnee und Sturm, um schließlich irgendwo in einer Dorfschenke nach einer stillen Zecherei betrunken ins Bett geschafft zu werden. Tagelang lag er auch im Atelier auf ein paar Decken, mit wüstem Kopf und voll Jammer und Ekel.

Aber im Frühjahr malte er wieder.

So trieb er es nun Jahr um Jahr. Öfters gelang es ihm, wochenlang müßig zu sein und doch zu arbeiten. Dann kam wieder ein Umfall. Und schließlich brachte er einmal, nach einem zornig vertrunkenen Tage, eine kalte Märznacht auf dem freien Feld zu, erkältete sich schwer und starb einsam und schlecht verpflegt. Er war schon begraben, als auf die Notiz einer Zeitung hin ein Verwandter hergereist kam, um nach ihm zu sehen. Unter den Bildern, die er hinterließ, war ein merkwürdiges Selbstporträt aus seiner letzten Zeit. Ein gründlich und rücksichtslos studierter Kopf, häßlich verwahrloste Züge eines alternden Trinkers, leicht grinsend, und ein unentschlossen trauriger Blick. Aus irgendeinem Grunde hatte Brahm jedoch über das fertig ausgeführte, gewiß nicht ohne peinliche Selbstironie gemalte Bild kreuzweis zwei dicke rote Pinselstriche gezogen.

(1906)

Von der alten Zeit

In meiner Heimat wohnt ein alter Gymnasialprofessor, einer von den guten, der schreibt mir alle Jahre einmal einen Brief. Er wohnt in seinem Einsiedelhäuschen und Garten still und nachdenklich dahin, und wenn in der Stadt jemand begraben wird, so ist es meist ein früherer Schüler von ihm. Dieser alte Herr hat mir kürzlich wieder geschrieben. Und obwohl ich selbst einer ganz anderen Meinung bin und ihm in meiner Antwort kräftig widersprochen habe, scheint mir seine Betrachtung über die alte und neue Zeit doch lesenswert, so daß ich dieses Stück aus seinem Briefe hier mitteile. Es heißt:

– – Es will mir nämlich vorkommen, die heutige Welt sei von der, die zu meinen jungen Zeiten noch bestand und galt, durch eine größere Kluft getrennt, als sonst Generationen voneinander getrennt sind. Wissen kann ich es nicht, und die Geschichtschreibung scheint zu lehren, meine Ansicht sei ein Irrtum, dem jedes alternde Geschlecht verfalle. Denn der Fluß der Entwicklungen ist ein stetiger, und zu allen Zeiten sind die Väter von den Söhnen überwunden und nicht mehr verstanden worden. Dennoch kann ich mein Gefühl nicht ändern, es sei – wenigstens in unserem Volk und Lande – in den letzten Jahrzehnten alles viel gründlicher anders geworden und als habe unsere Geschichte eine viel raschere Gangart angenommen als in früheren Zeiten.

Soll ich bekennen, was mir an diesem Umschwung des Zeitgeistes als das Wesentlichste erscheint? Da ist, um es kurz zu sagen, ein überall spürbares Abnehmen der Ehrfurcht und der Keuschheit. Ich will die alten Zeiten nicht loben. Ich weiß, daß es jederzeit nur eine kleine Minderheit von Guten und Brauchbaren gegeben hat, einen Denker auf tausend Redner, einen Frommen auf tausend Seelenlose, einen Freien auf tausend Philister. Im Grunde war vielleicht nichts einzelnes früher besser als heute. Aber im ganzen war, scheint mir, bis vor einigen Jahrzehnten in unserem allgemeinen Lebenshabitus mehr Anstand und Bescheidenheit als heute. Jetzt wird alles mit größerem Getöse und größerer Eigenliebe getan, und die Welt hallt von der Überzeugung wider, sie stehe an der

Schwelle der goldenen Zeit, während doch niemand zufrieden ist.

Ringsum ergeht ein Reden, Predigen und Schreiben von Wissenschaft, von Kultur, von Schönheit, von Persönlichkeit! Aber die Einsicht, daß alle diese wertvollen Dinge nur in Stille und nächtlichem Wachstum gedeihen können, scheint durchaus vergessen zu sein. Jede Wissenschaft und Erkenntnis hat es so eilig, gleich auch Früchte zu tragen und sichtbare Erfolge sehen zu wollen.

Das Erkennen eines natürlichen Gesetzes, an sich ein so erhabenes und inniges Ereignis, wird mit bedenklicher Hast in die Praxis gezogen – als ob man einen Baum zu schnellerem Wachstum nötigen könnte, wenn man das Gesetz seines Wachsens erkannt hat. Und so ist überall ein Wühlen an den Wurzeln, ein Experimentieren und Goldmachen am Werk, dem ich mißtrauen möchte. Es gibt weder für die Gelehrten noch für die Dichter mehr Dinge, über welche man schweigt. Es wird alles besprochen, bloßgelegt und beleuchtet, und jedes Forschen will gleich ein Wissen sein. Eine neue Erkenntnis, ein neuer Fund eines Forschers steht, noch ehe der Mann damit ganz fertig ist, schon popularisiert und ausgebeutet in den Zeitungen. Und jedes Fündlein eines Anatomen oder Zoologen bringt gleich auch die Geisteswissenschaft ins Zittern! Eine Spezialstatistik beeinflußt Philosophen, eine mikroskopische Entdeckung die Seelenlehren der Theologen. Und gleich ist auch ein Dichter da, der den Roman dazu schreibt. Alle jene alten, heiligen Fragen um die Wurzeln unseres Lebens sind aktuelle Unterhaltungsstoffe, von jedem Hauch der Mode in Wissenschaft und Kunst berührt und beeinflußt. Es scheint kein Schweigen, kein Wartenkönnen, auch keinen Unterschied zwischen Großem und Kleinem mehr zu geben.

Im sichtbaren täglichen Leben ist es ebenso. Lebensregeln, Gesundheitslehren, Häuser- und Möbelformen und andere Gegenstände längeren Gebrauchs, denen sonst eine gewisse Stabilität anhaftete, wechseln heute so eilig wie Kleidermoden. Jedes Jahr ist auf jedem Gebiet der Gipfel erklommen und das Endgültige geleistet. Im Leben der einzelnen Familien führt das alles zu einem argen Riß zwischen innen und außen, zwischen Schauseite und Innenseite, und damit zu einem Verfall der Sitte und Lebenskunst, dessen Grundzug ein erstaunlicher Mangel an Phantasie ist.

Beinahe scheint mir das die eigentliche Krankheit der Zeit zu sein. Phantasie ist die Mutter der Zufriedenheit, des Humors, der Lebenskunst. Und Phantasie gedeiht nur auf dem Grunde eines innigen Einverständnisses zwischen dem Menschen und seiner sachlichen Umgebung. Diese Umgebung braucht nicht schön, nicht eigentümlich, nicht reizend zu sein. Wir müssen nur Zeit haben, mit ihr zu verwachsen, und daran fehlt es heute überall. Wer nur nagelneue Kleider trägt, die er sehr häufig wechseln und erneuern muß, dem geht dadurch ein Stücklein Boden für die Phantasie verloren. Er weiß nicht, wie lebendig, lieb, freundlich, drollig, erinnerungsreich und anregend ein alter Hut, eine alte Reithose, ein altes Wams sein kann: Und ebenso ein alter Tisch und Stuhl, ein vertrauter, treuer Schrank, Ofenschirm, Stiefelknecht. Ferner die Tasse, aus der einer seit Kinderzeiten trank, die großväterliche Kommode, die alte Uhr!

Gewiß ist es nicht notwendig, immerzu am selben Orte und in denselben Räumen und mit denselben Gegenständen zu leben. Es kann jemand sein Leben lang auf Reisen und heimatlos sein und dennoch die reichste Phantasie haben. Aber auch er wird sicherlich irgend ein liebes Stücklein mit sich herumtragen, wovon er sich niemals trennen mag, und sei es nur ein Fingerring, eine Taschenuhr, ein altes Messer oder ein Geldbeutel.

Nun, ich gerate auf Abwege. Ich wollte sagen, daß die heutige Veränderungslust arm macht und die Seelenkraft schädigt, indem sie von der Weltanschauung bis zum Hausgerät eine Abneigung gegen das Stabile hat; man macht schon den Kindern das Dichten, Schaffen und eigene Mitleben mit den Dingen schwer, indem man sie durch viel zu viel Spielsachen und Bilderbücher reizt. Und man macht den Erwachsenen jedes Glauben, jedes innige Erfassen und Festhalten so schwer, indem man gar zu bequem und wohlfeil in jeder Bude darbietet, was langsam und mit Hingabe erworben werden sollte. Nun meint jeder alles erraffen zu müssen, und nichts ist ihm leichter gemacht, als von der Kirche zur Religionslosigkeit, von da zu Darwin, von da zu Buddha, von da zu Nietzsche oder Haeckel oder sonstwohin überzugehen, ohne daß er sich viel zu bemühen und zu studieren braucht. Es ist so leicht geworden, Bescheid zu wissen, ohne lernen zu müssen.

Gewiß wird die Menschheit nicht daran zugrunde gehen. Und ebenso gewiß werden auch heute wie immer die innerlich Tüchtigen auf alle bequemen Wege und Erfolge verzichten. Aber es ist ihnen schwerer gemacht. Und das Leben im ganzen, der Durchschnitt des häuslichen und alltäglichen Lebens und Verkehrs ist gesunken. Es war vielleicht spielerisch und töricht, wenn früher viele Hausväter angenehme Allotria trieben, wenn einer die Flöte blies, einer Kalligraphenkünste übte, einer Uhren auseinandernahm und wieder zusammensetzte, ein anderer Klebearbeiten aus Papier und Pappdeckel machte. Aber es war unschädlich und sie waren zufrieden. Und wenn für das Genie, für den strebenden einzelnen eine ewig dürstende Ungenüge notwendig und heilsam ist, so ist für die große Menge der Unbedeutenden Zufriedenheit nicht minder notwendig und heilsam, wenn das Ganze im Gleichgewicht bleiben soll.

Es gab früher für Familien und selbst für größere Verbände eine Gemeinsamkeit der intimen Erinnerungen, eine Anhänglichkeit an kleine Dinge der Außenwelt, die mit geheimer Gewalt fortwirkte und ein köstliches Heimgefühl entstehen ließ. Es gab ein Kennen kleinster Züge aneinander, das für Verstandesmenschen gefährlich sein müßte, für Phantasiemenschen aber eine Quelle innigeren Zusammenhaltens und daneben noch eine Fundgrube für Scherz und Laune wurde. Es gab soviele sogenannte Originale, weil man Lust an kleinen Sonderlichkeiten und Aufmerksamkeit für sie hatte, und da dies gegenseitig geübt wurde, entstand daraus ein heiterer, launig wohler Ton im Verkehr und in der Unterhaltung. Natürlich hat auch heute noch jede rechte Familie ihren Ton, ihre Geheimnisse, Neckereien und Geheimsprache, und das wird immer so bleiben. Aber über die Familie hinaus fehlt es zumeist heutigen Gesellschaften an solcher Farbe und Laune, und was an Behagen fehlt, kann der Aufwand in Kleidern, Speisen, in Raum und Gefühl nicht ersetzen.

So schrieb mir mein alter Lehrer. Wie gesagt, bin ich nicht ganz seiner Meinung. Aber es ist doch etwas daran, will mir scheinen. *(1907)*

In den Felsen

Notizen eines »Naturmenschen«

1

Die ersten Tage meiner Einsiedlerschaft sind schrecklich gewesen. Jetzt, da sie vorüber sind, fühle ich mich sicher und beinahe behaglich. Ich schreibe diese Worte in meiner Bretterhütte am Boden liegend, es regnet heftig und ist so kühl, daß ich mich bis unter die Arme in meine Wolldecke gewickelt habe. Nun bin ich doch froh, daß ich Papier und Bleistift mitgenommen habe, obwohl diese Art von Zeitvertreib eigentlich wider mein Vorhaben ist. Aber bei einem dreißigstündigen Regen, dessen Ende noch nicht abzusehen ist, allein in einem Bretterverschlag in der Einöde zu liegen, ohne Bücher, ohne Tabak, ohne Feuer, ohne Brot, vom Fasten geschwächt, wäre ohne dies harmlose Schreibvergnügen gar schwer zu ertragen.

Was ich hier lernen und erleben wollte, habe ich eigentlich schon alles gefunden. Ich habe die Einsamkeit kennengelernt und die Not, ich bin zum ursprünglichsten Leben zurückgekehrt und habe meine eingeschlafenen Instinkte erwachen sehen.

Als ich herkam und meine Kleider in den Rucksack steckte und nackt, nur mit Sandalen und einem Hut bekleidet, meine Kur begann, hatte ich sehr unternehmende und fröhliche Gedanken. Ich sang vergnügt vor mich hin, als ich an jenem ersten Nachmittag auszog, um Laub für mein Lager zu sammeln. Die Sonne brannte mir fleißig auf die verwöhnte Haut, die Dornen zeichneten mir ein Netz von roten Schrammen auf die Beine; die Knie und Hüften stieß und ritzte ich mir am Kastaniengestrüpp und an den Felsen wund. Aber ich war fröhlich dabei, ich sang und hatte meine Lust an der wilden, schönen Landschaft. Ich suchte hohe, steile Felskuppen auf, von denen ich senkrecht tief in die warme Meerbläue hinabschauen konnte, ich gab den kühnen Felsenformen kühne Namen und freute mich an jedem roten Riß, den meine fahle, weiche Haut bekam. Es waren vergnügte, kindisch vergnügte Stunden.

Bis es anders kam. Es fing damit an, daß ich im Winde meinen grauen Leinenhut verlor. Ich lief ihm nach, fiel mehrmals ins Gestrüpp und Gestein, lief mich heiß und holte den Hut doch nimmer ein. Er segelte herab und über die letzten steilen Klippen hinaus meerwärts zu den Schwalben und Möwen. Darüber hatte ich mich verirrt und ermüdet, die Sonne blendete und brannte mir auf den unbedeckten Kopf, bis er schmerzte und fieberte, und gegen Abend des ersten Tages kam ich todmüde, zerschunden und elend in die Hütte zurück. Da merkte ich, wie bequem ich bis jetzt gelebt hatte. Ich glaubte anspruchslos zu sein, ich begehrte nichts als ein Glas Wasser zum Trinken, eine Schüssel Wasser zum Waschen und ein Bett zum Liegen und Schlafen. Es war jedoch weder Glas noch Schüssel, weder Trinkwasser noch Waschwasser vorhanden, und mein Bett bestand aus dem steinigen Boden, meiner wollenen Decke und ein paar Armen voll Laub, die ich vor einigen Stunden gesammelt hatte. Ich schichtete mir ein Laubkissen auf, rollte mich in die Decke und nahm mir vor, geduldig zu sein und bald einzuschlafen.

Allein ich schlief nicht. Mein Kopf surrte vor Schmerzen, meine überall geritzte und entzündete Haut brannte und biß, meine Kehle lechzte trocken. Ich kaute welke Blätter, um einen feuchten Mund zu bekommen, und ohne zu schlafen träumte ich Fieberträume aus meinem früheren Leben. Da gab es laue Bäder in Wannen, frohe abendliche Gespräche mit Freunden, ein wohliges Gähnen vor dem mit kühlem Linnen bezogenen Bett, warmes Lampenlicht, eine Zigarre und eine Flasche weißen, kühlen Moselwein.

Dazwischen kam in munteren Stößen der kalte, stürmische Nachtwind, der klapperte in dem alten Bretter- und Lattenwerk, blies mir übers Gesicht und spielte raschelnd mit der losen Streu meines Lagers. Da sah ich ein, daß es mir übel gehe, und wurde klein und still. Ich hätte etwas darum gegeben, auch nur meine Taschenuhr ticken zu hören, und obwohl nach einigen Stunden der helle Mond aufging und fröhlich durch alle Ritzen und Löcher meines Hauses schien, wollte ich doch verzagen und dachte traurig und feig an die Heimat, an Dampfschiffe und Schnellzüge und an das Geld, das ich neben der Hütte vergraben hatte. Ich rechnete mir vor, daß ich in drei Stunden das Fischerdorf und eine Barke, in fünf die nächste Station, in zehn irgendeine große Stadt, in fünfundzwanzig meine Heimat samt warmem Bett und aller Wohnlichkeit erreichen könnte.

Indessen verging die erste Nacht, wie alles einmal vergeht; dem Mond folgte die Dämmerung, der Dämmerung die Sonne. Fröstelnd und elend blieb ich dennoch lange liegen, in einer Art von Trotz und Jammer. Dann fühlte ich Hunger, stand auf und aß begierig das große Stück Brot, das ich gestern mitgebracht hatte. Ich dachte nicht daran, daß es mein einziger Vorrat war, ich folgte nur dem augenblicklichen Bedürfnis. Dann arbeitete ich mit schmerzenden Gliedern eine Stunde an der Verbesserung meiner Lagerstätte, beschwerte das Hüttendach mit einigen Steinen und fegte den Boden mit Ginsterzweigen rein. Dann ging ich auf die Suche nach Wasser und fand ganz in der Nähe einen Tümpel, in dem ich mich wusch, und etwas entfernter sogar einen kleinen Bach, an dem ich meinen Durst löschte. Von alldem war ich endlich so erschöpft, daß ich mich langhin in die Sonne legte. Doch hatte ich den Kopf durch einen groben Kranz von Ginster geschützt.

Gedankenlos, halb fiebernd halb schlafend, blieb ich liegen, Stunde um Stunde, ohne auf die Schmerzen zu achten, die der Sonnenbrand mir machte. Als ich betäubt und schlaff mich gegen Abend erhob, war meine Haut vom Nacken bis zu den Fersen verbrannt, tiefrot und voll von Blasen. Mühsam und gebrochen erreichte ich die Hütte wieder, nahm mein Hemd aus dem Rucksack und zog es an, legte mich vorsichtig auf die Laubstreu und hatte keinen Wunsch, als nun zu schlafen oder zu sterben.

Diese Nacht war noch schlimmer als die vorige. Ich konnte weder auf dem Rücken noch auf den Seiten liegen, die Haut ging in Streifen ab, und mir blieb nichts übrig, als trotz der Kühle nackt auf und ab zu gehen und zwischenein sitzend ein wenig zu rasten. Aber das Sitzen auf dem bloßen Boden, zumal wenn er kalt und steinig ist, will auch gelernt sein.

Am Morgen war ich zu erschöpft, um ein anderes Bedürfnis zu fühlen als das nach Liegen und Rasten. Ich legte mich also bäuchlings in die Sonne, jedoch mit dem Hemd bekleidet und mit Zweigen und Laub zugedeckt. So blieb ich den ganzen Tag, regungslos, in Schmerzen und Fieber. Gegen Abend kam ich auf den Einfall, etwas grünes Laub, Föhrennadeln und Rinde von jungen Zweigen zwischen Steinen zu einem Brei zu zerreiben, den ich als Salbe benutzte. Auch schleppte ich mich bis zu dem Tümpel und trank Wasser. Gegessen hatte ich seit dreißig Stunden nichts.

Als ich mich in der Hütte niederlegte, fühlte ich nichts als eine sonderbare Neugierde, was jetzt geschehen und wie lange das noch dauern würde. Es schien mir wahrscheinlich, daß ich hier verschmachten müsse. Und ich dachte daran, mit welchen Vorstellungen und Erwartungen ich die Einsiedelei bezogen hatte. Genesen hatte ich wollen und frei und neu werden, und ich hatte es mir wundersam und mächtig vorgestellt, wie Sonne, Wind, Felsen und Pflanzen mir nahe kommen und Freund werden würden. Nun sah das alles anders aus. Die wilde Natur hatte mir keinerlei Gastlichkeit angeboten, sie schien mir eher Feind als Freund zu sein und sah mit großer Gleichgültigkeit zu, wie es mir übel ging. Vielleicht noch einige Tage, so lag ich tot in meiner Klause, und Sonne und Wind und Mond und Wolken zogen unbekümmert darüber hinweg.

Dies war jedoch mein Wunsch nicht. So schlaff und müde ich war, und sosehr die Schmerzen mich plagten, mein Leben wollte ich doch nicht in dieser Wüstenei lassen. Ich beschloß, am nächsten Morgen alle Kräfte aufzuwenden, um das Fischerdorf zu erreichen, mich dort zu pflegen und dann heimzufinden.

Aber gerade in dieser Nacht kam trotz aller Beschwerden ein Schlaf über mich, der zwar nur wenige Stunden dauerte, aber so tief und innig war, daß ich am Morgen nicht nur aufstand und lebendig war, sondern auch dazubleiben und auszuhalten beschloß. Ein Trotz, der nicht ohne Eitelkeit und Rechthaberei war, hatte in mir Wurzel geschlagen. Wenn ich meinen geschundenen und gschwollenen, rot und violett gefärbten Leib betrachtete, schien es mir billig, diese Leiden nicht umsonst erduldet zu haben. Immerhin änderte ich meine bisherige Ansicht über Wüstenheilige und Asketen bedeutend.

2

Da es auch heute noch regnet, fahre ich fort:

Als ich an jenem trotzigen Morgen aufstand und zum Waschen und Wassertrinken auszog, war ich verhältnismäßig guter Dinge. Doch während des Gehens merkte ich, daß mich ein neues Leiden erwartete.

Da war der Hunger. Seit dem Brote vor zwei Tagen hatte ich nichts zu essen gehabt, und kaum war ich gewaschen und etwas erfrischt, so begannen alle meine Triebe und Gedanken sich auf das Ziel des Essens zu richten. Weit zu gehen vermochte ich nicht, und in der Nähe war nichts zu finden. Doch wußte ich, daß ein Mensch, wenn er Wasser zu trinken hat, in guter Luft und Sonne lebt, leidlich gesund ist und Ruhe hat, es viele Tage ohne Speise aushalten kann.

Darum nahm ich mir vor, zunächst für die Heilung meiner Haut zu sorgen und wetterfest zu werden. In der Nähe des Bächleins fand ich eine Stelle weichen Bodens, dort wollte ich mich eingraben, um die Kühlung und Heilkraft der Erde zu erproben. Die Arbeit dauerte lange, da ich nur ein Messer und abgebrochenes Holz als Werkzeug hatte. Schließlich war doch eine Grube fertig, ich legte mich hinein und deckte mich bis unter die Achseln mit Erde zu. Kopf und Gesicht bedeckte ich mit Laub und Zweigen. und so lag ich wieder nahezu einen ganzen Tag. Mir schien, ich sei schon viele Wochen hier, und im halbschlafenden Hindämmern sah ich Dinge, Menschen und Ereignisse meiner letzten Wochen in jahreweiter Entfernung stehen.

Dazwischen wachte ich auf, sah meinen Zustand und meine Umgebung mit merkwürdiger, momentaner Überklarheit und mikroskopischer Deutlichkeit, biß die Zähne zusammen und fühlte den Hunger in mir nagen und rasen. Von Zeit zu Zeit stand ich auf, ging zum Bache und trank, um mich darauf von neuem einzugraben.

Auf meine vorige Niedergeschlagenheit und Angst war eine kräftigere, doch kaum angenehmere Stimmung von Selbstironie und Mißtrauen gefolgt. Ich führte lange, lautlose Selbstgespräche, in denen ich mich verhöhnte, mich Esel und Hornvieh nannte, mich mit Don Quijote verglich. Ruhe, Befreiung und Einswerden mit der Natur hatte ich gesucht, Unabhängigkeit und Bedürfnislosigkeit. Statt dessen war ich abhängig und bedürftig, ausschließlich mit mir selbst und meinem leiblichen Ergehen beschäftigt, krank und rastlos, von törichten Träumen, Reue und Vorwürfen heimgesucht, von Schmerzen belästigt, kaum zum Stehen und Gehen fähig und vom Hunger belagert wie eine Stadt im Krieg. Ich hatte mir das, was ich »die Natur« nannte, gar freundlich und mütterlich und gütig gedacht, und nun hatte diese Natur nichts als Dornen, Qualen und Verhöhnung für mich.

Nicht einmal in Knabenzeiten, wenn ich unter der Fuchtel eines wütenden Lehrers seufzte, war ich mir so verraten, klein und armselig erschienen wie jetzt, da ich meinen Willen hatte und meine Torheit büßte.

Und während ich höhnte, schalt und zürnte, beschien mich die gütige Sonne, kühlte mich die geduldige Erde, berührte mich der duftende Wind mit tröstendem Wehen. Ich wußte es nicht und fühlte es nicht. Ich mußte erst gefallen, gebrochen und gedemütigt sein, ich mußte erst meine alte Weisheit und mein altes Gift loswerden und hassen lernen. Mein Magen bedurfte des Hungers, meine Haut der Qualen, mein ganzer Leib des Fiebers, der Schmerzen und der Not, damit meine Seele frei und meine Sinne fein und dankbar und tüchtig würden.

Die Hungerqual dauerte zwei Tage und Nächte. Nachdem ich vier Tage ohne Speise gewesen war, hörte das Hungergefühl völlig auf, nur der Durst blieb stetig. Im ganzen blieb ich sieben Tage ohne Essen. Während dieser Zeit schälte und erneuerte sich meine Haut, ich gewöhnte mich an Nacktsein, hartes Liegen, an Sonnenhitze und kalten Nachtwind. Während ich zu erliegen glaubte, wurde ich fest und zäh, freilich ohne es sofort zu fühlen. Ich achtete weder auf die schöne Landschaft noch auf Wetter und Wärme, ich sah weder Blumen noch Felsen noch Bäume in ihrer Schönheit, ich war allein mit mir selber beschäftigt und dachte an nichts, als die Stunden und Tage möglichst gefühllos hinzubringen und möglichst regelmäßig meinen brennenden Durst zu stillen. Die Nächte brachte ich bald in der Hütte, bald draußen in der Nähe des Wassers zu. Oft schlummerte ich stundenlang, bis der Durst mich weckte. Oft lag ich stundenlang bei halbem Bewußtsein, sah Licht und Schatten wechseln und hörte die kleinen Geräusche der Einöde, ohne ihrer zu achten und mir über das, was ich sah und hörte, Rechenschaft zu geben. Manchmal schien es mir, als müsse ich erstarren, Wurzeln schlagen und in ein pflanzliches oder mineralisches Dasein zurücksinken.

Nachdem ich sieben Tage gefastet hatte, fand ich wieder einen ungewöhnlich tiefen Schlaf, aus dem ich mit freierem Kopf zu bewußtem Denken erwachte. Ich untersuchte meinen Zustand, soweit es mir möglich war. Die Hungerqual war schon seit Tagen verschwunden, und der Mangel an Nahrung äußerte sich nur in Schwäche, Schlaflust und starkem Durste. Nun schien es mir an der Zeit, ernstlich nach Speise zu suchen, um nicht schließlich die letzten Kräfte zu verlieren.

So machte ich mich auf die Suche. Meine Haut war ganz geheilt und erzbraun geworden, auf dem Kopf trug ich meine Ginstermütze. Ich konnte nur langsam gehen und mußte häufig Rast halten. Das erste Eßbare, was ich in einer Spalte zwischen Felsklippen fand, waren üppig grünende Stauden von Sauerampfer. Ich kaute und schluckte einige Blätter, ohne üble Folgen zu spüren. Dann überlegte ich, daß weiter unten am Berge oder in geschützten Schluchten notwendig Beeren oder andre Früchte wachsen und reif sein müßten.

Unter großen Mühen arbeitete ich mich weiter talwärts und fand gegen Mittag die ersten Erdbeeren, kaum eine Handvoll, eine Stunde später aber große Mengen. Ich aß langsam und vorsichtig und spürte zwar ein leichtes Übelsein, behielt aber die Speise bei mir und fühlte mich nun als Sieger. Jene Stunde war vielleicht die glücklichste, die ich hier gehabt habe. Ich fühlte mich genesen und hoffte bald wieder zu Kräften zu kommen. Und kaum war die Hoffnung da, so fühlte ich auch die Fortschritte, die ich in diesen Tagen unbewußt gemacht hatte, mit Behagen. Vor allem erfreute ich mich meiner braunen, geschmeidigen, gesunden Haut, die in Sonne und Kühle frisch blieb und die vielen kleinen Schürfungen, die das Nacktgehen in der weglosen Wildnis mit sich bringt, kaum mehr empfand. Meine Augen waren klarer geworden und ertrugen das grelle Sonnenlicht ohne Beschwerden, auch atmete ich tiefer, leichter und gleichmäßiger. Mager war ich allerdings geworden und bin es jetzt noch.

3

Seither habe ich an Kräften zugenommen. Ich lebe nackt und aufmerksam wie ein Hirsch in meinem Geklüfte, bin dunkel rotbraun, schlank, zäh, flink, habe verfeinerte Sinne. Ich rieche reife Erdbeeren von weitem, kenne die Winde, Stürme, Wolkenformen und Wetterzeichen des Landes. Seit drei Wochen kenne ich kein Bett, kein Feuer, kein Brot, kein Fleisch, kein Gemüse, kein Gewürz, nicht Löffel noch Gabel, nicht Schüssel noch Becher. Allerdings, vollkommen unabhängig bin ich nicht. Es zeigte sich, daß ich von den Erdbeeren und wilden Kirschen, die ich fand, allein nicht leben konnte. Seither wandere ich alle paar Tage die drei Stunden ins nächste Dorf, kaufe Mandeln, Orangen und Nüsse und kehre ohne weiteren Aufenthalt zurück. Die Hütte habe ich mir so ziemlich abgewöhnt, sie dient nur noch meinem Rucksack zur Unterkunft, denn ich schlafe fast immer im Freien, in dem weichen, kurzen, silbrig behaarten Berggras.

Was ich hier erlebe, kann und mag ich nicht aufschreiben. Ich höre und sehe das Leben der Erde, lebe und atme mit, bin ruhig und bescheiden geworden. Meine Arbeit ist: das Suchen von Beeren und Waldkirschen, das Flechten kleiner korbartiger Schalen zum Aufbewahren dieser Dinge, das Ausgraben einer Vertiefung im Bachbett, damit mir später nicht etwa das Trinkwasser ausgehe. Doch habe ich auch die Kunst gelernt, einen halben oder ganzen Tag gar nichts zu tun, auf einem Felsen zu sitzen, der von Sonne glüht, die Bildungen der Moose zu betrachten und zu warten, ob etwa ein Sperber vorüberfliegt. Ich schlafe, wenn ich das Bedürfnis dazu fühle, manchmal sechs Stunden, manchmal zwei oder eine, bei Tag oder Nacht. Die Nacht ist mir vertrauter geworden, da ich oft, um die Kühle zu benützen, die ganzen Nächte auf Streifzügen im Gebirge verbringe. Dazu trage ich Sandalen, während ich sonst auf bloßen Sohlen gehe. Ich habe gelernt, so leise zu gehen, daß selbst die Eidechsen mich nicht hören.

Schön ist es, in der ersten Stunde vor Tag das Erwachen des Lichtes am Himmel und auf der See zu beobachten. Schön ist es auch, nachts auf der Rast im Moos zu liegen und durch Gezweige die Sternbilder anzuschauen. Und merkwürdig schön und wohlig ist es, bei leise strömendem Regen unterwegs zu sein und das weiche, linde Wasser zu fühlen, wie es aus den Haaren und von den Schultern über die erfrischte Haut hinabläuft.

Aber wie steht es mit meinen Gedanken? Ich hatte erwartet, sie würden stillestehen oder ganz anders werden. Doch sind sie dieselben geblieben. Nach wie vor bewegen sie sich um dieselben menschlichen Angelegenheiten. Zwar habe ich die Überzeugung gewonnen, daß eine Regeneration unsrer Völker und ihres gesamten Lebens möglich wäre, durch Früchtenahrung und Annäherung an das Nacktleben. Doch hatte ich solche Erkenntnisse nicht gesucht und rechne sie zu den leiblichen Erfahrungen. Geistige habe ich nicht gemacht. Die Frage nach der Willensfreiheit, die doch jedes Menschen bewußte oder unbewußte Hauptangelegenheit ist, habe ich weder neu betrachten lernen, noch ist sie mir unwichtiger geworden. Wohl glaube ich, daß eine Fortsetzung meiner jetzigen Lebensweise mich dazu bringen wird, einmal leichter und stiller zu sterben, aber auch das wäre ja nur ein leiblicher Gewinn.

Trotzdem meine ich, auch mein geistiges Leben habe eine gewisse Zucht und Gesundung erfahren. Ein wenig mehr Geduld, ein wenig mehr Bescheidenheit, das ist auch ein kleiner Fortschritt in der Wahrhaftigkeit, und die ist doch unsre oberste und wertvollste Tugend.

Mein Papier ist vollgeschrieben, und ich wüßte auch wenig mehr zu sagen. Die Sonne geht schon abwärts, und ich muß heute noch ins Dorf, um Feigen und Nüsse zu kaufen. Es ist Zeit, die Kleider anzulegen und zu gehen. Diese Gänge haben etwas Besonderes, sowohl Ängstliches wie Festliches für mich. Denn nach dem Alleinsein mit Steinen, Gras und Bäumen ist es jedesmal wunderlich erregend, wieder Menschen zu sehen.

(1907)

Abschied

Ein Landwirt, der in meiner Nachbarschaft ein Gut besaß, und den ich als einen stillen, etwas schüchternen Menschen mit einem schönen, zugleich traurigen und schamhaften Blick in Erinnerung habe, nahm sich eines Tages, kaum mehr als dreißigjährig, das Leben. Und wie das manchmal so gehen kann – kaum hatte ich die Nachricht vernommen, so schien es mir, als sei dieser Tod für diesen Mann der natürliche und wahrscheinliche gewesen, ja als habe ich diesen Tod für ihn immer ahnungsweise vorausgewußt. Später bekam ich durch den Arzt noch einige Auskünfte über den Nachbarn, und durch eben diesen Arzt kam auch das Schreiben in meine Hände, in welchem der Selbstmörder Abschied nahm und seinen Entschluß zu erklären versuchte. Das Dokument, das ich mir damals abgeschrieben habe, ist, wie mir scheint, der Beachtung und der Mitteilung wert. Es lautet so:

Wenn jemand eine ganz besondere Leidenschaft für irgendeine Kunst oder einen Sport zeigt, ohne doch das geringste Geschick dazu zu haben, so findet man ihn mit Recht lächerlich. Über einen Halbblinden, der sich mit Scheibenschießen abgibt, und über einen Stotterer, der gerne Tischreden hält, kann man nur lachen. Es gibt solche Leute. Sie scheinen durchaus überflüssig zu sein und sind wahrscheinlich meistens sehr unglücklich; dennoch lacht der halbblinde Schütze mit, wenn er den Stotterer reden hört, und umgekehrt. Ich weiß es, weil ich selbst das Unglück habe, zu dieser Sorte von Menschen zu gehören.

Ich wäre nämlich um mein Leben gern ein Denker geworden. Mit nichts habe ich mich zu jeder Zeit so viel und so eifrig abgegeben wie mit dem Denken, und doch weiß ich seit langem genau, daß ich dafür ganz unbegabt bin und es nie zu nennenswerten eigenen Gedanken bringen werde. Wozu nun wurde dieses Bedürfnis nach Erkenntnis in mich gelegt, wenn mir die Erfüllung versagt ist? Eine Katze kann klettern und ist damit zufrieden. Ein Vogel kann fliegen und ist damit zufrieden. Ich aber bin mit dem, was mir von Natur leicht fällt, nicht zufrieden und strebe immerzu nach etwas, was zu erreichen meiner Natur unmöglich ist.

Jedermann hat ein gewisses dumpfes Interesse für philosophische Fragen. Es gehört ja auch zur Bildung. Er erstaunt vielleicht manchmal darüber, wie wenig man weiß. Aber er hat nicht das Gefühl, ohne Wissen nicht leben zu können, und er verzweifelt nicht am Leben, weil er das Leben nicht verstehen und es theoretisch nicht rechtfertigen kann. Ich aber habe dieses Gefühl, und ich habe diese Verzweiflung.

Natürlich habe ich viel gelesen. Ich weiß längst, daß es keine allgemein gültige Wahrheit gibt. Ich weiß, daß jedes System nur eine einmalige und vergängliche Form ist und daß eine Weltanschauung nicht das Ergebnis einer Forschergabe, sondern das Werk eines Kombinationstalents oder eines Künstlergeistes ist. Und eben dieses fehlt mir. Ich kann irgendeine Lehre studieren und alles einzelne in ihr verstehen und billigen, aber diese Lehre im ganzen als Trost und Wahrheit hinnehmen, das kann ich nicht. Jede Lehre hat zum Mittelpunkt den Lehrer, einen Menschen also, welcher Mut, Selbstvertrauen und Pathos genug besaß, sich selbst als Zentrum der Welt zu setzen und von da aus Sinn und Ordnung in die Vielheit der Erscheinungen zu bringen. Ein Denker nun, der dies Pathos und Selbstvertrauen aufbringt, kann ein System bauen, er kann Freude an seinem Denken haben. Es gehört dazu nicht einmal ein sehr großer Geist – ich habe Systeme kennengelernt, die recht albern waren und die dennoch den Reiz eines Ganzen hatten und ihren Schöpfern sicherlich Freude gemacht haben.

Ich wollte Vieles sagen, aber schon jetzt merke ich, daß ich lauter Selbstverständlichkeiten niederschreibe. Nach mehr als zehnjährigem Nachdenken ist dies das Resultat! Aber dies eine muß ich doch noch sagen: daß ich nicht aus Hochmut so spreche, nur aus Verzweiflung. Es liegt mir fern, jene Männer verächtlich machen zu wollen, die es unternahmen, von ihrem Punkt aus die Welt zu deuten. Ich sage nur: es gehört dazu Selbstvertrauen, unter Umständen auch eine gewisse Beschränktheit. Jedenfalls gehört dazu etwas, was ich nicht habe. Gewiß, auch aus tiefster Demut kann ein Denker sein Gebäude bauen, dann aber ist nicht er der Mittelpunkt seiner Weltansicht, sondern Gott. Und wer von uns Heutigen, der durch die Schule der neueren Philosophen gegangen ist, wäre dazu fähig? Ach nein, zu Gott haben wir alle kein anderes Verhältnis als das einer ungeheuren Furcht und einer ungeheuren Sehnsucht. Dies Verhältnis, der eigentliche Ausdruck unserer Gottlosigkeit, ist denn auch wohl der Kern und Grund meiner Verzweiflung.

Einerlei! Wenn einer sich selbst porträtieren will, ist es schließlich dasselbe, ob er seine Lebensphilosophie darlegt oder ob er eine Anekdote erzählt. Man wird aus beidem sein Wesen spüren, es wird aus beidem seine Tauglichkeit oder Minderwertigkeit abzulesen sein. Er wird seine Minderwertigkeit mit allen Darstellungskünsten nicht verbergen können. Dies ist mein Fall. Also gehe ich zu den Anekdoten über. Ich könnte ebensogut die Feder weglegen und verzichten. Aber das Gefühl, daß meine Person und mein Leben, die mir einstmals so ungemein wichtig schienen, tatsächlich wertlos sind, beschäftigt mich noch allzu stark. Wenn einem Bauern sein Hof abbrennt, kann er oft geradezu geschwätzig werden, so sehr erfüllt ihn sein Verlust und die Erinnerung an das, was er einst besaß und was ihm jetzt noch viel wertvoller und schöner erscheint als es war.

Ich sagte schon, daß ich weiß, wie lächerlich ich bin. Vielleicht ist das Lächerlichste noch, daß ich jetzt das Bedürfnis fühle, mein Leben zu erklären – denn mein Leben scheitert ja eben an meinem Unvermögen, das Leben überhaupt zu erklären.

Jetzt also meine Anekdote. In meinen Knabenjahren, ehe noch meine spätere Grübelsucht entwickelt war, hatte ich eine kaum minder starke Leidenschaft. Das war meine Liebe zur Musik. Eine ältere Schwester von mir spielte Klavier, und ich weiß noch genau, mit welcher fast peinigenden Wollust ich vom Nebenzimmer aus zuhörte, wenn sie abends spielte. Damals schien mir Musik das Herrlichste, was es geben konnte. Beim Anhören jenes Spiels empfand ich ein gesteigertes Leben, heroische Entschlüsse und großzügige Zukunftspläne stiegen in mir auf, während ich sonst auch innerlich schüchtern und wenig begehrlich war. Jedesmal, wenn ich Musik hörte, hatte ich die Empfindung, ich schaue durch ein plötzlich geöffnetes Tor in ein wunderbares Land, wo Wiese und Wald viel üppiger, Wolken und Lüfte weicher, farbiger und beglückender wären als man sie alltäglich sieht.

Auf das Gefühl, daß ich ein Fremdling im Leben sei, habe ich damals sogar einen gewissen jugendlichen Stolz gehabt. Ich weiß noch, daß dies Gefühl mir ebenso teuer wie schmerzlich war und daß ich nie daran dachte, dies Gefühl könnte eine Krankheit, könnte etwas Minderwertiges und im Grunde Schmähliches sein. Darauf kam ich erst viel später, erst in den letzten Jahren.

Also in meinen Knabenjahren schien die Musik mir das Tor, durch das ich der mißliebigen Nüchternheit der alltäglichen Dinge entrinnen und in ein Jenseits entfliehen könnte, wo ich die Lebensbedingungen für meine besondere Natur zu finden dachte. Ich wußte nicht, daß es für Schwerkranke keine Lebensbedingungen gibt.

Ich sehe ein, daß dies keine Erzählung ist. Um es denn kurz zu melden: Mit zwölf Jahren setzte ich es durch, daß ich Musikunterricht bekam. Ich wollte durchaus Violine spielen, also ließ mein Vater einen Lehrer kommen. Nach etwa einem Jahre, in dem ich mich jämmerlich abgequält hatte, gab der Lehrer den Unterricht als hoffnungslos auf. Wenn ich ihn spielen hörte, zitterte ich vor Ungeduld, es auch so weit zu bringen, und in meine Geige war ich ganz verliebt, aber zum Spielen fehlte mir alles, namentlich brachte das Zählen der Takte mich fast zur Verzweiflung.

Es folgte eine trübe Pause und dann ein neuer, verzweifelter Versuch mit dem Klavier, der ebenso endete. Damals war ich nahe daran, wirklich zur Selbsterkenntnis zu kommen. Ein sehr freundlicher Pastor, der mich zur Konfirmation vorbereitete, brachte mich dann auf andere Gedanken. Ich war eine Weile fast abergläubisch fromm, fand aber mit der Zeit gerade in meiner religiösen Lektüre die ersten Verlockungen der Philosophie.

Das ist nun bald fünfzehn Jahre her. Und jetzt bin ich endlich mit der Philosophie so weit, wie ich es damals mit dem Klavier und der Geige war.

Seit mein Tod beschlossen ist, hat die erdrückende Bangigkeit der letzten Monate mich ein wenig losgelassen. Fröhlich bin ich nicht, ich bin weit eher traurig, aber es ist eine Trauer ohne große Unruhe. Man ist nur unruhig, solange man noch Hoffnungen hat. Meine Rechnung ist abgeschlossen, und sie stimmt genau, es sind keine Sentimentalitäten mehr da.

Ein Denkerleben, ein geistiges Leben – das weiß ich heute – ist nur in Gott möglich. Wir Gottlosen haben hier nichts zu suchen.

Wenn ich jetzt die Menschen um mich her in ihrer Sorglosigkeit leben sehe, betrachte ich sie mit dem selben bewundernden Neid, wie damals meinen Violinlehrer, der auf seinen vier Saiten alles Schöne so rein und sicher herunterspielte, während ich mit aller Qual keinen sauberen Strich herausbrachte.

Wieviel Virtuosität überall! Wie klingt und lacht und lockt es allerwärts, das liebe Lied des Lebens! Jeder von meinen Taglöhnern und jede von meinen Stallmägden spielt das Lied so keck und meisterhaft und denkt nicht daran, wieviel Klippen da sind, wieviel Sechzehntel zu zählen, wieviel Fehler zu vermeiden. Ihr Lied stimmt, ihr Takt ist in Ordnung, es geht alles wie von selber, es ist alles kinderleicht. Ein Narr, wer es schwierig finden und gar eine Kunst darin sehen wollte! Es gibt jedoch solche Narren, und ich bin einer von ihnen, und um das zu erkennen, habe ich dreißig Jahre gebraucht.

(1908)

Die Wunder der Technik

Unser Freund Olaf ist ein guter, aber etwas sonderbarer Kerl, der uns schon manche Sorge gemacht hat. Zu seinen vielen Eigentümlichkeiten gehört auch eine bis ins Phantastische übertriebene Abneigung gegen kleine praktische Erfindungen und Erzeugnisse der modernen Technik. Er wird wild, wenn er ein vernickeltes Taschenfeuerzeug sieht, und jene kleinen Wunder der Technik wie elektrische Miniaturlaternen hält er direkt für Erzeugnisse des Satans. Diese Abneigung lag von jeher in seinem Wesen und seiner Denkart begründet, zum vollen Ausbruch aber kam sie erst in neuerer Zeit unter dem Druck mehrerer Erfahrungen, deren eine mich besonders interessiert, da ich unschuldigerweise an ihrem Zustandekommen beteiligt bin. Ich erspare mir alle weiteren Einleitungen und teile ohne jeden Kommentar die traurige Geschichte mit, wie sie mir Olaf damals in einem langen Briefe aus Rapallo geschrieben hat.

Rapallo den 15. März

Ich lebe also noch und will dir in Kürze erzählen, wie es mir auf dieser Reise ergangen ist. Anfangs war ich sehr enttäuscht und trostlos darüber, aber jetzt hat sich das Gröbste gesetzt und ich kann zur Not an die Geschichte denken, ohne mit dem Kopf gegen die Wände zu rennen. Ich beginne sogar schon aus meinen traurigen Schicksalen zu lernen.

Was das Reisen betrifft, so habe ich ja damit niemals viel Glück gehabt. Schon als ganz junger Mensch, als ich noch Schopenhauer las, habe ich mir einmal folgende Reisesprüche ins Notizbuch geschrieben:

1) Suche jegliche Reise, auch die kleinste, zu vermeiden!
2) Jener Zeitungsmensch, der zum erstenmal das Wort »Vergnügungsreise« in unsere beklagenswerte Sprache eingeführt hat, muß wahnsinnig gewesen sein. Reisen und Vergnügen sind zwei Begriffe, die einander schlechthin ausschließen.
3) Verliebe dich niemals, am wenigsten aber auf Reisen!

Ich bin jetzt in der Lage, diesen Sprüchen aus neuester Erfahrung einige neue hinzu zu fügen. Ich will sie dir nicht alle aufzählen, aber einer davon heißt: »Hüte dich vor allen

Apparaten, Maschinen und Gebrauchsgegenständen, welche von Erfindern erfunden, von Verkäufern empfohlen und von kaiserlichen, königlichen oder republikanischen Patentämtern patentiert worden sind!« Ich gestehe, daß ich dabei leider auch an den Füllfederhalter denken muß, den du mir vor der Reise geschenkt hast. Es war lieb von dir, und deine Absichten mögen die edelsten gewesen sein, aber ich muß dir sagen: ich habe den Federhalter und dich mit furchtbaren Worten verflucht. Hoffentlich bist du gesund geblieben.

Aber genug, ich muß erzählen.

Also du weißt ja schon halb und halb, warum ich neulich diese unselige Reise angetreten habe. Ich kann es jetzt ruhig gestehen, es geschah lediglich wegen Meta Hagemann. Ihr habt mir ja die Sache durch guten Rat zu versalzen gesucht und das hübsche Mädchen ein gefährliches Flirtfüllen gescholten. Na, ich wußte also, daß ihre Eltern mit ihr nach Rapallo fahren wollten, und ich wußte auch, mit welchem Zug. Ich ging also an meine Reisevorbereitungen, kaufte einen neuen Anzug und einen neuen Hut, versetzte mein Motorrad und rüstete mich so gut als möglich aus. Ich habe, wie du weißt, einen fabelhaften Respekt vor jenen beneidenswerten jungen Leuten, die immerzu so tip top und tadellos sind, und ich machte wieder einmal einige Anläufe in diese Richtung. Ich wußte ja freilich: ich konnte tun was ich wollte und es würde doch immer etwas mißglücken und fehlen; aber diesmal wollte ich das Schicksal herausfordern. Als ich mich kurz vor der Reise einmal beim Rasieren schnitt, fiel es mir ein, ich müsse einen modernen Patent-Rasier-Apparat haben, und ich kaufte die Marke »Siegfried«. Es war ein geheimnisvoller versilberter Apparat in einem feinen schwarzen Lederetui. Auf dem Etui war ein eleganter junger Mann abgebildet, genau so einer wie ich auch immer gern einer geworden wäre; dieser Jüngling saß in einem fahrenden Automobil und rasierte sich mit kaltblütigem Lächeln. Darunter standen in Golddruck die Worte: »Wir Deutsche fürchten Gott und sonst nichts auf der Welt.« Nachher fiel mir noch ein, daß jene patenten jungen Herren immer eine kurze englische Pfeife im Mund oder in der Hand haben. Ich wußte zwar, wie scheußlich das Rauchen aus solchen Dingern schmeckt, und daß eigentlich nur Engländer und Amerikaner es aushalten können, aber ich war bereit, Opfer zu bringen, und kaufte mir eine verwegene Sportspfeife, so kurz daß mir der Rauch direkt in die Augen stieg. In demselben Laden, wo ich sie kaufte, ließ ich mich dann auch zu einem mechanischen Zigarrenabschneider verlocken, deutsches Reichspatent. Eine seidene Reisemütze hatte ich auch, und dann die goldene Uhrkette, und für etwaige besonders festliche Ansprüche nahm ich mein Vereinsabzeichen vom Vorarlberger Skiklub mit.

So erschien ich am Bahnhof. Ich hasse jene scheußliche Hast, die in den Momenten vor der Abreise die meisten Menschen ergreift, darum hatte ich mir das Rundreisebillet schon am Tage vorher besorgt. Die bestellte Droschke kam pünktlich, der Dienstmann schulterte meinen Koffer und turnte mit ihm davon, ich aber nahm – es waren noch zwanzig Minuten Zeit – in aller Ruhe am Büffet eine Tasse Kaffee. Als dann der Zug dastand, ging ich langsam und gelassen hinüber. Der Koffer war versorgt, ich hatte nichts als Stock und Schirm zu tragen und konnte mir jetzt mit Muße den besten Platz im ganzen Zug aussuchen – ich kam mir fast wie ein Lebenskünstler vor. Da kam die Perronsperre und mir fehlte das Billet! Ich erschrak – also war alle Vorsicht umsonst, es fing auch diese Reise gleich mit Kalamitäten an! Manteltasche, Brusttasche, Westentaschen, Hosentaschen ergaben nichts. Endlich glaubte ich mich zu erinnern, daß das Billet im Koffer liege. Der aber war schon längst im Zuge. Es dauerte eine bange Viertelstunde, bis ich ihn wieder hatte. Der Beamte am Perronschalter blickte meiner immer wachsenden Aufregung mit unsäglicher Verachtung zu; der Träger, der meinen Koffer wieder hatte holen müssen, gab mir unter dem Beifall der Umstehenden den freundlichen Rat, ich möchte doch das nächstemal meine Mama mitnehmen, wenn ich verreise.

Während ich nun meinen armen Koffer aufriß, auf dem schmutzigen Cementboden mitten unter den Leuten, während ich Wäsche und Pantoffel, Bücher und Haarbürste heraus wühlte, um das Billet zu finden, während mir der Schweiß übers Gesicht lief und die Reisenden mich mit höhnischem Interesse umstanden, kam gerade auch die Familie Hagemann, und ich sah, wie die Damen lachten. Doch hoffte ich unerkannt geblieben zu sein. Eben kam unter meinen verzweifelt wühlenden Händen der Rasierapparat ans Tageslicht, sprang aus der Tasche und rollte über den glatten Perron dahin. »Aha, Marke Siegfried«, rief ein Geschäftsreisender, und alles lachte.

In der letzten halben Minute kam ich samt meinem Koffer doch noch in den Zug. Schweißbedeckt und zu Tod erschöpft zerrte ich das schwere Ding durch den Gang, schob die nächste Coupeetüre auf und zwängte den Koffer vor mir her und zwischen den Knieen der Passagiere hindurch. Mit meinen letzten Kräften versuchte ich ihn in einem verzweifelten Schwung ins Gepäcknetz zu spedieren, schwang aber etwas zu kurz und rammte den Koffer einem Herrn vor die Brust, der entsetzt hintenüber sank, so daß ich ihn einen Augenblick für tot hielt. Er stand aber sofort wieder auf und schrie mich entrüstet an, und da erkannte ich ihn, es war Herr Hagemann. Es war ja nicht angenehm, aber immerhin, man kannte sich und entschuldigte sich und schloß grollend wieder Frieden. Dann begrüßte ich die Damen und merkte erst jetzt, wie schlecht ich mit meinem verbeulten Hut, meinem verschwitzten Gesicht, den herabgerutschten Manschetten und den vom Knieen auf dem Perron beschmutzten Kleidern aussehe; denn die Damen empfingen mich kühl und befremdet.

Da Herr Hagemann sich jetzt eine Zigarre ansteckte, bat auch ich um die Erlaubnis zum Rauchen. Ich zog meine neue Sportspfeife hervor, und den Tabak, und stopfte sorgfältig, und die glänzende Patentpfeife sowie der ganze umständliche Apparat des Stopfens und Anzündens interessierte das Fräulein. Aber die Pfeife zog nicht und stank erbärmlich, und als sie nach Vergeudung meiner ganzen Lungenkraft und unzähliger Zündhölzer noch immer keine Luft bekam und ich verzweifelt hinein blies, da flog der ganze Inhalt von Tabak, Asche, Ruß und Feuer explosiv in die Lüfte und erfüllte das Coupee mit einem infernalischen Aschenregen. Durch seine grauen Schleier konnte ich noch sehen, wie Frau Hagemann sich verzweifelt beide Augen rieb und wie ihr Gatte mit einem Hustenanfall kämpfte, während die Tochter mit den Fingern einige glühende Tabakreste zu entfernen suchte, die auf ihre creme-farbenen Stoffschuhe gefallen waren. Ich stotterte ein Wort der Entschuldigung und floh, mich selbst und die Pfeife und das Reisen verfluchend, auf den Gang hinaus.

Das war der Anfang meiner italienischen Reise. Ich kenne aus langer Erfahrung die Tücke und Hartnäckigkeit, mit welcher an solchen Tagen das erbitterte Schicksal seine Opfer verfolgt, und ich beschloß für heute zu resignieren. Ich bin ganz überzeugt: wäre ich in mein Coupee zurückgekehrt, so wären weitere Unglücksfälle Schlag auf Schlag gefolgt und ich hätte mich auf ewig bei der Familie unmöglich gemacht. Ich wäre der Mutter auf die Zehen getreten und hätte der Tochter den Ellbogen ins Auge gestoßen, dem Vater aber statt eines Cognac die Flasche mit Birkenhaarwasser angeboten. Oder ich hätte beim Versuch, für die Damen ein Fenster zu öffnen, versehentlich an der Notleine gezogen und Skandal bekommen, ich hätte mich und die unschuldige Familie in Schande, Gefahr und endlose Verlegenheit gestürzt. Ich kenne das.

Darum verlor ich mich lautlos im Seitengang und stahl mich in ein anderes Coupee, wo ich die zwölf Stunden bis Mailand allein und traurig zwischen kartenspielenden Geschäftsreisenden hinbrachte, aber doch keinen neuen Schaden anrichtete. Die englische Pfeife warf ich samt dem Tabak zum Fenster hinaus. Erst bei der Zollrevision sah ich die Hagemanns einen Augenblick wieder. Die Alten ignorierten mich und sahen noch immer erbittert aus, das Mädchen aber schenkte mir einen teilnehmenden Blick und lächelte mitfühlend, als sie meine Trauer und Zerknirschung sah. Ich gab noch nicht alles verloren. Schließlich hatte ich doch manchmal mit ihr getanzt und manches kleine Zeichen freundlicher Gesinnung von ihr erhalten. Ich setzte meine Hoffnung auf Rapallo. Schließlich mußte ja mein Reisepech auch einmal ein Ende nehmen.

Aber ich dachte nicht daran, daß ich des Teufels Werkzeuge im eigenen Koffer mit mir führte. Die englische Pfeife war ich glücklich los, aber ich hätte ihr gleich auch den Rasierapparat, den Zigarrenabschneider, den Füllfederhalter nachwerfen sollen. Nun, es kam alles, wie es kommen mußte.

In Rapallo nahm ich ein Zimmer und packte aus. Am ersten Morgen wollte ich nun vor allem den Siegfriedapparat benützen, den neuen Hut und Anzug einweihen und mir ein anständiges Debut sichern. Aber wie es nun ging – sei es daß der Apparat falsch zusammengesetzt war, sei es daß er beim Sturz aus dem Koffer Not gelitten hatte – mein Versuch mit dem Patent »Siegfried« lief nicht gut ab. Ich las noch einmal den Wahlspruch: »Wir Deutsche fürchten Gott usw.«, dann begann ich zu arbeiten. Es gab eine furchtbare Katastrophe. Von oben bis unten blutend, zerschnitten und wundgescheuert sah mein Gesicht mir aus dem schäbigen Hotelspiegel entgegen. Unter Schmerzen mußte ich einige Tage das Zimmer hüten. Dann kroch ich entstellt und mutlos wieder hervor und machte gegen Abend meinen ersten Spaziergang, noch mit einigen Heftpflastern im Gesicht.

Aber siehe, jetzt kam das Glück. Am Strande begegnete mir Herr Hagemann mit seiner Tochter, ohne Mama, und sie fanden die Landschaft so schön und waren so befriedigt und guter Laune, daß sie mich mit der größten Freundlichkeit begrüßten. Fräulein Meta war noch nie so nett mit mir gewesen. Sie merkte offenbar mit instinktiver Ahnung, daß ich nur ihretwegen in Rapallo sei, und sie kam meinem stummen Werben so offen entgegen, daß ich alles Ungemach im Augenblick vergaß.

Es war ein wunderschöner Abend und die Herrschaften wollten sich aufs Meer hinaus rudern lassen. Da ich Italienisch konnte, nahmen sie meine Hilfe dankbar an und luden mich ein mitzukommen. Ich verhandelte mit dem Bootsmann und gab ihm insgeheim sechs Franken, während ich dem entzückten Herrn Hagemann vorlog, ich hätte ihn auf zwei heruntergehandelt. Jetzt war ich beinah zum Helden und jedenfalls zum anerkannten Hausfreund geworden.

Eine kleine Störung dieses Glückes muß ich allerdings erwähnen. Während wir auf dem blauen Wasser spazieren fuhren, bereitete sich Metas Vater auf einen ganz besonderen Genuß vor. Er hatte, wie er mir weitläufig erzählte, ein paar feine Importzigarren mit über die Grenze geschmuggelt, und die letzte davon hatte er bis zur Stunde aufgespart. Jetzt wollte er sie rauchen. Aber er hatte sein Taschenmesser vergessen und konnte nicht abschneiden. Das war Wasser auf meine Mühle. Begeistert zog ich meinen Patent-Zigarrenabschneider aus der Tasche und bot ihn an. Herr Hagemann betrachtete das neumodische Instrument und äußerte Mißtrauen, bat mich aber dann, ihm die Zigarre abzuschneiden. Ich erinnerte mich genau der Anweisung, steckte die Zigarre mit der Spitze in den kleinen Trichter, hielt sie fest und warf einen triumphierenden Blick auf Hagemann, der mit Spannung zuschaute. Dann drückte ich, genau nach der Vorschrift, mit der rechten Hand die Feder rasch zusammen. Der Erfolg war schrecklich. Die schöne Zigarre spaltete sich der Länge nach und war verloren, mir aber schwoll der mit eingezwickte Zeigefinger unter heftigen Schmerzen bläulich an.

Ich muß sagen, mein Freund benahm sich glänzend. Natürlich war er wütend, aber er tat sich Gewalt an und brachte ein saures Lachen zustande, und Meta stimmte mit hellem Kichern ein. Ich verbiß meinen Schmerz, der mich nur noch mehr blamiert hätte, und die Fahrt ging weiter. Die Sonne sank ins Meer, und alles war violett und goldig, und hinter dem Rücken des Vaters hatte sich plötzlich Metas Hand in meine gefunden, und meinetwegen konnte jetzt die ganze Welt untergehen, so glücklich war ich. Es wurde dämmerig, ich hielt Metas Hand und spielte mit ihren Fingern, und als nun Herr Hagemann erklärte, er wolle selber ein wenig rudern, da half ich ihm auf die Ruderbank hinüber und instruierte den Bootsknecht mit meinem besten Italienisch. Jetzt saß ich ungetrennt neben Meta, und ihr weißes Kleid schimmerte matt in der dunkeln Bläue, und als ich ihr die Jacke umlegte, küßte ich sie rasch und heimlich aufs Haar.

Der Alte saß uns in der Dämmerung gegenüber und wir mußten vorsichtig sein. Anfangs hielt ich mich stramm von dem Mädchen getrennt und hielt die Hände in den Rocktaschen, wo ich aus Erregung mit dem Portemonnaie und mit der Zündholzschachtel und dann mit einem runden Stäbchen spielte, das mir in die Finger geriet und das ich dem Gefühl nach für einen Bleistift hielt.

Als es aber dunkler wurde und wir uns schon wieder bedauerlich dem Lande näherten, konnte ich nicht länger an mich halten. Ich nahm die Hände aus der Tasche, tat als wollte ich mir den Rockkragen hochstellen und legte dann den rechten Arm von hinten sacht um Metas Taille. So fuhren wir selig dahin und fühlten uns im Paradiese, aber der erleuchtete Strand kam näher und näher, und endlich mußten wir aufstehen und aussteigen. Ich half dem Mädchen über die Bänke und den Steg ans Land, der Alte bezahlte dem Knecht seine zwei Lire und ich blieb bei den beiden, um sie noch bis zu ihrem Hotel zu begleiten.

Wir kamen eben an einem hell erleuchteten Schaufenster vorüber, da blieb ein aus dem Laden kommender Herr auffallend stehen und starrte Meta an, und dann mich, und dann wieder Meta. Sie merkte es, wurde unruhig und blickte an sich hinunter. Einen Augenblick blieb sie erbleichend stehen, dann zog sie in wilder Aufregung ihre Jacke enger zusammen, warf mir aus dem hübschen erbleichten Gesicht einen Blick voll Zorn und tödlicher Verachtung zu und begann zu laufen, zu laufen was sie konnte. Ihr Vater, der wohl dachte sie fühle sich krank, sah ihr hilflos nach und begann dann gleichfalls zu traben. Ich blieb erstarrt und fassungslos zurück. Was war nun das wieder?!

Da näherte sich mir jener Herr, der Meta so erschreckt hatte, und wies mit diskretem Lächeln auf meine rechte Hand. Mein Gott, sie war rabenschwarz, und ich dachte zuerst an eine furchtbare Strafe des Himmels, bis mir langsam der ganze traurige Zusammenhang klar wurde. Das Ding, mit dem ich in nervöser Unachtsamkeit in meiner Rocktasche gespielt hatte, war dein Füllfederhalter, und er war leck geworden, und meine Hand und Manschette war voll unzerstörbarer blauschwarzer Patenttinte, und meine Tintenhand war um Metas Taille gelegen, und dort stand nun jeder zärtliche Fingerdruck schwarz auf weiß verewigt!

Ich sank am nächsten Marmortischchen nieder und ließ mir einen Vermouth geben, und dann noch einen, und darauf ging ich zum Bootshafen hinüber und blickte lange und grimmig in das dunkle Meer hinaus. Dann fischte ich den tropfenden Federhalter aus der nassen Rocktasche und schleuderte ihn in die Wellen. Ich wollte, ich läge bei ihm, mir wäre besser zu Mut.

Die Familie Hagemann ist abgereist, und ich wäre auch längst nicht mehr hier, aber ich habe noch nicht den Mut gefunden, mich wieder einer Eisenbahn anzuvertrauen.

(um 1908)

Aus dem Briefwechsel eines Dichters

Hans Schwab an den Verlagsbuchhändler E. W. Mundauf

B., 15. April 06

Hochgeehrter Herr Verleger!

Dieses Paket enthält ein Werk von mir, den Roman »Paul Weigel«. Ich weiß nicht, ob die Bezeichnung »Roman« eigentlich recht paßt; das Buch ist weniger erzählend als idyllisch-lyrisch. Fürs große Publikum wird es keine Speise sein, und erhebliche Geschäfte werden sich nicht damit machen lassen; aber eine kleine bescheidene Leserzahl findet sich vielleicht doch zusammen, namentlich wenn das Buch in einem guten Verlage wie dem Ihrem erscheint. Das wäre mir eine große Freude und Ehre. Ich habe bisher nur ein Bändchen Gedichte herausgegeben, die ganz unbeachtet geblieben sind.

Um ganz ehrlich zu sein, muß ich gestehen, daß das Manuskript bereits einem andern Verleger zur Prüfung vorgelegen hat. Ich sandte es an die Firma L. Biersohn und bekam die Antwort, die Arbeit sei brauchbar und habe Aussicht auf gute Aufnahme, doch sei Herrn Biersohn das Risiko des Druckes immerhin zu groß, und er schlage mir daher vor, drei Viertel der Druckkosten selber zu tragen. Ich war dazu nicht in der Lage und möchte das auch Ihnen im voraus mitteilen, falls Sie mir ähnliche Vorschläge zu machen gesonnen wären.

Auf Ihre Antwort bin ich nun sehr gespannt. Die Sonntage und stillen Nachtstunden, in denen das Büchlein entstanden ist, liegen hinter mir und sind mir fremd und wesenlos geworden, während das Manuskript daliegt und mich unglücklich anschaut, wie ein illegitim Geborenes den leichtsinnigen Vater. Auf alle Fälle möchte ich Sie herzlich bitten, mir über die Arbeit Ihr Urteil recht offen mitzuteilen; ich kann Kritik vertragen und bin, wie ich hoffe, ziemlich frei von Autoreneitelkeit.

In Hochachtung Ihr sehr ergebener

Hans Schwab

Hans Schwab an die Redaktion der Zeitschrift »Dichterlust«

B., 25. April 06

Hochgeschätzter Herr Redakteur!

Vor zwei Jahren waren Sie so freundlich, in Ihrem Blatt ein Gedicht von mir abzudrucken. Sie schrieben mir damals, daß

Sie Gutes von mir erwarteten, und machten mir Hoffnung, ich könnte später etwa auch Honorar für meine Mitarbeit erhalten, während Sie jenes Gedicht als Talentprobe honorarlos abdrucken wollten.

Ich wagte es nicht, Sie schon bald wieder zu belästigen. Jetzt aber glaube ich, manche Fehler der Anfängerschaft überwunden zu haben und sicherer, namentlich aber einfacher und knapper in der Form geworden zu sein. Ich habe inzwischen eine Art von Roman geschrieben (er liegt zur Prüfung bei einem Berliner Verleger) und glaube durch die intensive Beschäftigung mit der Prosa und einer andern Kunstform etwas gelernt zu haben. Wenigstens bin ich, nachdem ich längere Zeit gar keine Verse mehr gemacht hatte, mit neuer Lust und hoffentlich bereichert zur Lyrik zurückgekommen.

Hier sind nun drei Gedichte, alle aus der letzten Zeit, die ich Ihnen anbieten möchte. Es würde mich freuen, wenn sie Ihren Beifall fänden. Doch möchte ich, falls Sie noch nicht geneigt sind, die Sachen zu honorieren, lieber um Rücksendung bitten, da ich in ziemlich mageren Umständen lebe und zur Zeit weniger auf Ehre als auf Geld bedacht sein muß. Auch ein bescheidenes Honorar wäre mir willkommen, da jede Mark für mich einen ersehnten und wertvollen Verdienst bedeutet.

In Hochschätzung ergebenst
Hans Schwab

Die Redaktion der »Dichterlust« an Hans Schwab

L., 4. Mai 06

Sehr geehrter Herr!
Anbei senden wir Ihnen die eingesandten Gedichte mit Dank zurück. Gerne hätten wir eines oder das andere davon zum Abdruck gebracht; doch sind wir nicht in der Lage, völlig unbekannten Verfassern Honorare für Lyrik zu bezahlen.

Etwaigen weitern Einsendungen bitten wir gefl. Rückporto beizufügen.

Ergebenst
Redaktion der »Dichterlust«

Die Redaktion der »Neuzeit« an Hans Schwab

München, 8. Mai 06

Werter Herr Schwab!
Danke für die freundlich eingesandte Novelle. Es hat uns

interessiert zu hören, daß Sie sich neuerdings mehr der Prosadichtung widmen wollen. Doch sind wir unsererseits der Meinung, daß die Lyrik doch Ihr eigentliches Gebiet ist. Die eingesandte Novelle hat gewiß manche Reize, ist aber doch wohl allzu lyrisch und dürfte sich für unsern Leserkreis kaum eignen. Vielleicht versuchen Sie es damit anderwärts. Wir senden das Manuskript gleichzeitig eingeschrieben an Sie retour.

Honorar für Ihr letztes hübsches Gedicht folgt Anfang nächsten Monats. Wir würden uns freuen, wenn Sie uns bald wieder etwas Lyrisches zur Prüfung einsenden. Ergebenst

Redaktion der »Neuzeit«

Der Verleger E. W. Mundauf an Hans Schwab

Berlin, den 23. Juli 06

Sehr geehrter Herr Schwab!

Es hat etwas lange gedauert, bis wir Zeit fanden, Ihr im Frühjahr uns eingesandtes Roman-Manuskript zu prüfen. Bitte die Verzögerung freundlichst zu entschuldigen.

Die Arbeit hat uns, trotz gewisser Mängel, die ja allen Erstlingsarbeiten anhaften, recht wohl gefallen, und wir machen uns ein Vergnügen daraus, sie in unserem Verlage zu publizieren. Sie haben eine gewisse erdgeborene Kraft der Anschauung und des Ausdrucks, die mit manchen technischen und formalen Mängeln versöhnt, und es wäre nicht unmöglich, daß Ihr Buch einen guten Erfolg fände. Jedenfalls werden wir uns Mühe geben, das unsere zu tun. Über das Geschäftliche werden wir uns, denke ich, leicht einigen. Ein Verlagskontrakt geht Ihnen dieser Tage zu. Sollte Ihnen mit einem kleinen Vorschuß gedient sein, so, bitte, sagen Sie es nur offen.

So viel für heute. Die Drucklegung möchten wir gerne sogleich beginnen und bitten Sie daher, etwaige Vorschläge betreffs der Ausstattung uns sofort mitzuteilen.

Mit besten Grüßen ergebenst Ihr

Verlag E. W. Mundauf

Hans Schwab an den Verleger E. W. Mundauf

B., den 30. Juli 06

Hochgeehrter Herr!

Danke herzlichst für Ihren freundlichen Brief und für den

Verlagskontrakt, mit dem ich natürlich durchaus einverstanden bin, und den ich hier unterschrieben beilege.

Es ist mir eine Ehre und Freude, nun zu den Autoren Ihres Verlags zu zählen. Hoffentlich erleben Sie keine allzu große Enttäuschung mit mir! Denn offen gestanden, ich kann an die Möglichkeit eines Erfolges bei der ganzen Art meines Buches nicht glauben. Auch plagen mich schon jetzt, da das Manuskript einige Monate aus meinen Händen ist, die vielen Fehler und Ungeschicklichkeiten, die darin stehen. Und doch könnte ich es, wenigstens jetzt, nicht besser machen. Einige kleinere Korrekturen kann ich wohl während des Drucks noch ausführen, der Hauptfehler des Buches aber ist leider unkorrigierbar. Nun, ein Schelm gibt mehr als er hat, wennschon das eine schlechte Ausrede ist.

Ihr Anerbieten, mir einen Vorschuß zu gewähren, nehme ich dankbar an. Die Höhe desselben sei Ihnen überlassen. Ich bin einigermaßen in Not und könnte etwa 50 bis 100 Mark wohl brauchen, falls das nicht zu unbescheiden ist.

Mit schönsten Grüßen und nochmaligem Dank
Ihr sehr ergebener
Hans Schwab

Der Verleger E. W. Mundauf an Hans Schwab

Berlin, den 1. September 06

Mein lieber Herr Schwab!

Danke für die rasche Erledigung der Korrekturen! Das Buch wird nun bald fertig gedruckt sein. Haben Sie irgendwelche besonderen Wünsche wegen der Versendung der Rezensionsexemplare? Falls Sie Bekannte bei der Presse haben, bitte uns die Adressen zu nennen.

Dann noch eine Frage. Sie schreiben sich einfach Hans Schwab. Haben Sie nicht Lust, das Hans, wie es jetzt bei Autoren Sitte ist, mit zwei »n«, also Hanns zu schreiben. Und haben Sie nicht ein gutes Porträt von sich, das wir in den Reklameprospekten reproduzieren könnten?

Ich verspreche mir, trotz Ihres Mißtrauens, einen schönen Erfolg von dem »Paul Weigel«. Die Presse beginnt schon, sich dafür zu interessieren, und ich glaube, wir werden mit der Kritik zufrieden sein können. Wahrscheinlich drucke ich gleich eine zweite Auflage. Machen Sie sich also wegen des kleinen Vorschusses keine Sorgen und sagen Sie es unbedenklich, wenn Sie einen weiteren brauchen sollten!

Mit besten Grüßen Ihr
E. W. Mundauf

Der Verleger E. W. Mundauf an Hans Schwab

Berlin, den 20. September 06

Lieber Herr Schwab!
Danke schön für Ihren Brief vom 4. h., der uns gefreut und belustigt hat. Natürlich haben wir nicht das Geringste dagegen, daß Sie Ihren Namen in der alten Weise schreiben, und vielleicht haben Sie recht, wenn Sie jene Sitte etwas hart als eine »dumme Interessantmacherei« bezeichnen. Daß Sie Ihr Porträt nicht hergeben wollen, tut mir leid. Vielleicht lernen Sie darüber mit der Zeit anders denken.

Von Ihrem »Paul Weigel« ist nun also die zweite Auflage im Druck. Ich schicke Ihnen heute als Drucksache vier Kritiken großer Blätter über die erste Auflage. Sie wird überall mit wahrer Begeisterung aufgenommen! Gewiß wird es nicht bei diesen zwei Auflagen bleiben. Wenn auch Sie selbst in übertriebener Selbstkritik sehr bescheiden von dem Werke denken, wir Fachleute sind andrer Ansicht und halten es für eine bedeutende, ja meisterhafte Leistung.

Mit herzlichen Grüßen
E. W. Mundauf

Die Redaktion der »Dichterlust« an Hans Schwab

L., 28. November 06

Hochgeschätzter Herr Schwab!
Sie werden sich kaum mehr daran erinnern, daß vor bald drei Jahren ein sehr schönes Gedicht von Ihnen in unserer Zeitschrift stand. Wir forderten Sie damals auf, uns doch bald wieder Einsendungen zu machen, und heute möchten wir, da Sie uns vergessen zu haben scheinen, diese Aufforderung dringend wiederholen. Gewiß haben Sie manches schöne Gedicht, das Sie uns senden könnten.

Wir freuen uns und sind stolz darauf, schon vor Jahren, als Sie noch unbekannt und noch nicht der berühmte Verfasser des »Paul Weigel« waren, unsern Lesern einen Beitrag aus Ihrer geschätzten Feder gebracht zu haben. Hoffentlich gestalten sich unsere Beziehungen nun zu recht guten und dauernden.

Soweit wir uns erinnern, blieb jenes Gedicht von Ihnen seinerzeit unhonoriert. Es sind eben wenige Blätter in der Lage, lyrische Beiträge von unbekannten Urhebern zu honorieren, so bedauerlich das auch sein mag. Es ist wohl unnötig zu bemerken, daß selbstverständlich jede Einsendung von Ihnen nicht nur mit Vergnügen angenommen und baldmöglichst gedruckt, sondern auch anständig honoriert werden wird.

In aufrichtiger Hochschätzung
Ihre sehr ergebene
Redaktion der »Dichterlust«

Schriftsteller Fedor Pappenau an Hans Schwab

Würstlingen, den 15. Dezember 06

Geehrter Herr!
Dieser Tage erhielt ich von Ihrem Verleger den Roman »Paul Weigel« zur Rezension überschickt. Ich habe das Buch gelesen und muß sagen, ich war über die Ruhe und Kühnheit erstaunt, mit der Sie Gedanken und Stimmungen, ja sogar einzelne Figuren meines vor zwei Jahren im »Courier« erschienenen Romans »Sintflut« benützt haben.

Immerhin, Gedanken sind zollfrei, und es liegt mir ferne, kleinlich mit Ihnen rechten zu wollen, falls Sie sich geneigt zeigen, auch Ihrerseits mir entgegenzukommen. Die »Sintflut« erscheint soeben in Buchform bei dem Verleger Biersohn, der sie Ihnen zusenden wird. Ich denke, es wird Ihnen ein Leichtes sein, das Buch in einer größern Zeitung oder Zeitschrift empfehlend und ausführlich zu besprechen. Sobald dies geschehen sein wird, soll auch meinerseits im hiesigen »Beobachter« Ihr Roman eine eingehende Würdigung erfahren.

Ergebenst
Fedor Pappenau, Schriftsteller

Die Redaktion der »Neuzeit« an Hans Schwab

München, 18. Januar 07

Hochgeschätzter Herr Schwab!
Es ist schon manche Monate her, seit Sie uns zuletzt durch Einsendung von Gedichten erfreut haben. Dürfen wir hof-

fen, bald wieder solche von Ihnen zu erhalten? Sie werden uns wie immer willkommen sein.

Und dann haben wir diesmal einen neuen Vorschlag. Schon früher haben wir manchmal beim Lesen Ihrer Gedichte gedacht, Ihr bedeutendes Talent werde sich vermutlich auch auf dem Gebiet des Romans und der Novelle betätigen. Wie recht wir damit hatten, das beweist uns Ihr prächtiger Roman »Paul Weigel«, von dessen Lektüre wir eben kommen. Gewiß haben Sie auch andere, noch unveröffentlichte Erzählungen geschrieben, die Sie uns anbieten könnten. Bezüglich des Honorars sehen wir Ihren Vorschlägen entgegen.

In alter Verehrung ergebenst Ihre
Redaktion der »Neuzeit«

Die Redaktion des »Komet« an Hans Schwab

H., den 16. Februar 07

Sehr geehrter Herr!

Wir haben mit ungeteiltem Vergnügen Ihren Roman »Paul Weigel« gelesen und möchten Ihnen nun den Vorschlag machen, uns Ihre nächste Arbeit zum Vorabdruck zu überlassen. Für einen neuen Roman von ähnlichem Umfang würden wir Ihnen ein Honorar von 3000 Mark anbieten.

In der Hoffnung, keine Fehlbitte getan zu haben, und mit dem Ausdruck aufrichtiger Hochachtung Ihre ergebene
Redaktion des »Komet«

Die Redaktion des »Familienonkel« an Hans Schwab

S., den 11. März 07

Verehrter Herr!

Wir haben mit ungeteiltem Vergnügen Ihren Roman »Paul Weigel« gelesen und möchten Ihnen nun den Vorschlag machen, uns Ihre nächste Arbeit zum Vorabdruck zu überlassen. Für einen Roman von etwa demselben Charakter und Umfang würden wir Ihnen ein Honorar von 4000 Mk. anbieten.

In der angenehmen Hoffnung, keine Fehlbitte getan zu haben, begrüßen wir Sie, verehrter Herr, als Ihre sehr ergebene
Redaktion des »Familienonkel«

Der Verleger E. W. Mundauf an Hans Schwab

Berchtesgaden, den 2. Juni 07

Lieber und verehrter Herr Schwab!

Aus der majestätischen Pracht des Hochgebirges sollen diese Zeilen Ihnen meine Grüße übermitteln. Ich muß Ihnen nämlich das Geständnis machen, daß ich Ihren herrlichen »Paul Weigel« erst hier gelesen habe. War ich auch nach dem Urteil meiner Herren Lektoren und nach dem überraschenden Erfolg des Buches – wir drucken eben die achtzehnte Auflage – von dem hohen Werte Ihrer Arbeit durchaus überzeugt, so hat die Lektüre mich doch ergriffen und zu Ihrem Bewunderer gemacht. Ich werde mich nun mit verdoppeltem Eifer für das Buch verwenden. Namentlich die prächtige Figur des alten Bauern hat mir imponiert!

Sie schrieben kürzlich, daß Sie an der Fertigstellung eines neuen Buches arbeiten. Darf ich Näheres erfahren? Wann? Welcher Umfang? Welches Genre? Wir würden die Novität wohl vorbereiten und im voraus Stimmung für das neue Werk machen können.

Beste Grüße von Ihrem aufrichtig ergebenen

E. W. Mundauf

Hans Schwab an den Verleger E. W. Mundauf

B., den 10. Juni 07

Werter Herr Mundauf!

Danke schön für Ihre freundlichen Zeilen über den »Paul Weigel«. Es kommt zwar kein alter Bauer darin vor, doch ist ja daran wenig gelegen. Ich muß mich heute kurz fassen, meine Zeit wird immer knapper, namentlich nimmt mich die viele Korrespondenz sehr in Anspruch. Zwar sind die meisten Briefe verlogen und bezwecken nichts als ein Geschäft, doch mache ich gute Miene dazu und habe gelegentlich meinen Spaß an der merkwürdigen Beliebtheit, die ich gewonnen habe, und die mit den Auflagen des Weigel Schritt hält. Dabei ist der Erfolg des Buches mir immer noch ein Rätsel; der Roman ist weder gut noch auch schlecht genug für so viele Auflagen, und seine Beliebtheit kommt mir immer mehr wie ein Mißverständnis vor.

Genug davon. Mein neues Buch kriegt allmählich Form und Ordnung. Fertig ist es längst, doch macht die Anordnung und

Durchsicht mir noch viel Arbeit. Es ist nämlich ein Band Gedichte. Ich glaube damit mein Bestes zu geben, jedenfalls weit mehr als mit dem Weigel, und hoffe, das Buch werde auch Sie nicht enttäuschen. Könnte man es etwa diesen Winter herausgeben? Den Umfang kann ich noch nicht recht schätzen, es werden wohl zehn Bogen werden.

Mit Grüßen ergebenst Ihr
Hans Schwab

Der Verleger E. W. Mundauf an Hans Schwab

Berchtesgaden, den 3. Juli 07

Lieber Herr Schwab!
Es tut mir leid zu hören, daß Sie gerade jetzt einen Band Gedichte herausgeben wollen. Natürlich mache ich mir ein Vergnügen und eine Ehre daraus, das Buch zu verlegen, falls Sie darauf bestehen wollen. Vorher aber möchte ich Sie bitten, sich das nochmals gut zu überlegen! Es wird Ihr Schade nicht sein, wenn Sie in dieser Sache fachmännischen Rat annehmen.

Der schöne Erfolg Ihres Romans ist, um ein Bild zu gebrauchen, ein Fundament, eine erste Stufe, auf der wir weiter bauen müssen. Nun wäre es sehr falsch, wenn wir das Publikum, dessen Vertrauen Sie sich eben erst erworben haben, durch eine so unerwartete und wenig hoffnungsvolle Publikation scheu machen würden. Bringen Sie bald wieder einen neuen Roman, am liebsten ganz wieder im Genre des ersten, ich garantiere Ihnen einen noch größeren Erfolg als den bisherigen. Und später, sagen wir in fünf, sechs Jahren, wenn Sie Ihrer Gemeinde sicher sind und fest im Sattel sitzen, können Sie ja Gedichte oder was immer bringen, ohne damit etwas zu riskieren. Nur jetzt nicht! Überlegen Sie sich das, bitte, recht gut, und geben Sie mir ohne Eile Antwort.

In alter Hochachtung bestens grüßend Ihr
E. W. Mundauf

(1909)

Quellennachweise

Klein und Wagner. Geschrieben im Frühjahr 1919, Erstdruck in »Vivos voco«, Leipzig, Okt./Nov. 1919. Aufgenommen in »Klingsors letzter Sommer«, Berlin, 1920.

Klingsors letzter Sommer. Geschrieben im Juli-August 1919, Erstdruck in »Die Neue Rundschau«, Berlin, Dez. 1919. Aufgenommen in »Klingsors letzter Sommer«, Berlin, 1920.

Innen und Außen. Geschrieben im Dez. 1919, Erstdruck in »Der kleine Bund«, Bern, März 1920 u.d.T. »Außen und Innen«. Aufgenommen in »Fabulierbuch«, Berlin, 1935.

Tragisch. Geschrieben im Frühjahr 1923, Erstdruck in »Neue Zürcher Zeitung« v. 2.–4. 7. 1923. Aufgenommen in »Traumfährte«, Zürich, 1945.

Das schreibende Glas. Erstdruck in »Neue Zürcher Zeitung« vom 30. 7. 1922. Aufgenommen in »Bilderbuch«, Berlin, 1926.

Die Fremdenstadt im Süden. Geschrieben im Mai 1925, Erstdruck im »Berliner Tageblatt« v. 31. 5. 1925. Aufgenommen in »Materialien zu Hermann Hesse, Der Steppenwolf«, Frankfurt a.M. 1972.

Jenseits der Mauer. Unbetiteltes Fragment aus dem Nachlaß, geschrieben im Nov. 1925, Erstdruck in »Materialien zu Hermann Hesse, Der Steppenwolf«, Frankfurt a.M. 1972.

Bei den Massageten. Geschrieben im Herbst 1927, Erstdruck im »Berliner Tageblatt« v. 25. 9. 1927. Aufgenommen in »Materialien zu Hermann Hesse, Der Steppenwolf«, Frankfurt a.M. 1972.

Vom Steppenwolf. Geschrieben im Okt./Nov. 1927, Erstdruck in »Die Neue Rundschau«, Berlin, April 1928. Aufgenommen in »Traumfährte«, Zürich, 1945.

Floßfahrt. Geschrieben 1927/28, Erstdruck im »Berliner Tageblatt« v. 1. 3. 1928. Aufgenommen in »Die Kunst des Müßiggangs«, Frankfurt a.M. 1973.

Ein Abend bei Doktor Faust. Geschrieben im Sommer 1928, Erstdruck im »Berliner Tageblatt« v. 31. 7. 1928. Aufgenommen in »Fabulierbuch«, Berlin, 1935.

Schwäbische Parodie. Geschrieben im Sommer 1928, Erstdruck u. d. T. »Heimatkunde« im »Berliner Tageblatt« v. 31. 8. 1928. Aufgenommen in »Traumfährte«, Zürich, 1945.

Abstecher in den Schwimmsport. Geschrieben im Januar 1929, Erstdruck u. d. T. »Post am Morgen« im »Berliner Tageblatt« v. 25. 1. 1929. Aufgenommen in »Die Kunst des Müßiggangs«, Frankfurt a.M. 1973.

Edmund. Geschrieben im August 1930, Erstdruck im »Berliner Tageblatt« v. 9. 10. 1930. Aufgenommen in »Traumfährte«, Zürich, 1945.

Herr Claassen. Geschrieben im Sommer 1936, Erstdruck in »Corona« 6, 1936, S. 593–617. Aufgenommen in »Gedenkblätter«, Berlin, 1937.

Der Bettler. Geschrieben im Juli 1948, Erstdruck in »Neue Zürcher Zeitung« v. 7.–11. 10. 1948. Aufgenommen in »Späte Prosa«, Berlin und Frankfurt a.M. 1951.

Unterbrochene Schulstunde. Geschrieben im Herbst 1948, Erstdruck in »Schweizer Monatshefte«, Zürich, Dez. 1948. Aufgenommen in »Späte Prosa«, Berlin und Frankfurt a.M. 1951.

Bericht aus Normalien. Ein Fragment, entstanden im Juni 1948, Erstdruck in »Schweizer Monatshefte«, Zürich, Nov. 1951. Aufgenommen in »Beschwörungen«, Berlin und Frankfurt a.M. 1955.

Weihnacht mit zwei Kindergeschichten. Geschrieben im Winter 1950/51, Erstdruck in »Neue Zürcher Zeitung« v. 6. 1. 1951. Aufgenommen in »Späte Prosa«, Berlin und Frankfurt a.M. 1951.

Die Dohle. Geschrieben Anfang Dezember 1951, Erstdruck in »Neue Zürcher Zeitung« v. 8. 12. 1951. Aufgenommen in »Beschwörungen«, Berlin und Frankfurt a.M. 1955.

Kaminfegerchen. Geschrieben im Februar 1953, Erstdruck in

»Neue Zürcher Zeitung« v. 24. 2. 1953 u.d.T. »Skizzenblatt«. Aufgenommen in »Beschwörungen«, Berlin und Frankfurt a.M. 1955.

Ein Maulbronner Seminarist. Geschrieben im Frühjahr 1954, Erstdruck in »Stuttgarter Zeitung« v. 7. 5. 1955. Aufgenommen in »Beschwörungen«, Berlin und Frankfurt a.M., 1955.

Verschiedenes

Auf dem Eise. Geschrieben um 1900, Erstdruck in »Rheinisch-westfälische Zeitung«, 1901 u.d.T. »Der Kavalier auf dem Eise«. Aufgenommen in »Die Kunst des Müßiggangs«, Frankfurt a.M. 1973.

Eine Billardgeschichte. Geschrieben um 1900, Erstdruck in »Neues Wiener Tagblatt«, 1906. Hier erstmals in Buchform.

Grindelwald. Geschrieben im Januar 1902, Erstdruck in »Die Zeit«, Wien, v. 19. 3. 1904. Hier erstmals in Buchform.

Der lustige Florentiner. Geschrieben im März 1902, Erstdruck u. d. T. »Ercole Aglietti« im »Schwäbischen Merkur«, Stuttgart, v. 24. 9. 1904. Hier erstmals in Buchform.

Der Städtebauer. Geschrieben im März 1905, Erstdruck in »Neue freie Presse«, Wien, v. 31. 3. 1905. Hier erstmals in Buchform.

Erinnerung an Mwamba. Geschrieben 1905, Erstdruck in »Neues Wiener Tagblatt«, v. 7. 1. 1906. Hier erstmals in Buchform.

Aus den Erinnnerungen eines Neunzigjährigen. Geschrieben im März 1905, Erstdruck in »Neue freie Presse«, Wien, v. 23. 4. 1905, Teildruck u. d. T. »Sor Acqua« in »Prosa aus dem Nachlaß«, Frankfurt a.M., 1965. Hier erstmals vollständig in Buchform.

Ein Erfinder. Geschrieben im Frühjahr 1905, Erstdruck in »Neue freie Presse«, Wien, v. 11. 6. 1905. Hier erstmals in Buchform.

Mittagsspuk. Geschrieben um 1905/06, Erstdruck u. d. T. »Sommerschreck« im »Simplicissimus«, München, v. 17. 9. 1906. Hier erstmals in Buchform.

Maler Brahm. Erstdruck im »Simplicissimus«, München, v. 22. 12. 1906. Hier erstmals in Buchform.

Von der alten Zeit. Erstdruck in »Neues Wiener Tagblatt«, 1907. Hier erstmals in Buchform.

In den Felsen. Geschrieben im April 1907, Erstdruck im »März«, München, April 1908. Aufgenommen in »Materialien zu Hermann Hesses ›Siddhartha‹«, Bd. 2, Nachlese. Frankfurt a.M. 1976.

Abschied. Geschrieben um 1908, Erstdruck im Jahrbuch »Pro Patria« 1909. Hier erstmals in Buchform.

Die Wunder der Technik. Unveröffentlichtes Manuskript aus dem Nachlaß, geschrieben um 1908. Hier erstmals veröffentlicht.

Aus dem Briefwechsel eines Dichters. Genaues Entstehungsdatum noch unbekannt. Erstdruck in »Die Gegenwart«, Leipzig 38, 1909, Band 76.

Zeittafel

1877 geboren am 2. Juli in Calw/Württemberg als Sohn des baltischen Missionars und späteren Leiters des »Calwer Verlagsvereins« Johannes Hesse (1847–1916) und dessen Frau Marie verw. Isenberg, geb. Gundert (1842–1902), der ältesten Tochter des namhaften Indologen und Missionars Hermann Gundert.

1881–1886 wohnt Hesse mit seinen Eltern in Basel, wo der Vater bei der »Basler Mission« unterrichtet und 1883 die Schweizer Staatsangehörigkeit erwirbt (zuvor: russische Staatsangehörigkeit).

1886–1889 Rückkehr der Familie nach Calw (Juli), wo Hesse das Reallyzeum besucht.

1890–1891 Lateinschule in Göppingen zur Vorbereitung auf das württembergische Landexamen (Juli 1891), der Voraussetzung für eine kostenlose Ausbildung zum ev. Theologen im »Tübinger Stift«. Als staatlicher Schüler muß Hesse auf sein Schweizer Bürgerrecht verzichten. Deshalb erwirbt ihm der Vater im November 1890 die württembergische Staatsangehörigkeit (als einzigem Mitglied der Familie).

1891–1892 Seminarist im ev. Klosterseminar Maulbronn (ab Sept. 1891), aus dem er nach 7 Monaten flieht, weil er »entweder Dichter oder gar nichts werden wollte«.

1892 bei Christoph Blumhardt in Bad Boll (April bis Mai); Selbstmordversuch (Juni), Aufenthalt in der Nervenheilanstalt Stetten (Juni–August). Aufnahme in das Gymnasium von Cannstatt (Nov. 1892), wo er

1893 im Juli das Einjährig-Freiwilligen-Examen (Obersekundareife) absolviert. »Werde Sozialdemokrat und laufe ins Wirtshaus. Lese fast nur Heine, den ich sehr nachahmte.« Im Oktober Beginn einer Buchhändlerlehre in Esslingen, die er aber schon nach drei Tagen aufgibt.

1894–1895 15 Monate als Praktikant in der Calwer Turmuhrenfabrik Perrot. Plan, nach Brasilien auszuwandern.

1895–1898 Buchhändlerlehre in Tübingen (Buchhandlung Heckenhauer). 1896 erste Gedichtpublikation in »Das deutsche Dichterheim«, Wien. Die erste Buchpublikation *Romantische Lieder* erscheint im Oktober 1898.

1899 Beginn der Niederschrift eines Romans *Schweinigel* (Manuskript noch nicht aufgefunden). Der Prosaband *Eine Stunde hinter Mitternacht* erscheint im Juni bei Diederichs, Jena.

Im September Übersiedlung nach Basel, wo Hesse bis Januar 1901 als Sortimentsgehilfe in der Reich'schen Buchhandlung beschäftigt ist.

1900 beginnt er für die »Allgemeine Schweizer Zeitung« Artikel und Rezensionen zu schreiben, die ihm mehr noch als seine Bücher »einen gewissen lokalen Ruf machten, der mich im gesellschaftlichen Leben sehr unterstützte«.

1901 Von März bis Mai erste Italienreise.

Ab August 1901 (bis Frühjahr 1903) Buchhändler im Basler Antiquariat Wattenwyl.

Die *Hinterlassenen Schriften und Gedichte von Hermann Lauscher* erscheinen im Herbst bei R. Reich.

1902 *Gedichte* erscheinen bei Grote, Berlin, seiner Mutter gewidmet, die kurz vor Erscheinen des Bändchens stirbt.

1903 Nach Aufgabe der Buchhändler- und Antiquariatsstellung zweite Italienreise, gemeinsam mit Maria Bernoulli, mit der er sich im Mai verlobt. Kurz davor Abschluß der Niederschrift des *Camenzind*-Manuskripts, das Hesse auf Einladung des S. Fischer Verlags nach Berlin sendet. Ab Oktober (bis Juni 1904) u. a. Niederschrift von *Unterm Rad* in Calw.

1904 *Peter Camenzind* erscheint bei S. Fischer, Berlin. Eheschließung mit Maria Bernoulli und Umzug nach Gaienhofen am Bodensee (Juli) in ein leerstehendes Bauernhaus. Freier Schriftsteller und Mitarbeiter an zahlreichen Zeitungen und Zeitschriften (u. a. »Die Propyläen«, d. i. »Münchner Zeitung«; »Die Rheinlande«; »Simplicissimus«; »Der Schwabenspiegel«, d. i. »Württemberger Zeitung«). Die biographischen Studien *Boccaccio* und *Franz von Assisi* erscheinen bei Schuster & Loeffler, Berlin und Leipzig.

1905 im Dezember Geburt des Sohnes Bruno.

1906 *Unterm Rad* (1903–1904 entstanden) erscheint bei S. Fischer, Berlin. Gründung der liberalen, gegen das persönliche Regiment Wilhelms II. gerichteten Zeitschrift »März« (Verlag Albert Langen, München), als deren Mitherausgeber Hesse bis 1912 zeichnet.

1907 *Diesseits* (Erzählungen) erscheint bei S. Fischer, Berlin. In Gaienhofen baut und bezieht Hesse ein eigenes Haus »Am Erlenloh«.

1908 *Nachbarn* (Erzählungen) erscheint bei S. Fischer, Berlin.

1909 im März Geburt des zweiten Sohnes Heiner.

1910 *Gertrud* (Roman) erscheint bei Albert Langen, München.

1911 im Juli Geburt des dritten Sohnes Martin.
Unterwegs (Gedichte) erscheint bei Georg Müller, München; Sept. bis Dez. Indienreise mit dem befreundeten Maler Hans Sturzenegger.

1912 *Umwege* (Erzählungen) erscheint bei S. Fischer, Berlin. Hesse verläßt Deutschland für immer und übersiedelt mit seiner Familie nach Bern in das Haus des verstorbenen befreundeten Malers Albert Welti.

1913 *Aus Indien*. Aufzeichnungen einer indischen Reise, erscheint bei S. Fischer, Berlin.

1914 *Roßhalde* (Roman), erscheint im März bei S. Fischer, Berlin.
Bei Kriegsbeginn meldet sich Hesse freiwillig, wird aber als dienstuntauglich zurückgestellt und 1915 der Deutschen Gesandtschaft in Bern zugeteilt, wo er von nun an im Dienst der »Deutschen Gefangenenfürsorge« bis 1919 Hunderttausende von Kriegsgefangenen und Internierten in Frankreich, England, Rußland und Italien mit Lektüre versorgt, Gefangenenzeitschriften (z. B. die »Deutsche Internierten-zeitung«) herausgibt, redigiert und 1917 einen eigenen Verlag für Kriegsgefangene (»Verlag der Bücherzentrale für deutsche Kriegsgefangene«) aufbaut, in welchem bis 1919 22 von H. H. edierte Bände erscheinen

Zahlreiche politische Aufsätze, Mahnrufe, offene Briefe etc. in deutschen, schweizerischen und österreichischen Zeitungen und Zeitschriften.

1915 *Knulp.* Drei Geschichten aus dem Leben Knulps (Teilvorabdruck bereits 1908), erscheint bei S. Fischer, Berlin.

Am Weg (Erzählungen) erscheint bei Reuß & Itta, Konstanz.

Musik des Einsamen. Neue Gedichte, erscheint bei Eugen Salzer, Heilbronn.

Schön ist die Jugend (Erzählungen) erscheint bei S. Fischer, Berlin.

1916 Tod des Vaters, beginnende Schizophrenie seiner Frau und Erkrankung des jüngsten Sohnes führen zu einem Nervenzusammenbruch Hesses. Erste psychotherapeutische Behandlung durch den C. G. Jung-Schüler J. B. Lang bei einer Kur in Sonnmatt bei Luzern. Gründung der »Deutschen Interniertenzeitung« und des »Sonntagsboten für die deutschen Kriegsgefangenen«.

1917 wird Hesse nahegelegt, seine zeitkritische Publizistik zu unterlassen. Erste pseudonyme Zeitungs- und Zeitschriftenpublikationen unter dem Decknamen Emil Sinclair. Niederschrift des *Demian* (Sept. bis Okt.).

1919 Die politische Flugschrift *Zarathustras Wiederkehr.* Ein Wort an die deutsche Jugend von einem Deutschen, erscheint anonym im Verlag Stämpfli, Bern.

Auflösung des Berner Haushalts (April). Trennung von seiner in einer Heilanstalt internierten Frau. Unterbringung der Kinder bei Freunden. Im Mai Übersiedlung nach Montagnola/Tessin in die Casa Camuzzi, die er bis 1931 bewohnt.

Kleiner Garten. Erlebnisse und Dichtungen, erscheint bei E. P. Tal & Co., Wien und Leipzig.

Demian. Die Geschichte einer Jugend, erscheint bei S. Fischer, Berlin, unter dem Pseudonym Emil Sinclair. Die Sammlung *Märchen* erscheint bei S. Fischer, Berlin. Gründung und Herausgabe der Zeitschrift »Vivos voco«, Für neues Deutschtum (Leipzig und Bern).

1920 *Gedichte des Malers,* Zehn Gedichte mit farbigen Zeichnungen, und die Dostojewski-Essays u. d. T. *Blick ins Chaos* erscheinen im Verlag Seldwyla, Bern.

Klingsors letzter Sommer (Erzählungen) erscheint bei S. Fischer, Berlin; danach, ebenfalls bei S. Fischer, *Wanderung.* Aufzeichnungen mit farbigen Bildern vom Verfasser.

Zarathustras Wiederkehr, Neuauflage bei S. Fischer, diesmal unter Angabe des Autors.

1921 *Ausgewählte Gedichte* erscheinen bei S. Fischer, Berlin. Krise mit fast anderthalbjähriger Unproduktivität zwischen der Niederschrift des ersten und des zweiten Teils von *Siddhartha.* Psychoanalyse bei C. G. Jung in Küsnacht bei Zürich.

Elf Aquarelle aus dem Tessin erscheint bei O. C. Recht, München.

1922 *Siddhartha.* Eine indische Dichtung, erscheint bei S. Fischer, Berlin.

1923 *Sinclairs Notizbuch* erscheint bei Rascher, Zürich. Erster Kuraufenthalt in Baden bei Zürich, das er fortan (bis 1952) alljährlich im Spätherbst aufsucht. Die Ehe mit Maria Bernoulli wird geschieden (Juni).

1924 Hesse wird wieder Schweizer Staatsbürger.

Bibliotheks- und Vorbereitungsarbeiten an seinen Herausgeberprojekten in Basel. Heirat mit Ruth Wenger, Tochter der Schriftstellerin Lisa Wenger.

Ende März Rückkehr nach Montagnola.

Psychologia Balnearia oder Glossen eines Badener Kurgastes, erscheint als Privatdruck; ein Jahr später als erster Band in der Ausstattung der »Gesammelten Werke in Einzelausgaben« u. d. T.:

1925 *Kurgast* bei S. Fischer, Berlin. Lesereise u. a. nach Ulm, München, Augsburg, Nürnberg (im November).

1926 *Bilderbuch* (Schilderungen) erscheint bei S. Fischer, Berlin. Hesse wird als auswärtiges Mitglied in die Sektion für Dichtkunst der Preußischen Akademie der Künste gewählt, aus der er 1931 austritt: »Ich habe das Gefühl, beim nächsten Krieg wird diese Akademie viel zur Schar jener 90 oder 100 Prominenten beitragen, welche das Volk wieder wie 1914 im Staatsauftrag über alle lebenswichtigen Fragen belügen werden.«

1927 *Die Nürnberger Reise* und *Der Steppenwolf* erscheinen bei S. Fischer, Berlin, gleichzeitig – zum 50. Geburtstag Hesses – die erste Hesse-Biographie (von Hugo Ball). Auf Wunsch seiner zweiten Frau, Ruth, Scheidung der 1924 geschlossenen Ehe.

1928 *Betrachtungen* und *Krisis.* Ein Stück Tagebuch, erscheinen bei S. Fischer, Berlin, letzteres in einmaliger, limitierter Auflage.

1929 *Trost der Nacht.* Neue Gedichte, erscheint bei S. Fischer, Berlin; *Eine Bibliothek der Weltliteratur* als Nr. 7003 in Reclams Universalbibliothek bei Reclam, Leipzig.

1930 *Narziß und Goldmund* (Erzählung) erscheint bei S. Fischer, Berlin.

1931 Umzug innerhalb Montagnolas in ein neues, ihm auf Lebzeiten zur Verfügung gestelltes Haus, das H. C. Bodmer für ihn gebaut hat. Eheschließung mit der Kunsthistorikerin Ninon Dolbin, geb. Ausländer, aus Czernowitz.

Weg nach innen. Vier Erzählungen (»Siddhartha«, »Kinderseele«, »Klein und Wagner«, »Klingsors letzter Sommer«), erscheint als preiswerte und auflagenstarke Sonderausgabe bei S. Fischer, Berlin.

1932 *Die Morgenlandfahrt* erscheint bei S. Fischer, Berlin.

1932–1943 Entstehung des *Glasperlenspiels.*

1933 *Kleine Welt* (Erzählungen aus »Nachbarn«, »Umwege« und »Aus Indien«, leicht bearbeitet) erscheint bei S. Fischer, Berlin.

1934 Hesse wird Mitglied des Schweizerischen Schriftstellervereins (zwecks besserer Abschirmung von der NS-Kulturpolitik und effektiverer Interventionsmöglichkeiten für die emigrierten Kollegen).

Vom Baum des Lebens (Ausgewählte Gedichte) erscheint im Insel Verlag, Leipzig.

1935 *Fabulierbuch* (Erzählungen) erscheint bei S. Fischer, Berlin.

Politisch erzwungene Teilung des S. Fischer Verlags in einen reichsdeutschen (von Peter Suhrkamp geleiteten) Teil und den Emigrationsverlag von Gottfried Bermann Fischer, dem die NS-Behörden nicht erlauben, die Verlagsrechte am Werk Hermann Hesses mit ins Ausland zu nehmen.

1936 läßt Hesse dennoch seine Hexameterdichtung *Stunden im Garten* in Bermann Fischers Exil-Verlag in Wien erscheinen.

Im September erste persönliche Begegnung mit Peter Suhrkamp.

1937 *Gedenkblätter* und *Neue Gedichte* erscheinen bei S. Fischer, Berlin.

Der lahme Knabe, ausgestattet von Alfred Kubin, erscheint als Privatdruck in Zürich.

1939–1945 gelten Hesses Werke in Deutschland für unerwünscht. »Unterm Rad«, »Der Steppenwolf«, »Betrachtungen«, »Narziß und Goldmund« und »Eine Bibliothek der Weltliteratur« dürfen nicht mehr nachgedruckt werden.

Die von S. Fischer begonnenen »Gesammelten Werke in Einzelausgaben« müssen deshalb in der Schweiz, im Verlag Fretz & Wasmuth, fortgesetzt werden.

1942 Dem S. Fischer Verlag, Berlin, wird die Druckerlaubnis für *Das Glasperlenspiel* verweigert.

Die Gedichte, erste Gesamtausgabe von Hesses Lyrik, erscheinen bei Fretz & Wasmuth, Zürich.

1943 *Das Glasperlenspiel.* Versuch einer Lebensbeschreibung des Magister Ludi Josef Knecht samt Knechts hinterlassenen Schriften. Herausgegeben von Hermann Hesse, erscheint bei Fretz & Wasmuth, Zürich.

1944 Die Gestapo verhaftet Peter Suhrkamp, Hesses Verleger.

1945 *Berthold,* ein Romanfragment, und *Traumfährte* (Neue Erzählungen und Märchen) erscheinen bei Fretz & Wasmuth, Zürich.

1946 *Krieg und Frieden* (Betrachtungen zu Krieg

und Politik seit dem Jahr 1914) erscheint bei Fretz & Wasmuth, Zürich. Danach können Hesses Werke auch in Deutschland wieder gedruckt werden, zunächst im »Suhrkamp Verlag vorm. S. Fischer« (ab 1951 dann im Suhrkamp Verlag, Frankfurt am Main). Goethe-Preis der Stadt Frankfurt am Main. Nobel-Preis.

1950 Hesse ermutigt und ermöglicht Peter Suhrkamp, einen eigenen Verlag zu gründen, der im Juli eröffnet wird.

1951 *Späte Prosa* und *Briefe* erscheinen bei Suhrkamp, Frankfurt am Main.

1952 *Gesammelte Dichtungen* in sechs Bänden als Festgabe zu Hesses 75. Geburtstag erscheinen bei Suhrkamp, Frankfurt am Main.

1954 *Piktors Verwandlungen.* Ein Märchen, faksimiliert, erscheint bei Suhrkamp, Frankfurt am Main.

Der *Briefwechsel: Hermann Hesse – Romain Rolland* erscheint bei Fretz & Wasmuth, Zürich.

1955 *Beschwörungen,* Späte Prosa/Neue Folge, erscheint bei Suhrkamp, Frankfurt am Main. Friedenspreis des Deutschen Buchhandels.

1956 Stiftung eines Hermann-Hesse-Preises durch die Förderungsgemeinschaft der deutschen Kunst Baden-Württemberg e. V.

1957 *Gesammelte Schriften* in sieben Bänden, erscheinen bei Suhrkamp.

1961 *Stufen,* alte und neue Gedichte in Auswahl, erscheint bei Suhrkamp.

1962 *Gedenkblätter* (um fünfzehn Texte erweitert gegenüber der 1937 erschienenen Ausgabe) erscheint bei Suhrkamp.

9. August: Tod Hermann Hesses in Montagnola.

1962 »Hermann Hesse. Eine Bibliographie« von Helmut Waibler, erscheint im Francke Verlag, Bern und München.

1963 *Die späten Gedichte* erscheinen als Band 803 der Insel-Bücherei im Insel Verlag, Wiesbaden.

1964 Das Hermann-Hesse-Archiv in Marbach wird gegründet.

1965 *Prosa aus dem Nachlaß* (herausgegeben von

Ninon Hesse) erscheint bei Suhrkamp.
Neue Deutsche Bücher, Literaturberichte für »Bonniers Litterära Magasin« 1935 bis 1936 (herausgegeben von Berhard Zeller), in der Turmhahn-Bücherei des Schiller-Nationalmuseums, Marbach.

1966 *Kindheit und Jugend vor Neuzehnhundert,* Hermann Hesse in Briefen und Lebenszeugnissen 1877 bis 1895 (herausgegeben von Ninon Hesse), erscheint im Suhrkamp Verlag.
Tod von Ninon Hesse.

1968 *Hermann Hesse – Thomas Mann,* Briefwechsel (herausgegeben von Anni Carlsson), erscheint bei Suhrkamp und S. Fischer.

1969 *Hermann Hesse – Peter Suhrkamp,* Briefwechsel (herausgegeben von Siegfried Unseld), erscheint bei Suhrkamp.

1970 *Hermann Hesse Werkausgabe* in zwölf Bänden, mit einer Auswahl von Hesses Bücherberichten u. d. T. *Eine Literaturgeschichte in Rezensionen und Aufsätzen* (herausgegeben von Volker Michels), erscheint bei Suhrkamp.

1971 *Hermann Hesse – Helene Voigt-Diederichs.* Zwei Autorenportraits in Briefen (herausgegeben von Berhard Zeller), erscheint bei Diederichs, Köln.

1972 Materialien zu Hermann Hesses *Der Steppenwolf* bei Suhrkamp.

1973 *Gesammelte Briefe,* Band 1, 1895–1921 (herausgegeben von Volker/Ursula Michels und Heiner Hesse), bei Suhrkamp.
Die Kunst des Müßiggangs, kurze Prosa aus dem Nachlaß und Materialien zu Hermann Hesses *Das Glasperlenspiel* (beide herausgegeben von Volker Michels) bei Suhrkamp.
Hermann Hesse. Eine Werkgeschichte. (Herausgegeben von Siegfried Unseld) bei Suhrkamp.

1974 Materialien zu Hermann Hesses *Siddhartha* (herausgegeben von Volker Michels) bei Suhrkamp.

1977 *Kleine Freuden.* Kurze Prosa aus dem Nachlaß. (Herausgegeben von Volker Michels), *Politik des Gewissens.* Die Politischen Schriften 1914–1962, 2 Bände (herausgegeben von Volker Michels), *Hermann Hesse – R. J. Humm*, Briefwechsel (herausgegeben von Volker und Ursula Michels), erscheinen bei Suhrkamp, ebenso *Die Welt der Bücher*. Betrachtungen und Aufsätze zur Literatur.

Hermann Hesse. Bodensee. Betrachtungen, Erzählungen, Gedichte (herausgegeben von Volker Michels), bei Thorbecke, Sigmaringen.

Hermann Hesse als Maler, ausgewählt von Bruno Hesse und Sandor Kuthy, bei Suhrkamp.

1978 *Kindheit und Jugend vor Neunzehnhundert*, Band 2 (herausgegeben von Gerhard Kirchhoff), bei Suhrkamp.

Hermann Hesse – Heinrich Wiegand, Briefwechsel (herausgegeben von Klaus Pezold), erscheint im Aufbau Verlag, Berlin, DDR.

1979 *Gesammelte Briefe*, Band 2, 1922–1935, erscheint bei Suhrkamp.

Hermann Hesse. Sein Leben in Bildern und Texten. Von Volker Michels, erscheint bei Suhrkamp.

Theodore Ziolkowski, *Der Schriftsteller Hermann Hesse*.

1982 *Gesammelte Briefe*, Band 3, 1936–1948.

Ralph Freedman, *Hermann Hesse, Autor der Krisis*. Eine Biographie.

1982 *Gesammelte Briefe*, Band 3, 1936–1948.

Ralph Freedman, *Hermann Hesse, Autor der Krisis*. Eine Biographie.

1983 *Italien*. Schilderungen und Tagebücher, herausgegeben von Volker Michels.

1986 *Gesammelte Briefe*, Band 4, 1949–1962.

1987 *Hermann Hesse in Augenzeugenberichten*. Herausgegeben von Volker Michels.

1988 *Die Welt im Buch*. Rezensionen und Aufsätze 1900–1910.

Hermann Hesse im Suhrkamp Verlag und im Insel Verlag

Gesammelte Schriften in sieben Bänden. Leinen und Leder

Band I: Frühe Prosa. Peter Camenzind. Unterm Rad. Diesseits. Bernold

Band II: Gertrud. Kleine Welt. Roßhalde. Fabulierbuch

Band III: Knulp. Demian. Märchen. Wanderung. Klingsor. Siddhartha. Bilderbuch

Band IV: Kurgast. Die Nürnberger Reise. Der Steppenwolf. Traumfährte. Gedenkblätter. Späte Prosa

Band V: Narziß und Goldmund. Stunden im Garten. Der lahme Knabe. Die Gedichte

Band VI: Die Morgenlandfahrt. Das Glasperlenspiel

Band VII: Betrachtungen. Briefe. Rundbriefe. Tagebuchblätter

Werkausgabe. Zwölf Bände. Leinenkaschur

Gesammelte Briefe in vier Bänden. Unter Mitwirkung von Heiner Hesse herausgegeben von Ursula und Volker Michels. Leinen

Die Romane und die Großen Erzählungen. Jubiläumsausgabe zum hundersten Geburtstag von Hermann Hesse. Acht Bände in Schmuckkassette

Gesammelte Erzählungen. Geschenkausgabe in sechs Bänden

Gesammelte Werke in Einzelausgaben in blauem Leinen. Von dieser Ausgabe sind gegenwärtig lieferbar:

- Beschwörungen. Späte Prosa – Neue Folge
- Das Glasperlenspiel. Vollständige Ausgabe in einem Band. Dünndruck
- Demian. Die Geschichte von E. Sinclairs Jugend
- Der Steppenwolf. Roman
- Frühe Prosa
- Gedenkblätter. Ein Erinnerungsbuch. Erweiterte Ausgabe zum 85. Geburtstag des Dichters
- Narziß und Goldmund
- Prosa aus dem Nachlaß
- Siddhartha. Eine indische Dichtung
- Traumfährte. Erzählungen und Märchen

Hermann Hesse Lesebücher. Zusammengestellt von Volker Michels:

- Jedem Anfang wohnt ein Zauber inne. Lebensstufen
- Eigensinn macht Spaß. Individuation und Anpassung
- Wer lieben kann, ist glücklich. Über die Liebe
- Die Hölle ist überwindbar. Krisis und Wandlung
- Das Stumme spricht. Herkunft und Heimat. Natur und Kunst
- Die Einheit hinter den Gegensätzen. Religionen und Mythen

14/1/1.87

Hermann Hesse
im Suhrkamp Verlag und
im Insel Verlag

Einzelausgaben:

- Aus Indien. Erinnerungen, Erzählungen, Tagebuchaufzeichnungen. Herausgegeben von Volker Michels. st 562
- Aus Kinderzeiten. Gesammelte Erzählungen. Band I 1900-1905. st. 347
- Ausgewählte Briefe. Zusammengestellt von Hermann Hesse und Ninon Hesse. st 211
- Bericht aus Normalien. Humoristische Erzählungen, Gedichte und Dokumente. Herausgegeben von Volker Michels. st 1308
- Berthold. Erzählung. st 1198
- Briefe an Freunde. Rundbriefe 1946-1962. Zusammengestellt von Volker Michels. st 380
- Briefwechsel:
  - Hermann Hesse – Rudolf Jakob Humm. Briefwechsel. Herausgegeben von Ursula und Volker Michels. Leinen
  - Hermann Hesse – Thomas Mann. Briefwechsel. Herausgegeben von Anni Carlsson. Leinen und BS 441
  - Hermann Hesse – Peter Suhrkamp. Briefwechsel 1945-1959. Herausgegeben von Siegfried Unseld. Leinen
- Casanovas Bekehrung. Erzählung. st 1196
- Dank an Goethe. Betrachtungen, Rezensionen, Briefe. Mit Abbildungen. it 129
- Das Glasperlenspiel. st 79
- Demian. Die Geschichte von E. Sinclairs Jugend. BS 95 und st 206
- Der Europäer. Gesammelte Erzählungen Band 3. st. 384
- Der Lateinschüler. Erzählung. st 1193
- Der Steppenwolf. Roman. BS 226 und st 175
  - Illustriert von Gunter Böhmer. 1981. 1000 numerierte Exempl. in Leinen. 200 numerierte und vom Illustrator signierte Exemplare in Leder.
- Der verbrannte Ehemann oder Anton Schievelbeyn's ohnfreywillige Reisse. Handgeschrieben und illustriert von Peter Weiss. it 260
- Der vierte Lebenslauf Josef Kenchts. Mit einem Essy von Theodore Ziolkowski. st. 1261
- Der Weltverbesserer. Erzählung. st 1197
- Der Zwerg. Ein Märchen. Mit Illustrationen von Rolf Köhler. it 636
- Die Erzählungen. SA. Leinen 2 Bde. in Kassette
- Die Gedichte 1892-1962. Herausgegeben von Volker Michels. 2 Bde. st 381

14/2/1.87

Hermann Hesse
im Suhrkamp Verlag und
im Insel Verlag

- Die Heimkehr. Erzählung. st 1201
- Die Kunst des Müßiggangs. Kurze Prosa aus dem Nachlaß. Herausgegeben und mit einem Nachwort von Volker Michels. st 100
- Die Märchen. st 291
- Die Morgenlandfahrt. Erzählung. BS 1 und st 750
- Die Nürnberger Reise. st 227
- Die späten Gedichte. IB 803
- Die Stadt. Ein Märchen. Ins Bild gebracht von Walter Schmögner. it 236
- Die Verlobung. Gesammelte Erzählungen Band 2. st 368
- Die Welt der Bücher. Betrachtungen und Aufsätze zur Literatur. Zusammengestellt von Volker Michels. st 415
- Eigensinn. Autobiographische Schriften. Auswahl und Nachwort Siegfried Unseld. BS 353
- Eine Literaturgeschichte in Rezensionen und Aufsätzen. Herausgegeben von Volker Michels. st 252
- Emil Kolb. Erzählung. st 1202
- Freunde. Erzählung. st 1284
- Gedenkblätter. Erinnerungen an Zeitgenossen. st 963
- Gertrud. Roman. st 890
- Geschichten aus dem Mittelalter. Herausgegeben von Hermann Hesse. it 161
- Glück. Späte Prosa. Betrachtungen. BS 344
- Hermann Lauscher. Illustriert von Gunter Böhmer. it 206
- Heumond. Erzählung. st 1194
- Hölderlin. Dokumente seines Lebens. Herausgegeben von Hermann Hesse. it 221
- Innen und Außen. Gesammelte Erzählungen Band 4. st 413
- Iris. Ausgewählte Märchen. BS 369
- Italien. Schilderungen, Tagebücher, Gedichte, Aufsätze, Buchbesprechungen und Erzählungen. st 689.
- Karl Eugen Eiselein. Erzählung. st 1192
- Kinderseele. Erzählung. st 1203
- Kindheit des Zauberers. Ein autobiographisches Märchen. Handgeschrieben, illustriert und mit einer Nachbemerkung versehen von Peter Weiss. it 67
- Kindheit und Jugend vor Neunzehnhundert. Hermann Hesse in Briefen und Lebenszeugnissen 1877-1895. Herausgegeben von Ninon Hesse. Leinen und st 1002

14/3/1.87

Hermann Hesse
im Suhrkamp Verlag und
im Insel Verlag

- Kindheit und Jugend vor Neunzehnhundert. Zweiter Band. Hermann Hesse in Briefen und Lebenszeugnissen 1895-1900. Herausgegeben von Volker Michels. Leinen
- Klein und Wagner. st 116
- Kleine Freuden. Kurze Prosa aus dem Nachlaß. Herausgegeben von Volker Michels. st 360
- Klingsors letzter Sommer. Erzählungen. Mit einem farbigen Frontispiz. BS 608
- Knulp. Drei Geschichten aus dem Leben Knulps. BS 75
- Knulp. Drei Geschichten aus dem Leben Knulps. Mit dem unveröffentlichten Fragment ›Knulps Ende‹. Mit Steinzeichnungen von Karl Walser. it 394
- Krisis. Ein Stück Tagebuch. BS 747
- Kurgast. Aufzeichnungen von einer Badener Kur. st 383
- Ladidel. Erzählung. st 1200
- Legenden. Zusammengestellt von Volker Michels. st 909
- Lektüre für Minuten. Auswahl Volker Michels. st 7
- Lektüre für Minuten 2. Neue Folge. st 240
- Magie der Farben. Aquarelle aus dem Tessin mit Betrachtungen und Gedichten. it 482
- Magie des Buches. Betrachtungen. BS 542
- Mein Glaube. Eine Dokumentation: Betrachtungen, Briefe, Rezensionen und Gedichte. Herausgegeben von Siegfried Unseld. BS 300
- Morgenländische Erzählungen. Herausgegeben von Hermann Hesse. it 409
- Musik. Betrachtungen, Gedichte, Rezensionen und Briefe. Mit einem Essay von Hermann Kassack. BS 483 und st 1217
- Narziß und Goldmund. BS 65 und st 274
- Peter Camenzind. Erzählung. st 161
- Piktors Verwandlungen. Ein Liebesmärchen. Vom Autor handgeschrieben und illustriert. Faksimiledruck der Originalhandschrift. Limitierte Auflage. 1000 Exemplare in Leinen und it 122
- Politik des Gewissens. Politische Schriften 1914-1962. Herausgegeben von Volker Michels. Mit einem Vorwort von Robert Jungk. 2 Bde. Leinen und st 656
- Roßhalde. Roman. st 312
- Schmetterlinge. Betrachtungen, Erzählungen, Gedichte. Zusammengestellt und mit einem Nachwort von Volker Michels. it 385
- Schriften zur Literatur. 2 Bände, Leinenkasch.

14/4/1.87

Hermann Hesse
im Suhrkamp Verlag und
im Insel Verlag

- Siddhartha. Eine indische Dichtung. BS 227 und st 182
- Sinclairs Notizbuch. Mit vier farbig reproduzierten aquarellierten Federzeichnungen des Verfassers. BS 839
- Stufen. Ausgewählte Gedichte. BS 342
- Stunden im Garten. Zwei Idyllen. Mit teils farbigen Zeichnungen von Gunter Böhmer. IB 999
- Tractat vom Steppenwolf. es 84
- Unterm Rad. Erzählung. st 52 und BS 776
- Von Wesen und Herkunft des Glasperlenspiels. Die vier Fassungen der Einleitung zum Glasperlenspiel. Herausgegeben und mit einem Essay von Volker Michels. st 382
- Walter Kömpff. Erzählung. st 1199
- Wanderung. BS 444

Hermann Hesse. Vierundvierzig Aquarelle in Originalgröße. Ausgewählt von Bruno Hesse und Sandor Kuthy. Limitierte Auflage in 500 Exemplaren in einer Schmuckkassette.

Mit Hermann Hesse durch das Jahr. Mit Reproduktionen von 13 aquarellierten Federzeichnungen von Hermann Hesse.

Materialien zu Hesses Werk. Herausgegeben von Volker Michels:
- Zu ›Glasperlenspiel‹ Band I. ›Das Glasperlenspiel‹. st 80
  Band 2. Texte über das Glasperlenspiel. st 108
- zu ›Demian‹. Band 1. st 166
  Band 2. Texte über den ›Demian‹. st 316
- zu ›Siddhartha‹ Band 1. stm. st 2048
  Band 2. Texte über Siddhartha. stm. st 2049
- zu ›Der Steppenwolf‹. st 53

Hermann Hesse. Rezeption 1978-1983. Herausgegeben von Volker Michels. stm. st 2045
- Über Hermann Hesse. Herausgegeben von Volker Michels. Bd. 1. st 331. Bd. 2. st 332

Hermann Hesse. Sein Leben in Bildern und Texten. Herausgegeben von Volker Michels. Gestalt von Willy Fleckhaus. Mit Anmerkungen, Namenregister, Zitat- und Bildnachweis. Vorwort von Hans Mayer. Leinen

Hermann Hesse – Eine Chronik in Bildern. Bearbeitet und mit einer Einführung von Bernhard Zeller. Mit 334 teilweise großformatigen Bildern. Leinen

Hermann Hesse – Leben und Werk im Bild. Herausgegeben von Volker Michels. it 36

14/5/1.87

Hermann Hesse
im Suhrkamp Verlag und
im Insel Verlag

Hermann Hesse – Werk- und Wirkungsgeschichte. Von Siegfried Unseld. Revidierte Fassung. st 1257

Hermann Hesses weltweite Wirkung. Internationale Rezeptionsgeschichte. Herausgegeben von Martin Pfeifer. Band 1. st 386. Band 2. st 506.

Schallplatten:

- Hermann Hesse – Sprechplatte. Langspielplatte
- Hermann Hesse liest »Über das Alter«. Langspiel-Sprechplatte. Zusammengestellt von Volker Michels.

14/6/1.87

2/6/8.86

2/5/8.86

2/4/8.86

2/3/8.86

2/2/8.86

suhrkamp taschenbücher
Eine Auswahl

Abish: Wie deutsch ist es 1135
Achternbusch: Alexanderschlacht 1232
– Die Atlantikschwimmer 1233
– Die Olympiasiegerin 1031
– 1969 1231
Adorno: Erziehung zur Mündigkeit 11
– Studien zum autoritären Charakter 107
Aitmatow: Der weiße Dampfer 51
Alain: Die Pflicht, glücklich zu sein 859
Alberti: Der verlorene Hain 1171
Alegría: Die hungrigen Hunde 447
Anders: Erzählungen. Fröhliche Philosophie 432
Ansprüche. Verständigungstexte von Frauen 887
Ansprüche. Verständigungstexte von Männern 1173
Antonioni: Zabriskie Point 1212
Arendt: Die verborgene Tradition 303
Armstrong: Kiss Daddy Goodnight 995
Artmann: The Best of H. C. Artmann 275
– Gedichte über die Liebe 1033
Augustin: Eastend 1176
Ba Jin: Die Familie 1147
Bachmann: Malina 641
Ball: Hermann Hesse 385
Ballard: Billenium 896
– Die Dürre 975
– Hallo Amerika! 895
– Das Katastrophengebiet 924
– Mythen der nahen Zukunft 1167
– Der tote Astronaut 940
Barnet: Das Lied der Rachel 966
Baur: Überleben 1098
Beach: Shakespeare and Company 823
Beck: Krankheit als Selbstheilung 1126
Becker, Jürgen: Die Abwesenden 882
Becker, Jurek: Aller Welt Freund 1151
– Irreführung der Behörden 271
– Jakob der Lügner 774
Beckett: Der Ausgestoßene 1006
– Endspiel 171
– Glückliche Tage 248
– Malone stirbt 407
– Der Namenlose 546
– Warten auf Godot 1
– Wie es ist 1262
Behrens: Die weiße Frau 655
Beig: Hochzeitslose 1163
– Rabenkrächzen 911
Bender: Der Hund von Torcello 1075
Benjamin: Deutsche Menschen 970
– Illuminationen 345
Benjamin/Scholem: Briefwechsel 1211
Berkéwicz: Josef stirbt 1125
Bernhard: Frost 47
– Gehen 5
– Der Kulterer 306
Bertaux: Hölderlin 686
Beti: Perpétue und die Gewöhnung ans Unglück 677
Bierce: Das Spukhaus 365
Bioy Casares: Die fremde Dienerin 962
– Morels Erfindung 939

2/1/8.86

2/7/8.86